HEYNE <

CARMEN BELLMONTE

Zeiten der Versöhnung

DIE MALLORCA-SAGA

ROMAN

WILHELM HEYNE VERLAG
MÜNCHEN

MIX
Papier | Fördert gute Waldnutzung
FSC® C014496

Penguin Random House Verlagsgruppe FSC® N001967

Originalausgabe 08/2023

Redaktion: Ingola Lammers
Umschlaggestaltung: Nele Schütz Design unter Verwendung von Shutterstock.com (Somy Volodymyr, Maija Luomala, leoks, Nella, vicenfoto); AdobeStock (pwmotion))
Satz: Satzwerk Huber, Germering
Druck und Bindung: GGP Media GmbH, Pößneck
Printed in Germany
ISBN: 978-3-453-42539-2

www.heyne.de

1953

1

Die milde Januarsonne Kaliforniens stand am wolkenlosen Himmel. Antonia Delgado sah zu ihrem Mann in den parkähnlichen Garten des Anwesens der Fitzgeralds, das in den letzten Jahren zu ihrem Zuhause geworden war. Federico schlief in der Hollywoodschaukel. Normalerweise legte er sich erst nach dem Mittagessen für eine Stunde hin. Nicht an diesem Tag. Das Packen für den Umzug nach Mallorca schien ihn erschöpft zu haben. Vielleicht auch das Fußballspiel mit Victor. Der Achtjährige kannte seinem Großvater gegenüber keine Gnade. Ihre Schwiegertochter Adriana hatte ihn zu etwas mehr Ruhe gemahnt. Die Bitte hatte der Junge innerhalb weniger Minuten vergessen, was Federico nun den Tribut eines vorgezogenen Schläfchens kostete.

»Mamá, du solltest dich ebenfalls ein bisschen ausruhen.« Adriana war unbemerkt zu Antonia auf die Terrasse getreten. »Es ist alles abholbereit.«

Antonia fühlte sich munter. Die Aussicht, in Zukunft bei Carla zu leben, hielt sie wach. »Erst das Mittagessen.« Sie legte den Arm um ihre Schwiegertochter. »Ihr kommt uns bald besuchen?«

»Versprochen.«

Die Hoffnung, David samt Familie zu einem Umzug nach Mallorca zu überreden, hatte sie längst aufgegeben. Sie waren im Napa Valley zu Hause. July und Liam arbeiteten nicht mehr in der Bodega. Seit zwei Jahren reisten sie viel. David übernahm das Weingut der Schwiegereltern in der kommenden Saison, was die Ambitionen für ein eigenes auf Mallorca eindämmte. »Ich werde euch vermissen.«

»Wir euch auch.«

Victor jagte einer Katze hinterher, die vor ihm in die Büsche flüchtete.

»Es ist ruhig hier seit Christophers und Isabels Aufbruch nach Mallorca.« Adriana zeigte auf das Wohnhaus. »Und es wird noch weniger los sein, wenn ihr auszieht.«

Aaron und Mary lebten im Anwesen mit ihren drei Kindern. Mary begeisterte sich sehr für den Weinanbau. Gemeinsam mit Aaron würden sie die Bodega führen. Christopher stünde ihnen als Ratgeber zur Verfügung, wobei er Mary längst all sein Wissen vermittelt hatte. Als Erstgeborenem stand ihm der Grundbesitz zu, doch die Ambitionen von Antonias Schwiegersohn drehten sich darum, erfolgreich ein eigenes Weingut zu erschaffen. Nach seinen Vorstellungen. Von der Pflanzung der Zöglinge an. Isabel verstand ihren Mann, hatte seine Idee unterstützt, obwohl sie Mallorca nie gesehen hatte. Ohne zu zögern, hatte sie ihre Kinder und Sachen gepackt, war in ein Flugzeug gestiegen und mit ihrem Mann ans andere Ende der Welt gereist, wie es Antonia vor vierzig Jahren getan hatte. Nach einigen harten Zeiten hatte sie ihr Glück gefunden. In Federico.

Erst war sie ihm zuliebe in Havanna geblieben, nun begleitete er sie aus Liebe in ihre alte Heimat. Antonia blickte über die zurückgeschnittenen Weinfelder. Die einzige Konstante in ihrem Leben blieb der Wein.

»Das Mittagessen ist fertig.« David umarmte Adriana. »Papá? Kommst du?« Dann pfiff er durch die Finger.

Victor kam angerannt wie ein gut trainierter junger Hund, was Antonia laut lachen ließ. »Wenn er irgendwann apportiert, geht ihr zu weit.«

»Hol deinen Abuelo, vale?« Adriana wuschelte ihm durch das lockige Haar.

»Vale.« Er rannte los, flog förmlich die Treppenstufen in den Garten hinunter und brachte mit seinem Hechtsprung an die Sitzfläche die Hollywoodschaukel zum Schwingen. »Abuelo, aufwachen.«

Antonia wunderte sich über Federicos tiefen Schlaf.

Victor rüttelte an seinem Großvater.

Nichts.

»Nicht so stürmisch«, rief Adriana.

»Er wacht nicht auf.« Victor sah zu ihnen hinüber.

Eine kalte Angst ergriff Antonia. »Holt den Jungen.« Sie eilte zu ihrem Mann.

David begriff. Er nahm zwei Stufen auf einmal, rannte über die Rasenfläche und erreichte die Schaukel vor Antonia. »Geh zu deiner Mutter.«

»Was ist mit dem Abuelo?«

»Geh, habe ich gesagt.«

Victor gehorchte.

Antonia kniete neben der Schaukelbank nieder, strich Federico über die Wange, fühlte den Puls.

Nichts.

David wiederholte die Kontrolle. Er hielt noch den Zeigefinger unter die Nase seines Vaters. David schüttelte den Kopf. Kein wärmender Atemzug, kein Herzschlag war zu spüren.

»Soll ich den Arzt anrufen?« Victor stand bei Adriana, die besorgt zu ihnen sah.

»Er kann für Papá nichts mehr tun. Ruf ihn trotzdem.« David setzte sich neben Antonia. »Er sieht friedlich aus.«

Sie nickte.

Ihr fehlten die Worte.

Federico.

Tot.

»Ich kann es nicht glauben«, sagte David. »Noch vor einer Stunde hat er mit Victor Fußball gespielt.« Er sprach das für Antonia Unaussprechliche aus.

»Was soll ich nun tun?« Sie betrachtete die schlaffen Gesichtszüge ihres Mannes. »Wie kannst du mich allein lassen?«

David schloss sie in die Arme. »Das wirst du nie sein. Wir sind hier. Deine Familie ist immer bei dir. Ob hier oder auf Mallorca. Das verspreche ich dir.«

Antonia sah ihrem Sohn an, wie er gegen die aufsteigenden Tränen ankämpfte, während sie selbst diesen Kampf verloren hatte. Unkontrolliert liefen sie ihr über die Wangen. Trotzdem rang sie sich ein Lächeln ab. »Weinen ist in Ordnung. Auch als Mann.«

Ihre Worte ließen seinen Damm brechen. Auf der Terrasse erschienen Peter und Caroline. Entsetzen stand in ihren Gesichtern. Behutsam näherten sie sich. Fast als fürchteten sie, Federico in seinem Todesschlaf zu stören und damit böse Geister zu rufen.

Sie blieben stumm neben Antonia und David stehen, bis Doktor Porter die Treppen herunterkam. »Mein Beileid.«

»Danke.« Sie erhob sich, um dem Arzt Platz zu machen.

David reichte ihr ein blütenweißes Taschentuch, um sich die Tränen zu trocknen. Er wischte sich mit dem Handrücken über die Wangen.

»Kann man feststellen, woran er gestorben ist?«, fragte Caroline.

»Gibt es einen Grund, warum Sie das fragen?« Doktor Porter öffnete seine Tasche, holte ein Stethoskop heraus und hörte den Brustkorb ab. »Ich nehme einige Untersuchungen vor, wenn Sie das wünschen.«

Es kam Antonia falsch vor. Er war mit Blick auf seinen spielenden Enkelsohn verstorben. Es gab nichts zu klären. »Nein. Tun Sie, was notwendig ist. Ich werde ihn waschen und für die Aufbahrung anziehen.«

»Lass mich dir helfen«, bot David sich an.

»Das ist Frauensache«, erwiderte Caroline.

Antonia schätzte die Gesten, doch sie wollte sich in Ruhe von ihrem Mann verabschieden. Allein. »Das übernehme ich.« Sie wandte sich an David. »Fährst du mich zum Bestatter? Um den Sarg auszusuchen und die Beisetzung zu planen?«

»Natürlich.«

Isabel würde sich vorwerfen, nicht geblieben zu sein, wie sie es angeboten hatte. Antonia hatte darauf bestanden, dass ihre Tochter dieses Mal ihren Ehemann begleitete. Eine so junge Familie sollte sich nicht über mehrere Wochen trennen. Möglicherweise war es vorherbestimmt. So erinnerte sich Isabel an ihren Vater als agilen und lebensfrohen Mann und behielte nicht das letzte Bild von ihm in einem Sarg im Gedächtnis.

Die kommende Zeit verbrachte Antonia wie durch einen Nebelschleier. Selbst der Tag der Beerdigung konnte ihr nicht vollständig die irrationale Hoffnung auf einen bösen Traum nehmen, aus dem sie nur aufwachen müsste. Jeden Morgen drehte sie sich zu seiner Bettseite. Ihre große Liebe war von ihr gegangen. Vielleicht war es gut, nach Mallorca zu gehen, wo sie so viele schöne Stunden verlebt hatten. So könnte sie die Erinnerung an ihn bewahren. Die Orte aufsuchen, die sie gemeinsam besucht hatten. Im Napa Valley gab es diese Erinnerungsorte nicht. Federico hatte die Bodega selten verlassen. Zu zweit hatten sie kaum etwas unternommen. Das hatte sich erst auf Mallorca wieder geändert. Und nun würde sie ohne ihn dort ihre letzte Lebenszeit verbringen. Doch zuvor musste sie eine Reise unternehmen. Der Jahrestag von Valentinas Tod stand an. Vor ihrem Umzug würde sie sich am Grab ihrer Tochter ebenfalls von ihr verabschieden. Von ihr und ihrem Schwiegersohn William.

Auch den Weg wollte sie allein gehen.

»Ich lasse dich ungern ohne Begleitung fliegen.« David, der sie zum Flughafen gefahren hatte, sah sie zweifelnd an.

Seit Valentinas Tod akzeptierte sie, wie wenig sie den Lauf der Welt beeinflussen konnte. Ihre Spielzeit auf Erden war endlich. Jeder Tag mit seinen Liebsten ein Geschenk. »Es ist in Ordnung.« Sie umarmte ihren Sohn. »Ich bin dankbar für alles, was mir im Leben zuteilgeworden ist. Valentina hätte ich mehr Zeit gewünscht. Mehr Zeit zum Leben und mit William.«

David sah sie nachdenklich an. »Ich hoffe, ich besitze deine Stärke.« Er drückte sie an sich, bevor sie sich aus der Umarmung lösten.

»Die hast du.« Antonia lächelte. »Ich muss los. Übermorgen bin ich wieder zurück.«

»Ich hole dich pünktlich ab. Grüße William von uns.« David winkte ihr zum Abschied.

Antonia hob die Hand, schritt durch die Sicherheitskontrolle und wurde von der Menge verschluckt. Erst jetzt ließ sie ihre wahren Gefühle zu. Ihre mühsam aufrechterhaltene Körperspannung fiel in sich zusammen wie die Kleidung einer Vogelscheuche, der man das hölzerne Gerippe entzog. Mit hängenden Schultern ging sie zum Abflugschalter und setzte sich in den Wartebereich. Die Tasche und ihren warmen Wintermantel auf dem Schoß, kauerte sie auf dem Sitz und starrte zu Boden. Natürlich hatte sie ihren Sohn nicht angelogen, sie war dankbar für all die glücklichen Tage, dennoch umklammerte die Trauer ihr Herz wie ihre Faust den Gurt ihrer Handtasche. Erst Valentina. Rodrigo blieb seit Monaten vom Erdboden verschwunden. Und nun Federico. Umso mehr sehnte sie sich danach, bei ihrer Schwester auf Mallorca zu leben. Sie noch besser kennenzulernen, nach all der verpassten Zeit. Federicos Verlust lehrte sie, nichts aufzuschieben. Kein Treffen, keine Reise, keine Liebkosung, keine Feier, auch wenn einem die Kraft fehlte. Am Ende seiner Tage bereute man nur die Dinge, die man nicht getan hatte. Ob aus Angst, Zeitmangel, Stolz oder falscher Rücksicht.

Durch die Lautsprecher hörte Antonia, dass ihr Flugzeug bereit zum Einsteigen war. Sie stand auf und reihte sich bei den wartenden Fluggästen ein. In ihrem Magen rumorte es. Alles in ihr rebellierte. Hoffentlich beruhigte sich ihr Innerstes, bis sie William traf. Auch ihm gegenüber wollte sie Stärke demonstrieren. Ihn hatte Valentinas Tod für lange Zeit aus dem Leben gerissen. Erst beim letzten Besuch in Chicago hatte er wieder lebendig gewirkt. Weit entfernt von seiner bisherigen Fröhlichkeit, aber aktiv am Leben teilhabend, was ein immenser Fortschritt war. Antonia stieg über die Gangway ein, setzte sich auf ihren Sitz und hing bis auf die wenigen Unterbrechungen der Flugbegleiterin ihren Gedanken nach. Die Maschine landete am frühen Nachmittag.

Mit einem Taxi fuhr Antonia zum Rosehill Cemetery. Den Weg zum imposanten Familiengrab fand sie umgehend. Williams Bruder lag in derselben Grabstätte wie Valentina. Beide waren im gleichen Kugelhagel gestorben, die Hinterbliebenen sollten ihnen gemeinsam an einer Stelle gedenken können. Antonia hatte John nur selten gesehen. Sie verachtete die Art, wie er sein Geld mit den illegalen Geschäften seines Vaters verdiente, dennoch konnte sie dem Jungen nicht die Schuld geben. Es war schwer, sich dem Einfluss des eigenen Vaters zu entziehen.

Er hatte seine Vergehen mit dem Leben bezahlt. Antonia trug ihm nichts nach. »Ich komme, um mich von dir zu verabschieden.« Für ein paar Minuten hielt sie eine stumme Unterhaltung mit ihrer Tochter. Schritte auf dem Kiesweg rissen sie aus ihrer Zwiesprache.

»Mutter? Was tust du hier?«

Antonia fuhr herum und blickte in die Augen von Rodrigo. »Das sollte ich dich fragen.« Glück und Wut mischten sich wie Milch in Kaffee. »Wo zum Henker hast du dich die letzten Jahre herumgetrieben?« Am liebsten hätte sie ihrem Sohn eine saftige Ohrfeige verpasst. Stattdessen zog sie ihn in ihre Arme. »Ich bin so froh, dich gesund zu sehen. Wie oft dachte ich, man hätte dich irgendwo verscharrt. Einzig der Gedanke, dass du vor Monaten Geld bei Raymundo abgeholt hast, hat mich nie die Hoffnung aufgeben lassen.«

»Mir geht es gut.« Rodrigo hielt sie fest umschlungen. »Mach dir um mich keine Sorgen.«

»Bist du im Untergrund?« Sie musterte sein Gesicht. Das dunkle Haar trug er schulterlang. Wild sah er aus. Auch der Bart schien länger nicht mehr in Form gestutzt worden zu sein.

»Wenn du es so nennen willst.« Rodrigo zog sie mit sich auf eine Bank, die am Rande des Friedhofs stand. »Irgendjemand muss ja etwas unternehmen. Sie zerstören unser Kuba. Das können wir nicht zulassen.«

»Und dennoch bist du hier. In Amerika.«

»Nur, um Valentina zu sehen.« In seiner Stimme schwang Hass mit. Sehr viel Hass.

»Versprich mir, dass du keine Dummheiten begehst.«

Rodrigo sah zu Boden. »Was für dich Dummheiten sind, ist für mich ein Kampf, um Kuba zu befreien.«

Sie verstand ihren Sohn. Die Korruption in der Regierung ließ die Bevölkerung verarmen, während die Mafia die amerikanische Upper-Class mit Casinos und Nachtklubs auf die Insel lockte. Trotzdem verrannte er sich in eine fixe Idee, die nichts mit seinem Leben zu tun hatte. »Du kannst dich auf Kuba frei bewegen, hast durch das Weinfeld dein Auskommen. Was willst du mehr?«

»Gerechtigkeit.« Er reckte sein Kinn. »Die Amerikaner müssen aus Kuba verschwinden, bevor sie uns alles nehmen.«

Antonia konnte seine Gedanken kaum nachvollziehen. »Was haben sie dir genommen?«

»Valentina.« Er klopfte auf sein Bein. »Meine Ehre. So behandelt man Menschen nicht.«

»Du hast dich mit den falschen Personen umgeben. Wie Valentina.« Wie sollte sie ihm den Unterschied nur klarmachen? Jeder trug seine eigene Schuld mit sich herum. Rodrigo schob sein Unglück anderen unter, dabei war es seine freie Entscheidung gewesen, in diesen Rennwagen zu steigen. »Sponsoren sind keine Freunde. Die Fitzgeralds schon. Und Valentinas Mann ist ebenfalls ein Ehrenmann. Er schaffte es, sich von seinem Vater abzuwenden und Gutes zu bewirken. Zusammen mit Valentina.« In dem Moment schnitt ihr ein brennend heißer Gedanke ins Gedächtnis. Rodrigo wusste nichts vom Tod seines Vaters.

»Will.« Ihr Sohn schnaubte unwillig auf. »Der hat nur ein paar Fäden durchgeschnitten. Trotzdem bleibt er die Marionette seines Vaters.«

»Cariño, komm mit mir nach Mallorca. Zu deiner Familie. Du musst nicht auf Kuba bleiben.« Vielleicht gelang es ihr, ihn zu überreden. »Du könntest auf Mallorca ein neues Leben beginnen. Dir etwas aufbauen. Heiraten.«

»Was soll ich da? Ich kenne dort niemanden.« Rodrigo küsste seine Fingerspitzen und tippte sie auf die Steinplatte mit Valentinas Namen. »Außerdem bin ich in Havanna Verpflichtungen eingegangen.«

»Und weshalb bist du hier?«

Rodrigo sah schweigend zu Boden. »Ich wollte mich von ihr verabschieden. Das bin ich meiner Schwester schuldig.«

Er war der Beerdigung ferngeblieben. Wie auch Isabels Hochzeit.

»Bevor ich mich dem Widerstand anschließe.«

Antonia sah ihn flehend an. »Tu das nicht. Das nimmt kein gutes Ende.«

»Prío Socarrás hat sich die Taschen vollgestopft und lebt wie ein König in Miami.«

Antonia hatte gehört, dass sich der Socarrás nachfolgende Präsidentschaftskandidat Eduardo Chibás während seiner wöchentlichen Radiosendung vor den Ohren aller Zuhörer durch einen Schuss tödlich verletzte, um einen Aufstand anzuzetteln, der jedoch im Wahlergebnis dem Gegner in die Karten gespielt hatte. Ihr Sohn hatte Chibás aufgrund seiner kommunistischen Ansichten verehrt. Batista putschte erfolgreich drei Monate später und unterdrückte seither die Einheimischen. Prío Socarrás musste nach dem Putsch durch Batista fliehen. »Du willst zum ehemaligen Präsidenten?«

»Ja. Er hasst Batista.« Er zuckte die Schultern. »Die Feinde des Feindes sind Freunde. Er wird uns unterstützen, Batista loszuwerden.«

»Du irrst. Er wird dir kein Gehör schenken.« Antonia fürchtete, er könnte diesen Aktionismus nicht überleben.

»Versteh doch, wenn die Gesetze nicht greifen, muss man selbst handeln. Fidel Castros Klage gegen die Putschisten wegen Verfassungsbruch wurde abgewiesen. Wie zuvor die Klage gegen Prío.« Er schüttelte den Kopf. »Wenn wir nichts unternehmen, richten die Amerikaner uns zugrunde.«

»Dich nicht. Du hast dein Auskommen.« Antonia versuchte, ihren Sohn mit vernünftigen Argumenten umzustimmen.

»Du kannst mich nicht aufhalten.« Er zögerte einen Moment. »Ich bin mit einer Frau hier. Mit Yeyé.«

»Mit Heydée Santamaría? Die Tochter von Benigno? Dem Zuckerrohrbauer aus Pinar del Río? Der uns bei der Tabakernte geholfen hat?« Die Kinder hatten damals zusammen im Dorf gespielt. Das lag lange zurück. »Wie habt ihr euch wieder getroffen?«

»In Havanna letzten August. Bei der Gedenkfeier von Eduardos Todestag. Yeyé ist eine mutige Frau, an der sich viele ein Beispiel nehmen sollten. Abel ist ihr Vorbild.«

»Ihr eigener Bruder zieht sie in den Kampf hinein?« Blankes Entsetzen breitete sich in Antonia aus. »Warum?«

»Weil sie beide wissen, dass es richtig ist.«

Der Stolz, der in seiner Stimme mitschwang, ängstigte sie. Ihr Sohn war zu einem Fanatiker geworden. »Rodrigo, warum tust du das?«

»Weil es sonst niemand tut.« Er sah sich um. »Warum ist Vater nicht hier?«

Nun blieb ihr keine Möglichkeit, die Nachricht länger zurückzuhalten. »Dein Vater ist vor zehn Tagen gestorben. Ich habe dir ein Telegramm schicken lassen. Raymundo wird es auf den Küchentisch zu allen anderen Briefen gelegt haben.«

»Vater ist tot?« Aus seinem Gesicht wich jegliche Farbe. »Wie?«

»Er ist in der Hollywoodschaukel eingeschlafen und nicht wieder aufgewacht. Wir hatten beschlossen, nach Mallorca zu ziehen. Kalifornien ist mir fremd.« Antonia kämpfte mit sich. »Familie ist wichtig. Darum hätte ich dich gerne bei mir. Begleite mich. Tu es für Vater.«

»Er hat den Lebenswillen verloren. Nach Valentinas Tod war er nicht mehr derselbe.« Eine heftige Wut kochte in ihrem Sohn hoch. Auf der zuvor bleichen Gesichtshaut tauchten rote Flecken auf, die sich wie ein ausgegossenes Glas Rotwein auf einer blütenweißen Damasttischdecke abzeichneten. »Cunningham. Er trägt die Schuld an Papás Tod. Er würde noch leben, gäbe es dieses miese Schwein nicht. Erst hat er uns Valentina genommen und nun Vater!« Er wandte sich um, wollte vor ihr davonlaufen.

Sie griff nach seinem Handgelenk. »Bleib hier. Beruhige dich. Cunningham hat mit Vaters Tod nichts zu tun.«

»Und ob er das hat.« Er riss sich los und stürmte davon.

»Rodrigo!«

Ihre Rufe ignorierend, rannte er vom Friedhof. Antonia hörte eine Autotür knallen und ein Fahrzeug mit quietschenden Reifen davonfahren.

Resigniert sackte sie in sich zusammen. »Ach, mein Mädchen. Wann ist die Welt so kompliziert geworden?« Sie zupfte am Rand der Grabstätte Unkrauthalme aus der Erde. »Es ist an der Zeit, in die kleine Welt meiner alten Heimat zurückzukehren. Dir hätte es gefallen.« Sie ließ das Unkraut fallen und trat zwei Schritte zurück. »Ich werde nun gehen. In Gedanken wirst du mich ewig begleiten.« Ob sie ihren Sohn wiedersehen würde? Oder war dies hier ein Abschied für immer gewesen?

Erneut hörte Antonia Schritte. Sie fuhr herum.

»Ich hatte gehofft, dich hier zu treffen.« William stand neben einer hübschen Dame auf dem Weg. Die Frau sah zu Boden.

»Ich lasse euch allein.« Die Fremde drehte sich um.

Antonia wollte wissen, wer die Fremde am Grab ihrer Tochter war. »Bleiben Sie. Wer sind Sie?«

»Hope Snider.« Sie wandte sich ihr zu und gab ihr die Hand. »Buchhändlerin. Eventuell hat Ihre Tochter von mir erzählt.«

»Das hat sie.« Antonia reichte ihr ebenfalls die Hand. Sie erinnerte sich, mit welcher Begeisterung sich Valentina in ihr

Hilfsprojekt für Waisenhäuser gestürzt und von Hope Sniders Unterstützung geschwärmt hatte.

Will umarmte Antonia herzlich. »Kommt ihr zum Essen?«

Irritiert schwieg sie. William wusste noch nichts vom Tod seines Schwiegervaters. Sie hatte es ihm persönlich sagen wollen. »Federico ist tot. Ich bin ohne ihn hier.«

»Wann? Wie?« William sah ihr fest in die Augen. »Es tut mir unglaublich leid. Ich habe ihn sehr gemocht.«

»Ich weiß.« Es war die Wahrheit. Ihr Mann hatte seinen Schwiegersohn gern gehabt, obwohl seine Familie Unglück über sie gebracht hatte. »Nun werde ich ohne ihn zurück in meine Heimat gehen. Er ist friedlich eingeschlafen.«

»Es ist gut, dass du gehst. Du musst auch keine Rücksicht auf mich nehmen.« William fasste sie an den Schultern. »Das Zimmer im Hotel ist vorbereitet. Essen um acht Uhr? Ich möchte etwas mit dir besprechen.«

»Meinetwegen.« Antonia ließ sich überreden. »Wenn du mich noch einen Moment alleine lässt.«

»Ich war heute Morgen schon hier.« Er zeigte auf die roten Rosen.

Antonia zählte zehn Stück. Für jedes Ehejahr eine. »Das habe ich gesehen. Und trotzdem bist du nochmals hier.«

»Ich habe Valentina geliebt. Mehr als mein Leben. Das weißt du.«

Antonia schnitten seine Worte ins Herz. »Du musst sie gehen lassen. Mit deinem Leben weitermachen.«

William suchte Hopes Blick. Sie legte den Kopf schief, als würde sie eine Entscheidung abwägen, bevor sie sanft nickte. »Antonia, das tue ich bereits. Hope und ich … wir haben in unserer Trauer zueinandergefunden.«

Hatte Valentina nicht gesagt, Hope hätte einen Mann mit zwei Kindern geheiratet? »Das ist schön. Erzählt mir davon beim Abendessen, ja?«

»Du bist damit einverstanden?« Die Erlösung in Hopes Stimme war deutlich zu hören.

Antonia lächelte. »Valentina würde sich für euch freuen.«

»Das glaube ich auch«, bestätigte Hope. »Sie hat mir einen guten Mann gewünscht. Meine erste Wahl zeigte sein hässliches Gesicht erst nach der Hochzeit.«

William nahm Hopes Hand. »Er hat sie geschlagen. Das konnte ich nicht zulassen.«

Ihr Schwiegersohn beschützte Valentinas beste Freundin, nachdem ihre Tochter es nicht mehr konnte. Antonia dachte an ihren ersten Mann Mateo. »Es gibt Entscheidungen im Leben, die muss man korrigieren.«

Die Erleichterung in ihren Mienen bewies Antonia, wie sehr sie mit sich gerungen hatten. William bot Hope den Arm an. »Danke, Antonia. Dein Verständnis erleichtert mich.«

»Du hast verdient, glücklich zu sein.« Sie sah von ihm zu ihr. »Ihr habt es verdient.« Beide leiteten die Stiftung in Valentinas Namen. Was sollte sie mehr erwarten?

»Dann bis um acht.« William verließ die Grabstätte.

Für einige Sekunden blickte sie dem Paar hinterher, bevor sie sich abwandte. »Bist du einverstanden?«

Antonia lauschte tief in sich hinein, suchte nach der Stimme Valentinas, glaubte sie zu vernehmen. Wie sie ihre Tochter kannte, wäre sie zufrieden mit Williams Wahl. Die Menschen, die ihr am nächsten gestanden hatten, würden das Andenken an sie weitertragen. Ihr Name stünde weiterhin in Chicago für Hilfe für Kinder in Not.

Antonia zupfte das letzte Unkraut aus der Erde, unterhielt sich mit Valentina, bevor sie sich von ihr verabschiedete. Den Weg zum Hotel legte sie zu Fuß zurück. Die kleine Reisetasche wog leichter als ein Federbett, denn sie brauchte für diesen Aufenthalt nur wenig. Sie schlenderte durch den Park vor dem Hotel am See entlang. Setzte sich auf die Holzbank, auf der sie mit ihrer Tochter in die Sonne geblinzelt hatte, bevor sie in Wills Geschäft für Federico Hemden und Krawatten erstanden hatte. Nur einige Jahre lagen dazwischen, und doch kam es ihr vor wie aus einem anderen Leben. Die Luft war winterlich kalt. Es roch nach Schnee. Erst jetzt bemerkte sie, wie sie fror. Sie stand von der Bank auf, schlug den Mantelkragen hoch und bezog ihr Hotelzimmer. Eine warme Badewanne entspannte ihre durchgefrorenen Glieder.

Pünktlich um acht Uhr betrat sie den Speisesaal. William begrüßte sie, führte sie an die Bar. »Setz dich.«

Antonia nahm Platz.

William nippte an einem Glas Whisky. Er trank selten. »Du wolltest mir etwas sagen. So schwer wird es nicht werden.«

»Es geht nicht um Hope.« Er zog sich einen Barhocker heran. »Zwischen ihr und mir ist es anders als mit Valentina und mir.«

Den Unterschied kannte sie. Mateo hatte sie geglaubt zu lieben, Federico hingegen geliebt. Die Nuance fühlte man erst, wenn man wahrhaftig liebte. Das hatte William getan. Ob er Hope jemals so lieben würde? Sie wünschte es ihm. Und Hope. »Das verstehe ich. Du musst dich nicht entschuldigen.«

»Das tue ich auch nicht.«

»Was ist dann?« Antonia ließ ihren Whisky unberührt stehen.

Er schien sich sammeln zu müssen. Auf Wills Gesicht spiegelten sich widersprüchliche Gefühle. »Mein Vater. An Valentinas und Johns Todestag hasse ich ihn noch mehr.«

Antonia schwieg. Dem Mann, der so viel Leid über seine eigene Familie und die ihre gebracht hatte, wünschte sie ebenso wenig Gutes wie sein eigener Sohn. Er hätte sterben sollen. Vor vier Jahren. Nicht Valentina. Oder John. »Es tut mir leid für dich.«

»Mir nicht. Er war mir nie ein guter Vater.« Will stürzte den Whisky hinunter. »Niemals werde ich seine Geschäfte weiterführen. Nach seinem Tod werde ich seine Hotels und Casinos verkaufen. Hope wird mir helfen, mit dem Geld den Menschen in Chicago etwas zurückzugeben. Vielleicht gründen wir eine Entzugsklinik. Ich weiß es nicht.« Er bestellte einen weiteren Whisky.

Antonia schob ihm ihr Glas zu. »Für mich bitte Rotwein.«

Sie betrachtete ihren Schwiegersohn. »Wie geht es deiner Mutter?«

»Sie hofft heimlich seit Jahren auf seinen Tod.« Will nippte an seinem Getränk. »Mutter weiß, dass ich ihr Haus erst wieder betrete, wenn mein Vater tot ist. Irgendwann wird ihn eine Kugel niederstrecken.«

Der rauchige Whiskygeruch stieg Antonia in die Nase.

Er sah an ihr vorbei. »Hope kommt.«

Hope setzte sich zu ihnen. »Wollen wir nun essen?«

»Gerne.« Antonia erhob sich. Weder ihr noch Will schien das vorangegangene Gespräch auf den Magen geschlagen zu sein. Im Gegenteil. Sie aßen mit Appetit. Der Abend stand ganz im Zeichen der bevorstehenden Neuanfänge.

2

Selten kochte die Wut in Rodrigo hoch wie in diesem Moment. Seine trauernde Mutter an Valentinas Grab anzutreffen, ließ seinen Zorn anschwellen wie eine Springflut. Cunningham trug die Schuld am Unglück seiner Familie. Er und die Amerikaner, die sich auf Kuba bereicherten. Wie sollte seine Mutter seine Not verstehen? Die Amerikaner nahmen ihm alles. Seinen Erfolg, seine Karriere, seine Familie, seine Geschäfte, seine Ehre. Er wollte nicht mehr geben. Es war Zeit, die Ausbeutung zu stoppen und sich alles zurückzuholen. Für sich und seine Landsleute.

Für Yeyé.

Und ihren Bruder Abel.

Seit Rodrigo Yeyé kannte, besaß sein Leben wieder einen Sinn. Die Zusammenkünfte im Quartier 603, wo sie die Artikel für den *El Acusador* verfassten, schenkten ihm Hoffnung. Die Geschwister machten ihm Mut, obwohl die Verbreitung der Zeitung gefährlich war. Trotzdem unterstützte er die beiden und den Anwalt Fidel Castro. Yeyé hatte die verwegene Idee, direkt den ins Exil geflohenen Präsidenten Prío Socarrás um Hilfe zu bitten. Deshalb weilte Rodrigo in den Vereinigten Staaten. Die einmalige Gelegenheit, sich von seiner Schwester zu verabschieden, hatte er nicht ungenutzt lassen können.

Das Zusammentreffen mit seiner Mutter zerrte an seinem Gewissen. Er liebte sie, aber sie verstand ihn nicht. Das hatte sie nie getan. An manchen Tagen schaffte er es selbst nicht. Noch weniger, wenn er an seine Zeit als Rennfahrer zurückdachte. Dieses oberflächliche Leben, das ihm einst so schillernd und verlockend erschienen war, lenkte vom echten Dasein ab. Freundschaften existierten nicht. Alle hatten ihn fallen gelassen. Seine jetzigen Kameraden würden das nie tun. Das hatte Abel erfolgreich bewiesen. Selbst unter der Folter hatten einige Mitkämpfer geschwiegen, niemanden verraten. Bis hin zur Exekution. Yeyé schwor Rache für die Verbrechen an ihren Freunden. Rodrigo bewunderte sie dafür.

Wie sollte seine Mutter das verstehen? Sie lebte ihr behütetes Leben. Immer schon. Hätte sie schwere Zeitspannen durchstehen müssen, würde sie anders über die Lage auf Kuba denken. Oder über die Amerikaner. Er verachtete sie. Fast alle. Und Cunningham würde nun seinen Zorn zu spüren bekommen. Er würde ihm die Nase brechen und die Zähne ausschlagen.

Rodrigo lenkte den Wagen in Richtung Cunninghams Villa. Er fuhr am Stadtpark vorbei. Die Dämmerung brach herein. Trotzdem erkannte er zweifelsohne den Mann, der ihm auf dem Gehweg entgegenkam. Feinster Zwirn, edler Hut, eleganter Gehstock. Mit arroganter Miene führte er den Hund spazieren. Einen ausgewachsenen Dobermann. Mit dem Tier an seiner Seite fühlte er sich sicher. Die Art wie Cunningham stolz den Kopf reckte, ließ in Rodrigo einen Damm brechen, der wie eine Springflut mit einer Hasswelle über ihn hinwegrollte. Er hörte den Motor aufheulen, sah nicht, wohin er steuerte. Rodrigo spürte lediglich den harten Aufprall, vernahm einen grellen Schrei, gefolgt von einem dumpfen Schlag, bevor er sich mit dem Fahrzeug ohne einen Blick in den Rückspiegel entfernte. Menschen riefen um Hilfe.

Rodrigo setzte seinen Weg fort. Die alles verschlingende Welle ebbte ab und gab einer tiefen Zufriedenheit Platz. Ein paar gebrochene Knochen waren für Cunninghams Schuld ein viel zu geringer Preis.

Nach langer Fahrt in Richtung Süden hielt er in Jacksonville in einer Seitenstraße und schlief zwei Stunden.

Bei Sonnenaufgang fuhr Rodrigo an eine Tankstelle. Der Mitarbeiter tankte den Wagen voll. Rodrigo bezahlte. »Wo kann ich ein Bärenfell kaufen?«

Der Tankwart rieb sich über das Kinn. »Vielleicht hat Mitchell eines. Wobei die sehr begehrt sind.«

»Wo finde ich diesen Mitchell?«

Der Mann erklärte ihm den Weg. Die Farm lag außerhalb, was Rodrigo entgegenkam. Ein Mann führte ein Pferd von der Koppel. »Sind Sie Mitchell?«

Der Kerl spuckte etwas Undefinierbares aus. »Wer will das wissen?«

»Einer, der ein Bärenfell sucht. Haben Sie eines?« Rodrigo stieg aus dem Wagen und lehnte sich an den Koppelzaun.

Ein zustimmendes Grunzen. »Schwarzbär. Es hat mehrere Einschusslöcher. Ein Stümper. Deshalb liegt es noch hier. Wenn Sie das nicht stört.«

»Nein. Das wird vor dem Kaminfeuer niemand entdecken.« Rodrigo hatte nicht vor, das Fell an irgendeinem Kamin auszulegen. Sein Plan sah ganz anders aus.

Mitchell band die Fuchsstute am Zaun fest. »Kommen Sie mit.«

Sie wurden sich schnell einig. Der geforderte Preis war aufgrund der mangelnden Qualität gering. Rodrigo bezahlte. »Danke. Da wird sich meine Frau freuen.«

Mitchell hustete. »Dann haben Sie eine besondere Frau zu Hause. Die meisten wollen so ein Ding nicht im Wohnzimmer.«

»Meine schon.« Mühsam verstaute Rodrigo das Fell mit dem Bärenschädel daran im Kofferraum. Sein Bein schmerzte unter dem Gewicht.

Rodrigo hupte zum Abschied und fuhr vom Hof. Er suchte sich ein abgelegenes Waldstück, parkte, packte den Pelz aus und ging nach vorn. Der Schaden am rechten Kotflügel und der Motorhaube war beträchtlich. Er schlug das Fell mehrfach gegen den Wagen, rieb die Haare an die verbeulten Stellen, an die Stoßstange, bis er glaubte, genug Fellbüschel verteilt zu haben, um einen nächtlichen Unfall mit einem Bären vorzutäuschen. Der zerbrochene Scheinwerfer hielt die Bärenhaare am besten. Zufrieden mit seinem Werk, warf er den minderwertigen Pelz in den Wald und begab sich auf den Weg nach Miami, wo Yeyé in Fort Lauderdale auf ihn wartete. Es verwunderte Rodrigo wenig, dass Prío Socarrás nicht bei seinen Mitbürgern in Little Havanna lebte, sondern sich unter die Amerikaner mischte, wo er keine Feinde befürchten musste.

Das Riverside Hotel in Fort Lauderdale kostete ein Vermögen, aber so konnten sie sich unauffällig zwischen den Reichen bewegen, um keinen Verdacht zu erwecken. Das beliebte Hotel war von zwei Brüdern aus Chicago gegründet worden, die es nach einem Fischerurlaub eröffnet hatten. Rodrigo lernte Preston Wells am Tag ihrer Ankunft in der Lobby kennen. Der kannte Valentina und ihren Mann, er wusste auch um das Schicksal von Rodrigos Schwester. Das Zusammentreffen mit ihm hatte in ihm den Wunsch geweckt, sich von Valentina zu verabschieden, bevor er in den Kampf zog. Preston hatte Rodrigo spontan seinen Wagen für diesen Besuch geliehen. Rodrigo hatte ihm gegenüber Flugangst vorgegeben. Angst hatte er. Jedoch nicht vor dem Fliegen. Vielmehr davor, von den Häschern Batistas gefasst zu werden, da sie die Flugzeuge auf Kollaborateure kontrollierten.

Die Wells-Brüder kannten die Guerrera-Stiftung aus Chicago. Ihr Vater ging jährlich in der Weihnachtszeit zur Spendengala. Seither genossen Rodrigo und Yeyé jegliche Annehmlichkeiten auf Kosten des Hauses. Während Rodrigo der Bevorzugung mit gespaltenen Gefühlen gegenüberstand, wertete Yeyé die Vorzüge als eine Spende für ihre gute Sache.

Rodrigo stellte das Fahrzeug auf dem Hotelparkplatz ab.

»Ist Preston Wells zu sprechen?« Den Schaden wollte er umgehend melden und die Bezahlung für die Reparatur anbieten.

»Moment, Mr. Guerrera.« Der Rezeptionist erkundigte sich per Telefon, lächelte Rodrigo an. »Er empfängt Sie in seinem Büro.«

»Vielen Dank.« In wenigen Augenblicken wäre er den Buick los, und niemand würde ihn mit dem Unfall in Chicago in Verbindung bringen. Cunningham würde nicht ruhen, den Fahrer ausfindig zu machen, sobald er sich von seinen Verletzungen erholt hatte. Davon war Rodrigo überzeugt. Gesehen konnte er ihn nicht haben. Den Wagen würde er niemals finden.

»Rodrigo! Welche Freude! Du bist schon zurück?« Preston erhob sich hinter seinem Schreibtisch.

»Ja, der Besuch am Grab war kurz. Die Kälte hat mich rasch vertrieben. Und ich fahre gerne schnell Auto. Das weißt du ja.« Rodrigo spielte auf seine frühere Karriere an. »Leider zu schnell. Ich habe einem Bären das Fell abgezogen. Für den Schaden komme ich selbstverständlich auf.«

Preston zog die Augenbrauen hoch. »Der Buick fährt noch?«

»Natürlich. Er steht auf dem Parkplatz.« Rodrigo wies aus dem Fenster. »Willst du ihn dir ansehen?«

»Nein. Mach dir keine Sorgen. Ich kümmere mich darum. So habe ich nun eine tolle Geschichte, die ich zum Besten geben kann.« Er schlug ihm jovial auf die Schulter. »Lass uns einen Drink nehmen. Erzähl mir von der Fahrt.«

»Da gibt es nicht viel zu sagen.« Die Einladung zum Drink nahm er dennoch an. Den konnte er gut vertragen. So glimpflich davonzukommen, erleichterte ihn sehr. Vermutlich hätte er das Bärenfell zur Vertuschung gar nicht benötigt. Preston schien der Schaden nicht zu ärgern. Rodrigo sah es in diesem Fall wie Yeyé. Eine Spende im Kampf gegen das Unrecht.

Nach einer Dusche und einem Kleidungswechsel ging er hinüber zu Yeyés Hotelzimmer und klopfte an.

Die Tür schwang auf. Sie sah ihn überrascht an. »Mit dir habe ich nicht vor morgen gerechnet. Komm rein.«

»Die Fahrt ging schneller als erwartet.« Er betrat das Zimmer und setzte sich hinaus auf die Terrasse. Der Blick raubte ihm erneut den Atem. Ein üppig angelegter Palmengarten, dahinter der dunkelblau in der Sonne schimmernde Fluss. Ein Raddampfer lag an der gegenüberliegenden Anlegestelle. Der Wind wehte die Trompetenklänge der Livemusik herüber. »Hast du in der Zwischenzeit etwas erreicht?«

»Nein. Er gibt uns keinen Termin.« Yeyé holte sich aus dem Barfach eine Cola und goss sich großzügig Rum dazu ins Glas.

»Mierda.« Rodrigo fuhr sich über den Bart. »Wir müssen mit Little Havanna anfangen. Ich besitze Adressen von Exilkubanern, die unsere Sache unterstützen. Eventuell weiß jemand von ihnen, wie man an Prío herankommt.«

»Er muss ein Interesse daran haben, Batista loszuwerden!« Rodrigo hatte fest mit den finanziellen Mitteln von Prío gerechnet. »Wenn er uns nicht jetzt unterstützt, dann vielleicht später.«

Das tat er nicht.

Unverrichteter Dinge, was Prío anbelangte, aber mit einigen Tausend Dollar an Spendengeldern reisten sie per Schiff zurück nach Kuba. Unbehelligt erreichten sie im Morgengrauen den kleinen Hafen von Mantanzas, wo ein Wagen auf sie wartete und sie in die Wohnung in Vedado fuhr. Die Universität lag in unmittelbarer Nähe, was die Verteilung ihrer Schriftstücke in Havannas Studentenviertel beträchtlich erleichterte. Abel führte das Studium trotz der Widerstandsarbeit und seiner Stelle bei Pontiac fort. Rodrigo sah zu ihm auf. Der Mann schien keinen Schlaf zu brauchen.

Im Apartment trafen sie auf Abel, der, gebeugt über die Schreibmaschine, eine weitere Schrift verfasste. »Ihr seid zurück. Lief alles gut?«

»Wie man es sieht.« Yeyé warf ihre Tasche auf den abgewetzten Sessel und ging zur Küchenzeile, um Kaffee zu kochen. »Prío ziert sich. Ihm scheint der Sinn nicht nach Rache zu stehen.«

»Das kommt«, mutmaßte Abel. »Es liegt viel Arbeit vor uns.« Er wandte sich an Rodrigo. »Du solltest einige Zeit untertauchen. Man fragt hier zu oft nach dir. Fahr auf dein Weinfeld, und verhalte dich ruhig. Wir holen dich, sobald es losgeht.«

»Ich soll mich verstecken?« Rodrigo wollte nicht gehen. Was sollte er auf dem Feld? »Und was ist mit euch?«

»Nach uns hat niemand gefragt. Gib vor, ein zufriedenes Leben in Viñáles zu führen, so wie du es tun würdest, wenn du unpolitisch wärst. Und akquiriere unter den Bauern weitere Leute, die sich unserer Partei anschließen wollen. Wir brauchen jeden Einzelnen.«

»Gut. Ich will euch nicht in Gefahr bringen.« Nur deshalb würde er sich für ein paar Wochen zurückziehen. »Ich möchte aber mehr tun, als die Campesinos zu überzeugen.«

»Dann sammle Spenden. Für den Aufstand benötigen wir Waffen. Die kosten Geld.« Abel stand auf, klopfte ihm freundschaftlich auf die Schultern. »Wir sehen uns bald, Kamerad.«

Stolz, der Partei anzugehören und seinen Beitrag leisten zu können, verabschiedete er sich von den Geschwistern. Yeyés Nähe würde er vermissen. Die Frau gefiel ihm, obwohl sie zwei Jahre älter war als er. Ihre kräftige Nase passte zu ihrer Tatkraft, der Pagenschnitt schmeichelte ihrer Kinnlinie. Der rote Lippenstift gab ihr etwas Sinnliches. Rodrigo hatte sie schießen sehen. Sie stellte die Trefferquote vieler Männer in den Schatten. Er wollte zu Hause üben. Es konnte nicht angehen, dass eine Frau besser schoss als ein Mann. Nicht treffsicherer als er. »Holt mich, sobald ich euch behilflich sein kann. In der Zwischenzeit rekrutiere ich weitere Cubanos.«

»Ausgezeichnet.« Abel drückte Rodrigo kurz an sich, bevor er sich von ihm löste. »Nimm den nächsten Zug. Ich weiß, wo ich dich finde.«

Mit einer Umarmung verabschiedete sich Rodrigo von Yeyé. »Pass auf dich auf.«

Sie lächelte, als wollte sie sagen, das täte sie immer.

Er verließ die Wohnung, stoppte ein Taxi und ließ sich zum Bahnhof fahren, wo er den Zug nach Pinar del Río bestieg. Die kommenden Stunden zogen die sanften Hügel des Tals von Viñales an seinem Fenster vorüber. Dazwischen ragten hin und wieder die weit über die Landschaft verstreuten Mogotes auf. Die Kegelkarstberge verhießen die baldige Ankunft. Die milde Januarluft wehte den Duft von sattem Grün ins Wagoninnere. Es musste vor Kurzem geregnet haben. Der Geruch verriet es Rodrigo. So roch für ihn Heimat.

Für die Weiterfahrt wartete er nicht auf einen Bus, sondern ließ sich von einem Jugendfreund mit der Pferdekutsche bringen. »Wie läuft es hier?«

Berto schnalzte mit der Zunge. »Gar nicht. Es gibt wenig Arbeit. Wie immer.«

»Schließ dich uns an.«

»Unmöglich. Meine Familie braucht mich, wenn ich erschossen werde, sterben auch sie. Das kann ich nicht verantworten.« Sein Freund aus Kindertagen starrte stumpf vor sich auf den Weg. Er schien älter, als er es an Jahren vorweisen konnte. Die Not mergelte die Menschen aus.

Rodrigo verstand ihn nicht. »Willst du für deine Kinder das gleiche Elend? Für deine Enkelkinder?«

»Ich bin kein mutiger Mann.« Er sah kurz hoch. »Und du solltest es auch lassen. Du hast doch alles, was man für ein glückliches Leben benötigt.«

»Ich will die Amerikaner von der Insel haben.« Sie näherten sich dem neuen Wohnhaus auf dem Weinfeld. Aus dem ehemaligen Wohngebäude stieg Rauch auf. Raymundo musste zu Hause sein. Die Dämmerung brach bereits herein. »Vorher wird der Hunger auf dem Land nicht enden. Das ist meine Menschenpflicht. Gerade weil ich ein Auskommen habe, muss ich diesen Kampf unterstützen.«

Berto sah ihn verständnislos an. »Was haben die Amerikaner damit zu tun? Unsere Politiker sind korrupt.«

Es war müßig, mit Berto darüber zu sprechen. Er begriff die Zusammenhänge nicht. »Alles. Wenn sie nicht bestechen, um unbehelligt in Havanna ihrem Vergnügen nachzugehen, würde es uns besser gehen.«

Sein alter Freund brummte. »Als ob das Geld dann bei uns ankommen würde.«

Rodrigo hüpfte vom Kutschbock. »Danke fürs Fahren. Willst du noch auf ein Cerveza reinkommen?«

»Nein, kein Bier. Ich muss zurück.« Berto tippte sich an den Strohhut, wendete den Pferdewagen und begab sich auf den Rückweg.

Seine Reisetasche ließ Rodrigo auf der Veranda stehen. Er sperrte die Tür auf, schaltete das Licht an und öffnete die Fenster, um die kühle Abendluft ins Haus zu lassen. Raymundo kümmerte sich um das Anwesen. Das sah man ihm an. Obwohl er seit mehreren Monaten nicht hier gewesen war, roch es frisch, kein Staubkorn bedeckte die Möbel. Einzig der Kühlschrank war ausgesteckt, da er bis auf ein paar Bierflaschen leer war. Rodrigo nahm sich ein lauwarmes Bier und steckte den Stecker ein. Der Motor brummte, und das Licht leuchtete auf. Er schloss die Tür. Bis er am kommenden Tag einkaufen ginge, wäre der Schrank heruntergekühlt. Dieses Mal lohnte es sich, nicht wie sonst, wo er nur kurz kam, die

Briefe las, das Geld einsteckte und sich meist unbemerkt wieder verdrückte.

Mit dem Bier in der Hand setzte er sich an den Küchentisch. Zwei Telegramme lagen obenauf. Die Nachricht seiner Mutter zum Tod des Vaters. Er legte es beiseite und öffnete das zweite: *William Cunningham senior tot – Unfall – Mutter*

Für einen Moment stolperte sein Herzschlag. Tot? Damit hatte er nicht gerechnet. Er hatte ihn verletzen wollen, das ja, aber töten? Die Nachricht verschaffte ihm keine Genugtuung, keine Erleichterung, auch kein schlechtes Gewissen. Cunninghams Tod berührte ihn nicht.

Die Kuverts sortierte er nach Datum. Alle von seiner Mutter. Fünf Stück, im Rhythmus von acht Wochen schrieb sie ihm, obwohl sie nie eine Antwort von ihm erhielt. An manchen Tagen plagten ihn Schuldgefühle, auf der anderen Seite konnte er ihr keine Briefe schicken, um sie wissen zu lassen, wo er sich aufhielt. Es würde ihn und seine Kameraden in Gefahr bringen.

Sie berichtete, wie schön es auf Mallorca gewesen war, von der Familie und den Weinfeldern dort. Oder wie Tante Carla auf der Messe in Barcelona Isabel und Christopher kennengelernt hatte, und auch von dem geplanten Umzug nach Spanien. Rodrigo trank einen Schluck, lehnte sich zurück und überlegte. Er wollte für seine Mutter einen Brief verfassen, ihr vom Weinanbau erzählen, davon, dass er sich nun um die Felder kümmerte. Das würde sie erleichtern, obwohl er nicht vorhatte, seine ursprünglichen Pläne aufzugeben. Aber besser, er verschwieg diesen Punkt. Die Adresse auf Mallorca lag vor. Dorthin konnte er schreiben, wenn er die Umschläge direkt bei der Post aufgab. Sie hatte verängstigt ausgesehen, ihn angefleht, mit ihr zu reisen. Er musste sie beruhigen. Zufrieden mit dem Entschluss, leerte er sein Bier.

»Rodrigo? Bist du das?« Raymundos Stimme drang ins Innere.

»Ja, ich bin hier.« Er stand auf. »Komm herein.«

Raymundo betrat das Haus. In der Eingangshalle trafen sie aufeinander. »Ich hätte dich beinahe nicht erkannt. Dein Bart ist sehr lang.«

Mit der rechten Hand rieb sich Rodrigo darüber. »Er ist etwas aus der Form geraten. Das ändere ich.«

»Das würde ich dir empfehlen, sonst siehst du aus wie einer der Revolutionäre.« Raymundo ging hinaus auf die Veranda.

Die untergehende Sonne ließ die Kuppen der wie Würfel hingeworfenen Mogoteshügel feuerrot leuchten. »Was weißt du schon davon?«

»Weit mehr, als du denkst.« Raymundo zeigte auf das ursprüngliche Haupthaus, das er mit seiner Familie bewohnte. »Meine Frau hat gekocht, und ein kaltes Cerveza erwartet uns dort ebenfalls.«

Rodrigo nahm das Angebot an.

Nach dem Abendessen saßen die Männer bei einem kühlen Bier auf der Terrasse und lauschten in die Dunkelheit. Rodrigo vermochte nicht, seine Neugierde zu zügeln. »Wie hast du das vorhin gemeint?«

Raymundo schwieg einige Sekunden. »Du bist Mitglied in der orthodoxen Partei?«

»Seit drei Jahren, warum fragst du?« Er kannte Raymundo unpolitisch, er sprach nie über seine Einstellung. Im Grunde wusste Rodrigo nichts über den Mann, der seit Jahren sein

Weingut verwaltete. Nur eine Tatsache stand fest. Seine Mutter vertraute ihm blind.

»Bist du in Havanna aktiv?«

Warum fragte er das? Raymundo war lediglich ein Angestellter. »Willst du mich aushorchen?«

»Im Moment sitzt du auf meiner Terrasse. Wenn du aus Havanna fliehen musstest, habe ich das Recht, das zu erfahren.«

Die Furcht konnte Rodrigo nachvollziehen. Batista verfolgte seine Feinde gnadenlos. »Ja, ich musste aus Havanna fort. Es droht euch keine Gefahr. Sollte sich das ändern, werde ich es dir sagen.«

»Das erwarte ich von dir. Meine Kinder leben hier in Sicherheit, das soll so bleiben.« Raymundo holte zwei weitere Flaschen Bier. »Meine Frau kennt sich inzwischen auf dem Feld so gut aus wie ich. Es wird hier weitergehen, sollte man mich festnehmen. Ich habe hier einige Bauern für die Sache gewinnen können. Wir warten auf den großen Tag und bereiten uns darauf vor.« Anschließend erzählte Raymundo aus seiner Vergangenheit. Von seinen Kontakten in Havanna. Dem Kampf, den er seit Jahren gegen die Korruption führte, die kein Ende zu nehmen schien. Wie ihn Rodrigos Mutter nach Viñales geschickt hatte, um ihn aus der Schusslinie zu halten. Vom Tod des besten Freundes und warum er seinem Dorf fernblieb, außer zu wenigen Familienbesuchen.

Mit jedem Satz stieg Raymundo in Rodrigos Achtung. In dem Mann steckte weit mehr, als er angenommen hatte: Ein unerwarteter Verbündeter.

»Weiß Magdalena davon?« Er kannte Raymundos Tante, obschon er sie lange nicht gesehen hatte. Ob sie mittlerweile verheiratet war? Bis zum Wegzug von Rodrigos Eltern hatte sie zum Haushalt der Guerreras gehört. Sie war der Grund gewesen, um über den elitären Tellerrand hinauszusehen, wenngleich er sich während seiner Rennfahrerzeit vom Luxus hatte blenden lassen.

»Nein. Meine Tante ahnt es, das genügt.« Raymundo zeigte ins Haus. »Meine Frau ist informiert, sie unterstützt mich, damit ich an manchen Tagen unbehelligt fortbleiben kann.«

»Wo bist du in der Zeit?«

»Offiziell zu Verhandlungen in Havanna.«

Nun wurde Rodrigo neugierig. »Und inoffiziell?«

»Im Zentralbüro der Orthodoxen Partei am Prado 109. Castro ist oft anwesend, er streut Falschinformationen, um zu sehen, wem er trauen kann. Ich berichte ihm aus Pinar del Río. Wir haben vier Gruppen in verschiedenen Stationen.« Raymundo sah ihn an. »Alles, was ich dir sage, darf diese Veranda nicht verlassen. Sonst gefährdest du die Planung.«

Das fürchtete Abel ebenso, deshalb hatte er Rodrigo nach Viñales geschickt, um dort eine Truppe zu rekrutieren und zu leiten. »Von mir erfährt niemand ein Wort.« Dabei fiel ihm auf, wie wenig Raymundo tatsächlich preisgab. Besser, er wechselte das Thema. »Kann Aida meinen Haushalt erledigen, oder soll ich jemand aus dem Dorf fragen?« Er kannte Raymundos Frau nur flüchtig. Sie kümmerte sich während seiner Abwesenheit um das Haus, wobei es nicht viel zu tun gab. So blieb ihr ausreichend Zeit, sich um ihre halbwüchsigen Jungs zu kümmern.

»Wenn du auf dem Feld hilfst, kann sie das übernehmen. Die Arbeit ist für sie auch leichter. Sie wird deinen Haushalt gerne führen. Die Jungs helfen nur am Wochenende.

Sie brauchen eine gute Schulbildung.« Raymundo rief nach Aida, die seinem Vorschlag zustimmte und anschließend wieder verschwand, um die Männer allein zu lassen.

Rodrigo erinnerte sich nicht an Raymundos Söhne. Er hatte sich nie für sie interessiert. Nun schämte er sich dafür. Immerhin kämpfte Raymundo zum Wohl seiner Söhne für die gerechte Sache. In den kommenden Wochen wollte er sie kennenlernen.

Rodrigo ging mit Raymundo zu klandestinen Zusammenkünften, bis er letztlich die kleine Lokalgruppe führte und ausbildete. Nach einigen Monaten kam Bewegung in ihre Pläne. Castro erklärte nach Ausschöpfung aller legalen Mittel das in der Verfassung enthaltene Widerstandsrecht. Er begann mit den Vorbereitungen, bildete tausendzweihundert Kämpfer aus, um sein Vorhaben zu verwirklichen.

Der Versuch der Erstürmung der Columbia-Kaserne in Havanna scheiterte an der Geschwätzigkeit eines Professors, der glaubte, er hätte genug Unterstützer. Anstatt die Kaserne einzunehmen, stürmte zuvor das Militär die Häuser der Widerständler und verhaftete sie. Dies zeigte Castro deutlich, wie wenig er verraten durfte. Aus diesem Grund erfuhr Rodrigo kein Wort über die genaue Planung. Selbst nicht von Abel, der dicht mit dem Anwalt zusammenarbeitete. Die Bauern und Armen standen bereit, wie auch Rodrigo. Er konnte es kaum abwarten, endlich den verfassungsmäßigen Status wiederherzustellen und rechtmäßige Wahlen zu ermöglichen, die Batista durch den Putsch im März verhindert hatte, um nicht zu unterliegen. Rodrigos Hoffnung wuchs ins Unermessliche. Sie würden siegen. Die orthodoxe Jugend glaubte an die Sache. Diszipliniert und als Einheit erwarteten

Rodrigos junge Kameraden weitere Anweisungen. Den Großteil der Männer kannte er. Ihre Väter hatten auf den Tabakfeldern von Artemisa bei der Ernte geholfen. Auf den Feldern seines Vaters. Oft hatte er die Pausen mit ihnen verbracht, nachdem seine Eltern ihn zu der Ausbildung als Tabakfabrikant gezwungen hatten, bevor er in den Rennwagen gestiegen und diesem Zwang davongefahren war. Nun stand er wieder hier. Neugeboren. Ungeduldig und einsatzbereit, mit siebenundzwanzig kampfbereiten Freunden.

Raymundo kam zu ihm auf das Weinfeld. Noch hing die Julisonne tief am Himmel und würde die Ebene zur Mittagszeit in einen Glutofen verwandeln, weswegen er die harten Arbeiten nachts oder in den frühen Morgenstunden erledigte. Zeit, sich auszuruhen und sich schlafen zu legen. »Es ist so weit.«

»Ja, ich weiß. Ich kontrolliere nur noch diese Reihe.« Er fächelte sich Luft zu.

Raymundo grinste. »Das meinte ich nicht.«

In dem Moment begriff er. »Es geht los?«

»Ja, ihr trefft euch in zwei Stunden am Bahnhof und fahrt nach Santiago. Dort holt euch jemand ab und bringt euch in eines der Gasthäuser.« Raymundo klopfte ihm auf die Schulter. »Viel Erfolg. Und pass auf dich auf!«

»Danke.« Rodrigo eilte ins Haus, duschte rasch, zog sich seinen besten Anzug an und ging ohne Gepäck zum Bus, der ihn zum Bahnhof von Pinar del Río brachte. Zwischen den sechsundzwanzig Männern, die in den Zug stiegen, wirkte er wie ein Geschäftsreisender. Das erschien ihm die perfekte Tarnung.

Nur einer aus seiner Lokalgruppe fehlte: Gustavo. Warum auch immer. Vielleicht hatte man ihn nicht erreicht. Ob es dieses Mal tatsächlich losgehen sollte, würde sich zeigen. Mehrfach waren sie schon zu einem Versammlungsort gerufen worden, um anschließend unverrichteter Dinge wieder nach Hause geschickt zu werden. An jenem Tag fühlte es sich besonders an. Die Stimmung schien anders. Und das lag nicht daran, dass in Santiago die jährlichen Karnevalsfeiern stattfanden.

Die Kameraden verteilten sich wie gewohnt auf unterschiedliche Abteile, um nicht den Eindruck zu erwecken, gemeinsam zu reisen. Die Stunden der Zugfahrt krochen dahin. Rodrigo fühlte keine Müdigkeit. Zu sehr klopfte sein Herz aus Vorfreude auf einen gerechten Sieg. Was auch immer sie in Santiago de Cuba erwartete, es würde sie in eine neue Ära führen.

Ein Kontaktmann brachte sie nach einer kurzen Schlafpause in einem Gästehaus am Stadtrand gegen dreiundzwanzig Uhr auf eine außerhalb der Stadt liegende Farm. Mehrere Autos standen auf dem Gelände verstreut. An einigen wehte die Fahne der Batista-Anhänger. Die perfekte Tarnung.

Rodrigo spürte förmlich, dass sie an diesem Samstag Geschichte schreiben würden. Die Stimmung übertrug sich auf die Männer. Auf der Farm im Vorort Siboney trafen sie auf rund einhundertundsechzig Mitstreiter. Fidel Castro begrüßte sie alle. »Um es kurz zu machen, in ein paar Stunden greifen wir die Moncada-Kaserne mit hundertzwanzig Männern und Frauen und die von Bayamo mit den restlichen Leuten an. Den Tag haben wir bewusst ausgewählt. In der Stadt wird ausgelassen gefeiert, die Soldaten werden müde sein und wir siegreich.«

Rodrigo wusste, wer unter den Frauen war. Yeyé und Melba. Er suchte nach Yeyé. Sie stand neben Abel, und er ging hinüber, um sie zu begrüßen. »Ich hoffe, wir sind für den gleichen Sturm eingeteilt.«

Abel klopfte ihm freundschaftlich auf die Schulter. »Sind wir, mein Freund.«

Er fing Yeyés Blick auf, der ihm durch die Eingeweide fuhr. Sie und Melba trugen Männerkleidung.

Applaus brandete auf.

Bis auf fünf Studenten, die kalte Füße bekamen, klatschten alle.

Castro sah sie verächtlich an. Sie stahlen anderen den Platz und zogen nun den Schwanz ein.

Castro wandte sich ihnen zu. »Ihr müsst mitkommen, ich kann euch hier nicht zurücklassen. Geht ans Ende der Gruppe für den Angriff auf die Moncada-Kaserne. Ich werde euch nicht zwingen zu kämpfen, aber ihr müsst uns folgen.«

Darauf einigten sie sich.

Die Vorbereitungen liefen reibungslos ab. Zwei Männer stiegen über eine Strickleiter in den Brunnen neben dem Wohnhaus hinab. Anschließend ließ Abel einen Strick hinunter. Wenig später zogen sie die dort versteckten Waffen nach oben.

Hühner gackerten in einem Stall, hinter dem die Männer aus den ankommenden Fahrzeugen die Schusswaffen ausluden. Ein Mann namens Renato Guitart erteilte die Anweisungen. Er war der einzige Teilnehmer aus Santiago. Alle anderen Mitkämpfer kamen aus dem Westen. Rodrigo verstand die Gründe. Nur ein einziger Mann aus Santiago de Cuba kannte den Plan. Und der gab vor, ein Hühnerzüchter auf dieser Farm zu sein. Niemand erweckte Verdacht.

In den frühen Morgenstunden ging es los. Rodrigo trug ein belgisches Jagdgewehr Kaliber 12. Jeder Schuss feuerte jeweils neun Kugeln ab, was auf kurze Distanz den maximalen Erfolg versprach, denn ein Projektil würde den Gegner immer treffen. Woher die Waffen stammten, entzog sich Rodrigos Kenntnis.

Es lag gut in der Hand. In der Unteroffiziersuniform eines Batista-Soldaten, die Melba und Yeye in Havanna genäht hatten, fühlte er sich unwohl. Er kam sich verkleidet vor.

Fidel gab die Anweisungen. »Abel, du bleibst im hinteren Teil. Nimmst den Gerichtssaal ein, dort wirst du keine Probleme haben. Ich werde mit einigen Mitstreitern den Eingang besetzen, die Ketten entfernen, um die Zufahrt mit dem Auto freizugeben.« Er sah zu Rodrigo. »Du wirst ihn mit acht Männern aus eurer Gruppe von Artemisa begleiten. Ihr seid gut ausgebildet.«

Rodrigo durchflutete eine Welle des Stolzes. Er kämpfte mit seinen Leuten an Castros Seite. Yeyé zwinkerte ihm zu.

Viertel vor fünf brachen sie auf. Mit jeder vergehenden Minute, in der sie sich der Moncada-Kaserne näherten, steigerte sich Rodrigos Nervosität. Das Blut rauschte in seinen Ohren, sein Mund trocknete aus, und ein ihm sehr bekanntes Kribbeln durchzog seinen Körper. Er fühlte sich wie vor dem Start eines Rennens. Auch dort war es für ihn jedes Mal um den Sieg gegangen. Hoch konzentriert beobachtete er seine Gruppe, die zusammengepresst in einem Fahrzeug saß. Die Soldaten würden noch schlafen. Denen stand die größte Überraschung ihres Lebens bevor.

Rodrigo bemerkte, dass der erste Wagen am Ziel hielt. Die Männer stiegen aus, entwaffneten und neutralisierten die Wachen am Eingangstor, doch eine Patrouille mit Maschinengewehren näherte sich. Castro gab Gas. Er schien die

Wachleute stoppen zu wollen, um sie vom Schießen abzuhalten. Die Männer fuhren überrascht herum, legten an, verwarfen ihr Vorhaben jedoch, als sie alle Insassen mit angelegten Waffen aus dem Wagen springen sahen. Ein Schuss zerriss die nächtliche Ruhe. Die Mitfahrenden der nachfolgenden Fahrzeuge verließen ebenfalls die Autos.

Weitere Schüsse fielen.

Ein Alarm schrillte los, verschmolz mit den durch die Nacht peitschenden Gewehrsalven. Rodrigo schützte sich mit der Beifahrertür vor den einschlagenden Kugeln. Erwiderte das Feuer. Sah nicht, ob er traf.

Jemand brüllte Kommandos. »Ins Krankenhaus! Organisiert euch neu!«

Der Trupp kam in Bewegung. Rodrigo folgte einer Gruppe, die nicht seine war. Im Chaos fand er sie nicht, wollte jedoch nicht auf dem Zufahrtsweg zur Bastion zurückbleiben. Sie liefen zum Waffenarsenal. Dort weckten sie die Militärkapelle, die neben aufgereihten Musikinstrumenten auf den Pritschen lag.

Das Überraschungsmoment, alle Soldaten in der Kaserne zu überwältigen, war missglückt. Der Hauptkampf fand vor der Kaserne und nicht in ihr statt. Rodrigo vernahm die Schüsse der Gegner. Er sah einige nur in ihrer Unterwäsche und barfuß auf sie schießen. Rodrigo feuerte zurück. Auf der weißen Wäsche erschienen dunkelrote Flecken wie ein abstraktes Gemälde. Die Gegenwehr steigerte sich. Die Soldaten der Kaserne erholten sich rascher vom Angriff als angenommen, was Rodrigo zum ersten Mal am Erfolg der Mission zweifeln ließ.

Die Alarmsirene hörte sich für ihn zwischenzeitlich wie das Signal zum Rückzug an. Er schoss. Die Kugeln trafen einen

Soldaten an der Schulter und im Brustbereich. Die sich ausbreitenden Punkte wirkten wie zu schnell erblühte Blumen. Der Mann sackte in die Knie.

Den Treffer quittierten dessen Kollegen mit einem wahren Kugelhagel. Die näher kommenden Einschläge zwangen Rodrigo in die Deckung. Trotzdem streifte ihn ein Schuss am linken Oberarm. Der Schmerz brannte wie ein glühendes Kohlenstück auf blanker Haut. Automatisch ließ er das Gewehr sinken.

Ein Kamerad zerrte an seiner Schulter.

Rodrigo sah ihn an.

»Rückzug.«

Er gehorchte, rannte zurück zur Zufahrt und sprang in einen der herumstehenden Wagen, der mit voller Besetzung die Flucht antrat. Rodrigo befand sich inmitten fremder Männer. Blut rann ihm den Arm hinunter. Das Fahrzeug bog nach Siboney ab, zur Farm, von der sie gestartet waren. »Werden wir verfolgt?«

Die Männer auf der Rückbank drehten sich um. »Sieht nicht so aus. Wo sind die anderen?«

Rodrigo hatte keine Ahnung. Er wusste nur eines: Man würde sie jagen. Bis man sie fand. Und man würde sie töten. »Wir müssen untertauchen.«

Seine private Kleidung lag noch am Baumstamm, wo er sich umgezogen hatte. Er riss das Hemd der Uniform in Streifen, verband seine Schusswunde und hoffte, sie würde aufhören zu bluten.

In Windeseile zog er sich um, warf das Gewehr in den Brunnen und schlug sich zu Fuß durch bis Santiago de Cuba. Der Bahnhof wurde überwacht, wohin man sah, standen Wachen herum. Vom Angriff auf die beiden Kasernen wusste zwischenzeitlich jeder, auch von der missglückten Eroberung. Rodrigo überprüfte den Behelfsverband, den seine Jacke vor Blicken verbarg. Er hielt.

Überall sprachen die Menschen über Festnahmen und Tote. Ihm bekannte Namen fielen. »Wo wollen Sie hin?«

»Nach Viñales.« Er besann sich auf die prominenten Freunde seiner Familie. »Die Bacardís hatten mich zum Karneval eingeladen. Nun muss ich zurück auf meine Felder.«

»Nennen Sie Ihren Namen«, bellte der Oberoffizier.

»Rodrigo Guerrera Delgado aus Havanna. Ich lebe zurückgezogen auf dem Weinfeld.« Seine Stimme klang fest, dabei zitterte er am ganzen Körper, als er die Lügen aussprach.

»Gut, Sie können fahren.« Der Offizier notierte seinen Namen auf einem Block und bedachte ihn erneut mit einem prüfenden Blick. »Bleiben Sie auf dem Weingut, falls wir Sie nochmals sprechen müssen.«

»Natürlich, wohin sollte ich sonst gehen.« Künftig musste er auf der Hut sein. Die Bacardís würden seine Aussage bestätigen. Davon war er überzeugt.

Mit wackeligen Knien stieg er in den Zug nach Havanna. Als sein Hintern den Sitz der Bank berührte, entspannte sich Rodrigo zum ersten Mal seit seiner Abfahrt nach Santiago. Die Enttäuschung, versagt zu haben, wich der Erleichterung, noch am Leben zu sein. An jeder Station, an der der Zug hielt, rechnete Rodrigo damit, verhaftet zu werden. Der Ärmel der schwarzen Anzugjacke nässte durch. Das Blut erkannte man nicht, solange er die Jacke anbehielt.

Erst als er in Havanna umstieg und weiter Richtung Osten fuhr, ließ die ihn alles umfassende Angst neue Gedanken zu.

Würden die Bacardís zu ihm halten? Die festgenommenen Kameraden schweigen? Er hoffte es.

Am Bahnhof von Pinar del Río bemühte er sich um einen normalen Gang. Keiner seiner Kameraden aus dem Ort hatte im Zug gesessen.

Am liebsten wäre er zu Berto gelaufen, um sich schnellstmöglich nach Hause fahren zu lassen. Er zügelte seinen Impuls. »Rodrigo, wie geht es dir? Warst du in Havanna?«

»Ja, ich habe mich mit einem Weinhändler getroffen«, log er mit fester Stimme.

»Deshalb der feine Zwirn.« Bertos Nachbar lehnte sich an den morschen Lattenzaun. »Hast du erfolgreich Geschäfte getätigt?«

Seine Ausrede, eine Geschäftsreise unternommen zu haben, ging auf. »Wird man sehen. Manche brauchen ewig, um sich zu entscheiden.« Er zuckte die Schultern, als würde ihm das Sorge bereiten. »Aber zum Leben reicht es aus. Ich will nicht klagen.«

»Du hast Glück. Wie geht es deiner Familie?«

Da Rodrigo die Briefe gelesen hatte, konnte er ihm einiges berichten. »Vielleicht gehe ich sie in Spanien bald besuchen.« Das würde seine Abwesenheit erklären, sollte er untertauchen müssen. »Ob Berto mich fahren kann?«

»Er ist zu Hause. Hat mich gefreut, dich zu sehen. Grüße deine Familie von mir.« Er tippte sich an den Strohhut und wandte sich ab, um sich um die festgebundene Ziege zu kümmern, die mit vollem Euter herumstand.

»Mach ich.« Rodrigo klopfte an Bertos Haustür.

Er öffnete. Überrascht sah er ihn an. »Holt dich Raymundo gar nicht mit dem Auto ab?«

»Er weiß nicht, dass ich einen früheren Zug genommen habe.« Wie er geistesgegenwärtig log, wunderte ihn selbst. In diesem Dorf würde ihn niemand verraten. Sie kannten sich seit vielen Jahren. Trotzdem versuchte er sich zu schützen. Berto erzählte er dieselbe Geschichte wie seinem Nachbarn. Er gab vor, nur eine kurze Geschäftsreise in die Hauptstadt unternommen zu haben, und erzählte begeistert von der neuesten Theatervorstellung im Tropicana.

Vor seinem Haus bedankte er sich bei Berto, bezahlte ihm einen großzügigen Fahrpreis und stieg vom Kutschbock. Er sah ihm nach. Erst als Berto außer Sicht war, zog Rodrigo die Anzugjacke aus und begutachtete seinen blutenden Arm. Lange hätte er die Schusswunde nicht mehr geheim halten können. Die Streifen waren durchgeweicht. Das weiße Hemd blutdurchtränkt. Bald wäre ihm das Blut den Arm entlanggelaufen.

»Verflucht.« Raymundo stand plötzlich neben ihm. »Es ist schiefgegangen.« Mit zwei Sätzen überwand er die Verandastufen. »Lass mich das ansehen.« Er blickte sich um. »Besser drinnen.«

Rodrigo gab ihm recht.

In der Abenddämmerung ließ sich nur wenig erkennen. Raymundo machte Licht.

Er setzte sich an den Küchentisch, zog das Hemd aus, löste die Stoffstreifen und tupfte damit über die blutende Stelle. »Wenn sie mich so sehen, bin ich fällig.«

»Hast du Jodtinktur im Haus? Das muss desinfiziert werden.« Raymundo betrachtete die klaffende Wunde. »Genäht werden muss sie auch.« Er wandte sich zum Gehen. »Ich bin gleich zurück.«

Rodrigo fragte sich, woher Raymundo wusste, was zu tun war. Er war kein Arzt. Das Blut lief weiter. Die Fleischwunde musste geschlossen werden. Zweifellos.

Raymundo kam in Begleitung von Aida wieder. Sie trug ihren Nähkorb mit sich. Raymundo hielt eine Rumflasche und Jodtinktur in den Händen. »Trink.« Er stellte ihm die Flasche geöffnet auf den Tisch.

»Aida will mich wie einen kaputten Strumpf flicken?«

»Hast du eine bessere Idee?«

Rodrigo graute es bei der Vorstellung. »Nein.«

Aus der Hosentasche zog er eine Angelschnur. »Damit sollte es gehen.«

Mit hochgezogenen Augenbrauen betrachtete Aida die Stelle. »Das sieht übel aus. Hoffentlich eitert es nicht.«

Damit riss Aida zusätzlich alte Wunden auf. Sein Bein hatte sich damals entzündet. Nur mit Not hatten die Ärzte es retten können. Rodrigo trank aus der Rumflasche. Schluck für Schluck, leerte die Flasche bis zur Hälfte.

Aida reichte ihm ein Stück Holz, mit dem sie normalerweise kaputte Hosenbeine zum Nähen aufspannte. »Beiß da drauf.« Sie fädelte die Angelschnur in das Nadelöhr. Das Jod träufelte sie über die Nadel. »Ich habe keine Erfahrung.«

»Tu es.« Er klemmte sich das Holzstück zwischen die Zähne.

Der Schmerz trieb ihm die Tränen in die Augen, als die Nadel durch sein Fleisch stach. Er raubte ihm den Atem. Kurz vor einer Ohnmacht fuhr ein Brennen über seinen Arm. Rodrigo hörte sich schreien. Dann ebbte der Schmerz ab.

»Es ist überstanden.« Aida sah ihn mitleidig an. »Immerhin blutet es weniger.«

Rodrigo blickte auf die frische Naht. Wulstig. Aufgeschwollen. Aber die Blutung war gestoppt. »Danke.«

Raymundo holte drei Gläser aus einem Küchenschrank und goss jeweils zwei Fingerbreit Rum ein. »Den haben wir uns verdient.« Er schob ihm ein Glas zu. »Was ist geschehen?«

»Irgendetwas lief schief.« Rodrigo versuchte es selbst zu ergründen. Vergeblich. Er erzählte die Vorkommnisse aus seiner Erinnerung. »Abel und seine Leute sind mit dem Auto weiter in die Kaserne hineingefahren. Ich habe sie nicht herausfahren sehen.«

Raymundo rieb sich den Nacken. »Wenn sie geschnappt worden sind, werden sie das nicht überleben.«

Die Tragweite der vergangenen Nacht tropfte ihm wie zähflüssiger Sirup ins Bewusstsein. Die Revolution war gestorben, und alle, die daran beteiligt waren, würden folgen.

»Du musst hier weg.«

Raymundo sprach aus, was Rodrigo dachte. »Wohin?« Darüber hatte er auf der Zugfahrt nachgedacht.

»In meinem Dorf wird dich niemand vermuten.« Raymundo leerte sein Glas in einem Zug. »Du musst umgehend abreisen. Sollte jemand unter Folter deinen Namen nennen, kommst du hier nicht mehr fort.«

Rodrigo stimmte ihm zu. »Ich nehme morgen früh den ersten Zug.«

»Ruh dich aus.« Er schob das leere Glas von sich. »Ich halte Nachtwache.«

Aida stand auf. »Ich bereite etwas zu essen vor.«

Tiefe Dankbarkeit durchflutete Rodrigo. »Das werde ich euch nie vergessen.«

Nach dem Abendbrot legte er sich hin. Wider Erwarten fand er augenblicklich in den Schlaf.

Die Morgendämmerung brach an, als Raymundo ihn weckte. »Du musst packen.«

Rodrigo schlug die Decke zurück und prüfte die Wunde. Sie sah sauber aus. Keine Entzündung zu erkennen. Er schlüpfte in ein frisches Hemd und Bluejeans. Passend für die Reise in ein Arbeiterdorf. In die Reisetasche stopfte er Kleidung zum Wechseln und einige Hygieneartikel sowie ein Bündel Geldscheine, das er unter einer Bohlendiele für Notfälle versteckt hielt. Die dabei liegende Waffe blieb im Versteck.

Raymundos Wagen parkte vor der Veranda. Die ersten Sonnenstrahlen flossen wie flüssiges Gold über die verstreuten Felsen, die die Region einzigartig machten. Er ließ seinen Blick über die Landschaft streifen, bevor er die Tasche ins Wageninnere warf und einstieg. »Hoffentlich kann ich bald wiederkommen. Irgendwie habe ich mich an die Gegend gewöhnt.«

»Ich kümmere mich um alles.« Raymundo startete den Motor. »Besser, du verschwindest für längere Zeit. Sollte jemand nach dir fragen, bist du wegen Familienangelegenheiten nach Kalifornien gereist.«

Die Fahrt verlief schweigend. Der Zug stand auf den Gleisen zum Einsteigen bereit. »Danke.«

»Grüß meine Familie von mir.« Raymundo tippte sich an den Hut, wendete den Wagen und fuhr davon.

Ein gewöhnlicher Abschied. Obwohl die bittere Erkenntnis in Rodrigo hochkochte, er könnte für immer sein. Er wischte den aufkeimenden Gedanken fort und erstand einen Fahrschein nach Cienfuegos.

Die Fahrscheinkontrollen trieben seinen Puls in die Höhe, und der Schmerz der Schusswunde pochte in diesen Momenten, als würde das Klopfen ihn zur Ruhe mahnen. Er plauderte mit dem Schaffner über das Wetter. Die in Havanna zugestiegenen Passagiere beklagten sich, weil keine Tageszeitungen erschienen waren. Die Zeitungsjungen standen mit leeren Händen da und zuckten unwissend die Schultern.

»Ob das mit den Gerüchten über den Aufstand zu tun hat?« Der Anzugträger, der mit einem anderen Mann zugestiegen war, sah diesen fragend an.

»Vermutlich. Im Radio kam auch nichts. Das sieht nach Nachrichtensperre aus.« Der Reisende wickelte ein belegtes Brot aus und biss hinein. Trotz vollem Mund sprach er weiter. »Würde mich interessieren, was dort abgelaufen ist.« Er beugte sich zum Anzugträger. »Ich hoffe, sie haben irgendwas belagert und vertreiben Batista.«

Obwohl er flüsterte, verstand Rodrigo, was gesprochen wurde.

Nachrichtensperre.

Das konnte alles bedeuten.

War die Übernahme der Kaserne Bayamo durch seine Kameraden gelungen? Oder aus welchen Gründen hielt man die Nachrichten zurück? Rodrigo hoffte, in La Laguna Details zu erfahren. In Raymundos Dorf gab es ebenfalls Aufständische, und die besäßen mit Sicherheit weiterführende Informationen.

Die Unruhe in seinem Inneren blieb, bis er an Magdalenas Haustür klopfte und einen Schritt zurücktrat.

Die Tür schwang auf. Er hatte Magdalena fast zehn Jahre nicht mehr gesehen. Sie trug noch immer ihre farbenfrohen

Kleider mit dazupassendem Turban, der ihre wilden Locken bändigte. Ihr wogender Busen bebte auf und ab, als sie auf ihn zukam, um ihn in ihre Arme zu schließen. »Rodrigo! Junge! Was treibt dich hierher?«

Schmerzerfüllt zuckte er zusammen, als sie die Schusswunde berührte.

Sie rückte von ihm ab. »Bist du in Schwierigkeiten?« Die alte Dame besaß ein Gespür für heikle Situationen. Ein Blick in sein Gesicht genügte ihr als Antwort. »Du warst beim Überfall in Santiago dabei.« Sie zog ihn ins Hausinnere. »Bist du auf der Flucht?«

»Noch nicht. Aber ich muss untertauchen. Ich soll dich von Raymundo und Aida grüßen.« Rodrigo betrat das ärmliche Haus. Vom großen Hauptraum gingen einige Türen ab, die vermutlich zu den Schlafzimmern führten. Durch die offene Küche spazierten drei Hühner. Der Blick in den Garten zeigte hochgewachsene Obstbäume, auf der Terrasse standen gemütliche Schaukelstühle.

»Komm durch. Setz dich nach draußen. Ich bringe uns Wasser.« Magdalena hantierte in der Küche.

Seine Reisetasche ließ er neben der Haustür stehen. Er trat auf die Veranda hinaus, die von einem ausladenden Mangobaum beschattet wurde. Drei altertümliche Schaukelstühle standen auf der baufälligen Holzveranda, die wie die Außenfassade einen neuen Anstrich nötig hatte. Er sank in einen der Stühle und wippte leicht vor und zurück.

»Hier.« Sie reichte ihm ein Wasserglas. Besorgt sah sie ihn an. »War Raymundo bei dir?«

»Nein. Wir waren junge Kerle und zwei Frauen.« Er trank einen tiefen Zug.

»Zwei Frauen?« Sie setzte sich zu ihm. »Die Welt ist verrückt geworden.«

Für wenige Sekunden saßen sie schweigend beisammen.

»Was ist geschehen?«

Rodrigo berichtete, was er erlebt hatte. »Haben Raúl und seine Männer Bayamo eingenommen?«

»Es kursieren viele Gerüchte.« Magdalena stellte ihr Glas auf das Tischchen zwischen ihnen. »Es heißt, er sei verhaftet worden. Wie Abel und seine Leute. Man erzählt sich, dass fünfunddreißig Gefangene in den Vormittagsstunden erschossen worden sind.«

Seine schlimmsten Befürchtungen erfüllten sich. »Und Fidel?« Wenn sie ihn auch erwischt hatten, bedeutete es das Ende der Revolution. Sie würden ihn nicht am Leben lassen.

»Er soll in die Berge geflohen sein.«

Erleichterung flutete sein Inneres. »Wenigstens das.« Trotzdem sickerte in sein Bewusstsein, was die Kameraden erwartete, sobald man sie einfing. Folter und vermutlich der Tod. »Über die Frauen weißt du nichts?« Er sorgte sich um Yeyé, die er während des Kampfes um Moncada aus den Augen verloren hatte. In ihrer Uniform und dem unter der Mütze verborgenem Haar sah sie aus wie einer der Männer. Hoffentlich war sie ihn Sicherheit.

»Ich weiß von keinen Frauen.« Magdalena seufzte. »Wie geht es deinen Eltern?«

»Vater ist gestorben.« Rodrigo erzählte aus den Briefen vom Leben seiner Eltern, als wäre er selbst anwesend gewesen. Die Zerrüttung innerhalb der Familie verschwieg er. »Meine Mutter zieht nun von Kalifornien nach Mallorca.«

»Das ist gut. Dort hat sie ihre Schwester.« Magdalena stand auf und jagte ein Huhn von der Veranda. »Sie glauben, ihnen gehört das Haus.«

»Wo kann ich unterkommen?« Er wollte sich Magdalena nicht aufdrängen. »Vermietet hier jemand ein kleines Haus?«

»Du bleibst hier.« Sie zeigte ins Hausinnere. »Ich bereite dir das freie Zimmer her.«

»Es könnte gefährlich werden.«

Magdalena schenkte ihm ein breites Lächeln. »Das ganze Leben ist gefährlich.« Damit schien die Frage für sie geklärt zu sein. »Erhol dich. Du siehst aus, als könntest du Ruhe gebrauchen.«

Wie recht sie hatte. Seine schweren Glieder hielten ihn im Stuhl fest. Sobald er sich ausgeschlafen hatte, würde er sich nützlich machen. Neue Holzlatten kaufen, die losen Dielen ausbessern und mit Magdalenas Mann die Außenfassade und die Veranda streichen. Über diesen Gedanken nickte er ein.

Der Geruch von gebratenen Süßkartoffeln weckte ihn. Sein Magen knurrte wie ein hungriger Hund. Er hörte Magdalena mit ihrem Mann sprechen. Meykels Stimme klang verärgert. Vermutlich wollte er keinen Aufständischen im Haus beherbergen. Rodrigo stand auf. »Ich finde eine Unterkunft. Streitet nicht wegen mir.«

Magdalena fuhr herum. »Red keinen Blödsinn.«

»Ich gehe. Sonst bringe ich euch in Gefahr.« Er sah sich nach seiner Tasche um.

»Du bleibst. Mit deiner hellen Haut fällst du unnötig auf.« Magdalena wandte sich an ihren Mann. »Seine Mutter hat keine Sekunde gezögert, als Raymundo aus Havanna verschwinden musste. Sie hat ihn nach Viñales auf ihre Weinfelder gebracht.«

»Gut. Dann soll es so sein.« Meykel kam auf Rodrigo zu. »Ich wollte nur meine Frau schützen. Offenbar weiß sie um das Risiko.«

In seiner jetzigen Situation auf der Straße nach einer Unterkunft zu suchen, würde in der Tat zu viel Aufmerksamkeit auf sich ziehen. Rodrigo nahm das Angebot an. »Ich bleibe im Haus.« Er zeigte auf seinen linken Arm. »Sobald die Wunde es zulässt, repariere ich die Veranda.«

»Das erledige ich.« Meykel sah ihn finster an.

»Und wann?« Magdalena funkelte ihren Mann an. »Seit Monaten versprichst du es. Du bist mehr bei den Versammlungen als zu Hause.«

Deshalb fürchtete Meykel die Gefahr. Er unterstützte selbst die Revolution. Keinesfalls wollte er sie in Bedrängnis bringen. »Niemand wird mich sehen. In der Zeit, in der ich hier bin, kauft ihr bitte das Essen auf meine Rechnung. Auch das Material und die Farbe.« Er sah sich nach seiner Reisetasche um. »Wo sind meine Sachen?«

Magdalena zeigte auf eine von der Küche abgehende Tür.

Er öffnete sie. Magdalena hatte das Bett frisch bezogen, die Tasche ausgepackt, und die Kleidung sowie das Geldbündel im Schrank verstaut. Die Geste rührte ihn. Es erinnerte ihn an seine Mutter. Er zog fünfhundert Pesos aus dem Bündel und ging zurück in den Wohnraum. Den Schein legte er auf den Esstisch. Es müsste ausreichen.

»Das können wir nicht annehmen«, lehnte Magdalena ab. »Raymundo unterstützt uns finanziell. Wir brauchen das Geld nicht.«

Trotzdem wollte er nicht auf ihre Kosten leben. »Nehmt es an. Ich bitte euch.«

Widerwillig stimmten sie zu. »Und nun lasst uns essen.« Magdalena stellte die Pfanne auf den gedeckten Tisch. »Sonst kann ich es wegwerfen.«

»Anschließend gehe ich auf ein Bier. Mich im Dorf umhören.« Meykel blickte nachdenklich zu Rodrigo. »Mal sehen, was ich erfahre.«

Magdalena sah ihren Mann dankbar an, als er ging. »Ich behandle deine Wunde mit einer Kräuterpaste. Angelica hat damit gute Erfolge erzielt.«

Er kramte in seiner Erinnerung nach einem Bild von Magdalenas Schwester und fand keines. »Du sprichst von ihr, als wäre sie tot.«

»Das ist sie. Ein Mann hat sie an der Eingangstür getötet, als ihre Weissagung wahr wurde. Das hat er nicht verkraftet.« Magdalena sagte es leicht dahin, obwohl Rodrigo bei diesen Worten wie unter einem Peitschenhieb zusammenzuckte.

»Das tut mir leid. Wurde er für seine Tat angeklagt?« Er wusste von den Seherfähigkeiten der Frau. Sein Vater hatte einmal eine Bemerkung über ihre außergewöhnliche Gabe fallen lassen.

»Der Mann hat sich selbst gerichtet.« Sie holte ein Glas mit Kräutersalbe aus einem der Küchenschränke. »Angelica wusste, dass der Tag kommen würde. Wir waren darauf vorbereitet.«

Rodrigo hatte angenommen, sie wäre mit ihrer Familie weggezogen. »Und ihr Mann?« Der Gedanke, was diese Hauswände gesehen hatten, beschäftigte Rodrigo. Ob er hier ruhig schlafen konnte? Vielleicht sollte er doch woanders hingehen. In ein anderes Haus. Ohne diese Geschichte.

»Lebt in seinem Heimatort. Die Kinder sind groß und haben eigene Familien.« Sie schraubte den Deckel ab und schmierte die Paste mit einem Messer auf die Wunde, als würde sie ein Butterbrot bestreichen.

Der Tod schien hier etwas Selbstverständliches zu sein, wie schwere Verletzungen. Das Haus einer Heilerin, die zwar tot war, aber ihr Vermächtnis dennoch darin hinterlassen hatte.

»Ich mache dir einen Verband darum. Morgen früh wiederholen wir das.« Sie verschloss das Glas und stellte es zurück an seinen Platz. »Es wird heilen.«

»Danke.« Rodrigo setzte sich in den Schaukelstuhl und sah in den hinteren Garten, der vor neugierigen Blicken der Nachbarn geschützt war. Hier würde ihn niemand entdecken. Er fragte sich, was Meykel im Dorf erfahren würde. Seine Neugierde zerrte an den zarten Fäden seiner Geduld. Wie ging es seinen Kameraden? Befanden sie sich in Sicherheit?

Die fehlenden Antworten schmerzten ihn mehr als die mit einer Angelschnur genähte Schusswunde. Die Nacht legte ihre dunklen Schatten über den Garten, als Meykel zur Haustür hereinkam. Mit einem Satz stand Rodrigo auf den Beinen. »Und?«

Meykels finsterer Gesichtsausdruck verhieß schlechte Nachrichten. »Sie haben acht flüchtige Männer gefangen.«

»Auch eine Frau?«

»Davon war nicht die Rede.«

Erleichterung durchflutete Rodrigo. Yeyé und Melba waren wohlauf. »Gut.«

»Von wegen. Sie haben Abel gefoltert.«

Rodrigo schloss die Augen. Er wusste, was das bedeutete. Unter Folter redete jeder. »Damit bringe ich euch in Gefahr. Ich packe meine Sachen zusammen.«

Magdalena kam aus ihrem Schlafzimmer. Meykel berichtete, was er Rodrigo erzählt hatte. »Abel ist tot. Er hat niemanden verraten. Deshalb haben sie ihn hingerichtet.«

Rodrigo lehnte sich an den Esstisch, um Halt zu finden. »Hingerichtet?«

»Ja. Und er wird nicht der Letzte sein.« Meykel holte aus dem Küchenschrank eine Flasche braunen Rum und drei Gläser. »Die anderen kennen keine Namen. Man wird sie dennoch hinrichten.«

Abel. Tot. Wo steckte Yeyé, dessen Schwester? Würde man sie erwischen?

»Wir wissen offiziell von nichts, kümmern uns nur um unsere Arbeit. Du bist der Sohn einer Freundin, der uns Nachrichten von ihr bringt und einige Tage bleibt, um sich von einer Krankheit zu erholen.« Magdalena trank den eingeschenkten Rum in einem Zug. »Wir müssen nur alle die gleiche Geschichte erzählen. Außerdem weiß niemand von dir.«

Meykel neigte den Kopf. »Vier Männer aus dem Dorf wissen Bescheid. Sie haben ihn bei der Ankunft erkannt.«

»Wie denn?«

Rodrigo wusste es. So wie man ihn immer erkannte. »An meinem Humpeln. Und an meiner Hautfarbe.« Wenn ihn jemand beim Sturm auf die Bastion hatte humpeln sehen, würde ihn das verraten.

Magdalena überlegte. Sie rieb sich das Kinn. »Sind sie vertrauenswürdig?«

»Ich denke schon. Sie sind Untergrundkämpfer.« Meykel setzte sich zu Magdalena an den Tisch.

Rodrigo verharrte angelehnt. »Es wird nicht lange gut gehen. Was schreiben die Zeitungen?«

»Nichts. Es gibt keine. Absolute Nachrichtensperre. Im ganzen Land.« Meykel goss Magdalena nach. In seinem Glas befand sich noch ein Fingerbreit Rum. »Es sieht übel aus.«

Die Nachrichtensperre blieb offenbar bestehen. Damit gab es auch keine Informationen. Alle waren versprengt. Niemand konnte mit den anderen in Kontakt treten.

Rodrigos Schusswunde heilte, ohne sich zu entzünden. Er kontrollierte sie regelmäßig, und das Auftragen der Paste war unnötig. Die Wunde krustig geschlossen. Am darauffolgenden Morgen wollte er mit den Ausbesserungsarbeiten an der Veranda beginnen, um etwas zu tun zu haben. Das Haus verließ er nicht. Meykel und Magdalena gingen ihren Arbeiten nach, Zeitungen gab es keine, was die Langeweile steigerte.

Auf der Straße vernahm er aufgeregtes Geschrei. Er näherte sich dem straßenseitigen Wohnzimmerfenster und lauschte. Blankes Entsetzen hörte er in der Stimme einer Frau, als sie heulend zusammenbrach. Eigentlich sollte er den Fenstern fernbleiben, er kam nicht umhin, dennoch dem Treiben auf der Straße zuzusehen und das Fenster zu öffnen. Wortfetzen drangen zu ihm in den Raum. Bis er den Zusammenhang erfasste. Ein Kerl in seinem Alter war von einigen Militärs wie ein Müllsack von der Ladefläche eines Lkws gekippt worden. Gefoltert. Ermordet. Es handelte sich um einen Jungen aus dem Dorf. Die im Staub sitzende Frau musste die Mutter des Toten sein.

Die Exekutionen wurden fortgeführt, und sie erreichten diesen entlegenen Winkel der Insel. Rodrigo ging in den schützenden Bereich des Hauses. Nachdenklich setzte er sich auf eine der morschen Holzlatten der Veranda. Er war nirgendwo sicher. Irgendwann würde sein Name fallen, und man würde ihn aufspüren. Vielleicht sollte er in die Berge flüchten. Sich dort verstecken. Die Idee nahm weiter Form an. Meykel könnte ihm regelmäßig Nahrung bringen, bis sich der Sturm legte. Außer Landes würde er es nicht mehr schaffen.

Noch diese Nacht wollte er aufbrechen. Rodrigo sah im Vorratsraum nach. Für ein paar Tage reichten die Lebensmittel aus. Er packte sie in einen Beutel. Seine Sachen stopfte er in die kleine Reisetasche. Wer könnte ihn in die Berge bringen? Meykel besaß keinen Wagen.

Ein Rumpeln vor der Haustür ließ ihn aufhorchen. Das Holz der Tür splitterte. Schwere Schritte trampelten durch den Wohnraum. Rodrigo riss die Arme hoch, bevor die Militärs ins Schlafzimmer stürmten. Grob zerrten sie ihn auf die Straße. »Ist er das?«

Ein übel zugerichteter Bursche, den Rodrigo noch nie gesehen hatte, nickte. Anschließend sah er beschämt zu Boden. Auch ihn trieben sie wie ein Stück Vieh auf einen Lastwagen. »Hoch mit dir!« Ein Gewehrkolben half den Worten nach. In die Nieren getroffen, sackte Rodrigo vor Schmerzen zusammen. Mühsam rappelte er sich auf die Beine, um einen weiteren Schlag zu verhindern. Der misshandelte Mann zog ihn am Hemdkragen zu sich nach oben. »Es tut mir leid. Ich konnte nicht mehr.«

Rodrigo verstand ihn und ergab sich seinem Schicksal.

3

»Um welche Uhrzeit holt er dich ab?« Alejandro suchte Albas Blick und reichte ihr einen Briefumschlag. »Aus San Francisco.«

»In fünfzehn Minuten.« Alba nahm das Kuvert. In schwungvollen Lettern stand ihr Name Alba Colom Pons unter dem Hotelnamen des Las Rosas, in dem sie immer noch im obersten Stockwerk residierte. »Das wird die Abrechnung sein.« Mit dem rechten Zeigefinger schlitzte sie den cremefarbenen Umschlag auf.

Alejandro verdrehte missbilligend die Augen und legte den goldenen Brieföffner zurück an seinen Platz. »Jetzt macht dir Joaquim teure Geschenke, und du ignorierst sie.«

»Du benutzt ihn. Das ist doch auch schön.« Sie lächelte. Joachim verwöhnte sie. An diesem Abend lud er sie ins Stadttheater ein. Aida. »Ich muss mich beeilen.« Sie zog den Briefbogen heraus und überflog die Zeilen. »Cate ist unglaublich.« Sie reichte die Provisionsabrechnung an Alejandro, mit dem sie gemeinsam die Buchhaltung ihres Strandhotels Las Mariposas durchging und das Alejandro seit vielen Jahren leitete. »Ich weiß nicht, was die Amerikaner an meinen Bildern finden. Sie verkauft dort die dreifache Menge wie Joaquim in der Galerie.«

»Vielleicht deswegen. Dein Stil unterscheidet sich vom amerikanischen, und das reizt die Käufer.« Alejandro gab ihr das Blatt zurück. »Freu dich über deinen Erfolg.«

»Das tu ich ja. Ich wünschte nur, Joaquim würde in ähnlichem Umfang Cates Bilder verkaufen.« Alba setzte sich auf ihren Schreibtischstuhl. »Ich hätte nie geglaubt, noch mal so erfolgreich in Übersee zu sein.« Ihre Gedanken gingen in die Vergangenheit zum New Yorker Galeristen. Ben Taylor fehlte ihr noch immer. In manchen Punkten ähnelte er Joachim, in anderen unterschieden sie sich grundlegend. Aber mit beiden konnte sie über Kunst reden wie andere Menschen über das Wetter. Mit ein Grund, warum sie sich in den deutschen Kunstgaleristen verliebt hatte. Ben. In einem schwachen Moment hatte er sich das Leben genommen, das ihm so viel hätte bieten können. Eine Verzweiflungstat. Neben dem persönlichen Verlust hatte Alba der Wegfall der Einnahmen aus den Verkäufen schwer getroffen. Niemals hätte sie gedacht, in den Vereinigten Staaten nochmals als Malerin erfolgreich zu sein.

»Geh schon. Joaquim wird in der Lobby auf dich warten.« Alejandro stand auf und hielt sich die rechte Leiste. »Ich muss zurück nach Cala Mayor.«

»Alles in Ordnung?«

»Vermutlich nur etwas Falsches gegessen. Die Schmerzen kommen und gehen.«

»Du solltest das untersuchen lassen.«

»Das rät mir Toni ebenfalls. Habt ihr euch abgesprochen?«

Alba lachte. »Nein. Wie geht es ihm?« Sie mochte Alejandros neuen Lebensgefährten. Ein gebildeter und dezenter

Mann, der sich selten mit Alejandro in der Öffentlichkeit zeigte, um Gerüchten keine Nahrung zu bieten.

»Gut, wir fahren am Wochenende mit dem Boot raus.« Alejandro lächelte. »Wenn ihr es euch ausleihen wollt, sag Bescheid.«

Alba freute das Angebot. »Das wage ich erst, wenn Joaquim den Segelschein in der Tasche hat. Und da fehlen ihm noch einige Stunden.« Sie liebte die Ruhe auf dem Meer. Die Sicht vom Wasser auf die mallorquinische Küste bezauberte Alba immer wieder aufs Neue. Der andere Blickwinkel inspirierte sie dazu, die Perspektive ihrer Arbeit im Hotel oder ihrer Kunst zu überdenken.

Ein Klopfen an der Tür unterbrach ihre Unterhaltung. Alba eilte hin, öffnete, und wie erwartet stand Joachim in einem edel glänzenden Smoking vor ihr.

»Du siehst fantastisch aus!« Er sah sie bewundernd an. Allein durch seinen Blick fühlte sich Alba wie eine junge und attraktive Frau. Das flaschengrüne Kleid schmeichelte ihrer noch schmalen Figur. Dennoch ließen sich die hellgrauen Strähnen auch mit kunstvollen Frisuren nicht verbergen. In diesem Jahr feierte sie ihren sechzigsten Geburtstag. Und an manchen Tagen fühlte sie jeden gelebten Tag in ihren Knochen. Jedoch nicht an jenem. »Danke, du Schmeichler. Du siehst selbst fabelhaft aus.«

»Alejandro, schön dich zu sehen.« Er tippte sich gegen den Zylinder. »Wir müssen los.«

»Natürlich. Auf mich wartet Arbeit.« Gemeinsam verließen sie Albas Büro.

Joachims Auto stand vor dem Hotel. Galant öffnete er ihr die Wagentür, und sie stieg ein. Mit einem zufriedenen

Seufzer sank sie auf den ledernen Sitz. Obwohl das Teatro Principal nur wenige Straßen entfernt lag, ließ es sich Joachim nicht nehmen, Alba vor dem Haupteingang aussteigen zu lassen, damit sie nicht zu Fuß gehen musste. Er hielt in der Kurve, reihte sich in die Schlange ein. Ein livrierter Angestellter öffnete ihr die Wagentür, und sie stieg aus. »Ich bestelle uns einen Champagner.«

»Sehr gerne.« Lächelnd fuhr er davon, um einen Parkplatz in der Nähe zu suchen.

Die Eingangshalle war gut gefüllt. Alba suchte einen Stehtisch. Eifrige Kellner eilten umher. Sie bestellte zwei Gläser und sah sich um. An den Tischen plauderten Grüppchen mit Getränken. Einige der Anwesenden grüßten Alba. Man kannte sie aus dem Hotelbetrieb oder aus dem Restaurant. An die Namen der meisten erinnerte sie sich. An einen ganz besonders.

Matías Alberti Roger.

Er stand mit einer Dame zusammen, unterbrach die Unterhaltung und starrte zu ihr hinüber. Alba wandte den Blick ab. Ihn hatte sie hier nicht erwartet. Zumindest hatte sie gehofft, er würde die Premierenvorstellung nicht besuchen. Trotzdem bemerkte sie aus dem Augenwinkel sein Näherkommen.

Anstandslos ließ Matías seine Begleiterin allein am Tisch zurück, um zu ihrem zu gelangen. »Alba! Wie geht es dir?«

»Ausgezeichnet.« Albas Herz schlug hektisch in ihrer Brust. Noch immer brachte er sie aus der Fassung. Und sosehr sie mit sich kämpfte, sowenig konnte sie ihm sein Hintergehen verzeihen. »Danke, dass du fragst. Wie geht es dir?«

»Ohne dich an meiner Seite werde ich nie wieder glücklich sein.« Er sah Alba eindringlich an. »Ich habe mit Marisol nichts mehr zu tun. Wir haben uns vor über einem Jahr getrennt.«

Das glaubte Alba ihm, dennoch änderte es nichts an seinem Betrug. »Es ist vorbei. Ich kann dir unmöglich wieder vertrauen. Wie soll ich mit einem Mann zusammen sein, der vor meinen Augen etwas mit meiner besten Freundin anfängt? Tut mir leid.«

»Und ich kann nicht ständig über das Hotel mit dir verbunden sein, wenn du mich aus deinem Leben ausschließt.«

Alba hörte das Flehen in seiner Stimme. Ihr kam eine Idee. »Dann bezahle mich für das Las Mariposas aus.« Damit wäre das letzte Band ihrer Verbindung durchtrennt. Gefangen in der finanziellen Verflechtung mit Matías, sah sie keinen Spielraum. Wollte er Alejandro auf seinem Posten nicht behalten, könnte Alba ihm die Geschäftsführung im Küstenhotel übertragen, und er wäre durch das Las Brisas abgesichert.

»Das schlägst du mir vor?« Matías trat vom Tisch zurück. Tiefe Trauer zeichnete sich auf seiner Miene ab. »Du willst mich loswerden?«

»Nein, ich möchte es dir erleichtern.« Im Grunde kam es aufs Gleiche heraus. Ihre Wege würden sich in allen Bereichen trennen. »Ich werde mich mit Alejandro beraten und dir einen Termin für die weitere Besprechung mitteilen.«

Joachim betrat das Foyer. »Schön, du hast Unterhaltung gefunden.« Er küsste sie auf die Wange. »Es tut mir leid. Die Parkplatzsuche zog sich hin.«

Der Kellner servierte die Champagnergläser.

»Ich habe dir von Matías erzählt. Wir sind Partner im Las Mariposas. Ich habe ihm eben vorgeschlagen, es komplett zu übernehmen.« Alba gab sich völlig unbeteiligt.

»Ihr entschuldigt mich. Ich möchte meine Begleitung nicht länger warten lassen.« Matías nickte ihnen zu. »Dann erwarte ich deinen Anruf. Genießt die Oper.«

»Danke, gleichfalls.« Joachim wandte sich an Alba, kaum dass Matías sich entfernte. »Du willst verkaufen?«

»Ja, drei Hotels sind zu viel. Ich sollte kürzertreten und mein Leben genießen. Findest du nicht?« Alba gab vor, diesen Plan länger zu hegen, dabei war es ein spontaner Befreiungsschlag, von dem sie noch nicht recht wusste, ob es ihr gelingen würde.

»Aber ja. Solange du weitermalst, denn das wäre eine Schande bei deinem Talent!«

Joachims anerkennende Worte taten Alba wohl. »Danke, dass du das sagst.«

Sie stießen auf eine schöne Vorstellung an. Der Gong lockte die ersten Zuschauer in den Innenraum. Da Joachim und sie für eine der vorderen Logen Karten besaßen, konnten sie in Ruhe austrinken und die vorbeigehenden Besucher betrachten. Immer wieder grüßte jemand. Sich ungestört in Palma zu bewegen, war unmöglich. Dazu war die Stadt zu klein.

»Lass uns hineingehen.« Die Gläser standen geleert auf dem Tisch. Er bot ihr den Arm an, und Alba hängte sich ein.

Gemeinsam flanierten sie den mit dicken roten Teppichen ausgelegten Gang entlang zu ihrer Loge. Die kardinalrot gepolsterten Stühle mit den goldfarbenen Füßen und Lehnen hätten hervorragend in ein Schloss gepasst. Beide Farben dominierten den Innenraum des traditionellen Theaters. Die cremefarbene Vertäfelung der Logenplätze verzierten goldene Ranken. Das Deckenfresko zeigte eine biblische Szene, die Alba nicht erkannte. Sie war keine Kirchgängerin oder

Bibelleserin, dennoch gefiel ihr die Darstellung. Der purpurrote Vorgang verdeckte die Bühne.

Alba nahm gespannt Platz. »Aida. Ich habe bisher nur flüchtig davon gehört.«

»Es wird dir gefallen. Ich habe in Rom eine Vorstellung besucht. Absolut vorzüglich. Hoffentlich ist das Bühnenbild ähnlich kunstvoll.«

Das war es. Alba genoss die Darbietung, obwohl sie den Gesangstexten nicht folgen konnte. Das Schauspiel erklärte die Handlung. Vor ihren Augen wurde das antike Ägypten lebendig. Pharaonen, spektakuläre Kostüme und Tempelanlagen hielten Alba ebenso gefangen wie die Krieger die Königstochter Aida. Die Stunden flogen dahin, mit ihnen Albas Kummer über den geplanten Verkauf des Strandhotels.

Wie so viele Abende zuvor verbrachte Joachim die Nacht in Albas Schlafzimmer. Nach einem gemeinsamen Frühstück starteten sie wie gewöhnlich jeder in seinen Arbeitstag. Alba schätzte diese intimen Momente. Sie verstanden sich ausgezeichnet. In seiner Gegenwart fühlte sie sich geborgen und beschützt, wenn ihr auch ein wenig die Leidenschaft fehlte, die sie mit Matías erlebt hatte. Vielleicht war die nur der Heimlichkeit geschuldet gewesen, weil sie ihre Liebe niemals offen hatten ausleben können. Die scheuen Blicke und Berührungen hatten das lodernde Verlangen gesteigert, an dem sie sich letztlich verbrannte.

Joachim chauffierte sie ins Hotel nach Cala Mayor, bevor er in die Galerie fuhr. Alba wartete, bis er ihr die Beifahrertür öffnete und sie aussteigen ließ. Mit einem Kuss verabschiedete sie sich. »Ich weiß nicht, ob ich heute Abend Zeit habe. Der Hotelverkauf wird viel Vorbereitung in Anspruch nehmen.«

»Ich rufe dich an.« Er schloss die Tür, umarmte sie und wünschte ihr einen erfolgreichen Tag.

Wie würde Alejandro auf ihre Pläne reagieren? Sie hoffte auf Verständnis. Mehr als die Leitung des Las Brisas konnte sie ihm nicht anbieten. An der Rezeption traf sie auf Joachims Sohn. »Buenos días, Alba.« Kurt eilte zu ihr, um sie zu begrüßen. »Was führt dich hierher?«

Alba hatte ihren Besuch nicht angekündigt. »Ein Gespräch mit Alejandro. Wo ist er?«

»Zuletzt habe ich ihn an der Poolbar gesehen.« Er ging voraus. Alba folgte ihm. »Ich habe Errol Flynn von deinen Bildern erzählt. Er möchte einen Termin in der Galerie vereinbaren.«

»Errol Flynn? Der Schauspieler? Ernsthaft?« Schon an der Bademode erkannte sie die Nationalität ihrer Gäste. Die Spanierinnen züchtig mit Badeanzügen, die das Schlüsselbein und den halben Oberschenkel verdeckten, sonst drohten empfindliche Geldstrafen, deren Höhe der Moralkongress vergangenes Jahr festgelegt hatte. An ihrem Hotelpool hatte die Sittenpolizei, die mit Zollstock das Einhalten der Richtlinien am Strand überprüfte, nichts zu suchen. Das führte dazu, dass selbst die spanischen Hotelgäste außerhalb des Wassers auf die vorgeschriebenen Bademäntel verzichteten. Die Engländerinnen, Schwedinnen, Amerikanerinnen, aber auch deutsche Damen trugen am Pool teilweise sogar Bikinis, was eine spanische Frau zu keiner Zeit wagte. Wer sich nur mit diesen winzigen Stoffteilen bekleidete, den sah man als sittlich verdorben an. »Dann soll er Rita Hayworth mitbringen, wenn er schon vorbeikommt.« Alba lachte. Niemals würde sich ein so prominenter Inselgast für ihre Bilder interessieren. »Ich habe gelesen, dass sie zu Besuch kommt.« Der Amerikanerin ging ein unkonventioneller Ruf voraus, was sich an ihren zahlreichen Scheidungen zeigte. Was in Spanien ebenso verpönt war wie der Bikini. Die Namen der Spanierinnen, die sich gegen die für sie geltenden Regeln zur adäquaten Strandbekleidung stemmten, wurden öffentlich in der Zeitung abgedruckt, was einem Rufmord gleichkam. Schon seit längerer Zeit unterschieden sich die Richtlinien. Bei den Touristen sah die Sittenpolizei über solche Vergehen hinweg. Bei den Einheimischen galten die Vorgaben ohne Ausnahme.

Alba blickte sich am Pool um, entdeckte Alejandro jedoch nicht. »Wo ist er denn?«

»Vermutlich ist er zurück in sein Büro gegangen.« Kurt ging voraus zur Rezeption. »Er sah etwas blass aus. Dann vereinbare ich einen Termin?«

»Natürlich«, stimmte sie ihm leichthin zu. Das höfliche Geplauder kannte sie von anderen Hotelgästen. »Besser, ich sehe nach ihm. Danke, Kurt.«

Er sah an Alba vorbei.

Seine Augen leuchteten, ein charmantes Lächeln begleitete seinen erfreuten Blick.

Alba drehte sich herum.

Lilia.

Als sie Alba erkannte, verharrte sie auf dem Absatz. Dieses Verhalten bekräftigte Albas Annahme. Ihre Tochter interessierte sich für Kurt. Den Sohn ihres Liebhabers. »Lilia. Du hier?«

Lilia löste sich aus ihrer Erstarrung. »Ja, ich wollte den Weinbestand prüfen.«

»Und dazu kommst du persönlich? Wozu gibt es Telefone?« Alba ließ sie nicht so schnell vom Haken. »Der Sommelier hat den Bestand jederzeit präsent. Dafür solltest du keine Zeit verschwenden.«

»Ich war sowieso in Palma.« Lilias Wangen überzog eine leichte Röte, die ihre Lüge verriet. »Der kleine Umweg macht keine Mühe.«

Obwohl Alba zu Beginn gegen die Heirat mit Marco gewesen war, hielt sie nichts von Ehebruch. Die Ehe der beiden war vollkommen anders als ihre eigene. Leo hatte sie vernachlässigt, belogen und vieles mehr, Marco hingegen las Lilia jeden Wunsch von den Augen ab. Er war ihr ein guter Ehemann. »Dann führe ich dich in den Weinkeller. So verbringe ich ein paar Minuten mit dir.«

Lilias Widerwillen zeigte sich deutlich in ihrer Körperhaltung. »Mach dir keine Umstände. Kurt kann mich begleiten. Du hast sicher viel zu tun.«

Die Tür zu Alejandros Büro schwang auf. Er lehnte sich am Türrahmen an. Die Schweißperlen ließen sein fahles Gesicht ungesund glänzen.

Alba eilte auf ihn zu. »Was ist mit dir?« Sie kam zu spät. Er klappte zusammen, bevor sie ihn stützen konnte. Hart schlug er auf dem Boden auf. »Ruft eine Ambulanz! Schnell!«

Kurt rannte zum Telefon.

Lilia stand so hilflos neben ihr, wie sie sich fühlte. Alejandro lag bewusstlos vor ihr. Alba hielt seine Hand, drehte ihn in eine stabile Position. Die Angst trieb ihr die Hitze in den Körper. »Alejandro.« Sie tätschelte seine Wange, hoffte, er käme so wieder zu Bewusstsein.

Vergeblich.

Der Krankenwagen dauerte für Albas Empfinden viel zu lange. Ihre Sorge um Alejandro stieg exponentiell mit jeder verstreichenden Minute. Sie durfte ihn nicht verlieren. Nicht ihn auch noch. Alba liebte ihn wie ihren eigenen Sohn. Einen weiteren Verlust verkraftete sie nicht.

Lilia starrte auf die bizarre Szenerie. »Ist er tot?«

»Red keinen Unsinn!« Er lag reglos am Boden. Die Schweißtropfen auf seiner Stirn bildeten sich erneut wie der Tau auf den Blättern im Morgengrauen, obwohl Alba darübertupfte. Jedoch glühte er wie ein Stein in gleißender Augustsonne.

Die Lautstärke der Sirenen schwoll an. Lilia zuckte bei dem näher kommenden Geräusch zusammen. Vielleicht erinnerte es sie an ihren Bruder Gerado, als er die Klippen hinabgestürzt und jede Hilfe für ihn zu spät gekommen war. Dieses Mal käme die Ambulanz rechtzeitig. Es durfte sich nicht wiederholen.

Eilige Schritte ließen Alba aufsehen. Zwei Sanitäter eilten mit einem Ausrüstungskoffer auf sie zu. »Was ist geschehen?«

Alba hatte keine Ahnung. »Er hat über Schmerzen in der rechten Leistengegend gesprochen. Aber davon wird man doch nicht ohnmächtig.«

»Wir nehmen ihn mit ins Hospital General.« Sie holten die Trage und brachten Alejandro in den Ambulanzwagen, der mit heulenden Sirenen abfuhr.

Alba verfluchte den Umstand, keinen Wagen vor Ort zu haben, um ihnen in die Klinik zu folgen. »Bist du mit dem Lieferwagen hier?«

»Ja.«

Seit einigen Jahren fuhr Lilia selbst, was Alba zunächst als gefährlich angesehen hatte. Nun erschien es ihr ein Segen. »Dann los.«

Lilia nickte, warf Kurt einen entschuldigenden Blick zu und verließ die Lobby. Alba folgte ihr nachdenklich. Sollte sie mit Joachim sprechen? Konnte er Einfluss auf seinen Sohn nehmen? Ihm nahebringen, die Finger von Lilia zu lassen und sich eine ledige Frau zu suchen?

Schweigend erreichten sie die Klinik. Vor dem Eingang hielt Lilia. »Soll ich dich begleiten?«

»Nicht nötig. Fahr nach Hause und kümmere dich um deine Familie. Ich ruf dich später an.« Alba stieg aus, warf die Wagentür hinter sich zu und eilte ins Klinikinnere. »Ich möchte zu Alejandro Mir Florit. Er wurde eben mit der Ambulanz gebracht.«

»Der Mann wird gerade untersucht. Sind Sie die Mutter?« Die Krankenschwester sah sie neugierig an.

»Ja.« Für Erklärungen fehlte Alba die Zeit. »Ich übernehme auch die Rechnung.«

Die Rezeptionistin lächelte. »Er ist hier in erfahrenen Händen. Machen Sie sich keine Sorgen.«

Sobald jemand diese Worte zu ihr sagte, steigerte es ihre Besorgnis. »Wo ist er? Kann ich zu ihm?«

Die Frau griff zum Hörer, um sich zu erkundigen. Wenig später legte sie auf. »Sie können im ersten Stock auf ihn warten. Die Schwester erwartet Sie.«

»Danke.« Alba erklomm die Treppenstufen ins Obergeschoss. Am Empfang verharrte Alba auf dem Absatz. Diesen Mann erkannte sie immer. Selbst wenn er ihr den Rücken zuwandte und mit einem Arzt sprach.

Matías Alberti Rotger.

Was suchte er hier? Reichte es nicht aus, dass er ihr am Vorabend begegnet war?

Ihn ignorierend wandte sie sich an die Krankenschwester, um sich nach Alejandro zu erkundigen. Die Enfermera bat sie, in den Wartebereich zu gehen. Um dorthin zu gelangen, musste sie Matías passieren.

Alba gab vor, ihn nicht bemerkt zu haben, reckte das Kinn und stolzierte an ihm vorbei, als präsentierte sie die neueste Mode auf dem Laufsteg.

»Alba?«

Sie hörte die Verwunderung in Matías' Stimme. Nach einem Atemzug drehte sie sich zu ihm. »Wieso bist du hier? Wer hat dir Bescheid gegeben?« Diese Frage stellte sie sich, seit sie ihn gesehen hatte. War es Kurt? Immerhin war Matías Teilhaber im Hotel. Der Zusammenbruch des Geschäftsführers lag auch in seinem Interesse, er hatte das Recht bei einem solchen Vorfall informiert zu werden.

»Was meinst du? Ich bin wegen Marisol hier.« Er sah den Arzt entschuldigend an. »Wir sind hier fertig? Wie ich schon sagte, übernehme ich alle Behandlungskosten.«

Der Doktor nickte und verschwand hinter einer der Türen. Irgendwo hier lag Alejandro.

Alba wollte zu ihm.

Ihm beistehen.

Und keine Unterhaltung mit Matías führen.

Marisol war in der Klinik? Weshalb? Noch immer fehlte ihr ihre Freundin. Dennoch konnte sie ihr den Verrat nicht verzeihen. So wenig wie Matías.

»Marisol. Ihr geht es schlecht.« Zu weiteren Ausführungen schien er nicht in der Lage. »Bist du ihretwegen hier?«

»Wegen Marisol?« Sie verneinte. »Wir haben keinen Kontakt. Alejandro ist im Hotel zusammengebrochen. Ich komme um vor Sorge.« Sie drückte ihre Handtasche an sich, als könnte die Ledertasche ihr Halt bieten.

Matías fasste nach ihrem Ellbogen. Stützte sie ein wenig. »Wie geht es ihm?«

»Ich muss hier warten.« Alba ließ sich auf einen Stuhl sinken, um seiner Berührung zu entkommen. Erneut weckte er längst unter der Decke des Vergessens verborgene Gefühle in ihr. »Bald weiß ich mehr. Und Marisol?«

Mit einem tiefen Seufzer setzte er sich neben Alba. »Ja, was soll ich sagen? Seit wir getrennt sind, ist sie …« Er suchte passende Worte. »… instabil.«

»Instabil?« Alba kannte ihre ehemalige Freundin nur tatkräftig und willensstark.

»Sie trinkt.«

Das klang eher nach Marisol. »Das hat sie regelmäßig.« Sie trank ab und an zu viel für eine Dame, aber unkonventionell war sie immer gewesen.

»Also, … sie säuft.« Er sah auf seine Hände. »Vor drei Monaten hat sie sich auf meinen Rat in Behandlung begeben. Ich helfe ihr, so gut ich kann.«

Alba schwieg. Marisol war dem Alkohol anheimgefallen? So sehr, um sich behandeln zu lassen? Irgendetwas musste sie aus der Bahn geworfen haben.

»Der Arzt hat ihr Meskalin verschrieben, damit sie die Finger vom Schnaps lässt.« Matías sah sie niedergeschlagen an. »Es ist die Wahl zwischen Pest und Cholera. Das Meskalin hat sie verändert. Und nicht zum Guten.«

Mit solchen Substanzen kannte sich Alba nicht aus. »Es wirkt wie Alkohol? Warum trinkt sie so viel?«

»Du fehlst ihr.«

Alba zweifelte an seinen Worten. »Es liegt an dir. Daran, weil du sie verlassen hast.«

»Nein.« Er ließ den Kopf hängen. »Die Trinkerei begann, als du ihr die Freundschaft gekündigt hast. Das hat sie nicht verkraftet.«

»Du gibst mir die Schuld?« Heiße Wut verdrängte wie loderndes Feuer die nagende Angst um Alejandro. Sie spürte Hitze in sich aufsteigen. »Das kann nicht dein Ernst sein!« Alba sprang auf die Beine. »Was fällt dir ein!«

»Du trägst keine Schuld. Ich bin es.«

Augenblicklich erloschen die Flammen. »Das sehe ich auch so.«

»Ich habe Fehler begangen. Aber ich bin ein Mensch.« Er sah zu ihr hoch. »Menschen treffen falsche Entscheidungen.« »Du wirst mir nie vergeben, oder?«

Alba hörte tief in sich hinein, ob eine leise Stimme ihr widersprach. Es blieb stumm. »Tut mir leid.«

»Dann werde ich die Insel verlassen.« Er stand auf und verharrte unmittelbar vor ihr. »Ich kann dir nicht ständig in dem Wissen begegnen, dass du mir niemals verzeihst. Ich will das Hotel nicht.« Er suchte ihren Blick. »Zahl mich aus.«

Für einen Wimpernschlag haderte sie mit sich. Sollte sie ihn ziehen lassen? Damit verzichtete sie auf ihre große Liebe, die sie trotz seines Verrats in sich spürte. Dafür lebte sie mit Joaquim in einer ruhigen und vernünftigen Partnerschaft. Eine, die auf Vertrauen und Respekt basierte. »Gut. Wie viel verlangst du für deine Anteile?«

Matías' schockierte Miene zeigte ihr seine waghalsige Hoffnung, sie könnte sich anders entscheiden. »Ich lasse dir alles über meinen Anwalt zukommen.«

Alba hörte die Worte und zweifelte, ob sie die richtige Wahl getroffen hatte. Nun war es zu spät.

»Falls du in Raten zahlen möchtest, bin ich einverstanden.« Er wandte sich zum Gehen ab. »Einen Teil überweist du bitte an Marisol. Sie soll wieder auf die Beine kommen.«

»Weshalb wurde sie eingeliefert?«

»Sie hat zum Meskalin Gin getrunken. Die Mischung ließ sie glauben, sie könne fliegen.« Matías schüttelte den Kopf. »Der Sprung aus dem ersten Stock bewies ihr das Gegenteil. Gebrochener Arm und die Überstellung in die Psychiatrie.«

Erschüttert starrte sie ihn an. »Fliegen?«

»Halluzinationen. Das sind die Nebenwirkungen. In Kombination mit Alkohol wirkt es wie ein Katalysator. Ich hoffe, sie können ihr in der Psychiatrie helfen.« Er setzte sich seinen Hut auf, tippte dagegen. »Leb wohl.«

»Leb wohl.« Mehr brachte Alba nicht über die Lippen.

Nachdenklich sank sie auf einen Stuhl. Niemals hatte sie eine Sekunde überlegt, wie sich Marisol fühlte. Mehrmals hatte ihre damalige Freundin versucht, mit ihr zu sprechen. Genauso oft hatte Alba ihr nicht zugehört. Der Stachel ihrer Verletzung saß zu tief. Marisol musste sich schreckliche Vorwürfe gemacht haben, wenn sie nach all den Jahren noch trank. Früher hatte sie nur in geselligen Runden getrunken. Nie, um sich zu betäuben. Dafür liebte sie ihr Leben viel zu sehr. Selbst in den schlechten Phasen, die jeder durchlebte.

»Señora Colom?«

Die sanfte Stimme des Mannes riss sie aus ihren Gedanken. »Ja.« Sie sah auf. Es war der Arzt, mit dem Matías zuvor gesprochen hatte. »Wie geht es ihm?«

»Wir haben ihn einer Appendektomie unterzogen.«

»Ich verstehe nicht.« Das Wort war Alba unbekannt.

»Der Blinddarm. Er stand kurz vor dem Durchbruch.« Er sah sie ruhig an. »Er hat die Operation gut überstanden. Gehen Sie nach Hause. Morgen können Sie ihn besuchen.«

Erleichterung flutete Albas Herz. »Danke.«

Der Arzt wandte sich ab.

»Eine Frage. Kann ich zu Marisol Oliver Segura?« Alba überraschte sich selbst mit dieser Bitte. »Sie hat keine Verwandten auf der Insel. Matías Alberti Rotger hat mir berichtet, was geschehen ist. Ich möchte ihr beistehen.«

»Da muss ich mit den Kollegen sprechen, die sie verlegt haben.«

»Tun Sie das.« Albas Mitgefühl überlagerte ihre Enttäuschung. Wenn Marisol seit dem Ende ihrer Freundschaft trank und durch den Sprung aus dem Fenster beinahe ihr Leben verloren hätte, hatte sie mehr als genug gebüßt. Vielleicht konnten sie sich gegenseitig helfen, diese Wunden zu schließen. »Ich würde sie gerne sehen. Mit ihr reden. Sie braucht eine Freundin, finden Sie nicht?«

»Da gebe ich Ihnen recht, zumal sie vorerst keine Medikamente mehr bekommt.« Er zeigte auf eine geschlossene Tür. »Ich frage meinen Kollegen.«

Alba setzte sich wieder.

Es vergingen über dreißig Minuten, bis der Arzt zu ihr kam. Er reichte ihr einen Zettel.

Sie las die Adresse. Nur wenige Straßen weiter befand sich die Nervenheilanstalt, in der Marisol nach der Versorgung ihres Armbruchs und dem Anlegen eines Brustverbands für die angebrochene Rippe untergebracht worden war. Die Besuchszeiten standen auf der Notiz. »Danke.«

»Gerne.«

Nach einer raschen Verabschiedung beeilte sich Alba, die Nervenklinik noch rechtzeitig zu erreichen, um zumindest kurz bei ihr vorbeizusehen. Ob ihre alte Freundin sie sehen wollte? Vielleicht schämte sie sich zu sehr. Oder sie trug es Alba heimlich nach, sie aus ihrem Leben ausgeschlossen zu haben.

Mit pochendem Herzen meldete sie ihren Besuch am Empfang. Die Sekretärin musterte sie mit renitentem Blick, bevor sie sie bat zu warten, und zum Telefonhörer griff. Was sie sagte, entzog sich aufgrund der Distanz Albas Kenntnis.

Eine kräftig gebaute Frau in mittleren Jahren trat zu ihr. Die Schwesterntracht spannte über dem ausladenden Busen. Alba wartete nur darauf, dass der hauchdünne Faden den Kampf, den Knopf an Ort und Stelle zu halten, verloren gab. Noch hielt er sich tapfer. »Maximal zehn Minuten. Und ich bleibe an der Tür.«

»Einverstanden.« Eine Wahl blieb Alba sowieso nicht. Entweder sie nahm den Vorschlag an, oder sie verließ unverrichteter Dinge die Klinik.

Vom kargen Gang mit quietschendem Linoleumboden gingen in beide Richtungen Türen ab. Alba fragte sich, ob sich hinter jeder ein Schicksal wie das von Marisol verbarg. Kümmerte sich jemand aus der Familie um die gepeinigten Seelen? Die Frau blieb vor einer Tür mit einem kleinen Guckfenster stehen. Sie kramte nach dem passenden Schlüssel an ihrem Bund und schloss auf. »Marisol. Sie haben Besuch.«

»Er soll gehen. Ich will ihn nicht sehen.«

Die Frau sah Alba an.

Beherzt drückte sie sich an ihr vorbei. »Ich bin es, Marisol.«

Ungläubig drehte sie sich auf dem Bett zur Tür. Ihr dunkles Haar stand wirr vom Kopf ab. Mit dem gesunden Arm stützte sie sich ab und starrte sie an. »Bist du wirklich hier?«

»Ja, bin ich.« Alba suchte den Blick der Schwester, bevor sie einen Schritt auf Marisol zumachte.

Die Frau wartete im Hintergrund.

In Marisols Augen traten Tränen. »Es tut mir so leid.«

»Mir auch.« Alba kämpfte gegen den Kloß in ihrem Hals an. Ihre Freundin so abgemagert und ungepflegt zu sehen, erschreckte sie mehr, als sie sich eingestehen wollte. »Sehr sogar.«

»Ist das wahr?« Marisol wischte sich mit dem Handrücken über das tränennasse Gesicht. »Dir hat nichts leidzutun.«

»Doch. Ich hätte dir irgendwann vergeben müssen.« Alba kniete sich neben Marisol auf den blanken Fußboden und griff nach ihrer unverbundenen Hand. »Du fehlst mir.«

»Wie ein Furunkel am Hintern.«

Alba lachte. »Deinen Humor hast du behalten.«

Marisol verzog den Mund. Mehr schien ihr nicht möglich.

»Versprich mir, gesund zu werden.« Alba streichelte ihre Finger. »Damit wir viel zusammen unternehmen können. Ja?«

Sie rieb sich die Augen. »Bist du eine Erscheinung? Ein Trugbild?«

»Nein, sie ist tatsächlich hier, Marisol«, bestätigte die Schwester. »Deine Freundin ist hier.«

»Alba.« Ein zarter Glanz brachte den matten Blick kurz zum Leuchten. »Wie habe ich mich nach dir gesehnt.«

»Nun bin ich da. Um dir zu helfen.« Die Tränen liefen Alba über die Wangen. Ihre Freundin hatte genug für ihren Verrat gesühnt. In diesem Augenblick vergab sie Marisol und versprach ihr im Stillen, sich um sie zu kümmern, bis sie wieder fest auf ihren Beinen stand.

4

»Warum fährst du schon wieder nach Palma?« Marco Gamundi Moll stellte die Frage in einem ruhigen Ton. Dennoch nahm Lilia Delgado Colom die vorwurfsvollen Zwischentöne ihres Mannes wahr. Am liebsten hätte sie ihm die Wahrheit ins Gesicht geschleudert, nämlich fortzufahren, weil sie sich woanders lebendiger fühlte als bei ihm. Stattdessen log sie. »Ich muss mit Mutter die Sommerfrische für die Stadtkinder besprechen.« Das stimmte zum Teil. »Außerdem liegt Alejandro noch in der Klinik. Sie braucht meine Hilfe.«

»Seit wann?« Marco sah von seinem Frühstück auf.

»Immer schon.« Lilia räumte ihren Teller in die Spüle. »Ich bringe die Kinder zu Vater. Damit du auf dem Feld deine Ruhe hast.«

»Seid ihr euch einig geworden?«, wechselte Marco das Thema.

Der Streit mit ihrem Vater schwelte weiter wie eine nicht erloschene Glut. Ein Wort genügte, um das Feuer neu zu entfachen. »Er will nicht. Er beharrt auf seinem Standpunkt. Er irrt sich.« Zusätzlichen Zunder gab seine Forderung, Lilia solle weiterhin ihre Tante Carla ausspionieren, die größere Erfolge vorweisen konnte als sie mit ihrem Anbau. Sie mochte ihre Tía, fühlte sich aber dennoch ihrem Vater verpflichtet.

Die zwei Streitpunkte überschatteten ihr Verhältnis. »Die Bedürfnisse haben sich geändert. Das sieht man an Carlas Erfolg. Ihre Weine bekommt man in den besten Restaurants serviert. Unsere nur in den Dorfschenken.«

»Was kein Fehler ist.« Marco stand hinter Lilias Vater. »Wir fahren Gewinne ein.«

»Noch.« Lilia fühlte sich von ihrem Mann im Stich gelassen. Früher hatte er ihre Meinung geschätzt, nun hörte er sie sich an, gab jedoch nichts darauf. Dabei hatte er viel von ihr und ihrem Vater gelernt. Vielleicht lag Lilias Zukunft doch nicht im Wein, sondern im Hotelwesen, wie Mamá es immer vorgesehen hatte. Die harte Arbeit. Dazu der geringe Lohn und mangelnde Anerkennung. An manchen Tagen überlegte sie, ob es nicht sinnvoller wäre, sich von ihrem Mann zu trennen und bei ihrer Mutter einzusteigen. Dann sah sie die weiten Weinfelder vor sich, die prallen Früchte, das vollmundige Ergebnis, und die Zweifel verschwanden. Vermutlich hingen ihre Träumereien mit Kurt zusammen. Er hofierte sie, schenkte ihr volle Aufmerksamkeit, trug Anzüge. Außerdem bewegte er sich weltmännisch im Umgang mit den Touristen und liebte das Segeln. In seiner weißen Segelkleidung sah er sehr verwegen aus. Er verkörperte ein ganz anderes Leben als das, was sie führte.

»Was heißt hier noch?« Marco verschränkte die Arme vor der Brust.

Diese abwehrende Haltung kannte sie. »Wie ich es sage. Die Touristen ziehen Qualitätsweine vor.«

»Woher willst du wissen, was die Ausländer wollen?«

»Im Gegensatz zu dir rede ich mit ihnen.« Die Provokation konnte sie meisterlich zurückgeben. »Und verstehe sie.«

»Ja, ich bin nur der dumme Bauer, der nichts von der weiten Welt kennt.« Nun klang seine Stimme verbittert. »Zumindest vermittelst du mir das Gefühl.«

Lilia setzte sich mit einem Seufzen zu ihm. »So habe ich dich nie gesehen. Das weißt du. Aber es ist Zeit, über den Tellerrand meines Vaters hinauszusehen.«

»Und du tust das?« Er lenkte ein.

Keinesfalls wollte sie mit ihm streiten. Sie sehnte sich nach ihren glücklichen Tagen. »Ich versuche es.«

Für einen friedlichen Augenblick saßen sie beisammen. Jeder hing seinen Gedanken nach.

»Tía Carla hat gute Ratgeber. Wir sollten nicht wie alle auf Billigwein setzen.« Lilia suchte Marcos Blick. »Es kommen wohlhabende Leute auf die Insel, welche mit Geschmack. Sie geben unglaublich viel Geld bei ihrem Aufenthalt aus.«

Marco schwieg beharrlich.

»Du bist so stur wie mein Vater. Und wohin führt es ihn?« Bei manchen Diskussionen verstand sie ihre Mutter. Sie umgab sich täglich mit interessanten Menschen aus aller Welt. Sie besuchte Theaterstücke, speiste in erlesenen Restaurants, fuhr zum Segeln, zum Pferderennen. Und sie? Sie saß mit zwei kleinen Kindern auf einem Weingut, auf dem sie kaum Mitspracherecht besaß, wie die Tradition auf dem Land es verlangte. Dabei gehörte ihr mehr Land als Marco. Wie sollte ihr Mann gegen Kurt bestehen können? Kurt, der sie hofierte, ihr neue Dimensionen zeigte? Mit dem sie an diesem Vormittag segeln ging. Ein wenig Freiheit schnuppern. Wer konnte es ihr verdenken? Niemand. Zumindest redete sie sich das ein. »Halte an deinen verstaubten Ideen fest. Es wird dich ruinieren.«

»Nur mich?«

»Ich lasse mich nicht provozieren. Vergiss es.« Sie stand auf, schob den Stuhl zurück und verließ die Küche. Die Kinder spielten hinter dem Haus. »Kommt, wir gehen zum Abuelo.«

Seitdem sie das Haus auf ihrem Weinfeld bezogen hatten, achtete Leo auf seine Enkelkinder. Sein bescheidenes Wohnhaus auf dem Nachbarfeld hielt er allein sauber, ihre Niños tobten in einem abgegrenzten und eingezäunten Bereich, den Lilias Vater vom Feld aus gut einsehen konnte.

Leo saß im Schatten unter dem Vordach, trank einen Kaffee und sah ihr entgegen. »Erneut nach Palma?«

»Dir auch einen guten Morgen.« Ein wenig drückte sie das schlechte Gewissen. »Ja, die Sommerfrische besprechen.« Das würde sie tun, allerdings erst nach dem Mittagessen.

»Ach, hält Alba daran fest?« Er breitete die Arme aus und fing seine auf ihn zustürmenden Enkel auf, hob sie hoch und wirbelte sie um die eigene Achse, bevor er sie wieder auf der Erde absetzte. »Da werdet ihr beiden Rabauken wohl den Sommer bei den Gamundis verbringen.«

»Und ob sie das werden. So sind sie beschäftigt, finden Freunde, und wir können in Ruhe auf dem Feld arbeiten.« Lilia befürwortete das Vorhaben ihrer Mutter, das jedes Jahr größer aufgezogen wurde. Somit hatten Marcos Eltern auf ihrem Hof zu tun, die Stadtkinder lernten etwas über das Landleben und verbrachten Ferien, die sie bei ihren armen Verhältnissen sonst nicht erlebten. »Wie kam Mamá eigentlich auf die Idee?«

»Das musst du sie selbst fragen.« Ihr Vater zuckte die Schultern. »Vielleicht hast du sie darauf gebracht.«

»Ich?« Woher rührte sein Gedanke?

»Du hast dich fürs Landleben interessiert und ein Praktikum dort absolviert.« Er sah sie stolz an. »Eventuell war das der Auslöser.«

»Glaubst du?« Die Vorstellung, ihre Mutter könnte das Wohltätigkeitsprojekt aus diesen Gründen ins Leben gerufen haben, erfüllte sie mit Freude.

»Frag sie.« Er zeigte auf das Feld. »Ich sollte an die Arbeit. Wie lange bleibst du fort?«

»Bis zum frühen Abend.« In ihrem Nacken kribbelte es. Ihren Vater anzulügen, setzte ihr mehr zu als die Ausreden gegenüber ihrem Mann. »Es gibt viel zu tun. Alejandro liegt in der Klinik, also kümmere ich mich um die Weinbestellungen.«

Er küsste sie auf die Stirn. »Braves Mädchen.«

Nun fühlte sie sich noch elender. »Bis später.« Rasch wandte sie sich ab, ging zum Wagen, der vor ihrem eigenen Wohnhaus parkte, stieg ein und fuhr davon. Je mehr das Weingut im Rückspiegel verschwand, desto mehr wuchs in ihr die Vorfreude auf den Segelausflug.

Lilia stellte den Lieferwagen in einer Seitenstraße des Segelhafens Cas Catalá ab. Segelkleidung besaß sie nicht. Sie hoffte, zwischen den anderen Gästen nicht aufzufallen. Unsicher betrat sie den Klub.

Kurt stand mit einer Gruppe zusammen und plauderte angeregt. »Ah, Lilia!« Er winkte sie zu sich. »Damit sind wir vollzählig.« Er küsste sie zur Begrüßung rechts und links auf die Wangen, was in Lilia Gefühle weckte, die sie bisher nur bei Marco erlebt hatte.

»Hola.« Sie sah an sich hinunter. »Ich habe noch keine passende Kleidung.«

»Die wird überbewertet«, wischte Kurt ihre Bedenken beiseite. »Hier haben alle ihre erste Segelstunde. Um euch ordentlich Lust darauf zu machen, fahren wir hinaus.«

Kurts Spanischkenntnisse waren bis auf seinen harten deutschen Akzent ausgezeichnet. Lilia erfüllte es mit Stolz, weil sie ihm viel beigebracht hatte. Nun konnte er in dieser Sprache Segelkurse geben.

»Aufgeregt?« Kurt ging neben ihr den Steg entlang. »Brauchst du nicht.«

»Bin ich auch nicht«, log sie, trotz des flauen Magens. »Außerdem kann ich schwimmen, solltest du uns kentern lassen.«

Kurt lachte. »Dein Vertrauen in mich ist ehrenwert!«

»Ehre, wem sie gebührt«, konterte sie und mischte sich unter die fünf anderen Schüler. Vier junge Männer und eine Frau. Lilia stellte sich vor, unterhielt sich, ließ dabei Kurt nicht aus den Augen.

Er erklärte jeden Handgriff. Mit blubberndem Außenmotor fuhren sie in die Bucht hinaus. Die frische Meeresluft kitzelte ihre Nase. Sie sog sie tief in ihre Lunge. Die Sonne erwärmte ihr Gesicht. Das Geräusch der gegen den Bug rollenden Wellen klang herrlich in ihren Ohren. Sie schloss die Augen.

»Hey, nicht genießen. Hier wird gearbeitet!« Kurt schaltete den Motor ab. »Segel hissen.« Er gab jedem Einzelnen klare Anweisungen, überwachte die korrekte Umsetzung der einfacheren Griffe und kümmerte sich selbst um die anspruchsvolleren Aufgaben. Bald flatterten die Segel straff im Wind, setzten das Segelboot in Bewegung, und bis auf das idyllische Rauschen des Meeres herrschte absolute Stille um sie. Ein eindrucksvoller Zweimaster mit einer Länge von sechsunddreißig Metern und gekappten Segeln lag vor ihnen in der Bucht. »Hoher Besuch! Den wollen wir begrüßen!«

Kurt holte die Hauptsegel ein, drosselte damit das Tempo und warf die Maschinen an, um sich von der Backbordseite zu nähern. Musik drang herüber.

Lilia erkannte den Namen.

Zaca.

Kurt schien den Eigentümer zu kennen.

An Bord sah sie fünf Männer und drei Frauen. Sie trugen so knappe Bikinis, dass es Lilia die Röte ins Gesicht trieb und den teilnehmenden Männern der Mund offen stand.

»Benehmt euch«, knurrte Kurt und näherte sich dem Boot.

»Kurt! Wie geht es dir?« Ein gut aussehender Kerl grüßte in englischer Sprache. Er kam Lilia irgendwie bekannt vor. Forsch. Ein wenig arrogant. Äußerst attraktiv mit diesem kleinen Bärtchen. Das weiße Hemd offen bis zum Bauchnabel. »Willst du an Bord kommen?«

»Ein anderes Mal, Errol. Trinken wir einen heute Abend im El Patio?« Kurt wies auf die Segelschüler. »Noch habe ich Arbeit, wie du siehst.«

»Dann bring ihnen ordentlich was bei.« Er zwinkerte vergnügt und trank einen Zug aus einer Bierflasche. »Wir sind dort.«

»Bis später.« Kurt gab Gas und manövrierte das Segelboot von der Zaca fort.

Lilia winkte zum Abschied, wie die anderen Schüler. »Wer war das? Er kommt mir bekannt vor.«

»Das sollte er auch, wenn du ins Kino gehst. Errol Flynn. Freibeuter und Frauenliebling.« Kurt lachte amüsiert. »Ich kenne keinen besseren Kapitän als ihn.«

Lilia hörte die Bewunderung in Kurts Stimme. »Du meinst *den* Errol Flynn, den Hollywoodschauspieler?« Sie hatte von ihm in der Zeitung gelesen. Auch darüber, dass er angeblich mit seiner dritten Ehefrau auf Mallorca weilte. »Du kennst ihn?«

»Ja, wir haben uns im Titos kennengelernt. Gemeinsame Freunde haben uns vorgestellt.« Kurt hisste das Großsegel. Lilia half ihm, so gut sie konnte. Ein Mann holte das Fall ein, ein weiterer setzte das Vorsegel.

Kurts prüfender Blick glitt über die Arbeit. Zufrieden nickte er. »Errol ist im echten Leben ein weit größerer Haudegen als in seinen Filmen. Das erzählen zumindest seine Leute. Mit ihm würde ich gerne eine längere Reise unternehmen.«

»Du willst die Insel verlassen?« Der Gedanke ängstigte Lilia. »Und was wird aus dem Hotel?«

»Ich bin nur Alejandros Assistent.« Er blickte sie ernst an. »Die Hotelarbeit ist solide, doch mein Herz schlägt fürs Segeln.« Er sah zu den anderen. »Jetzt muss ich mich um die Schüler kümmern. Sieh zu. Bei Fragen scheue dich nicht.« Kurt zwinkerte ihr zu. »Aber wenn ich nur dir mein Augenmerk schenke, laufen mir die Kunden davon.«

Sein letzter Satz ließ Lilias Herz schneller schlagen. Er bedachte sie mit weit mehr Aufmerksamkeit als die anderen, und das tat er nicht, weil ihre Mutter seine Vorgesetzte war. Die Zweifel lösten sich in Luft auf wie auch ihre Bedenken ihrem Mann gegenüber. Mit wem sollte sie über ihn sprechen? Mit Sebastiana oder Ana, ihren ältesten Freundinnen? Die sah sie nur selten. Beide waren mit erfolgreichen Geschäftsmännern verheiratet und verspotteten immer noch liebevoll ihre Wahl. Wie sollte sie zugeben, vielleicht den falschen Ehemann gewählt zu haben? Wobei sie mit ihnen nicht tauschen wollte. Sebastians Mann nahm jedes Jahr zu und erinnerte an einen dicken und grobschlächtigen Metzgermeister. Der von Ana wirkte mit seinem schwachen und fliehenden Kinn, als könnte er sich niemals gegen Ana durchsetzen. Da war ihr Marco geradezu ein Traumprinz. Ohne Schimmel und Krone, aber mit Herz und Verstand, wenn sie an Letzterem momentan auch zweifelte. Ob ihre Mutter helfen konnte?

Sie wusste, dass sie unrecht handelte, wenn sie heimlich Zeit mit Kurt verbrachte. Er verkörperte jedoch die Freiheit, nach der sie sich sehnsuchtsvoll verzehrte.

Zurück im Hafen, fiel ihr der Abschied von Kurt schwer. Gerne hätte sie ihn noch allein gesprochen, doch auf ihn warten wirkte ungehörig, so verabschiedete sie sich und überließ ihn den zahlenden Segelschülern.

Auf der Fahrt zum Hotel sortierte sie ihre Gedanken. Ihren Lieferwagen musste sie mehrere Blöcke entfernt abstellen. Die Straßen der Stadt waren im Frühsommer belebt. Lilia bemerkte die unterschiedlichen Sprachen, die sie nicht verstand. Das Schwedische hörte sich lustig in ihren Ohren an. Die Frauen kleideten sich sehr freizügig. Nicht nur am Strand. Die lockere Lebensart faszinierte Lilia, denn mit den zur Zeit propagierten streng katholischen Vorschriften hatte sie ihre Probleme. Ihr schien es übertrieben, beim Strandbesuch einen Bademantel zu tragen, obwohl der Badeanzug züchtig alle Stellen verdeckte, die es zu verdecken galt.

Lilia betrat die Lobby des Las Rosas und erkundigte sich bei Eduardo nach dem Verbleib ihrer Mutter. Er schickte sie hoch in die Privaträume. Lilia fuhr mit dem Fahrstuhl nach oben, klopfte an und trat, ohne die Antwort ihrer Mutter abzuwarten, ein.

»Mamá?«

»Im Esszimmer!«

Mit farbigen Tupfen übersät, saß sie am Esszimmertisch. Vor sich ausgebreitet lagen Listen und Dokumente. Auf der anderen Seite des Tischs war für zwei Personen eingedeckt. »Ich hoffe, du hast Appetit mitgebracht! Malen macht mich immer hungrig.«

»Das habe ich.« Lilia küsste ihre Mutter zur Begrüßung und setzte sich an ihren Stammplatz. »Was gibt es denn Leckeres?«

»Tumbet.«

Lilia liebte den Paprika-Auberginen-Auflauf mit Kartoffeln. »Dann lass uns essen. Besprechen können wir uns währenddessen.«

»Perfekt. Sonst wird es nur kalt.« Alba legte die Papiere nieder, stand auf und rollte den Servierwagen heran. Sie hob den Deckel von der steinernen Auflaufform. Dampf entwich. Und mit ihm der würzige Duft nach Rosmarin. Ihre Mutter befüllte die Teller. »Bisher haben wir achtzehn Anmeldungen. Bringt ihr die auf dem Hof unter?«

Lilia überlegte. »Damit liegen wir über dem Vorjahr. Unsere eigenen Kinder kommen noch dazu.« Sie nahm ihr den Teller ab. »Aber es wird gehen. Wir brauchen mehr Zelte.«

»Kein Problem. Die kaufe ich.« Sie setzte sich ihr gegenüber. »Sind die anderen intakt?«

»Marco wird sie eine Woche vorher aufbauen. Dann wissen wir, ob der Winter irgendwo Schaden angerichtet hat.« Lilia schob sich eine Gabel in den Mund. Der fruchtig-frische

Geschmack ließ sie die Augen schließen. »Herrlich. Lass Pep niemals kündigen.«

»Das werde ich nicht.« Ihre Mutter lächelte. »Ich weiß, was ich an ihm habe.«

»Können wir ihn uns für das Sommercamp ausleihen?« Lilia vermisste die leckere Küche aus dem Hotel. Sie selbst beherrschte die Arbeit am Herd nur mäßig. Sie fand daran auch wenig Gefallen.

»Marisol kocht gut. Ich dachte, sie könnte Gustavo helfen. Ich habe sie gefragt, und sie freut sich. Wie wäre es, wenn ihr die älteren Mädchen noch mit einspannt?«

»Ist eine Überlegung wert.« Ihre Mutter wich ihrem Blick aus. »Marisol?« Der Name der früheren Freundin war ihr lange nicht über die Lippen gekommen. »Ihr seid wieder befreundet?« Sie wusste nicht, warum die Freundschaft zerbrochen war. Ihre Mutter sprach nie darüber.

»Ja. Wir haben uns ausgesprochen.« Sie schien nicht mehr verraten zu wollen. Konzentriert spießte sie zwei Paprikastücke auf.

Lilia wollte die Hintergründe erfahren. »Was ist damals geschehen?«

»Meinungsverschiedenheiten.«

»Geht es genauer?« Lilia suchte auf dem Gesicht ihrer Mutter nach Anzeichen. »Ist es, weil sie mit Matías zusammengekommen ist?«

»Wie kommst du darauf?« Sie sah auf.

Ihre Miene verriet keinen Hinweis, ob sie richtig oder falsch lag. »Nur so.« Lilia gab sich unschuldig. Ihr Gefühl in der Magengegend bestätigte jedoch ihre Annahme. »Zwischen dir und Papá lief es eher schwierig. Da liegt der Gedanke nicht aus der Welt, für einen anderen Mann zu schwärmen.« In dem Moment, als ihr die Worte aus dem Mund purzelten, bereute sie sie bereits.

»So wie bei dir und Kurt?« Alba legte das Besteck beiseite. »Kümmere dich besser um deine Ehe. Sonst stehst du bald mit zwei kleinen Kindern allein da.«

Nun verging ihr der Appetit. »Marco kritisiert mich die ganze Zeit. Er und Papá lassen meine Meinung nie gelten. Immer bestimmen sie, was getan wird. Ich kann es nicht mehr hören. Sie haben unrecht.«

Ihre Mutter griff über den Tisch und tätschelte ihre Hand. »Dann musst du es geschickter anstellen.«

»Wie denn?«

»Schlag deine Ideen so vor, dass sie am Ende glauben, es wären ihre eigenen.« Sie lehnte sich in ihrem Stuhl zurück. »Lobe ihn, selbst wenn du innerlich die Augen verdrehst. Das ist in Ordnung. Männer brauchen Anerkennung. Gib sie ihnen, und du bekommst alles von ihnen.«

»Das funktioniert?« Sollte es so einfach sein?

»Das tut es.« Alba nahm ihr Besteck wieder auf und aß weiter, während Lilia auf den Worten ihrer Mutter herumkaute.

Zu Beginn ihrer Beziehung hatte sie zu Marco aufgesehen, ihn gefördert, sich im Hintergrund gehalten mit ihrem Wissen, es ihm subtil vermittelt. Im Laufe der Jahre hatte sich ihr Verhalten geändert und damit auch ihr Verhältnis zueinander. Sie kritisierte ihn. In der Arbeit. Bei der Betreuung der Kinder. In seinen Ansichten. Seit Gerados Tod hatte sie sich in eine unzufriedene und nörgelnde Frau verwandelt. Kein Wunder sperrte sich Marco gegen ihre Ideen. Sie waren zu Gegnern geworden. Darauf aus, jeweils die eigenen

Vorstellungen durchzusetzen. Darunter lag ihre Liebe begraben. »Hast du es so mit Papá gemacht?«

»Natürlich. Das hat immer gut funktioniert. Es änderte sich leider, als er sich von mir abwandte und seine Leidenschaft für mich für den Wein eintauschte. Ab da konnte ich ihn nicht mehr erreichen.« Sie stippte mit dem Brot den Sud aus dem Teller. »Lass es mit Marco nicht so weit kommen. Wenn du nichts änderst, werdet ihr unglücklich bleiben. Und du warst zu Beginn doch glücklich mit ihm, oder?«

»Ja. Das war ich.« Geändert hatte es sich erst, als sie die wahren Umstände zu Gerados Tod hatte verheimlichen müssen. Um ihre Schuld zu sühnen, bestrafte sie sich selbst. Dessen war sie sich bewusst.

»Versuche, seine Seite zu sehen. Dann kannst du ihm leichter Fehler verzeihen.« Sie reichte ihr den Brotkorb. »Du isst zu wenig.«

Lilia nahm eine Scheibe Brot, legte sie jedoch an den Tellerrand. »Erzähl mir von Marisol.«

»Sie hat eine schwere Zeit durchlebt.« Alba schien ihre Worte genau abzuwägen. »Sie hat ihre Arbeit verloren. Du weißt ja, dass sie Lehrerin ist. Ihre Denkart passt nicht zu den Lehren von Franco. Das hat sie aus dem Gleichgewicht gebracht.«

»Ich dachte, es war euer Zerwürfnis.«

»Das hat mit hineingespielt. Sie hat mich hintergangen, was ich ihr lange nicht vergeben konnte.«

»Wie?«

»Das spielt keine Rolle.«

Für Lilia schon. Ihre Mutter würde die Hintergründe verschweigen. Vielleicht redete Marisol, sobald sie im

Sommerlager arbeitete. Zumindest würde Lilia versuchen, die Wahrheit zu erfahren. »Wieso hast du ihr verziehen?«

»Die Jahre sind vergangen, ihr ging es schlecht. Wir beide haben uns gegenseitig vermisst. Außerdem hat sie ihren Verrat bitter bereut.« Sie wählte ihre Worte behutsam, als hätte sie Angst, zu viel zu sagen. »Die Zeit war reif.«

Wie sie es auch war, sich um ihre Ehe zu kümmern. Dafür zu kämpfen. Im Grunde liebte sie ihren Mann. Die Gefühle lagen brach. Zeit, sie wieder zu erwecken. »Danke, Mamá.«

»Gerne, meine Kleine. Ich will nur dein Glück. Und das liegt nicht bei Kurt.« Ihre Stimme klang mild, was es Lilia leichter machte, ihr zu glauben.

»Ich weiß.« Sie nahm die Gabel und spießte ein Kartoffelstück auf. »Marisol wird also helfen. Wer noch?«

»Abwechselnd die vier Lehrerinnen aus dem letzten Jahr. Die kennen die Kinder, was ja immer schön ist. Vielleicht übernimmt Teresa die komplette Aufsicht. Das muss ihr Ehemann entscheiden.«

Lilia verkniff sich dazu einen Kommentar. »Darf ich dich etwas fragen?«

»Natürlich.«

»Warum organisierst du das Sommerlager?« Ihr Vater hatte ihr die Frage nicht beantworten können.

»Ich habe Geld geerbt. Von einem Mann, der viel Unheil angerichtet hat. Sein Erbe wollte ich nicht nur für die Hotels verwenden, sondern damit Nützliches tun. Gerado hat das Lager vorgeschlagen, und ich tue das auch für ihn.« Alba zeigte auf die Auflaufform. »Bist du fertig?«

Lilia sah auf ihren zur Hälfte gefüllten Teller. »Es ist sehr gut, aber ich schaffe nicht mehr.« Der Gedanke an ihren

Bruder verknotete ihr vollends den Mageneingang. Noch nie hatte sie ein dermaßen offenes Gespräch mit ihrer Mutter geführt. Sie rang mit sich, ihr die Wahrheit über jenen verhängnisvollen Tag zu sagen. Würde sie ihr verzeihen? Oder würde sie sie verstoßen? Die Gefahr eines Bruchs mit ihrer Mutter schien ihr zu groß.

»Lass dir Zeit.«

Dieser Rat galt nicht dem Essen. Sie meinte Marco. Doch es passte perfekt auf ihre eigene Schuld. Eines Tages musste sie sich vergeben. Sie hatte sich genug selbst bestraft. »Danke, Mamá.«

»Ach, mein Mädchen. Ich war auch jung, hatte Träume, und dann verrennt man sich leicht.« Sie kam zu ihr, zog sie in ihre Arme und drückte sie an sich.

Lilia genoss die mütterliche Nähe, die sie lange vermisst hatte. Eigentlich seit ihrer Eheschließung.

»Ich verstehe dich. Kurt ist pures Abenteuer. Aber er ist kein Mann für eine Familie. Noch nicht.

Sobald Alejandro an die Arbeit zurückkehrt, wird Kurt im Hotel aufhören. Er will eine Segelschule gründen.«

Diese Entscheidung fand Lilia mutig. Sie verharrte in der Umarmung und zollte Kurt heimlich ihren Respekt. Er folgte seinen Träumen. So wie sie es früher getan hatte. Und wie sie es nun wieder tun wollte. »Wir bekommen das hin. Versprochen.«

»Sollte ich dich unterstützen können, sag Bescheid.«

Das Angebot würde Lilia annehmen, sobald sie die Notwendigkeit dazu sah. Sie löste sich. »Nun fahre ich nach Hause und versuche, Marco zu überzeugen, Qualitätswein auf den Feldern anzubauen.«

Ihre Mutter küsste sie zum Abschied. »Du schaffst das. Davon bin ich überzeugt. Du hast bisher alles geschafft, was du dir in den Kopf gesetzt hast. Da sind wir uns sehr ähnlich.«

Lilia hätte das anders beurteilt, ließ es aber an diesem besonderen Tag unkommentiert. »Ruf mich an, wenn du Weinnachschub brauchst.«

»Mach ich.«

Auf dem Nachhauseweg überlegte sie, wie sie Marco subtil umstimmen konnte, auf Qualitätswein umzusteigen. Als sie den Wagen vor ihrem einstöckigen Haus abstellte, wusste sie es. Marco saß auf der hölzernen Bank unter dem Vordach. Er hielt eine Kaffeetasse in der Hand. Sie ging zu ihm, küsste ihn zur Begrüßung. »Wie war dein Tag?«

Marco zog die Augenbrauen hoch. »Gut. Wieso fragst du?«

»Weil es mich interessiert, wie es meinem Mann nach einem harten Arbeitstag geht?« Sie setzte sich zu ihm. »Du arbeitest viel. Wir sollten uns mal etwas gönnen. Nur wir zwei. Vielleicht, wenn das Sommercamp ist? Dann sind die Kinder gut untergebracht.«

Freudig stimmte Marco zu. »Du hast recht. Das Leben sollte nicht nur aus Arbeit bestehen. Was hältst du davon, in die Berge zu wandern, zum Monasterio Lluc?«

»Das klingt herrlich. Du hast immer so tolle Ideen!« Die gelöste Stimmung ließ Lilia mutig werden. Hoffentlich fand sie die passenden Worte. »Mamá braucht vorerst keine Weinlieferung.« Immerhin hatten sie sich morgens deshalb in die Haare bekommen.

»Du begleitest mich also wieder mehr auf das Feld?«

»Ja, das mache ich.« Der Grundstein war gelegt. »Ihre Gäste ziehen Carlas Weine vor. Wir sollten uns andere Abnehmer suchen.«

Marco schwieg.

»Dir fällt bestimmt etwas ein.« Lilia zeigte auf die leere Kaffeetasse. »Möchtest du Nachschub?«

»Gerne.«

Lilia nahm die Tasse, warf einen prüfenden Blick auf ihren Mann und hoffte, die Saat würde aufgehen. Sie kochte frischen Kaffee. Ihr blieb noch Zeit, mit ihm gemütlich Kaffee zu trinken und ins Weinfeld zu gehen. Dann musste sie Paulino und Pablo bei ihrem Vater abholen.

Der Kaffeeduft schmeichelte ihrer Nase. Sie goss ein und kehrte zu Marco zurück, der unverändert dasaß und vor sich hin brütete. »Bitte.«

»Danke.« Er pustete in die Tasse. »Ich habe nachgedacht, schon länger.«

Lilia schwieg mit klopfendem Herzen. Ging es tatsächlich so einfach?

»Wir sollten es probieren.«

Anstatt vor Freude aufzuspringen, gab sie sich unwissend. »Was meinst du?«

»Mit dem Qualitätswein.« Er trank einen Schluck und sah auf das sattgrüne Weinfeld. »Noch ist Zeit. Noch können wir die Reben auf unserem Grund zurückschneiden.«

»Ich weiß nicht.« Lilia gab vor, seine Entscheidung vom Morgen für die bessere zu halten.

»Ja. Wenn die Leute mehr Geld für guten Wein ausgeben, sollten wir die Chance nicht verpassen, frühzeitig umzustellen.« Er suchte ihren Blick.

Sie spürte es, sah jedoch weiter auf die Ebene hinaus. »Papá wird nicht zustimmen.«

»Dein Vater hat seine Felder, wir haben unsere.« Marcos Stimme klang fest und überzeugt.

Innerlich jubilierte Lilia. Warum hatte sie nicht längst ihre Mutter um Rat gebeten? Warum hatte sie geglaubt, durch ihre Sturheit etwas zu erreichen? »Es ist riskant.« Sie musste ihn bestimmen lassen, so viel hatte sie begriffen. Sie sah zu ihrem Mann.

»Ohne Risiko feiert man keine großen Erfolge, richtig?« Er zwinkerte ihr vergnügt zu.

»Richtig. Du bist mutig. Das liebe ich an dir.« Lilia rutschte auf der Bank dicht zu ihm und kuschelte sich an ihn.

»Und ich liebe dich, weil du meinen Mut mitträgst und mich auf unserem Weingut unterstützt.« Marco legte den Arm um sie. »Und natürlich, weil du atemberaubend schön bist.«

Komplimente hatte es lange Zeit nicht mehr für sie gegeben. Vielleicht lag das Geheimnis einer guten Ehe tatsächlich darin, weise zu handeln und im Verborgenen seinen Willen durchzusetzen. Marco glaubte, er hätte entschieden, was ihm das Gefühl vermittelte, das Sagen im Haus zu haben, dabei musste sie ihn nur in die passende Richtung lenken. »Dann wird deine schöne Frau mit ihrem mutigen Mann morgen die Stöcke zurückschneiden. Sprichst du mit Vater?«

»Selbstverständlich. Das ist Männersache.«

Damit kam sie auch um das unangenehme Gespräch herum, das unweigerlich folgen würde. »Hast du etwas dagegen, wenn ich Mamá im Hotel helfe? Sie hat mit einflussreichen

Menschen zu tun. Das könnten wir für unseren Ruf nutzen und im Las Rosas Weinproben anbieten.«

»Denkst du, das interessiert die Hotelgäste?« Marco sah sie zweifelnd an.

Lilia merkte, wie wenig geübt sie in der neuen Technik war. Kaum kam der Vorschlag von ihr, zweifelte Marco sie an. Also ruderte sie zurück. »Wahrscheinlich nicht. Du hast recht. Es war eine dumme Idee.«

»Nicht so schnell. Sobald der Wein von höherer Qualität ist, versuchen wir das. Es wird dauern.«

Marco leerte den Kaffee. »Solche Gespräch mit dir habe ich in letzter Zeit sehr vermisst.«

»Ich auch.« Sie kuschelte sich an ihn. Leise versprach sich Lilia, solche Unterhaltungen häufiger zu suchen und Kurt aus dem Weg zu gehen. Sie musste ihn aus ihren Gedanken verbannen, und das funktionierte nur, wenn sie ihn nicht wieder traf. »Ich hole die Kinder ab.«

»Tu das.«

Lilia erhob sich, betrachtete ihren Mann, wie er nachdenklich auf die Weinfelder hinaussah. In seinem Gesicht stand Entschlossenheit. Er würde am kommenden Tag die Rebstöcke zurückschneiden, unabhängig von Leos Meinung, davon war Lilia überzeugt.

Auf dem Nachbargrundstück schlug Paulino mit einem Stock seitlich an einen herumliegenden Stein, bis er hochhüpfte, was Pablo quietschend lachen ließ. »Genau so geht es.« Ihr Vater klatschte in die Hände.

»Was spielt ihr denn Schönes?« Sie widerstand dem ersten Impuls, den Entschluss ihrem Vater mitzuteilen.

»Steinhüpfen. Der am höchsten springt, gewinnt.« Paulino

gab dem Stein einen erneuten Stoß. Er hüpfte etwa zwanzig Zentimeter in die Höhe.

»Du bist ja ein wahrer Meister!« Sie sah zu ihrem Vater. »Waren sie brav?«

»Ja, sie haben auf dem Feld geholfen.« Leo fasste Pablo sanft auf die Schulter. »Einen ganzen Unkrautberg hat er aus der Erde gezogen.« Er sah von einem zum anderen. »Ihr wart mir beide eine große Hilfe. Ohne euch müsste ich jetzt noch arbeiten.«

Lilia fand es niedlich, wie ihr Vater die Enkelsöhne lobte. Das kannte sie von ihm nicht. Er hatte sich kaum um seinen eigenen Nachwuchs gekümmert. Zumindest erinnerte sich Lilia nicht daran. »Dann werde ich die fleißigen Helfer verpflegen. Lasst uns nach Hause gehen. Mamá kocht Abendessen.« Sie wandte sich an ihren Vater. »Möchtest du bei uns essen?«

»Gerne.« Er stand auf, klopfte sich den Staub von der Hose. »Ich wasche mich und komme nach.«

Die Kinder stürmten ins Haus. Lilia sah ihnen lachend hinterher. Für diese beiden Wirbelwinde würde sie bei Marco bleiben, egal wer sonst in ihr Leben trat.

In der Küche spielten sie mit der geschnitzten Eisenbahn, während Lilia das Abendbrot vorbereitete. Sobrasada, Brot, Oliven, Tomaten und Olivenöl. Ein Stück Hartkäse lag ebenfalls in der Vorratskammer. Sie platzierte alles auf dem Esstisch.

Ihr Vater betrat mit einer Flasche Rotwein in der Hand das Haus. »Wenn du für das Essen sorgst, bringe ich die Getränke.«

»Danke. Setzt euch.« Lilia wollte die Küche verlassen, um ihren Mann zu rufen. Sie holte Luft und stand ihm gegenüber.

Er grinste sie an. »Bin schon hier.«

»Bedient euch.« Sie nahm sich eine Scheibe Brot, schmierte Sobrasada darauf, zerteilte es in kleine Ecken und reichte den Teller an die Kinder. Pablo sah kaum auf den Tisch, langte aber zielsicher danach und biss in eine Schnitte.

»Ich muss dir eine Entscheidung mitteilen.« Marcos Stimme klang fest.

Lilia gab vor, ahnungslos zu sein, und überreichte ihrem Vater den Brotkorb.

»Das klingt ernst.« Er nahm eine Brotscheibe und bestrich sie mit der groben Paprikawurst. »Um was geht es?«

»Wir stellen mit unseren Feldern auf Qualitätswein um.« Marco sagte es fast unbeteiligt.

Leo hielt in der Bewegung inne, bis er das zum Mund geführte Brot sinken ließ. »Das ist ein Fehler. Ich verbiete es dir.«

»Du kannst mir nichts verbieten.« Marco goss sich ein Glas Wein ein und trank einen Schluck. »Der Wein ist gewöhnlich. Das weißt du so gut wie ich.«

»Für die Bauern reicht die Qualität.«

»Für die schon.« Er sah zu Lilia. »Für die Hotelgäste aber nicht. Alba bestellt weniger Wein. Also müssen wir umdenken.«

»Blödsinn.« Auf der Stirn ihres Vaters vertiefte sich die Zornesfalte gefährlich. »Wir verkaufen in den Dorfschenken genug. Was kümmern uns die ausländischen Touristen? Die bringen nicht das Brot auf unseren Tisch.«

Lilia verkniff sich ihre Meinung. Die Bauern brachten zwar das Brot, aber weder Wurst noch Fleisch. Dafür reichten die Einnahmen nicht.

»Wir müssen in die Zukunft denken.« Marco ließ sich nicht abbringen, was Lilia ihm hoch anrechnete. Sich ihrem zornigen Vater entgegenzustellen, forderte Mut. »Ich werde umstellen.«

»Entgegen meinen Wünschen? Das wagst du nicht!« Leos Stimmlage verschärfte sich.

»Ich treffe eigene Entscheidungen.« Der ruhige Ton schien Lilias Vater weiter zu reizen.

»Du hast alles von mir gelernt. Alles. Und nun glaubst du, du kennst dich besser aus?« Leo stand vom Tisch auf. Sein Gesicht leuchtete rot vor Zorn.

Die Kinder hörten auf zu essen, versanken fast auf ihren Stühlen. »Vater, die Jungen ...«

»Die dürfen die Wahrheit schon hören. Dein Mann begeht einen Fehler.« Seine Stimme klang noch härter. »Einen großen Fehler.«

»Das glaube ich nicht.« Marco erhob sich ebenfalls. »Und ich verbiete dir, in meinem Haus herumzubrüllen und die Kinder zu verängstigen.«

Noch nie hatte sie Marco so mit ihrem Vater sprechen hören. Ihr Respekt wuchs. Er konnte doch seinen Mann stehen, wenn es darauf ankam. Lilia nahm den dreijährigen Pablo auf den Arm. Seine Unterlippe zitterte verdächtig. »Schscht, der Abuelo ist verärgert. Das bist du auch manchmal mit Paulino. Alles ist gut.«

»Einen Teufel ist es!« Ihr Vater rammte den Stuhl an den Tisch, dass die Lehne an die Tischkante krachte. »Das werdet ihr bereuen!« Mit diesen Worten drehte er auf dem Absatz um und stürmte aus dem Haus. Die Haustür warf er hart ins Schloss. Die Fensterscheibe in der Küche vibrierte.

»Er wird sich beruhigen«, sagte Marco und aß in Seelenruhe, als wäre nichts geschehen.

Woher nahm ihr Mann plötzlich diese Gelassenheit und Entschlussfreude? Lag es tatsächlich daran, dass sie sich zurücknahm? Ihm suggerierte, er träfe die Entscheidung? Auf alle Fälle würde sie die Vorgehensweise weiterverfolgen. Es funktionierte, und ihr Mann zeigte die Stärke, die über lange Zeit unter einem Berg der Alltagsentscheidungen verschüttet gewesen war. »Das wird er.« Lilia ging zu ihm. »Du warst großartig.« Sie küsste ihn herzhaft, und der Stolz schenkte ihr ein wärmendes Gefühl. »Jetzt wird weitergegessen.« Sie setzte Pablo wieder auf seinen Platz und bestrich sich selbst ein Brot. Ihr Vater würde voraussichtlich in die Dorfschenke gehen und seinen Ärger mit einigen Cañas und Brandys hinunterspülen und für einen schweren Kopf sorgen.

Am kommenden Morgen traf Lilia ihren Vater nicht auf dem Feld an. Sie nahm die Kinder mit und half Marco, die Stöcke zurückzuschneiden. Die Arbeiter wunderten sich über die neue Anweisung, führten sie jedoch ohne Nachfragen aus.

Als sie am westlichen Rand des Weinfelds die Rebenreihe zurückgeschnitten hatte, begegnete Lilia ihrer Cousine Isabel. Die kleine Barbara trug sie in einem Rückenwickeltuch. »Ist das nicht anstrengend?«

»Doch. Aber wohin soll ich mit ihr? Noch ist sie zu klein, um sie wie Robert bei Tía Carla zu lassen. Ich muss sie zu oft füttern.« Isabel streckte den Rücken durch. »Wie machst du das mit deinen Jungs?«

»An manchen Tagen weiß ich kaum, wo sie mit meinem Vater herumstrolchen.« An diesem Morgen hatte sie sie zwangsläufig zu ihren Schwiegereltern gebracht, obwohl sie das nicht mochte.

»Warum fragst du nicht Carla? Sie liebt Kinder und würde bestimmt auf sie aufpassen. Pablo und Robert könnten miteinander spielen. Sie sind im selben Alter.«

Darüber hatte Lilia auch schon nachgedacht. Sie trennten nur sechs Monate, und es täte ihm gut, gleichaltrige Gesellschaft um sich zu haben. »Wäre es nicht zu viel Arbeit für sie?« Lilias schlechtes Gewissen, ihre Tía für ihren Vater bespitzelt zu haben, drückte sie noch immer. Seit Isabel täglich auf dem Nachbarweinfeld arbeitete, unterhielten sie sich regelmäßig. Lilia mochte ihre Cousine. »Wann kommt deine Mutter? Sollte sie nicht längst hier sein?«

Ein Schatten überzog Isabels Miene. »Papá ist gestorben. Sie hat ihn beerdigt und musste einige Dinge regeln.«

»Das tut mir leid.« Die Nachricht war an ihr vorübergegangen. »Wie geht es dir?«

»Ich bin traurig, weil ich mich nicht von ihm verabschieden konnte.« Sie strich sich eine lose Haarsträhne hinter das Ohr. »Tía Carla hat mir sehr in dieser Zeit geholfen. Sie meinte, ich solle mir vor Augen halten, dass meine Anwesenheit nichts geändert hätte.«

»Da liegt sie richtig.« Lilia mochte gar nicht daran denken, ihre Mutter oder ihren Vater zu verlieren.

»Stimmt. Papá ist in der Hollywoodschaukel eingeschlafen und nicht wieder aufgewacht. Zuvor hat er mit Victor noch Fußball gespielt. Es muss schnell gegangen sein.« Ihr Gesichtsausdruck hellte sich auf. »Besser so als nach einer langen Krankheit.«

Lilia lächelte. Ob sie es von der Seite aus betrachten könnte?

Sie wusste es nicht. Der Kopf gab ihr natürlich recht, aber das Herz?

»Mamá kommt in einer Woche. Ihre Überseekisten sind vor ihr angekommen.« Isabel zeigte auf die zurückgeschnittene Rebenreihe. »Ihr ändert den Anbau? Wieso?«

»Euer Wein schmeckt besser.« Lilia gab es unumwunden zu. »Wir wollen zweigleisig fahren.« Sie wollte ihren Vater nicht bloßstellen, der am Massenanbau festhielt, so griff sie zu dieser Notlüge.

»Kommt doch zum Essen zu uns. Unser Haus ist fertig. Eine Einladung ist längst überfällig.« Isabel nickte bekräftigend. »Bringt die Jungs mit. Ich lade Francisco und Carla ein, und ihr besprecht, ob sie auf eure Kinder aufpassen möchte. Aufs Feld lasse ich die beiden nicht mehr. Die Arbeit ist für sie zu hart, wenn sie das auch niemals einsehen würde. Also beschäftige ich sie mit Kinderaufsicht.«

Eine kluge Entscheidung, das musste Lilia ihr zugestehen. Ihre Cousine war hübsch und intelligent. Kein Wunder, dass Christopher sich für Isabel entschieden und die Avancen Olivias ausgeschlagen hatte. »Hast du Olivia Davis wiedergetroffen?«

»Nein, bisher nicht. Sie soll mit einem Anwalt aus Palma liiert sein.« Sie sagte es leichthin, trotzdem nahm Lilia die Wachsamkeit in der Stimme wahr. An ihrer Stelle wäre sie genauso aufmerksam geblieben. Ob diese Frau sich nur mit dem Abogado eingelassen hatte, um in Christophers Nähe zu sein, konnte niemand einschätzen. »Sie werden im Sommer heiraten.«

»Das ist schön.« Lilia zeigte auf die nächste Reihe. »Ich sollte weiter.«

»Klar, ich auch. Kommt ihr heute zum Abendessen?«

Sie verabredeten die Uhrzeit, bevor sie sich beide wieder an die Arbeit begaben.

Lilia und Marco gingen die paar Schritte zum Nachbarweingut zu Fuß. Marco trug Pablo die letzten Meter auf dem Arm. Paulino kickte einen Stein vor sich her. Normal zu gehen kam für ihren Ältesten nicht infrage. Zumindest seit langer Zeit nicht mehr.

Christophers und Isabels weitläufiges Haus bestand aus einem u-förmigen Erdgeschoss mit einem aufgesetzten Turm und rundum laufenden Fenstern. Die dicken Wände waren aus Natursteinen gebaut, was im Sommer vor der Hitze schützte. Bis auf das Turmzimmer fügte sich das flache Gebäude harmonisch in die Ebene. Ein eindrucksvolles Portal aus hölzernen Flügeltüren bildete den Eingang. Die vorgelagerte Terrasse war mit inseltypischen Fliesen belegt. Hellblaue Klappläden schützten vor der Sommersonne. An diesem Tag standen sie offen. Ein gusseiserner Türklopfer in Form einer Hand war in die Tür eingelassen. Aus der Nähe betrachtet, sah das Wohnhaus modern und komfortabel aus. Aus der Ferne hatte es auf Lilia wie ein normales Bauernhaus gewirkt.

Die Holztür ging auf. »Kommt rein, ich habe euch kommen sehen!« Isabel beugte sich zu Paulino und gab ihm die Hand. »Guten Abend, der Herr.«

Lilias Ältester reichte ihr sie kichernd. »Buenas tardes, Señora.«

Isabel machte ihnen Platz. Der Eingangsbereich wirkte durch die beiden Fenster neben der Eingangstür lichtdurchflutet und freundlich, was Lilia vom heimischen Baustil her nicht kannte. Normalerweise zog man kleine Fensteröffnungen vor, um die Hitze aus dem Haus zu halten. »Herzlich willkommen.« Sie zeigte auf eine Tür hinter ihr. »Geht bitte durch. Carla und Francisco sind schon hier und sind beim Tapeo.«

»Tapeo?« Lilia zog irritiert die Augenbrauen hoch. Diesen Ausdruck hatte sie noch nie gehört.

»Sagt man das nicht so?« Isabel ging voraus ins vornehm möblierte Speisezimmer. Ein Holztisch mit eingelassenen Intarsien bot Platz für zehn Personen. Die mit braunem Leder bezogenen Stühle besaßen hohe Lehnen. Ein großer Lüster hing an der Decke. An einer Tischecke standen mehrere offene Weinflaschen. Auf Tellern in mundgerechte Stücke aufgeschnittene Tortilla und Coca de Trampó. »Christopher? Hat das nicht ein Kunde aus Madrid so genannt?«

Christopher kam mit einem entwaffnend herzlichen Lachen auf sie zu. »Honey? Was ist mit dem Kunden aus Madrid?«

»Nannte er den Aperitif nicht Tapeo?« Sie zeigte auf die Flaschen. »Rot oder weiß?«

Pablo und Paulino reichte Isabel je ein Stückchen der Coca. »Hier. Wenn ihr Lust habt, könnt ihr draußen spielen.«

Marco wählte den Rotwein, Lilia den Weißwein. Sie wollte alle Sorten probieren. »Wie geht es euch?«, wandte sie sich an Tía Carla und Tío Francisco.

»Sehr gut. Eure Niños sind mächtig gewachsen.« Carla sah den beiden hinterher, wie sie in den Hof des Hauses verschwanden.

Lilia ging den Jungen nach. Den Patio zierte ein Brunnen. Die vier kleinen Palmen würden in einigen Jahren vollkommenen Schatten spenden. Am Rande des mit Naturstein gepflasterten Hofs hatte Isabel einen Kräutergarten und ein Gemüsebeet angelegt. Beides schützte ein Zaun, wobei die Kinder problemlos zwischen den Latten hindurchkriechen könnten.

Isabel trat zu ihr. »Keine Sorge. Hier kannst du sie allein lassen.« Sie wandte sich an Robert. »Und nicht ins Beet, verstanden?«

»Sí, Mamá.« Augenblicklich waren die Jungen in ein Spiel vertieft, dem außer ihnen keiner folgen konnte.

Barbara schlief in einem Bettchen nahe der Schatten spendenden Hauswand. »Es fehlt noch einiges, aber wir fühlen uns wohl hier.«

So viel Luxus bot ihr Häuschen nicht. Dieses Haus war drei Mal so groß wie ihres, dabei lebten nicht mehr Personen im Haushalt als bei Lilia. Ein Anflug von Neid keimte in ihr. »Du hast sogar einen Kräutergarten.«

»Solltest du welche benötigen, kannst du dich jederzeit bedienen. Es wächst schneller, als wir es abernten. Komm einfach vorbei.« Isabel stieß mit ihrem Weinglas gegen das von Lilia. »Schön, dass ihr hier seid.«

»Danke für die Einladung.« Sie sah sich um. Ein Tisch mit sechs Stühlen stand in einer Ecke. Zwei Schaukelstühle in einer anderen. Daneben blieb eine freie Fläche zum Spielen für die Kinder. »Ihr habt beim Bau an alles gedacht.«

»Christopher hat Erfahrung damit.« Isabel nippte an ihrem Glas. »Ich kenne mich zu wenig aus, finde aber seine Ideen für den Hausbau perfekt für unsere Bedürfnisse. Nur bei den Möbeln setze ich mich durch.«

»Ganz mein Geschmack.« Die Möbel kosteten ein kleines Vermögen, das wusste Lilia. »Wird Antonia hier leben?«

»Wenn sie das möchte.« Isabel wies auf den Bereich hinter den Schaukelstühlen. »Das Eckzimmer ist für sie hergerichtet. So kann sie kommen und gehen, wie es ihr beliebt.«

Ob sie es mit ihrer Mutter in einem Haus aushalten würde? Lilia verwarf den absurden Gedanken. Sie würden sich zerfleischen. »Du verstehst dich gut mit deiner Mutter.«

»Wir sind nicht immer einer Meinung. Trotzdem bin ich gerne in ihrer Nähe. Ihre Stärke gibt mir Halt, wenn Christopher auf Geschäftsreise ist.«

Ein schönes Verhältnis, an dem Lilia noch mit ihrer Mutter arbeiten musste. Sie wandte sich ab und ging zurück zu den anderen. Marco plauderte mit Christopher über den Weinanbau. Carla hörte aufmerksam zu, warf ab und an einen Kommentar ein, während Francisco zwar zuhörte, aber offenbar nichts zum Thema beizutragen wusste. »Ihr mischt die Trauben. Interessant.« Christopher suchte Lilias Blick. »Welche werdet ihr hochwertiger anbauen?«

»Den Cabernet Sauvignon und den Mantonegro.« Das Feld mit dem Cabernet besaß sie, das mit dem Mantonegro Marco. Sollte ihr Vater mit dem Prensal Blanc tun, was er wollte. Ihre Weine würden sie ausbauen.

Isabel lächelte. »Da freue ich mich auf die erste Verkostung.«

»Ich bin auch gespannt.« Carla leerte ihr Glas und nahm sich ein Stück der Tortilla. »Ihr werdet sehen, dem hochklassigen Wein gehört die Zukunft.«

»Da ist mein Schwiegervater anderer Ansicht.« Marco reckte sein Kinn. »Wenn er da keinen Fehler begeht.«

»Mein Bruder war schon seit jeher ein Sturkopf.« Carla zog sich einen Stuhl zurecht, setzte sich und schlug die

Beine übereinander. »Man muss ihn lassen, bis er selbst klarer sieht.«

Christopher goss Carla ein. »Es ist nicht verkehrt, sich breiter aufzustellen. Der Bedarf nach günstigem Wein besteht.«

Lilia mochte Christopher. Er fabulierte unaufgeregt über Weine. Immer neutral. Nie belehrend. Ein toller Mann. Marco sollte sich ein paar Dinge von ihm abschauen. Mit etwas Glück gelang es ihr, Marco wieder zu dem Mann zu machen, in den sie sich verliebt hatte, bevor sie sich in eine verbitterte Frau verwandelt hatte. In ihm steckte Großes. Sie musste es ihm nur entlocken. »Beinahe hätte ich euer Gastgeschenk vergessen.« Die Stofftasche hing an der Lehne von einem Stuhl. Lilia ging hinüber. Sie zog das in Papier gewickelte Geschenk heraus und überreichte es Isabel. »Zum Einzug ist ein Siurell Tradition.«

Carla klatschte begeistert in die Hände.

Isabel packte es aus. Eine bemalte Tonfigur. »Hübsch. Was ist das?«

Eine Figur stand auf einem Sockel. Rote Striche bildeten die Augen und den Mund. Die drei auf dem Kopf sitzenden Hörner wirkten wie die Zacken eines Echsenrückens. Die Enden waren ebenfalls rot bemalt. Ein beliebig wirkendes Strichmuster, das dennoch Arme und Beine sowie das Gesicht betonte. Lilia fand die Figur besonders schön. Der Siurell-Teufel besaß seine eigene Geschichte. »Ein Glücksbringer, der in keinem neuen Haus fehlen darf. Mich wundert sehr, dass euch Tía Carla keinen geschenkt hat.«

»Ich war mir unsicher, ob es nicht zu abergläubisch ist.« Carla hob leicht die Schultern. »Ich habe einen heimlich in den Patio gestellt. Den hast du noch nicht bemerkt.«

»Stimmt. Und wovor soll er schützen?« Isabel begutachtete den Siurell. »Ist das eine Pfeife?«

»Ist es. Der Legende nach musst du ihn bei aufkommendem Sturm benutzen, um die auflandenden Winde mit dem satten Ton zu beruhigen. Siurells haben magische Kräfte. Glaub es, oder lass es.« Lilia glaubte daran. Sie hatte mehrere dieser Figuren im Haus. Marco benutzte sie manchmal, wenn Lilia auf sein Rufen nicht reagierte, und betrachtete man es von Marcos Seite, besaß die Figur tatsächlich Zauberkräfte. Lilia hörte auf seinen pfeifenden Lockruf. Ein Scherz zwischen ihnen. Wie ihr auffiel, war der letzte Ruf weit über ein Jahr her. Sie sah zu Marco. Ihm schien der gleiche Gedanke zu kommen, denn er zwinkerte ihr verschwörerisch zu.

»Vielen Dank.« Isabel ging zu Lilia, küsste sie auf die Wangen. »Ich bin nicht abergläubisch. Aber es gibt mehr zwischen Himmel und Erde, als wir sehen.« Isabel sah sich um und stellte den Siurell in einen Erker, von dem aus der Demoni das gesamte Zimmer überblicken konnte.

Lilias Cousine hatte instinktiv den perfekten Ort gewählt. Der Demoni würde diese Familie schützen. Vielleicht sollte Lilia ihren Figuren im eigenen Heim ebenfalls einen besonderen Platz zugestehen. Im Grunde bemerkte sie die traditionellen Siurells erst, wenn sie die Gipsfiguren vom Staub befreite.

5

Isabel Guerrera Delgado stand am Fenster und sah hinaus auf die in der Morgensonne golden schimmernden Bergspitzen des Tramuntana-Gebirges. Seit ihrer Ankunft vor eineinhalb Monaten fühlte sie sich wohl. Das lag an der lieblichen Landschaft, dem milden Frühlingswetter und an der Herzlichkeit der Menschen, die sie umgaben. Onkel Francisco mimte den perfekten Großvater, was ihren Verlust nicht schmälerte, aber für ihren Sohn viel bedeutete, der mit dem Umzug keinen Abuelo mehr um sich hatte. Den Tod ihres Vaters verschwieg sie.

Tía Carlas Warmherzigkeit erfüllte nicht nur Roberts Herz, den Carla zu sehr verwöhnte, sondern genauso ihres. Christophers Entscheidung war gut gewesen, wenn das für sie auch einen erneuten Neuanfang darstellte. Die spanische Mentalität lag ihr mehr als die amerikanische, wie sie nun deutlich spürte. So richtig eingegliedert hatte sie sich in Kalifornien nicht. Einige Freunde der Fitzgeralds hatten Isabel durch Snobismus und Überheblichkeit abgeschreckt. Andere hatten zu weit vom Weingut entfernt gewohnt. Standesdünkel kannte Isabel nicht. Es zählte die Person. Dieser Umstand war Isabel in jeder Faser ihres Seins fest verwachsen. Die Hautfarbe spielte ebenso wenig eine Rolle wie die Höhe des Bankkontos.

Deshalb störte sie das kleinere Wohnhaus nicht. Christopher hatte ihnen ein gemütliches Haus innerhalb kürzester Zeit erbaut. Isabel fühlte sich darin wohler als in dem luxuriösen Anwesen im Napa Valley. Es ähnelte eher der Wohnsituation, in der sie neben der Tabakfabrik aufgewachsen war, und im Vergleich zu den Casitas in der Ebene lebte sie geradezu opulent. Das hatte sie auch an den Reaktionen von Lilia und Marco gespürt.

»So nachdenklich?« Christopher war unbemerkt hinter sie getreten. Er umarmte sie. »Alles in Ordnung?«

»Ja.« Sie lehnte sich an ihn. »Der Blick in die Berge ist wunderschön.«

»Du fühlst dich wohl. Das ist mir wichtig.« Er drückte ihr einen Kuss auf die Stirn. »Das Frühstück wartet.«

»Dann lass uns gehen.« Christopher hatte auf einer Hausangestellten bestanden. Sie kam morgens, bereitete die Mahlzeiten vor, erledigte tagsüber den Haushalt und ging vor dem Abendessen, um das sich Isabel selbst kümmerte.

Candela werkelte in der Küche, in der sie frühstückten. Den Punkt hatte Isabel durchgesetzt. Wie sie auch dafür sorgte, keine Lebensmittel zu verschwenden. Barbara schlief immer noch im Stubenwagen neben ihr. Robert saß artig am Esstisch und kaute auf einem Stück Brot. »Buenos días, Candela.« Isabel zeigte auf den gedeckten Tisch. »Das sieht verführerisch aus. Vielen Dank.«

»Con mucho gusto, Doña Isabel.«

Isabel akzeptierte diese Anrede, obwohl sie es überzogen fand. Da Candela sich beharrlich weigerte, sie nur mit ihrem Vornamen anzusprechen, ließ sie dem siebzehnjährigen Mädchen ihren Willen.

Nach dem Frühstück brachte Isabel gewöhnlich Robert zu ihrer Tante, Barbara band sie sich in einem Tuch auf den Rücken und half auf dem Weinfeld. Christopher rügte sie oft liebevoll, sie solle sich schonen und sich um ihre Tochter kümmern, doch solange es für ihre Kleine auf dem Feld nicht zu heiß war, wollte sie mitarbeiten. In einem Punkt setzte sich Christopher durch. An den Wochenenden arbeiteten nur die Angestellten. Sie erkundeten im Gegenzug die Mittelmeerinsel. Christopher begeisterte sich für Golf und Segeln. Golfplätze gab es auf der Insel nicht, so kaufte er sich ein Segelboot mit Liegeplatz im Hafen von Palma. Für ihn bedeutete die Strecke weniger als einen Katzensprung. Die Weite Kaliforniens relativierte die Entfernung auf dieser Insel deutlich. Selbst Isabel kamen die Distanzen sehr kurz vor, seit sie sich daran gewöhnt hatte. Der Weg nach Binissalem, wo Tía Carla neben dem Steinmetzbetrieb wohnte, lohnte kaum die Benutzung des Wagens.

Vor dem Haus traf sie auf ihren Mann. »Ich bin gleich zurück.«

»Lass dir Zeit. Wir haben genug Helfer.« Christopher kitzelte Robert, bevor er zwischen den Weinreihen ans westliche Ende des Felds marschierte, wo die Angestellten ihrer Arbeit nachgingen.

Der letzte Rückschnitt vor der Lese stand an. Die Kraft der Pflanzen sollte in die Trauben und nicht in die ausladenden Äste, die nach dem Regenguss vor wenigen Tagen kräftig austrieben. Die Nachricht von Marco und Lilia, sie würden nun ebenfalls auf Qualität gehen, hatte Isabel überrascht. Mehr aber auch nicht. Jeder Wein schmeckte anders, weil er unterschiedlich ausgebaut wurde. Zudem setzten bisher fast alle

Winzer auf Massenabfüllung. Carla stellte mit der Auszeichnung ihres Cabernet Sauvignons die Ausnahme dar. Genau deshalb hatte sich Christopher sosehr für Mallorca begeistert. Auf dieser Insel konnte er viel erreichen, seine Erfahrung auf ganz fremdem Terrain einbringen.

Isabel half Robert einzusteigen. Barbara ließ sie für die kurze Zeit bei Candela. »Mal sehen, was deine Abuelos heute mit dir vorhaben.«

Trotz der Sprachschwierigkeiten verstanden sich die drei hervorragend. Robert plapperte nach jedem Besuch neue Worte. Er sog die Sprache auf wie ein trockener Schwamm tropfendes Regenwasser.

Tía Carla verließ gerade die Steinmetzwerkstatt. Isabel drückte die Hupe zur Begrüßung und parkte den Wagen vor dem Wohnhaus. »Buenos días. Arbeitet Francisco in der Werkstatt?«

»Nein, er hält eher ein Schwätzchen, wobei er es Arbeiten nennt.« Tía Carla hielt eine leere Kaffeetasse in der Hand. »Aber so ist es mir recht. Leichte Tätigkeiten, den Gesellen Hinweise geben, wie sie sich verbessern können, und die Aufträge verwalten.«

»Damit hat er genug zu tun.« Isabel wusste genau, was im Hintergrund in einem Unternehmen zu tun war. Sie selbst kümmerte sich um die Papiere und die Büroarbeit. »Ich dachte, ihr habt einen Meister.«

»Aleix fehlt nicht mehr viel zur Meisterprüfung. Noch traut er sich nicht an sein Meisterstück.« Carla tippte auf die Tasse. »Hast du Zeit? Xisca müsste auch gleich eintreffen.«

Isabel überlegte. Eigentlich sollte sie helfen. Trotzdem hätte sie Xisca gerne gesehen. Sie mochte Carlas Adoptivtochter sehr und bedauerte die Entfernung zwischen ihren Wohnorten. »Ja. Barbara liegt satt in der Küche bei Candela, und die Männer kommen ohne mich zurecht.«

Carla ließ Robert aussteigen. Der Junge flitzte umgehend in die Werkstatt. »Wenigstens *hola* könntest du sagen.«

Robert blieb auf dem Absatz stehen. »Hola.« Er grinste frech und rannte weiter.

»Dieser Wirbelwind wird uns nächste Woche ordentlich auf Trab halten.« Carla ging voraus in ihre Wohnung.

Isabel folgte ihr. »Ihr werdet viel Spaß haben. Sollte jemand in der Betreuung ausfallen, lass es mich wissen. Ich helfe gerne aus.«

»Ich denke, wir kriegen das hin.« Carla setzte frischen Kaffee auf. »Deine Mutter kommt übermorgen, Francisco hilft, und Albas Freundin Marisol wird mit anpacken. Dazu Marcos Eltern. Wir können uns da bequem mit den Nachtwachen abwechseln. Wird Robert im Zelt übernachten?«

»Ich dachte, ich könnte ihn ab und zu vorbeibringen, sollte das in Ordnung sein. Er soll Freunde finden, und das geht schneller, wenn ich ihn nicht jeden Abend abhole.« Isabel fiel diese Entscheidung sehr schwer. Noch nie war sie von ihrem Sohn durch mehr als eine Zimmerwand getrennt gewesen. Und nun sollte er im Nachbarort auf einem platt gewalzten Acker übernachten. Würde er weinen, nähme sie ihn mit. Mit fast drei Jahren war er noch sehr klein. »Schlafen Paulino und Pablo dort?« Das hatte sie Lilia gar nicht gefragt. Mit den beiden hätte Robert Bezugspersonen, zumal Paulino zwei Jahre älter war.

»Vermutlich. Pablo blieb letzten Sommer nur wenige Nächte. Er hatte Angst im Dunkeln. Mal sehen, wie es diesmal läuft.«

Robert fürchtete sich bisher vor nichts, was nicht bedeutete, dass es so bliebe. »Wie sind die größeren Kinder?«

»Bis auf zwei konnte man sich auf alle verlassen. Ich hätte mit mehr Ärger und Streitereien gerechnet. Bei zwei Jungs ging es um ein Mädchen, was sie allerdings nicht zugeben wollten.« Carla goss den Kaffee ein. »Aber ich habe ja Augen im Kopf.«

Isabel überlegte, wie alt sie gewesen war, als sie Christopher das erste Mal gesehen hatte. Sie musste zwölf gewesen sein. Ein Mädchen. Dennoch hatte er schon damals ihr Herz höher hüpfen lassen. Niemals hätte sie gedacht, ihre erste Liebe tatsächlich viele Jahre später zu heiraten. Kleinmädchenschwärmerei, und doch hatte ihr niemand besser gefallen als dieser Mann.

Xisca betrat die Küche. »Oh, wie schön, du bist auch hier!« Sie warf sich in Isabels Arme und drückte sie an sich. »Wisst ihr, wen ich interviewen werde?«

»Das wirst du uns gleich verraten.« Carla goss ihr eine Tasse ein und reichte sie ihr.

»Errol Flynn. Den attraktivsten Kerl von ganz Hollywood.« Xisca strahlte glücklich.

»Du bist verheiratet.« Carla nippte an ihrem Kaffee und lehnte sich an die Spüle. »Wenn ich mich nicht irre, ist er mit seiner Frau hier.«

Xisca nahm die Kaffeetasse und pustete hinein. »Du täuschst dich nicht.«

»Man sagt ihm nach, er sei ein Trinker.«

Isabel bemerkte den neckenden Ton in der Stimme ihrer Tante.

»Und ein Weiberheld ist er obendrein.« Zumindest erzählte man sich in Kalifornien, seine erste Frau habe sich wegen seiner zahlreichen Romanzen von ihm getrennt.

»Ich will ihn interviewen und nicht heiraten«, protestierte Xisca. »Das ist so aufregend. Wollt ihr etwas Bestimmtes wissen?«

»Ja.« Isabel freute sich mit Xisca, schlug jedoch gerne in dieselbe Kerbe. »Wie viele Affären er hatte, bevor seine Frau etwas bemerkt hat.«

»Wenn ihr ihn nicht wollt, bleibt er eben mir.« Xisca setzte sich an den Küchentisch und legte ihre Beine darauf.

Carla sah sie tadelnd an. »Nur weil dieser Errol Piratenfilme dreht, musst du nicht deine guten Manieren vergessen. Füße vom Tisch!«

Xisca nahm sie lachend von der Tischplatte. »Sei nicht so spießig.«

»Ich bin nicht spießig«, widersprach Carla. Isabel wusste aber, dass Carla sich selbst belog. Es missfiel ihr beispielsweise, dass Isabel wie ein Minenarbeiter Jeanshosen trug.

»Und deshalb hast du Isabel mit offenem Mund angestarrt, als du sie das erste Mal in Jeans gesehen hast?«

Carla gab sich geschlagen. »Erwischt. Sag nicht, du findest die toll.«

Isabel sah entschuldigend an sich herunter. »Sie sind bequem und robust. Die werden ganz groß in Mode kommen. Die Männer bei uns tragen sie auch dann, wenn sie nicht auf dem Feld arbeiten.«

»Niemals werden sie das. In den Dingern seht ihr aus wie Männer.« Carla verzog missbilligend das Gesicht, was Isabel laut auflachen ließ.

»Da wäre ich an deiner Stelle weniger überzeugt.« Xisca zupfte an ihrer Stoffhose. »Kannst du mir welche besorgen?«

»Mamá bringt mir zwei Paar mit. Ich kann dir eines abgeben.« Isabel trug die Hosen nicht auf der Straße, aber wenn Xisca das wollte, würde sie ihre Freundin nicht aufhalten.

»Ernsthaft?« Xisca überlegte. »Ich glaube, ich beobachte diese Mode noch einige Zeit.«

Isabel sah ihrer Tante die Erleichterung an. Hosen trug sie nur auf dem Feld. Und Bluejeans mochte sie, da sie keine Mückenstiche durchließen und widerstandsfähig waren. »Gibt es hier eigentlich Klubs, in denen amerikanische Musik gespielt wird?«

»Im Titos. Wollen wir morgen zusammen hingehen«? Xiscas Gesicht leuchtete vor Begeisterung. »Du würdest doch auf María aufpassen, ja?«

»Natürlich.«

Isabel betrachtete Carla. »Du möchtest selbst gehen, oder«?

»Geht ruhig. Wir Alten besuchen einen anderen Tanzabend.« Carla spülte ihre Kaffeetasse ab und stellte sie zum Trocknen umgedreht auf das Abtropfgitter. »Macht euch einen schönen Abend.«

»Ehrlich?«, fragte auch Xisca.

Carla beteuerte erneut, lieber zu warten, bis ihre Schwester hier wäre, um zusammen hinzugehen. »Jetzt muss ich aber los, auf den Markt. Sonst gibt es heute kein Mittagessen.«

»Das wäre tragisch.« Xisca zwinkerte Isabel zu. »Dann fahre ich nach Santa María, um diesen Olivenbauern zu seiner neuesten Pressemaschine zu befragen.«

»Da ist Errol Flynn definitiv spannender«, kommentierte Isabel, wusch ihre Tasse ab und stellte sie ebenfalls auf das Gitter. »Ich sollte auch los.«

»Wollen wir zuvor im El Patio etwas essen?« Xisca schob den Stuhl zurück an seinen Platz. »Ich wollte mit Baltasar hin. Er war noch nie dort.«

»Gerne. Ich kenne es auch nicht.«

»Eure Männer haben nichts zu entscheiden?«

Isabel und Xisca grinsten, weil sie Pläne schmiedeten, ohne ihre Ehemänner zu fragen. »Sie können ja zu Hause bleiben«, scherzte Isabel und lachte. »Es wird schon klappen.«

»Also um acht Uhr im El Patio?«

»Abgemacht.« Isabel ging in die Werkstatt, um sich zu verabschieden. Ihr Sohn hielt einen Schmirgel in der Hand und polierte ein Stück Marmor. Hoch konzentriert zog er seine Unterlippe in den Mund und arbeitete. »Hasta luego.«

Der Junge blieb ihr eine Antwort schuldig. Isabel winkte Francisco, stieg in den Wagen und fuhr zurück aufs Feld. Den restlichen Vormittag verbrachte sie mit routiniertem Zurückschneiden der Triebe. Zur Siesta setzte sie sich mit Barbara im Arm in den Schatten im Innenhof in einen Schaukelstuhl, in dem sie beide einnickten. Im Traum sah sie Christopher zusammen mit Olivia Davis tanzen. Sie blickten sich innig an. Olivia lachte. Es kam Isabel so vor, als lachte Olivia sie aus. Christopher schenkte Isabel keinen Blick.

»Darling«, hörte sie seine Stimme. »Was ist mit dir? Du weinst ja.«

Isabel öffnete die Augen und sah in Christophers besorgtes Gesicht. Sie bemerkte die feuchten Tränen auf ihrer Wange. »Ich habe von meinem Vater geträumt«, log sie, obwohl sie sich genau an den Grund erinnerte. Wieso träumte sie von Olivia? »Mir geht es gut.«

»Ernsthaft?« Er sah sie zweifelnd an.

»Ja. Ich kann mich kaum an den Traum erinnern.« Isabel wollte ihm nicht die Wahrheit sagen. Sich eifersüchtig zu zeigen, erweckte den Eindruck von mangelndem Vertrauen. Dabei vertraute sie ihm. Trotzdem schien Olivias Anwesenheit auf der Insel ihre Fantasie zu beflügeln. »Ich freue mich auf morgen Abend.«

»Das wird ein Genuss.« Christopher setzte sich zu ihr. »Tanzen, dich im Arm halten.«

»Ganz ohne Barbaras Spucke an meiner Schulter.« Isabel lachte. »Ja, mal wieder nur deine Frau sein.« Sie sah zu ihrer Tochter. »Aber nur für einen Abend, denn hergeben würde ich dich niemals.«

Barbara lächelte sie an, als hätte sie jedes Wort verstanden. Isabel kitzelte sie am Bauch. »Und jetzt machen wir zusammen das Abendessen.«

Christopher legte die Beine auf einen freien Stuhl und streckte sich. »Und ich bleibe noch hier im Schatten. Nur für eine Weile, dann hole ich Robert ab.«

»Nicht nötig. Lilia bringt ihn.« Sie küsste ihren Mann. »Ich ruf dich zum Essen. Ruh dich aus.«

»Danke.«

Nach dem Abendessen brachte sie die Kinder ins Bett. Sie hatten es sich angewöhnt, anschließend ein Glas Wein auf der Veranda zu trinken und zuzusehen, wie die Sonne hinter den Berggipfeln verschwand. Jeder Sonnenuntergang zauberte unterschiedliche Farben an den Himmel. An diesem Abend schwebte ein schmales Wolkenband am Horizont, das von den letzten Sonnenstrahlen pinkfarben leuchtete, bevor es zu Purpur wechselte und letztlich mit dem Nachthimmel verschmolz. »Vermisst du deine Familie?« Diese Frage wollte sie Christopher schon seit einer Weile stellen. Noch nie war er so lange dem Valley ferngeblieben.

»Natürlich. Aber sie werden uns besuchen kommen.« Er wandte sich ihr zu. »Das ist der Preis für die Verwirklichung meiner beruflichen Träume. Ich war mir dessen bewusst.« Er zeigte auf ihr leeres Weinglas. »Möchtest du noch eines?«

»Nein danke.«

Er goss sich nach. »Wie ist es dir damals ergangen?«

Isabel versuchte, sich an ihre Anfangszeit in Kalifornien zu erinnern. »Ich hatte keine Zeit dazu.« Was nur die halbe Wahrheit war. Durch das frühe Aufeinandertreffen mit Christopher hatten sich die Prioritäten zu schnell verschoben, um Gefühle wie Vermissen der Eltern zuzulassen. Ihre Verliebtheit hatte dafür keinen Raum gelassen. Das würde sie Christopher jedoch nicht verraten. Er musste nicht die volle Wahrheit kennen. »Die neuen Menschen, das fremde Land. Der Weinanbau. All das hat mich bereichert und ausgefüllt. Es war vermutlich Zeit, sich abzunabeln.«

Christopher lachte. »Wenn du das so sagst, klingt es, als hätte ich gerade erst den Schoß meiner Mutter verlassen.«

Isabel stimmte in sein Lachen ein. »Was soll ich sagen? Du hast im Haus deiner Eltern gelebt.« Wobei er in einem Flügel im riesigen Fitzgerald-Besitz sein eigenes Reich eingerichtet hatte. »Ich habe mich schon gefragt, wann sie dich vor die Tür setzen.«

Isabel genoss die Stunde allein mit ihrem Mann, bevor sie schlafen gingen. Die Gespräche, die Nähe, auch die Ruhe und Geborgenheit. »Ich hätte Papá gerne noch mal gesehen.«

»Das glaube ich dir.« Christopher nahm ihre Hand und drückte sie sanft.

Natürlich hätte ihre Anwesenheit nichts geändert, aber ihn so unvermittelt nicht mehr sehen oder sprechen zu können, nagte an ihr. Selbst der Abschied einer Beerdigung war ihr verwehrt geblieben. »Mamá wird es hier mit Tía Carla an ihrer Seite leichter haben. Ihre Wurzeln sind hier. Oder auf Kuba.«

»Und wo sind deine?«

Darüber hatte Isabel bisher nicht nachgedacht. Im Grunde war sie wie ein alter Weinstock, den man aus der Erde riss, um ihn woanders neu einzupflanzen. Nach einer gewissen Eingewöhnungszeit schlug sie Wurzeln, nicht tief, weiterhin darauf bedacht, diese in andere Erde zu stecken. »Vielleicht hier.« Sie ließ ihren Blick über die Ebene gleiten. Ein Gefühl von Zuhause und von Angekommensein begleitete sie schon seit einiger Zeit. »Ich bin mir unsicher. Frag mich das in ein paar Jahren noch mal.«

»Wäre deine Mutter nicht nach Kuba ausgewandert, würde es uns hier zusammen gar nicht geben.« Christopher sah ebenfalls in die Dunkelheit hinaus, hielt immer noch ihre Hand. »Manchmal muss man gehen, um das, was man zurückgelassen hat, wieder schätzen zu können.«

»Ich höre dir gerne zu, wenn du philosophierst.« Isabel liebte seine Gedankengänge, und vermutlich lag er richtig. Ihre Mutter schätzte seit ihrem Besuch ihre Heimat mehr als jemals zuvor. Allerdings war sie damals nicht freiwillig gegangen. Die Umstände hatten sie dazu gezwungen.

»Um wie viel Uhr holen wir morgen Xisca und Baltasar ab?«, wechselte er das Thema.

»Um Viertel nach sieben. Der Tisch im El Patio ist auf acht Uhr reserviert.«

Sie kamen fünfzehn Minuten zu spät. Barbara hatte fürchterlich geweint, bis Carla das Mädchen genommen und sie davongeschickt hatte. Zu Beginn schnitt Isabel das Weinen tief ins Herz, und es dauerte fast die ganze Fahrt nach Palma, um das schlechte Gewissen loszuwerden.

»Ich bin gespannt. Die Küche von Marcos Pomar ist weltberühmt.«

Xisca wirkte völlig aufgelöst, was Isabel amüsierte. Es zeigte, wie selten ihre Freundin ausging. Sie selbst erinnerte sich gut an ihre ersten Abende im pulsierenden San Francisco. Ihre Aufregung hatte damals nicht nur an Christophers Anwesenheit gelegen, sondern an der fremden Sprache, den neuen Lebensgewohnheiten und der anderen Musik. Xiscas Unruhe übertrug sich auf sie. »Wenn du so weitermachst, bekommst du nachher keinen Bissen hinunter.«

»Das ist egal.« Xisca stieg aus dem Wagen. Die Kamera im Anschlag. »Ich komme nach. Die *Andrea Doria* liegt im Hafen. Ich schieße einige Fotos und bin gleich bei euch.«

Baltasar gab ein brummendes Geräusch von sich. »Der Aperitif geht auf uns, da meine Frau uns noch vor dem Abendessen allein lässt.«

Xisca winkte und ging davon. Isabel verstand sie. In der Fotografie und im Journalismus zeigte sich Xiscas Leidenschaft für ihren Beruf. Und auf die paar Minuten, bis sie freien Blick auf das Schiff hatte, um eine Aufnahme für die Zeitung zu machen, kam es nicht an. »Warte, ich begleite dich.« Sie wandte sich an die Männer. »Den Drink nehmt ihr ohne uns. Ich will mir den Luxusdampfer ansehen.«

»Dann gehen wir alle. Wegen etwas Verspätung werden sie den Tisch nicht anderweitig vergeben.« Christopher hakte sich bei Baltasar unter.

Isabel eilte zu Xisca. »Wohin fährt das Schiff? Weißt du das?«

»New York. Es bedient die Route von Genua aus.« Xisca stand vor dem Eingang des Titos und hantierte mit der Kamera. Der Blick ging ungehindert aufs offene Meer hinaus, wo die Andrea Doria in ihrer ganzen Pracht vor Anker lag. Der mächtige Schlot spuckte kleine Wölkchen aus.

»Eindrucksvoll.« Christopher betrachtete fasziniert das Schiff. »Vielleicht fahren wir mal damit nach New York. Wie ich hörte, soll es sehr luxuriös ausgestattet sein. Es soll sogar ein eigenes Schwimmbad haben.«

Baltasar pfiff leise durch die Zähne. »Mir ist so ein Stahlkoloss unheimlich.«

»Die Sicherheitskonzepte sind ausgezeichnet. Und ein fliegender Stahlkoloss ist weit seltsamer als ein schwimmender«, führte Christopher aus. »Und? Würdest du mit mir losfahren?«

Isabel hakte sich bei ihm ein. »Dir folge ich überallhin. Das weißt du doch. Was willst du in New York?«

»Mit dir die Stadt besichtigen?«

Xiscas Gesicht strahlte. »Ich würde mir beides ansehen. Aber mich fragt ja niemand. Also lasst uns essen gehen.«

Das El Patio war gut besucht. Der Innenhof wirkte durch die Fackelbeleuchtung zauberhaft. Isabel sah sich interessiert um. Runde Tische mit feinstem Damast und edlem Geschirr eingedeckt. Die Besucher in eleganter Kleidung. Die Herren im Anzug, die Damen in langen Kleidern. »Wenigstens haben wir uns in Schale geworfen«, flüsterte sie Xisca zu.

»Stimmt. Ich falle mit meiner Kamera jetzt schon auf.« Dennoch begab sie sich an die Arbeit, schoss einige Aufnahmen, während sie auf den Kellner warteten, der sie zum Tisch begleiten sollte. »Ein herrlicher Patio. Kein Wunder ist das Restaurant so beliebt.«

Der Oberkellner trat auf sie zu. »Sind Sie von der Presse?«

»Ja, ich schreibe einen Bericht über unseren heutigen Abend.« Xisca gab sich lässig, Isabel sah ihr die Anspannung allerdings im Gesicht an. »Kann ich mit Marcos Pomar sprechen?«

»Zuerst bringe ich Sie zu Ihrem Tisch.« Er ging voraus, wies den Platz zu und hielt sich dezent im Hintergrund, bis saßen. »Ich werde den Maestro informieren.« Anschließend winkte er einen Hilfskellner zu sich, der ihnen die Speisekarten reichte.

Isabel bestellte eine Seezunge mit Gemüse, Xisca schloss sich ihrer Wahl an, während die Männer ein Fleischgericht wählten. Zur Vorspeise nahmen sie eine gemischte Tapas-Platte für vier Personen. Sie kannte nicht alle Entrantes. Diese kleinen grünen Paprikas mundeten ihr köstlich. Auch die frittierten Tintenfische trafen Isabels Geschmack. Was sie nicht mochte war die grobe Wurst, die gebraten zu mit Paprika gewürzten Kartoffelecken serviert wurde.

Der Kellner brachte den Hauptgang, als am Eingang des Lokals eine leichte Unruhe aufkam. Xisca drehte unmittelbar den Kopf in die Richtung, um zu erkennen, was dort geboten war. Sie ließ die Gabel sinken.

Isabel suchte ebenfalls nach dem Grund und erkannte ihn augenblicklich. Errol Flynn in Begleitung zweier attraktiver Damen und einem Herrn. Als würde er die

Sonderbehandlung nicht bemerken, schritt er durch die Reihen zum für ihn reservierten Tisch. Er scherzte mit seinen Freunden und lachte herzhaft, was seine Attraktivität unterstrich. Isabel bemerkte die schmachtenden Blicke der anwesenden Frauen. Vermutlich sah sie ihm selbst mit nicht weniger Faszination hinterher.

Xisca zückte die Kamera, stand auf und ging hinüber.

Isabel bewunderte Xisca für diesen Mut. Der Schauspieler belohnte ihn und erlaubte ihr, einige Bilder zu machen. Sie redeten, und Xisca kehrte freudestrahlend zurück. »Übermorgen habe ich den Interviewtermin. Die Fotos von heute darf ich schon vorher benutzen. Ist das nicht wundervoll?« Sie sah Christopher an. »Er hat uns nach dem Essen auf einen Drink im Titos eingeladen.« Xisca setzte sich. »Ich habe ihm gesagt, dass ihr Amerikaner seid und hier eine Bodega betreibt. Er würde euch gerne kennenlernen.«

Christopher hob sein Weinglas und prostete hinüber zu den prominenten Gästen. »Das wird ein spannender Abend.«

Mit dieser Einschätzung lag Christopher richtig. Der Schauspieler war ein großartiger Entertainer. An der Bar des Titos' erzählte er Anekdoten aus Hollywood, trank zu viel und flirtete mit den anwesenden Damen abwechselnd auf eine unverschämt charmante Weise, dass selbst die angetrauten Männer es ihm nachsahen, ohne zu grollen.

Als Xisca von der Toilette zurückkam, entdeckte sie an einem Tisch eine ehemalige Schulkollegin von sich. »Die musst du kennenlernen. Sie wohnt ganz in der Nähe.«

Isabel sah interessiert hinüber.

»Julia macht den besten Honig der Insel. Komm, ich stelle euch vor.« Xisca nahm Isabel an die Hand und zog sie mit sich.

»Julia! Wir haben uns ja ewig nicht gesehen.« Sie zeigte auf Isabel. »Das ist meine Cousine Isabel, sie lebt jetzt in Sencelles und kennt deinen Honig noch nicht. Das muss sich ändern.«

Julia stand auf und begrüßte beide. »Allerdings.« Sie lachte. »Er ist gut, und wenn du Kinder hast, lernen sie bei mir, wie er hergestellt wird.«

Isabel schaltete sofort. »In einigen Tagen startet das Sommerzeltlager. Können wir vorbeikommen?«

»Gerne. Xisca erklärt dir, wie du uns findest.«

Die Cocktails wurden serviert. Julia sah entschuldigend zu ihren Begleitern.

»Lasst es euch munden und genießt den Abend«, verabschiedete sich Isabel.

Xisca sprach noch ein paar Sätze mit ihr, bevor sie ebenfalls nach einem Küsschen auf die Wange zurück an die Bar kam.

Baltasar gähnte wiederholt, was Isabel animierte, zum Aufbruch zu drängen.

Christopher setzte sich auf die Fahrerseite. Xisca kuschelte sich auf der Rückbank an ihren Mann und schloss die Augen. Auch bei ihr überwog die Müdigkeit. »Ein gelungener Abend, nun bin ich aber hundemüde. Hoffentlich schlafen die Kinder.«

»Es ist zwei Uhr morgens.« Baltasar umarmte Xisca, damit sie ihren Kopf besser an ihn lehnen konnte.

Isabel hatte gar nicht bemerkt, wie spät es geworden war. Sie fühlte sich munter, was am Kaffee lag. Oder an der vergnüglichen Unterhaltung mit Errol Flynn. Ein herzlicher Mann und abenteuerlustig wie in seinen Filmen.

Die Fahrt verlief ruhig. Sie trafen auf ein einziges Fahrzeug, seit sie die Stadt in Richtung Norden verlassen hatten.

Als Christopher vor Carlas Haus hielt, brannte überall Licht. Alarmiert sprang Isabel aus dem Wagen. »Hoffentlich geht es den Kindern gut.«

Xisca und Baltasar stiegen ebenfalls eilig aus, obwohl sie bis zu Isabels Satz geschlafen hatten.

Isabel rannte zur Tür, riss sie auf und blieb steif im Türrahmen stehen.

Christopher prallte leicht auf sie. Um ihr nicht wehzutun, stützte er sich an der Wand ab. »Oh.«

»Mamá! Was machst du denn hier? Dein Flug sollte doch morgen kommen.« Isabel eilte zu ihrer Mutter, die am Küchentisch stand und schloss sie in ihre Arme. »Es ist so schön, dich zu sehen!«

»Ich habe mich mit der Zeitverschiebung vertan. Irgendwie bin ich mit dem Datum durcheinandergekommen.« Antonia zuckte hilflos die Schultern. »Aber es ist ja alles gut gegangen!«

Tía Carla und Tío Francisco saßen vor einer halb leeren Weinflasche und amüsierten sich über die überraschten Gesichter. »Ein Nachbar hat sie uns gebracht.«

»Er hat seinen Bruder zum Flughafen gefahren.« Antonia begrüßte den Rest der Familie. »Und ihr hattet einen vergnüglichen Abend«?

»Allerdings«, sagte Xisca, setzte sich und begann zu erzählen.

Obwohl Isabels Mutter lachte, bemerkte sie eine Besorgnis in ihrem Blick, die sie früher nicht in ihren Augen gesehen hatte. Irgendetwas musste geschehen sein.

1955

6

Rodrigo lag auf seiner Pritsche und betrachtete den abgeplatzten Putz der schmutzig weißen Wand. Das Muster der sich nach oben ausbreitenden Risse wirkte wie die immer größer und stärker werdenden Äste eines in den Himmel wachsenden unbelaubten Baums. Einundzwanzig Monate verbrachte er nun zwischen schnarchenden Mithäftlingen in diesem rechteckigen Raum. Neunundneunzig Monate musste er noch in dem kargen Knast verbringen. Das unter der Decke angebrachte Fenster ließ das zarte Himmelsblau und die Schönheit des Tages außerhalb der Mauern erahnen. Der tägliche Freigang im Hof erleichterte die Haft. Als politische Häftlinge besaßen sie Privilegien, die andere Gefangene zusätzlich zur Freiheit vermissten. Ihr Angriff zur Befreiung Kubas war gescheitert, wie auch ihr Ausbruchversuch von der Isla de Pinos.

Fern des Modellgefängnisses, bestehend aus vier Gebäuden, saßen sie ihre Strafen in einem abgetrennten Trakt ab. Die Isolation von den normalen Insassen setzte Rodrigo zu. Vierundzwanzig Kameraden, die sich nun langweilten und sich drei Duschen, zwei Toiletten und einen einzigen Waschtisch teilten. Bett an Bett. Die Tage unterschieden sich von der Nacht nur durch die Färbung der Zellendecke. Ein Geschenk von Batista. Elektrisches Licht rund um die Uhr.

Ein Buch lag auf seinem eingefallenen Bauch, sein Bein schmerzte, jedoch weit weniger als die Gewissheit, für lange Zeit eingesperrt zu bleiben. Immerhin durften sie lesen. Carlitos rempelte gegen das Bettgestell. »Pass doch auf!«

»Oh, die Prinzessin ruht.«

Rodrigo zeigte ihm den Mittelfinger. »Die Prinzessin haut dir gleich eins auf die Fresse.« Er ballte drohend die Faust.

Carlitos lachte. »Du solltest Sport treiben, um deine Aggressionen in den Griff zu bekommen.«

Er schenkte sich einen Kommentar. Seit einigen Wochen verfiel Rodrigo in eine Art Starre wie eine Fledermaus im Winterschlaf. Vielleicht könnte er so den andauernden Gesprächen, Kuba zu befreien, entgehen. Welchen Sinn ergab es, Angriffe von Mexiko aus zu planen, wo sich viele Revolutionäre in Übungslagern zusammenfanden, wenn sie hier festsaßen?

Vor allem Fidels autoritäres Auftreten empfand Rodrigo als zusätzliche Belastung. Er redete und pries die marxistischen Lehren an, als würden sie ihnen in diesen Wänden etwas bringen.

Zum ersten Mal überlegte Rodrigo, wie er überhaupt in die ganze Sache hineingeraten war. Zeit hatte er genug. Meistens gab er den Amerikanern die Schuld, seltener gestand er sich ein, selbst Fehler gemacht zu haben. An den Tagen fehlte ihm seine Mutter. Sie hatte ihn immer unterstützt, bedingungslos, nachdem er seine Ausbildung in der Tabakfabrik durchlaufen hatte. Mit ihren Ängsten, die sie während der Autorennen ausgestanden hatte, arrangierte sie sich, wie mit allen anderen Ängsten. Er bewunderte sie. Auch für ihre Hartnäckigkeit, als er in der Klinik gelegen und sie fortgeschickt hatte.

Er bedauerte seine Undankbarkeit. Wie so vieles, was er getan oder versäumt hatte.

»Fidel lässt allen ausrichten, sich im Garten einzufinden.« Manolo verharrte vor dem Fußende des Betts und sah ihn an. »Wie lange willst du hier herumliegen?«

Manolo war ein feiner Kerl. »Bis das Gerede über die Revolution aufhört? Es ist lächerlich, noch daran zu glauben. Sieh dich um.«

»Es gibt immer einen Weg. Steh auf!«

Mit einem Brummen gab er nach. Sogar im Bett zu liegen und sich zu bemitleiden, erschien Rodrigo verlockender, trotzdem legte er das Buch beiseite und stand auf. »Es wird nichts Neues geben. Du wirst sehen.«

Der Garten war ein betonierter, mit Rissen überzogener Platz, auf dem sie im Kreis gehen konnten. Einzelne Pflanzen bohrten sich durch die Ritzen, wo sie ihre Triebe hoffnungsvoll in den Himmel reckten, bis die gleißende Sonne sie vernichtete.

»Fidel hat unzählige Ideen.« Manolo kreuzte die Arme hinter dem Rücken und ging aufrecht vor ihm her.

»Batista tötet draußen unsere Freunde.« Deshalb grenzte er die politischen Häftlinge von den anderen ab. In diesem abgegrenzten Raum konnten sie die kommenden Jahre über die marxistischen Lehren sprechen und von einem freien Kuba träumen, ohne die unpolitisch Inhaftierten mit ihrer Ideologie zu indoktrinieren.

Rodrigo träumte von Freiheit. Den Unterschied erkannte er schnell. Es lief auf Kuba vieles verkehrt, doch man konnte sich frei bewegen. Etwas, das die Gerichte ihm jetzt untersagten.

Natürlich hatte Fidel mächtige Verbündete. Der Einsatz des Erzbischofs von Santiago, mit dem die Castros eng befreundet waren, hatte ihnen allen das Leben gerettet, nachdem zahllose Kämpfer exekutiert worden waren. Die Lynchaktionen hatten geendet, als die Öffentlichkeit sich dagegenstellte und Batista fürchten musste, seine Anhänger zu verlieren.

Castro stand exponiert und sah in die Runde seiner Mitstreiter, wobei Rodrigo sich immer weniger zugehörig fühlte. »Kameraden, ich bringe großartige Neuigkeiten. In den kommenden Tagen wird über unsere Entlassung entschieden.«

Ein Raunen ging durch die Menge.

Ungläubig starrte Rodrigo Fidel Castro an. Das konnte nur ein grausamer Scherz sein. Mit solchen Worten spielte man nicht. Hoffnung säen und anschließend die zarte Pflanze der Zuversicht mit einem Handstreich zerstören.

»Wir haben mächtige Freunde. Sie arbeiten an unserer Freilassung.« Fidel badete in einer Welle der Zuwendung. »Sie werden nicht ruhen, bis wir frei sind. Dann geht der Kampf weiter.«

An dieser Stelle stieg Rodrigo aus. Diese Rede hielt er, um seine Jünger an sich zu binden, weiterhin in ihm den Anführer von Kuba zu sehen. Uneigennützig, mutig, befreiend. Rodrigo sah Castro anders. Machthungrig, manipulativ und berechnend. Er blickte in den Himmel. Eine Möwe zog ihre Kreise und stieß einen lockenden Schrei aus. Seine Gedanken gingen mit dem Vogel auf Reisen. Er sehnte sich nach einer fernen Insel.

Nach Mallorca.

Nach seiner Familie.

Nach Freiheit.

Und Ruhe.

Die Möwe drehte über ihm eine letzte Runde, nahm seine Sehnsucht mit sich und verschwand aus seinem Blickfeld. Geistig schaltete Rodrigo auf Durchzug. Er zweifelte inzwischen den Marxismus als einzig wahre Gesellschaftsform an. Fidel Castro stammte wie er aus einer wohlhabenden Familie. Bildung. Geld. Einfluss. Zeichen des Kapitalismus, genutzt in dieser Situation, um die eigene Haut aus dem Gefängnis zu befreien. Jeder Mensch strebte nach mehr, das war das Gesetz der Dinge. Der Landbevölkerung musste geholfen werden, daran glaubte Rodrigo mit allen Fasern seines Seins. In diesen Mauern hatte er begonnen zu hinterfragen. Jeden Beweggrund, jede Handlung, selbst die eigene Meinung. Wie es die marxistische Lehre forderte, hinterfragte er. Wem hatte der Sturm auf Moncada gedient? Niemandem. Nicht den Campesinos und ihm schon gar nicht. Er saß hier fest, bis seine besten Jahre hinter ihm lägen. Dann müsste er zusehen, wie er über die Runden käme. Ob es sein Weinfeld noch gäbe? Ob Raymundo sich weiter um seinen Besitz kümmerte? In einem Jahrzehnt konnte viel geschehen.

Fidels Stimme holte ihn in die Gegenwart zurück. »Nein, wir sind nicht müde. Nach zwanzig Monaten fühlen wir uns stärker als je zuvor. Wir wollen keine Amnestie und den Preis der Entehrung entrichten.« Er suchte den Blick der Kameraden. »Das habe ich an die Presse vor Wochen geschrieben, und dazu stehe ich noch heute.« Verhaltener Applaus erklang. »Lieber tausend Jahre Gefängnis als Entehrung. Lieber tausend Jahre Gefängnis als ein Opfer des Anstands. Dies verkünden wir mit Gleichmütigkeit, ohne Angst und ohne Hass.«

Das Klatschen schwoll an. Rodrigo klatschte halbherzig mit, um sich nicht die Blöße der Hoffnungslosigkeit zu geben. Castros Leute kämpften auf Kuba um ihre Freilassung. Diese Nachrichten drangen seit den Vorjahreswahlen durch, die Batista sogar mit den Stimmen von Toten gefälscht hatte, um an der Macht zu bleiben, selbst auf ihre Gefängnisinsel. Die Zunahme an politischen Gefangenen befeuerte die Unruhe im Land.

»Das sind gute Neuigkeiten.« Manolo stand neben ihm und wirkte zufrieden. »Wenn Batista die Menschen beruhigen will, muss er handeln.«

Im Gegensatz zu seinem Kameraden fiel es Rodrigo schwer, an eine Amnestie zu glauben. Batista warf ins Gefängnis, wer es wagte, die Stimme gegen ihn zu erheben. Schaffte er das nicht, ließ er ihn verschwinden. So war es vor ihrer Inhaftierung gewesen, so würde es auch jetzt noch sein.

Trotzdem las Rodrigo die Briefe, die hierhergelangten. Das einfache Volk wandte sich von Batista ab. Er geriet unter Druck. Wenn er einer Begnadigung zustimmte, würde der Präsident selbst den ersten Nagel in seinen Sarg schlagen. Das musste er wissen. Fidel würde als gefeierter Held aus der Haftanstalt treten, sich moderat geben und unmittelbar danach den Sturz des Regimes vorantreiben. In Mexiko warteten Verbündete auf ihn. So dumm konnte Batista nicht sein.

Doch Rodrigo irrte zu seinem größten Erstaunen. Batista gab der Öffentlichkeit nach. Im Mai öffneten sich die Gefängnistore für alle politischen Häftlinge. Völlig überfordert mit der Situation und weiterhin vorsichtig, folgte er den Kameraden zum Transportschiff, das am Anlegesteg lag.

Während Fidel und seine engsten Anhänger jubelnd das Gefängnis verließen, fürchtete Rodrigo einen Hinterhalt.

Grundlos.

Das Schiff brachte sie in den Hafen Havannas, wo die Presse ihre Ankunft dokumentierte. Dort bewies Fidel sein politisches Talent. Er gab vor, eine demokratische und friedliche Lösung zu suchen, die die Regierung bisher verhinderte. Castro verschwendete kein Wort an Mexiko, die vorangetriebene Revolution oder seine wahren Pläne, um Batistas Regime zu stürzen.

Rodrigo drückte sich an der Menschenmasse vorbei, die Fidel Castro und seiner Bewegung vom 26. Juli zujubelte. Er hatte genug vom Aufstand. Auf keinen Fall wollte er die unverhoffte Freiheit gefährden.

Wie in Trance ging er durch Havannas Straßen. Immer wieder blickte er sich um. Aus Furcht vor Verfolgern. Zu unwirklich kam ihm diese waghalsige Amnestie vor, die das Ende von Batista bedeutete. An einer Kreuzung blieb er stehen. Die Entscheidung, welchen Weg er zum Haus eines ehemaligen Schulkameraden nehmen sollte, überforderte ihn für einen Wimpernschlag. Nach nur zweiundzwanzig Monaten im Gefängnis zeigte ihm eine Weggabelung, welche Möglichkeiten er besaß. Er konnte eine Wegstrecke wählen. Niemand gab ihm vor, was er zu tun oder wohin er zu gehen hatte.

Die Überraschung stand seinem alten Schulfreund Cristiano ins Gesicht geschrieben. Freudig ließ er ihn ein. »Du bist frei?«

»Ja, eine Generalamnestie. Ich dachte, ganz Havanna weiß davon.« Dem Empfang am Hafen nach zu urteilen, musste es zuvor eine Meldung in der Presse gegeben haben.

»Komm rein, was kann ich für dich tun? Wie ist es dir ergangen?« Er ging voraus ins Wohnzimmer. »Ein Rum wird dir guttun. Hast du Hunger?« Er rief nach seiner Frau. »Wir ziehen das Mittagessen vor. Schau mal, wer hier ist.«

Yanet sah ihn erschrocken an. »Bist du geflohen?«

»Nein. Ich würde euch niemals in Gefahr bringen.«

Die fahl gewordene Gesichtshaut Yanets bekam wieder etwas Farbe. »Es tut mir leid. Die Zeiten sind unsicher.« Sie wandte sich ab und ließ die Männer allein.

»In der Kluft kannst du nicht herumlaufen.« Er reichte Rodrigo den Drink. »Ich gebe dir einen meiner Anzüge.«

»Du bist ein wahrer Freund.« Rodrigo roch an sich. »Darf ich mich vorher duschen?«

»Natürlich. Wie unaufmerksam von mir.« Er zeigte ihm das Bad, legte Handtücher heraus und hängte den Anzug an die Türrückseite. »Er wird dir zu weit sein, aber besser als diese Lumpen ist er allemal.«

Ein Badezimmer nur für sich. Niemand, der ihm beim Toilettengang zusah, oder beim Waschen. Nicht nur kaltes Wasser. Rodrigo riss sich die Kleidung vom Leib und ließ sich ausgiebig das heiße Wasser über seinen Körper laufen. Die Seife duftete herrlich. Erst jetzt fiel ihm auf, wie sehr er die zuvor alltäglichen Dinge vermisst hatte.

Mit nassem Haar und in Cristianos Anzug betrat er das Wohnzimmer. Den Rum genoss er, nachdem er sich wieder wie ein Mensch fühlte. Cristiano zeigte auf die abgewetzten Schuhe. »Geht das? Willst du neue kaufen?« Er zückte seine Brieftasche.

Rodrigo lehnte ab. »Für die Zugkarte bitte ich dich allerdings um ein paar Pesos.«

Cristiano zog einige Scheine heraus und reichte sie ihm.

»Das ist zu viel.« Er streckte ihm die Hälfte hin.

»Keinesfalls. So kannst du unbesorgt reisen. Egal wie.«

»Ich zahle dir das Geld bei meinem nächsten Stopp in Havanna zurück.«

»Auf gar keinen Fall. Ich bin froh, dich gesund anzutreffen. Du hast viel geleistet und gelitten.«

»Danke.« Kameradschaftlich klopfte er ihm auf die Schulter.

Yanet rief zum Mittagessen.

Obwohl sie schnelle und einfache Küche servierte, schmeckte Rodrigo das Essen besser als jedes 5-Gänge-Menü. »Ich danke euch von Herzen. Ihr ahnt gar nicht, wie sehr ich es vermisst habe, an einem Tisch mit Freunden eine Mahlzeit einzunehmen. Mit ordentlichen Tellern und glänzendem Besteck. Dazu der Wein.« Er prostete ihnen zu. »Hoffentlich ist es kein Traum, aus dem ich jeden Moment aufwache.«

»Wenn ich dir einen Kinnhaken verpasse, glaubst du es dann?« Cristiano zwinkerte ihm zu.

Das erste Mal seit seiner Verhaftung lachte Rodrigo befreit und herzhaft auf. »Danke, ich verzichte.«

Nach einer überschwänglichen Verabschiedung machte er sich auf den Weg zum Bahnhof. Mit jedem sich nähernden Schritt drängte es ihn mehr zurück in sein abgelegenes Tal.

Die Zugfahrt über sah er aus dem Fenster. Die altvertraute Gegend bezauberte ihn erneut. Die Welt, die er früher als selbstverständlich wahrgenommen hatte, saugte er in sich auf. Die Gerüche der Tabakfelder, an denen sie vorüberfuhren. Die Früchte, die eine kräftige Kubanerin in ihren bunten Kleidern an den Bahnhofstationen zum Kauf anbot, die weite und sattgrüne Landschaft, deren sanfte Hügel grün bewachsen im Sonnenlicht leuchteten. Alles erschien ihm neu, und die Bilder füllten seine Seele.

Je näher er dem Tal kam, desto häufiger sah er die für diese Region charakteristischen Palmfarne. Dazu die aufragenden, vor ihm hingewürfelten Mogotes. Die dicht bewachsenen Karstfelsen hießen ihn willkommen. In Pinar del Río verließ Rodrigo den Zug. Als hätte er die vergangenen Monate nichts anderes getan, als regelmäßig zu Berto zu gehen, um ihn zu bitten, ihn auf sein Weinfeld zu bringen, klopfte er an die altbekannte Haustür.

Die Tür schwang auf. Inmitten der Bewegung hielt Berto inne. »Ich werd verrückt! Das gibt es doch nicht. Wo hast du die ganze Zeit gesteckt?«

Im Dorf schien niemand von seiner Inhaftierung zu wissen. »Ich war in Kalifornien.«

»Das scheint dir nicht zu bekommen. Blass siehst du aus, und dünn.« Berto gab den Weg frei und bat ihn hinein.

»Ich war krank«, log Rodrigo. »Aber nun bin ich hier und kann mich erholen.«

»Soll ich dich gleich fahren?« Berto nahm seinen Strohhut. »Du wirst durch die lange Anreise müde sein und nach Hause wollen.«

»Danke, mein Freund.« Rodrigo griff die Ausrede gerne auf. Er wollte tatsächlich aufbrechen. Sich auf der Veranda in seinen Schaukelstuhl setzen, in die Weinfelder blicken, einen Rotwein trinken und die Sonne hinter den Mogotes untergehen sehen. Das war seine Vision vom Glück. Mehr verlangte er nicht.

Rodrigo erzählte von Kalifornien, was er aus der Erinnerung kannte. Für Berto eine Welt, die er niemals entdecken würde. Von daher musste er in den Erzählungen nicht auf örtliche Gegebenheiten achten. Ungereimtheiten fielen ihm nicht auf.

Das Anwesen lag verlassen da. Dennoch sah man ihm Raymundos Pflege an. »Zu Hause«, entwich es ihm mit einem Seufzer.

»So habe ich dich noch nie gesehen.« Berto tippte an die Hutkrempe. »Aida wird dich schon aufpäppeln.«

»Das wird sie. Danke für die Fahrt.« Er reichte Berto ein paar Pesos und stieg aus dem Wagen.

Er sah dem abfahrenden Fahrzeug hinterher, bevor er über das Feld hinweg zum alten Wohnhaus sah. Auf der Veranda stand jemand.

Raymundo.

Der Vorarbeiter zögerte. Rodrigo hörte ihn rufen. Dann rannte der Mann los. »Bist du es wirklich?« Zehn Meter vor ihm blieb er stehen. Die Hand vor dem Mund, starrte er ihn ungläubig an. »Das gibt es doch nicht!«

»Ja.« Er ging zwei Schritte auf ihn zu. »Und ich könnte einen Wein vertragen.«

»Wein steht im Vorratsraum.« Raymundo erwachte aus seiner Starre. »Seid ihr geflohen?«

»Nein. Batista hat uns freigelassen.« Die Worte klangen selbst für ihn unwirklich, obwohl er auf der eigenen Holzveranda den Blick über seine Weinfelder gleiten ließ.

»Dann hatte Castros Einfluss tatsächlich Erfolg. Wer hätte das gedacht?« Raymundo umarmte ihn, klopfte ihm mehrfach auf den Rücken und schob ihn zum Schaukelstuhl. »Nimm Platz. Ich hole dir Rotwein. Aida bringt etwas zu essen. Du musst hungrig sein.«

Raymundos Zuwendung tat ihm wohl. Seine Freundschaft bedeutete ihm viel. »Du hast dich hier gekümmert. Dafür danke ich dir.« Auch das Hausinnere wirkte frisch und ordentlich.

»Natürlich habe ich das.« Er öffnete die Haustür und wies hinaus auf die Veranda. »Setz dich, ruh dich aus. Ich kümmere mich um alles.«

Mit einem Seufzer der Erleichterung ließ sich Rodrigo in den Stuhl sinken. Sein Blick glitt über die Landschaft, von der er geglaubt hatte, sie viele Jahre nicht sehen zu können. Nur mühsam unterdrückte er die aufsteigenden Tränen. Er war tatsächlich ein freier Mann. Nie wieder würde er diese Freiheit leichtfertig riskieren. Das schwor er sich.

Raymundo trug zwei Gläser und eine Flasche Rotwein. »Morgen früh schicke ich ein Telegramm an deine Mutter. Ich nehme an, das hast du bisher nicht, oder doch?«

Augenblicklich packte Rodrigo das schlechte Gewissen. »Ich wollte nur hierher kommen. In Havanna hatte ich das Gefühl, jemand würde mich postwendend zurück auf die Gefängnisinsel schaffen, wenn ich länger dortbleibe.«

»Hier bist du in Sicherheit.« Er schenkte ein, reichte ihm eines und setzte sich in den gegenüberliegenden Stuhl.

»Daran zweifle ich. Was, wenn sie uns nun nacheinander töten?«

»Schwer vorstellbar.« Er stieß mit Rodrigo an.

»Vielleicht sollte ich nach Mallorca fahren. Zu meiner Familie. Bis sich hier alles beruhigt hat.« Die Idee spukte vage durch seine Gedanken. Nicht so intensiv, seitdem er hier saß. Nicht so deutlich wie in seiner Zeit im Gefängnis. Trotzdem schillerten die Erzählungen seiner Mutter über die Insel im

Mittelmeer herrlich bunt wie Seifenblasen im Sonnenlicht. »Ich wäre aus der Schusslinie.«

»Das kann ich verstehen.« Er goss ihnen großzügig nach. »Aida wird gleich mit dem Abendbrot hier sein.«

Zufrieden betrachtete er das Weinglas in seiner Hand. »Wie habe ich das vermisst!« Und er meinte nicht nur den Geschmack des fruchtig vollmundigen Cabernet Sauvignon. Die würzige Luft dieses Landstrichs würde er mit geschlossenen Augen erkennen. Den Geruch von Heimat. »Wie geht es euch?«

»Wir kommen gut zurecht hier auf dem Feld. Ich kann meine Tante unterstützen und meine Familie ernähren. Was sollte ich mehr vom Leben verlangen?«

Damit besaß Raymundo mehr als die meisten Bewohner Kubas. »Gehst du noch zu den Treffen?«

»Natürlich. Das bin ich den Leuten in meinem Dorf schuldig.« Er sah nachdenklich zu seinem Wohnhaus. »Ich verdanke euch viel. Das weiß ich. Trotzdem vergesse ich meine Wurzeln nicht.«

Rodrigos Vater hatte Raymundo in der Zigarrenfabrik zum ersten leitenden schwarzen Vorarbeiter der Insel gemacht. Dafür verehrte er seinen verstorbenen Vater. Für die Geschäfte mit den Amerikanern verachtete er ihn. Da hatte er den leichten Weg eingeschlagen. Wobei er den Großteil der Schuld bei seiner Schwester Valentina sah. Sie hatte den Sohn eines Mafioso geheiratet, was nicht folgenlos geblieben war. Cunningham senior hatte sich bemüht, die Zigarrenfabrik zu übernehmen. Dem widersetzte sich Rodrigos Vater. Immerhin. Er hatte erst nach Valentinas tragischem Tod aufgegeben und Cunningham die Fabrik überlassen. Wenn Rodrigo an dessen Tod dachte, blieb in seinem Inneren alles still. Sein Tod hatte dieselbe Wirkung auf ihn wie eine vom Himmel fallende Fledermaus. Man sah kurz hin und hatte sie vergessen. So war es ihm mit Cunninghams Tod ergangen. Auf der Welt wandelte ein Verbrecher weniger. Wen kümmerte das schon?

»Wie geht es meiner Mutter? Hast du von ihr gehört?« Er leerte sein Glas.

»Sie fühlt sich wohl auf Mallorca. Isabel und ihre Familie betreiben nun Weinwirtschaft. Sehr erfolgreich, wie Antonia berichtet.« Raymundo nippte am Wein. »Deine Tante und dein Onkel besitzen dort ebenfalls Weinfelder. Diese Insel scheint fruchtbar zu sein.«

»Vielleicht sollte ich tatsächlich für eine Zeit fortgehen.« So ganz festlegen mochte er sich nicht.

»Gönn dir Erholung. Du siehst aus wie dein eigener Schatten. Viel zu dünn und zu blass.« Er sah ihn besorgt an. »Bist du krank?«

»Nein. Mir fehlt nur ein gestutzter Bart.«

»Das reicht längst nicht aus.« Aida stand am Treppenaufgang. »Da werde ich zu tun haben, aus dir wieder den kräftigen Kerl zu machen, der du warst.« Sie trug einen Korb auf die Veranda, stellte ihn ab und zog ihn in ihre Arme. »Jede Rippe spürt man. Gut, dass dich deine Mutter so nicht sieht.«

»Das hat Raymundo auch angedeutet.«

»Da hat er ausnahmsweise mal recht.« Aida lachte. »Ich bereite in der Küche alles vor, und dann wird gegessen.« Sie wandte sich an Rodrigo. »Wie ist die Schusswunde von damals verheilt?«

»Gut.« Unwillkürlich rieb er sich über die alte Verletzung. Die Narbe am Oberarm war dick und wulstig geblieben. Die

Angelschnur zu ziehen, hatte ihn im Gefängnis große Mühe gekostet, da sie leicht mit dem Fleisch verwachsen war. Beim Herausziehen hatte er sich neue Wunden zugezogen, die sich etwas entzündeten, bevor er endlich Ruhe gehabt hatte.

Raymundo und er sahen schweigend zu, wie die Sonne glutrot zwischen den aufragenden Mogotes versank und den Himmel purpurn färbte. Aida trat heraus auf die Terrasse. »Ihr könnt essen, ich gehe hinüber, die Kinder versorgen. Das Feuer im Warmwasserkessel brennt. Bald hast du warmes Wasser.«

»Danke, Aida.« Rodrigo schätzte die pragmatische Art von Raymundos Frau. Sie packte an, stellte aber keine neugierigen Fragen. Zumindest nicht ihm. Seitdem seine Nase den Geruch von frisch gebackenem Brot vernahm, regte sich sein Appetit. »Morgen fahre ich ins Dorf, um einzukaufen.«

»Musst du nicht. Ich übernehme das. Wo fünf satt werden, reicht es auch für sechs.« Ihre Worte bekräftigend, stieg sie nickend die Treppenstufen hinab und ging zwischen zwei Reihen mit Weinstöcken zu ihrem Wohnhaus zurück.

»Ich weiß es zu schätzen, was ihr hier für mich tut.« Rodrigo stand auf und betrat die Küche. Der gedeckte Tisch wärmte sein Herz. Der Duft von Knoblauch, gebratenen Zwiebeln und Tomaten zog durch den Raum. Rodrigo nahm einen Deckel ab. Die gegarte Yuca mit einer Mojo erkannte er auf den ersten Blick. Sein Magen knurrte vernehmlich. »Hätten wir gewusst, dass du kommst, hätte Aida Lechóna Asada zubereitet.« Raymundo goss weiteren Wein in die Gläser und setzte sich zu ihm.

Er stürzte sich hungrig auf die Yuca. »Mit dieser Mojo ein Festmahl, da brauche ich kein Spanferkel.«

Raymundo lehnte sich entspannt zurück und sah ihm beim Essen zu.

Rodrigo hob den Deckel des zweiten Topfs. »Ropa Vieja. Entweder ich träume, oder ich bin im Himmel.« Das Rindfleisch fiel traditionell fast auseinander und lag in einer Salsa aus Paprika, Tomaten, Zwiebeln und Kapern. Er schaufelte sich Reis auf den Teller und tränkte ihn mit der Soße des kubanischen Nationalgerichts. Niemals hatte es ihm besser geschmeckt.

»Iss weniger hastig, sonst bekommst du Magenschmerzen«, warnte ihn Raymundo, der sich nun ebenfalls an den Speisen bediente.

Rodrigo aß langsamer. Dennoch schaffte er nicht die Portion, die er sich aufgeladen hatte. »Den Rest esse ich morgen.«

»Aida wird es sich nicht nehmen lassen, dich jeden Tag zu bekochen.« Raymundo stellte die Töpfe in den Kühlschrank und verabschiedete sich.

Allmählich begriff Rodrigo, dass er tatsächlich frei war und gehen konnte, wohin er wollte.

Über seine Reisepläne brütete er die kommenden Tage, während Aida ihn bekochte. Nach zwei Wochen passte ihm seine alte Kleidung halbwegs wieder. Er fühlte sich kräftig, gesund.

Niemand hatte nach ihm gesucht. Trotzdem spürte er eine nicht zu greifende Angst im Nacken. Der Gedanke, in einem anderen Land neu anzufangen, keimte weiter ihn ihm wie eine zarte Sprosse, aus der langsam ein fruchtbarer Stiel und Äste entwuchsen. Ein Familienbesuch schadete nicht. Sich neu orientieren, bis er wusste, was er mit seinem restlichen Leben anfangen sollte. Er beschloss, erst seine Freiheit in vollen Zügen zu genießen. Mit diesem Vorsatz packte er einen Reisekoffer und begab sich auf den Weg.

7

»Ich bin schon neugierig, ob Francisco es tatsächlich unterlassen kann, seine Nase weiterhin ins Geschäft zu stecken.« Carla reichte Antonia eine Tasse Kaffee. »Es kam ihm gelegen, dass Aleix seine Hilfe brauchte.« Seit er den Steinmetzbetrieb an seinen Meister Aleix Muntaner Coll verkauft hatte, wusste ihr Mann nicht so recht, was er mit der freien Zeit anfangen sollte. Xisca brachte María selten, da die Strecke von der Ostküste bis in die Inselmitte sehr weit war. So gab es für Francisco kaum Abwechslung.

Antonia lächelte. »Ach, lass ihn doch.« Sie biss in ihr Frühstücksbrot und sah Carla nachdenklich an. »Ob die Zelte ausreichen? Es sind dieses Jahr mehr Kinder.«

»Sie reichen.« Carla sorgte sich um etwas ganz anderes. »Ich hoffe vielmehr, wir können sie alle sinnvoll beschäftigen.«

Ihre Schwester spülte das Brot mit einem Schluck Kaffee hinunter. »Hast du bei Julia schon den Besuch in ihrer Imkerei für dieses Jahr angemeldet?«

»Stimmt.« Den hatte Carla völlig vergessen. In letzter Zeit kam das öfter vor. Sie hatte schlicht zu viel um die Ohren, um immer an alles und jeden zu denken.

»Ernten wir die Pflaumen und Orangen zusammen mit den Kindern?«

»Das gehört mit dazu, oder nicht?« Antonia hatte angeregt, mit ihren Sommerkindern Marmelade einzukochen. Eine tolle Tagesbeschäftigung. Vielleicht benötigten sie sogar länger. Mithilfe von Marisol und den beiden Helfern Teresa und Julián würden sie die Rasselbande bändigen können.

»Gut, und was machen wir heute?« Antonia sah auf die Uhr. »Der Tag ist jung, das Sommerlager ist vorbereitet, die Zelte stehen, wir haben also noch bis zum frühen Nachmittag Freizeit.«

»Oh, wir fahren nach Palma. Baltasar muss in seinen neuen Laden, und Xisca bringt María mit, die wir anschließend übernehmen.« Carla runzelte die Stirn. Hatte sie tatsächlich vergessen, das zu erzählen?

»Das hast du nicht erwähnt.« Antonia trank ihren Kaffee leer und räumte den Tisch ab. »Kommt Francisco mit?«

»Wenn ich ihn aus der Werkstatt bekomme.« Carla zeigte in die Arbeitshalle und ging hinüber.

Aleix und er beugten sich über einen unbearbeiteten Quaderstein. »Und? Problem gelöst?«

Francisco sah auf. »Ja. Aleix spricht mit dem Händler. Ein feiner Riss durchzieht den Marmor, bei der Bearbeitung wird er brechen. Wir brauchen einen neuen Stein und einen kräftigen Preisnachlass für dieses Teil.«

»Wir?« Carla sah ihn mit hochgezogenen Augenbrauen an. »Wir sind in Palma mit deinem Schwiegersohn verabredet.«

Aleix hob entschuldigend die Hände. »Ich wollte ihn nicht vereinnahmen, Carla. Lo siento.«

»Mein Mann ist dazu nur zu gerne bereit.« Sie zeigte auf den Hof hinaus. »Abfahrt ist in zehn Minuten. Wenn du nicht da bist, fahren wir ohne dich.«

Aleix unterdrückte ein Grinsen.

Carla ebenfalls. Sie wandte sich schnell ab und eilte aus der Werkstatt. In der Küche half sie Antonia beim Abwasch und berichtete von ihrem Ultimatum. Die Uhr behielt sie im Auge. »Die Schonfrist ist vorüber.«

»Du lässt ihn ernsthaft zurück?« Antonia hängte das Gläsertuch zum Trocknen auf.

Carla zuckte die Schultern. »Er hatte fest zugesagt.«

»Sicher? Mir hast du davon ja auch eben erst erzählt.« Mit der Handtasche unter dem Arm verließ sie das Haus.

Carla folgte ihr. »Ganz sicher.«

Francisco stand am Wagen und hielt die Autotür auf. »Schön, dass ihr endlich kommt.«

Antonia lachte amüsiert. »Na, wenn das so ist, will ich dich nicht länger warten lassen.«

Carla küsste ihren Mann, als sie einstieg. Er nahm ihr die Drohung nicht übel. »Danke.«

»Gerne.« Er setzte sich hinter das Steuer.

Auf der Fahrt nach Palma plauderten sie über Baltasars neuen Souvenirladen. Carla fürchtete das Risiko eines zweiten Geschäfts. Sie wären von einem Angestellten abhängig. Wie schwierig das sein konnte, wusste sie vom Steinmetzbetrieb aus Erfahrung. Zuverlässige und ehrliche Arbeiter zu finden, stellte immer wieder eine Herausforderung dar. Baltasar hatte einen Mann eingestellt, was Carla für einen Fehler hielt. Doch ihre Meinung behielt sie für sich. Eine Frau würde Andenken wie Püppchen, Fächer, Keramikfiguren oder Sitzkissen erfolgreicher verkaufen. Frauen verstanden die Bedürfnisse des weiblichen Gegenübers viel besser.

»Wie ist Baltasar an den Mann gekommen?« Antonia fragte, als hätte sie in Carlas Gedanken gelesen.

»Ich weiß es nicht.« Carla hatte sich zurückgehalten, denn sie wollte sich nicht einmischen.

»Ein Mann, der Souvenirs verkauft.« Antonia sagte es mit nachdenklichem Klang in der Stimme. »Ob das gut geht?«

Francisco parkte den Wagen in der Nähe des Paseo Borne. »Baltasar hat das bisher prima gemeistert, findet ihr nicht?«

»Baltasar ist ein außergewöhnlicher Mann.« Carla kannte niemanden, der so modern eingestellt war wie ihr Schwiegersohn. Er unterstützte Xisca in ihrer Journalistentätigkeit und ließ sie sogar allein nach Madrid fliegen. Welcher Ehemann gestattete das? Wenige. Selbst Francisco hatte damals knurrig reagiert, als Carla zur Agrarmesse geflogen war, bis sie mit der Prämierungsplakette für ihren Wein zurückgekommen war. Dann hatte der Stolz überwogen. Sie fing Franciscos Blick auf. »Du bist ebenfalls ein besonderer Mann. Sonst hätte ich dich nicht geheiratet.«

Er verließ lachend das Fahrzeug. »Du hast gerade rechtzeitig die passenden Worte gewählt.«

»War dein Mann auch so empfindlich?«, wandte sie sich an Antonia.

»Manchmal.« Ihre Schwester stieg aus. »Wenn ich ihm zu lange meine Wertschätzung unterschlagen habe.« Antonia hakte sich bei ihr ein. »Das legt sich mit den richtigen Sätzen.« Sie zwinkerte Carla zu.

Miteinander scherzend näherten sie sich der von Platanen gesäumten Prachtstraße, die vom Meer weg in die Innenstadt ging. Die steinernen Sphingen, die den Beginn der herrlichen Promenade bewachten, faszinierten Carla erneut. »Warum man die Skulpturen Löwen nennt, werde ich nie verstehen. Juan Grauches hat sie denen des Trocadero in Paris nachgebaut. Wie kommt man nur auf Raubkatzen?« Mit den weiblichen Gesichtern und der ägyptischen Kopfverzierung wirkten sie fremdländisch, aber nicht wie afrikanische Raubtiere.

Antonia zuckte die Schultern. »So hat man sie hier immer genannt.«

Carla sah von den Steinfiguren die Allee entlang. Zwischen den flanierenden Menschen führten ambulante Händler beladene Esel spazieren. »Seht euch das an.«

»Esel?« Antonia besah das Spektakel ebenso verwundert wie Carla. »Und die Leute machen Fotos?«

Francisco setzte sich auf eine freie Bank. »Unglaublich.«

Schon am Aussehen erkannte Carla die Sommertouristen. Sie unterhielten sich in ihr fremden Sprachen. Die Kinder scharten sich um die mit Souvenirs behängten Tiere. Fast jede Familie kaufte anstandshalber etwas ab, um noch eine Urlaubserinnerung zum Foto zu haben. »Wenn Baltasar das sieht, dreht er durch. Er zahlt Ladenmiete, und hier treiben sie Langohren durch die Straßen.«

Antonia stand auf, ging auf einen der Händler zu und tauschte sich mit ihm aus. Nach ein paar Sätzen wandte sie sich ab. »Sie bieten ein ähnliches Sortiment an wie Baltasar und Xisca in ihren Geschäften. Jeder Esel trägt andere Waren.« Sie schüttelte den Kopf. »Vermutlich verkaufen sie auch preisgünstiger als er.«

»Lasst uns gehen.« Francisco erhob sich und reichte Carla seine Hand.

Sie ergriff sie. »Sehen wir uns den Laden an. Ich hoffe, Baltasar und Xisca vergeht nicht der Appetit aufs Mittagessen, sobald sie davon erfahren.«

»Den würde es mir verschlagen.« Antonia schlenderte die Straße hoch. Carla hängte sich bei ihr ein. Gemeinsam betrachteten sie das bunte Treiben, das Baltasars Geschäftsidee den Garaus machte, sollte er sich nicht etwas Besonderes einfallen lassen.

Auf der Höhe der Bar Bosch entdeckte sie Xisca. An der Hand hielt sie María. Von Baltasar keine Spur. Carla vermutete ihn bei seinem Angestellten.

Weit gefehlt.

Wenige Schritte später vernahm sie lautstark die Stimme ihres Schwiegersohns. »Du fauler Strick. Hier herumsitzen und Kaffee trinken und den Laden zusperren. Was fällt dir ein?«

Die Antwort drang nicht bis zu Carla durch. Jedoch erkannte sie sehr wohl den dreisten Gesichtsausdruck des jungen Kerls.

»Schlüssel!«, brüllte Baltasar.

Für einen Wimpernschlag zögerte der Mann, bevor er aufstand und in den Hosentaschen kramte. Mit Schwung warf er ihn auf den Tisch vor ihm.

Baltasar griff zu, wandte sich ab und stapfte zu seiner Frau.

»Auch das noch.« Carla eilte auf Xisca zu. »Ihr habt ihn rausgeworfen?«

»Sieht so aus.« Xisca sah ihren wütenden Mann auf sie zuhalten.

»Es hat sowieso keinen Sinn.« Baltasar zeigte die Straße hinunter.

Carla begriff augenblicklich. »Du darfst dir von denen nicht das Leben schwer machen lassen. Das ist vergeudete Energie. Such nach einer Lösung. Du bist klug.«

Seine finstere Miene erhellte sich. »Lasst uns hier verschwinden.« Er klopfte Francisco zur Begrüßung auf die Schulter. Antonia nickte er zu. Normalerweise begrüßte er sie mit zwei Küsschen auf die Wangen. An diesem Tag vergaß ihr Schwiegersohn die üblichen Höflichkeiten. »Sonst verpasse ich dem Kerl eine deftige Abreibung.«

Gemeinsam bogen sie zur Post ab. Baltasars Laden besaß eine exponierte Lage, an der jeder Tourist, der die Innenstadt besuchte, vorbeimusste. Carla bestaunte das geschmackvoll dekorierte Schaufenster. Die traditionellen Kleider der Sevillanatänzerinnen leuchteten verlockend in ihrem knalligen Karmesinrot und Königsblau. Um die Kinder nicht zu vernachlässigen, gab es dieselben Modelle in kleinen Größen. Die Schaufensterpuppen sahen aus, als würden die weiblichen Mitglieder einer Familie auf ein mallorquinisches Fest gehen. Auf dem mit Stoff belegtem Schaufensterboden zeigten sich herrlich gearbeitete Siurells in unterschiedlichen Höhen, die für Mallorca so typischen Kissen aus Zungenstoff sowie kunstvolle Fächer und Langspielplatten mit spanischer Musik. »Wer hat das gestaltet?«

»María.« Xisca strahlte. »Ich habe nur ein bisschen geholfen.«

Das Mädchen drückte stolz den Rücken durch. »Es gefällt dir, Abuela?«

»Und wie! Du bist ein außergewöhnliches Talent.« Antonia beugte sich zu ihr hinunter und hob sie auf ihren Arm. »Wollen wir hineingehen?«

Baltasar schloss auf. »Wir werden uns nicht halten können.«

»Abwarten.« Antonia begutachtete die Waren. »Dein Sortiment unterscheidet sich doch.«

»Aber nur bei den größeren Stücken und den Kleidern.« Xisca gab ihrem Mann recht. »Es wird hart. Und ohne einen vertrauenswürdigen Angestellten ist es sogar unmöglich.«

Carla kam Marisol in den Sinn. »Ich habe da vielleicht eine Idee.«

»Jeder Vorschlag ist uns bienvenida.«

Sie sahen sich im Innenraum um. Carla stimmte Baltasar zu. Es würde schwer werden, selbst wenn Marisol mit ihrer fröhlichen Art im Laden die Käufer um den Finger wickelte. »Lasst uns zu Alba gehen, bevor sie unseren Tisch hergibt.«

Xisca sah auf die Uhr. »Du liebe Güte. Wo ist nur die Zeit geblieben?«

Das fragte sich Carla ebenfalls. In wenigen Stunden würden die ersten Kinder zum Sommercamp ankommen. Xisca wirkte bedrückt, was Carla verstand. Die Geschäftsidee, an die Touristen Souvenirs zu verkaufen, kopierten andere ohne einen Hauch von Skrupel. Mit den Eseln brauchten sie dafür keinen eigenen Laden. Ob sie mit ihrer Idee das Geschäft retten konnte?

An der Rezeption empfing sie Eduardo mit einem ansteckenden Strahlen. »Alba erwartet Sie im Restaurant, sie war schon zweimal hier, um nach Ihnen zu sehen.«

Carla entschuldigte sich für die Verspätung und betrat, gefolgt von ihrer Familie, das gut besuchte Hotelrestaurant. Alba sah zur Uhr und dann zur Tür. Erleichtert eilte sie ihnen entgegen. »Ihr seid spät. Nun bleibt uns weniger als eine Stunde für ein Mittagessen. Marisol kommt hierher, damit ihr sie mit ins Sommercamp nehmt.«

»Wir haben die Zeit aus den Augen verloren.« Carla küsste Alba zur Begrüßung.

Unter Erzählungen zur unliebsamen Konkurrenz auf dem Paseo Borne schlenderten sie zu ihrem Tisch. Alba hörte gebannt zu. »Das tut mir leid, aber lohnende Geschäftsmodelle werden rasch nachgeahmt.« Sie wandte sich an Xisca. »Du hast selbst oft darüber geschrieben.«

»Es sollte versteckte Werbung sein.« Xisca half María, sich auf den hohen Stuhl zu setzen, und schob ihn bis zur Tischkante. »Die ging wohl schief.«

»Sag das nicht.« Baltasar legte seine Hand auf Xiscas Rücken. »Ohne deine Artikel wäre das Geschäft in Porto Cristo nicht so rasend ins Laufen gekommen.«

»Lieb von dir.« Er rückte Xisca den Stuhl zurecht.

Alba setzte sich ans andere Kopfende. »Ich habe mir erlaubt, das Menü vorzubestellen. Ich kenne inzwischen eure Vorlieben.«

»Wunderbar.« Francisco nahm Carla gegenüber Platz. »Was hattest du für eine Idee?«

Carla kannte die Neugierde ihres Ehemannes. »Ich glaube, das Geschäft läuft schlechter, wenn ein Herr den Laden führt. Eine Dame wäre erfolgreicher. Die wenigsten Frauen möchten vor einem Mann ein Kleid anprobieren. Das ziemt sich nicht.«

»Wie altbacken denkst du denn?« Xisca sah sie entsetzt an. »Wir leben doch nicht mehr im Mittelalter.«

Antonia hob die Hand. »Das nicht, trotzdem stimme ich Carla zu. Die Hemmschwelle ist größer. Außerdem könnte eine Verkäuferin selbst so ein Kleid tragen.«

»Ich soll eine Frau einstellen?« Baltasar schien zu zweifeln.

»Dein moderner Mann ist antiquierter, als ich annahm.« Carla goss sich ein Glas Wasser aus der bereitstehenden Karaffe ein. »Er lässt dich aufs Festland fliegen, doch die

Leitung in einem Ladengeschäft würde er dir nicht zutrauen.« Sie provozierte ihren Schwiegersohn bewusst.

»Xisca? Natürlich. Aber einer anderen Frau?«

Alba schnaubte entrüstet auf. »Ich leite mehrere Hotels!«

»Ihr seid Ausnahmen.« Baltasar dachte darüber nach. »Nur, wo soll ich eine für meinen Laden finden?«

»Marisol«, schlug Carla vor. »Sie wäre die Idealbesetzung.« Sie wandte sich an Alba. »Denkst du, sie könnte Interesse haben?«

»Frag sie.« Alba gab dem Kellner mit einem Wink die Order, den Wein einzuschenken. »Nach dem Sommercamp wollte sie wieder im Hotel helfen. Es ist Zeit, die Gemälde in den Zimmern auszutauschen.«

»Und danach?« Da Alba sie weiterhin beschäftigen wollte, sagte Marisol möglicherweise ab, um Alba kein weiteres Mal zu enttäuschen.

»Ich habe immer Arbeit für Marisol.« Alba prostete ihren Gästen zu. »Salud. Und einen Souvenirladen zu leiten, könnte ihr Freude bereiten.«

Baltasar stieß gegen Albas Glas. »Ob ich eine Aushilfe bis zum Herbst bekomme? Ich kann unmöglich in beiden Läden gleichzeitig sein.«

»Für ein paar Wochen kann ich mich freistellen lassen.« Xisca strich sich eine Haarsträhne hinter das Ohr. »Ich kann es zumindest versuchen. Du wärst in Palma und ich in Porto Cristo.«

Der Vorschlag schien Baltasar nicht zu gefallen. Das sah Carla an seinem Gesichtsausdruck. »Ich falle aus. Antonia ebenfalls.« Sie hätte sich selbst angeboten, wenn sie sich nicht für das Sommerlager verpflichtet hätte.

»Ich kann euch eines meiner Mädchen geben.« Der erste Gang wurde serviert, was Alba mit einem wohlwollenden Nicken quittierte. »Außerdem habe ich eine andere Idee. Verlasst euch auf mich. Ich finde eine Lösung.«

»Das hast du immer. Traust du es einem deiner Hausmädchen zu?« Carla schob sich eine Gabel mit Trampó in den Mund.

Alba sah in die Runde. »Das wird sich zeigen.«

»Lange kann ich das Risiko nicht tragen.« Baltasar stocherte im Spanferkel und in dem Salat herum. Er schien keinen Appetit zu haben. »Einen Monat, höchstens zwei, anschließend ist Schluss.«

»Das Sommerlager geht doch nur vier Wochen.« Offenbar erwog Antonia, den Laden zu übernehmen. »Könnt ihr das überbrücken? Zusammen mit einem von Albas Angestellten?«

Hoffnung keimte in Baltasars Gesicht auf. »Das könnte klappen.«

»Prima. Somit hätten wir das geklärt.« Alba zeigte auf seinen Teller. »Dann kannst du jetzt ja essen, sonst ist Pep tödlich beleidigt.«

Baltasar schob sich eine Gabel in den Mund. Er wirkte erleichtert, eine Lösung vor Augen zu haben.

Carla hatte sehr wohl Albas Worte gehört. Sie hatte eine Idee. Gerne hätte sie genauer nachgefragt, aber so gut kannte sie Alba, sie würde noch nichts verraten. Erst sobald sie fundiert aufzeigen konnte, wie sie sich alles vorstellte, sprach sie darüber. Ihre Ideen garten langsam wie ein Eintopf. Doch die Zeit bewirkte wahre Wunder. Wie bei einem leckeren Schmortopf. Sie warf Alba einen suchenden Blick zu, den sie geflissentlich ignorierte. Carla musste sich gedulden. Wenn sie überhaupt etwas dazu hörte. Sollte ihre Idee undurchführbar sein, kehrte Alba solche Dinge unbemerkt unter den Teppich.

Nach dem Essen brachen sie auf. María weinte, als Xisca sich von ihr trennte. Da halfen selbst Carlas beschwichtigende Worte nicht. »Besser, ihr geht.«

Xisca fiel es sichtlich schwer, ihr weinendes Mädchen zurückzulassen, obwohl sie wusste, dass das Weinen aufhörte, sobald etwas Neues Marías Aufmerksamkeit erweckte. Carla küsste Xisca zum Abschied. »Lasst euch nicht unterkriegen. Sag Bescheid, ob du freimachen kannst. Wenn nicht, melde dich bei Alba, ja?«

Xisca und Baltasar versprachen es und verließen das Hotel, noch bevor sie auf Marisol trafen. Carla wollte sie anrufen, sobald sie von Marisol eine Antwort erhielt. »So, und was machen wir beide?« Sie kitzelte María. Mit hochrotem Gesicht grinste sie. Die Tränen waren getrocknet, als Marisol im Eingangsbereich auftauchte. In ihrer Hand hielt sie eine Reisetasche.

»Bin ich zu spät?«

»Gerade richtig.« Francisco nahm ihr die Tasche ab. »Lasst uns fahren, sonst sind die Sommergäste vor uns im Lager.«

Francisco setzte Antonia, Carla, Marisol und María am Sommerlager ab. Die Wechselwäsche für María trug Carla in das für ihre Enkelin vorgesehene Zelt. Sie teilte sich mit Robert, Paulino und Pablo ein Schlafzelt. Carlas Großnichte Barbara wäre nur tagsüber im Lager. Mit ihren drei Jahren war sie zu klein, um die Nacht dort zu verbringen. Isabel würde sie täglich mit nach Hause nehmen. Im Gegensatz zu Lilia und Marco konnte sich Isabel für das Sommerlager freinehmen. Auf dem Feld arbeitete sie nur noch selten. Christopher hatte eine Leidenschaft fürs Segeln entwickelt, und sie begleitete ihn gerne. Entgegen Carlas erster Annahme vergeudeten sie dabei nicht ihre Zeit. Sie knüpften im Segelklub von Palma Kontakte quer über die Insel. Das förderte den Weinverkauf.

Isabel befestigte zusammen mit Julián eine Plane an Holzbalken, um für Schatten zu sorgen. Die Sonnensegel leisteten ihnen hervorragende Dienste. Dieses Jahr sollte darunter das Korbflechten für die Kinder ab zehn Jahren stattfinden. Teresa kam aus einer Korbmacher-Familie, was eine neue Aktivität bedeutete. »Ihr seid ja fleißig.«

Robert und Barbara saßen auf der Bank unter dem Stoffdreieck und beobachteten ihre Mutter.

»Selbst die Nachmittagssonne ist zu heiß, da dachten wir, wir fangen an.« Sie knotete einen Strick an einen der Pfosten und stieg vom Hocker. »Haben wir weitere Leintücher?«

Carla erinnerte sich daran, im Vorjahr vier solcher Sonnendächer aufgespannt zu haben. »Ja. Wollen wir das mit den größeren Kindern morgen angehen?«

»Schöne Idee.« Marisol zog mehrere beschriftete Kartonagen aus ihrem Gepäck. »Ein paar Nägel bräuchten wir auch, um die Tagespläne an den Zaun zu hängen.«

Isabel ging auf Marisol zu und nahm ihr die Pappkartons ab. Für die unter Fünfjährigen standen keine Planungen auf den Kartons, die müssten sie so beaufsichtigen. Dafür gab es einen abgesperrten Bereich. Die Aktivitäten umfassten jeweils drei Jahrgänge und waren dem Alter angepasst.

»Das ist großartig! Wie bei den Pfadfindern. Kennt man die hier überhaupt?« Isabel sah in die Runde.

»Ja, tun wir.« Marisol zwinkerte Isabel zu. »Die sind durch Franco aber verboten. Wir nennen es eben Sommercamp.«

»Und trotzdem sind es Pfadfinder-Unternehmungen.« Isabel lächelte. »Du machst dir gerne deine eigenen Regeln, richtig?«

Carla grinste. Das tat Marisol. Das wusste sie von Alba und aus persönlichen Erfahrungen.

»Ich beuge sie nur ein wenig.« Sie wies auf die Tafeln. »Was ist falsch an Wanderungen durch die Natur? Oder am Marmeladeneinkochen mit Antonia?« Marisol zeigte auf eine weitere Auflistung. »Warum sollten Kinder nicht wissen, woher Honig kommt, wenn sie ihn sich doch aufs Brot schmieren?«

Antonia suchte Carlas Blick. Vieles war unter Franco untersagt. Sie hatte sich daran gewöhnt. Solange es verboten blieb, sich der internationalen Gruppe anzuschließen, gründete man seine eigene Initiative. »Ich denke, es geht mehr um die Vereinigung als um die Aktivitäten.«

»Das mag sein. Import und Export wird betrieben, aber solche Zusammenschlüsse werden nicht genehmigt. Das ist Willkür. Habt ihr nun Nägel?« Marisol wirkte ungeduldig.

»Haben wir.« Carla ging zum Werkzeugkoffer im Verpflegungszelt und kehrte mit Hammer und Nägeln zurück. »Schlag dir in deinem Zorn nicht auf den Daumen.«

»Du hast mich noch nicht wütend erlebt.« Marisol lachte, nahm das Werkzeug und bat Isabel, mit ihr die Tafeln zu befestigen.

Ein Kleinbus aus Palma brachte fünfzehn Kinder und fuhr hupend auf das Grundstück von Lilias Schwiegereltern, auf dem das Sommercamp wie im Vorjahr stattfand.

Mit heruntergelassenem Fenster winkte der Fahrer. »Der erste Schwung, den Rest sammle ich später ein.«

Die Jungen und Mädchen stiegen schüchtern aus dem Bus und stellten sich in eine Reihe. Carla trat neben sie. »Bienvenidos. Wir werden einen tollen Sommer hier haben. Versprochen.« Bei einigen verschwand die Anspannung aus dem Gesicht, andere blieben auf der Hut. Im vergangenen Jahr war die Truppe erst nach zwei Tagen aufgetaut. Fast als hätten sie befürchtet, bei jeder Gelegenheit eine Ohrfeige zu bekommen.

»Bringt ihr sie hinüber?« Marisol sah sich um. »Ist Gustavo schon in der Küche? Wir sollten das Essen vorbereiten.«

»Er müsste dort sein.« Isabel winkte vier Jungs in ähnlichem Alter zu sich, um sie zu einem der Zelte zu bringen.

Carla nahm drei Mädchen unter ihre Fittiche. Julián ein weiteres Grüppchen, und Antonia kümmerte sich um die restlichen Sommergäste. Die kommende Stunde waren sie vollauf beschäftigt.

Mit der zweiten Fuhre, die der Bus ausspuckte, verfuhren sie ebenso. Gegen zwanzig Uhr versammelten sich alle bei den langen Tischen. Da Alba abwesend war und Marcos Mutter sich weigerte und lieber in der Küche half, hielt Carla die Begrüßungsrede. »Gleich gibt es Abendessen, anschließend erzählt jeder ein bisschen von sich, und danach geht es in die Zelte. Morgen unternehmen wir was Schönes.« Sie las vor, wie welche Altersgruppe den Tag verbringen würde, was ihr strahlende Gesichter einbrachte.

»Ich spiele vor dem Schlafengehen immer ein paar Lieder auf der Gitarre.« Julián wies auf einen am Baum lehnenden Gitarrenkoffer. »Wenn ihr Vorschläge für heute habt, sagt Bescheid.«

Niemand rührte sich.

Noch zeigten sie sich zurückhaltend, wohlerzogen und schüchtern. Das änderte sich bald, wie Carla aus dem Vorjahr wusste.

Der Abend verlief ruhig. Die Kinder aßen mit Appetit, machten sich selbstständig am durch den Brunnen gespeisten Steinbecken bettfertig, nur bei den unter Fünfjährigen mussten sie mithelfen.

Antonia sah Carla an, nachdem alle in ihren Schlafsäcken lagen. »Ich bin völlig durchgeschwitzt. Gönnen wir uns eine Abkühlung?«

»Hervorragende Idee. Es schlafen alle, und Teresa und Julian wechseln sich die erste Nacht mit der Wache ab.« Carlas Kleid klebte am Körper.

»Ich bin auch hier.« Isabel war unbemerkt hinter sie getreten. »Barbara möchte im Zelt übernachten, also bleibe ich hier und helfe bei der Nachtwache.«

»Gut, wir gehen nach Hause.« Antonia hob ihr Kinn in Richtung Safareig, der sich am Ende des Grundstücks befand, und Carla folgte ihr.

Das Wasserbecken war gut gefüllt, wie sie nach einem Blick über den betonierten Rand erkannte. »Erinnerst du dich daran, wie Papá uns ein Seil um den Bauch gebunden hat, um uns in so einem Teil das Schwimmen beizubringen?«

»Wie könnte ich das vergessen.« Antonia öffnete das verriegelte Gittertor, zog ihre Schuhe aus, ging barfüßig die Treppenstufen hinauf und setzte sich an den Rand. Ihre Beine steckte sie mit einem wohltuenden Seufzer ins Wasser.

Carla folgte ihr. Das kühle Wasser erfrischte sie augenblicklich. »Sollen wir?«

Antonia zögerte. »Besser nicht. Wenn uns eines der Kinder sieht, machen sie es nach. Außerdem bin ich mir unsicher, ob ich mich selbst noch mit einem Klimmzug hochziehen kann.«

Carla schwieg eine Sekunde. Die Wasserdepots besaßen keinen Ausstieg. »Wir sind alte Schachteln geworden, die sich nicht mehr in einen Safareig wagen. Dabei kannst du inzwischen hervorragend schwimmen.«

»Du meinst, ich paddle nicht mehr wie ein junger Hund?« Antonia sah mit melancholischem Blick über die in goldenes Abendlicht getauchte Ebene. »Weißt du, auf Kuba war ebenfalls viel verboten. Für uns nicht. Aber für die Einheimischen. Nicht offiziell natürlich. Als Arbeitsloser ist es unmöglich, sich eine Mitgliedschaft im Jachtklub zu leisten, und ohne gibt es keinen Schwimmunterricht.«

Carla dachte über Antonias Worte nach. Ohne Geld blieben viele Türen verschlossen. Das war wohl überall so.

In nachdenklichem Schweigen beobachteten sie, wie die Sonne hinter den Gipfeln der Tramuntana grellorange unterging.

»Wo ist dein Mann abgeblieben?«

»Vermutlich bei Gustavo in der Küche. Seitdem er nicht mehr im Steinmetzbetrieb arbeitet, will er kochen lernen. Und ich jage ihn ja immer hinaus, weil das meine Arbeit ist und er sich ausruhen soll.« Carla zog die Beine aus dem Wasser. »Wir sollten gehen. Morgen erwartet uns ein langer Tag.«

Antonia folgte ihr. Tatsächlich fanden sie Francisco mit Gustavo vor der Küche bei einem Bier. Marisol und Marcos Mutter Agata kümmerten sich um das Saubermachen. »Abfahrbereit?«

»Ich warte nur auf euch.« Francisco setzte die Flasche an und leerte sie. »Hasta mañana, Gustavo.«

»Buenas noches.« Er hob zum Abschied seine Bierflasche an. »Nos vemos.«

Die kurze Rückfahrt verbrachten sie schweigend. Carla spürte eine bleierne Müdigkeit in sich aufsteigen und sehnte sich nach ihrem bequemen Bett. »Wie gut, dass wir nicht im Zelt schlafen.« Ihre Knochen würden es ihr heimzahlen, davon war sie überzeugt.

»Allerdings.« Francisco steuerte den Wagen auf den Hof. Vor dem Eingang lehnte ein junger Mann. Ein Koffer stand neben ihm. »Wer lungert da vor unserer Tür herum? Bald kommt es so weit, dass wir die Haustüren absperren müssen.«

»Den kenne ich nicht.« Carla kniff die Augen zusammen, um in der Dunkelheit besser zu sehen.

Antonia beugte sich vor und sah zwischen den beiden durch. »Rodrigo?«

Carla wandte sich mit einem Ruck zu ihr um. »Dein Sohn?«

Das Licht des Scheinwerfers erfasste ihn.

»Rodrigo!« Antonias lauter Ausruf ließ es in Carlas Ohren klingeln. »Was machst du hier? Warum hast du dich nicht angekündigt?«

Francisco gab Antonia den Weg frei zum Aussteigen. Sie drückte sich an ihm vorbei und rannte wie ein junges Mädchen auf ihren Sohn zu. Carla schmunzelte. Ihre Schwester würde jederzeit noch einen Klimmzug schaffen, wenn sie es wollte. Rodrigo umarmte seine Mutter und sah über ihre Schulter zu Carla und Francisco. »Ich hätte ein Telegramm schicken sollen. Du hast gesagt, ich soll kommen, und hier bin ich nun.«

»Das bist du!«

Carla freute sich mit ihrer Schwester. Ihr Sorgenkind reiste an. Sein Eintreffen übertraf die Erleichterung über seine Freilassung. Der dumme Kerl glaubte, Revolution spielen zu müssen, obwohl er alles besaß, was man sich wünschen konnte. Carla hätte ihm den Kopf abreißen wollen, ungeachtet der Tatsache, dass sie ihn nie gesehen hatte. Wie konnte ein Junge so etwas seiner Mutter antun? Die Neugierde auf ihn ließ sie näher gehen. Sie erkannte in den Gesichtszügen die Augen seines Vaters. Den Rest verbarg ein gestutzter Vollbart.

Antonia löste sich aus der Umarmung. »Das sind meine Schwester Carla und ihr Mann Francisco.«

Rodrigo lächelte müde. »Freut mich, euch endlich kennenzulernen. Bisher kannte ich nur eine Tante von Vaters Seite und ihren Mann.« Er schüttelte Francisco die Hand und küsste Carla behutsam auf die Wangen.

»Jetzt lasst uns reingehen.« Carla öffnete die Haustür. »Wie lange sitzt du hier?«

»Etwa eine Stunde.« Rodrigo gähnte.

»Hast du Hunger? Möchtest du etwas trinken?« Antonia flatterte wie ein aufgescheuchter Schmetterling durch die Küche. Sie zog ein Brot hervor, schnitt es auf, packte es auf den Tisch. Holte einen Teller, Sobrasada und eine Flasche Wein. »Setz dich.«

Niemals hatte sie ihre Schwester so aufgeregt erlebt. »Ich richte das Zimmer oben her. Dann könnt ihr euch unterhalten.« Carla ging nach draußen, sah in den sternenklaren Himmel und betete, Rodrigo würde Antonia nicht erneut Sorgen bereiten. Sie trat durch die angrenzende Tür, stieg hoch in Antonias Reich, wo zuvor Lilia gelebt hatte, und überzog im zweiten Schlafzimmer das Bett. Es war nicht so luxuriös wie

Rodrigos Elternhaus, aber besser als in einem kubanischen Knast war es allemal. Ob das Gefängnis ihn verändert hatte?

Lachen drang zu ihr, als Carla wieder in die untere Wohnung kam. Sie betrat die Küche. Ihre Familie saß am Tisch bei einer Flasche Wein, Rodrigo aß und erzählte über die Zeit in Amerika. Francisco interessierte sich seit seiner Rente für Autorennen, lauschte gespannt, während Antonia ihren Sohn nicht aus den Augen ließ.

»Hier, iss noch eine Scheibe. Du bist ja ganz schmal.« Antonia legte ihm eine Brotscheibe auf den Teller. »Wenn ich gewusst hätte, dass du kommst, hätte ich dir deine Leibspeise zubereitet.«

Rodrigo warf seiner Mutter einen liebevollen Blick zu. »Nun weißt du, warum ich mich nicht angekündigt habe. Ich möchte keine Umstände bereiten. Nur etwas zur Ruhe kommen, dich sehen und erfahren, wie du hier lebst.« Er trank einen Schluck Rotwein. »Der ist besser als unserer.«

»Für den hat Carla einen Preis gewonnen.«

Stolz schwang in Antonias Stimme mit, was Carla ebenfalls mit Ehre erfüllte. Die Anerkennung tat wohl. »Wie lange bleibst du?« Von Neugierde gepackt, konnte sich Carla die Frage nicht verkneifen.

»Ist das wichtig?« Antonia sah sie überrascht an.

»Ich erkundige mich nur, weil wir im Souvenirshop dringend jemanden brauchen.«

»Lass ihn doch erst ankommen. Und da er etwas von Wein versteht, wird er vorziehen, bei Christopher und Isabel zu arbeiten.«

»Am liebsten wäre es mir, wenn ihr nicht von mir sprechen würdet, als wäre ich abwesend.«

Francisco lachte und hob sein Glas. »Willkommen in meiner Welt. Gewöhne dich besser daran. So ist das, sobald zwei Schwestern zusammenwohnen.«

Rodrigo verdrehte die Augen. »Da habe ich mich ja auf etwas eingelassen.« Das amüsierte Blitzen entlarvte seine wahren Gefühle.

»Allerdings«, schlug Carla in dieselbe Kerbe. »Möchtest du uns morgen ins Sommerlager begleiten? Vielleicht kannst du den Jungs ein paar Geschichten am Lagerfeuer aus dem fernen Kuba erzählen.«

Er verdrückte den letzten Happen und lehnte eine weitere Brotscheibe ab. »Sommerlager?«

Antonia erzählte ihm davon, von den Kindern und was sie unternahmen.

»Herzlich gerne.« Rodrigo stand auf. »Jetzt würde ich mich lieber hinlegen, wenn es euch nicht stört.«

»Nein, natürlich nicht. Zeigst du ihm alles?« Carla räumte den Tisch ab. »Darum kümmere ich mich. Wir sehen uns zum Frühstück.«

»Danke, Tía Carla.« Rodrigo verabschiedete sich mit Antonia.

Auf der Treppe hörte Carla es kurz rumpeln, dann herrschte Ruhe im Haus. Die Müdigkeit kroch in Carlas Knochen, sie hatte sich vor dem Überraschungsbesuch auf ihr Bett gefreut und tat es nun noch viel mehr. Im Gegensatz zu Francisco fand sie nicht gleich in den Schlaf. Zu sehr beschäftigte sie Rodrigos Ankunft.

Unausgeschlafen stand sie beim ersten Morgengrauen auf. Es fühlte sich an, als hätte sie die Nacht wach gelegen. Franciscos Bettseite war leer. Der Geruch nach frischem Kaffee zog durchs Haus. Ein kräftiger Kaffee würde sie munter machen.

In der Küche traf sie auf Antonia. »Buenos días. Wie geht es dir?«

»Ich lag die halbe Nacht wach.«

»Ich die ganze.«

Francisco reichte ihr eine Tasse. »Dafür hast du ordentlich geschnarcht.«

»Lügner.« Sie küsste ihn, nahm die Kaffeetasse und wandte sich an Antonia. »Was treibt dich um?«

»Rodrigo.«

Was sonst. Wäre er ihr Sohn, würde sie sich auch sorgen. Schmale Gestalt, eingefallene Wangen und immer noch unverheiratet. Wo sollte das enden? Kein Wunder, rebellierte er doch gegen die Welt. Eine Ehefrau würde ihn erden. »Der wird schon. Lass ihn ankommen. Den Rest zeigt die Zeit.« Ob Antonia ihre leicht dahergesagten Worte trösteten?

Rodrigo kam verschlafen herunter. »Kann ich helfen?«

»Seit wann hilfst du im Haushalt?« Antonia sah ihn überrascht an.

»Seit ich allein lebe? Aida trägt mir nicht alles hinterher, falls du das glaubst.« Er nahm sich eine Tasse, goss sich Kaffee ein und setzte sich an den Tisch.

Carla unterdrückte ein Grinsen. Eine Frau würde es definitiv richten. »Iss rasch, dann fahren wir los.«

Wenige Minuten später befanden sie sich auf dem Weg. Francisco erklärte Rodrigo die Gegend. Als sie an Weinfeldern entlangfuhren, sah Rodrigo neugierig auf. »Wem gehören die?«

»Unserer Familie.« Carla wies über die Felder. »Bis hinter dem aufragenden Olivenbaum sind sie in Familienbesitz.

Dahinter gehören sie deinem Onkel Leo und seiner Tochter Lilia.«

»Das ist ja riesig.« Er sah zu Carla. »Beeindruckend.«

»Ist es.« Antonia räusperte sich. »Deshalb dachte ich, du hättest bei Isabel und Christopher eine passende Stelle, wenn du weiterhin im Weinanbau bleiben möchtest.«

»Das hat Zeit«, mischte sich Francisco ein. »Heute bist du im Sommerlager, und ich bin gespannt, wie du dich schlägst.«

»Ich werde doch mit einer Handvoll Kinder zurechtkommen.«

Carla war sich da unsicher. Es handelte sich schließlich um mehrere Hände voll, wie er gleich sehen würde. Sie parkten hinter dem Bauernhaus der Gamundis. Auf dem vorderen Acker befanden sich die Zelte und die Aufenthaltsbereiche. Stimmengemurmel und Gelächter drangen zu ihnen herüber. Dem Geräuschpegel nach nahmen sie ihr Frühstück ein. Rodrigos Augen weiteten sich, was Carla amüsierte. »Dann auf in die Schlacht!«

Eine Stunde später ging die erste Gruppe mit Julián auf eine Wanderung in der Umgebung. Eine weitere lernte von Teresa, Körbe zu flechten. Agata beaufsichtigte in dem abgesteckten Bereich die unter Fünfjährigen, Francisco führte eine größere Gruppe in den Stall, da Rodrigo sich bereit erklärte, ihm zu helfen.

Marisol und Gustavo kümmerten sich um den Abwasch in der Küche.

Antonia und Carla nahmen sechs der älteren Mädchen mit auf ein Orangenfeld. Orangen gediehen in ihrer Region weniger üppig als in Sóller, dennoch würden sie eine fruchtige Marmelade ergeben. An einem anderen Tag wollten sie die Pflaumen ernten und einkochen. Marco hatte bereits eine große Menge zu seinen Eltern geliefert. Mit dem Besuch auf dem Orangenfeld sollten die Mädchen den kompletten Vorgang kennenlernen.

»Jeder füllt einen der Jutesäcke. Dann geht es zurück.« Carla freute sich auf die vor ihr liegende Aufgabe. Marmelade für alle. Das war Albas Idee gewesen, die auch das Geld für die Gläser gestellt hatte, damit jedes Kind ein Einmachglas von jeder Sorte mit nach Hause nehmen konnte.

Antonia scherzte mit den Mädchen. Man spürte, wie sehr sie Kinder mochte, und die Kinder liebten sie. Carla genoss die gemeinsame Zeit. Unbefangen mit einer Mädchengruppe schöne Dinge zu unternehmen, bereicherte sie ebenfalls. »Habt ihr die Säcke gefüllt?«

Die Mädchen nickten. Eines der Mädchen, Rosa, blieb schüchtern abseits stehen. »Alles in Ordnung?«, fragte Carla. Rosas jüngere Schwester, Camila, hatte bei einem Unfall ihren rechten Arm verloren. Alba hatte von ihr erzählt. Aus diesem Grund hatte sie die beiden Kinder in das Sommerlager aufgenommen.

»Ja.«

Rosa musste der Größe nach die Gruppenälteste sein. Carla schätzte sie auf vierzehn. »Soll ich dir helfen?« Sie ging zu ihr hinüber und streckte die Hand aus.

»Es geht.« Sie schulterte den Sack und griff nach Camilas, den sie allein befüllt hatte. »Danke.«

Das Mädchen war zu ernst für sein Alter. Carla hoffte, ihr die kindgegebene Fröhlichkeit in einigen Situationen entlocken zu können.

Nach der Rückkehr zum Hof fingen sie an, die Früchte

vorzubereiten. Erst ausgiebiges Waschen, dann entfernten sie das Kopf- und Bodenstück und schnitten die Orangen in Stücke. Die Kerne sammelten sie in einem kleinen Säckchen. »Nun gießen wir die richtige Menge Wasser auf und lassen es bis morgen durchziehen.«

»Und dann?« Camila schien aufgeweckt und gut gelaunt.

Antonia lachte. »Du bist neugierig, das gefällt mir.«

»Morgen kochen wir das Ganze für gut eine Stunde, stellen es wieder einen Tag kalt. Später kommt noch Zucker dazu, und im Anschluss kann die Masse in die Gläser.«

»Das ist ja einfach.« Camilas Überraschung übertrug sich auf die anderen. »Und was tun wir in der Zwischenzeit?«

»Pflaumen pflücken?« Carla scherzte, was sich auf den enttäuschten Mienen zeigte. Niemals würde sie die Mädchen tagelang Obst ernten lassen.

Antonia lachte. »Nein, das stimmt nicht. Wie wäre es, wenn wir zu Teresa gehen, damit sie uns beibringt, wie man diese tollen Körbe flechtet.«

»Die Pflaumen sind nächste Woche dran, bis dahin genießen wir die Zeit.« Carla nahm einen Bottich und ging voran. Alle bis auf Camila schnappten sich ebenfalls einen und folgten Carla. Camila flitzte an ihr vorbei und öffnete die Türen, was Carla mit einem dankbaren Lächeln quittierte.

Aus dem Küchenfenster sah Carla Isabel. Sie hatte erst nach dem Mittagessen kommen wollen. Barbara hielt sie an der Hand. Plötzlich fuhr sie herum, blickte ans andere Ende des Grundstücks. Sie löste sich von Barbara und rannte los. Etwas musste geschehen sein. »Kümmere du dich um die Mädchen. Ich sehe nach, was los ist.« Carla wartete keine Antwort ab und stürmte davon.

Von Weitem sah sie, wie Isabel über das Absperrgitter des Safareig kletterte, die Stufen erklomm und in das Wasserbecken sprang. Wenig später entdeckte Carla einen dunklen Schopf, der über dem Beckenrand auftauchte. Schließlich erkannte sie Pablo. Der sollte sich doch bei Franciscos Gruppe aufhalten. Sie hörte ihn nach Pablo rufen. Lilias Junge musste sich abgesetzt haben und in den Safareig gefallen sein. Carla schloss das Gittertor auf, eilte zum Beckenrand und zog den kleinen Kerl heraus. Isabel stemmte sich mit einem Klimmzug hoch. »Bist du okay?« Carla sah beunruhigt zu Isabel, die sich das nasse Haar aus der Stirn strich.

Pablo hustete. Spuckte Wasser aus. »Das war knapp«, sagte Carla.

»Das kannst du wohl sagen. Er ist in dem Moment untergegangen, als ich hineingesprungen bin.« Isabel strich dem erschöpften Kerlchen über das nasse Haar. »Ich hoffe, du hast nun genug von Abenteuern.«

Hustend versprach er, nie wieder so einen Unsinn anzustellen.

»Aus dem Grund ist das Gatter abgesperrt. Wie bist du nur darübergekommen?« Carla verstand es nicht.

»Da lag ein Stein, mit dem ging es gut.« Pablo keuchte. »War ganz einfach.«

Carla würde mit Lilia sprechen müssen. Der Junge musste schnellstens schwimmen lernen. Es genügte, Diego verloren zu haben.

Francisco kam angelaufen. »Ist etwas passiert?«

»Glücklicherweise hat ihn Isabel herausgezogen, beinahe wäre er ertrunken.« Carla wurde erst in diesem Moment die Tragweite bewusst. »Wieso bist du schon hier?«

»Barbara hat gedrängelt.«

Carla sah zu ihrer Großnichte, die sich an Antonias Bein klammerte. »Da hatte Pablo sämtliche Schutzengel bei sich vereint.«

»Sagt nichts meiner Mama, sonst schimpft sie mit mir.« Pablos Unterlippe zitterte, jede Sekunde würde er zu weinen beginnen.

»Nein, das bleibt unser Geheimnis.« Isabel wuschelte Pablo über den Kopf. »Versprochen.«

Pablo grinste breit und hielt Isabel feierlich die Hand hin. Isabel schlug ein. Der Schwimmunterricht würde für Carla ein Thema bleiben, das sie mit Lilia besprechen wollte.

Der restliche Tag verlief in ruhigen Bahnen, dennoch genoss Carla die Ruhe auf der Heimfahrt. Alle hingen ihren Gedanken nach.

Auf ihrem üblichen Parkplatz stand Xiscas Wagen. Sie selbst lehnte mit einer anderen jungen Frau am Auto. »Wie geht es María?«

»Ausgezeichnet.« Sie verließen das Fahrzeug. Carla kamen die Gesichtszüge bekannt vor. »Du hast eine Freundin mitgebracht?«

Die Frau lächelte sie an.

Rodrigo streckte die Hand vor. »Rodrigo Guerrera Delgado, aus Kuba. Sehr angenehm.«

»Tamara Morgenstern, aus den Vereinigten Staaten, freut mich.«

Im ersten Moment verrutschte Rodrigo sein strahlendes Lächeln, bevor er sich fing. »Jetzt leben Sie hier?«

»Nein.« Sie zwinkerte ihm zu. »Aber das kann sich ändern. Ich war nie eine Großstadtpflanze.«

Xisca stellte sich ebenfalls vor. »Rodrigo, also. Lerne ich wieder einen Cousin kennen. Du bist der, der im Gefängnis gelandet ist?«

»Im Gefängnis?« Tamara riss die Augen auf. »Abenteuerlich.«

Carla öffnete die Arme. »Dass ich dich noch mal wiedersehe! Wer hätte das gedacht. Wie geht es dir und deinen Eltern?«

»Beide sind wohlauf und fühlen sich in New York sehr wohl. Mich hat die Sehnsucht auf die Insel getrieben. Außerdem wollte ich Xisca endlich besuchen.«

Das Nachbarsmädchen. Auf Mallorcabesuch. »Kommt rein.«

»Können wir über Nacht bleiben?« Xisca sah auf die Uhr. »Sonst müssen wir zurückfahren. Tamara wollte nur rasch Hola sagen.«

»Rodrigo und Antonia wohnen oben. Er kam gestern an.« Carla überlegte, wie sie alle im Haus unterbringen sollte.

»Ich kann in der Werkstatt schlafen. Ihr könnt mein Zimmer haben.« Mit einem Nicken bekräftigte Rodrigo seine Worte. »Erweist mir den Gefallen.«

Carla sah zu ihrer Schwester. Die zuckte die Augenbrauen. Tamara gefiel ihm. Und er ihr, wenn sie die Blicke richtig deutete. Vielleicht kam Antonias Sohn ja doch noch eines Tages zur Ruhe.

8

»Wo bleibt Baltasar nur?« Alba sah zu Alejandro. »Ich kann es kaum erwarten zu erfahren, was er zu meiner Idee sagt.«

Alejandro spielte mit dem goldenen Brieföffner. Das tat er immer, sobald er in Albas Büro saß und sie etwas besprachen. Sie malte hingegen ab und an Skizzen. Geistesabwesend, aber trotzdem manchmal eine gute Vorlage für eines ihrer Bilder. Bisweilen landeten die Kritzeleien jedoch im Papierkorb. »Es ist noch nicht zwei Uhr.«

»Stimmt.« Dennoch warf sie einen erneuten Blick auf ihre Armbanduhr.

»Weißt du, an manchen Tagen frage ich mich, wie du als Geschäftsfrau oft kühle Entscheidungen triffst, andererseits aber herumwirbelst wie eine Abiturientin vor ihrem Abschlussball.« Er legte den Brieföffner an seinen angestammten Platz auf ihrem Schreibtisch.

»Ertappt. Eigentlich bin ich keine starke Geschäftsfrau. Die spiele ich nur.« Alba wanderte im Zimmer auf und ab. »Vor allem, sobald es um persönliche Belange geht.«

»Ich weiß.« Er fischte eine Zigarette aus seinem Etui und ging zum Fenster. »Darin sind wir uns sehr ähnlich.«

»Stimmt.« Das waren sie in der Tat. Weder ihr noch ihm fiel es leicht, jemanden vor die Tür zu setzen. Eva Pérez Montana spukte ihr dabei weiterhin durch den Kopf. Lilia hatte sie beim Diebstahl erwischt. Alba blieb keine Möglichkeit, als sie zu entlassen, obwohl deren Eltern krank waren und Eva vehement den Vorfall bestritt. Doch wer hatte weniger Motiv zu lügen? Lilia kannte das Mädchen nicht. Natürlich glaubte sie ihrer Tochter, wenn sie eine solche Anschuldigung vorbrachte.

Ein Klopfen an der Tür riss sie aus ihrer Reise in die Vergangenheit. »Na, endlich.« Sie eilte zur Tür und öffnete.

»Buenos días, Alba.« Er entdeckte Alejandro. »Oh, wir haben uns lange nicht gesehen.«

Er küsste Alba auf die Wangen. »Nun bin ich neugierig, was es mit diesem Treffen auf sich hat.« Er begrüßte Alejandro mit einem kräftigen Handschlag.

»Sag zuerst, wie dein Geschäft hier in Palma läuft.« Alba wies auf die Sitzgruppe in ihrem Büro, die sie vor vier Jahren angeschafft hatte. Sie fand es gemütlicher, sich nicht an einem Schreibtisch gegenüberzusitzen. Seither verliefen die Gespräche entspannter. Zumindest empfand sie es so. »Kaffee?«

»Gerne.« Baltasar setzte sich Alejandro gegenüber und legte die Beine übereinander. »Um ehrlich zu sein, die Umsätze sind zu gering. Ich habe die Einnahmen der letzten Tage kalkuliert. Es rechnet sich nicht. Wir werden schließen.«

Alba goss Kaffee ein, reichte Baltasar die Tasse, während sich Alejandro selbst bediente. »Das hatte ich befürchtet. Ich hatte beim Essen von einer Idee erzählt, sie jedoch nicht weiter ausgeführt.«

»Richtig.« Baltasar gab Zucker in seine Tasse und sah Alba wartend an.

»Ich habe mich mit Alejandro besprochen.« Alba lehnte sich zurück und genoss die aufgeladene Spannung im Raum.

Das waren die schönsten Momente für sie. »Könntest du dir vorstellen, jeweils eine Tienda mit Souvenirs in unseren Hotels auszurichten? Warum sollen die Gäste auf der Straße kaufen, wenn sie es bequemer haben können? Direkt im Hotel. Sie müssen keine Taschen tragen, wir liefern ihre Einkäufe ins Zimmer und setzen sie auf die Rechnung.«

Baltasar hielt in der Bewegung inne. Ohne zu trinken, stellte er die Tasse ab. »Ein ganz neues Geschäftsmodell!« Er sprang auf die Beine.

Alba erfreute sich an seiner Reaktion. Es amüsierte sie, wie er begeistert in ihrem Büro auf und ab marschierte. »Du kannst es dir also vorstellen.« Alba stand auf. »Alejandro findet den Vorschlag rentabel. Soll ich dir zeigen, wo wir deine Tienda eröffnen wollen?«

»Unbedingt!« Baltasar schüttelte ungläubig den Kopf. »Ein Verkaufsladen im Hotel. Du kommst auf Ideen.« Er sah zu Alejandro. »Nur hier? Oder auch in Cala Mayor, damit ich deine Anwesenheit richtig verstehe.«

»Und im Las Brisas. Da wird es noch besser laufen. Die Hotelgäste haben kaum Möglichkeiten, in der Umgebung einzukaufen.« Alba spazierte zur Tür. »Komm, ich erkläre dir, was wir uns ausgedacht haben.«

Alejandro trank hastig an seinem Kaffee und folgte ihnen.

Alba blieb vor der Ecke mit den Sesseln stehen. »Hier werden wir ein paar wegnehmen, was kein Problem ist. Die Plätze sind selten ganz belegt.« Sie ging zu einer Tür, die von dem Wartebereich abging. »Dahinter haben wir das Gepäck der Gäste aufbewahrt, wenn sie erst abends abreisen, aber das Zimmer geräumt haben.« Sie öffnete die Tür. Der Raum maß etwa fünfzehn Quadratmeter. »Wenn wir die Wand herausnehmen, haben wir einen offenen Bereich.«

»Du willst sogar umbauen?« Baltasar sah sie nachdenklich an. »Wie hoch sind die Umbaukosten?«

»Die übernehme ich.«

»Warum?«

Alba verstand seine Frage. Er wollte keine Almosen, dafür war er zu stolz. Dennoch mochte sie ihm die Kosten nicht in Rechnung stellen. »Meine Gäste haben einen Mehrwert. Marisol wird in einem Sevillanakleid im Geschäft stehen. Die Besucher werden Erinnerungsfotos mit ihr machen und etwas kaufen.« Alba zwinkerte ihm zu. »Oder denkst du, wir sollten eine jüngere Frau einstellen, um mit den Eseln zu konkurrieren?«

Alejandro lachte schallend los. »Lass das Marisol nicht hören.«

»Seit wir einen Hund im Laden in Porto Cristo haben, sind die Kinder schwer auf die Straße zu bekommen.« Baltasar überlegte. »Könntest du dir das in deinen Hotels vorstellen? Ein Ladenmaskottchen?«

Wie würden die Gäste reagieren? »Er muss klein und erzogen sein, damit sich niemand an ihm stört.« Ob Marisol mit einem Tier zurechtkam?

»Wie hoch soll die Ladenmiete sein?« Baltasar überschlug offenbar schon die Zahlen.

»Ich gebe dir die Fläche umsonst, wenn ich damit keine Arbeit habe.« Alba bat Baltasar und Alejandro zurück ins Büro. »Du musst aber drei junge Frauen anstellen, die Sevillanakleider tragen. In Cala Mayor versuchen wir es mit einem Hund. Funktioniert es, erweitern wir auf Palma. Im Las Brisas buchen nur wenig Familien. Marisol überwacht die Geschäfte. Du übernimmst die Löhne. Was hältst du davon?«

Baltasar setzte sich und trank stirnrunzelnd den erkalteten Kaffee. »Mietfrei kommt nicht infrage.«

Ihm stand seine Ehre im Weg. Alba verstand ihn. Sie hätte nicht anders geantwortet.

»Wir verhandeln die Miete, wenn die Läden ins Laufen gekommen sind.« Alejandro mischte sich das erste Mal ins Gespräch ein.

Baltasar schluckte seinen Stolz mit dem letzten Kaffee hinunter. »Einverstanden. Wir sollten die Tiendas individuell ausstatten.«

Alba stimmte ihm zu. Die Besucher hätten in den verschiedenen Hotels unterschiedliche Ansprüche. »Ausgezeichnete Idee.«

»Die Mallorca-Perlen würde ich in jeden Laden nehmen, die Kleider auch, aber die Siurells sehe ich in deinem Küstenhotel nicht. Die Leute können damit nichts anfangen.«

Alba wusste, dass man mit den kleinen Keramikfiguren pfeifen konnte, ihr Ursprung war ihr jedoch unbekannt. »Wenn wir den Gästen die Geschichte und die Herkunft erklären?«

»Natürlich können wir es versuchen.«

Sie unterhielten sich die kommende Stunde über die Einrichtung der neuen Tiendas, bevor sich Baltasar strahlend und hoffnungsfroh verabschiedete. »Das wird großartig«, schenkte ihm Alba Mut.

»Danke, Alba. Xisca wird einen Bericht in der Zeitung machen wollen. Dieses Mal halte ich sie davon ab, damit nicht andere auf die Idee kommen und es nachmachen.«

»Das können wir nicht verhindern.« Alejandro sah das kritischer. »Aber es hinauszögern.«

»In Ordnung.« Alba küsste Baltasar zum Abschied auf die Wangen. »Wir fangen nächsten Monat mit den Arbeiten an, Ende August lieferst du die Artikel. Schaffst du das? Auch mit den Angestellten? Marisol ist dann vom Sommerlager zurück und kann dich unterstützen.«

»Kein Problem.« Baltasar wirkte seit dem Vorschlag einige Jahre jünger. Seine Augen leuchteten, die im Gesicht abzulesenden Sorgenfalten waren verschwunden. »Ich freue mich darauf.«

Es klopfte an der Tür.

»Herein«, bat Alba. »Wir sind ja fertig.«

Sie begleitete Baltasar zur Tür, die von Eduardo geöffnet wurde. »Telefon. Sehr dringend, sagt Don Joaquim.«

»Ist etwas passiert?« Albas Freude wich Sorge.

Eduardo zuckte mit den Schultern. Natürlich besprach Joachim seine Probleme nicht mit dem Rezeptionisten. Sie eilte zum Telefon. »Was ist?«

»Beruhige dich. Alles in Ordnung. Ich brauche dich umgehend in der Galerie. Kannst du kommen?« Seine Stimme klang aufgeregt.

»Selbstverständlich. Ich bin gleich dort.«

»Und sei unbesorgt, wir haben einen besonderen Gast, der dich kennenlernen möchte.«

Erleichterung breitete sich aus. Alejandro beobachtete sie mit angespannter Miene. Auch Baltasar wartete in der Eingangshalle, bis sie das Telefonat beendete. »Ich muss in die Galerie. Ein Kunde will mich sprechen.«

»Ich verabschiede mich.« Baltasar winkte zum Gruß und trat aus dem Hotel.

»Ist wirklich alles in Ordnung?« Alejandro glaubte ihr nicht.

Alba küsste ihn auf die Wange. »Das ist es. Ich habe mich nur erschrocken.«

»Gut. Dann fahre ich zurück nach Cala Mayor und kümmere mich um die Umbaupläne.« Alejandro verließ zusammen mit Alba das Hotel, bevor sie in entgegengesetzte Richtungen gingen.

Mit pochendem Herzen eilte Alba zur Kunsthandlung. Im Innenraum befanden sich Menschen. Joachim erkannte sie durch die Glasscheibe sofort. Kurt ebenfalls. Sie atmete tief ein und aus, um sich zu beruhigen, und öffnete die Tür. »Buenos días.«

»Hier ist sie.« Joachim kam auf sie zu. »Darf ich dir Errol Flynn, Rita Hayworth und ihren Mann Dick Haymes vorstellen? Kurt hat seinen Freunden von deiner Kunst erzählt und sie hergebracht.«

»Encantada.« Mehr brachte Alba nicht über die Lippen. Sie reichte den prominenten Gästen die Hand, wie es in den Staaten üblich war. Als Kurt darüber gesprochen hatte, glaubte sie an einen Scherz. Nun standen die Hollywoodstars unmittelbar vor ihr, tranken Cava und sahen sich ihre Gemälde an.

»Das Vergnügen ist auf unserer Seite.« Errol deutete einen Handkuss an und schenkte ihr sein umwerfendes Lächeln. »Vor allem der alte Dick ist froh, den Behörden ein Schnippchen geschlagen zu haben, um hier zu sein.«

Alba wusste nicht, wovon der Schauspieler sprach. Musste sie diesen Dick erkennen? Neidlos betrachtete sie Rita Hayworth. Die Frau übertraf in echt die Schönheit, die sie oft auf Fotos bewundert hatte.

Joachim klopfte Dick Haymes auf die Schulter. »Er möchte seiner Frau ein Bild schenken. Und Rita ihren Eltern. Da wollten sie die Malerin natürlich kennenlernen, nachdem Kurt so viel von dir erzählt hat.«

»Das hat er.« Errol Flynns Blick schweifte durch die Galerie. »Bemerkenswerte Arbeiten. Sie stechen zwischen den Werken anderer Maler heraus. Ich lebe die meiste Zeit auf einem Schiff, da ist kein Platz, sonst würde ich das erstehen.«

Das Gemälde zeigte eine abstrakte Darstellung der historischen Altstadt mit der Kathedrale im Mittelpunkt. Dunkle Gewitterwolken zierten den Horizont und verliehen ihm etwas Bedrohliches.

»Ich ziehe das hier vor.« Rita wies auf das gleiche Motiv, nur mit azurblauem Himmel. »Das möchte ich kaufen.«

Das Gemälde mit den aufziehenden Wolken hing dazwischen. Alba wollte die drei Bilder in unterschiedlichen Stimmungen gemeinsam verkaufen, denn sonst wäre es nur ein harmloses Abbild der Stadt Palma, wie es sie im Dutzend gab. Alba kämpfte mit sich, der bekannten Dame ihren Wunsch abzuschlagen. »Bedauere, Mrs. Hayworth, sie werden nur als Set verkauft.«

Joachim trat neben sie und legte den Arm um sie. »Ich habe Sie gewarnt.«

»Das haben Sie.« Errol bediente sich selbst bei den gefüllten Sektgläsern. »Dann wirst du wohl alle nehmen müssen, Rita.«

Dick Haymes hielt sich zurück. Offenbar stand ihm der Sinn nach einem anderen Kunstwerk als Geschenk für seine Frau. Doch seine Meinung behielt er für sich.

»Liefern Sie nach Übersee?« Rita Hayworth zündete sich eine Zigarette an und betrachtete weitere Gemälde.

»Of course.« Alba blickte zu Joachim. »Die Kosten für den Versand habe ich nicht präsent.«

»No problem.« Rita Hayworth wählte gemeinsam mit ihrem Mann Dick Haymes vier Werke aus, bevor sie nachdenklich vor dem Triptychon stehen blieb. »Sie haben vollkommen recht. Es wäre eine Schande, die Bilder zu trennen. Ich will sie haben.« Sie blies den Rauch in Errols Richtung. »Dann kannst du sie in meinem Haus bewundern.«

»Sollte ich in die Staaten zurückkehren.« Errol leerte sein Glas. »Sie haben einen außergewöhnlichen Malstil.«

»Danke.« Alba spürte, wie die Hitze in ihr hochstieg. Hoffentlich leuchtete ihr Gesicht nicht wie eine gekochte Garnele. »Darf ich Sie heute Abend zum Essen in mein Hotel einladen?«

Rita Hayworth suchte Errol Flynns Blick.

»Bedauere, wir haben einen Tisch im Titos reserviert. Eine Liveband spielt, und Dick wird ebenfalls ein paar Lieder singen.«

Das fand Alba schade, es ließ sich jedoch nicht ändern. Es wäre ein Gewinn gewesen, die Herrschaften in ihrem Restaurant zu bewirten.

Er zwinkerte Alba verschmitzt zu. »Warum kommen Sie nicht mit?«

Überrascht über die Gegeneinladung sah sie zu Joachim. Ohne Begleitung schickte sich eine Zusage nicht.

Joachim lächelte gewinnend. »Sehr gerne. Wann sollen wir dort sein?«

Sie verabredeten die Uhrzeit und besprachen den Versand der Bilder. Alba kam es surreal vor, nun die Privatanschrift von Rita Hayworth zu kennen und mit dieser illustren Gesellschaft den Abend zu verbringen.

Die Zeit bis zu Joachims Abholung verging viel zu schnell. Alba hatte sich zu lange mit der Abendgarderobe beschäftigt.

Im Titos war sie noch nie gewesen, obschon sie oft darüber gesprochen hatten, es zu besuchen. Seit dem Frühjahr besaß das Restaurant zusätzlich eine Bühne. Bisher war stets etwas dazwischengekommen.

Kurt in Begleitung einer jungen Dame zu sehen, überraschte Alba. Da er sie zu einem offiziellen Essen mitnahm, schien es ernst. Die hellblonde Schönheit hieß Freja, kam aus Dänemark und war die Tochter eines vermögenden Reeders. Alba freute sich für ihn. Zeitgleich erleichterte es sie, da Freja nun in der Gunst von Kurt stand und Lilia offenbar in seinem Leben keine Rolle mehr spielte.

»Ich denke darüber nach, mit Freja nach Dänemark zu ziehen.«

Alba kannte die enge Beziehung zwischen Vater und Sohn. Was bedeutete das für ihre Verbindung? »Du überlegst, oder hast du dich bereits entschieden?« So wie er Freja ansah, glaubte Alba nicht an eine harmlose Liebelei.

Kurt beugte sich zu Alba, damit Freja ihn nicht hören konnte. »Ich mache ihr morgen einen Antrag. Wenn sie Ja sagt, gehe ich mit ihr. Ihr Vater erwartet einen Erben.«

»Du hast eine Leidenschaft für Boote, fürs Meer und eine kaufmännische Ausbildung. Ich wünsche dir ein Jawort und viel Erfolg in Dänemark.« Das wünschte sie ihm aufrichtig. »Dein Vater weiß Bescheid?«

»Ja, seit gestern.« Kurt wandte sich wieder der Musik zu, griff nach Frejas Hand, woraufhin sie ihm ein verliebtes Lächeln schenkte.

Joachim wusste es. Dennoch verschwieg er ihr das bisher. Sein einziges Kind ging fort. Der Sohn, für den er Deutschland verlassen hatte, um auf Mallorca neu anzufangen. Würde er nun sie verlassen? Alba versank in Grübeleien, was ihr den Abend verdarb. Offiziell wusste sie nichts von Kurts Plänen. Sie musste es Joachim überlassen, ihr davon zu berichten. Die Kellner servierten das Abendessen.

Während des Essens erfuhr Alba vom aktuellen Wohnort der Künstler. Errol Flynn hatte die bekannte Villa Moli in Illetas angemietet, um auch Freunde beherbergen zu können. Kurt kannte er aus dem Segelklub, und nun saß sie mit dieser Runde bei einem Festmahl.

Dick Haymes sang *Some Sunday Morning*, das Alba von einem anderen Interpreten kannte. Einer Frau. Alba hatte es im Western *Ein Mann der Tat* gehört, in dem Errol Flynn mitgespielt hatte.

Als hätte der Mann ihre Gedanken erraten, beugte er sich vor. »Die Version von Alexis gefällt mir besser.«

»Lass Dick das nicht hören, sonst verpasst er dir einen Kinnhaken«, warnte Rita Hayworth, was Errol Flynn mit einem donnernden Lachen quittierte, als er an ihr vorbeisah.

Dick Haymes sang noch einige weitere Lieder.

Es kostete Alba Überwindung, den Abend mit Contenance hinter sich zu bringen. Als Joachim sie nach Hause fuhr und harmlos den Abend Revue passieren ließ, platzte es aus Alba heraus. »Kurt geht nach Dänemark.«

»Ich weiß. Ich wollte es dir sagen, sobald es offiziell ist.« Er warf ihr einen entschuldigenden Blick zu. »Es tut mir leid.«

»Das sollte es.« Alba verschränkte die Arme vor der Brust und schwieg.

Nach einigen Minuten der Stille hielt Joachim es nicht länger aus. »Die Galerie läuft schlecht. Die Lieferungen nach San

Francisco darf ich nicht mitrechnen. Hier verkaufen sich deine Gemälde kaum. Die Kunsthandlung ist ein Verlustgeschäft.«

Davon hörte Alba das erste Mal. Natürlich wusste sie, wie wenig sie vor Ort umsetzten. Selbst in ihrem Hotel verkaufte sie mehr, seitdem die Bilder in den Zimmern Preisschilder trugen. »Was ist mit den anderen Künstlern?«

»Verschwindend gering.« Er parkte den Wagen vor dem Las Rosas. »Es war deine Galerie, wäre sie von einem Fremden, hätte ich sie aufgegeben.«

Er hielt sie nur wegen ihr. Aus Zuneigung. Nicht aus wirtschaftlichen Gründen. Das hatte sie nicht geahnt. »Was hältst du von der Idee, deine Hotels zu verkaufen und mit mir zu kommen?«

Nichts. Das war Albas erster Impuls. Der Schock saß zu tief, um ihm zu antworten. Sie wich seinem Blick aus. Kein Wort sagen. Überfordert riss sie die Wagentür auf, stieg aus und schloss sie. Ohne sich umzudrehen, eilte sie ins Hotel.

»Warte. Alba. Bitte. Lass uns reden!« Joachim rannte hinter ihr her. »Ich liebe dich. Es ist nichts entschieden. Ich bitte dich lediglich, über meinen Vorschlag nachzudenken.«

Alba sah ihm für einige Sekunden in die Augen. Dann riss sie sich los und wandte sich ab, ohne ihm eine gute Nacht zu wünschen.

Er ließ sie gehen.

Darüber nachdenken. Wie stellte er sich das vor? Sie hatte Verantwortung, Angestellte. Aber keinen Nachfolger, wie ihr zeitgleich die bittere Erkenntnis kam. Eine zweite Gewissheit traf sie noch härter. An diesem Tag hatte sie Baltasar zugesagt, die Souvenirläden zu eröffnen. Wie ginge es weiter, wenn sie alles veräußerte, um sich um ihr Privatleben zu kümmern?

9

Isabel spielte ihrer Mutter zuliebe die liebende Schwester, dabei hatte Rodrigo sie alle schlecht behandelt. Trotzdem erleichterte es sie natürlich, ihn wohlauf zu wissen. Warum er nach Mallorca gekommen war, entzog sich ihrer Kenntnis. Die ersten beiden Tage verbrachte er im Sommercamp. Dort lernte er Robert und Barbara kennen, mit denen er liebevoll umging, wie ihre Mutter ihr versicherte. Vielleicht bereute er das, was er seiner Familie durch seinen Hass auf die Amerikaner angetan hatte, nur weil eine von ihnen nach Rodrigos schwerem Unfall seinen Stolz verletzt hatte. Zu Beginn schenkte sie ihm den Verletztenbonus, doch den hatte er längst aufgebraucht. Isabels Mutter hatte Christopher und sie darum gebeten, Rodrigo auf dem Weingut Arbeit zu geben.

Aus diesem Grund befand sie sich auf dem Weg ins Sommerlager, um ihre Kinder abzuliefern. Sie wollte Rodrigo alles persönlich zeigen. Ihn herumführen, mit ihm frühstücken und sich wieder annähern. Tía Carla und ihre Mutter halfen Marisol und Gustavo mit den Frühstücksvorbereitungen. Die Kinder deckten selbst den Tisch.

»Buenos días.« Robert rannte zu Pablo. Seit zwei Tagen schienen die beiden unzertrennlich. Isabel freute sich für die Jungs. Cousins sollten zusammenhalten. Das taten sie. Robert hatte ihr erzählt, wie sie in der Nacht zuvor heimlich das Zelt verlassen hatten, um einige Pflaumen zu stehlen. Der Baum stand glücklicherweise nah beim Lager, weswegen Isabel ihn nicht wegen seiner kleinen Nachtwanderung ausschimpfte. Sie mochte Lilias und Marcos Kinder und fand es großartig, wie das Sommerlager jedes Jahr auf dem Hof von Marcos Eltern ablief.

Sie sah sich nach Agata um, die sich um die Jüngsten kümmerte. Vergeblich. »Mamá, kann ich dir Barbara dalassen?«

»Natürlich. Agata ist im Hühnerstall. Die letzten Eier suchen.« Ihre Mutter schnitt Brotscheiben und gab sie in einen Korb. »Warum sie das nicht an die großen Mädchen überträgt, werde ich nie verstehen.«

»Sie fürchtet, sie könnten die Hühner verhexen.« Gustavo hielt wenig von Agatas merkwürdigen Ansichten und trieb seine Scherze, wenn sie mit Bauernweisheiten ankam, die für ihn aus dem 17. Jahrhundert stammten. »Dabei würden sie sich über etwas Abwechslung freuen.«

»Es existiert mehr zwischen Himmel und Erde, als du annimmst.« Isabels Mutter widersprach ihm regelmäßig, was Isabel ihr nach ihrer Erfahrung mit der Seherin Angelica nicht verdenken konnte. Vor Jahren hatte sie ein Gespräch ihrer Eltern belauscht, wo sie über die Vorhersage von Valentinas Tod gesprochen hatten. Schon beim Gedanken daran überzog Isabels Rücken eine Gänsehaut.

»Ihr seid doch alle verschroben. Agata obendrein noch schwerhörig.« Gustavo schnitt Tomaten in Scheiben, gab Olivenöl und Salz darüber und drückte den Teller der einarmigen Camila in die Hand. »¿Verdad? Mi Cielo.«

Das Mädchen blieb ihm eine Antwort schuldig und ging hinaus.

»Ich muss los. Viel Spaß.«

Ihre Mutter sah sie an. »Sei nachsichtig mit ihm.«

»Das kann ich dir nicht versprechen.« Isabel küsste sie auf die Wange und fuhr zurück nach Hause, um zu sehen, wie weit Candela mit dem Frühstück war.

Aromatischer Kaffeeduft empfing sie. Christopher saß am vorbereiteten Tisch und trank seinen Morgenkaffee. Obwohl Isabel etwas zu spät zurückkehrte, fehlte Rodrigo. Acht Uhr vor Ort. So lautete die Vereinbarung. »Na, Hauptsache ich bin pünktlich.«

»Dir auch einen guten Morgen, Darling.« Er schickte ihr einen Kuss durch die Luft. »Er wird bestimmt gleich hier sein.«

Isabel kannte die Großzügigkeit ihres Mannes. Rodrigo gegenüber hielt er Nachsicht. Das hatte er immer getan. Candela reichte ihr einen Kaffee. »Gracias, Candela.« Sie setzte sich zu ihrem Mann. »Ich finde es dreist. Warum muss er unpünktlich kommen? Wenn er sich weiterhin unzuverlässig zeigt, kann er woanders arbeiten.«

»Du grollst ihm wegen der Hochzeit.« Christopher nahm sich ein Brot, bestrich es mit Butter und träufelte den Wiesenhonig aus Julias Anbau darauf. Seit sie vergangenes Jahr dort gewesen waren, gehörte ihr Honig für Christopher zu einem perfekten Frühstück. »Wir beginnen ohne ihn.«

Ihr Mann besaß eine Ruhe, die ihr trotz all der Ehejahre fehlte, vor allem, sobald eine Angelegenheit sie persönlich betraf. Er blieb gelassen. »Gut. Sein Pech.«

Das Klopfen an der Tür unterbrach ihre Unterhaltung. Isabel öffnete und unterdrückte den Satz, den sie auf den Lippen trug. »Buenos días.«

»Guten Morgen, zusammen. Ich habe euch nicht gleich gefunden.«

»Hat dich niemand gebracht?« Isabel sah nur ein Fahrrad am Zaun lehnen. »Komm rein, wir haben bereits angefangen.« Er schien allein hergekommen zu sein, was sie etwas wegen der Verspätung versöhnte.

Er musterte die Innenräume, sagte jedoch kein Wort dazu. So kannte sie ihren Bruder. Schweigsam.

Christopher erhob sich, ging auf ihn zu und reichte ihm die Hand. »Schön, dich zu sehen. Du siehst gut aus.«

»Es wird besser.« Rodrigo zog eine Augenbraue hoch. »Das Leben im Gefängnis zeichnet, das dauert. Trotzdem danke. Auch für die Einladung, mir eure Bodega ansehen zu dürfen.«

Bisher benahm sich Rodrigo, was Isabel verwunderte. Sie traute dem Frieden nicht. Er verabscheute alles, wofür Christopher als Amerikaner stand, warum sollte sich das ändern, nur weil er auf einem anderen Kontinent lebte?

Während des Frühstücks herrschte friedliche Stimmung, dennoch vermochte Isabel sich nicht zu entspannen. Christopher und Rodrigo bestritten die Unterhaltung. Sie verglichen den Weinanbau auf Kuba mit dem auf Mallorca. Kalifornien blieb außen vor. Die Erde war dort nochmals anders. Isabel wunderte sich, wie viel ihr Bruder inzwischen über Wein wusste. Sie hatte damit gerechnet, dass Raymundo das Weinfeld ihrer Mutter bestellte und er nur den Gewinn abholte. »Du hast auf Mamás Feld gearbeitet?«

»Ja, in der Zeit, in der ich untertauchen musste.«

Zwangsweise also, das erklärte sein Wissen. Isabel nahm sich von den aufgeschnittenen Pflaumen, um nichts Boshaftes zu sagen.

»Möchtest du die Kellerei und den Grund ansehen?« Christopher stand auf. »Ich muss sowieso meine Runde drehen.«

»Deshalb bin ich hier. Ich will Mutter nicht auf der Tasche liegen und brauche eigenes Einkommen.«

Geld besaß ihr Bruder. Raymundo würde ihm die Gewinne schicken. Davon könnte er bequem eine Familie ernähren. Isabel überlegte kurz, ob sie die beiden Männer allein gehen lassen sollte, und entschied sich dagegen. »Ich komme mit.«

Christopher ging vor, zeigte ihm die Fässer im betonierten Weinlager, beschrieb, welche Sorten er wie kultivierte, und die neue Etikettiermaschine die ihnen die Arbeit erleichterte. »Theoretisch können wir jedes Design drucken, der Fantasie sind keine Grenzen gesetzt.«

Rodrigo begutachtete die ausgestellten Flaschen schweigend. Isabel vermochte nicht einzuschätzen, ob sie ihm gefielen oder nicht.

»Es ist zwar etwas früh, trotzdem solltest du die Weine kosten.« Christopher wies auf ein stehendes Weinfass. Gläser, die María-Kekse, die sie auf der Messe in Madrid verkostet hatten, lagen in einer Dose, und ein Spuckeimer stand am Fußboden. »Wir begleiten dich selbstverständlich.«

Zum Wein äußerte er sich ebenfalls zögerlich.

»Du magst ihn nicht, richtig?« Isabel kniff die Augen zusammen. Ihr Bruder war nur hier, um seine vorgefertigte Meinung zu verfestigen. Der Rotwein besaß mehr Körper und Aroma als jeder, den ihre Mutter auf der kubanischen Erde hatte anbauen können. Der Boden gab nicht diese Vollmundigkeit her. Mit der Zurückhaltung kritisierte er Christopher.

Ihr Mann verhielt sich souverän, als Rodrigo den Kopf schief legte und den Mund abfällig verzog.

»In der Tat hätte ich Größeres erhofft.« Er nahm einen weiteren Schluck, ließ ihn im Mund kreisen und spuckte ihn aus. »Er ist gut, aber nicht außergewöhnlich. Da hätte ich von einem Kalifornier anderes erwartet.«

»Dir muss er nicht schmecken.« Christopher servierte den reinen Merlot, seinen ganzer Stolz. »Probier den hier.«

Isabel hielt die Luft an. Wenn er den preiswürdigen Dos Amores nicht anerkannte, wollte er Christopher kränken.

»Der ist vollmundig, kräftig und fruchtig im Abgang. Ausgezeichnet.« Rodrigo schwenkte den rubinroten Wein erneut, roch daran und leerte das Glas. Er nickte anerkennend.

Christopher erwies sich weiterhin als nachsichtig. »Dann lasst uns zu den Feldern gehen.«

Die Arbeiter bedurften nicht viel Aufmerksamkeit. Sie kannten ihre Tätigkeit. Der Vorarbeiter, den Christopher aus Kalifornien mitgenommen hatte, zeigte den neuen Helfern geduldig, wie sie was erledigen sollten. Rodrigo sah über die Ebene. »Und was soll ich hier tun?«

»Du könntest die rechte Hand des Vorarbeiters werden.« Christopher las dasselbe in Rodrigos Gesichtsausdruck wie Isabel.

Ablehnung.

»Eine bessere Position bietest du deinem Schwager nicht an?« Rodrigos Freundlichkeitsdepot schien erschöpft.

»Wenn du dich bewiesen hast, findet sich eine verantwortungsvollere Stelle. Für den Beginn kann ich dir nicht mehr anbieten.« Nun war es auch mit seiner Contenance vorüber. »Nimm das Angebot an, oder lass es.«

Er sah von Isabel zu Christopher. »Ihr spielt die Feudalherren, aber die eigene Familie soll sich abrackern.« Er hob die Hand. »Ich verzichte.«

»Du findest allein zurück.« Christopher ließ ihn stehen. »Die Feudalherren haben hier noch zu tun.«

Isabel sah ihrem Bruder nach. Sie konnte die übergroße Wut beinahe greifen. Was bildete er sich ein? Sie selbst arbeitete auf dem Feld. Mit Kind. Nur weil sie es finanziell nicht müssten, bedeutete das keineswegs, dass sie ausschließlich andere für sich arbeiten ließen. Sie ballte eine Faust.

»Er kann nicht aus seiner Haut.« Christopher ging zum Vorarbeiter, um einige Dinge zu besprechen.

Isabel eilte hinter Rodrigo her. »Nur weil du zwei Jahre älter bist, erlaube ich dir nicht, mich so zu behandeln.«

Rodrigo blieb stehen. »Was willst du?«

»Du bist ein arroganter Mistkerl.« Sie stemmte die Hände in die Hüften. »Darum erträgt dich keine Frau. Niemand hält es mit dir aus. Du tust dir selbst leid. Und mir auch.«

»Bist du mir deshalb hinterhergelaufen?« Er funkelte sie zornig an.

Sie hielt dem Blick stand. »Irgendeiner muss es dir ja sagen. Mamá würde es niemals tun. Sie ist glücklich, dass du nun hier bist. Außer Gefahr. Aber ich muss mich nicht zurückhalten. Wage es nie wieder, so mit mir oder meinem Mann zu sprechen! Sonst waren es die letzten Worte, die wir miteinander gewechselt haben. Verstanden!«

»Du schreist ja laut genug.« Sie starrten sich an. »War es das?«

»Ja, das war's. Von mir aus kannst du nun gehen.«

»Zu gütig.« Er drehte sich um und schlenderte davon. Das hinkende Bein fiel kaum noch auf.

Am liebsten hätte sie ihm einen Erdklumpen nachgeworfen. Sie unterdrückte diesen Impuls jedoch, als zweifache Mutter. Da warf man dem Bruder keinen Dreck hinterher. Ihm zu sagen, was sie von ihm hielt, erleichterte den Druck, den sie den ganzen Morgen über in ihrem Inneren gespürt hatte. Für sie war der Streit wie ein reinigendes Gewitter. Die Wolken verzogen sich. Was nun käme, läge an ihm.

Isabel folgte Rodrigo zum Wohnhaus. Immer bedacht auf genügend Abstand. Anschließend half sie Candela mit dem Mittagessen. Ihr Magen knurrte, weil sie zu wenig gefrühstückt hatte. Am frühen Nachmittag brachen sie nach Palma auf. Wenigstens der Rest vom Tag versprach vergnüglich zu werden.

Die Stierkampfarena wirkte sehr beeindruckend mit den verschiedenen Rängen. Xisca hatte Christopher und sie überredet mitzukommen. Isabel konnte sich unter Stierkampf nicht viel vorstellen. Natürlich kannte sie die herrlichen Plakate der Toreros in ihrer extravaganten Kleidung und wusste, dass der Stier dabei getötet wurde.

»Hier vibriert die Luft.« Xisca setzte sich neben Isabel. »Eine aufregende Stimmung.«

Da stimmte ihr Isabel zu. Die runde Arena war mit Sand gefüllt, ringsum befand sich eine bemalte hölzerne Wand vor der rot getäfelten Absperrung der Arena und dem Zuschauerbereich. Dazwischen verlief ein schmaler Gang, in dem sich in Eingangsnähe ein paar Menschen aufhielten. Isabel zählte vier Eingänge zum Innenbereich. Sie saßen direkt neben dem Haupteingang, an dem der Stier eingelassen wurde. Zumindest hatte das der Einlasser gesagt, als er sie in den Pressebereich schickte.

»Siehst du die Abtrennung?« Xisca zeigte auf die kleinen Schutzwälle. »Man nennt sie Burladeros. Der Torero kann sich dahinter vor dem Stier schützen.«

»Dann ist es kein offener Kampf.« Das Tier konnte sich nirgendwo verstecken. Die Holzabtrennung trug den Namen zurecht. Der Torero verspottete den Stier, indem er sich vor ihm verbarg.

»Das ist es sowieso nicht.«

Die Veranstaltung begann mit dem Einzug der Beteiligten. Eine Musikkapelle begleitete die Vorstellung. Applaus brandete auf, als die vier Matadore mit ihrem Gefolge die Arena betraten. Die Picadores saßen hoch zu Ross, die Pferde geschützt, die mit Fahnen und Federn geschmückten Lanzen im Anschlag. Jedem Torero folgten drei Banderilleros mit bunten Tüchern, die sie im Takt der Musik schwenkten. Nachdem sie sich gebührend hatten feiern lassen, verließen sie die Arena.

»Jetzt kommt der Stier.« Xisca rutschte aufgeregt auf ihrem Platz herum. »Hoffentlich bekomme ich gute Fotos. Bei bewegten Zielen muss ich dicht heran.«

Isabel wies auf den schmalen Gang zwischen Tribüne und Kampfarena. »Du solltest da runter, um hin- und herzulaufen.«

Christopher verneinte. »Das ist mit Sicherheit verboten.«

Xisca warf Isabel einen verschwörerischen Blick zu.

Ein Torero betrat die Szenerie. Er ging in die Mitte und kniete sich nieder. Die Capote lag über dem Degen. Beides ruhte auf seinem Knie.

Xisca schoss ein paar Aufnahmen.

Der Stier lief in die Arena. Applaus brandete auf. Ein schönes Tier. Edel, den Kopf hoch erhoben. Er zeigte sich stolz den

Zuschauern, so wirkte es auf Isabel. Dazu nervös. Er kam auf den Torero zu. Der hob das purpurrote Tuch vor sich, was das Tier abdrehen ließ.

Die Banderilleros traten ein, beschäftigten den Stier, bis sich die einreitenden Picaderos positionierten. Der Prachtkerl hielt auf die Picaderos zu. Die leiteten ihn an sich vorüber und verletzten ihn mit ihren Lanzen im Nackenbereich. Immer wieder. Blut rann über das Fell, tropfte zu Boden. Es folgten die Banderilleros. Sie schwenkten ihre Capotes, lenkten den Stier an sich vorbei und steckten ihm mit Widerhaken versehene bunte Speere in den Nacken, bevor sie sich aus der Angriffsrichtung hinter einem Burlador retteten. Auch der Matador versetzte ihm diese Speere. Ein ungleicher Kampf. Das Tier schien müde. Es lief noch, doch der Kopf hing fast zu Boden. Die stolze Erscheinung gebrochen wie ein absichtlich an die Wand geworfener Handspiegel. Damit herrschte für Isabel ein deutliches Ungleichgewicht. »Das ist grausam.«

Xisca sprang auf, ihre Kamera in der linken Hand, kletterte über die Absperrung und hüpfte in den unter ihr liegenden mit mehreren Menschen gefüllten Gang. Sie huschte näher zum Stier, dem sich nun der Torero näherte. Hektik brach los in dem schmalen Gang. Xisca schien unberührt davon. In der Arena ließ sich niemand ablenken. Auch die Besucher hielten ihren Blick fest auf das Finale gerichtet.

Für einen Augenblick wirkte es, als würden sie umeinander tanzen. Der Matador tänzelte elegant seitlich am Tier vorbei, berührte ihn im Nacken mit der bloßen Hand. Testete die Reaktion. Anschließend stolzierte er an die Tribüne, nahm seine Montera ab und ging auf eine junge Frau zu, die ihn anstrahlte. Er warf ihr den Hut wie einen Brautstrauß zu. Sie fing ihn und reckte ihn in die Höhe. Die Zuschauer erhoben sich und applaudierten.

Der Matador kehrte in die Mitte der Arena zurück, drehte sich einmal um die eigene Achse, hob die Muleta und schwenkte das feuerrote Tuch, um den Stier zu reizen. Der griff an, lief ins Leere. Wie jeder weitere Angriff. Die Kapelle spielte einen Paso Doble, was die Szenerie noch mehr wie einen Tanz zwischen Tier und Mensch wirken ließ. Ein tödliches Tanzvergnügen. Der Degen begleitete die Muleta. Der Stier stellte den Kampf ein. Eine letzte Attacke, der Torero senkte die Muleta und drückte den Kopf des Bullen gezielt nach unten, holte aus und rammte dem Tier seinen langen Degen tief in den Nacken. Er blieb stecken. Die Banderilleros eilten herbei, reizten ihn mit ihren Tüchern. Der Stier schüttelte den Kopf, vergrößerte damit die Verletzungen, bis er erschöpft zu Boden sank. Ein Banderillero erlöste ihn mit einem Dolchstoß ins Genick.

Das inzwischen wieder sitzende Publikum schenkte dem Torero eine Ovation. Der Kampf war vorüber, der Stier hatte verloren, und Isabel war übel. Sie hatte genug gesehen.

Christopher zeigte zu Xisca, die weiterfotografierte. »Sie ist unglaublich.« Zwei Männer redeten vergeblich auf sie ein. Xisca drückte sich an ihnen vorbei, um aus einer anderen Perspektive Bilder zu machen. »Sie werden sie aus der Stierkampfarena werfen.«

Isabel grinste. Das wäre Xisca die Aufnahmen wert. Und sie könnte ihren Einsatz und Rauswurf in einem Artikel verwenden. »Und wenn schon. Lass uns gehen.«

Die Kerle folgten Xisca, griffen sie unter den Armen und trugen sie zum Ausgang. Christophers Mutmaßung bewahrheitete sich. Sie warfen Xisca hinaus.

»Wir finden sie draußen.« Christopher bot ihr die Hand an und führte sie durch die noch applaudierende Zuschauermenge auf den Vorhof.

Fünfzig Meter weiter entdeckte Christopher die fluchende Xisca. Sie gingen auf sie zu.

»Es tut mir leid. Nun habe ich euch das Spektakel verdorben.«

»Im Gegenteil. Ich mag den Stierkampf nicht.« Isabels Magen beruhigte sich langsam. »Hat schon jemals ein Stier gewonnen?«

»Ja, es gibt aber nur wenige, die begnadigt werden.« Xisca schoss einige Außenaufnahmen. »Der wird dann später geschlachtet. Er verliert immer.«

»Warum steht ihr draußen herum?«

Diese Stimme erkannte Isabel, ohne sich umzudrehen. Olivia Davis. Wie schrecklich konnte der Tag noch werden? »Wir gehen lieber in den Celler nach Inca, bis wir Barbara aus dem Sommerlager abholen.«

»Dir gefällt es nicht?« Olivia zog gekünstelt erstaunt die Augenbrauen hoch. »Dabei warst du beim Rodeo früher doch vorn dabei.«

Christopher küsste Olivia zur Begrüßung auf die Wangen, was Isabel sich schenkte. »Es kann nicht jedem gefallen. Ich wollte es mir ansehen, weil ich in Spanien lebe. Das ist ein blutiges Spektakel.«

»Blutig?« Olivia sah ihren Mann überrascht an. »Cariño?«

»Der Stier wird getötet, das geht nicht ohne Blutvergießen.«

Christopher begrüßte den Anwalt mit einem Handschlag. »So ist es. Olivia kann kein Blut sehen. Sie wurde ohnmächtig, als sie sich die Hand verletzte und das Blut sah.«

Ob das tatsächlich so war, oder ob sie das Christopher gegenüber nur vorgegeben hatte, um seine volle Aufmerksamkeit zu erlangen, konnte Isabel nicht einschätzen. Der Gedanke an eine Ohnmacht zwischen den Zuschauern gefiel ihr. »Vielleicht solltet ihr auch lieber einen Weinkeller besuchen und den Tag unblutig genießen.«

»Ich bin ja bei dir.« Ihr Mann bot Olivia den Arm an. Sie hängte sich ein, drückte den Rücken durch und setzte eine unbeteiligte Miene auf.

»Eben.« Olivia neigte den Kopf. »Lass uns hineingehen. Diese Toreros sehen todschick aus.«

»Viel Vergnügen.« Isabels Wunsch würde zumindest bei Olivia nicht in Erfüllung gehen. »Wir müssen los.«

Xisca sah den beiden hinterher. »Ein merkwürdiges Paar. Er ein typischer Mallorquiner. Ruhig. Familiär. Gediegen.«

»Du meinst langweilig.« Isabel lachte bei der Beschreibung.

»Ja. Und sie? Eine überspannte Frau aus reichem Hause mit Flausen im Kopf.« Xisca hob die Augenbrauen. »Wo die Liebe hinfällt.«

Ob Olivias Entscheidung viel mit Liebe zu tun hatte, wagte Isabel zu bezweifeln. Sie wartete wie eine Schlange vor dem Kaninchenbau auf ihre Beute. Und die hieß Christopher.

»Lasst uns fahren. Du wolltest den Keller schon lange besichtigen.« Isabel hakte sich bei Christopher unter. »Ich hoffe, deine Aktion hat sich gelohnt. Ich bin rasend gespannt auf die Fotos.«

Xisca kicherte. »Du hättest mich nicht auf die Idee bringen dürfen.«

Sie erreichten den Wagen.

»Dann ist es also meine Schuld, dass sie dich hinausgeworfen haben?« Isabel ließ ihre Freundin einsteigen und setzte sich auf den Beifahrersitz.

»Einer muss schuldig sein.« Xisca verstaute ihre Kamera. »Das werden tolle Bilder.«

Isabel freute sich auf den Artikel. Und auf ein Glas Wein.

Die Fahrt nach Inca verlief in fröhlichem Plaudern. Vor dem sandsteinfarbenen Gebäude parkten sie. Im Gastraum standen riesige Weinfässer. Es roch nach Wein und Essen. An drei Holzfässern waren Hähne zum Abzapfen angebracht. Ein Arbeiter befüllte eine Glasflasche und ging zum gut besuchten Tresen. Die Gäste aßen dort und tranken. Isabel zog einen der Holztische vor. Blank und verkratzt zierten ihn einige Brotkrümel.

Xisca wischte sie fort. »Obwohl ich zu Mittag gegessen habe, machen mir die Gerüche Appetit.«

»Ich will in erster Linie den Wein verkosten.« Christopher begutachtete die Fässer. »Fangen wir mit Weißwein an.«

»Einverstanden.«

»Etwas Käse und Brot dazu?«

Der Wirt schlurfte an ihren Tisch und nahm die Bestellung auf. Isabel bestellte zusätzlich Tomaten.

Der servierte Weißwein besaß zu viel Säure. Christopher ließ ihn stehen und bat um eine Runde des Crianzas. »Als Tafelwein trinkbar. Er reicht an unsere nicht heran.« Nun ärgerte sich Isabel noch mehr über die mangelnde Anerkennung ihres Bruders.

Xisca sprach dem Wein ebenso zu wie dem Käse. »Ich mag ihn.«

Christopher orderte den Reserva. »Wenn der auch nicht besser ist, können wir die Preise erhöhen.«

Xisca kostete den Reserva des Callets. »Lecker.«

»Mehr muss ein Wein für den Gast nicht sein.« Isabel trank ebenfalls. »Gut ausgebaut. Fruchtig, aromatisch, kräftig.«

»Warum bietet ihr keine Catas an?« Xisca schnappte sich eine Käseecke. »Käse und Schinken, Tomaten und Oliven als Tapas, und eure Weinverkäufe steigen. Dazu werdet ihr bekannter.« Sie zeigte zum Wirt. »Ripoll schaltet regelmäßig Anzeigen in unserer Zeitung.«

Christophers Mund umspielte ein Lächeln. »Großartige Idee.«

»Auf dem Land? Wer sollte sich zu uns verirren?« Alba kam ihr in den Sinn. »Alba organisiert für ihre Hotelgäste gerne Neues. Ein Tagesausflug zu einer Cata bei uns wäre doch eine Abwechslung.«

»Fragen kostet nichts.« Xisca leerte ihr Glas und rieb eine Tomatenhälfte auf ihr Brot.

Christopher übernahm die Rechnung. »Der Besuch hat sich definitiv gelohnt. Lasst uns nachsehen, was unsere Kinder anstellen.«

Auf dem Hof ging es hoch her. Alle Grüppchen trafen zum Abendessen zusammen. Barbara flitzte auf Isabel zu. Robert schien noch beleidigt zu sein, weil sie ihn nicht zum Stierkampf mitgenommen hatten. Zumindest blieb er bei Pablo und fand offenbar die Ziegen im Stall weit interessanter als ihre Ankunft. Agata sah auf, entdeckte Xisca und winkte ihr. »María, deine Mamá ist hier.«

»Muss ich zurück?« Mit erschrockener Miene blickte sie von Agata zu ihrer Mutter.

»Nein, du darfst bleiben. Ich bringe dir nur frische Sachen.« Xisca reichte ihrer Tochter die Hand. »Zeigst du mir dein Zelt? Dann tauschen wir die Wäsche.«

María zog mit ihr davon.

Isabel schlenderte zu Lilia hinüber. Sie stand am Ziegenstall. »¿Hola, qué tal?«

»Sehr gut, danke.« Isabel lehnte sich ans Gatter und betrachtete die Jungs. »Die verstehen sich richtig gut.«

»Ja, Paulino spielt sich als Anführer auf und verpasst Robert ab und zu eine, wie ich beobachtet habe, aber dein Sohn lässt sich nichts gefallen.« Sie sah sich um. »Hast du Marco gesehen?«

»Er redet mit Christopher, drüben bei den Tischen.« Isabel sah zu Barbara. »Magst du mit nach Hause kommen oder lieber hierbleiben?«

»Bleiben.« Sie zeigte auf zwei Mädchen in ihrem Alter. »Wir spielen Prinzessin.«

Sie küsste ihre Kleine auf den Kopf. »Ich bin deine Hofdame.«

Lilia lachte.

»Was hältst du davon, wenn ihr heute zum Abendessen mit zu uns kommt? Wir könnten einen Erwachsenenabend einlegen.«

»Hört sich gut an.« Lilia zeigte zu ihrem Mann. »Solange Marco nichts anderes vorhat.«

Isabel ging hinüber. Xisca stand bei ihnen. »Ich habe eben Marco und Lilia zum Essen eingeladen. Möchtest du auch kommen?«

»Wir haben doch Zeit, oder?« Lilia sah Marco flehend an, was Isabel freute. Langsam legte sie die Scheu der letzten

Jahre ab. Es schien sich eine Freundschaft zwischen ihnen zu entwickeln.

»Lieb von euch. Ich fahre zu Tamara, die ist bei uns zu Hause. Wobei? Rodrigo ist da. Die beiden scheinen Gefallen aneinander zu finden.«

»Bleibt sie auf Mallorca?« Isabel überraschte diese Aussage sehr. Ihr Bruder interessierte sich für eine Frau? Das war etwas ganz Neues.

»Sie fliegt übermorgen zurück. Ihr Vater wird sechzig, da muss sie anwesend sein.« Xisca seufzte. »Es würde sowieso nicht gut gehen. Ihr Vater erwartet einen jüdischen Ehemann. Er hat den Sohn eines Geschäftspartners ins Auge gefasst.«

Eine arrangierte Ehe konnte sich Isabel kaum vorstellen. »Tamara darf nicht selbst entscheiden?«

»Wir haben das Thema umschifft. Sie wollte nicht darüber reden.« Xisca überlegte. »Ich sollte den beiden einen gemeinsamen Abend gönnen.«

Isabel lachte, hakte sich bei Xisca ein und schlenderte mit ihr in Richtung Autos. »Du spielst Amor?«

Die passende Frau würde Rodrigo zur Ruhe bringen. Und nicht nur ihn. Ihre Mutter sorgte sich weiterhin um ihn.

Isabel ging zu ihr hinüber, um sich zu verabschieden.

»Kommst du morgen mit? Wir besuchen Julia. Zu Fuß.«

»Das trifft sich ausgezeichnet. Ich brauche Nachschub.« Isabel küsste ihre Mutter zum Abschied auf die Wangen.

»Sieben Uhr. Wir wollen den Weg in den Morgenstunden gehen.« Antonia winkte ihr hinterher.

Auf der Fahrt nach Sencelles überlegte Isabel, ob sie fünf Leute überhaupt verköstigen konnte. Mit etwas Glück war Candela noch dort. Bei ihrer Ankunft hörte sie ihre

Haushälterin in der Küche singen. Das tat sie oft. Wenn sie sich alleine glaubte, drehte sie das Radio auf und sang.

»Möchtet ihr die neue Etikettiermaschine sehen?« Christophers ganzer Stolz. Sie druckte hervorragende Qualität. Marco und Lilia stimmten zu.

Xisca betrat mit Isabel das Haus. »Ich gehe dir beim Essenmachen zur Hand.«

»Von wegen. Du erholst dich auf der Veranda. Ich bringe dir ein Glas Wein.« Isabel ließ ihre Besucher nicht helfen. Das stand außer Frage.

Xisca sank in einen Schaukelstuhl. »Dann spiele ich eben Gast.«

Isabel lachte. Um Candela nicht zu erschrecken, drehte Isabel die Lautstärke zurück. Trotzdem fuhr Candela herum. »Oh, Perdón. Buenas tardes, Doña Isabel.«

»Buenas tardes, Candela. Mir tut es leid, dich zu stören.« Sie ging zum Kühlschrank und warf einen Blick hinein. »Ich habe drei Freunde mitgebracht, hast du Zeit zu bleiben?«

Das Mädchen zögerte. »Ja. Natürlich.«

Isabel erkannte die Not ihrer Haushälterin. »Du hast andere Pläne, und deine Arbeitszeit ist zu Ende. Das ist in Ordnung.«

»Ich wollte für meine Mutter kochen. Sie fühlt sich nicht wohl.« Candela trocknete sich die Hände ab. »Das kann warten.«

Isabel überlegte. »Warum kochst du hier nicht für alle und nimmst etwas für euch mit? Damit erledigst du zwei Dinge auf einmal.« Isabel trat neben sie. »Was könnten wir denn zaubern?«

»Für sieben Personen?« Sie sah Isabel mit bedauernder Miene an. »Da ist die Auswahl begrenzt.«

»Dann gibt es eben, was es gibt. Es geht ja um die Gesellschaft. Haben wir Zutaten für eine große Tortilla?«

»Sí, Doña Isabel. Für eine Gazpacho reicht es ebenfalls.« Candela nahm Eier aus dem Vorratsschrank. »Ich habe gebratene Chorizo für Sie vorbereitet. Würste sind auch da. Wenn Sie erlauben, brate ich daraus einen Arroz con Costra.« Das Mädchen lächelte wehmütig. »Ein Gericht meiner Heimat.«

»Eine valenzianische Speise? Wunderbar.« Isabel goss für Xisca ein Glas Wein ein. »Was muss ich tun?«

Routiniert arbeiteten sie in der Küche, nachdem Isabel den Wein nach draußen gebracht hatte. Gemeinsam schritt die Arbeit schnell voran. Christopher betrat den Raum. »Kann ich behilflich sein?«

»Serviere bitte den Wein.« Isabel rührte die Masse für die Tortilla zusammen.

»Längst erledigt.« Er stellte für Isabel ein Glas Rotwein auf den Küchentresen.

»Doña Isabel, ich komme hier nun zurecht.« Candela zeigte auf die fertige Gazpacho in der Suppenterrine. »Fangen Sie doch bitte an. Ich bringe gleich die Tortilla. Das Reisgericht benötigt noch eine halbe Stunde.«

Isabel servierte die kalte Gemüsesuppe. »Habt ihr Christophers neue Errungenschaft gebührend gewürdigt?« Sie warf Lilia einen amüsierten Blick zu.

»Das haben wir. Dein Mann hat angeboten, unsere Etiketten bei euch zum Selbstkostenpreis drucken zu lassen.« Lilia reichte ihr den Suppenteller. »Ich bespreche das morgen mit meinem Vater.«

Isabel kannte die Problematik. Sie hatte vom alten Familienzwist erfahren, doch der gehörte der Vergangenheit an. Die junge Generation hielt das Ruder in der Hand. Und sie segelten auf dem gleichen Boot.

Der Abend verlief amüsant und festigte das Verhältnis zwischen ihnen. Das von Candela servierte Reisgericht konnte man deftige Hausmannskost nennen. Es schmeckte und sättigte. Isabel schenkte ihrem Hausmädchen einen herzlichen Dankesgruß, und ihren Gästen schenkte sie nach. Spätabends drängten sie nach Hause.

»Es war ein herrlicher Abend.« Christopher half Isabel beim Abräumen. »Deine Idee, sie einzuladen, war großartig. Das sollten wir öfter tun.«

»Da du sogar mithilfst, sehe ich keinen Grund, das nicht bald zu wiederholen.« Sie zeigte auf das Geschirr. »Das überlasse ich Candela. Dafür bereite ich Frühstück vor, ich muss morgen zeitig im Sommerlager sein.«

Nach einer reichlich kurzen Nacht stand Isabel pünktlich auf dem Hof der Gamundis. Einige Mädchen zogen es vor, an ihren Körben weiterzuflechten. Drei ältere Jungs wollten lieber mit Julián ausreiten. Der Rest der Truppe marschierte bei strahlender Morgensonne los. Isabel, Carla und Antonia bestritten die Aufsicht. Pablo und Robert steckten wieder verschwörerisch die Köpfe zusammen, als sie an einer Trockensteinmauer entlanggingen. Schafe suchten nach den letzten Grashalmen oder lagen im Schatten. Paulino ließ sich zurückfallen, brach einen Ast ab und spielte mit Patricio Degenfechten. »Gut, dass die Babys unter sich sind«, hörte Isabel Paulino sagen. »Die heulen immer gleich.« Seine Stimme klang trotzig.

Isabel wollte sich nicht einmischen. Die Sommerlager waren perfekt für die Jungs, um sich sozial weiterzuentwickeln.

Isabel kannte die Namen der anderen Kinder nicht. Es hatte etwas von einem Schulausflug. Drei schüchterne Niñas kicherten, als zwei halbwüchsige Knirpse sie an den Zöpfen zogen. Camila schlug nach dem Bengel mit der linken Hand, erwischte einen, der lachend davonstob. Eine harmlose Neckerei, die sie nicht unterband. Antonia und Carla sahen ebenso wenig die Notwenigkeit einzuschreiten. Isabel beeindruckte es, wie das Mädchen mit ihrer Behinderung umging. Ihre Schwester Rosa trug schwerer daran. Auch an diesem Tag legte sie ihre Ernsthaftigkeit nicht ab.

Die Route über die Feldwege zog sich hin. Isabel war froh, Barbara bei Agata und den ganz Kleinen gelassen zu haben. Sonst müsste Isabel sie nun tragen. Alle anderen meisterten die Strecke problemlos. Die Niñas blieben auf dem Pfad, die Jungs kletterten über Zäune, nahmen den Weg durch die Felder, rannten jedoch folgsam zurück, sobald Antonia durch die Finger pfiff.

Knapp zwei Stunden benötigten sie für die Strecke vom Hof der Gamundis nach Biniamar. Die Finca mit der angeschlossenen Imkerei lag etwas außerhalb. Isabel kannte den Weg und fand ihn zu Fuß selbst aus einer anderen Richtung. »Ihr wartet hier, einverstanden? Wir wollen die Bienen nicht erschrecken.«

»Eher das Imker-Paar«, scherzte Antonia, die mit Carla die Gruppe vor dem Eingang zur Finca versammelte.

Isabel öffnete das Holzgatter und ging den Weg zum Wohnhaus entlang. »Julia? Wir sind hier!«

»Das höre ich.« Julia trat aus dem Haus. »Die Rasselbande ist nicht zu überhören. Bei den Bienenstöcken müssen sie ruhig sein.«

»Du bringst sie schon zum Schweigen, wenn du in deinem Imkeraufzug auftauchst.« Daran hegte Isabel keine Zweifel.

»Das hoffe ich. Warne sie trotzdem vor. Sonst ist das Geheule groß.« Sie zeigt nach innen. »Ich hole Tito. Heute ist er dran. Ich schmiere inzwischen die Honigbrote.«

»Ich nehme drei Gläser mit. Christopher ist verrückt nach eurem Blütenhonig.« Isabel ging zurück zur Gruppe. »Wir können reinkommen. Ihr müsst aber mucksmäuschenstill sein. Die Bienen spüren eure Anwesenheit, und ihr wollt doch nicht gestochen werden, richtig?«

Allgemeines Kopfschütteln. Sie schienen den Ernst der Lage zu verstehen. »So ist es gut.«

Antonia sah beeindruckt zu Isabel. Sie quittierte das stumme Kompliment ihrer Mutter mit hochschnellenden Augenbrauen.

»Lasst uns langsam gehen. Kein Toben, kein Raufen. Verstanden?« Carla sprach leise. Die Ruhe übertrug sich auf die Kinder.

Tito trat aus dem Haus. Er trug dicke Kleidung und eine Art Strohhut mit Brautschleier. Isabel kannte den Anblick. Die Mädchen erstarrten. Paulino kicherte. »Ruhe!«

Augenblicklich verstummte er. Robert griff nach Isabels Hand. Da Pablo verloren neben ihm stand, reichte sie dem Jungen ihre andere. Er ergriff sie.

Gemächlichen Schrittes folgten sie Tito zu den Bienenstöcken. Er hob die Hand. »Nicht weiter. Ich beruhige die Bienen, dann könnt ihr näher kommen. Erst befülle ich das hier mit Stroh.« In der Hand hielt er eine Art Blechkanne mit trichterförmiger Nase und einem Blasebalg. Tito zündete das Stroh an, packte Rindenstücke dazu und setzte den Trichter auf. Rauch stieg aus der schmalen Trichternase. »Den Rauch kann ich mit dem Blasebalg gut verteilen.« Er drückte ihn und nebelte den Stock ein. »Nun denken die Bienen, es brennt, sie fressen sich die Mägen voll, um auf ihrer Flucht nicht zu hungern. Die Zeit nutzen wir, um nachzusehen, wie weit der Honig ist.« Er winkte sie zu sich. »Ihr könnt euch nähern. Aber vorsichtig. Sollte sich doch eine Biene zu euch verirren, auf keinen Fall daraufschlagen. Dann sticht sie. Versucht, sie mit einem Pusten zu verscheuchen. Verstanden? Wer Angst hat, bleibt dort, wo er ist. Ein Bienenstich tut zwar weh, ist jedoch harmlos.«

Etwa ein Drittel der Kindergruppe blieb zurück. Pablo und Robert zogen Isabel nach vorn. Sie warteten in vier Metern Abstand zu den Stöcken. Das Summen der Bienen hörte man nun deutlich.

Tito holte eine Wabe heraus und kam zu ihnen. Die Bienen verhielten sich ruhig. Die von einem Holzrahmen umfasste Honigwabe roch süß. Klebrig gelber Nektar füllte die unzähligen kleinen achteckigen Kammern. »So sieht das Zuhause von Bienen aus. Sie fliegen auf die Felder, bestäuben die Blumen, sammeln den Nektar und legen ihn in die Waben als Vorrat. Wenn der Speicher voll ist, hole ich ihn, leere ihn und mache daraus den Honig, den ihr nachher probieren dürft.«

»Das ist gemein.« Ein Junge neben Paulino zog die Augenbrauen dicht zusammen. »Sie arbeiten und haben nichts davon.«

»Falsch. Ich gebe ihnen hier ein sicheres Zuhause.« Tito gab die Wabe zurück in den Stock. Die Bienen agierten munterer, als er sie hineingab. »Keine Angst. Sie beruhigen sich gleich wieder.«

Das taten sie. Eine Biene verirrte sich zu Pablo. »Nicht bewegen.« Robert versteckte sich hinter Isabel. »Sobald sie sich hinsetzt, puste ich sie fort.«

Pablo zappelte herum. Isabel legte ihm ermutigend die Hand auf die Schulter. »Ruhig.« Die Biene setzte sich an Pablos Hals. Als Isabel sie fortblasen wollte, schlug Pablo fest auf die Stelle. Augenblicklich schrie er auf. »Ich hatte doch gesagt, ich puste sie weg. Das hast du nun davon.«

»Es hat sosehr gekitzelt.«

Isabel entfernte die sterbende Biene und überprüfte, ob der Stachel noch steckte. »Halte still.« Sie zog ihn aus der Haut. »Das wirst du nun eine Weile spüren.«

Paulino lachte, was ihm einen Klaps von Carla einbrachte. Sofort herrschte Ruhe.

»Geht ins Haus.« Tito zeigte zur nach oben führenden Treppe. Auf der Veranda wartete Julia.

»Was ist geschehen? Hat eine gestochen?«

»Ja.«

»Ich hole eine Salbe.«

Der Junge weinte, japste nach Luft.

Isabel nahm Pablo auf den Arm. »Die Salbe hilft dir. Bald tut es nicht mehr weh.« Sie wiegte ihn hin und her, bis sie merkte, dass etwas nicht stimmte. Pablo schnappte keineswegs nach Luft wegen des Weinens. Vielmehr schien er Probleme mit dem Atmen zu haben. Seine Lippen schwollen an, ein Röcheln drang aus seiner Kehle. »Was ist mit dir?«

Tito kam auf sie zugerannt. Er riss sich den Hut mit dem Netz vom Kopf. »Mund auf!«

Pablo öffnete den Mund. Die aufgeschwollene Zunge sah schrecklich aus. Panik ergriff Isabel. »Wir brauchen einen Arzt! Schnell!«

10

Lilia nahm sich ein Glas, ging zum Weinfass und goss sich vom Cabernet Sauvignon ein. Sie liebte diesen Moment. Die letzte Probe des Reservas hatte sie vor zwei Wochen genommen, und nun bewahrheitete sich, ob man den Rückschnitt, zu dem sie sich damals entschlossen hatte, spürbar schmeckte. Entsprechend dem Geschmack wollte sie ihn benennen. Bisher besaß er keinen Namen.

Eine Flasche von Isabels Dos Pájaros stand geöffnet auf dem Tisch. Sie roch daran und vermochte die Qualität nicht durch das Aroma einzuschätzen. Der muffige Geruch der alten Mauern überlagerte den Weingeruch. Mit Bauchschmerzen entdeckte sie statt der satten rubinroten Farbe einen drückenden Grauschleier. Kaum sichtbar. Aber dennoch vorhanden. Lilia nahm einen Schluck, ließ ihn über die Zunge in den Gaumen rollen, schob ihn im Mund hin und her. »Mierda!« Sie spuckte ihn aus. »Warum? Es ergibt keinen Sinn!« Verärgert starrte sie auf den Dos Pájaros der Nachbarbodega. Sie hatte das gleiche Verfahren angewandt. Die Stöcke steckten in derselben Erde. Es ging ihr nicht in den Kopf, weswegen dieser eigenwillige Geschmack, den sie nicht einordnen konnte, auch bei längerer Fassreife noch immer präsent war. Dabei hatte sie die Eichenfässer vor der Befüllung gründlich reinigen lassen. Der neue Dorfküfer hatte seinen Gesellen geschickt, einen kleinen, schmächtigen Mann, der durch die Luke geklettert war. Erst hatte er die Holzfässer im trockenen Zustand geschrubbt, um den Weinstein zu beseitigen. Anschließend mit kaltem Wasser gespült, dann mit kochendem. Zuletzt wieder mit kaltem. Der Küfergeselle hatte vorgeschlagen, die alten Bottiche auszubrennen, um sie in bestmöglichem Zustand zu übergeben.

Lilia hatte abgelehnt.

Ein Fehler.

Zwölf Fässer Cabernet Sauvignon, Prensal Blanc und Marcos Mantonegro lagerten in der Bodega. Lilia graute davor, das Ergebnis der anderen Weine zu kosten. Dieser Rückschlag spielte ihrem Vater in die Karten. Mit bleiernem Herzen begab sie sich auf den schweren Gang. Der Prensal Blanc konnte verkauft werden. Den Mantonegro musste sie wie den Cabernet entsorgen. Wie sollte sie das Marco erklären? Es war ihre Entscheidung gewesen; entgegen dem Hinweis des Küfers. Der Wein hatte in die Fässer gemusst, fürs Ausbrennen war keine Zeit geblieben.

Sechs von zehn Weinfässern blieben ihr. Vier ließ sie ab. Der Raum war vom Weingeruch geschwängert.

»Was, zum Teufel, tust du?«

Ihr Vater hatte die Bodega unbemerkt betreten.

»Die Fässer sind schlecht.« Lilia versteckte die Cabernet-Flasche der Nachbar-Bodega hinter einem Spuckeimer.

»Es war noch Schimmel darin?« Leo hielt ein Glas in den laufenden Rotweinstrom, der über einen Ablauf in die Erde abseits des Weinfelds transportiert wurde. Er sah die getrübte Farbe. »Wir verklagen den Fassbinder.« Ihr Vater ersparte sich die Verkostung. Er erkannte ohne Geschmack die Unverkäuflichkeit des Cabernets.

»Er wollte ausbrennen. Ich habe abgelehnt, weil der Wein abgefüllt werden musste. Andernfalls wäre die Maische ruiniert gewesen. Bisher reichte die normale Reinigung.«

»Du hättest auf den Küfer hören müssen!« Leo warf das Glas samt Inhalt zu Boden.

»Als ob du das getan hättest!« Lilia starrte ihn an. »Die Scherben räumst du fort! Ich habe zu tun.«

»Wärst du bei der Massenproduktion geblieben, wäre dein Verlust nicht so enorm.«

Sie stürmte aus der Bodega. Der Tag war für sie schlimm genug. Sie benötigte keine weiteren Vorwürfe. Wenigstens blieb ihr ein Teil des Weins für den Verkauf. Der Preis läge niedrig, bei maximal fünf Peseten, mehr würde niemand bezahlen. Aber die Einnahmen deckten immerhin die Kosten. Ihr Vater fühlte sich im Recht, dabei lag es an den Eichenfässern. Der Rückschnitt trug keine Schuld. Der Geselle hätte auf das Ausbrennen bestehen müssen. Er war in die Fässer gekrochen und hatte die Notwendigkeit gesehen und nur eine Empfehlung ausgesprochen. Lilia versuchte sich an das Gespräch zu erinnern. In ihrer Erinnerung sah sie keine Dringlichkeit in seinen Worten. Bis auf das Schulterzucken, bei dem er »Ihre Entscheidung« gesagt hatte.

Nun saß sie da. Die Sonne leuchtete in die Bergkette. An diesem Sommertag erkannte man jede Furche im Gestein. Lilias Stirn lag in ähnlich tiefen Falten. Normalerweise beruhigte Lilia der Blick in die Tramuntana. Nicht an diesem Tag. Erst jetzt bemerkte sie, wie sehr sie den Erfolg gewollt hatte, um ihrem Vater ihr Können zu beweisen. Nun hatte sie versagt. Gab es Schlimmeres, als vor dem eigenen Vater als Versagerin dazustehen?

Erste Tränen füllten ihre Augen. Sie sah zum Himmel, drängte sie zurück. Die Genugtuung wollte sie ihm nicht geben. Marco arbeitete auf dem Feld in Binissalem. Noch hatte sie eine Schonfrist. Vor dem frühen Abend brauchte sie ihrem Mann nicht Rede und Antwort zu stehen. Lilia ging durch die Rebenreihen. Sie musste fort von ihrem Vater, Abstand gewinnen. Vielleicht sollte sie doch ins Hotelgewerbe einsteigen, wie ihre Mutter wünschte. War das ihr Weg? Sie betrachtete die vollen Traubenstände, die weitläufigen Weinfelder, das satte Grün der Blätter und wusste, wofür ihr Herz schlug. Für den Wein. Den Rückschlag würde sie verkraften. Es warf sie nur um ein Jahr zurück. Das schafften sie.

»Lilia!«

Ihr Vater rief nach ihr. Sie verharrte auf der Stelle. Davonzulaufen war keine Lösung. Sie war kein kleines Mädchen mehr. Lilia drückte den Rücken durch, drehte sich um und ging zu ihm, um sich ihm zu stellen.

Neben ihrem Vater stand Agata. Mit Tränen in den Augen.

»Es ist kein wirkliches Drama. Wir werden wegen ein paar verlorenen Weinfässern nicht verhungern.«

Ihr Vater blickte ernst drein. Seine Augenlider zuckten. »Cariño, es tut mir so leid.«

Ihre Schwiegermutter neigte kaum zu Gefühlsbekundungen. Als Landfrau war sie Rückschläge gewohnt. Irgendetwas stimmte hier nicht. »Was ist los?«

Agata schluchzte herzergreifend.

Lilia verstand zwischen dem Schluchzen nur den Namen ihres Sohnes. »Was ist mit Pablo?«

Kopfschüttelnd stand Agata mit hängenden Schultern vor ihr.

»Vater?«

»Er ist tot.«

Die drei Worte knallten wie ein Donnerhall am stahlblauen Himmel. Erstarrt sah sie von ihm zu Agata. Die Bedeutung sickerte in ihr Bewusstsein. Sie schüttelte hektisch den Kopf. »Unmöglich. Er ist im Sommerlager.«

»Es ist wahr.« Ihr Vater trat zu ihr, legte seine Hand auf ihren Oberarm, bevor er sich an Agata wandte. »Was ist geschehen?«

Ihre Schwiegermutter wischte sich mit dem Handrücken die Augen und hinterließ einen erdigen Schmierer auf ihrer rechten Wange. »Der Ausflug. Zum Imker.« Mehr als Stammeln kam kaum über ihre Lippen.

Lilia wusste davon. Die Jungs hatten sich darauf gefreut. »Jetzt rede endlich!«

»Sie haben die Bienenstöcke angesehen.«

»Wer ist sie?« Ihr Vater wollte es genau wissen.

»Antonia, Carla und Isabel mit einem Dutzend Kinder.« Agata beruhigte sich etwas und sprach weiter. »Isabel hielt Pablo und Robert an der Hand, um ausreichend Abstand zu halten. Eine Biene hat Pablo in den Hals gestochen. Ihm schwoll alles an.«

Leo zog die Stirn in Falten. »Natürlich schwillt die Stelle an.«

»Sein Mund. Er bekam keine Luft. Pablito ist in Isabels Armen erstickt.« Agatas Tränen flossen wieder, sie schluchzte.

»Ich habe immer gesagt, diese Familie bringt uns Unglück. Es ist Isabels Schuld. Sie war zu dicht bei den Bienen!« Lilias Vater tobte.

Reglos stand sie vor den beiden, bis ihr die Beine wegsackten und sie zu Boden fiel.

Pablo.

Tot.

Ihr süßer Liebling.

Warum?

Warum er?

Warum nicht ein anderes Kind?

Diese Fragen hämmerten ohne Unterlass in ihrem Kopf.

Ihr Vater wütete weiter. Seine Worte erreichten sie nicht. Agata setzte sich zu ihr auf die Erde, zog Lilia in ihre Arme und streichelte ihren Rücken. Sie wiegte Lilia hin und her wie ein kleines Mädchen. »Der herbeigerufene Arzt konnte nichts mehr tun. Der Imker hat so etwas selbst noch nie erlebt. Ein Stich. Ein lausiger Bienenstich. Er muss hoch allergisch gewesen sein.«

Lilia wimmerte. Ihre vom Schmerz überlagerten Gedanken kamen zur Ruhe. Eine unwirkliche Stille breitete sich in ihr aus. Fast, als wäre sie inexistent. Eine Hülle. Leer.

»Trink.« Ihr Vater hielt ihr ein Glas vor die Lippen.

Artig nippte sie daran. Hierbas. Der Schnaps rann ihre Kehle hinab. Die Schärfe holte sie zurück in die Gegenwart. »Wo ist Paulino?«

»Isabel kümmert sich um ihn.«

»Ich will zu ihm!« Die Gewissheit, in den letzten Minuten von Pablos Leben bei ihm gewesen zu sein, weckte Eifersucht und Hass in ihr. Isabel war an seiner Seite gewesen, obwohl es Lilia hätte sein sollen. Sie hätte Paulino trösten müssen. Nicht Isabel. »Bringt mir meinen Sohn!«

Agata strich über das Haar. »Ich bringe ihn dir, Cariño. Erst gehe ich zu Marco aufs Feld. Er muss es erfahren.« Agata versuchte Lilia aufzusetzen.

Es misslang.

Ihr Vater fasste sie unter den Armen und den Beinen und trug sie ins Wohnhaus. »Du bekommst jetzt einen weiteren Hierbas und legst dich hin.«

Lilia fehlte die Kraft, um Widerstand zu leisten, auch als ihr Vater ihr den Schnaps aufdrängte.

Sie starrte vor sich hin.

Das Gedankenkarussell startete erneut.

War das die Rache für Gerados Tod? Wurde ihr deshalb Pablo geraubt? Ihr Augenstern? Sie übergab sich auf den Boden. »Es ist meine Schuld.«

»Rede keinen Unsinn. Diese gottverdammte Familie ist schuld. Sie hätten besser auf Pablo achten müssen.« Leo holte einen Lappen und wischte die Sauerei fort.

In ihren Schläfen hämmerte es. »Es ist Gottes Strafe.« Plötzlich war Lilia völlig ruhig. Sie sah klar. »Ich habe Gerados Tod verschuldet. Um die zu sühnen, hat er mir Pablo genommen.«

Leo goss zwei Gläser Hierbas ein. »Du musst dich beruhigen. Trink.«

Lilia nahm es, trank jedoch nicht.

»Du hast durch einen Unfall deinen Bruder verloren.« Er leerte sein Glas. »Nun deinen Sohn. Wenn jemand Schuld trägt, dann Isabel. Wir sollten uns von dieser Familie fernhalten.«

»Vater, du verstehst nicht.« Sie suchte seinen Blick. »Gerados Tod war kein tragischer Zufall.«

Nun besaß sie seine Aufmerksamkeit. »Wie?«

»Erinnerst du dich an die Hufnatter? Ich wollte sie freilassen.« Wie ein reißender Torrent sprudelten die Worte aus Lilia heraus. Sie überrollten sie wie eine Sturmwelle auf dem Mittelmeer. Riss den fest errichteten Damm ein, hinter dem sie die Wahrheit so viele Jahre verborgen hatte. »Bei der Steilklippe haben wir gestritten. Ich habe ihm die Schlange vor die Füße geworfen. Er taumelte zurück und fiel über die Klippe. Es ist meine Schuld. Ganz allein.« Ihre zurückgedrängten Tränen brachen sich Bahn.

Ihr Vater rückte von ihr ab. »Du hast was getan?«

»Ihm die Natter vor die Füße geschleudert, um ihn zu erschrecken.« Sie lachte hysterisch. »Das ist mir wunderbar gelungen, findest du nicht?«

Leo verließ das Zimmer.

Sagte man nicht, die Wahrheit würde einen befreien? Lilia spürte nichts davon. Nur Schuld. Trauer. Eifersucht. Hass. Sie war durch und durch verdorben und hatte zweifellos verdient, was ihr geschah. Nun verstieß sie ihr Vater. Ihr Leben war zu Ende. Nur ihr Körper lebte noch. Lilia stemmte sich vom Bett hoch, ging in die Küche und zog ein Messer aus dem Messerblock. Sie setzte es am Unterarm an, stach hinein. Blut quoll aus der Stichwunde. Sie empfand keinen Schmerz. Nur Ruhe.

Das Messer flog fort. Ihr Vater hatte es ihr unbemerkt entrissen. Mit einen Klirren krachte es zu Boden. »Bist du wahnsinnig?«

»Ich habe nicht verdient, am Leben zu sein.«

Leo zog sie in seine Arme. »Du redest Unsinn und hast einen Fehler begangen. Woher solltest du ahnen, dass der Junge über die Klippe fällt.«

Lilia schloss die Augen. Die Szene von damals unmittelbar vor sich. Sie hätte es wissen müssen. Jeder aus ihrer Familie kannte Gerados panische Angst vor Schlangen. Wortlos lehnte sie sich an ihren Vater. »Dann vergibst du mir?«

»Natürlich. Du bist mein kleines Mädchen.« Er streichelte ihr den Rücken. »Was ich dir nicht vergebe, ist die Dummheit mit dem Messer. Ich versorge die Wunde.«

»Mamá wird mich hassen.« Ihre Mutter hatte Gerado mehr geliebt als Lilia. Deshalb hatte sie ihren Bruder weniger gemocht, als sie es hätte tun sollen. »Sie wird nie wieder mit mir reden.«

»Muss sie es erfahren?« Ihr Vater holte Verbandzeug und begab sich an die Arbeit. »Hilft es ihr, wenn sie es weiß?«

»Sie hat ein Recht darauf.« Lilia spürte die Erleichterung, darüber zu sprechen. »Heimlichkeiten vor der Familie zerstören dich. Innerlich. Mich hat es zerstört. Unsere Ehe.«

»Man kann Geheimnisse bewahren.« Leo führte sie zum Sofa, sie setzten sich.

»Welche hast du?«

»Wenn ich es dir sage, ist es keines mehr. Es würde alles ändern.« Er lehnte sich zurück. Fast, als wollte er Abstand zwischen sie und ihn bringen.

»Ist daran eure Ehe zerbrochen?«

»Vielleicht.« Leo überlegte.

»Also lag es nicht am Wein, wie Mamá dachte.« Sie ließ ihn überlegen.

Warum geschah das Pablo und nicht Robert?

Durch Lilias Unachtsamkeit? Ihre manchmal zügellose Wut? Ihr fiel ein, wie liebevoll Isabel für den Siruell einen Platz gewählt hatte, während ihre achtlos irgendwo einstaubten. Weshalb verschenkte sie solche Glücksbringer, obwohl sie ihnen selbst keine Beachtung schenkte? Wollte sie ein Unglück in ihrer Familie provozieren, um insgeheim ihre Schuld zu sühnen? War es das? Sie hätte sich selbst das Leben nehmen sollen, dann hätte Pablo weiterleben dürfen.

»Wenn ich dir mein Geheimnis erzähle, versprichst du mir dann etwas?« Er sah sie bittend an.

»Natürlich.«

»Du legst niemals wieder Hand an dich. Nie wieder.« Er rieb sich über das Kinn. »Ich kann keinen weiteren Verlust verkraften. Versprichst du es?«

Lilia zögerte.

Zu lange für ihren Vater. »Tu das deiner Familie nicht an. Sie braucht dich.«

Daran hegte Lilia ihre Zweifel. Um ihn zufriedenzustellen, lenkte sie ein. »Ich verspreche es.« Ihre Worte klangen überzeugend, obwohl sie unsicher war, dieses Versprechen halten zu können.

Er atmete tief ein und aus. Fast als bereute er, ihr seine Geschichte erzählen zu wollen. Lilia zog ihre Beine hoch auf das Sofa und umarmte sie, um sich weniger verloren zu fühlen. Sie hatte noch Paulino, natürlich, für ihn musste sie leben, auch wenn der Schmerz in ihr wie ein loderndes Feuer tobte.

»Es ist lange her«, begann er. »Ich war ein junger Bursche, in deine Mutter verliebt.«

Lilia schwieg, obwohl sie die Umstände des Kennenlernens kannte. Er musste auf etwas anderes hinauswollen.

»Mein Vater hat von Wein auf Aprikosen umgestellt, was ich als Fehler ansah. Ich wehrte mich. Mein Wunsch, meine eigene Familie von unserem Besitz zu ernähren, ließ sich so unmöglich erfüllen.« Er sah auf seine Hände. »Ich konnte zupacken, aber es hätte nicht ausgereicht. Undenkbar. Vater blieb stur. Mutter hat sich gefügt. So war das damals. Nicht so modern wie heute, wo ihr Frauen macht, wonach euch der Sinn steht.«

Erst wollte sie ihm widersprechen, weil Frauen keinesfalls dasselbe tun konnten wie Männer, doch ihr fehlte die Kraft.

»Deine Mutter kommt aus reichem Haus. Ich sollte Aprikosenbauer sein, wäre es nach meinem Vater gegangen. Wo hätte das hinführen sollen?« Er hob die Schultern, als erwartete er von ihr eine Antwort.

Lilia fragte sich, wohin es nun geführt hatte? Mit der Bodega erlangten sie keinen Wohlstand. Dazu mangelte ihnen das Glück oder das Geschick. Lilia überlegte, ob sie die Geschichte überhaupt hören wollte. Sie hatte nichts mit dem zu tun, was sie getan hatte.

»Die Ernte war eingebracht. Der Schuppen stand am Dorfrand.« Er zeigte durch das Fenster Richtung Sencelles. »Die Aprikosen trockneten. Süß schmecken sie. Süß und wertlos. Es reichte nur für das Brot auf dem Tisch. Wie sollte man da sein Auskommen bestreiten? Ich wollte meinen zukünftigen Kindern, also euch, und eurer Mutter ein gutes Leben bieten können. Deshalb habe ich mir im Hafen die Knochen zuschanden gearbeitet.«

Lilia kannte dieses Gejammer. Sie hörte nur noch halb hin. Harte Arbeit erforderte auch der Weinanbau. Das Land schenkte niemandem etwas.

»Ich Narr dachte, wenn ich die Ernte vernichte, kann ich meinen Vater zum Umdenken überreden.« Sein Blick rückte in die Ferne. Es wirkte, als wäre er in der Zeit zurückgereist. »Der sture Hund. So weit hätte es nicht kommen sollen.«

Nun sah Lilia doch auf.

»Ich habe den Schuppen angezündet. Mit der Jahresernte. Natürlich tat es mir leid, die Arbeit meiner Familie zu zerstören. Carla, Mutter, Vater, alle hatten bis zum Umfallen dafür gearbeitet, sich keine Pause gegönnt.«

»Du hast die Ernte vernichtet?«

Ihr Vater schien sie nicht zu hören. Wie konnte man so etwas tun?

»Die Flammen schlugen hoch, das Holz war trocken. Ich hörte die Früchte platzen, als das Feuer ihnen die letzte Flüssigkeit entzog. Es loderte gewaltig. Fast hätte ich mir das Haar verbrannt.« Er duckte sich auf dem Sofa. »Ich habe mich versteckt. Die Dorfbewohner bemerkten den Brand, rannten mit Wassereimern herbei. Auch Vater. Mutter konnte ihn nicht zurückhalten. Erst als alles verloren war, resignierte er. Dabei gab es seit dem ersten Löschwasser nichts mehr zu retten. Die Früchte waren längst zerstört.« In seinen Augen schimmerten Tränen. »Er brach zusammen. Ich lief zu ihm. Zweifelnd sah er mich an, überrascht, mich hier anzutreffen. Nachts im Dorf, wo er mich in Palma wähnte. Zuerst freudig, bis er das herausfallende Streichholzheftchen entdeckte und die Wahrheit erkannte.« Er leckte sich über die Lippen.

Entsetzten ergriff Lilia. Sie starrte ihn ungläubig an.

»Meiner Mutter flüsterte er seinen Verdacht ins Ohr. Ihr Sohn ein Brandstifter, der die eigene Familie zugrunde richtet.« Fast würgte es ihn. »Dann starb er.« Er sah Lilia in die

Augen. »Durch meine Hand. Ich habe mit dem Feuer meinen Vater ins Grab gebracht.«

Kein Wunder, dass er ihr vergab. Er hatte seinen Vater umgebracht und die Ernte vernichtet. »Du Mistkerl.« Lilia schluchzte. »Es ist deine Schuld. Ich bin deine Tochter. Die Schlechtigkeit habe ich von dir. Die überschäumende Wut, wenn etwas nicht nach meinem Kopf geht. Wir bringen Unglück.«

»Nein, sieh nur, wohin es deine Mutter geführt hat. Wäre ich nicht gewesen, hätte sie nie die Kraft dafür aufgebracht, sich dieses Imperium aufzubauen. Alles Schlechte bringt auch Gutes. Immer. Das hat mich das Leben gelehrt.«

Lilia wiegte sich vor und zurück. Sie war verdorben. Durch und durch. Plötzlich verharrte sie in der Bewegung. »Sie haben dich deshalb vom Erbe ausgeschlossen.«

»Ja. Es war falsch, das zu tun. Es stand mir zu.« Er rang mit sich.

»Nein. Du hast deinen Vater ins Grab gebracht. Dafür wolltest du noch das Land bekommen?« Sie streckte ihre Glieder. »Hoffentlich habe ich nicht auch noch deinen Wahnsinn geerbt!« Dann lief sie hinüber in ihr eigenes Wohnhaus, warf die Tür ins Schloss und brach im Wohnzimmer zusammen.

Wie lange sie in Embryostellung auf dem Fußboden lag, konnte Lilia nicht einschätzen. Es spielte auch keine Rolle. »Hier bist du.« Marco beugte sich zu ihr, hob sie auf die Arme und trug sie ins Schlafzimmer. Seine geröteten und verschwollenen Augen zeugten von seiner Kenntnis von Pablos Tod. Lilia lehnte sich an Marcos Brust und weinte. Gemeinsam legten sie sich auf das Bett. Aneinandergekuschelt. Den Tod ihres Sohnes beweinend. Sie klammerten sich aneinander fest, bis die Dunkelheit das Tageslicht aus dem Zimmer verdrängte. »Lass uns aufstehen.«

»Ich kann das nicht.«

»Cariño, du musst.« Er schwang die Beine heraus und blieb am Rand sitzen. »Für Paulino. Wir haben noch einen Sohn. Er hat seinen Bruder sterben sehen. Er braucht uns. Heute bleibt er bei Agata im Haus. Oder bei den anderen Kindern. Morgen holen wir ihn zu uns.« Er knipste die Nachttischlampe an.

»Kein Licht. Bitte.« Lilia weinte erneut. »Ich kann dir unmöglich in die Augen sehen.«

Er streichelte ihren Rücken. »Du trägst keine Schuld. Niemand konnte von dieser Überempfindlichkeit wissen.«

»Die Siruells. Ich habe sie achtlos aufgestellt. Isabel nicht. Deshalb hat es Pablo getroffen und nicht Robert.«

»Seit wann bist du abergläubisch?« Marco suchte ihren Blick.

Sie wich aus. Die Scham vor ihm war zu groß. »Seit heute. Es ist meine Strafe.«

Ihr Mann rang sich ein Lächeln ab. »Du redest Unsinn.«

»Du hast ja keine Ahnung.« Sie drehte sich von ihm fort.

Für schmerzhafte Sekunden blieb es ruhig. »Hast du ein Verhältnis mit einem anderen Mann? Aus Palma?«

Kurt war nur ein winziger Flirt. Mehr nicht. Das war vorbei. »Nein.«

»Was ist es dann?«

Die Verzweiflung in seiner Stimme brach ihr das Herz.

»Rede. Bitte.«

»Ich habe Gerado getötet.«

Marco stand auf. »Du bist verwirrt. Ich rufe einen Arzt.«

Sie stemmte sich hoch. »Das ist kein Unsinn!«

Ihr Mann verharrte in der Bewegung, das Zimmer zu verlassen. Verunsichert sah er sie an. »Er hat eine Schlange gesehen und ist rückwärts die Klippe hinabgestürzt. Was hast du damit zu tun?«

»Ich habe sie ihm vor die Füße geworfen.« Nun wusste er Bescheid. Das bedeutete das Ende ihrer Ehe.

»Warum? Wie konntest du das tun?« Marco verließ das Schlafzimmer.

Sie hörte Geräusche aus dem Wohnraum. Vermutlich suchte er ein paar Geschäftsunterlagen zusammen, bevor er die Koffer packte und zu seinen Eltern fuhr.

Lilia irrte sich.

Ihr Mann kehrte mit zwei Gläsern und einer Flasche Brandy zurück. »Du auch?«

Lilia bejahte.

Er goss ein und reichte ihr das Glas. »Warum hast du das getan?«

»Wir sind in Streit geraten. Ich wollte ihn nur erschrecken und ...«

»Dein Temperament ist mit dir durchgegangen.« Er setzte sich zu ihr und trank. »Wie hängt das mit Pablos Unfall zusammen?«

»Es ist meine Strafe. Die Siruells. Ich habe ihren Schutz nicht verdient, sie stehen unbeachtet in dunklen Ecken und stauben ein.« Lilia nippte erst an dem scharfen Getränk, bevor sie es in einem Zug leerte. Sie wollte sich betäuben, den Schmerz nicht mehr spüren.

»Wissen deine Eltern davon?« Er nahm ihr das Glas weg und stellte es auf den Nachttisch.

Lilia wagte nicht nach einem weiteren Brandy zu fragen. »Papá. Seit heute.«

»Wie hat er reagiert?«

»Verständnisvoll.« Den Grund verheimlichte sie ihm. Ihr Blusenärmel verdeckte die Stichwunde, die sie sich zugefügt hatte. Schon jetzt schämte sie sich für die Idee, sich die Pulsadern aufzuschlitzen, anstatt sich der Wahrheit zu stellen. Was ihre Tat für Marco und Paulino bedeuten würde, mochte sie sich nicht vorstellen. »Er sieht es als Unfall.«

»Das solltest du auch.« Er trank sein Glas leer. »Du hast unüberlegt gehandelt, aber du hast ihn nicht gestoßen. Menschen begehen Fehler. Wann sprichst du mit deiner Mutter?«

»Bald. Stehst du zu mir?«

Marco ergriff ihre Hand, streichelte die Finger. »Ich liebe dich. Es enttäuscht mich, dass du mir so wenig vertraust.«

Ihre Scham wuchs, sie sah auf die blütenweißen Laken, unfähig ihn anzusehen. »Ich habe dich nicht verdient.«

»Nun redest du schon wieder Unsinn.« Er fuhr ihren Unterarm hoch, entdeckte den Verband. »Du hast dich verletzt?«

»Das ist unwichtig.«

Er schob den Blusenärmel nach oben. Die Mullbinde verdeckte die Wunde. »Noch ein Unfall?«

Lilia schnaubte. »Wir haben die Hälfte der Ernte verloren.« Damit waren alle Wahrheiten ausgesprochen. »Durch meinen Fehler.«

Er zog sie in die Arme. »Gemeinsam überstehen wir das. Wir dürfen uns nur nicht wieder aus den Augen verlieren.«

Nachdem Marco nun alles wusste, konnte sie seine Nähe ertragen. Die Erpressungsgeschichte würde sie ihm irgendwann gestehen. An diesem Tag fehlte ihr die Kraft dazu.

»Ich bereite eine Kleinigkeit zu essen vor.« Marco stand auf und ging in die Küche.

Wie sollte sie nur einen Bissen hinunterbekommen? Lilia goss sich weiteren Brandy ein. Sie schenkte voll. Schluck für Schluck leerte sie das Glas, als ob der Schnaps ihre innere Leere füllen könnte. Er wärmte sie, vertrieb das Frösteln, mehr vermochte er jedoch nicht zu bewirken. Sie löschte das Licht, rollte sich auf die Seite und zog die Bettdecke über sich. Der ungewohnte Alkohol brachte sie in den erlösenden Schlaf.

»Aufstehen. Wir haben Besuch.« Marco streichelte ihr über die Wange. »Brauchst du ein Aspirin?«

In ihren Schläfen hämmerte es. »Ja.«

»Dachte ich mir.« Er reichte ihr ein Glas. »Trinken. Ich bring dir noch einen Kaffee und rede so lange mit deiner Mutter, bis du dich so weit fühlst.«

Womit hatte sie diesen Mann verdient? Keine Vorwürfe. Er schenkte ihr pure Liebe, obwohl sie seine mit Füßen getreten hatte. Sie schluckte das Aspirin und trank das Wasser. Der Kaffeeduft, der ins Zimmer zog, ließ sie trotz hämmernder Kopfschmerzen aufstehen. Der ungewohnte Brandykonsum forderte seinen Tribut. Für einige Minuten blieb sie auf der Bettkante sitzen, um sich zu sortieren. Die Helligkeit schmerzte in den Augen, doch sie war nichts gegen die in ihr tobende Pein, die sie in ihrem Zimmer festhielt. Jeden Moment erwartete sie Pablos Stimme aus dem Kinderzimmer, das er sich mit Paulino teilte. Sie hörte ihre beiden Jungs streiten, bis Pablo zu ihr rannte, um sich von Lilia trösten zu lassen. Die Ruhe im Haus brüllte sie förmlich an. Sie hielt sich die Ohren zu. Schloss die Augen. Und schrie.

Die Tür flog auf. »Ist ja gut, mi niña. Schrei, wenn es dir hilft.« Ihre Mutter eilte zu ihr, riss sie in die Arme und wiegte sie hin und her, bis das Schreien in ein Schluchzen überging. »Der Schmerz muss aus dir heraus.«

Marco blieb im Türrahmen stehen und ließ sie allein.

Lilia beruhigte sich. »Wie hält man das aus, Mamá?«

»Indem man die Erinnerung wachruft und Gott für die gemeinsame Zeit dankt.« Sie strich ihr das Haar zurück. »Er wird dir immer fehlen. Das ändert sich nicht. Pablo wird stets bei dir sein. In deinem Herzen.«

Der Gedanke tröstete sie. »Mamá, ich muss dir etwas gestehen.«

»Schscht, ist schon gut.« Sie umfasste Lilias Gesicht mit beiden Händen. »Marco hat es mir gesagt. Alles ist gut.«

Wie konnte ihre Mutter so ruhig bleiben, bei dem, was sie getan hatte? »Es tut mir leid.«

»Ich weiß. Du hast dich lange genug bestraft.« Ihre Mutter sah sie voller Liebe an. »Verzeih dir selbst.«

Die große Katastrophe, mit der Lilia gerechnet hatte, blieb aus. Ihre Familie verzieh ihr. Vielleicht war es Zeit, sich selbst zu vergeben. »Mamá? Bin ich Vater sehr ähnlich?«

Ihre Mutter verneinte. »Ihr habt beide ein aufbrausendes Temperament und liebt den Wein. Damit enden die Übereinstimmungen. Warum fragst du?«

Das konnte sie ihr unmöglich sagen. »Nur so.«

»Habt ihr gestritten?«

»Ja.« Ihre Mutter ließ sich selten etwas vormachen. »Ich habe den Wein ruiniert.«

»Der Nächste gelingt dir.« Die Zuversicht in ihrer Stimme tat ihr wohl. »Oder möchtest du ins Hotelwesen wechseln. Du wirst die Hotels erben. Das weißt du.«

»Ich will sie nicht. Die gehören Gerado. Er hätte dein Nachfolger sein sollen.« Lilia kam eine Idee. »Überschreib sie Alejandro. Ich bin schuld, dass er seine Liebe verloren hat. Er hat dir all die Jahre geholfen, stand dir zur Seite. Er soll sie bekommen.«

Ihre Mutter lächelte nachsichtig. »Es ist dein Erbe.«

»Bitte.«

»Ich denke darüber nach, einverstanden?«

»Gut. Danke.« Lilia konnte es nicht annehmen. Sie käme sich so schäbig vor wie ihr Vater, der sogar geglaubt hatte, ihm stünde das Land zu. Ihre Mutter hatte recht, sie waren sich weniger ähnlich, wie Lilia dachte. Es gab Gemeinsamkeiten, aber nicht in ihrem Handeln. »Und jetzt holen wir Paulino.« Ihr Junge sollte bei ihnen sein, nicht bei Fremden, nicht bei Isabel.

1957

11

Rodrigo wartete vor der Redaktion des Mallorca Diario. Die Ungeduld ließ ihn auf die Uhr sehen. Xisca käme frühestens in fünfzehn Minuten heraus. Trotzdem stand er hier, anstatt um die Insel zu segeln. Am besten bis nach Kuba. Von dort bis New York wäre es nur ein Sprung. Nur ein Segeltörn von Tagen. In solchen Momenten überlegte er, zurückzukehren nach Kuba. Trotz der Unruhe im Land. Er wäre ihr näher. Tamara, die er seit zwei Jahren nicht mehr gesehen hatte und deren Briefe immer seltener wurden. Ihr Vater verbot ihr eine erneute Reise in die Vergangenheit. Sie solle damit abschließen. Mit Mallorca. Zwangsläufig auch mit ihm. Die spärlichen Telefonate weckten seine Leidenschaft, die weniger werdenden Zeilen Zweifel an ihren Worten, bald wiederzukommen. Um bei ihm zu sein.

Die Glastür schwang auf. Xisca trat heraus.

Er winkte ihr. »Hola!« Mit ausladenden Schritten eilte er auf sie zu, den Schmerz in seinem schwachen Bein ignorierend. »Wie geht es dir?« So gute Umgangsformen brachte er gerade noch über sich, obwohl er am liebsten umgehend nach Tamara gefragt hätte.

»Ausgezeichnet. Was kann ich für dich tun?«

Xisca schien geringeren Wert auf höfliches Geplänkel zu haben, als er angenommen hatte.

»Lass uns in das Café dort gehen. Ich kann nach dem Tag heute einen vertragen.«

»Gerne.« Er ging voraus, setzte sich und rief den Kellner zu sich. »Für mich ein Cerveza.«

»Café con leche, por favor.« Xisca lehnte sich zurück. »Ich muss noch fahren.«

»Danke, dass du dir die Zeit nimmst.« Er spielte mit dem Salzstreuer auf dem Tisch. »Du kannst dir denken, um wen es geht?«

»Ja, sicher.« Sie kramte in ihrer Handtasche nach ihrem Lippenstift, zog ihn heraus und ließ ihn unbenutzt wieder hineinfallen. »Wo drückt der Schuh?«

»Tamara schreibt weniger. Hat sie dir gegenüber einen anderen Mann erwähnt?« Die Angst vor der Antwort schnürte ihm den Hals zu.

»Hör mal, ich mische mich ungern in eure Angelegenheiten. Klärt das bitte direkt.« Xisca wartete, bis der Kellner den Milchkaffee und das Bier servierte und an einen anderen Tisch ging. »Tamara ist Jüdin. Sie wird einen Juden heiraten. Dagegen wird sie nicht ankommen.« Mitleidig sah sie ihn an. »Ihr Vater erlaubt es nicht. Außerdem lebt sie in New York. Du hasst die Amerikaner. Wie kannst du für euch eine Zukunft sehen?«

»Unsere Liebe wird einen Weg finden.« Er wusste selbst, wie schwach seine Argumente klangen. »Ich habe mit dem Weingut auf Kuba mein Auskommen. Wir könnten dort leben.«

Xisca verdrehte die Augen. »Hör mal, Rodrigo, ich mag dich wirklich. Du bist für Tamara nicht der Richtige. Was hast du in den letzten zwei Jahren hier auf die Beine gestellt?«

Rodrigo überlegte. Er hatte segeln gelernt. Sich ein Boot und ein Auto gekauft. Ab und zu fuhr er Touristen zum Fischen hinaus. »Ich helfe in der Steinmetzwerkstatt. Gebe ihnen Tipps zur Vermarktung. Aleix hatte keine Ahnung von Buchhaltung. Ich habe es ihm beigebracht, damit Tía Carla das nicht mehr erledigen muss. Zählt das?«

»Das ist zweifellos nett von dir.« Xisca nippte an ihrem Milchkaffee und wischte sich mit dem Handrücken das Milchbärtchen von der Oberlippe. »Es ist noch nicht mal Mittag, und du trinkst Bier. Andere Männer arbeiten.«

»Das tue ich auch.« Er trank einen herzhaften Zug. »Manchmal.« Seine Mutter lag ihm ebenfalls in den Ohren, er solle sich eine Stelle suchen. Er wusste nur nicht, was er tun sollte. In der Bodega seiner Schwester ging es auf keinen Fall. Der alte Groll stand zwischen ihnen. Außerdem glaubte sie, alles besser zu wissen. Das würde nur zu mehr Streit führen. Sie pflegten einen oberflächlichen Umgang, obwohl Rodrigo inzwischen einsah, wie wenig Christopher seinem Bild eines Amerikaners entsprach. Der Mann arbeitete hart, dirigierte viele Arbeiter, scheute sich nicht, sich selbst die Finger schmutzig zu machen. Er lebte ruhig auf seinem Besitz, tuckerte mit dem Boot hinaus und blieb den Nachtklubs fern. Das wusste er, weil er sich oft genug dort von seiner Sehnsucht nach Tamara ablenkte. »Ich habe eben noch nicht die passende Stellung gefunden.«

»Was wäre das denn?« Xisca traute ihm offenbar nichts zu.

»Exportgeschäfte. Darin bin ich gut. Nur ist das schwierig, wenn man keine Ware hat.« Ob er den Spieß umdrehen und ins Importgeschäft einsteigen sollte? Viele Dinge gab es auf der Insel nicht. Da stellte sich die Frage, ob die lokalen Händler ihm diese Produkte abnehmen würden.

Xisca legte eine Pesete auf den Tisch. »Siehst du. Du lebst in den Tag. Für Tamaras Vater hast du nicht nur die falsche Religion, sondern auch die falsche Einstellung.«

»Schreibt dir das Tamara?« Er leerte sein Bier und schob Xisca das Geld zurück. »Ich bezahle.«

»Danke für den Kaffee. Frag Tamara selbst. Ich habe zu Beginn vermittelt, ihr seid erwachsen, klärt das ohne mich.« Xisca lächelte ihm zu. »Hasta luego.«

Er sah ihr hinterher. Der Versuch, Informationen von Xisca zu erhalten, war grandios gescheitert. Der Kellner trat an den Tisch. Ohne zu überlegen, bestellte er ein weiteres Bier. Sollte er Tamara aufgeben? Den absurden Gedanken verwarf er schnell. Später würde er ihr einen ausführlichen Brief schreiben. Ihr von seiner Geschäftsidee erzählen, vielleicht änderte das etwas. Während er trank, haderte er mit seinem Entschluss, sich tatsächlich als Geschäftsmann etablieren zu wollen. Wozu sollte er sich auf der Insel ein Geschäft aufbauen, wenn er nicht wusste, ob er blieb, ob Tamara zu ihm kam?

Seine Überlegungen drehten sich im Kreis. Rodrigo bezahlte und schlenderte ziellos durch Palmas Straßen, bis er letztlich zu seiner kleinen Wohnung an der Plaza del Rosari ging. Er erklomm die Treppenstufen in den zweiten Stock und erstarrte. »Du?«

»Endlich. Ich sitze hier schon seit einer Stunde.« Tamara sprang auf die Beine und warf sich in seine Arme.

Erst an der Umarmung realisierte er, dass Tamara tatsächlich hier war. Bei ihm. In seinen Armen. »Warum hast du nichts gesagt?«

»Ich bin fortgelaufen. Habe die erste Maschine genommen und bin abgeflogen. Meiner Mutter habe ich einen Brief hinterlassen. Ich musste dich sehen.« Sie strich ihm über den Bart. »Den bringe ich dir nachher in Form.«

»Was ist geschehen?« Tamara reiste nicht ohne Grund über den halben Erdball.

»Können wir das drinnen besprechen?«

Rodrigo schloss die Tür auf, nahm ihren Koffer und bat sie herein. »Möchtest du ein Glas Wein?«

»Das klingt wunderbar. Heute Abend gehen wir zum Essen aus, ja?« Tamara klang unbeschwert. Der Ausdruck in ihren Augen sagte ihm etwas anderes.

»Was immer du willst.« Keinesfalls wollte er sie drängen. Sie würde ihm erzählen, was sie auf dem Herzen hatte, sobald die Zeit reif war. Sie stand vor ihm. Nur das zählte.

Ihm kam es nach all den Monaten vor wie ein Traum. Sie saßen sich gegenüber bei einem Glas Wein, sahen sich an und grinsten wie verliebte Jugendliche. »Du bist ganz besonders, weißt du das?«

»Du auch. Nie habe ich schönere Briefe erhalten.« Tamara seufzte. »Wie kannst du ein erfolgreicher Geschäftsmann sein und so eine liebevolle Seite besitzen?«

Auf dem Papier fiel es ihm leicht, die richtigen Worte zu finden, im Gegensatz zu jetzt. Was konnte er beruflich vorweisen? Nichts. Das hatte ihm Xisca mehr als deutlich vorgeführt. Zeit, das zu ändern und das Thema bis dahin ruhen zu lassen. »Wie lange bleibst du?«

Tamara nagte auf ihrer Unterlippe. Trauer spiegelte sich in ihren Augen. Etwas musste geschehen sein.

»Lass uns spazieren gehen. Der Frühlingstag ist herrlich, und wenn wir hungrig werden, kehren wir in eine Taberna ein.« Er stand auf und reichte ihr die Hand.

»Ausgezeichnete Idee.« Die Erleichterung, nichts weiter ausführen zu müssen, zeichnete sich auf ihrem Gesicht ab.

Sie lächelte.

Die winzigen Grübchen, die Rodrigo bezauberten, vertrieben den Ausdruck von Trauer. »Ich ziehe mich kurz um.«

Die Zeit nutzte Rodrigo, seine kleine Wohnung ordentlich aufzuräumen. Herumstehende Tassen, ein leerer Teller mit Bröseln auf dem Schreibtisch und die auf dem Sofa liegenden Jacken erweckten den Eindruck von Nachlässigkeit. Kleinigkeiten, die aber Gewicht besaßen.

Die Tür zum Schlafzimmer schwang auf. Tamara stand in einem hellblauen Sommerkleid vor ihm. Das ebenholzfarbene Haar fiel ihr in lockeren Wellen über die Schultern. Sie trug eine weiße Handtasche, abgestimmt auf ihre Sandalen. »Du siehst zauberhaft aus.«

Spielerisch knickste sie. »Danke.« Sie reichte ihm die Hand. »Nun dürfen Sie mich ausführen.«

Sie alberten etwas herum, rannten wie Kinder die Treppenstufen hinab und polterten gegen die Hauptpforte. Tamara lehnte mit dem Rücken dagegen. Der perfekte Zeitpunkt, sie zu küssen. Rodrigo drückte sich sanft an sie, und sie versanken in einem Kuss. Erst das Klopfen an der Haustür trennte sie. »Was ist denn nur mit dieser Tür los?«

Rodrigo und Tamara kicherten leise, traten von der Eingangstür weg und öffneten sie. »Sie scheint geklemmt zu haben, Señora Palmer.« Rodrigo gab ihr den Weg frei, ließ Tamara auf die Straße treten, bevor die Tür mit Schwung hinter ihnen ins Schloss fiel.

Verliebt bummelten sie durch die Gassen, bis sie in einem hübschen Lokal am Hafen rasteten. Der Kellner nahm die

Bestellung auf. Beide entschieden sich für einen frischen Weißwein und eine Seezunge mit Gemüse. Eine Wasserkaraffe stand auf dem Tisch. Rodrigo goss zwei Gläser ein.

»Ich schulde dir eine Erklärung.« Tamara sah ihn ernst an. »Du kennst meine Geschichte.«

Die Flucht aus Deutschland, die wenigen Jahre auf Mallorca, bevor die Familie in New York eine neue Heimat gefunden hatte. Davon hatte sie ihm erzählt. Ihr Vater hatte sich einen erfolgreichen Großhandel mit internationalen Produkten aufgebaut, es zu Wohlstand gebracht und Tamara die bestmögliche Ausbildung ermöglicht. Zeitgleich spielte sich das Sozialleben in ihrer jüdischen Gemeinde ab. Der Zusammenhalt hatte ihnen das Überleben gesichert. Da passte er nicht dazu. Als Katholik. »Ja, und ich weiß, dass deine Eltern gegen uns sind.«

»Vater ignoriert es. Er tut, als gäbe es dich nicht.«

Vielleicht würde er selbst so handeln. Rodrigo zweifelte, ob Tamara nicht jemanden verdiente, der besser als er war. Fleißiger. Erfolgreicher. Sie wusste von seiner Inhaftierung. Das störte sie nicht. Ein Großteil ihrer Familie war von der Gestapo verhaftet worden. Ob politische oder religiöse Verfolgung. Darin sah sie keinen Unterschied. »Ich kann ihn verstehen. Er will das Beste für dich.«

»Ich weiß, was das Beste für mich ist. Das bist du. Noch nie habe ich mich so wohl mit einem Mann gefühlt.« Tamara wartete, bis der Kellner die Weißweinflasche geöffnet und die Gläser eingeschenkt hatte und sich zurückzog. »Vielleicht liegt es an der spanischen Sprache. No lo sé.« Sie prostete ihm zu, bevor sie das halbe Glas in einem Zug leerte. »Vater hat mir einen Ehemann ausgewählt. Morgen soll die Verlobungsfeier stattfinden.«

Ihm blieben die Worte im Hals stecken.

»Wie auf einem Basar. Als wäre ich ein Stück Vieh.« Tamaras Gesicht errötete. »Ich habe versucht, ihn davon abzubringen. Auch Mutter habe ich angefleht.«

»Ist das in eurer Kultur üblich?«

»Vielleicht.« Sie leerte ihr Glas und goss sich nach. »Ich nenne es antiquiert. Meinen Ehemann wähle ich selbst.«

Ein warmes Gefühl erfüllte sein Inneres. »Und deshalb bist du hier?«

»Ja. Ich brauche Zeit zum Nachdenken. Ohne Druck. Ich werde zu Xisca fahren. Zuvor wollte ich dich sehen.« Sie blickte ihn voller Zuneigung an.

Trotz Ermangelung eines Rings kniete er sich neben sie. Er griff nach ihrer Hand, sah hoch zu ihr. »Tamara Morgenstern, gibst du mir die Ehre, meine Frau zu werden?«

Ihre Augen weiteten sich.

»Ich liebe dich.«

Ihre Antwort ließ auf sich warten.

»Einen Verlobungsring kaufe ich noch.« Der Kieselstein unter seinem Knie bohrte sich schmerzhaft in die Haut. »Ich hätte nicht fragen sollen.« Er sah beschämt zu Boden. In aller Öffentlichkeit eine Abfuhr zu erhalten, kränkte ihn. Er stand auf.

Tamara erhob sich ebenfalls. »Ja, ich will. Hörst du? Ich will deine Frau werden.«

Applaus erklang von den anderen Tischen.

»Bist du dir sicher?« Er sah sie ernst an. Er wollte keine Zusage aus Mitleid oder für Tamara nur einen Ausweg aus ihrer familiären Situation darstellen.

»Ich war mir nie sicherer.« Sie küsste ihn vor allen Anwesenden. »Ich liebe dich.« Zärtlich fuhr sie ihm über die Narbe an seiner Wange. Man konnte sie unter dem Bart ertasten, wenn er sie auch verbarg.

»Dann lass uns morgen mit dem Boot hinausfahren. Zu Xisca kannst du anschließend.« Sie nahmen wieder Platz. Rodrigo winkte dem Kellner und bestellte Champagner.

Diese Nacht verbrachten sie zusammen wie Mann und Frau. Rodrigo lag die halbe Nacht wach, hielt Tamara in seinen Armen und überlegte, wie er ihr das Leben bieten konnte, das sie verdiente. Der Gedanke, Produkte von der Insel in andere Länder zu exportieren, setzte sich in ihm fest. Wein. Sobrasada. Oliven. Trockenfrüchte. Nur an wen sollte er das liefern? An Tamaras Vater? Würde er sich auf Geschäfte mit dem ungeliebten Schwiegersohn einlassen? Ohne ihn zu kennen? Rodrigo hatte nicht vor, in die Staaten zu reisen. Alles in ihm sträubte sich dagegen. Er hörte Tamaras regelmäßige Atemzüge, spürte ihre zarte Haut. Zwei Tage. Das würde ihn nicht umbringen, aber seine Geschäftsidee in Schwung bringen. Zufrieden mit sich, schlief er ein.

Ein zärtlicher Kuss weckte ihn. »Schlafmütze. Dabei dachte ich, Seemänner fahren früh zu ihrer Geliebten hinaus?« Sie kuschelte sich an ihn.

An diese Art, geweckt zu werden, könnte er sich gewöhnen. »Ich halte meine Geliebte in meinen Armen.« Er sah auf die Uhr. »Wir sollten aber tatsächlich aufbrechen. Frühstück im Hafen?«

Auf dem Weg zum Puerto kauften sie alles für ein Picknick an Bord. Das Frühstück mit Blick auf die sanft schaukelnden Boote, die über ihnen kreisenden Möwen lockten sie zu einem baldigen Aufbruch. Arm in Arm schlenderten sie den Pier entlang. »Welches ist dein Segelboot?«

»Du wirst es wissen, wenn du es siehst.« Er blieb vor einem großen Zweimaster stehen. Das Schiffsparkett glänzte mit dem Chrom in der Sonne um die Wette.

»Ist es das?« Sie sah es sich an. »Du hast es nach mir benannt?«

»Wie hätte ich ihr einen anderen Namen geben können?« Rodrigo erfreute sich an ihrem strahlenden Lächeln. Er sprang über die Reling, legte den Steg aus und hielt ihr die Hand entgegen. »Ich bitte, an Bord zu kommen.«

»Mit Vergnügen.« Sie zog ihre Sandalen aus balancierte über den wackligen Steg. »Ich kann nicht segeln.«

»Du sollst dich auch nur entspannen und genießen.« Er holte die Fender ein, startete den Motor und fuhr gemächlich aus der Hafenausfahrt in Richtung Südwesten die Küste entlang. Draußen setzte er das Hauptsegel. Sein Bein behinderte ihn selten, nur bei hohem Seegang bereitete es ihm Probleme mit dem Gleichgewicht. An diesem fast schon sommerlich anmutenden Tag ruhte die See. Das Segel flatterte träge im Wind. Er zog sich sein Hemd aus, was ihm ein anerkennendes Nicken Tamaras einbrachte. Ihr hellblaues Sommerkleid wehte in der Brise, sie schloss ihre Augen und ließ sich von der Sonne anscheinen.

In der Bucht von Cala Mayor ankerten sie. Fernab jeglicher Blicke sprangen sie nackt ins Wasser, schwammen und kletterten wieder an Bord. Ihr schlanker Körper verlockte ihn, und sie gab sich ihm hin, als wären sie längst verheiratet. Die Zurückhaltung während ihrer ersten Treffen war fortgeweht wie Rodrigos Hemd, das eine Windbö hoch in die Luft zog, herumwirbelte und davontrug. »Du wirst halb nackt durch Palma gehen müssen.«

»Das hättest du gerne, was?«

»Vermutlich wirst du morgen in der Zeitung erwähnt.« Tamara spielte mit seiner Haarsträhne. »Könnten wir nur immer hierbleiben. Zusammen.«

»Das können wir. Lass uns bald heiraten und hier etwas gemeinsam aufbauen. An den Wochenenden segeln wir in einsame Buchten und genießen das Leben.« So sah Rodrigos Traum aus.

Tamara betrachtete ihn mit ernster Miene. »Kannst du dir vorstellen, mit mir nach New York zu kommen?«

»Verlang das nicht von mir.« Niemals würde er sich dort wohlfühlen, das wusste er, bevor er einen Fuß in diese Stadt gesetzt hatte.

»Ich bin Vaters einzige Tochter. Mein Ehemann soll das Geschäft übernehmen.« Sie legte sich auf den Rücken und sah in den wolkenlosen Himmel. »Du sollst dieser Mann sein.«

Wie er aus diesem Dilemma entkommen sollte, wusste er nicht. »Er könnte es verkaufen.«

»Wärst du bereit, dein Lebenswerk zu verkaufen?«

Er konnte auf keines zurückblicken. »Glaubst du, dein Vater würde Inselprodukte importieren? Es kommen sehr viele Amerikaner auf die Insel, sie werden also gerne Produkte kaufen, die von hier stammen.«

»Ich frage ihn.« Sie drehte sich zu ihm. »Ich mag, wie du denkst. Du willst zu ihm eine Brücke bauen. Das könnte funktionieren. So sieht er, dass du etwas vom Geschäft verstehst, obwohl du kein Jude bist.« Ihr kam noch ein Einfall. »Wärst du bereit, deinen Glauben abzulegen?«

Der Gedanke erschien ihm absurd. Er gehörte nicht zu den typischen Kirchgängern, doch seine Konfession aufzugeben?

Würde ihm seine Familie das verzeihen? »Könntest du es dir vorstellen?«

»Niemals. Meine Familie würde mich verachten.« Sie legte den Kopf schief. »Es war nur eine Idee. Tut mir leid.«

Er küsste sie. »Das muss es nicht.«

Die Sonne verlor an Kraft. »Wir sollten zurückfahren. Du wolltest heute Abend zu Xisca. Ich werde dich fahren.«

»Danke.« Tamara zog ihr Kleid an und setzte sich ans Heck neben das Steuerrad. »Du bist ein wundervoller Mann.«

Um sie nicht zu enttäuschen, ging er nur mit einem Unterhemd bekleidet auf dem Rückweg zu seiner Wohnung in das Juweliergeschäft am Borne. Sie sollte sich ihren Verlobungsring selbst aussuchen. Tamara entschied sich für einen goldenen Einkaräter, den sie an ihrem Ringfinger behielt. Er passte perfekt. Riss allerdings ein größeres Loch in seine Finanzen, als er vorgesehen hatte. Vielleicht überzeugte der kostspielige Ring Tamaras Vater, ihn als Schwiegersohn zu akzeptieren.

»Wie lange willst du bleiben?« Kurz vor Xiscas Stadthaus musste er diese Frage noch klären.

»Bei Xisca?« Tamara sah ihn unschuldig an, bevor sie grinste. »In zwei Tagen bin ich wieder bei dir. Gib mir etwas Zeit, ja?«

Die gab er ihr gerne. Er parkte den Wagen, nahm Tamaras Reisetasche und klopfte an der Tür.

Die schwang auf, als hätte Xisca dahinter auf ihre Ankunft gewartet. »Da bist du ja endlich!«

»Wieso endlich?« Tamara umarmte ihre Freundin. »Vater hat dir ein Telegramm geschickt. Verstehe.«

»Nein. Deine Mutter.« Xisca gab den Weg ins Haus frei.

Rodrigo stellte die Tasche im Eingangsbereich ab. »Ich lass euch allein.«

»Du bleibst.« Sie bot ihnen Platz im winzigen Wohnzimmer an. María spielte im Garten. »Du kannst Tamara umgehend wieder mit nach Palma nehmen.«

»Ich fliege nicht zurück«, wehrte Tamara ab. »Zumindest nicht gleich.«

»Tamara, dein Vater hat einen Herzinfarkt erlitten. Keiner weiß, ob er ihn übersteht.« Xisca sagte die Wahrheit unverblümt, wie Rodrigo es von ihr gewohnt war. »In dem Fall wirst du zurückfliegen.«

»Das ist meine Schuld.« Tamara schlug sich die Hand vor den Mund. »Meine Flucht hat das ausgelöst.« Tränen schimmerten in ihren Augen. Sie suchte Rodrigos Blick. »Ich muss zum Flughafen. Fährst du mich?«

»Natürlich.« Zweifellos würde er Tamara fahren, damit sie den nächsten Flug buchen konnte. »Mit etwas Glück schaffst du es heute noch aufs Festland.« Fast hätte er angeboten, sie zu begleiten. Er unterdrückte den Impuls. Seine Furcht, sie könnte nicht wiederkommen, wenn er sie nun allein gehen ließ, nagte an ihm.

»Danke.« Tamara stürzte sich in Xiscas Umarmung. »Bis bald.« Sie umarmte sie herzhaft und verlor den Kampf gegen die aufsteigenden Tränen. »Lass uns fahren.«

Die gepackte Reisetasche stellte er auf den Rücksitz zurück, hielt Tamara die Tür auf und küsste sie auf die Stirn. »Alles wird gut. Versprochen.«

Sie stieg ein. Mit einem Hupen verabschiedete er sich von Xisca und fuhr in Richtung Flughafen. »Mach dir keine Vorwürfe. Er wird es überstehen. Dann kommst du wieder, und wir bauen uns ein Leben auf. Sprich mit ihm über mallorquinische Produkte. Er kennt die Insel.« Ohne

Unterlass versuchte er, Tamara Mut zuzusprechen. Auch sich selbst.

Am Flughafengebäude lagen sie sich in den Armen. »Komm mit.«

Die Worte trafen ihn so schmerzhaft wie Peitschenhiebe. Er würde alles für Tamara tun, nur diesen Wunsch konnte er ihr nicht erfüllen. Zu groß war sein Hass auf die dort lebenden Menschen. Die Oberflächlichkeit würde er nicht ertragen. Die gewaltige Stadt erdrückte ihn in seinen Gedanken. »Wenn du mich brauchst, reise ich nach.« Die Lüge kam ihm schwer über die Lippen. »In der Zwischenzeit kümmere ich mich um den Aufbau einer Exportfirma.«

Tamara glaubte ihm beides. »Ich vertraue dir, das weißt du. Wir werden es schaffen. Ob hier oder dort. Versprich es mir.«

»Versprochen.« Rodrigo küsste sie zum Abschied und hoffte, sein Versprechen halten zu können.

Am Geschäftsaufbau arbeitete er hart. Er sprach mit Brandyherstellern, Winzern, Korbflechtern und Lebensmittelherstellern. Niemand sträubte sich gegen weitere Kundschaft aus Übersee. Die Preisverhandlungen liefen zäh. »Wenn du nicht im Preis nachlässt, frage ich deinen Konkurrenten. Kein Problem.« Bellota-Schinken vom Festland schmeckte, egal von welchem Hersteller. Die schwarzen Schweine bekamen traditionell Eicheln zu fressen, was die Unterschiede gering hielt. Die hohe Qualität käme in New York an.

Rodrigo stand auf, um seine Worte zu unterstreichen.

José-María zögerte.

»Alles Gute.« Er wandte sich ab und drückte die Türklinke hinunter.

»Warte.« José-María lenkte ein.

Dieses Pokerspiel war der spannendste Teil. Ob im Verkauf von Zigarren oder im Einkauf von Bellota-Schinken. Das Spiel lief immer gleich ab. Der Nervenstärkere gewann. Nach einer künstlichen Wartezeit drehte er sich zu ihm um. »Ja?«

»Ich bin einverstanden.«

Er ging auf ihn zu und streckte ihm die Hand entgegen. »Dann sind wir im Geschäft. Mein Anwalt setzt den Vertrag auf.«

José-María schlug ein.

Noch nie hatte sich Rodrigo so in die Arbeit gestürzt. All das tat er für Tamara. Damit sie zu ihm zurückkäme. Wöchentlich schickte sie ein Telegramm. Der Zustand ihres Vaters verbesserte sich nur langsam. Es würde lange dauern, bis er wieder die Geschäfte übernehmen konnte, die sie in seinem Namen tätigte. Das erleichterte Rodrigo den Aufbau seiner Firma. Tamara kaufte seine Waren ab. In drei Wochen brächte er die erste Schiffsladung auf den Weg. Sie mussten Erfolg haben. Damit ihr Vater einsah, wie gut er für Tamara sorgen konnte, sobald er sich erholt hatte.

Die Wunschnachricht blieb aus.

Unerbittlich hoffte Rodrigo auf dessen Genesung. Auch in dieser Woche. Das Telegramm lag auf seinem Schreibtisch. Er nahm den Umschlag, schlitzte ihn auf und erstarrte, als er Tamaras Nachricht las. *Geschäft in NY übernehmen, komm. Bitte.*

Ihr Vater würde sich nicht mehr erholen. Das stand dort geschrieben. Er ging zur Poststelle in Palma. »Ich möchte ein Telefonat nach Übersee, New York, anmelden.«

»Geben Sie mir die Nummer.« Die Dame vom Amt nahm sie entgegen und bat ihn, an Tisch drei Platz zu nehmen.

In seinem Inneren tobte es. Dieses Gespräch würde sein Leben bestimmen. Das Klingeln ließ ihn zusammenzucken. Er hob ab. »Tamara?«

»Rodrigo! Ich habe so gehofft, dass du anrufst. Wann kann ich dich erwarten?«

»Das Geschäft ist jung, ich kann es unmöglich zusperren und zu dir kommen.« Das stimmte nur zum Teil, dennoch blieb ihm keine Wahl, er konnte unmöglich zu ihr reisen. »Ich habe weitere Abnehmer. In San Francisco und in Chicago.« Seine Mutter hatte ihre Kontakte aktiviert und ihn unterstützt, was sein Wachstum beschleunigte. »Ich habe Verpflichtungen. Cariño, verkauf die Firma deines Vaters.«

Ein unangenehmes Schweigen hing in der Luft.

»Bist du noch am Apparat?« Ihm war klar, was er von ihr verlangte, doch es blieb kein anderer Ausweg. Jetzt alles aufzugeben, was er sich erarbeitet hatte, grenzte an Wahnsinn. »Wir haben hier unser Auskommen. Es läuft gut.«

»Wie Vaters Firma.« Sie schluchzte auf. »Ich kann nicht verkaufen. Das bringt ihn ins Grab. Verstehst du das?«

»Ja.« Damit lag Tamara vermutlich richtig. Er konnte das nicht von ihr verlangen. Für einen kurzen Moment ertappte er sich bei dem Gedanken, sich zu fragen, wie lange ihr Vater noch leben würde. Er stand zwischen ihnen. Ihrem Glück. »Dein Vater akzeptiert mich nicht. Wenn ich mitkomme, bringe ich ihn unter die Erde.« Die Ausrede kam ihm schlüssig vor. Vielleicht ließ sich Tamara erweichen.

»Er weiß von dir.«

Wie gerne hätte er sie umarmt, getröstet und mit ihr Pläne für eine gemeinsame Zukunft geschmiedet. Hier auf Mallorca. Nicht in New York. »Was sagt er?«

»Er verweigert sein Einverständnis. Aber darauf kann ich keine Rücksicht nehmen. Er wird es akzeptieren, wenn er es muss.« Die Zuversicht in Tamaras Stimme überzeugte ihn wenig.

Niemals könnte er in dem verhassten Land leben. Die Wahrheit musste er ihr verschweigen. Sie würde darauf bestehen, es wenigstens zu versuchen. »Ich kann nicht. Noch nicht.«

»Du hast es versprochen.« Ihr Schluchzen zerriss ihm das Herz.

»Ich weiß. Es tut mir leid.« Seine Feigheit ließ Übelkeit in ihm aufsteigen. »Gib mir etwas Zeit.« Er musste eine Lösung für sie finden. Eine, mit der sie beide glücklich werden konnten.

12

Gedankenverloren saß Antonia in der Bar Bosch und überlegte, ob sie richtig handelte, wenn sie Alba aufsuchte. Isabel würde es ihr vielleicht übel nehmen. Ihre Tochter hatte nichts Unrechtes getan. Im Gegenteil. Sie hatte alles versucht, den kleinen Pablo zu retten. Erst vor dem Ertrinken im Safreig, dann vor der einzigen Biene, die sich von ihrem Volk entfernt hatte, um sich ausgerechnet an Pablos Hals zu setzen. Trotzdem ging Lilia ihr aus dem Weg, kümmerte sich nur noch um ihre Bodega und mied ein Treffen, obwohl sich die beiden Frauen zuvor ausgezeichnet verstanden hatten. Ihr Bruder Leo sprach weder mit Antonia noch mit Carla. Es wirkte, als hätte es die Versuche, die Familien wieder zu vereinen, nie gegeben. Antonia litt darunter. Deshalb hoffte sie auf Albas Unterstützung.

»Was tust du denn in Palma?« Rodrigo stand unverhofft neben ihr.

»Kaffee trinken.« Sie zeigte auf den freien Stuhl gegenüber. »Leiste mir Gesellschaft.« Hatte sich Rodrigo die ersten Jahre auf der Insel Zeit gelassen, zu entscheiden, was er mit seinem Leben anstellen wollte, so schien das vorüber. Sein Exportgeschäft lief, und er schien sich in die Arbeit zu vergraben. Seit Wochen hatte er sie nicht mehr besucht.

»Ich bin leider in Eile.« In diesem dunkelblauen Anzug wirkte er wie ein Geschäftsmann.

»Kannst du deiner Mutter keine fünf Minuten schenken?«

Er sah auf die Uhr. »Gut, dann gehe ich später beim Anwalt wegen des Vertrags vorbei. Ich werde sehen, ob er mich unangemeldet zu sich lässt.«

»Ich habe gehört, du erweiterst deine Firma. Stimmt das?« Sie kam direkt zum Kern. Da er unter Zeitdruck stand, schien ihr dieses Vorgehen sinnvoll. »Erzähl mir davon. Lieferst du auch nach San Francisco und Chicago? Konnten dir Cate und William weiterhelfen?«

»Ja. William nannte mir einen Großhändler, der sein Hotel beliefert.« Er setzte sich und bestellte bei der Kellnerin einen Kaffee. »Ihm liefere ich alle vierzehn Tage neue Ware. San Francisco gestaltet sich schwieriger.«

Endlich beschäftigte sich der Junge mit einer Erfolg versprechenden Tätigkeit. »Und New York?« Sie ahnte, wer hinter dem Aktionismus steckte. Tamara. Xisca hatte von ihrem kurzen Aufenthalt erzählt. Antonia mutmaßte, ihr Sohn wollte den zukünftigen Schwiegervater beeindrucken, was ihr imponierte.

»Da liefere ich sogar jede Woche.« Er überschlug die Beine.

Elegant sah er aus. Wie früher sein Vater. »Wie geht es Tamara?«

»Gut. Ihr Vater ist krank. Sonst wäre sie längst hier.« Er beugte sich zu ihr vor. »Wenn ich dir ein Geheimnis verrate, behältst du es für dich?«

»Selbstverständlich.« Wie lange hatte sie auf so einen Moment gehofft. Ihr Sohn öffnete sich ihr gegenüber. »Geht es um Tamara?«

»Ja. Wir sind verlobt. Seit sechs Monaten.« Er lächelte schief.

Mit Mühe unterdrückte sie den Impuls, ihm liebevoll durch das Haar zu wuscheln. »Das ist ja wundervoll! Wann heiratet ihr? Und wo?«

»Hier natürlich. Ich gehe nicht in die Staaten. Das weißt du.« Er sah sie unwirsch an. »Daran hat sich nichts geändert. Ich habe mit Tamara eine Abmachung. Sie kümmert sich um ihren Vater und um einen Nachfolger, und ich baue uns hier eine Zukunft auf.«

»Ich wollte dich mit meiner Frage nicht verärgern.« Das erklärte, weshalb sie ihren Sohn kaum noch zu Gesicht bekam. Er mühte sich für Tamara ab. »Dann wickelst du deine Geschäfte von hier aus ab? Ohne Kundenbesuche?«

»Es funktioniert. Warum sollte ich etwas verändern?« Der Kellner brachte die Bestellung. »Ich rufe sie regelmäßig an, berichte von neuen Produkten und schicke ein Testpaket.«

Antonia kannte das von Federico anders. Er hatte in engem Kundenkontakt gestanden, wie sie mit ihren Weinkunden damals ebenfalls. Die Zeiten schienen sich zu ändern. Sie wollte sich nicht einmischen. »Du bist erfolgreich, also machst du alles richtig. Ich bin stolz auf dich.«

Sein Gesichtsausdruck entspannte sich. »Danke. Die Arbeit ist anstrengend. Aber lohnenswert.« Er nippte am Kaffee. »Warum bist du in Palma? Kaffeetrinken kannst du auch im Ort.«

»Fernanda kommt mit ihrem Mann Enrique. Erinnerst du dich an deine Tante?«

»Natürlich. Bleibt sie lange?«

»Eine Woche. Wir haben uns ewig nicht mehr gesehen.«

»Dann bleibst du in Palma?«

»Nein, ich werde ihr die Insel zeigen. Wo ich jetzt lebe. Ihr die Bodega vorstellen.« Eine Frage brannte Antonia unter den Nägeln. »Exportierst du inzwischen die Weine deiner Schwester?«

Rodrigo sah auf seine polierten Schuhe.

»Dachte ich mir. Redet miteinander. Damit gewinnt ihr beide.« Mehr wollte Antonia nicht anregen. »Die Weine sind gut. Und wenn du mallorquinische Spezialitäten verkaufst, sollten ihre Weine in deinem Angebot sein. Es sind die besten der Insel.«

»Das weiß ich.« Er wand sich unter ihrem Blick. »Ich bin nur noch nicht dazu gekommen. San Francisco hat mich zu sehr beschäftigt. Cate hat auch schon nach den Weinen ihres Bruders gefragt.« Er leerte seine Tasse. »Nun muss ich gehen.« Er küsste sie auf die Wange, legte zehn Peseten auf den Tisch und verabschiedete sich. »Lass mich dich einladen. Die Bocadillos sind hier großartig.«

»Danke, mi Corazón.« Antonia genoss die Geste. Auf ein Brötchen verzichtete sie. Zuerst wollte sie mit Alba sprechen. Vorher bekäme sie keinen Bissen hinunter. »Komm nach dem Gespräch mit Isabel und Christopher bei mir vorbei.«

Ihr Sohn stimmte zu und verschwand unter den Passanten in Richtung Plaza de la Reina. Nachdenklich sah sie ihm nach. Ob sie wenigstens zwischen ihren Kindern Frieden stiften konnte? Die Weissagung von Angelica beschäftigte sie mehr, als sie sich eingestand. Sie wünschte sich eine Familienvereinigung. Ohne Hilfe schien es ihr unmöglich. Sie musste mit Alba sprechen.

Antonia bezahlte und ging die wenigen Schritte bis zum Las Rosas. An der Rezeption fragte sie Eduardo nach Alba.

»Gehen Sie hoch. Sie ist in ihren Privaträumen.« Er nahm das läutende Telefon ab und vertiefte sich in seine Arbeit.

Den Weg kannte sie. Der Fahrstuhl stoppte im obersten Stock. Auf ihr Klopfen regte sich niemand. Sie klopfte fester.

»Ich komme!« Albas Stimme drang laut zu ihr. Schwungvoll öffnete sie die Tür. In einem luftigen Sommerkleid stand sie vor ihr. Farbspritzer bedeckten das Kleid. In der Hand hielt sie einen Pinsel. Sie wischte sich mit dem Handrücken über die Wange und hinterließ eine dunkelgrüne Spur. Selbst in ihrem Haar entdeckte Antonia Farbe. »Antonia. Was für eine Überraschung!«

»Ich störe. Das wollte ich nicht.«

»Rede keinen Unsinn. Was führt dich zu mir?« Sie gab den Eingang frei und wies mit dem Kinn ins Innere.

Antonia trat ein, sah zur Staffelei. »Ich komme ein anderes Mal wieder.«

Alba fuchtelte mit dem Pinsel herum. »Wenn du nicht augenblicklich sagst, warum du mich besuchst, male ich dich an.« Sie lachte. »Du weißt, ich bringe das fertig.«

»Dazu bist du zweifelsohne in der Lage.« Sie hob in gespielter Abwehr die Arme. »Also gut, es geht um Isabel und Lilia. So kann es nicht weitergehen.«

Albas Miene verfinsterte sich. »Es hat sich nicht gebessert zwischen den beiden?«

»Nein. Zuerst ging Lilia nur meiner Tochter aus dem Weg. Es dauerte nicht lange, bis Isabel nachgezogen hat. Wenn sie sich begegnen, ignorieren sie sich. Als wären sie Luft.« Antonia schüttelte den Kopf. »Das muss sich ändern. Isabel trifft keine Schuld. Und Lilia bestraft sich selbst. Wo soll das hinführen?«

Mit einem Seufzen zuckte Alba die Schultern. »Warte im Restaurant auf mich. Ich mache mich kurz sauber und ziehe mich um.«

Wie vereinbart setzte sich Antonia ins Restaurant, bestellte ein Glas Wein, um sich die Wartezeit zu vertreiben.

Ein attraktiver Herr stand an der Bar und prostete ihr zu. Antonia sah irritiert zur Seite. Der Mann musste jemand anderen meinen. Er war ihr gänzlich unbekannt. Aus den Augenwinkeln bemerkte sie, wie er sie musterte. Kannte er sie? Woher? Sie ging in Palma wenig aus und verbrachte die meiste Zeit in Binissalem. Dort hatte sie ihn nie gesehen.

»Ah, hier sitzt du.« Alba setzte sich zu ihr an den Fenstertisch. »Hast du die Passanten beobachtet?«

»Nein. Der Mann an der Bar aber mich. Wer ist das?« Alba kannte den Großteil ihrer Gäste mit Namen, vielleicht erinnerte sie sich auch an diesen.

»Du meinst den im dunklen Anzug?«

»Ja. Er sieht herüber.«

Alba winkte ihm zum Gruß. »Adrian Martínez Cruz. Er steigt öfter für eine Nacht ab, wenn sein Schiff für zwei Tage im Hafen liegt. Er liebt seine Arbeit als Kreuzfahrtkapitän, ist jedoch auch gerne an Land.«

»Er arbeitet noch?« Der Mann musste an die siebzig Jahre alt sein.

»Er empfindet es nicht als Arbeit.« Alba suchte den Blick des Oberkellners, wies auf Antonias Wein und neigte den Kopf. Der Angestellte verstand die Geste. »Du willst also Isabel und Lilia wieder zusammenbringen.«

»Und Rodrigo und Isabel. Bei den beiden hakt es auch.« Antonia konzentrierte sich auf das Gespräch. »Es kann doch nicht so schwer sein, die Familie zusammenzuhalten.«

Alba lachte ihr glockenklares Lachen. In ihrem Haar zeigten sich immer noch Farbspritzer, obwohl sie es offenbar gekämmt hatte. Es glänzte seidig im Sonnenlicht. »Familie kann man sich nicht aussuchen. Du willst also Schicksal spielen. Wie? Sobald ich Lilia auf Isabel anspreche, verzieht sie gequält das Gesicht, folglich beende ich das Thema, bevor meine Tochter nicht mehr zu mir kommt.«

»Es muss doch eine Möglichkeit geben.«

Der Kellner brachte den Wein. Alba bedankte sich, erhob ihr Glas und prostete Antonia zu. »Ich habe bisher keine gefunden. Seit Pablos Tod stürzt sie sich in die Arbeit. Ihre Ehe funktioniert wieder. Auch den Streit mit Leo hat sie beigelegt, obwohl sie ihm etwas nachträgt, was sie vor mir verheimlicht.«

»Die einzige Gemeinsamkeit, die sie haben, ist der Weinanbau. Darüber müssen wir sie irgendwie zusammenbekommen. Meine Tochter hat aufgegeben, Lilia zu kontaktieren. Wer auf Dauer ignoriert wird, gibt auf.«

»Stimmt.« Für einige Sekunden sah Alba traurig aus. »Das ist menschlich.« Sie drehte ihr Glas in Händen. »Der Wein ist die Verbindung. Da hast du recht. Ich überlege mir etwas. Weißt du, ob Lilia inzwischen eine eigene Etikettiermaschine besitzt? Oder drucken sie weiterhin in Inca?«

»Meines Wissens geben sie den Auftrag nach Inca und bekleben die Flaschen selbst.« Antonia wusste, dass Isabel angeboten hatte, gegen einen kleinen Unkostenbeitrag, ihre Maschine zu nutzen, was sie abgelehnt hatten. »Lass mich an deinen Gedanken teilhaben.«

»Es ist nur eine erste Idee. Gib mir noch etwas Zeit.« Sie sah auf die Uhr. »Apropos, ich muss los.«

»Schade, ich hatte gehofft, wir könnten zusammen ein spätes Mittagessen einnehmen.« Antonias Magen regte sich nun doch.

»Ich muss zum Anwalt. Einige Papiere unterschreiben.« Alba stand auf. »Sonst hätte ich dir gerne Gesellschaft geleistet.«

»Meine Schwägerin Fernanda reist heute mit ihrem Mann an. Ich will sie begrüßen, wenn sie ankommt.« Sie hatten sich so lange nicht mehr gesehen. »Aber geh ruhig, ich esse allein. Kein Problem.«

Alba küsste sie auf die Wangen, eilte zum Kellner und schickte ihn mit der Speisekarte zu ihr.

Antonia entschied sich für ein Rinderfilet mit Gemüse. Dazu ein weiteres Glas Wein. Bevor sie die Karte schloss, schielte sie über den Rand zur Bar. Der Mann saß immer noch dort. Er sah herüber, stand auf und kam auf sie zu.

»Sie speisen allein?« Er reichte ihr die Hand. »Darf ich mich vorstellen. Adrian Martínez Cruz.«

Antonia ergriff sie. »Antonia Delgado Ramis. Die Schwägerin der Hoteleigentümerin.«

»Sehr erfreut. Darf ich Ihnen Gesellschaft leisten?«

Antonia zögerte.

Adrian trat einen Schritt zurück. »Ich will mich nicht aufdrängen. Entschuldigen Sie.«

»Nein. Verzeihung. Bitte, setzen Sie sich.« Ihr erster Impuls riet ihr, ihn abzuweisen, auf der anderen Seite könnte er ihr angenehm die Zeit bis zu Fernandas Ankunft vertreiben. Ein Kreuzfahrtkapitän. Bestimmt hatte er viel zu berichten.

»Sind Sie sicher?«

»Ja. Ich esse ungern allein.« Sie flunkerte, aber sie wollte es dem Mann nicht noch schwerer machen, nachdem sie zuvor abweisend gewirkt hatte.

»Dann darf ich Sie bitte einladen.«

Antonia lehnte ab.

»Eine emanzipierte Frau.« Er zeigte auf den Platz gegenüber.

Würde sie annehmen, käme der Mann womöglich auf falsche Gedanken. »Setzen Sie sich.« Sie reichte ihm die Karte. »Ich habe schon gewählt.«

Adrian studierte die Speisekarte. Kaum schloss er sie, eilte der Kellner herbei. »Ich nehme das Rinderfilet mit Gemüse und ein Glas von diesem vorzüglichen Rotwein.«

Antonia unterdrückte ein Grinsen. »Für mich bitte auch.«

»Kann das ein Zufall sein?« Überrascht sah er sie an.

Nach der ersten Nervosität entspannte sich Antonia zusehends. Sie war es gewohnt, bei Geschäftsessen mit fremden Männern zu plaudern. »Sie sind auf Urlaub?« Keinesfalls sollte er erfahren, dass sie Alba nach ihm gefragt hatte.

»Nein. Leider nicht.« Der Kellner servierte die Getränke. »Nennen wir es eine Arbeitspause.«

»In welchem Bereich sind Sie tätig?«

»Früher habe ich Transportschiffe gefahren. Seit die Kreuzfahrten zunehmen, steuere ich ein Passagierschiff.« Er prostete ihr zu. »Auf einen schönen Nachmittag.«

Darauf stieß Antonia gerne an. »Dann sehen Sie viel von der Welt?«

»O ja, einige Jahre habe ich die Atlantiküberquerungen gemacht. Von Cádiz nach Lissabon über Kanada an der Küste entlang nach New York.«

Noch nie hatte Antonia einen Kapitän getroffen. »Wie spannend!« Es gab unzählige Orte auf der Welt, die man mit diesen modernen Schiffen bereisen konnte. Fremde Städte. Exotische Länder. Sie las die Anzeigen in den Zeitungen sehr gerne, würde sich jedoch niemals ohne ihre Familie eine solche Reise zutrauen.

»Es verliert an Reiz, um ehrlich zu sein. Man hat wenig Zeit, sieht als Kapitän meist nur den Hafen, weil es immer etwas zu erledigen gibt.« Sein charmantes Lächeln ließ seine Augen aufleuchten. »Sind Sie von dieser bezaubernden Insel?«

»Ich bin hier geboren und aufgewachsen. Habe aber das halbe Leben auf Kuba verbracht. Ein Teil meiner Familie lebt in Kalifornien. Napa Valley, falls Ihnen das bekannt ist.«

Das Filet wurde serviert. »Noch ein Glas Wein?« Adrian bestellte nach.

»Ihre Biografie scheint weit aufregender als meine. Wie sind Sie nach Kuba gelangt?«

»Mit dem Schiff.« Sie zwinkerte ihm zu. Antonia wollte mehr über den Mann erfahren und nicht ihre Lebensgeschichte vor ihm ausbreiten. »Welche Route fahren Sie jetzt?«

»Sie weichen aus.« Er nahm das Besteck auf. »Buen provecho.«

Antonia wünschte ihm ebenfalls guten Appetit und amüsierte sich darüber, wie schnell er ihre Intention entlarvt hatte.

»Ich befahre das Mittelmeer. Italien. Frankreich. Marokko. Algerien. Je nachdem. Selten auch bis Griechenland.« Adrian sah vom Essen hoch. »Kennen Sie eines der Länder?«

»Nein.« Marokko. Wie exotisch das klang. Orient. Das kannte sie nur aus Büchern. »Was sagt Ihre Familie dazu?« Sie zögerte. »Wenn die Frage indiskret ist, tut es mir leid. Ich stelle es mir nur sehr schwierig vor.«

Er stimmte zu. »In der Tat. Meine Frau hat sich von mir getrennt. Die Kinder sind inzwischen erwachsen und haben eigene Familien. Wenn auf dem Schiff Kabinen frei sind, lade ich sie auf die Fahrt ein. Das erlaubt die Reederei. Finanziell habe ich sie immer unterstützt. Auf dem Wasser braucht man nicht viel.«

Das hörte sich traurig an. Sie hatte Federico schon nach wenigen Tagen vermisst, sobald er auf den Tabakfeldern geblieben war. Regelmäßig über Wochen der Familie fern zu bleiben, wäre nichts für sie. Dennoch klang Adrian keineswegs verbittert.

»Es ist gut so, wie es ist.« Die Lachfältchen an seinen Augen vertieften sich. »Wie ist es bei Ihnen? Warum begleitet Sie Ihr Mann nicht nach Palma?«

»Federico ist vor vier Jahren gestorben. In Kalifornien. Nach seinem Tod bin ich nach Mallorca zurückgekehrt.« Inzwischen konnte sie ohne Trauer darüber sprechen. Die ersten Monate hatte es sie große Überwindung gekostet, bei Erzählungen über ihn die Tränen zurückzuhalten. »Er stammt vom Festland. Mit ihm habe ich mein Leben auf Kuba verbracht. Seine Schwester reist heute mit ihrem Mann an. Deshalb bin ich hier.« Mehr wollte sie nicht preisgeben. Was Antonia mit ihrem ersten Ehemann erlebt hatte, behielt sie für sich. »Wir haben uns seit Jahren nicht gesehen. Ich hoffe, wir erkennen uns wieder.«

»Ganz bestimmt. An Ihren Augen wird man Sie immer erkennen.« Er suchte ihren Blick.

Sie hielt ihn kurz, wandte sich jedoch zügig erneut ihrem Essen zu. Der Mann flirtete mit ihr. Wie kam sie denn dazu? In ihrem Alter?

Plaudernd beendeten sie das Essen. Der Wein ging zur Neige, wie auch das Tageslicht, das gemächlich der Abenddämmerung wich.

Eduardo betrat den Speisesaal. Sein Blick blieb bei Antonia hängen. Er eilte auf sie zu. »Ihre Schwägerin ist angekommen.« Er zeigte zurück an die Rezeption. »Ich sollte Ihnen Bescheid sagen.«

»Danke, Eduardo. Schicken Sie bitte den Kellner mit der Rechnung an unseren Tisch?«

»Selbstverständlich.« Er deutete eine Verbeugung an, bevor er sich erneut um seine Arbeit kümmerte.

»Ich muss los.« Antonia hätte länger mit diesem Mann zusammensitzen und sich unterhalten können.

»Antonia, es war mir ein großes Vergnügen.« Der Kellner brachte die Rechnung in einem Lederetui und legte sie vor Adrian. Er zog das Etui zu sich. »Gönnen Sie mir die Freude, Sie einzuladen, und gehen Sie zu Ihrer Familie.« Sein bittender Blick ließ Antonia nachgeben. »Nächste Woche bin ich zur gleichen Zeit hier und werde auf Sie warten, falls Sie sich revanchieren möchten.«

»Ich kann nichts versprechen.« Antonia erhob sich.

Adrian stand ebenfalls auf, um sich mit zwei Küsschen auf die Wangen von ihr zu verabschieden.

»Ich danke Ihnen für die Einladung, Adrian.« Antonia nahm ihre Hand von seiner Schulter. »Sie haben mich prächtig unterhalten. Es war sehr angenehm.«

»Ich warte auf Sie. Vergessen Sie das nicht.«

Sie schenkte ihm ein Lächeln, bevor sie sich umwandte und in Richtung Rezeption ging.

Ein Kofferträger kümmerte sich um das Gepäck zweier Gäste. »Fernanda!« Sie eilte auf das Paar zu.

Die Frau drehte sich herum. »Antonia! Was tust du denn hier? Sag nicht, du hast auf uns gewartet!«

»Ich wollte euch überraschen.« Sie blieb vor ihrer Freundin stehen. In ihrem beigefarbenen Kleid sah sie fabelhaft aus. Ihr Pagenschnitt wellte sich kunstvoll und schmeichelte ihrem schmalen Gesicht. »Du siehst fantastisch aus!«

»Das gleiche Kompliment kann ich dir machen!« Fernanda fiel ihr in die Arme. »Was hast du mir gefehlt!«

Antonia genoss die Umarmung. Spanien schien Fernanda zu bekommen, sie erinnerte erneut an die Frau, die Antonia auf dem Schiff damals kennengelernt hatte. Herzlich. Offen. Das hatte sie zuletzt auf Kuba an ihr vermisst. »Nun haben wir uns ja wieder.«

Sie lösten sich. Antonia begrüßte Enrique mit Küsschen. »Hattet ihr eine gute Anreise?«

»Der Flug war angenehm.« Enrique zeigte auf den Eingang zum Restaurant. »Lasst uns dort an der Bar etwas trinken. Ich habe Durst.«

»Ich kann warten, wenn ihr euch frisch machen möchtet.« Antonia wollte vermeiden, dass die beiden auf Adrian trafen, obwohl er kaum mehr als ein flüchtiger Bekannter war und es keinen Grund gab, sie nicht aufeinandertreffen zu lassen.

»Im Gegenteil.« Er wandte sich an Fernanda. »Wie ist es bei dir?«

»Ich lasse Antonia doch nicht noch länger im Restaurant warten.« Sie schlenderte zur Durchgangstür. »Kommt ihr?«

Die Tür ging auf.

Adrian stand ihnen gegenüber. »Buenas tardes. Sie wurden sehnlichst erwartet.« Er hielt die Restauranttür auf.

»Buenas tardes«, sagte Fernanda. »Sehr freundlich.« Neugierig musterte sie Adrian. »Und Sie sind ein Angestellter?«

»O nein, ich hatte nur die Ehre, Ihrer Schwägerin die Zeit zu vertreiben.« Er zeigte zur Bar. »Den Rotwein kann ich wärmstens empfehlen. Ich wünsche Ihnen einen schönen Abend.«

Enrique ließ Antonia und Fernanda den Vortritt. »Wollen Sie uns Gesellschaft leisten?«

Antonia erschrak. Würde Adrian annehmen?

»Bedauerlicherweise muss ich absagen.« Er schenkte Antonia ein Lächeln. »Ich muss zurück zu meiner Arbeit.«

Antonia rechnete ihm die Ausrede hoch an. »Buenas tardes«, verabschiedete sie sich und wandte sich ab.

Fernanda warf ihr einen fragenden Blick zu, den Antonia geflissentlich ignorierte. Es gab zu Adrian nichts zu sagen. Ihre Schwägerin musste Antonia nicht an Federico erinnern. Er begleitete sie jeden einzelnen Tag. »Wie geht es euren Kindern?«

»Gut, nehme ich an. Ich bekomme sie kaum zu Gesicht. Wie ist es bei deinen?« Fernanda setzte sich an einen Tisch am Fenster. Enrique hatte den Barbereich vorgeschlagen, was Fernanda ablehnte, weil sie ungern auf diesen Hockern saß. »Wird bei dir ähnlich sein, oder? Wir ziehen die Brut groß, und anschließend verlassen sie das Nest. Da muss mindestens eine handfeste Krise her, damit ich noch gefragt bin.«

Treffender hätte Antonia es nicht beschreiben können. Rodrigo lebte auf derselben Insel. Sie traf ihn nach Monaten zufällig in Palma. Und Isabel war mit der Bodega und den Kindern beschäftigt. Sie sahen sich zwar, trotzdem wusste sie kaum etwas über ihre Nöte. »Das ist der Lauf der Zeit.«

Antonia bestellte ein Wasser. »Ich kann unmöglich noch einen Wein trinken, sonst brauche ich hier ein Zimmer.«

Enrique verabschiedete sich nach der Bestellung auf die Toilette, die sich im Foyer befand.

»Nachdem mein Mann fort ist, möchte ich auf der Stelle wissen, wer dieser Mann ist, den wir eben getroffen haben.« Fernanda beugte sich vor und stellte ihre Ellbogen undamenhaft auf den Tisch. »Bist du frisch verliebt?«

»Nein.« Antonia wand sich. »Wir haben uns heute nur ein wenig unterhalten.«

Fernanda kniff die Augen zusammen. »Ich mag dich einige Jahre nicht gesehen haben, aber ich kenne diesen Gesichtsausdruck.«

»Welchen?« Fernanda bewertete das viel zu hoch. »Ich kenne den Mann kaum.«

»Er gefällt dir aber, gib es zu.« Ihr Blick war fest auf sie gerichtet. »Ich bin nicht dumm.«

»Das habe ich nie behauptet.« Antonia wollte keinen Streit. Ihre Schwägerin musste Federico nicht verteidigen. Es gab keinen Grund dafür.

»Sei du es auch nicht. Wenn dir ein gut aussehender Mann in deinem Alter den Hof macht, und du ihn interessant findest, solltest du ihn nicht von der Angel lassen.«

Der Kellner unterbrach das Gespräch, öffnete den Wein und goss ein, was Antonia eine Verschnaufpause gönnte.

Fernanda trank umgehend einen großen Zug. »Nun sieh mich nicht so an. Federico ist tot, er wird nicht wieder lebendig, wenn du dich auf dem Land einsperrst und die Geschenke ignorierst, die das Leben dir bietet.«

»Ich dachte ...« Ihr fehlten die Worte.

»Ha!« Sie schenkte Antonia einen Schluck Wein ein. »Du hast geglaubt, ich wäre enttäuscht. Hier, trink, du bist ganz blass geworden.«

»Ja, das habe ich gedacht.« Antonia trank ein Glas Wasser, um Fernandas Meinung sacken zu lassen. »Nachdem wir gerade so offen sprechen.«

Ihre Freundin sah sie mit hochgezogenen Augenbrauen an. »Ja?«

»Schön, dass du nicht mehr die versnobte Version bist, in die Kuba dich zuletzt verwandelt hat.« Antonia hob ihr Glas. »Ich trinke auf die Wiedergeburt meiner Freundin, die ich verloren geglaubt hatte.«

»War ich so unausstehlich?« Sie stieß gegen ihr Weinglas.

»Noch schlimmer.« Antonia zeigte auf Enrique, der zurückkehrte. »Ich dachte, er sei schuld.«

»Enrique?« Fernanda lachte schallend los. »In einer guten Ehe hat die Frau die Hosen an.« Sie zwinkerte ihr zu. »Sag es ihm aber nicht, denn er hat keine Ahnung.«

»Werde ich nicht.« Es fühlte sich wieder so leicht an, wie vor fünfundzwanzig Jahren, als Fernanda ihr die beste Freundin gewesen war, die man sich wünschen konnte.

Enrique blieb an der Bar stehen und winkte den Barkellner herbei.

»Eines muss ich dich fragen.« Fernanda sah sie nun ernst an. »Warum hast du nichts gesagt?«

»Zu deiner Veränderung?« Das lag lange zurück. Sie überlegte. »Du hast glücklich gewirkt. Zufrieden. Nur weil wir uns unterschiedlich entwickelt haben, stand es mir nicht zu, dir Vorwürfe zu machen. Nicht nach dem, was du alles für mich getan hast.«

Nachdenklich verschränkte Fernanda ihre Arme vor der Brust. Enrique kehrte mit einer angezündeten Zigarre an den Tisch zurück. »Cariño, wir sprechen gerade über Kuba. Ist dir eine Veränderung an meinem Verhalten aufgefallen?«

Enrique verschluckte sich am Rauch und hustete. Er suchte Antonias Blick, versuchte, die Situation besser zu erfassen. »Was meinst du?«

»Habe ich mich auf Kuba im Laufe unserer Ehe verändert?« Fernanda schien ernsthaft zu überlegen. »War ich vor unserer Eheschließung anders?«

»Wir hatten Kinder. Natürlich hat sich vieles dadurch geändert.« Vergeblich suchte er bei Antonia Hilfe, die den Schlagabtausch amüsiert beobachtete.

»Ich will wissen, ob ich zu einem Snob geworden bin, bevor wir nach Spanien gezogen sind.« Sie beugte sich zu ihm. »Sag die Wahrheit.«

»Vielleicht zu einem kleinen Snob.«

Antonia prustete los. Fernanda stimmte mit ein. »Ich war also kaum zu ertragen? Warum hat mir das keiner gesagt?«

»Weil wir dich lieben. Deshalb.« Antonia trank von ihrem Wasser. »Wann wollen wir uns morgen treffen?« Der Blick auf die Uhr mahnte sie zur Heimfahrt. Francisco würde die Abholung übernehmen. Carla und sie wollten ein Picknick auf dem Grundstück von Isabel vorbereiten.

»Zehn Uhr?« Fernanda sah zu Enrique, der zustimmte.

»Dann fahre ich zurück, sonst sitzen wir morgen noch hier, um über alte Zeiten zu reden.« Antonia stand auf, legte fünf Peseten auf den Tisch und bestand darauf, den Wein zu bezahlen.

Während der Rückfahrt ließ sie diesen besonderen Tag Revue passieren. Sollte sie in der kommenden Woche nach Palma fahren? Wollte sie Adrian wiedersehen? Die Gedanken beschäftigten sie, bis ihr zu Hause im Bett die Augen zufielen.

Die gemeinsamen Tage mit Fernanda und ihrem Mann vergingen wie im Flug. Christopher und Fernandas Mann verstanden sich gut. Selbst Rodrigo ließ sich überreden, zur kleinen Abschiedsfeier zu kommen, was dazu führte, den Weinexport erfolgreich zu besprechen. Rodrigo zeigte sich verständig und unterließ die üblichen Provokationen, was Antonia auf die Verlobung mit Tamara schob. Irgendwann würde er einsehen, wie wenig man die Eigenschaften einer Person an der Nationalität festmachen konnte. Jeder Mensch war viel mehr die Summe seiner Erfahrungen als die seines Herkunftslands.

Fernanda und Enrique übernachteten in Isabels Gästezimmer, das sie sonst für Antonia bereithielt, sobald sie über Nacht blieb.

Pünktlich wartete Antonia vor dem Haus ihrer Tochter, um Fernanda und Enrique nach Palma zu bringen. Ihr Urlaub war vorüber. Sosehr Fernanda die Neugierde umtrieb, behielt Antonia es für sich, ob sie Adrian tatsächlich wiedersehen wollte. Wie würde sie sich fühlen, sollte er sie versetzen? In einer Woche konnte viel geschehen. Es schadete jedoch nicht, das Mittagessen im Hotel einzunehmen, um sich gestärkt auf den Rückweg zu begeben, während ein Fahrdienst ihre Freunde samt Gepäck zum Flughafen brachte. Käme Adrian, fein, wenn nicht, hatte sie nichts verloren, außer ein wenig von ihrem Stolz, der ihr bei Entscheidungen in ihrem Alter nicht mehr zu sehr im Wege stand.

Bereits beim Betreten des Restaurants sah Antonia ihn an der Bar stehen. Wie beim ersten Treffen ein Rotweinglas vor sich. Sie ging hinüber und setzte sich auf den Hocker neben ihn. »Für mich auch ein Glas, por favor.«

»Antonia, ich habe gehofft, Sie hier zu sehen.« Er beugte sich zu ihr und küsste sie zur Begrüßung auf die Wangen. »Heute Nachmittag ist ein Tanztee im Titos. Möchten Sie mich begleiten? Nach einem gemeinsamen Mittagessen?«

»Ich weiß nicht, ob ich noch tanzen kann.« Wann hatte sie das letzte Mal getanzt? Es lag viele Jahre zurück. Zuletzt auf Kuba, mit Federico in der Bibliothek.

»Das verlernt man nicht.« Er wies auf einen freien Tisch am Fenster. »Wollen wir uns dorthin setzen?«

Das Essen verbrachten sie mit Erzählungen. Antonia berichtete von Fernandas Besuch und ihren Kindern. Kuba und ihre Vergangenheit grenzte sie absichtlich aus. Für diese Art des Austausches kannten sie sich zu wenig. Adrian erzählte von seinen Reisen. Den Sehenswürdigkeiten. »Marokko würde ich dir gerne zeigen. Die Märkte, die Gewürze, es würde dir gefallen.« Im Laufe des Gesprächs waren sie zwanglos ins Du übergegangen.

»Du beschreibst sehr lebendig. Trotzdem kann ich mir den Geschmack und den Geruch von Kardamom und Koriander nicht vorstellen.« Ob sie Carla zusammen mit Francisco zu einer Kreuzfahrt bewegen könnte? »Vielleicht werde ich dorthin fahren.«

»Aber nicht ohne mich.« Gespielt gebieterisch hob er die Augenbrauen. »Das würde ich nicht ertragen.«

»Das würdest du müssen«, neckte sie ihn. »Denn wenn ich auf Reisen gehe, dann mit meiner Schwester und ihrem Mann.«

An der Plaza de la Reina bogen sie in Richtung Cala Mayor ab. Sie wechselten die Straßenseite, um am Meer entlangzuspazieren. »Ich kann immer noch kaum fassen, wie sie dem Meer diesen Bereich abgerungen haben, um die Verkehrsstraße zu bauen.« Den Weg zum Titos legten sie zu Fuß zurück. Die Großbaustelle der neuen Küstenstraße war beinahe beendet. Drei Spuren führten in jede Verkehrsrichtung. Die Seehandelsbörse trennte nun eine breite Asphaltstraße vom Meer. Die Fischerboote ankerten weiter draußen als vor fünf Jahren. Antonia erinnerte sich, wie es in Palma ohne Verkehr gewesen war. Ruhig. Weniger Menschen. Noch weniger Fahrzeuge.

Die Takelagen der Boote klimperten in der aufkommenden Herbstbrise, die vom Meer in die Stadt getragen wurde. Der Weg war dennoch zauberhaft, trotz der Autos. Vielleicht lag es aber auch an Antonias Begleitung. Auf dem letzten Stück streifte Adrian Antonias Hand. Die Berührung tat ihr wohl. Als er ihr seinen Arm anbot, hängte sie sich ein. Im Titos führte man sie an einen Tisch. Es wurde Kaffee, aber auch Tee serviert, da die Engländer diesen Brauch eingeführt hatten. Dazu reichten die Kellner unterschiedliches Gebäck.

Eine Liveband spielte eine Sevillana. Nur wenige Paare wagten sich auf die Tanzfläche. Adrian forderte sie auf. »Nein, das kann ich nicht.«

»Sicher? Nicht nur etwas eingerostet?«

Als Mädchen hatte sie Sevillana getanzt. Das lag lange zurück. »Ganz sicher. Beim nächsten Lied.«

Die Gruppe spielte einen Walzer. Unsicheren Schritts folgte sie Adrian auf die Tanzfläche. Der Mann konnte sich bewegen. Sie kannte niemanden, der besser führte. Obwohl sie selten tanzte, kam es ihr vor, als würde sie das Parkett kaum berühren. Den nachfolgenden Foxtrott beherrschte Adrian ebenfalls. Er bewegte seine schlanke Gestalt mit einer Eleganz, als würde er regelmäßig tanzen. »Wie oft führst du Frauen hierher aus?«

»Du bist die erste, warum fragst du?« Er begleitete sie an seinem Arm zurück zum Tisch. »Alles in Ordnung?«

»Woher kannst du das so gut?«

Sie setzten sich nebeneinander auf das samtrote Sofa. »Vom Schiff. Dort wird viel getanzt, und die Passagiere freuen sich, wenn ich mich unter sie mische. So bleibe ich in Übung.«

Das erklärte es. Antonia schämte sich, weil sie schlecht von ihm gedacht hatte. »Tut mir leid.«

»Das muss es nicht.« Er blickte sie an. »Ich bin kein Windhund, falls du das annimmst.«

»Also nicht in jedem Hafen ein Mädchen?« Unsicher sah sie ihn an. Sie wollte sich in ihrem Alter nicht lächerlich machen. Besser, sie genoss diesen Tanznachmittag, und ihre Wege trennten sich anschließend. Marokko wollte sie sich dennoch ansehen. Auch ohne Adrian.

13

Lilia schnitt einen Rebstock zurück. Nach der eingebrachten Ernte wollte sie diese Arbeit noch vor dem Weinfest in Binissalem erledigt haben. So hielten es alle Weinbauern. Ihr Vater half mit. Seitdem er ihr sein Geheimnis anvertraut hatte, sah sie ihn mit anderen Augen. Weniger bewundernd. Überhaupt hatte sich ihr Verhältnis seit jenem Tag verändert. Er war nachsichtiger mit ihren Wünschen und sie ungeduldiger mit ihm. Nachsehen konnte sie ihm den Jugendfehler, als er, ohne die Folgen abzusehen, den Schuppen seiner Eltern angezündet hatte. Sein Ansinnen, auf das Land zu bestehen, vermochte sie bis zum heutigen Tag nicht nachzuvollziehen. Carla und Antonia hatten ihren Vater durch Leos Hand verloren, und er wollte belohnt werden? Er musste froh sein, dass die Familie die Umstände geheim gehalten hatte, um ihm den Aufenthalt im Gefängnis zu ersparen. Mechanisch arbeitete Lilia sich voran. Stock für Stock. Die Gedanken an die Vergangenheit ihres Vaters hielten sie gefangen. Wo kam all der Hass her? Sie sah hoch, entdeckte ihren Vater drei Reihen weiter. Er tippte an seinen Strohhut, als er ihren Blick auffing, und sie lächelte. Ihr Vater hatte sie glauben lassen, er wäre von seinen Geschwistern um sein Erbe betrogen worden, dabei hatte er seinen Anspruch darauf, mit den Flammen des Schuppens und der Ernte darin, dem Feuer übergeben. Ihren Standpunkt hatte sie ihm klar dargelegt. Deshalb wollte sie auch Alejandro die Hotels überlassen. Sie hatte ihr Anrecht verwirkt, als sie die Schlange geworfen hatte. Ihre Mutter verstand sie. Dennoch übergab sie nur das Las Brisas und das Las Mariposas an Alejandro. Das Stadthotel sollte irgendwann Lilia gehören. Mit dieser Entscheidung konnten beide leben.

Lilia näherte sich dem Nachbargrundstück. Sie sah aus dem Augenwinkel eine Bewegung. Isabel. Unwillkürlich wandte sie sich ab, wechselte die Reihe und arbeitete in die entgegengesetzte Richtung weiter. Sogar nach zwei Jahren schaffte sie es nicht, Isabel in die Augen zu sehen. Bei ihrem Anblick fühlte sie sich als Versagerin. Isabel stellte die Sirulls richtig ins Haus. Sie kelterten besseren Wein. Ihre Ehe funktionierte problemlos. Ihre Kinder gediehen, sie achtete auf sie, wirkte nie überfordert. Selbst in der größten Not von Pablo war Isabel bei Lilias Sohn gewesen, und sie hatte versagt, als er sie gebraucht hatte. Deshalb ging sie ihr aus dem Weg. Um ihren Seelenfrieden aufrechtzuerhalten, den sie mühevoll aufgebaut hatte. Pablos Tod hatte sie ihrer Familie nähergebracht. Ihr Vater mischte sich weniger ein. Keine Geheimnisse standen mehr zwischen ihr und Marco. Sogar die Erpressungsgeschichte hatte sie ihm gestanden. Seither fühlte sie sich befreit, wieder wie sie selbst. Nur Isabel vermochte diese Zufriedenheit zu stören. Also vermied sie den Kontakt.

»Lilia!« Die Stimme ihrer Mutter klang weit über das Weinfeld.

Unangekündigte Besuche ihrer Mutter gab es selten. »Ich komme!« Sie steckte die Schere in ihre lederne Arbeitstasche, die sie am Hosengurt trug, und ging zurück zum Wohnhaus. »Hola, Mamá. Was hat dich hierherverschlagen?«

»Ich möchte etwas mit dir besprechen. Essen habe ich auch mitgebracht. Ich dachte, wir machen hier auf dem Feld zusammen Mittagspause.« Sie zeigte auf den Korb auf dem Tisch unter dem Johannisbrotbaum.

»Das trifft sich gut. So muss ich nichts vorbereiten.« Lilia begleitete ihre Mutter zu den Sitzbänken. »Was treibt dich um?«

»Gleich mit der Tür ins Haus.« Alba setzte sich. »So kenne ich das. Höfliches Geplänkel liegt dir nicht.«

»Tut mir leid, Mamá. Geht es dir gut?« Seit sie so hart für ihren Qualitätswein arbeitete, vergeudete sie ungern Zeit. Freizeit gönnte sie sich höchstens im Winter, wenn es weniger zu tun gab. Und plaudern, ohne etwas zu sagen, gehörte für sie in die Abendstunden.

»Mir geht es hervorragend.« Ihre Mutter nahm die eingepackten Speisen aus dem Korb. »Wie läuft es hier?«

Der von ihrer Mutter mitgebrachte Wein schmeckte Lilia, obwohl er ebenso wenig an den der Fitzgeralds heranreichte wie ihre eigene Herstellung, was sie jedoch für sich behielt. »Sehr gut, danke. Kommst du aufs Weinfest?«

»Ja, das hatte ich vor. Soll ich euch beim Kochen helfen?« Alba packte in feine Streifen geschnittenen Bellota-Schinken und Käse aus, Tomaten, frisches Brot und Oliven.

»Ich frage die Gamundis, ob sie Hilfe brauchen. Meine haben sie abgelehnt, aber ich bin auch keine gute Köchin, im Gegensatz zu dir.« Traditionell bereitete jeder Haushalt Mahlzeiten zu, auf den Straßen von Binissalem standen Tische und Stühle. Die Gäste, egal ob aus Palma oder Sencelles, waren herzlich willkommen, Platz zu nehmen, zu essen und zu trinken. Den Wein bezahlte das Rathaus, um die Speisen kümmerten sich die weiblichen Bewohner des Dorfs. »Außerdem müssen wir zusehen, dass der Wein geliefert wird. Dieses Jahr haben sie Vaters Ernte aufgekauft.«

»Da wird er vor Stolz platzen.« Alba wies auf die leeren Gläser. »Wollen wir deinen Reserva kosten? Ich bin neugierig.«

Bisher hatte niemand ihn verkostet, außer Lilia und Marco. »Gerne. Er ist fertig.« Sie ging in den Weinkeller und füllte eine Karaffe aus dem Fass. Die kommenden Tage würden sie ihn auf die Flasche bringen.

Als Lilia zurückkehrte, saßen Marco und Leo bei Alba.

»Wir essen nur rasch eine Kleinigkeit mit.« Marco zeigte auf seine Schwiegermutter. »Alba sagte, ihr habt was zu besprechen. Da wollen wir nicht stören.«

»Deine Mutter war einverstanden.« Leo hob die Hände.

Es war lange her, ihre Eltern zusammen an einem Tisch zu sehen. Friedlich. Ohne Streit.

»Es ist genug für alle da.« Alba legte sich Schinken und Käse auf ihren Teller und griff nach einer Brotscheibe.

Lilia goss jedem vom Reserva ein.

»Was hältst du davon, wenn wir einen eigenen Stand in Binissalem aufbauen? Wir könnten unsere Weine präsentieren. Der Reserva gibt das her.« Marco hob das gefüllte Glas in die Höhe. Die tiefrote Farbe schimmerte purpur. Er roch daran. »Fruchtige Note, und der Geschmack kann sich sehen lassen.«

Marcos Stolz erfreute Lilia. Konnten sie es wagen? Lilia wusste, er hielt keinesfalls gegen den Cabernet der Fitzgeralds stand. Ihr Preis läge niedriger, nur so könnte es funktionieren. »Warum nicht?«

Leo nippte am Wein und schwieg.

Am liebsten hätte Lilia ihn aufgefordert, seine Meinung mitzuteilen, doch sie unterdrückte den Impuls. Sie wollte ihn nicht drängen.

Ihre Mutter probierte und zog die Augenbrauen nach oben. »Er ist gut. Sehr gut. Ich würde sagen, ihr hattet bisher keinen, der so ausgewogen schmeckte.« Sie trank noch einen Schluck. »Seid ihr zufrieden? Ich bin ja keine Kennerin.«

»Sind wir.« Marco bediente sich am Käse. »Sonst hätte ich nicht den Stand vorgeschlagen.«

»Die Karaffen sind schön.« Alba tippte darauf. »Schenkt doch aus diesen aus. Dann spart ihr euch die Flaschenabfüllung.«

»Ich kann den Cabernet in kleine Holzfässer umfüllen. Das erleichtert auch den Transport. Fässer gehen nicht kaputt.« Leo leerte sein Glas und goss sich ebenfalls nach.

»Ausgezeichnete Idee. Mehr als zwei Karaffen brauchen wir nicht. Es geht um den Cabernet und den Mantonegro. Der Weißwein ist bereits auf der Flasche.« Der Mantonegro Tierra Madre erzielte ein hochwertigeres Ergebnis als der anderer Bodegas, die immer noch auf Masse setzten, wie ihr Vater. »Lasst es uns versuchen. Vielleicht verkaufen wir unsere Ernte schon auf dem Weinfest.«

Alba klatschte begeistert in die Hände. »Nun freue ich mich doppelt darauf.«

Leo beendete das Essen, schob den Teller von sich und erhob sich. »Ich kümmere mich um die Fässer, ihr um den Stand.«

»Danke, Papá.« Lilia wunderte sich über seinen Einsatz. Normalerweise legte er auf solche Veranstaltungen keinen

Wert. Die Freude über seine Hilfsbereitschaft überwog ihre Verwunderung über diese neue Friedfertigkeit, die er seit Wochen demonstrierte.

Wenige Minuten später verabschiedete sich Marco. »Ich lass euch nun allein. Lasst euch Zeit, ja? Der Rückschnitt verlangt keine Eile.«

Marco küsste Lilia und ging ins Weinfeld zu ihrem Vater. »Euch zusammen an einem Tisch zu sehen, ohne Streit. Das war schön.«

»Der Abstand heilt. Willst du dich nicht mit Isabel aussprechen? Ihr habt euch vor Pablos Tod so gut verstanden.« Alba steckte sich ein Stück Schafskäse in den Mund.

»Fang bitte nicht wieder davon an. Ich kann nicht.« Sie zog die Beine an und setzte sich in den Schneidersitz. Der Appetit war ihr vergangen. »Bist du deswegen hier?«

»Nein.« Ihre Mutter zögerte. »Wir lieben beide klare Worte, also rede ich nicht lange herum. Kannst du dir vorstellen, schon jetzt das Las Rosas zu übernehmen?«

»Bist du krank?« Niemals sonst würde ihre Mutter das Hotel abgeben.

»Das nicht. Aber ich werde älter, und ich möchte kürzertreten.« Alba bediente sich am Bellota-Schinken.

Ihre Mutter schien Zeit zu schinden. »Was ist der Grund dafür?«

»Kurt heiratet. Er steigt in Dänemark in die Familien-Reederei ein.« Alba haderte mit sich. »Er hat uns eingeladen.«

»Wegen einer Reise musst du das Hotel nicht aufgeben.« Lilia wunderte sich, dass ihr die Nachricht von Kurts Hochzeit keinen Stich versetzte. Im Gegenteil. Sie freute sich für ihn. Seine Freundin hatte sie nur ein Mal gesehen. Eine hübsche Blondine. »Eine Woche kann auch Alejandro ein Auge auf alles haben. Du hast fachkundiges Personal.«

»Joaquim möchte zu Kurt. Er langweilt sich in Palma. Die Galerie ist geschlossen. Nur meine Bilder zu verschicken, erfüllt ihn nicht. Er möchte in Dänemark neu anfangen und hat mich gebeten mitzukommen.«

»Du willst auswandern?« Lilia sprang auf die Beine. Sie konnte nicht mehr still sitzen. Die Nachricht schockierte sie bis ins Mark.

»Ich will mir zuerst Dänemark ansehen. Ein fremdes Land. Inspiration für meine Kunst.« Der Blick ihrer Mutter wirkte verklärt. Der Gedanke schien sie zu erfüllen.

»Was ist nur in dich gefahren?« Lilia ging vor dem Tisch auf und ab. »Du willst hier alles aufgeben?« Sie schüttelte unwillig den Kopf. »Liebst du Joaquim so sehr? Um alles, was du aufgebaut hast, wegzuwerfen?« Auf keinen Fall wollte sie das Hotel so früh übernehmen. Ihr Wein gedieh. Jahr für Jahr legte er an Qualität zu. Nun sollte sie das Las Rosas führen? »Ich habe hier meine Arbeit. Mein Leben. Vergiss es.«

»Denke darüber nach. Um mehr bitte ich dich nicht.«

»Was ist, wenn dir Dänemark fremd bleibt?« Auf diesen Gedanken schien ihre Mutter nicht gekommen zu sein. »Oder wenn ihr euch trennt?«

»Beruhige dich. Ich fahre bisher nur zur Hochzeit. Es ist kein Fehler, sämtliche Möglichkeiten durchzuspielen.« Alba klopfte neben sich. »Setz dich zu mir.«

Übelkeit stieg in Lilia hoch. Kaum lief ihr Leben in geregelten Bahnen, hob ihre eigene Mutter alles wieder aus den Angeln. Sie setzte sich, goss sich Wasser in ihr Glas und leerte es.

»Du sollst es dir nur überlegen.« Sie zeigte auf den Cabernet. »Er ist gut, aber du wirst selbst wissen, dass er an den der Fitzgeralds nicht heranreicht. Mit dem Hotel hättest du keine Probleme. Ein laufender Betrieb.«

Die Kritik zu ihrem Cabernet Tierra Buena traf Lilia wie eine kräftige Ohrfeige. Ihre Mutter hatte es bemerkt. Jeder würde es schmecken. Vielleicht hatte sie recht, und sie wäre nie gut genug im Weinanbau. »Ich denke darüber nach.«

»Danke, Cariño. Mehr verlange ich nicht.« Ihre Mutter aß das letzte Stückchen Ziegenkäse. Ihr Appetit schien ungebrochen.

»Wann fährst du?«

»Übermorgen. Ich bin rechtzeitig zum Weinfest zurück.« Alba stand auf. »Vergiss bitte nicht, nachzufragen, ob ich beim Kochen helfen kann.«

Die kommenden Tage verbrachte Lilia mit dem Zurückschneiden der Reben. Immer wieder begleitete sie Übelkeit, ihr Geruchssinn spielte ihr Streiche, und sie schmeckte ihren eigenen Wein nicht mehr wie zuvor. »Er ist schlecht.«

Marco kostete den Tierra Buena. »Nein. Wobei ich gestehen muss, den Tierra Madre dem Cabernet vorzuziehen.«

»Den Mantonegro?« Sie verzog angewidert das Gesicht. »Wir müssen beide wegschütten. Das können wir nicht auf dem Weinfest verkaufen. Wir machen uns zum Gespött der Leute.«

»Unsinn. Wir werden Erfolg damit haben.« Ihr Mann sah sie nachdenklich an. »Was ist nur mit dir?«

»Findest du nicht, dass er wie Essig schmeckt?« Sie schüttelte sich. Noch vor einer Woche hatte sie ihn für gut befunden. Sie überlegte, bevor sie schallend loslachte.

Marco sah sie an, als wäre sie wahnsinnig geworden.

»Ich bin so dumm!« Es war nicht das erste Mal, dass ihr eine Schwangerschaft die Geschmacksempfindungen durcheinanderbrachte. Das war ihr vor zehn Jahren mit Paulino ebenso gegangen. »Ich bin schwanger. Deshalb schmecke ich alles verkehrt.«

Ihr Mann hielt sich am Holzfass fest. »Du bekommst ein Kind?«

»Es sieht ganz danach aus.« Nach so vielen Jahren ohne eine erneute Schwangerschaft überraschte diese körperliche Veränderung Lilia nicht weniger als ihn. Seit Pablos Geburt waren sieben Jahre vergangen. Für Lilia ein Zeichen, keine weiteren Babys empfangen zu können. »Wer hätte damit gerechnet?«

»Ich jedenfalls nicht mehr.« Marco strahlte, kam auf sie zu und umarmte sie. »Ein Kind. Nach all der Zeit. Ich habe mir immer noch ein Mädchen gewünscht, nachdem wir zwei Jungs bekommen haben.«

»Für den Wein bist du nun zuständig.« Lilias Freude über die Schwangerschaft überdeckte jedes andere Gefühl. »Es könnte keinen besseren Zeitpunkt geben. In der Winterpause kann ich mich ausruhen.« Sie würde alles tun, um das Baby zu behalten. Und wenn sie neun Monate liegen müsste. Zu groß war dieses unverhoffte Geschenk. »Ich kümmere mich nun um mich. Papá und du, ihr schafft das allein.«

»Wann sagen wir es unseren Eltern?« Marcos Aufregung übertrug sich auf sie.

»Nach der kritischen Zeit.« Lilia wollte ihr kleines Geheimnis genießen, bis sie sich sicher sein konnte, das Kind nicht in der Frühphase zu verlieren. »Vorher sagen wir auch zu Paulino kein Wort.«

»Abgemacht.« Marco strich ihr eine lose Haarsträhne hinter das Ohr. »Und du wirst auf dich achten. Versprochen?«

Sie kuschelte sich an ihn. »Natürlich.«

»Weder Aufregung noch harte Feldarbeit.« Zärtlich streichelte er ihr den Rücken. »Ich werde mich um alles kümmern.«

»Einverstanden.« Ob sie sich selbst zurücknehmen konnte, zweifelte sie an, doch sie wollte es wenigstens versuchen. Sich nur um Haus und Familie zu sorgen, wäre eine neue Erfahrung für sie.

Marco hielt Wort. Er bereitete mit Leo alles für das Weinfest vor. Ihr Vater kümmerte sich um die Fässer, Marco um den Stand. Ihr blieb die Arbeit, eine Preisliste zu erstellen und alles für eingehende Bestellungen vorzubereiten. Paulino verbrachte die Tage bis zum Nachmittag in der Schule. Anschließend half er Marco auf dem Weinfeld. Der Neunjährige genoss die gemeinsame Zeit mit seinem Vater, sobald er die Hausaufgaben erledigt hatte. Darauf legte Lilia großen Wert. Im Nachhinein verstand sie ihre Mutter, die sie genötigt hatte, ihr Abitur zu absolvieren. Überhaupt konnte sie viele Entscheidungen ihrer Mutter nun deutlich besser nachvollziehen. Bis auf die waghalsige Idee, nach Dänemark zu ziehen. Seit ihrer Rückkehr hatten sie sich nicht gesehen. Mit Spannung und gemischten Gefühlen sah sie ihrem Treffen auf dem Weinfest entgegen. Ihre Schwiegermutter Agata hatte Albas Angebot, ihr mit dem Kochen zu helfen, gerne angenommen.

»Bist du so weit?« Marco streckte den Kopf in die Küche. »Wir möchten aufbauen. Der Hänger ist beladen.«

Lilia schob ihre Unterlagen in eine lederne Aktentasche. »Wir sind bereit zur Abfahrt.« Sie reichte ihrem Sohn die Hand.

Paulino flitzte an ihr vorbei. »Kann ich bei Abuelo reiten?«

Fürs Handhalten schien ihr Sohn zu erwachsen. Immer wieder fiel ihr das bei Kleinigkeiten auf. »Natürlich darfst du das.« Ohne ihm wie gewohnt über das volle Haar zu wuscheln, trat sie hinaus zum Wagen. Paulino schloss die Tür. »Muss noch was ins Auto?«

Marco lachte. »Außer dir fehlt nichts.«

Behände kletterte er auf den Anhänger. »Damit nichts herunterfällt.«

Paulino saß gerne auf dem Hänger. Für das kurze Stück ließ Lilia ihn gewähren. Es ging nur über ein paar Feldwege in den Nachbarort. Es fiel Lilia seit Pablos Tod schwer, ihren Sohn nicht in Watte zu packen. Der Junge hatte nach einigen Tagen zu Hause den restlichen Sommer im Lager mit seinen Freunden verbracht. Für ihn schien dies der beste Weg, um mit der Trauer fertig zu werden. Lilia hingegen war vor Sorge um ihn beinahe umgekommen. Nur Marcos Stärke und sein Vertrauen in Paulino hatten sie aufrechtgehalten, bis sie gelernt hatte, mit ihrem Verlust fertigzuwerden.

Lilia saß neben ihrem Vater auf der Rückbank. Auf dem Vordersitz stapelten sich mehrere Weinfässer, die ihr Vater an den Sitz gebunden hatte. »Muchas gracias, Papá, deine Hilfe schätzen wir sehr.«

Ihr Vater brummte und überprüfte den Strick, mit dem er die Fässer sicherte. Die Zufahrt durch den Ort versperrten die aufgestellten Tische und Sitzgelegenheiten. Über den Stadthäusern wehten Girlanden mit bunten Wimpeln. Die ersten Besucher saßen bereits bei einem Glas Wein an den Tischen. »Hier kommen wir nicht durch.« Marco legte den Rückwärtsgang ein, setzte zurück und versuchte es ums Dorf herum. Eine Zufahrtsstraße zu den Ständen war noch frei. »Von hier aus müsst ihr zu Fuß gehen. Wir laden rasch ab, und du fährst außen herum zu meinen Eltern.«

»Gute Idee. Bald wird auch diese Straße dicht sein.« Lilia und Paulino trugen die Gläser und Karaffen, die Stühle und den Tisch, um Platz auf dem Hänger zu machen.

Marco lud gemeinsam mit Leo die schweren Weinfässer um, koppelte den Anhänger ab und schob ihn zu seiner Standfläche. »Der Schlüssel steckt. Fahrt los. Wir kommen hier zurecht.« Er rangierte mit dem Gefährt, bis er ihn günstig fürs Ausladen positioniert hatte. »Wir sehen uns in drei Stunden. Iss etwas, bevor du den Stand übernimmst, um ...« Den restlichen Satz verschluckte er.

Lilia verstand ihn auch so. Sie sollte bei Kräften bleiben. Seine Sorge war unbegründet, denn sie fühlte sich großartig. Nur morgens plagte sie Übelkeit, die sich jedoch nach einer Scheibe trockenem Brot legte. »Bis nachher. Viel Erfolg!«

Keine Straße führte mehr zu ihren Schwiegereltern. Überall versperrten Tische die Durchfahrt. Lilia entschied sich, den Wagen auf dem Feldweg in Richtung Sencelles abzustellen und zu Fuß zu gehen, nachdem nirgendwo ein Durchkommen war.

Auf dem Hof der Gamundis ging es in der Küche hoch her. »Kann ich helfen?«

»Was sagst du? Du musst lauter sprechen.«

Lilia wiederholte ihre Frage. Immer öfter schien Agata sie nicht zu verstehen.

Agata zeigte auf drei Kochtöpfe. »Die kannst du im Wohnzimmer deponieren. Wir sind gleich so weit.«

Ihre Mutter winkte ihr vom Herd aus zu. Ihr Gesichtsausdruck sah trotz des von der Hitze geröteten Gesichts entspannt aus. »Setz dich anschließend nach draußen, und warte auf die Abholer.«

»Gut. Wie war es in Dänemark?« Die Neugierde ließ sie nicht los.

»Erzähle ich dir später. Erst muss ich hier fertig machen.« Sie sah kurz vom Topf zu ihr. »Ich erwarte auch eine Antwort auf meine Frage.«

Das war Lilia bewusst. Nur konnte sie ihr keine geben. Wie sie sich entschied, sie verlor immer.

Die paar Handgriffe erledigte sie schnell. Da sie sonst nichts zu tun hatte, setzte sie sich vor die Haustür und ließ sich von der milden Herbstsonne anscheinen.

Fünf Jugendliche aus dem Dorf bogen auf den Hof ein. Lilia stand auf und rief durch das Haus. »Sie kommen!«

Ohne wirkliche Begeisterung trugen sie an der Tür das traditionelle Lied vor, das dieses Weinfest seit vielen Jahren begleitete. Sie konnte es ihnen nicht verdenken. Im Lied dankten sie der Hausherrin für die erkochten Gaben.

Agata und Alba warteten in ihren Kittelschürzen neben Lilia, bis sie das Lied beendeten. »Danke für eure Hilfe.«

Lilia ging ins Wohnzimmer, holte die Töpfe und Schüsseln, die sie dort deponiert hatte, während Alba und Agata die letzten Pötte aus der Küche nach draußen brachten. »Wo stellt ihr sie ab?«

»Vor dem Haus der Fusters.«

Agata nickte.

Jeder Haushalt sammelte Töpfe und Schüsseln abends wieder ein, um sie tags darauf neu zu befüllen.

Álvaro kam über den Hof. »Dann können wir los? Ich habe Hunger.«

»Aber umziehen darf ich mich noch.« Agata funkelte ihren Mann an. »Oder soll ich so gehen? Männer, nichts als Essen im Kopf.«

Alba lachte. »Wo kann ich mich frisch machen?«

Lilia hielt nach Paulino Ausschau. Vergeblich. »Hast du Paulino gesehen?«

»Er ist zum Wald geritten. Wenn sein Magen knurrt, kommt er schon.« Er zeigte auf die Straße. »Wir sind ja nicht weit.«

An manchen Tagen wünschte sie sich das Gemüt ihres Schwiegervaters. Sorglos. Natürlich kannte Paulino die Gegend, das Pferd kannte den Weg in den Stall, würde ohne Anleitung zurückfinden, aber was, wenn es vor etwas scheute? Und Paulino abwarf?

Álvaro tätschelte ihre Schulter. »Die alte Cara hat noch nie gezuckt. Selbst ein Schuss erschreckt sie nicht. Sonst würde ich unseren Jungen nicht allein ausreiten lassen.«

Seine Worte beruhigten sie ein wenig. Er machte sich also doch Gedanken, was passieren könnte. »Wollen wir vorgehen?«

»Du willst deine Frau verärgern?« Sie setzte sich auf den Stuhl. »Das würde ich an deiner Stelle nicht tun.«

Sein grollendes Lachen gab ihr recht. »Du hast Angst vor Agata.«

»Nein. Ich möchte heute nur keinen Streit.« Lilia stand auf, spazierte über den Hof und hielt Ausschau nach ihrem Sohn. Sie sah ein Pferd mit Reiter näher kommen. Augenblicklich entspannte sie sich. Paulino kam zurück.

»Lilia!« Ihre Mutter rief sie. »Können wir gehen?«

»Natürlich.« Das Gespräch mit ihrer Mutter musste warten, bis sie allein sprechen konnten. »Ich muss nach dem Essen zum Weinstand. Marco ablösen.«

Die Tische in den Straßen waren gut belegt. Die fröhliche Stimmung übertrug sich auf Lilia. Sie bediente sich an den fremden Töpfen. Weinfässer standen zur freien Verfügung. Ein Geschenk des Rathauses. Der Rotwein ihres Vaters kam gut an. Man sah einigen Dorfbewohnern den Genuss bereits an. Lilia verzichtete. Ihr schmeckte Wein nicht mehr. Egal welcher.

Paulino stieß zu ihnen, als Lilia aufbrechen wollte. »Cara ist versorgt, ich habe sie auf die Weide gelassen.« Er setzte sich zwischen seine Großeltern.

»Papá kommt gleich, ich löse ihn jetzt ab.«

Ihr Sohn hörte es, quittierte es aber nicht weiter. Er bediente sich am Essen und schien in seine eigene Welt versunken. Lilia verabschiedete sich und schlenderte durch die Straßen zu ihrem Stand. Er befand sich ausgerechnet dem Tisch der Fitzgeralds gegenüber. Innerlich stöhnte sie auf. »Wie läuft es?« Marco notierte die Adresse eines Mannes, der anerkennend sein Glas hob. »Ausgezeichnet.«

»Jaime Forteza besitzt ein Restaurant am Hafen von Palma. Er will unseren Tierra Madre ins Programm aufnehmen.« Er stellte die beiden vor. »Wie viele Flaschen darf ich notieren?«

»Sechzig. Damit ich etwas vorrätig habe.« Der Mann ignorierte sie weitgehend, was Lilia ärgerte. Ob er bei ihr auch gekauft hätte?

Beim Abschied klopfte er Marco auf die Schulter und tippte mit einem Blick auf Lilia an seinen Hut. »Die Fahrt hierher hat sich gelohnt.«

Lilia setzte ein professionelles Lächeln auf, bis der Fremde ihnen den Rücken zukehrte. »Was für ein ungehobelter Kerl. Ignoriert mich, als wäre ich nur hübsches Beiwerk.«

»Sei nicht so streng mit ihm.« Marco zeigte ihr die Aufträge. »Es läuft hervorragend. Dein Tierra Buena überholt die Bestellungen meines Mantonegros. Obwohl du für den Cabernet wenig Abnehmer gesehen hast.«

Das überraschte Lilia in der Tat. Vielleicht hatte ihr Geschmackssinn schon vor der Schwangerschaft gelitten, bevor ihr die Umstände bewusst geworden waren. »Ich kümmere mich hier weiter. Geh du etwas essen.« Sie wies auf die Stühle. »Ich setze mich zwischendurch hin.«

»Einverstanden.« Er küsste sie auf die Stirn. »Ich bin bald zurück.«

»Lass dir Zeit. Es geht mir ausgezeichnet.« Lilia ignorierte den gegenüberliegenden Stand, obwohl kaum zehn Meter zwischen ihnen lagen. »Nun geh.« Sie schenkte einem ortsfremden Paar aus der Cabernet-Karaffe ein. »Ich komme hier zurecht.« Sie wandte sich an das Paar. »Salut.«

Die leere Karaffe füllte sie am mit Kreide beschrifteten Fass auf. »Mögen Sie ihn?«

»O ja.« Der Mann zeigte auf die zweite Karaffe.

»Unser Mantonegro. Ein im Eichenfass gereifter Wein, wie der Cabernet Sauvignon.« Sie goss zwei Probebecher ein. »Bitte.«

Das Paar trat zwei Schritte beiseite, um anderen Besuchern Platz zu machen.

»Hier ist ja mächtig was los.« Lilias Mutter kam zu ihr hinter den Ausschanktisch. »Wie kann ich dir helfen?«

»Füll diesen Krug mit Tierra Buena auf.« Sie reichte ihr

den leeren Behälter und schenkte zwei Proben vom Mantonegro aus.

Alba stellte den gefüllten Krug auf den Tisch.

»Wie war Dänemark?« Lilias Sorge, ihre Mutter könnte fortziehen, trieb sie um. »Hat es dir gefallen?«

»Kopenhagen ist eine wunderschöne Stadt. So lebendig. Die Hochzeit war ein Riesenereignis. Leider war der Himmel trüb und verhangen. Dadurch war es empfindlich kalt. Ich musste am Vortag einen Mantel erstehen, weil meine Wintergarderobe nicht ausreichend für das dortige Klima war.« Ihre Mutter plauderte weiterhin über die Tage im Norden.

Lilia lauschte auf die Zwischentöne. Die Stadt war laut, die Familie groß und das Wetter frostig. Obwohl ihre Mutter die Zeit offenbar genossen hatte, klang es für Lilia nicht nach einem Ort, an dem sie gerne leben würde. »Wie ist es dort im Frühling?«

»Freja sagte, er sei wie der Winter hier.« Alba füllte den Cabernet nach. »Es ist eine ganz andere Welt.«

»Willst du hinziehen?« Lilia konnte sich das nicht vorstellen. Eine Reise in den Norden, ein paar Wochen in der Fremde zu verbringen, besaß seinen Reiz, doch um dort zu leben, gehörte mehr dazu. »Du sprichst kein Dänisch.«

»Wir haben uns auf Englisch unterhalten.« Alba nahm eine Bestellung entgegen, notierte die Anschrift und legte das Papier in die Auftragsmappe.

Lilia betrachtete ihre Mutter, die sah ihre hochgezogenen Augenbrauen. »Ja, du hast recht, mein Englisch ist etwas zu dürftig. Sprachen kann man lernen.«

»Das kann man.« Lilia wollte ihr in diesem Punkt nicht widersprechen. »Warum ist Joaquim nicht bereit, sich hier eine

Tätigkeit zu suchen? Er könnte dich im Hotel unterstützen. Warum will er nach Dänemark?«

»Kurt ist seine einzige Familie. Ich verstehe ihn.« Ihre Miene besagte etwas anderes.

»Es ist deine Entscheidung.« Lilia kannte ihre Mutter. Je mehr sie dagegenspräche, desto mehr würde sie sich für die Idee erwärmen, nur um allen das Gegenteil zu beweisen. »Zähl aber nicht auf mich für dein Stadthotel. Ich kann es unmöglich leiten.«

»Warum denn?«

Der Weinanbau und ihre Familie schienen für Lilias Mutter keine ausreichenden Gründe zu liefern, nicht nebenbei noch ein Hotel zu führen. Lilia wusste keinen anderen Ausweg, als ihr einen triftigen Grund zu präsentieren. Lilia zog sie näher, um ihr ins Ohr zu flüstern. »Weil du noch mal Abuela wirst. Es ist unmöglich, alle Aufgaben mit einem Baby zu bewältigen.«

»Du bist?« Ihre Mutter ließ ein Weinglas fallen.

Lilia legte ihren Zeigefinger auf die Lippen. »Behalte es für dich. Außer Marco weiß niemand davon, und das soll vorerst so bleiben.«

Die Begeisterung über den weiteren Familienspross war ihrer Mutter deutlich anzusehen. »Das ist wundervoll. Ein Grund zur Freude.« Sie goss sich selbst ein Glas ein. »Auf euer Wohl!«

»Danke, Mamá, könntest du dich bitte beruhigen?«

»Nein.« Sie trank einen Schluck. Für eine Sekunde blickte sie Lilia verwundert an, bevor der Überschwang wieder die Überhand gewann. »Aber ich behalte es für mich.« Alba küsste sie auf die Wangen. »Danke, dass du es mir anvertraut hast.«

Lilia wollte keine weitere Aufmerksamkeit auf das Thema lenken, sie wollte nur keinesfalls für das Hotel zuständig sein. Diesem Druck hielte sie nicht stand. Um nichts auf der Welt wollte sie riskieren, das Baby zu verlieren. Zu lange hatten sie auf eine Schwangerschaft warten müssen. »Nimmst du bitte die Bestellung auf?«

Gemeinsam arbeiteten sie Hand in Hand. Die Bestellungen gingen rascher ein, als Lilia erhofft hatte. Vor allem die Besucher aus Palma bestellten üppig. Der Cabernet fand reichlich Anklang. Die Kunden schienen einen anderen Geschmack zu haben als Lilia. Ihr sollte es recht sein. Aufgrund des Trubels an ihrem Verkaufsstand fiel es Lilia leicht, Isabels Anwesenheit zu ignorieren.

14

Das Weinfest ließ Isabel unbekannte Seiten von Mallorca erleben. Christopher übernahm den Morgendienst am Stand. So konnte sie durch Binissalem stromern, sich zu den Bekannten setzen, die sie in den vergangenen Jahren kennengelernt hatte, und sich von den Gebräuchen erzählen lassen. Es war ihr erstes Dorffest dieser Art. Sie naschte an jedem Tisch aus anderen Töpfen, verkostete neue Gerichte und mied den Rotwein, den das Rathaus gratis ausschenkte. Er schmeckte ihr nicht. Wenn sie Wein trank, dann musste sie ihn mögen. So blieb sie beim Wasser. Dennoch ging sie in beschwingter Stimmung zurück zu ihrem Mann. »Warum waren wir bisher noch nie auf diesem Fest?«

»Wir hatten keinen Wein anzubieten.« Christopher goss aus der Merlotflasche einem Gast ein. »Ich hoffe, Sie mögen ihn.«

»Ich meinte als Besucher. Es herrscht eine besondere Atmosphäre. Die Dorfgemeinschaft wächst zusammen.«

»Wir haben uns auf einem Weinfest kennengelernt.« Christopher zwinkerte ihr zu.

Natürlich würde sie das nie vergessen. Ein Weinfest auf Fitzgeralds Land hatte nichts mit diesem Fest zu tun. »Du willst das nicht ernsthaft vergleichen.«

»Doch. Warum nicht? Alle Bewohner kommen an einen Ort, um das Saisonende zu begießen, wie wir das auch jedes Jahr feiern.«

»Es ist anders. Eher wie euer Thanksgiving. Man lädt Familie und Freunde ein, gemeinsam die Ernte zu feiern.« Isabel erinnerte sich an die Geschichte, die Christopher ihr dazu erzählt hatte. Die ersten europäischen Zuwanderer wären ohne die Hilfe der indianischen Ureinwohner in einem sehr strengen Winter beinahe verhungert. Sie zeigten ihnen Jagen und Fischen, wie man Kürbis und Mais anbaute und zu welchem Zeitpunkt man Ibimi einkochte. Die preiselbeerähnlichen Früchte kochte man auch jetzt noch ein. Zum Dank organisierten die Auswanderer im darauffolgenden Herbst ein dreitägiges Fest, zu dem sie die Indianer einluden, das sie jährlich wiederholten und das einige für wichtiger als das Weihnachtsfest ansahen. Für Isabel überraschend, denn für sie gab es kein bedeutungsvolleres Familienfest als Weihnachten.

Isabel half ihrem Mann, weitere Flaschen zu öffnen und für den Ausschank bereitzustellen. »Wie kommen unsere Weine an?«

»Sehr gut.« Christopher wirkte zufrieden. »Es sind nicht viele Bestellungen, aber unser Wein wird bekannter bei den Palmesanern. Sie kennen den Geschmack und wissen, dass er im Restaurant seinen Preis wert ist. Die Aufträge aus Palma sprechen für sich.«

Isabel blätterte durch das Auftragsbuch. Es konnte sich sehen lassen. Rodrigo wollte ihren Wein nach Übersee verkaufen. Dabei handelte es sich um weit größere Stückzahlen. Christopher setzte auf beides. Lokal und international, wie er es zuvor mit seinen kalifornischen Weinen getan hatte. Der Erfolg bestätigte sein Vorgehen. Anbaufläche gab es auf Mallorca ausreichend, sollten sie vergrößern wollen. »Mach eine Pause. Ich übernehme.« Sie zeigte die Straße entlang. »Ganz am Ende sitzen Antonia und Carla mit Francisco. Barbara und Robert machen mit ihren Freunden das Dorf unsicher. Carla hat einen Blick auf sie. Du kannst also entspannt bei ihnen essen.«

Christopher küsste sie zum Abschied. Traditionelle Musik spielte auf. Die mit bunten Wimpeln geschmückten Dorfstraßen unterstrichen die Fröhlichkeit. Isabel summte das ihr unbekannte Musikstück mit. Die viele Arbeit zahlte sich aus. Etwas wehmütig sah sie zu Lilia hinüber. Seit dem tödlichen Unfall sprach sie nicht mehr mit ihr. Mehr noch: Sie ging ihr regelrecht aus dem Weg. Isabel tat sich schwer, damit umzugehen. Sie trug keine Schuld an Pablos Tod, und doch grollte Lilia ihr so sehr, dass sie jeden Kontakt vermied. Zu Beginn dachte Isabel, sie bräuchte Zeit, um den Verlust zu verkraften, ihr Verhalten blieb jedoch unverändert. Sie vermisste Lilia. Der Austausch auf dem Feld. Die gemeinsamen Essen. Sie sah in ihr keine Konkurrenz. Auch nicht nach der Umstellung auf höhere Qualität. Es gab ausreichend Abnehmer. Zudem reichte ihr Tierra Buena nicht an ihren Reserva Dos Pájaros heran. Dazu fehlte ihm die Tiefe. Der Körper. Und die Leichtigkeit, die ihrem Wein den Namen gab. Das konnte im kommenden Jahr anders aussehen. Sie hoffte es für sie. Marco und Lilia arbeiteten hart. Das sollte belohnt werden.

In der freien Zeit beobachtete sie den Nachbarstand. Lilia vermied jeden Blickkontakt. Die Leute mochten den Wein. Sie notierte regelmäßig Bestellungen. Es lief gut für sie.

Isabel schenkte einem Besucher von ihrem Prensal Blanc Flor de Verano ein. Er schien von Stand zu Stand zu gehen und die Weine zu verkosten. Zuvor hatte er sich an Lilias Stand aufgehalten. Der elegant gekleidete Mann probierte. Er zog überrascht die Brauen hoch. »Ausgezeichnet. Was kostet die Flasche?«

»Sieben Peseten. Je nach Abnahmemenge können wir einen Rabatt gewähren.« Isabel ging zum Merlot über und reichte ihm das Glas. »Dieser Rotwein liegt bei acht Peseten fünfzig Céntimos.«

Er roch daran. »Welche Traube ist das?«

»Merlot.«

Er schnupperte erneut, bevor er verkostete. »Außergewöhnlich im Geschmack. Merlot wird hier selten angebaut.«

»Das ist korrekt. Die Stöcke stammen aus Kalifornien.« Sie gab ihm zum Neutralisieren die María-Kekse, die sich auf der Insel größter Beliebtheit erfreuten. Isabel mochte sie, weil sie wenig Eigengeschmack aufwiesen und den zusätzlichen Komponenten ausreichend Raum ließen.

»Das ist unser Cabernet Sauvignon Dos Pájaros. Zwei Jahre gereift.« Auf den Reserva war Isabel am meisten stolz. Ihr absoluter Lieblingswein. Diese Vollmundigkeit gab es kein zweites Mal auf Mallorca.

»Für wie viel verkaufen Sie ihn?« Im Gesicht des Mannes las sie Verwunderung.

»Der liegt bei acht Peseten zwanzig. Unser Herzstück, wobei jeder unserer Weine für sich steht.« Sie zeigte auf den Mantonegro. »Der schmeckt jung ausgezeichnet und kostet vier Peseten.«

»Darf ich den Cabernet nochmals kosten?« Er reichte ihr sein leeres Glas.

Isabel goss ein. »Natürlich.«

Er hielt erneut seine Nase darüber, schloss die Augen, und ließ den Schluck über die Zunge laufen. Er kaute den Rotwein, um alle Nuancen zu schmecken. »Bedauere, der Cabernet dort drüben schmeckt nahezu identisch, kostet jedoch ein Drittel weniger.«

»Das ist unmöglich. Diesen Geschmack werden Sie nirgendwo auf der Insel antreffen.« Isabel und Christopher besuchten regelmäßig die ansässigen Weingüter, um sich einen Überblick zu verschaffen. Der Mann irrte sich.

»Verzeihung, doch Sie irren.« Er zeigte zu Lilias Stand. »Ich bin Sumiller und kenne mich aus. Meinem Gaumen können Sie vertrauen.«

Als Sumiller sollte er jeden Unterschied bemerken, sonst hätte er den falschen Beruf gewählt.

»Warten Sie.« Der Mann drehte auf dem Absatz um, ging hinüber zu Lilia und ließ sich zwei Gläser eingießen.

Mit den gefüllten Weingläsern kam er zurück.

Zum ersten Mal seit zwei Jahren trafen sich Lilias und Isabels Blicke. Isabel lächelte und nickte ihr zum Gruß zu. Lilia sah zu Boden.

Er reichte ihr ein Glas. »Kosten Sie selbst.«

Isabel roch am Rotwein. Das Bouquet erkannte sie umgehend. Es war ihr Reserva. Ihr Cabernet Sauvignon. Der Wein, mit dem Carla einen Preis gewonnen und den sie gemeinsam zur Perfektion ausgebaut hatten. »Das ist Dos Pájaros. Ich erkenne ihn am Geruch.« Um sich zu beweisen, dass sie nicht irrte, nippte sie daran. »Zweifellos.«

»Das habe ich noch nie erlebt. Eine solche Übereinstimmung ist unmöglich.« Der Sumiller sah zwischen den Ständen hin und her.

Übelkeit stieg in Isabel hoch. Den Gedanken wollte sie nicht zu Ende denken, doch es blieb kein anderer Schluss übrig. »Sie schenken unseren Wein aus. Aber warum?«

»Das müssen Sie herausfinden. Ich möchte neben Ihren anderen Weinen diesen Rotwein für unsere Restaurants ordern. Wenn er dort günstiger angeboten wird, kaufe ich ihn nebenan.« Er bat um das Bestellformular. »Klären Sie das. Ich fülle so lange die restliche Bestellung aus.«

Isabel griff sich eine Flasche vom Dos Pájaros und ging zu Lilia und Alba hinüber. »Koste euren Cabernet.«

»Dir auch einen guten Tag.« Alba hob die Hände. »Was ist denn in dich gefahren?«

»Sie soll trinken!« Isabel wies auf das Fass mit der Aufschrift Tierra Buena. »Jetzt.«

Lilia sah sie verwirrt an.

Alba nahm ein Glas, schenkte vom Fass ein und trank einen Schluck. »Der ist ausgezeichnet. Was ist mit dem Wein?«

Isabel zeigte auf die Flasche. »Vergleiche ihn mit dem hier.« Sie goss Alba in ein frisches Glas ein.

Alba trank. »Derselbe Rotwein.«

»Was soll das?« Lilia stand mit versteinerter Miene vor ihr.

»Ihr bietet unseren Reserva an und verkauft ihn billiger?«

»Spinnst du?« Lilia stemmte die Hände in die Hüften. »Warum sollte ich das tun?«

»Woher soll ich das wissen?« Isabel runzelte die Stirn. »Und jetzt tu nicht so, als wäre es dir noch nicht aufgefallen. Wenn du keinen Unterschied schmeckst, hast du den falschen Beruf und solltest ins Hotelgewerbe einsteigen wie deine Mutter.« Isabel sah von Alba zu Lilia. »Wage es nicht, weiterhin unseren Wein als euren auszugeben, sonst zeige ich dich an.«

»Ich weiß nicht, wie das geschehen konnte.« Lilia traten Tränen in den Augen. Sie sah Hilfe suchend zu ihrer Mutter.

»Wir stoppen den Ausschank und stornieren die Bestellungen.« Alba übernahm das Kommando. Lilia verharrte hilflos weinend daneben.

Mitleid regte sich in Isabel, trotzdem konnte sie nicht über diesen Betrug hinwegsehen. »Das will ich hoffen.« Isabel zeigte zum Sumiller. »Und ihm erklärt ihr, welchen Reserva ihr ausgeschenkt habt. Ist das klar?« Sie wandte sich ab und verließ den Stand.

Alba folgte ihr. »Beruhige dich. Das muss ein Missverständnis sein.«

»Alba, ein Missverständnis ist, wenn ich statt einem Karton Wein zwei Kartons auf der Bestellung notiere. Fremden Wein als eigenen auszugeben, das nenne ich Betrug.« Isabel tat sich schwer, sich zu bändigen. »Das hätte ich Lilia nicht zugetraut. Wenn sie so verzweifelt ist, soll sie das Land verkaufen.« Isabel seufzte. »Und ich glaubte, wir könnten wieder Freundinnen werden. Mit so einem Menschen will ich keine Freundschaft. Das ist niederträchtig.«

Alba legte ihre Hand auf Isabels Schulter. »Ich kläre das. Versprochen.« Alba sprach mit dem Sumiller aus Palma. Sie bot an, die Preisdifferenz für die Bestellung zu tragen. »Bitte, geben Sie mir die Möglichkeit, die Umstände des Zwischenfalls aufzuklären.«

Isabel kämpfte gegen die Tränen an. Die Enttäuschung über Lilias Tat schmerzte. Sehr sogar. Das Fest war ihr verdorben. Sie mochte Lilia nicht mehr sehen.

Lilia war tot für sie.

Isabel wollte weg.

Weg von Lilia, die mit hängenden Schultern an ihrem Ausschank stand und nichts unternahm. Nicht mal eine Entschuldigung brachte sie hervor.

Christopher kam vom Essen zurück. Alba sprach noch mit dem Sumiller. »Herzlichen Dank für Ihr Entgegenkommen.«

Mit gerunzelter Stirn sah er Isabel an. Der Sumiller verabschiedete sich. Isabel hielt sich zurück, bis sich der Mann außer Hörweite befand. »Lilia hat unseren Dos Pájaros als ihren Reserva ausgegeben. Wäre Señor Ramiréz nicht so aufmerksam gewesen, wäre es nicht aufgefallen.« Sie sah zu Lilia, die wie unbeteiligt herumstand, und zitterte vor Enttäuschung und Wut. »Ich muss hier weg. Wenn ich sie noch länger ansehen muss, vergesse ich mich.«

Christopher drehte Isabel zu sich. Er umfasste ihr Gesicht. »Ich kümmere mich hier. Geh nach Hause. Die letzten Wochen hast du dir zu viel zugemutet.«

Das Sommerlager und die Ernte hatten sie ausgelaugt. Nach dem Weinfest hatten sie nach New York reisen wollen, um sich zu erholen und die Vernissage von Cate zu besuchen. Die Kinder sollten in ihrem Haus von Antonia beaufsichtigt werden. Isabel sehnte sich fort. Weit weg von diesem Dorf, in dem sie offenbar den falschen Menschen ihr Vertrauen geschenkt hatte. »Danke.« Mehr brachte sie nicht über sich. Isabel wandte sich ab und ging zu Fuß nach Hause.

Der Blick auf ihre Weinfelder störte nur das Bewusstsein, dass diese Felder in die von Lilias Familie übergingen. Das Wohnhaus nebenan. Lilias Niedertracht blieb ihr auch nach Stunden unbegreifbar. Wie konnte sie so handeln? Dabei hatten sie Marco und ihr regelmäßig ihre Hilfe angeboten. Marco lehnte jedes Mal mit Verweis auf Lilias Widerwillen ab. Weswegen hasste Lilia sie so sehr, um sich zu so etwas hinreißen zu lassen? Die Frage hämmerte ohne Antwort in ihrem Kopf.

Die hereinbrechende Dunkelheit und damit einhergehende Kühle drängten Isabel ins Haus. Fröstelnd zündete sie den offenen Kamin an. Cate wäre vermutlich schon in New York, um ihre Vernissage vorzubereiten. Wie gerne wäre Isabel bei ihr. Sie sehnte sich danach, mit jemandem zu sprechen, der nichts mit Mallorca zu tun hatte. Sollte Cate keine Zeit für sie haben, könnte sie Tamara treffen. Vielleicht erfuhr sie dann die Wahrheit über ihren Bruder, den sie immer noch nicht einzuschätzen vermochte. Tamara musste etwas in ihm sehen, das ihr verborgen blieb. Außerdem könnten sie den Weinexport detailliert besprechen. Isabel kochte sich eine heiße Schokolade und kuschelte sich vor dem Kamin mit einer Decke auf das Sofa und versuchte, sich auf ihr Buch zu konzentrieren. *Der Fänger im Roggen* würde Rodrigo gefallen. Der Roman zeigte eindrucksvoll, wie ambivalent die Amerikaner ihren Way of Life selbst darlegten. Wobei sich der jugendliche Holden ganz andere Fragen stellte als ihr Bruder. Die Szene mit dem zugefrorenen See im Central Park festigte ihren Entschluss. Sie würde gleich nach New York fliegen. Dort könnte sie erste Weihnachtseinkäufe erledigen, durch die Stadt bummeln und sich auf das Wichtige in ihrem Leben besinnen: ihre Familie. Ohne die weitverzweigten Äste, die beim ersten Wind brachen. Christopher war ihr Stamm. Ihre Mutter und ihre Kinder kräftige Äste, die es zu schützen galt. Wenn ein Sturm die schwachen Ästchen abbrach, sollte sich Isabel davon nicht beeinflussen lassen. Sie überlegte, einen Lesezirkel zu gründen. In Palma. Dort Freunde suchen. Menschen, die nichts vom Weinanbau wussten. Bisher hatte sie zu viel mit Land und Familie zu tun gehabt, um sich ernsthaft um Freundschaften zu bemühen. »Ich pfeife auf Lilia«, flüsterte sie. Die Wut überwog, was ihr die Entscheidung, Lilia aus ihrem Leben zu verbannen, erleichterte.

Christopher und die Kinder kamen nach Hause. »Was für ein Tag!«

»Das kannst du laut sagen.«

Robert und Barbara stürmten auf sie zu, warfen sich auf sie, was Isabel auflachen ließ. »Na, ihr beiden. Für euch ist Schlafenszeit.« Sie bohrte neckend ihren Finger in Roberts Bauch.

»Noooo«, widersprach Robert.

»Also gut, noch fünf Minuten.« Isabel sah zu Christopher. »Aber nur, weil eure Mamá morgen nach New York fliegt, wenn euer Papá mich gehen lässt.«

Er küsste sie und setzte sich zu ihnen aufs Sofa. »Du brauchst einen Tapetenwechsel. Du hast dir in letzter Zeit zu viel zugemutet.«

»Du bist einverstanden?« Sie hatte mit mehr Widerstand gerechnet. Argwöhnisch legte sie den Kopf schief. »Willst du mich loswerden?«

»Nein, ich sorge mich um dich. Du solltest dir etwas Gutes gönnen. Ich komme nach, sobald ich kann.« Er kitzelte seine Kinder. »Außerdem hat eure Oma da noch ein Wort mitzureden. Sie scheint eigene Pläne zu haben.«

Ihre Mutter würde zustimmen. »Mamá freut sich darauf, die beiden verwöhnen zu können.«

»Ab geht es, Zähne putzen.« Christopher zeigte in Richtung Badezimmer. »Wenn ihr artig seid, lese ich euch eine Geschichte vor.«

»Du ruhst dich hier aus.« Isabel konnte nicht zulassen, dass ihr Mann auch das noch übernahm. »Wirst du ohne mich zurechtkommen?«

Christopher lachte. »Du traust mir ja wenig zu.«

Sie küsste ihn. »Das ist mein schlechtes Gewissen, weil ich euch alleine lasse.«

»Das ist nur für ein paar Tage.« Er mahnte die Kinder zum Aufbruch.

Beide schlichen in gemächlichem Tempo ins Badezimmer.

»Hast du Hunger? Ich kann dir etwas zubereiten.« Isabel schlug die Decke zurück und legte ihr Buch auf den Beistelltisch. »Käse? Brot?«

»Ein bisschen Käse und ein Glas Rotwein reichen vollkommen aus. Ich habe auf dem Fest gegessen.« Er streifte die Schuhe ab, hob die Füße auf die Sofalehne und richtete sich ein Kissen im Rücken. »Danke, Cariño.«

»Ich danke dir.« Isabel liebte ihn noch mehr für diese Nachsicht. Sie hatten zusammen reisen wollen, und nun ließ er sie, ohne zu zögern, gehen. Welcher Mann tat das?

Isabel schnitt den Käse in mundgerechte Stücke, nahm den Teller und zwei Gläser und brachte es ins Wohnzimmer. »Der Wein kommt gleich.«

Christopher sah in die lodernden Flammen. »Isabel?«

»Ja?« Sie blieb vor dem Sofa stehen.

»Bist du hier glücklich?«

Die Frage überraschte sie. »Heute nicht.«

»Aber sonst?«

»Mit dir bin ich überall glücklich.« Das war zum Teil die Wahrheit, andererseits war es nicht seine Aufgabe, sie zufriedenzustellen. Das musste sie selbst schaffen. »Ich bringe den Wein.«

Anschließend brachte sie die Kinder ins Bett, las ihnen eine Geschichte vor und löschte das Licht. Die beiden Wirbelwinde würden ihr fehlen. Trotzdem sehnte sie sich nach Abwechslung und Zeit für sich. Als sie das Wohnzimmer betrat, fand sie Christopher schlafend vor. Das eingegossene Glas hatte er zur Hälfte geleert, den Käse bis auf drei Stückchen gegessen. Auf seinem Gesicht lag ein zartes Lächeln. Ihr Mann war hier glücklich. Sie musste zusehen, es auf dieser Insel auch zu werden.

In aller Früh fuhren Isabel und Christopher die Kinder zu Antonia. »Grüß Cate und Tamara herzlich von mir.« Sie seufzte. »Ich beneide dich um die Reise. New York. Du musst mir alles genau beschreiben. Versprochen?«

»Versprochen, Mamá.« Sie küsste ihre Mutter zum Abschied. »Danke für deine Hilfe.«

»Komm gesund zurück.«

Barbara klammerte sich an ihren Oberschenkel. »Ich bin bald wieder da.« Sie beugte sich zu ihrer Tochter. Die Verabschiedung schnitt ihr ins Herz. »Ich bringe euch was ganz Tolles mit.«

Robert gab sich erwachsen. Seine zitternde Unterlippe verriet den kleinen Kerl. »Pass du gut auf deine Schwester auf.« Sie küsste beide. Ihre Mutter zog Barbara von ihrem Bein.

»Geh, sonst nimmt das hier kein Ende.« Barbara kreischte im Sopran los.

Christopher startete den Wagen. Mit einem letzten Blick auf ihre leidenden Kinder stieg sie ein und fühlte sich wie eine Rabenmutter, die ihre Brut im Stich ließ. Noch nie war sie von ihnen getrennt gewesen. Keine Nacht. Und schon gar nicht mehrere Tage. Ihr traten Tränen in den Augen, als Christopher vom Hof fuhr. »Sie beruhigen sich gleich.«

Sein Trost kam nicht an. »Am liebsten würde ich bleiben.«

»Nichts da. Du fliegst heute nach Madrid und nimmst die erste Maschine nach New York.« Er steuerte den Wagen in Richtung Son Bonet.

Das beklemmende Gefühl verstärkte sich noch beim Abschied von ihrem Mann. »Genieß die Zeit. Ich komme nach, sobald es die Bodega zulässt. Die Bestellungen müssen erledigt werden.«

»Ich weiß.« Isabel warf sich in seine Arme. »Lass mich nicht zu lange warten.«

Das Flugzeug stand zum Einsteigen bereit. Isabel löste sich von Christopher und eilte, ohne sich umzudrehen, zur Maschine. Ein Blick zurück, und sie würde bleiben. Sie stieg die Gangway hoch und drehte sich doch noch um. Die nachfolgenden Passagiere murrten, weil es nicht voranging. Isabel erhaschte einen letzten Blick auf ihren Mann und bestieg das Flugzeug nach Madrid.

Sechsunddreißig Stunden später fuhr Isabel zu dem von Cate reservierten Hotel in Manhattan. Die Fahrt vom Flughafen demonstrierte ihr eindrucksvoll die Größe der Stadt. Die gewaltig aufragenden Wolkenkratzer. Todmüde, aber auch beeindruckt von der Architektur, betrat Isabel ihr Hotelzimmer und gab ein Telegramm auf, um Christopher wissen zu lassen, dass sie gut angekommen war. Für den kommenden Vormittag hatte sie telegrafisch einen Termin in der Firma der Morgensterns vereinbart. Dazwischen brauchte sie dringend Schlaf. Isabel bestellte am Empfang ein Sandwich, packte aus und legte sich zum Essen aufs Bett. Einen Besuch im Hotelrestaurant brachte sie nach der langen Anreise nicht mehr über sich.

Das erste Tageslicht weckte Isabel. Sie hatte vergessen, die Vorhänge zuzuziehen. Es war acht Uhr. Sie hatte über elf Stunden geschlafen und freute sich auf ein gemütliches Frühstück. Nachdem ausreichend Zeit blieb, ging sie den Weg zu den Morgensterns zu Fuß.

Die Sonnenstrahlen erreichten die Straßen nicht. Die hohen Häuser hielten sie ab. Isabel schlang den Schal enger. Es war empfindlich kalt. Sie beschleunigte ihre Schritte, um sich warm zu halten. Das Büro der Morgensterns lag in der Nähe des Empire State Buildings in einem Wolkenkratzer im sechsunddreißigsten Stock. Das edle Gebäude verriet den Wohlstand der dort untergebrachten Firmen. Eine goldene Plakette am Fahrstuhl wies ihr den Weg.

Isabel fuhr nach oben. Der Lift öffnete sich. Sie stand vor zwei prächtig verzierten Glastüren, die sie aufstieß, und betrat einen großzügigen Eingangsbereich. Die Sekretärin begrüßte sie freundlich und bat sie, sich zu setzen. »Tamara Morgenstern wird Sie gleich empfangen.«

»Thank you.« Isabel setzte sich in einen dunkelblauen Samtsessel und sah sich um. Der Raum bot kein Tageslicht. Hier zu arbeiten stellte sie sich schwierig vor.

Eine Tür schwang auf. Tamara trat heraus. Hochschwanger. Die Überraschung hätte nicht größer sein können. »Isabel, wie schön, dich zu sehen. Komm mit.« Sie bestellte bei der Sekretärin Wasser. »Möchtest du Kaffee?«

»Gerne.« Völlig irritiert stand Isabel auf. »Wie ich sehe, gibt es Neuigkeiten.« Sie schätzte Tamaras Schwangerschaft auf mindestens sechs Monate.

»Ja. Wir reden in meinem Büro.« Tamara ging voraus.

Isabel folgte ihr. »Wie geht es deinem Vater?«

Tamara bat sie, sich zu setzen, und verzog gequält das Gesicht. »Er erholt sich langsam. Trotzdem wird er das Geschäft nicht weiterführen können.«

»Du hast das übernommen?«

»In Ermangelung eines Ehemannes blieb ihm nichts anderes übrig, als an mich zu übergeben.« Tamara legte ihre Hand auf ihren gewölbten Leib. »So wird mich niemand haben wollen.«

»Die Zeiten haben sich geändert.« Schwer würde es dennoch werden. Isabel mochte sich den Skandal kaum vorstellen. »Was ist mit dem Kindsvater?« Sie wusste von Rodrigos Verlobung, doch die schien keine Gültigkeit mehr zu besitzen.

»Rodrigo weiß es nicht.« Tamara überschlug die Beine. »So soll es auch bleiben.«

Ihr Bruder wurde Vater. Wie sollte sie ihm diese Neuigkeit vorenthalten? »Das kann ich dir nicht versprechen.«

»Ich hatte gehofft, du würdest meine Bitte verstehen.« Die Enttäuschung stand ihr ins Gesicht geschrieben.

Die Sekretärin brachte ein Tablett mit einer Karaffe Wasser sowie Gläser und Kaffee.

»Danke, Rachel. Wir bedienen uns selbst.« Tamara griff nach der Karaffe und goss ein. Als die Tür schloss, sprach sie weiter: »Ich habe deinen Bruder unzählige Male gebeten, zu mir zu nach New York zu kommen, um mich und meine Familie zu unterstützen. Er weigert sich.«

»Weil er die Amerikaner hasst.« Isabel zog die Kaffeetasse zu sich, gab Milch hinein und zwei Stück Zucker. »Dich liebt er. Davon bin ich überzeugt.«

»Das reicht aber nicht aus, um über seinen Schatten zu springen und es hier wenigstens zu versuchen.« Tamara seufzte. »Mehr wünsche ich mir nicht von ihm.«

Ob sie wusste, wie oft er seine Familie deswegen vor den Kopf gestoßen hatte? »Er ist meiner Hochzeit ferngeblieben und auch Valentinas Beerdigung. Du verlangst also sehr viel von ihm.«

»Mag sein.« Sie sah Isabel fest in die Augen. »Wenn seine Liebe für mich nicht ausreicht, möchte ich ihn durch ein Kind nicht zwingen. Verstehst du?«

Rodrigo würde kommen. Davon war Isabel überzeugt. »Für euer Kind würde er sich überwinden.«

»Ich wäre schuld an seinem Unglück. Das will ich nicht.« Tamara stand auf, streckte den Rücken durch und trat ans Fenster. Die Sonne kam um eine Ecke der Häuserschlucht. »Behältst du es für dich?«

Isabel überlegte. Was würde sie tun? Das Kind allein großziehen? Finanzielle Not spielte keine Rolle in Tamaras Entscheidung. Das Kind hätte gute Voraussetzungen auf ein glückliches Leben. Eines, auf das Tamara bereit war zu verzichten. »Bist du dir sicher?«

»Absolut. Selbst mein Vater akzeptiert es inzwischen.« Sie lachte bitter. »Der Kampf war hart. Er wünscht sich einen Nachfolger für die Firma. Deshalb wollte er mich verheiraten.«

»Was du nicht zugelassen hast.« Isabel erhob sich und ging zu Tamara.

»Hättest du das?«

Sie verneinte.

Schweigend standen sie nebeneinander.

Minutenlang.

Isabel wägte ab. Wie würde sie entscheiden? Würde sie Christopher zurück in die USA zwingen, obwohl er auf Mallorca glücklich war? Nur, um sich selbst wohler zu fühlen? »Ich werde es ihm nicht sagen.«

»Danke.« An Tamaras nachlassender Körperspannung erkannte sie ihre Erleichterung.

»Es ist deine Wahl. Ich habe kein Recht mich einzumischen.« Nachdem der Punkt zwischen ihnen geklärt war, ging Isabel zum Schreibtisch, um ihren Kaffee zu trinken.

»Dann klären wir noch das Geschäftliche?« Tamara folgte ihr und setzte sich ihr gegenüber. »Anschließend lade ich dich zum Mittagessen ein. Ich brenne darauf, zu erfahren, wie es Rodrigo geht. Beruflich hält er mich auf Trab. Privat schreibe ich ihm nicht mehr. Da bin ich auf dich angewiesen.«

Die Preisverhandlungen liefen zügig und reibungslos. Zwei Stunden später saßen sie in einem Restaurant. Isabel berichtete, was sie von Rodrigo wusste, verheimlichte ihr jedoch die zahlreichen Frauenabenteuer, von denen man sich erzählte. Sie wollte Tamara nicht verletzen. Den Gerüchten glaubte Isabel. Ihr Bruder lenkte sich mit anderen Frauen ab, um Tamara zu vergessen. »Er arbeitet sehr viel. Ich bekomme ihn kaum zu Gesicht, da ich selten in Palma bin.«

»Hauptsache, es geht ihm gut.« Tamara wirkte erleichtert. So ganz überzeugte sie Isabel nicht. In unbedachten Momenten sah sie ihr den Schmerz an.

»Bist du mit Cate bekannt?« Isabel wechselte das Thema. »Sie hat in der Brighton Gallery übermorgen eine Vernissage.«

»Tut mir leid. Ich kenne sie nicht.« Der Kellner servierte den Nachtisch. »Wollen wir teilen? Ich sehe sonst bald aus wie ein Wal.«

»Du siehst großartig aus«, widersprach Isabel. »Begleitest du mich zur Ausstellung?«

»Übermorgen?« Sie überlegte. »Das geht. Aber nur, wenn du von diesem Schokoladen-Soufflé die Hälfte isst.«

»Abgemacht.«

»Ich hole dich in deinem Hotel ab.« Tamara stieß ihren Löffel in das Soufflé. »Neunzehn Uhr?«

Isabel tat es ihr gleich. »Wunderbar.«

Tamara lächelte. Ihr war klar, dass Isabel nicht nur die Uhrzeit meinte.

Wie geplant, erledigte Isabel Weihnachtseinkäufe. Obwohl die freie Zeit in dieser Stadt schnell verstrich, sie zwei Museen und das Empire State Building besuchte, vermisste sie ihre Familie mit jeder Minute stärker. Christopher hatte sein Kommen auf vier Tage nach Cates Vernissage angekündigt. Die Weinauslieferungen ließen keine frühere Anreise zu. Ihr Mann käme nur ihretwegen. Er hatte in New York nichts zu tun, nachdem sie mit Tamara alles besprochen hatte. Den Rest übernähme Rodrigo mit seiner Exportfirma. Cate wäre bei seiner Ankunft zurück in San Francisco. Hier mehr Zeit zu verbringen, grenzte an Egoismus. Zudem kam sie sich verloren vor in dieser großen Stadt. Einen Abend verbrachte sie mit Cate, den anderen allein in ihrem Hotel. Sie fühlte sich ausgeruht und langweilte sich. Wenigstens wäre sie an diesem Abend unter Menschen.

Isabel stellte drei weitere Tüten mit Geschenken auf den Schreibtisch ihres Hotelzimmers, den sie als Ablagefläche benutzte. Das schwarze Etuikleid, das sie tragen wollte, hing aufgebügelt am Schrank. Um nicht hungrig zu starten, bestellte sie sich ein Klubsandwich. Bis die Bestellung kam, schlüpfte sie in den Bademantel und steckte ihr Haar zu einer Hochsteckfrisur zusammen.

Es klopfte an der Tür.

Isabel öffnete. »Du? Ich habe den Zimmerservice erwartet.«

»Darf ich reinkommen?« Tamara stand vor ihr. »Ich kann auch unten warten.«

»Bitte.« Sie gab den Weg frei. Im selben Augenblick lieferte der Service ihre Bestellung. »Hast du gegessen?«

»Ja. Beim Essen habe ich mit Vater gestritten.« Sie verdrehte die Augen. »Danach bin ich aus dem Haus geflohen. Sogar nach zwei Jahren mischt er sich noch ins Geschäft ein, dabei sollte er sich schonen und ausruhen.«

Der Angestellte schob den Servierwagen herein. Isabel bedankte sich und stellte ihn neben den Schreibtisch. Die Pommes rochen verführerisch. »Setz dich aufs Bett.« Sie hob die silberne Haube ab. »Bediene dich. Das werde ich nicht alles verdrücken können.«

Tamara nahm sich einen Kartoffelstick. »Hervorragende Wahl.« Sie grinste. »Zu Hause bekomme ich nur gesundes Essen.«

»Der Salat auf dem Sandwich ist gesund.« Isabel biss herzhaft hinein. »Ich glaube, ich reise morgen ab.«

»Aber warum denn? New York hat so viel zu bieten!« Tamara setzte sich und stopfte sich ein Kissen hinter den Rücken. »Wäre ich nicht so schnell müde, würde ich dir die Stadt zeigen.«

»Mir fehlt meine Familie.«

Tamara lächelte gequält.

»Soll ich Rodrigo etwas von dir ausrichten?« Sie schob sich ein Pommes in den Mund.

»Nein. Zwischen uns ist alles gesagt.« Ihr fester Blick bekräftigte ihre Aussage. »Er hat sich gegen mich entschieden. Ich kann Vater nicht alleinlassen. Es ist unmöglich. Das würde ihn ins Grab bringen.«

Isabel verstand sie. Familie verpflichtete. Das bedeutete in besonderen Fällen, schwere Entscheidungen zu treffen. Die Morgensterns waren aus Deutschland geflohen, dann von Mallorca. Sie hatten viel durchleiden müssen, bis sie in New York eine neue Heimat gefunden hatten. Das schweißte zusammen. Auch innerhalb der jüdischen Gemeinde. Tamara musste hart gekämpft haben, überhaupt die Erlaubnis zu bekommen, einen Katholiken zu heiraten. Sie war bereit, für Rodrigo mit Traditionen zu brechen. Rodrigo kam ihr nicht entgegen. »Ich werde schweigen.« Sie beendete ihre Mahlzeit, zog sich um und überprüfte ihre Frisur im Spiegel. »Lass uns gehen.«

»Bist du sicher wegen deiner Abreise?« Tamara wuchtete sich aus dem Bett. »Sonst bist du morgen Abend herzlich willkommen, bei uns zu essen.«

»Das entscheide ich nach der Vernissage.« Isabel zögerte, weil sie Christophers Reaktion nicht einschätzen konnte. Würde er sich freuen? Oder wäre er enttäuscht, New York nicht zu sehen? Oder Cates Bilder? Sie hatte auf die Reise gedrängt.

Tamara und sie verließen das Zimmer. Vom anthrazitfarbenen Himmel nieselte es. Der Portier winkte ein Taxi herbei und begleitete sie unter einem Regenschirm trocken bis zum Fahrzeug. »Der Regen liefert mir wenigstens eine Ausrede, warum ich fahre.« Tamara saß neben ihr auf der Rückbank und rieb sich die Knöchel. »Ich hätte flache Schuhe wählen sollen.«

Geschwollene Beine kannte Isabel gut von ihren eigenen Schwangerschaften. Sie hatte die letzten Monate nur bequeme Treter getragen. »Wie du in diese Pumps gekommen bist, möchte ich nicht wissen. Du siehst ja deine Füße kaum noch.«

Die Fahrt dauerte nur zehn Minuten. Die Galerie war hell erleuchtet, ein roter Teppich führte hinein. Als Isabel darauf trat, schmatzte er vor Nässe, bis sie die Überdachung erreichten. Isabel hakte sich bei Tamara ein. Gemeinsam betraten sie den Innenraum. Eine Kellnerin servierte Champagner. Cate stand bei einem Grüppchen und plauderte. »Ich stelle sie dir nachher vor.«

»Danke.« Sie gingen von Bild zu Bild.

Abstrakte Kunst in knalligen Farben. Expressionismus. Von dieser Kunstrichtung hatte Isabel gehört. Cate ließ sich davon beeinflussen, was sich in ihren neuesten Werken zeigte. Die fließenden Motive begeisterten Isabel. »Das Blaue und das Rote sind voller Kraft und Energie. Sie überträgt sich.«

»Das aus deinem Munde.« Cate stand hinter ihnen. »Dann gefallen sie dir?«

»Sehr sogar. Deine Kunst ist erwachsen geworden.« Isabel erinnerte sich an die abstrakten Landschaften, die sie zuvor gemalt hatte und die noch immer in den Weinkellnern der Fitzgeralds hingen, weil Cate sie nicht öffentlich zeigen wollte. Ihr kam ein Gedanke. »Kannst du dir vorstellen, für unsere Weine neue Etiketten zu entwerfen?«

»Ist das dein Ernst?« Cate sah sie mit aufgerissenen Augen an.

»Ich wollte dich nicht beleidigen. Entschuldige.« Isabel bedauerte, nicht zuerst über ihre Idee nachgedacht zu haben. »Kunst und Genuss gehört für mich zusammen.« Sie hielt ihr Champagnerglas in die Luft. »Deshalb bin ich darauf gekommen.«

»Ich bin doch nicht beleidigt. Im Gegenteil!« Sie streckte Tamara die Hand entgegen. »Cate Fitzgerald.«

»Tamara Morgenstern.« Sie schüttelten sich die Hände. »Ihre Werke sind großartig.«

»Sag Cate. Freunde von Isabel sind auch meine Freunde.« Cate nippte an ihrem Glas. »Schade, dass mein Bruder sie verpasst.«

»Bleibt die Ausstellung nicht in New York?« Cates Präsentation war ein Punkt gewesen, weswegen sie mit der Abreise zögerte.

»Nein. Die Lieferungen gehen morgen an die Käufer. Sollten noch welche übrig bleiben, schickt die Galerie sie übermorgen an mich zurück.« Cate zeigte auf die kleinen Zettelchen. »Der Großteil ist verkauft.« Sie zwinkerte Isabel zu. »Die New Yorker lieben meine Kunst.«

Isabel beugte sich zu Cate hinüber. »Dann werden sie unsere Weine mit deinen Etiketten nur deswegen trinken.«

Cate überlegte. »Es wird mich bekannter machen.«

Tamara blieb vor einem unverkauften Kunstwerk stehen. »Das will ich für mein Büro. An wen muss ich mich wenden, um es zu erwerben?«

»Florence!« Cate rief einer elegant gekleideten Frau zu, die gerade ein Schild an einem der anderen Gemälde befestigte.

Florence blickte auf und kam mit einem strahlenden Lächeln zu ihnen geschwebt. »Darling, was kann ich für dich tun?«

»Tamara möchte das Bild kaufen. Kümmerst du dich darum?« Cate zog Isabel mit sich. »Dein Vorschlag gefällt mir. Ob Christopher damit einverstanden ist?«

»Warum sollte er einer Sonderedition für den amerikanischen Markt nicht zustimmen?« Isabel wusste um die unterschiedlichen Geschmäcker. »Wenn sie bei uns gut ankommen, erweitern wir die Etikettierung. Hast du einen Katalog deiner jetzigen Ausstellung?«

»Wo denkst du hin?« Cate ging zum Kassenbereich, nahm eine Broschüre und reichte sie ihr. »Soll ich sie für Christopher signieren?« Sie lachte schallend über ihren Witz.

»Noch lachst du. Wer weiß, was es irgendwann wert sein wird.« Isabel gab sie ihr zurück. »Ich nehme sie mit, wenn ich gehe.« Ihre Abendhandtasche war zu klein dafür.

Tamara und Isabel blieben zwei Stunden. Cate plauderte mit den Gästen, ließ sich feiern und genoss die Aufmerksamkeit. Tamara schmerzten ihre Füße.

Isabel drückte ihre Schwägerin beim Abschied fest an sich. »Komm uns bald besuchen.«

»Bestimmt.« Cate löste sich von ihr. »Oder ihr kommt ins Valley. Ihr werdet dort vermisst.«

Cates Worte gaben den Ausschlag zu ihrer Entscheidung. »Das bespreche ich mit Christopher.«

Sie warf ihr eine Kusshand zu.

Vor der Galerie warteten einige Taxis. Tamara stieg ein. »Wie hast du dich entschieden?«

15

Alba stemmte die Hände in die Hüften. »Sag mir sofort die Wahrheit!« Nach all den Jahren fragte sich Alba, was sie an diesem Mann gefunden hatte, der nun zusammengekauert in einem abgewetzten Sessel in seinem unordentlichen Wohnzimmer saß und ihrem Blick auswich.

»Welche Wahrheit?« Er brummelte die Worte unwillig, stand auf und holte sich ein Bier.

»Du warst es.« Alba war davon überzeugt. Immerhin hatte ihr Ex-Mann angeboten, sich um die Fässer zu kümmern. Lilia und Marco kämen nie auf diese absurde Idee. Das konnte sie nicht glauben.

»Und wenn schon ...« Leo sah sie aufsässig an. »Wem hat es geschadet? Die hätten den Wein nicht reklamiert, obwohl er anders schmeckt. Nächstes Jahr wäre er gut geworden.«

»Warst du schon immer so?« Alba schüttelte sich. »Ja, ich war nur zu blind, es früher zu erkennen. Wenn du so weitermachst, endest du allein und verbittert in dieser alten Baracke, weil keiner mit dir etwas zu tun haben will.«

»Blödsinn, meine Tochter wird zu mir halten.« Er nahm einen Zug aus der Flasche. »Im Gegensatz zu dir.«

»Ich habe viel zu lange deinen Lügen und Träumen geglaubt. Wer auf dich baut, baut auf Treibsand.« Alba stellte sich vor

Leo und tippte ihm an die Schulter. »Wie hast du es angestellt? Den Wein gestohlen?« Sie traute es ihm durchaus zu.

»Natürlich nicht, das wäre aufgefallen. Ich habe den Wein gekauft, entkorkt und in die Fässer umgefüllt.« Leo schien stolz auf seine List zu sein. »Ohne diesen Schnösel aus Palma hätte keiner etwas bemerkt.«

Alba konnte kaum glauben, wie Leo die Angelegenheit sah. »Betrug zahlt sich nie aus. Wann lernst du das endlich? Muss wegen deiner Kurzsichtigkeit noch ein Mensch sterben?«

»Ich wusste, dass du mir das vorwerfen würdest. Dabei habe ich alles für dich getan. Alles!«

Es war müßig, mit Leo zu diskutieren. Sie drehten sich im Kreis. »Du tust alles nur für dich. Trotzdem wirst du nie ein erfolgreicher Weinbauer. Dir fehlt das Zeug dazu.« Alba hasste sich für diesen Vorwurf, wandte sich ab und verließ das Haus. Im Auto atmete sie tief ein und aus. Der Streit und die bittere Wahrheit hatten sie ermüdet. Dennoch begab sie sich auf den Weg zu Christopher und Isabel. Aber erst musste sie mit ihrer Tochter sprechen.

Die Entwürfe für die Weinetiketten lagen auf dem Beifahrersitz. Eventuell konnte sie mit ihrer Idee die Wogen glätten. Sie hoffte es. Die wenigen Meter bis zu Lilias Wohnhaus fuhr sie mit dem Wagen. Sie wollte ihn nicht vor Leos Grundstück stehen lassen. Alba stieg aus, ging zum Eingang und klopfte an die Tür. »Lilia?«

Keine Antwort. Licht brannte.

»Ich weiß, dass du da bist! Also öffne die Tür.«

Wieder vernahm sie kein Geräusch.

Normalerweise respektierte Alba geschlossene Türen. In diesem Fall drückte sie die Türklinke hinunter und betrat das Haus. Lilia saß im Wohnzimmer in einem Sessel vor dem Kamin. »Geh.«

Lilia hatte das Haus seit dem Vorfall nicht mehr verlassen. Marco erklärte im Dorf, es habe bei der Auslieferung ein Missverständnis gegeben. Niemand außer ihr kannte den genauen Sachverhalt. »Du kannst dich nicht auf ewig verkriechen.«

»Ich schäme mich. Wie soll ich ihnen je wieder gegenübertreten?« Lilia zog die Beine hoch und umarmte ihre Knie.

»Dich trifft keine Schuld.«

»Nur weil Marco allen von einer vertauschten Lieferung erzählt? Christopher und Isabel kennen die Wahrheit. Wie Marco. Wie konnte er das tun?« Lilia weinte. »Mein Mann streitet es sogar ab!«

»Bist du schon auf die Idee gekommen, deinen Vater zu fragen?« Lilia beschuldigte ihren Mann, dabei war er wie sie ein Opfer von Leo.

»Papá?« Mit dem Blusenärmel wischte sie sich durchs Gesicht und zog die Nase hoch. »Was hat er damit zu tun?«

»Er hat den Wein ausgetauscht.« Alba kniete sich vor ihre Tochter. »Mein sauberer Ex-Mann wollte dir einen Gefallen tun, um euren Cabernet zu verkaufen. Er hat es gut gemeint.« Warum sie ihn noch in Schutz nahm, entzog sich ihrer Kenntnis. Vielleicht um keinen Keil zwischen Vater und Tochter zu treiben.

»Ist das wahr?« Ihr Blick hellte sich auf.

»Ja. Ist es.«

Lilia schniefte. »Ich habe Marco einen Lügner genannt.«

»Ich weiß. Darum bin ich hier. Er hat mich um Hilfe gebeten.« Alba war ohne Marcos Anruf bereits auf Leo gekommen. So eine Aktion passte nicht zu ihrem Schwiegersohn. »Willst du das mit Isabel wieder in Ordnung bringen?«

Ihre Tochter kämpfte mit sich. »Es ist Zeit.«

»Gut.« Alba entschied sich, die Flaschenetiketten zu holen und Lilia von ihrer Idee zu erzählen. »Wie hört sich das für dich an?«

»Es wäre eine Möglichkeit.« Lilia kaute an ihrem Fingernagel.

Alba trennte die Hand vom Mund.

»Sollte das nicht funktionieren, habe ich einen anderen Vorschlag.« Sie sah Alba an. »Den will ich zuerst mit Marco besprechen.« Anstelle des Nagels nagte sie nun auf ihrer Unterlippe. »Ob er mir verzeiht?«

»Das wird er.« Alba stand auf. Ihre Knie schmerzten, als sie hochkam. Sie streckte sie durch. »Dann gehe ich rüber, wenn du einverstanden bist.«

»Muss ich mit?«

»Nein, ich regle das.« Alba hielt es für besser, wenn sie als neutrale Person die Umstände erklärte und ihren Vorschlag unterbreitete.

»Danke.« Lilia blieb sitzen und sah ins kalt gewordene Feuer.

Alba überlegte, Holz aufzulegen, und entschied sich dagegen. Ihre Tochter würde diese Arbeit übernehmen, sollte sie frieren. Die missliche Angelegenheit länger hinauszuzögern, würde Alba nichts erleichtern.

Mit pochendem Herzen klopfte sie an die hölzerne Tür des Nachbarwohnhauses.

Antonia öffnete. »Alba, was führt dich denn hierher? Komm rein! Heute scheint ganz Palma anzureisen.«

»Ich möchte Christopher und Isabel sprechen.« Alba trat ein. Aus dem Wohnzimmer hörte sie Stimmen. Christophers und eine weibliche. Sie sprachen Englisch mit amerikanischem Akzent. Alba dämmerte, wer hier war. Olivia Davis. Lilia hatte Alba von ihr erzählt. Sie jagte Christopher hinterher. Isabel würde ein wachsames Auge auf die Frau behalten, die sich in ihr Haus wagte. »Isabel ist in New York.«

Das erklärte Olivias Anwesenheit. »Dann bespreche ich es am besten mit Christopher allein. Ich kann unmöglich länger warten.«

»Es geht um das Weinfest?« Antonia traf mit Präzision den Grund ihres Kommens.

»Dein Bruder steckt dahinter. Lilia und Marco haben nichts damit zu schaffen.« Alba hob hilflos die Hände. »Wir können die jungen Leute nicht so weitermachen lassen. Sie laufen in ihr Unglück.«

»Sehr gut. Ich unterstütze dich.« Antonia schritt voraus. »Christopher, Alba möchte dich sprechen.« Sie ging zu Olivia. »Wir setzen uns so lange in den Patio.«

Unwillig folgte Olivia ihr hinaus.

»Alba, was kann ich für dich tun?« Christopher blieb abwartend freundlich. Er wusste, dass Alba am Stand den Vorfall hautnah miterlebt hatte.

»Mein Ex-Mann hat euren Wein gekauft und in die Fässer gefüllt.« Alba überlegte, ob sie alle Trümpfe gleichzeitig auf den Tisch legen sollte. Sie entschied sich dagegen. »Lilia und Marco hatten keine Ahnung. Leo wollte den Verkauf ankurbeln und die Bestellungen mit Lilias Cabernet ausliefern.«

»Das soll ich glauben? Lilia muss den Unterschied bemerkt haben. Am Geruch und am Geschmack. Sie schenkt keinen ungeprüften Wein aus.« Christophers Meinung stand fest. »Alba, es ist nett, dass du vermitteln willst, aber auf der Basis ist es sinnlos.«

Alba musste das Geheimnis ausplaudern. »Es ist wahr. Marco war nicht am Verkaufsstand. Er konnte es nicht bemerken.«

»Und Lilia?« Er erhob sich und legte ein Holzscheit im Kamin nach. »Sie muss es bemerkt haben.«

»Ihre Sinne sind unbrauchbar, seit sie schwanger ist. Jeder Wein schmeckt sauer für sie.« Alba hoffte, ihn damit zu überzeugen. »Behalte es bitte für dich, sie ist noch nicht weit.«

Christopher sah in das züngelnde Feuer. »Ist das die Wahrheit?«

»Ja.« Alba schlug die Beine übereinander. Den ersten Teil hatte sie hinter sich gebracht. »Frag sie, wenn du an meinen Worten zweifelst. Sie wird dich nicht anlügen.«

Er setzte sich ihr gegenüber. »Warum hat sie das verschwiegen?«

»Eine Winzerin ohne Geschmacks- oder Geruchssinn. Darüber spricht man nicht auf einem Weinfest.« Alba verstand ihre Tochter. Der Schock saß für alle tief. Wie hätte sie reagieren sollen? Beschämt. Deshalb war sie umgehend davongelaufen. Alba hatte den Stand geschlossen, den Sumiller besänftigt und ein Missverständnis vorgeschoben, das es nicht gegeben hatte. Nach kurzer Zeit hatte sie die Zusammenhänge erkannt. Lilias Reaktion war zu ehrlich gewesen. Marcos Entsetzen ebenso. »Es ist euch kein Schaden entstanden. Mein Ex-Mann ist dafür verantwortlich. Das sollte nicht zwischen euch stehen.«

Christopher überlegte. »Isabel ist gekränkt, weil Lilia sie ignoriert.«

»Die Trauer. Das wird sich ändern, sobald du mir die Chance gibst, einen weiteren Plan mit dir zu besprechen.« Alba schöpfte Hoffnung. Christopher schien zugänglich.

»Welchen?«

Sie zog die Flaschenetiketten heraus. »Ich habe welche für beide Weingüter skizziert. Was hältst du davon, wenn ihr zusammen ein Weinfest ausrichtet? Die Weine bekommen die von mir entworfenen Etiketten. Speziell für das Fest. Ihr habt doch dieses Thanksgiving. Wollt ihr eine neue Tradition hier einführen? Auf euren benachbarten Weingütern?«

»Das wäre ja übernächste Woche?« Er stand auf. »Das geht nicht. Ich fliege in drei Tagen nach New York. Wir sehen uns die Stadt an. Zurück nehmen wir eines dieser Kreuzfahrtschiffe. Isabel braucht Ruhe und Erholung. Ich werde sie mit der Rückreise überraschen.« Unruhig ging er im Zimmer auf und ab.

Alba sah ihren Plan scheitern. »Es muss ja nicht Thanksgiving sein.« Ihr wäre jedes Fest recht. Hauptsache, sie organisierten zusammen etwas. Das würde sie enger zusammenbringen.

»Ich denke darüber nach.«

Sie legte die Etiketten auf den Wohnzimmertisch. »Die lasse ich dir da.«

Olivia betrat den Salon. »Seid ihr endlich fertig?«

Antonia folgte ihr und verdrehte die Augen. Man sah ihr an, wie wenig sie Olivias Anwesenheit schätzte.

Die Haustür schlug zu. »Überraschung! Ich bin wieder zu Hause!« Isabel kam ins Wohnzimmer. Versteinert blieb sie stehen.

»Darling!« Christopher eilte auf sie zu. »Du bist zurück? Nun sind meine ganzen Planungen hinfällig.«

Isabel trat zwei Schritte zur Seite und funkelte Olivia an, deren Gesichtsfarbe einige Nuancen heller geworden war. »Welche Pläne?« Sie sah von Olivia zu ihrer Mutter. »Was zum Teufel geht hier vor?«

»Olivia kam vorbei, um sich zu verabschieden. Sie fährt zurück in die Staaten.« Christopher ging auf Isabel zu, die sich weiterhin von ihm fernhielt. »Sie hatte die Idee, dass wir zusammen nach New York fliegen, sie dort ein paar Tage mit uns verbringt und mit Cate anschließend nach San Francisco reist.«

»Cate ist bereits in San Francisco.« Isabels Stimme klang kalt. »Sie will dich für sich, und du merkst es nicht.«

»Was erlaubst du dir?«, echauffierte sich Olivia. »Wir sind befreundet.«

Isabel lachte trocken. »Aus Freundschaft zieht man nicht auf andere Kontinente. Ich will, dass du mein Haus verlässt.«

»Bitte geh.« Christopher trat auf Olivia zu, wünschte ihr eine angenehme Rückreise und schloss die Tür hinter ihr. »Bist du nun zufrieden?«

Ihre Mutter gab ihr ein zustimmendes Zeichen.

Alba suchte nach einem Hinweis, ob es bei Isabel ankam. Ihre Tochter würde noch nicht einlenken, so gut kannte sie Lilia.

»Vielleicht. Wo sind die Kinder?«

»Die schlafen.« Antonia ging auf sie zu. »Es geht ihnen gut. Warum bist du zurück? Christopher wollte dich mit einer Kreuzfahrtreise überraschen.«

Alba lächelte. Mit denselben Worten hätte sie Lilia beruhigt. Wenn der Ehemann ihr eine solche Reise schenkte, interessierte ihn die andere Frau nicht.

»Mit einer Kreuzfahrt?« Isabels Stimme klang milder. »Du wolltest mit dem Schiff zurückfahren?«

Christopher seufzte. »Ich wollte ein paar schöne Tage mit meiner Frau verbringen. Ist das so schwer zu verstehen?« Er breitete die Arme aus, ging zu ihr und schloss sie in eine innige Umarmung.

Dieses Feuer war gelöscht. »Dann könnte es mit einer Feier zu Thanksgiving doch klappen.«

»Wovon spricht sie? Was habt ihr noch ausgeheckt?« Isabel schielte über Christophers Schulter zu Alba.

Sie setzten sich auf die beiden Sofas vor dem Kamin. Antonia hielt sich im Hintergrund, während Alba erzählte, wie Leo den Betrug eingefädelt hatte. »Er trägt die Schuld.«

Isabel meldete die gleichen Zweifel an wie Christopher zuvor. »Ich habe keine Ahnung, wie deine Schwangerschaften verlaufen sind, aber bei Lilia schlägt sie auf den Geschmacks- und Geruchssinn. Sie konnte den Unterschied nicht schmecken, da sie Wein unerträglich findet.« Alba hoffte, Isabel überzeugen zu können. »Es wäre eine schöne Geste für alle im Dorf, wenn ihr gemeinsam ein Fest geben würdet.« Sie zeigte auf die Etiketten. »Zu Thanksgiving eine Sonderedition ausschenkt. Zusammen. Als Familie.«

»Ich weiß nicht.« Isabel zögerte. »Lilia ignoriert mich seit Pablos Tod. Wie soll das funktionieren?«

»Lilia ist einverstanden.«

»Muss es bereits in zwei Wochen stattfinden?« Isabel gähnte. »Es gab gerade ein Weinfest. Und mit den Weinetiketten müssen wir sehen. Ich habe Cate welche in Auftrag gegeben.« Sie wandte sich an Christopher. »Du wirst ihre Bilder lieben. Ich habe dir einen Katalog mitgebracht.«

»Lasst uns ein Sommerfest veranstalten.« Christopher gab seiner Frau recht.

Antonia überlegte. »Dann geben wir zu Thanksgiving ein Familienessen, wo wir die ganze Familie einladen.« Sie sah zu Christopher. »Ihr habt hier viel Platz.«

Er sah Isabel an. »Das ist eine gute Idee, Mamá.«

Alba zollte Antonia für den Vorschlag Respekt. Die Familie käme zusammen. »Ich helfe euch gerne bei den Vorbereitungen.« Lilia würde sie unterstützen. Zutaten klein schneiden konnte sie auch mit verfälschtem Geschmackssinn. »Nun fahre ich zurück nach Palma.« Sie zeigte auf die Entwürfe. »Falls ihr sie nicht mögt, ist das in Ordnung.«

»Die Kinder schlafen«, schloss sich Antonia an. »Nachdem du wieder hier bist, gehe ich auch.«

»Soll ich dich mitnehmen?«, bot Alba an.

Isabel stand auf, um sie zur Tür zu begleiten. »Danke. Für alles.«

»Wenn das Fahrrad hineinpasst, gerne.« Antonia küsste ihre Tochter zum Abschied. »Ruh dich aus. Du siehst müde von der Reise aus.«

»Buenas noches.« Lilia winkte ihnen hinterher.

Gemeinsam luden sie das Rad in den Kofferraum. Der Deckel blieb offen stehen. »Das geht schon.« Alba stieg ein. »Ich muss ja nur nach vorn sehen.«

Antonia setzte sich auf den Beifahrersitz. »Danke. Im Dunkeln sieht man die Schlaglöcher erst spät.«

»Nachts solltest du nicht fahren.« Alba startete den Wagen. »Ich stoppe rasch bei Lilia und sage ihr Bescheid. Sie wird auf meine Nachricht warten.«

»Lass dir Zeit, ich habe keine Eile.«

Trotz Antonias Angebots wollte Alba das Gespräch kurz halten. Marco öffnete die Tür. »Und? Was hast du erreicht? Lilia hat mir alles erzählt.« Seine Haltung wirkte aggressiv. »Wenn ich Leo erwische, verpasse ich ihm eine.«

»Wenn du dich danach besser fühlst.« Alba trat ein, ging ins Wohnzimmer. Lilia legte ihre Decke beiseite und sah sie fragend an. »Wir feiern zusammen ein Erntedankfest, nur die Familie. Und ein weiteres Fest mit euren Weinen im Frühjahr.«

»Wann ist die Familienfeier?« Lilias Stimme klang erleichtert.

»Donnerstag in zwei Wochen.« Alba zeigte auf Lilia. »Wir helfen beim Kochen. Die ganze Familie kommt zusammen.«

Marco verschränkte die Arme. »Leo will ich dort nicht sehen.«

Alba konnte ihren Schwiegersohn verstehen. »Ich hatte nicht vor, ihn einzuladen.« Sie wies hinaus zur Straße. »Antonia wartet auf mich. Ich sollte losfahren.« Sie verabschiedete sich. »Tut mir einen Gefallen.«

»Jeden.« Lilia lehnte am Türrahmen.

»Haltet Leo aus euren Geschäften heraus. Er bringt euch keinen Erfolg. Im Gegenteil. Seine Entscheidungen werden euch eines Tages ruinieren.« Alba konnte nicht umhin, als ihnen diesen Rat ans Herz zu legen.

Marco stimmte ihr zu. »Nichts anderes hatte ich vor.« Er sah zu Lilia. »Der Vorfall hat mich nachdenken lassen. Aber das besprechen wir erst unter uns.«

»Buenas noches.« Alba verließ zufrieden das Haus.

Auf dem Weg zu Antonia plauderten sie darüber, wie sehr die Familien sie brauchten, obwohl ihre Kinder erwachsen waren. Antonias Resümee beschäftigte Alba während der gesamten Rückfahrt. Ohne ihren Einfluss würden ihre Kinder nicht mehr miteinander sprechen. Um den Graben, der zwischen ihnen lag, zu überwinden, hatten Antonia und Alba gemeinsam eine Brücke gebaut.

Antonia wäre ohne sie nicht weitergekommen und sie nicht ohne Antonia. Sollte sie das alles für Joachim aufgeben?

Ihre Zweifel wuchsen Tag für Tag. Joachim wollte seinen Weg gehen. Mit ihr. Würde er ihr zuliebe hierbleiben?

Ihre Gedanken schweiften zu Matías. Er wäre geblieben. Nun war er ihretwegen sogar gegangen. Tief in ihrem Inneren spürte sie die Wahrheit. Mit ihm wäre sie in ein fremdes Land gezogen. Sie liebte ihn immer noch. Sich das einzugestehen, kostete sie viel Kraft.

In ihrer Wohnung öffnete sie eine Flasche Wein. Alba wollte ihm schreiben. Ihm verzeihen. Wie sie Marisol vergeben hatte. Und wie Isabel nun Lilia vergeben würde, sobald sie sich ausgesprochen hatten. Den Tod eines Sohnes zu verkraften, brachte eine Mutter an ihre Grenzen. Sie wusste, wie heftig die Wunde in der Seele brannte. Im Laufe der Jahre hatte sich Alba darauf besonnen, sich ihre eigenen Anteile an Matías' Betrug einzugestehen. Sie hatte zu lange gezögert und ihre Familie in den Vordergrund gestellt, obwohl die Kinder groß genug waren und die endgültige Trennung von Leo absehbar gewesen war. Sie hatte Zweifel in ihm gesät. Zweifel über ihre Gefühle zu ihm. All das schrieb sie ihm. Ob sie den Brief abschicken sollte, in dem sie Matías ihr Innerstes offenbarte, wollte sie zu einem späteren Zeitpunkt entscheiden. Sich alles vom Herzen zu schreiben, zu erkennen, dass es nichts mehr zu verzeihen gab, schenkte ihr Frieden.

Am kommenden Abend würde sie mit Joachim sprechen. Sie wollte auf Mallorca bleiben. Bei ihrer Familie. Bei ihrer Arbeit. Noch konnte sie das Hotel nicht übergeben. Nicht jetzt, wo Lilia ein Kind erwartete. Ob er bei ihr bliebe? Sie hoffte es. Gestand sich jedoch auch ein, dass ihre Liebe zu ihm nie an die zu Matías heranreichen würde.

Alba steckte den Brief in ein Kuvert, beschriftete ihn und legte ihn neben das Postfach. Nicht hinein.

Zufrieden mit ihren Entscheidungen und erschöpft von diesem langen Tag ging sie schlafen.

Den Tag über kümmerte sie sich um die Hotelangelegenheiten. Joachim kündete im Hotel seinen Besuch für den Abend an, was Alba sehr gelegen kann. Je eher sie mit ihm sprach, desto früher konnte sie ihr Leben planen. Alejandro hielt sie aus ihren Überlegungen heraus. Sobald sie darüber nachdachte, dem Hotelwesen den Rücken zu kehren, um sich voll auf ihre Malerei zu konzentrieren, bemerkte sie während der Tagesarbeit, wie wenig ihr das als Beschäftigung ausreichen würde.

Um zwanzig Uhr ließ sie sich aus dem Hotelrestaurant ein Abendessen für zwei Personen in ihre Wohnung liefern. Vor ihren Gästen wollte sie ein solches Gespräch nicht führen. Joachim zog es vor, im Restaurant zu Abend zu essen. Es klopfte an der Tür. Alba öffnete. »Buenas tardes, Joaquim. Komm herein.«

Er küsste sie zur Begrüßung. »Gibt es etwas Besonderes, weil wir bei dir oben bleiben?«

»Ja, ich möchte mit dir in Ruhe sprechen.« Alba ging ins Esszimmer. »Es ist schon serviert.« Die silbernen Abdeckhauben hielten es warm.

»Du hast dich entschieden?« Joachim blieb stehen. Er suchte ihren Blick. »Und deine Meinung geändert.«

Alba wich ihm aus. »Das habe ich. Meine Familie braucht mich, und ich brauche sie.«

Mit zusammengepressten Lippen trat er ans Fenster.

»Gerade du solltest mich verstehen. Meine Tochter ist schwanger, ich kann sie jetzt nicht alleinlassen und ihr das Hotel aufbürden.« Alba hoffte, sich hinreichend zu erklären. An seiner Haltung änderte sich wenig. Reglos stand er am Fenster und sah hinaus. »Bleib hier, bei mir.«

»Ich kann nicht.« Er wandte sich zu ihr. »Kurt ist die einzige Familie, die ich habe. Es tut mir leid.« Mit hängenden Schultern blieb er vor ihr stehen. »Du bist eine wundervolle Frau.«

Alba straffte die Schultern. »Dann ist alles gesagt. Ich wünsche dir in Dänemark alles Gute.« Sie küsste ihn auf die Wange. »Leb wohl.«

Ein Abschied ohne Tränen. Ohne Vorwürfe. Ohne Leidenschaft. Alba sah ihm nach. Als die Tür ins Schloss fiel, ging sie zum Servierwagen, nahm die Haube ab und begann mit Appetit zu essen. Wenn sich nur jede Entscheidung so leicht anfühlen würde. Sie schnitt das Rinderfilet und aß es mit Genuss.

Am kommenden Morgen beschloss sie, den Brief als Andenken zu behalten. Ihn nicht abzuschicken. Sich nicht in Matías' Leben einzumischen. Alba setzte sich an den Schreibtisch. Eduardo hatte ihr wie üblich einige Papiere hingelegt. Konzentriert arbeitete sie die Dokumente ab. Sie kontrollierte die Post im Ausgangsfach und hob Aktenordner hoch, auf der Suche nach dem geschriebenen Brief. Er musste irgendwo dazwischengerutscht sein. Alba suchte mehrfach die Unterlagen auf ihrem Tisch durch und gab auf.

Das Kuvert blieb verschwunden.

In den Tagen darauf vergaß sie den Umschlag.

Alba versprach, die Einkäufe für das Abendessen anzuliefern. Es sollte ein traditionelles Fest werden. Isabel bestellte bei ihr zwei Truthähne, Süßkartoffeln, Maronen, Kürbis und Kartoffeln. Pep packte die gekauften Zutaten zusammen. »Hast du alles von der Wunschliste besorgt?« Alba sah in die üppig gefüllten Kisten.

»Die Cranberrys zu finden war schwer.« Pep rührte in einem Kochtopf.

»Das bedeutet, du hast sie bekommen?« Alba kannte diese Frucht nicht. Auf dem Markt fanden sich inzwischen häufig Produkte aus Übersee.

Pep zog den Topf vom Herd. »Ja, wozu auch immer man die benötigt.«

»Das kann ich dir nach dem Zubereiten sagen.« Albas Angebot, Isabel bei den ihr fremden Gerichten zu helfen, entwickelte sich in eine Kochstunde für Lilia und sie.

Der Hilfskoch verstaute die Kisten im Wagen. Alba fuhr zum Haus der Fitzgeralds. Alba fand Lilia in der Küche vor. Sie plauderte unbefangen mit Isabel. Seit dem Eklat schienen sie sich wieder nähergekommen zu sein. »Wo ist Christopher?«

»In der Bodega. Er hält sich aus der Küche fern.« Isabel trocknete sich die Hände ab. »Brauchst du Hilfe beim Ausladen?«

»Danke.« Gemeinsam trugen sie die schweren Kisten herein. Alba band sich eine mitgebrachte Schürze um. »Ich bin bereit.«

Unter Schwatzen bereiteten sie die beiden Truthähne und die traditionelle Füllung zu. Isabel schob die gefüllten Vögel ins Ofenrohr. Einen Teil bewahrte sie als Beilage auf. »So, nun haben wir erst mal etwas Luft. Die braten nun vier Stunden, um gar zu werden.« Sie wandte sich an Lilia und gab ihr genaue Anweisungen. »Du begießt sie regelmäßig.«

Alba schälte die Süßkartoffeln, stellte Wasser auf und schnitt sie in dicke Scheiben, während Isabel den Tisch für alle eindeckte. Eine Tafel für siebzehn Personen. Eine große Form stand auf der Arbeitsfläche. Alba gab die gekochten Kartoffeln hinein, fügte Zucker, Butter, Milch, Mehl und die Eier hinzu, mischte es darunter und ging hinüber zu Isabel. »Der Auflauf wäre vorbereitet.«

»Dann zeige ich dir und Lilia, was es mit den Cranberrys auf sich hat.« Sie kochte Wasser und Orangensaft in einem Topf, gab Zucker und die Beeren hinein, packte einen Deckel darauf. »Das muss kochen, bis die Cranberrys platzen, und anschließend vom Herd.«

Nur für den Nachtisch wichen sie auf Mandeln aus. Pekannüsse für den typischen Pie gab es nicht. In der Küche lief alles wie am Schnürchen. »Dann gieße ich uns ein Glas Wein ein.« Sie sah zu Lilia. »Für dich Wasser.«

»Hoffentlich schmeckt mir das Essen wenigstens.« Lilia zuckte die Schultern. »Der Geruch macht jedenfalls Appetit.«

Carla, Francisco und Antonia trafen noch vor Marco und Paulino ein. Antonia bestaunte die gedeckte Tafel. »Wie wundervoll. Danke vielmals für die Einladung.«

»Setzt euch.« Christopher stellte mehrere geöffnete Weinflaschen auf den Tisch. »Bedient euch.« Im selben Moment klopfte Xisca samt ihrer Familie an die Tür.

»Öffnet ihr, bitte?« Isabel schickte Lilia und Alba hinaus ins Esszimmer. »Den Rest schaffe ich allein.«

Alba und Antonia wechselten einen Blick. Bis auf Rodrigo waren alle eingeladenen Familienmitglieder gekommen. Sie hoffte für Antonia, auch er käme noch. Die gelöste Stimmung bewies Alba, wie sehr sich die Mühe lohnte, die Familie zusammenzuhalten. Darin stimmten Antonia und sie überein.

Vor der Tür rumpelte es. Christopher erhob sich. »Ich seh mal nach, was draußen umgefallen ist.«

Von der Eingangstür drangen aufgeregte Stimmen ins Wohnzimmer. »Jetzt beruhige dich.« Christopher sprach ruhig, dennoch hörte man seine Anspannung.

Alba stand ebenfalls auf. »Da scheint etwas geschehen zu sein.« Sie eilte hinaus. »Leo? Was tust du hier?«

Ihr Ex-Mann hing betrunken im Türrahmen, hielt sich mit der rechten Hand fest und schwankte. »Geh heim.«

»Während die ganze Familie hier in friedlicher Eintracht zusammensitzt.« Er schnupperte wie ein Hund, der eine Fährte roch, in der Luft. »Der Essensgeruch zieht bis zu mir hinüber.«

In Alba kochte die Wut hoch. »Sieh dich an.« Sie wies auf den im Eingangsbereich angebrachten Spiegel. »Was siehst du da?«

Leo verzog abschätzig den Mund. »Was siehst du da?«

»Ich sehe einen versoffenen Kerl, der sich aufregt, nicht eingeladen zu sein. Anstatt dich zu fragen, warum das so ist, lässt du dich volllaufen und pöbelst hier herum. Schämen solltest du dich! Und nicht nur für diesen Auftritt!«

Christopher schob Leo zur Tür hinaus. »Ich bringe dich jetzt zurück in dein Haus. Wir reden morgen, sobald du nüchtern bist.« Er legte den Arm um Leos Schulter und zog ihn mit sich.

Leo fluchte. »Das werdet ihr bereuen.«

»Du wirst dein Verhalten noch bereuen.« Alba sah ihm zornig hinterher. Was hatte sie nur an ihm gefunden? Wie verblendet war sie, wenn es um die Liebe ging? Ihre Ehe mit Leo bereute sie jedenfalls. Die Kinder, die daraus hervorgegangen waren, empfand sie hingegen als Segen. Es schien kein Licht ohne Schatten zu geben. Alba sah den beiden Männern nach. Leo gehörte für Alba nicht mehr zur Familie. Die saß drinnen im Esszimmer. Sie ging zurück. »Alles in Ordnung. Nur ein Missverständnis.«

Augenblicklich vertieften sich alle wieder ins Gespräch. Albas Herz füllte sich mit Freude. Niemals hätte sie ihre Familie für Joachim verlassen können.

16

Rodrigo öffnete die Augen. Sein Kopf explodierte beinahe. Die ins Zimmer scheinende Sonne malträtierte ihn gnadenlos. Er schlug die Decke zurück und erschrak. Neben ihm lag eine dunkelhaarige Frau. Nackt. Die Erinnerung an die Nacht fehlte ihm. Er wusste, wie er sich für das Abendessen in seinen Anzug geworfen und in seiner Stammkneipe einen Drink genommen hatte, um dem Familienereignis bewaffnet entgegentreten zu können. Seine Mutter legte großen Wert auf seine Anwesenheit, und er hatte sie nicht enttäuschen wollen, obwohl er viel lieber etwas anderes unternommen hätte. Familie verpflichtete. Und die Weinlieferungen nach New York wollte er weiterhin für seine Schwester abwickeln. Außerdem würde er Xisca dort treffen. Vielleicht erführe er Neuigkeiten von Tamara. Beim Gedanken an Tamara hatte er sich einen zweiten Brandy bestellt. Und noch einen. Betrunken durfte er keinesfalls auftauchen, also war er dem Essen fern geblieben. Ab diesem Zeitpunkt fehlte ihm der weitere Fortgang der vergangenen Stunden.

Er kroch aus den Federn, suchte nach Aspirin, fand sie und schluckte drei mit Wasser hinunter. Aus dem Spiegel blickte ihm ein Fremder entgegen. Die Augen blutunterlaufen und verquollen. Das Haar stand in alle Richtungen. Der Bart schien vernachlässigt. Was er sah, verabscheute er. Er hasste sich selbst für diese Schwäche. Kein Wunder, dass Tamara ihn nicht wollte. Mit kaltem Wasser versuchte er, die Spuren der Nacht zu verwischen. Mit mäßigem Erfolg. Wie sollte er nun diese Frau loswerden? Im Schlafzimmer griff er sich seine Kleidung und zog sich Hose und Hemd an.

Die Unbekannte in seinem Bett regte sich. »Gibt es Kaffee?«

»Nein.« Er wollte sie nur aus dem Haus haben. »Ich muss zu einem Termin. Tut mir leid.«

Stöhnend quälte sie sich heraus. »Du benimmst dich lausig.«

Was sie von ihm hielt, war ihm gleichgültig. »Mag sein. Trotzdem musst du gehen.« Rodrigo verließ den Raum, ging in die Küche und trank ein weiteres Glas Wasser.

Angekleidet kam die Dunkelhaarige in die Küche. »Ich bekomme fünfundzwanzig Peseten von dir.«

Er kramte das Geld hervor und fragte sich, wann er so tief gesunken war, Professionelle mit nach Hause zu schleppen. Sein schlechtes Gewissen der Frau gegenüber fiel mit der Bezahlung ab. Er machte sich noch nicht mal die Mühe, so zu tun, als müsste er mit ihr die Wohnung verlassen. Kaum trat sie über die Türschwelle, schloss er die Tür, schleppte sich zurück ins Bett und sank hinein. An Arbeit war vorerst nicht zu denken.

Am späten Nachmittag kam die Putzfrau, was ihn aufstehen ließ. Sein verlotterter Anblick widerte ihn an. Wenn Tamara ihn so sähe, würde sie davonlaufen. Nachdenklich duschte er, zog sich frische Sachen an und gab ihr den Auftrag, die Bettwäsche zu wechseln.

Er spazierte die wenigen Schritte bis zum Meer, setzte sich auf einen der großen Felsen und sah hinaus. Alles, was er auf Mallorca tat, fühlte sich ohne Tamara fahl an. Kein geschäftlicher Erfolg füllte die Leere, die er seit ihrer Abreise in sich trug. Wenn er nichts unternahm, würde er sie verlieren. Für immer. Das stand für ihn außer Frage. Er musste zu ihr. Sosehr ihm der Gedanke, in die USA zu fliegen, widerstrebte. Er musste versuchen, Tamara nach Mallorca zu holen. Sobald sie sich gegenüberstünden, käme sie mit ihm.

Die Idee, aktiv sein Schicksal in die Hand zu nehmen, verlieh ihm Kraft.

Am kommenden Morgen ging er zum Friseur, ließ sich Haar und Bart ordentlich stutzen, brachte zwei Anzüge in die Reinigung, kaufte neue Oberhemden und passende Krawatten sowie eine Reisetasche. In einem Reisebüro buchte er für den darauffolgenden Tag ein Ticket nach New York mit Zwischenstopp Madrid.

Die Reise zog sich träger hin als seine Gedanken, die alle möglichen Szenarien durchspielten. Einmal sah er Tamara, wie sie ihm in die Arme sank. Ein anderes Mal entdeckte er sie zusammen mit ihrem Ehemann. In einer dritten Variante wollte sie ihn nicht sehen. Die theatralischste Version stellte ihren Tod dar. Nur deshalb schrieb sie ihm nicht mehr, und er erhielt von ihrem Buchhalter die Abrechnungen für seine Handelswaren.

Er landete bei strömendem Regen. Nass bis auf die Haut betrat er das gebuchte Hotel in Manhattan, unweit von den Geschäftsräumen der Morgensterns. Rodrigo wechselte die Kleidung, trocknete sein Haar und begab sich am späten Nachmittag noch auf den Weg zu Tamara. Mit etwas Glück traf er sie dort an.

Mit klopfendem Herzen fuhr er mit dem Fahrstuhl in die Büroetage. Vor den Glastüren atmete er tief durch, bevor er hindurchtrat. »Rodrigo Guerrera Delgado, ich möchte zu Tamara Morgenstern.«

»Haben Sie einen Termin?« Die Blondine rückte ihre Brille zurecht und suchte in ihrem Kalender. »Ich habe Sie hier nicht notiert. Frau Morgenstern wird gleich das Haus verlassen. Bedauere. Darf ich Ihnen für morgen einen notieren?«

»Sie wird mich empfangen.« Er legte all seine Überzeugung in diese Worte. »Fragen Sie nach.«

Etwas unwillig stand die Dame auf und ging zu einer der abgehenden Bürotüren. Sie klopfte an, trat ein und schloss hinter sich die Tür. Die Sekunden zogen sich dahin, bis sie wieder heraustrat. »Setzen Sie sich, bitte. Frau Morgenstern wird Sie in einigen Minuten begrüßen.«

Immerhin ließ sie ihn nur ein wenig schmoren. Er hatte schon befürchtet, sie würde ihn nicht sehen wollen. Rodrigo setzte sich im Wartebereich. »Darf ich Ihnen einen Kaffee anbieten?«

Der würde ihn nur noch nervöser machen. »Ein Glas Wasser wäre wunderbar.«

»Gerne.« Die Sekretärin machte sich an einem Servierwagen zu schaffen und reichte ihm ein Wasserglas. »Bitte sehr.«

»Danke.« Als er es entgegennahm, sah er, wie seine Finger zitterten. Peinlich berührt, nahm er die zweite Hand zu Hilfe. Als hätte sie das Zittern nicht bemerkt, lächelte sie freundlich, bevor sie zurück an ihren Schreibtisch ging.

Unsicher rutschte er auf dem Stuhl hin und her, bis endlich die Bürotür aufschwang und Tamara heraustrat. »Rodrigo.«

Sie schwebte wie ein Engel auf ihn zu. Er schluckte hart. Sie sah besser aus als jemals zuvor. »Welche Überraschung!«

»Tamara.« Rodrigo stellte das Glas auf einem Beistelltisch ab, stand auf und eilte auf sie zu. Sie hielt ihm die Wange hin, was ihn enttäuschte. Trotzdem hauchte er ihr einen Kuss darauf. »Wie geht es dir?«

»Lass uns in meinem Büro reden.« In dem hellblauen Kostüm war sie so sexy, dass es ihm den Atem verschlug.

Rodrigo folgte ihr.

Sie schloss die Tür. »Warum hast du deine Ankunft nicht angekündigt?«

»Wo bliebe dann die Überraschung?« Er lächelte sie an. »Du siehst atemberaubend aus. Die Arbeit scheint dir gutzutun.«

»Stimmt. Ich mag das internationale Geschäft. Erst hat es mich viel Mühe gekostet. Inzwischen geht es mir leicht von der Hand.« Tamara setzte sich auf die Schreibtischkante. »Bist du beruflich hier?«

Ihre Blicke verhakten sich. »Ich bin deinetwegen hier. Nur wegen dir.«

Tamara sah ihn an. »Du hast dir Zeit gelassen.«

»Ich weiß.« Er wagte einen Schritt auf sie zu. »Es tut mir leid. Manchmal benötige ich etwas länger, um zu verstehen, was wichtig ist. Tamara, ich liebe dich. Komm mit mir nach Mallorca.«

»Deshalb bist du hier?« Tamara verschränkte die Arme vor der Brust. »Ausgeschlossen. Vater würde das nicht überleben.«

»Geht es darum? Um deinen Vater?« Er zeigte zum Fenster hinaus. »Oder liegt es an New York?«

»Die Stadt ist mir egal. Das war sie schon immer. Du weißt das. Ich kann mein Glück unmöglich auf dem Unglück meiner Eltern aufbauen. Wenn du das nicht begreifst, haben wir nichts zu besprechen.«

Rodrigo spürte, dass er sie verlor. Tamara würde nicht mit ihm gehen. Er liebte sie, verabscheute jedoch die Bewohner dieses Landes. Nicht alle, keineswegs, aber den Großteil. »Ich liebe dich.«

»Offenbar nicht genug, um hier mit mir zu leben.« Tamara saß reglos vor ihm. »Von mir verlangst du etwas, das du nicht bereit bist zu tun. Ich soll meinen Vater im Stich lassen? Es tut mir leid. Den Weg hättest du dir sparen können.« Tamara schritt voraus zur Tür und öffnete sie. »Gute Heimreise.«

Sie warf ihn hinaus? Gekränkt ging Rodrigo an ihr vorbei. Am liebsten würde er sie in seine Arme ziehen. Ihre reservierte Haltung hielt ihn davon ab. Eine Ohrfeige wollte er nicht riskieren. Wie ein geprügelter Hund verließ er das Büro und verharrte vor ihr. »Ich dachte, du liebst mich. Da habe ich mich wohl geirrt.«

»Wenn du mich lieben würdest, würdest du mich nicht dazu zwingen, zwischen meiner Familie und dir zu wählen. Du würdest einen Ausweg suchen und ihn finden.« Tamara sah zu Boden. »Geh, bitte.«

Rodrigo folgte ihrem Gesuch. Der Fahrstuhl brachte ihn hinab ins Erdgeschoss. Dieses Mal verzichtete er auf ein Taxi, er brauchte frische Luft. An jeder Bar blieb er stehen, bis er sich losriss. Sich zu betrinken würde seine Lage nur verschlechtern. Obwohl er keinen Appetit hatte, ging er ins Hotelrestaurant und bestellte sich ein Steak mit Kartoffeln. Dazu ein Bier.

Von welchem Weg sprach Tamara? Über diese Frage grübelte er intensiv nach. Gab es einen Ausweg?

Der Kellner verabschiedete die letzten Gäste. Er kam auf Rodrigo zu, der keine Lust hatte, in sein einsames Hotelzimmer zu gehen oder in eine Bar. »Tut mir leid, wir schließen jetzt.«

»Kann ich noch bleiben?« Der Teller stand unberührt vor ihm.

»Auf was kauen Sie herum?« Mit einem Stirnrunzeln blickte er auf das Fleisch. »Das Steak ist es jedenfalls nicht.« Er zeigte auf den freien Stuhl. »Darf ich?«

Rodrigo bejahte. Er schob ein leeres Glas und die Wasserflasche zu ihm. »Bitte, bedienen Sie sich.«

Der Hotelangestellte quittierte das Angebot mit einem Lächeln. »Wo drückt der Schuh?«

Am Namensschild entdeckte Rodrigo den Namen seines Gegenübers. James. »Ich liebe eine Frau, hasse aber den Ort, an dem sie lebt. Aus familiärer Verpflichtung kann sie nicht in mein Land auswandern, und ich fühle mich aus Abscheu vor ihren Landsleuten außerstande, zu ihr zu ziehen.«

»Sie mögen uns Amerikaner nicht, bis auf diese eine Frau?« James beugte sich zu ihm vor. »Wenn wir so abscheulich sind, weshalb sitzen Sie dann hier mit einem Amerikaner und besprechen mit ihm Ihr Problem?«

»Das ist eine berechtigte Frage.« Rodrigo schämte sich, weil er einem Fremden sagte, er verabscheue ihn samt Familie. Der Mann war nett. Freundlich. Zuvorkommend. Hilfsbereit. Eigenschaften, die Rodrigo schätzte.

»Sie sollten nicht alle Menschen in einen Schrank stecken.« James lachte. »Die Schubladen darin scheinen bereits überfüllt zu sein.« Er zwinkerte ihm zu. »Möchten Sie ein Bier?«

»Wenn ich Sie zu einem einladen darf, gerne. Schreiben Sie es auf die Zimmerrechnung.« Rodrigo gefiel James' unaufdringliche Art.

James sperrte die Eingangstür zu, ging zur Bar und kam mit zwei geöffneten Millers wieder. »Cheers.«

»Cheers.« Sie stießen die Bierflaschen unten aneinander und tranken einen Zug. »Ich schulde Ihnen eine Erklärung.«

»Nein, tun Sie nicht.«

»Sie sollen meine Situation verstehen.« Da James ihn abwartend ansah, erzählte er ihm aus seiner Rennfahrerzeit. Wie ihn die Amerikaner verehrt, ihn als einen von ihnen behandelt hatten, bis er den Rennunfall hatte. »Danach war ich weniger wert als ein abgefahrener Reifen. Keiner von ihnen wollte mich noch kennen. Keiner.«

James hatte schweigend zugehört. »Ich würde sagen, Sie haben sich mit der falschen Schicht eingelassen. Wer nur Glamour sucht, blendet, um zu glänzen, selbst wenn das Innenleben wie ein verrostetes Chassis ohne polierte Chromstellen aussieht. Wenn Sie mir erlauben, mit meinen Bildern im Rennsport zu bleiben.«

Rodrigo dachte an seine damalige Freundin, Marilyn Owen, sie hatte ihn wie einen Totalschaden betrachtet, dabei war sie nicht der Sportwagen gewesen, den er in ihr gesehen hatte. James' Vergleiche ließen sich gut umsetzen. »Vermutlich haben Sie recht.«

»Das habe ich ganz sicher. All meine Freunde sind New Yorker. Sie stehen immer zu mir. Egal was kommt.« James zeigte auf die leeren Bierflaschen. »Jetzt lade ich Sie ein.«

»In Ordnung.« Er sah James hinterher. Wenn er in diesem Land Freunde besaß, die mit ihm durchs Feuer gingen, und selbst zwei seiner Schwestern einen Amerikaner geheiratet hatten, waren vielleicht nicht die freundlichen Amerikaner die Ausnahme, sondern die, die er im Rennsport kennengelernt hatte. Den Gedanken musste er sacken lassen.

James kehrte zurück. »Warum versuchen Sie es nicht? Sehen Sie sich die New Yorker eine Weile an, bevor Sie eine Entscheidung treffen.«

Das wäre eine Möglichkeit. Er könnte einige Zeit hier verbringen, guten Willen zeigen, und wenn er Tamara genug an sich gebunden hätte, würde sie mit ihm gehen. Ein paar Wochen würde er schaffen. »Das ist eine ausgezeichnete Idee.«

James musterte ihn. »Sie wollen die Dame weichkochen.« Er nippte an seinem Bier. »Das wird nicht funktionieren. Nicht, bevor sich ihre Familienangelegenheiten geändert haben. Ihre Dame demonstriert große Entschlossenheit. Ich müsste mich täuschen, wenn Ihr Plan gelingt.«

Rodrigo lachte. »Wenn Sie mich durchschauen, wird es für Tamara ein Kinderspiel sein. Ich sollte mich ernsthaft auf die New Yorker einlassen.«

»Wenn es die Dame wert ist, würde ich an Ihrer Stelle den Versuch wagen.« James leerte sein Millers. »Ich bitte um Verzeihung.« Er zeigte auf die Uhr. »Meine Frau erwartet mich zu Hause.«

»Selbstverständlich.« Rodrigo dankte James für die Zeit und seine Impulse. »Tut mir leid, dass ich Sie von Ihrem Feierabend abhalte.«

»Ich habe gerne mit Ihnen ein Feierabendbier getrunken.« Er begleitete Rodrigo bis zur abgesperrten Tür, ließ ihn hinaus und löschte innen das Licht.

Rodrigo schlenderte in sein Zimmer, zog sich aus und legte sich ins Bett. Er grübelte lange darüber nach, wie er Tamara seinen Entschluss mitteilen sollte. In der Firma wollte er sie nicht besuchen. Er entschloss sich, die Stadt anzusehen, die Bewohner auf sich wirken zu lassen und abends zu Tamara zu gehen, um mit ihr im privaten Rahmen zu sprechen.

Nach einem ausgiebigen Frühstück spazierte er durch die Straßen. Rodrigo besichtigte das Rockefeller Center, das Empire State Building, wo sich Touristen tummelten, ging zum turbulenten Times Square, den er schnell wieder verließ, um sich in den Central Park zu setzen. Die Sonne schien ihm ins Gesicht, bis dicke Wolken ihn zurück in sein Hotel trieben. Die Einwohner wirkten fröhlich, wenngleich viele in Eile waren. Andere standen an Ecken beisammen und unterhielten sich. Normale Menschen. Einige grüßten ihn sogar, wenn sich ihre Blicke verfingen. New York unterschied sich völlig von Las Vegas. Lebendiger, weniger grell.

Trotzdem genoss er die dezente Ruhe, als er ein Restaurant betrat, um einen Kaffee und einen dieser Donuts zu bestellen. Ob er Tamara zu einem gemeinsamen Abendessen überreden konnte? Er hoffte es. Je näher der Abend rückte, desto zäher verrannen die verbleibenden Minuten, bis er endlich zu ihrer Adresse aufbrach, getrieben von der Hoffnung, sie dort anzutreffen. Ihre Wohnadresse in der Upper West Side lag nur vier Blocks von Midtown entfernt, wo er sie am Vortag im Büro besucht hatte. Auch hier bestimmten Hochhäuser das Straßenbild. Die niedrigen Häuser dazwischen wirkten klein und gedrückt. Rodrigo entdeckte die Hausnummer auf einem der hoch aufragenden Gebäude.

Er ging durch die Tür und traf auf einen livrierten Mann hinter einem Tresen. »Good Afternoon. Zu wem möchten Sie?«

Mit diesem Hindernis hatte Rodrigo nicht gerechnet. »Zu Tamara Morgenstern.«

»Einen Moment, bitte.« Er nahm den Telefonhörer von der Gabel und wählte drei Mal. Aus der Entfernung erkannte Rodrigo die Nummernfolge nicht. »Wie ist Ihr Name?«

»Rodrigo Guerrera Delgado.« Der kalte Schweiß brach ihm aus. Wenn Tamara ihn hier unten stehen ließe, scheiterte er schon an dieser Stelle. Ob er den Angestellten austricksen konnte? Wenn nicht, müsste er am frühen Morgen doch zu ihr ins Büro gehen.

»Verstehe. Ja, Miss Morgenstern.« Er legte auf.

Ihm klopfte der Puls bis in die Ohren.

»Penthouse, rechter Eingang.« Er wies auf einen Bereich, den Rodrigo nicht einzusehen vermochte. »Dort hinten liegen die Fahrstühle.«

Erleichterung breitete sich in ihm aus. »Danke.« Eilig ging er zu den Aufzügen, rief ihn und fuhr nach oben.

Eine junge Frau wartete an der geöffneten Tür. Sie trug eine Servieruniform. »Guten Abend, Mister Guerrera Delgado. Ich soll Sie in die Bibliothek bringen.«

Er erwiderte den Gruß und folgte ihr durch eine geschmackvoll eingerichtete Wohnung. Sie war weit größer, als er angenommen hatte. »Bitte.« Sie ließ ihn eintreten und schloss die Tür hinter ihm.

Die üppig ausgestatteten Bücherwände beeindruckten ihn. Den Raum erwärmte ein offenes Kaminfeuer. Zwei ausladende Ohrensessel und eine Wiege standen davor. Er ging zum Fenster und sah hinaus in die hereinbrechende Nacht. Die ersten Lichter verwandelten die Stadt in ein bezauberndes Lichtermeer, das jede Minute heller schien. Vom Verkehrslärm war kein Geräusch zu vernehmen.

»Was tust du hier?« Tamara hatte das Zimmer unbemerkt betreten. Sie hielt einen Säugling in den Armen. »Ich passe auf das Kind meiner Freundin auf. Ihr geht es nicht gut.« Behutsam legte sie das Baby in das Kinderbettchen. Eine rosafarbene Decke wärmte das Mädchen.

Rodrigo trat zu Tamara. »Ich muss mit dir reden. Es darf nicht so zwischen uns enden.«

Tamara setzte sich in den Ohrensessel neben der Wiege. Sanft schubste sie sie an. »Es ist deine Entscheidung, ob es so endet.«

»Du bist daran ebenfalls beteiligt.« Er nahm ihr gegenüber Platz. »Ich liebe dich.«

Bei diesen Worten blinzelte Tamara mehrfach. »Manchmal reicht Liebe nicht aus.«

»Sag so was nicht.« Ihr Blick war milde und strafte die harten Worte Lügen. »Ich war heute den ganzen Tag unterwegs, habe mir die Stadt angesehen, die Menschen.« Er zögerte. »Möglicherweise habe ich unrecht und ich kann doch hier leben. Mit dir.«

»Möglicherweise?« Sie schaukelte wieder die Wiege. »Was soll das bedeuten?«

»Es bedeutet, dass ich es versuche. Ich könnte hierbleiben, die Geschäfte mit dir führen. Dann hättest du mehr Zeit für deine Eltern, und wir wären zusammen. Sollte ich mich nach vier Monaten immer noch unwohl fühlen, suchen wir eine passende Lösung für uns alle.« Rodrigo vermochte ihr keine leeren Versprechungen zu machen. Er wollte es wagen, ihr seinen guten Willen zeigen, obwohl er ahnte, wie seine Entscheidung letztlich ausfallen würde.

Tamaras verhaltene Reaktion überraschte ihn. Er hatte mit Begeisterung gerechnet, nicht mit einem traurigen Gesichtsausdruck. »Darüber muss ich nachdenken.«

»Du hast einen anderen Mann kennengelernt. Ist es das?« In ihm wuchsen die schlimmsten Befürchtungen heran. Welchen Grund könnte sie sonst haben?

»Nein. Du irrst.« Tamara erhob sich, ging zum Fenster und sah hinaus. »Ich weiß nicht, ob ich bereit bin, dich erst bei mir zu haben, um dich dann zu verlieren.«

»Du vertraust mir nicht?« Ihre zarte Figur wirkte verloren an dem großen Panoramafenster, vor dessen Blick sich die Skyline eindrucksvoll ausbreitete. Er konnte nicht widerstehen, stand auf, ging zu ihr und umarmte sie von hinten. Ihr Duft stieg ihm in die Nase. Er schloss die Augen, genoss die Berührung. »Ich bin hier. Bei dir. Zählt das nichts?« Rodrigo spürte ihre Schultern beben und drehte sie zu sich herum. Tränen rannen ihr über die Wangen. Er wischte sie fort, näherte sich und küsste sie. Eng umschlungen verharrten sie beisammen. In diesem Moment wurde ihm eines bewusst. »Niemals in meinem Leben habe ich jemanden so sehr geliebt wie dich. Lass uns versuchen, gemeinsam glücklich zu werden.«

Tamara rang sich ein Lächeln ab. »Einverstanden.«

»Dann besteht unsere Verlobung noch?« Rodrigo sah auf ihre Hand. Der Ring fehlte.

»Wenn du dir vorstellen kannst, hier mit mir und meinen Eltern zu wohnen.« Tamara kaute auf ihrer Unterlippe.

Unter einem Dach mit Tamaras Familie zu leben, widersprach seiner Traumvorstellung. »Ja, das kann ich.« Wenn es nicht gut ginge, würden sie auch da eine Lösung finden.

»Das ist gut.« Tamara lächelte ihn unsicher an. »Denn sie wollen ihre Enkeltochter gerne aufwachsen sehen.«

»Enkeltochter? Sagtest du nicht ...« Rodrigo schluckte mehrfach, weil ihm das Ausmaß ihrer Aussage zu Bewusstsein kam. »Wir haben eine Tochter?«

»Ja. Das haben wir.« Sie zog ihn mit sich zur Wiege. »Das ist deine Tochter Ava.«

Die erste Freude wich Gekränktheit. »Warum hast du mir unsere Tochter verheimlicht?«

»Du solltest freiwillig zu mir kommen und nicht aus Verantwortungsgefühl.« Sie strich ihm über die Wange. »Verstehst du das?«

Einerseits konnte er ihre Entscheidung nachvollziehen, andererseits hätte das Wissen um sein Kind seine persönlichen Befindlichkeiten verdrängt. »Wann hättest du es mir gesagt?«

Tamara hob das schlafende Mädchen heraus und legte sie in seine Arme.

Rodrigo versteifte sich unwillkürlich. Aufgrund seiner mangelnden Erfahrung mit Babys fürchtete er, es fallen zu lassen oder ihm wehzutun.

»Sobald der passende Zeitpunkt gekommen wäre.« Lächelnd sah sie ihn an.

Er streichelte Ava über die Wange. Dieser winzige Mund, die zarten Finger. Sein Hals wurde eng, eine Träne löste sich aus dem Augenwinkel. »Ich halte meine Tochter im Arm.«

»Das tust du.« Tamara verlor ihren Kampf gegen die aufsteigenden Tränen. »Ich liebe dich, Rodrigo. Der jetzige Anblick macht mich zur glücklichsten Frau der Welt.«

»Ich möchte bei euch bleiben.« Er bettete sie in die Wiege. »Wie sehen das deine Eltern?«

»Hol deine Sachen aus dem Hotel.« Tamara zögerte keine Sekunde. »Du schläfst bei mir. Wenn wir es schaffen wollen, müssen wir zusammenhalten. Meine Eltern überlässt du mir. Bis du zurück bist, ist alles geklärt. Anschließend essen wir zu Abend.«

»Deine Eltern akzeptieren mich in der Familie?« Rodrigo stellte sich das schwierig vor. Er selbst gab wenig auf seine Religion. Ein Kirchgänger war er nie gewesen. Ein katholischer Schwiegersohn gehörte nicht zu den Wünschen der jüdischen Eltern, die in der religiösen Gemeinde fest verankert waren.

»Das werden sie. Mein Bleiben hat seinen Preis.«

Die Überzeugung in ihrer Stimme, ließ ihn aufhorchen. Er würde es nicht leicht haben. Trotzdem wollte er es wagen, nachdem Tamara zu ihm stand. »Gut, dann gehe ich.«

An der Wohnungstür verabschiedete sie sich mit einem Kuss. »Bis gleich.«

Das hörte sich für ihn nach den schönsten Worten der Welt an. Zufrieden mit dem Verlauf, fuhr der den Fahrstuhl hinab, rief sich ein Taxi und packte im Hotel den Koffer.

An der Rezeption ließ er die Rechnung fertig machen. »Ich bin sofort wieder zurück.« Er musste mit James sprechen, ihm erzählen, wie das Gespräch gelaufen war.

James befand sich hinter dem Tresen und zapfte ein Bier. »Good Evening, Rodrigo. How are you?«

»Mir geht es großartig, und das habe ich Ihnen zu verdanken. Ich ziehe zu Tamara. Wir versuchen es hier in New York.« In Rodrigo stieg Freude auf, als er den Entschluss laut aussprach und somit die Entscheidung öffentlich gefallen war. »Ich stelle Ihnen Tamara bald vor.«

»Herzlich gerne.« Er stellte das gezapfte Bier auf ein Tablett. »Möchten Sie etwas trinken?«

»Nein, ich fahre heim. Zu meiner Verlobten und unserer Tochter. Stellen Sie sich das vor! Sie hat mir kein Wort darüber verraten.« Der Umstand drückte ihn weiterhin.

»Herzlichen Glückwunsch!« James bestückte das Serviertablett mit weiteren Getränken. »Sie wirken glücklich.«

»Das bin ich, James.« Rodrigo hob die Hand. »Bis bald.«

»Alles Gute.« James lächelte ihn an. »Sie werden sehen, es wird Ihnen hier gefallen.«

Das hoffte Rodrigo. Nun ging es nicht mehr nur um Tamara und ihn. Es ging um seine kleine Familie. Die durfte er nicht riskieren. Dafür wollte er kämpfen.

Der Kampf begann unmittelbar nach seiner Ankunft zum Abendessen. Der Gesichtsausdruck von Elias Morgenstern wirkte, als gäbe es einen Trauerfall in der Familie. Er sprach kaum, seine Körperhaltung drückte trotz der augenscheinlichen Schwäche Abwehr aus. Rodrigo nahm es kommentarlos zur Kenntnis. Vielleicht würde er von Tamara erfahren, weswegen er ihn ignorierte. Miriam Morgenstern saß schmallippig am Esszimmertisch, missachtete ihn jedoch nicht. Die Gespräche drehten sich ums Geschäft. Rodrigo erzählte von Mallorca, hoffte, die beiden so ein wenig für ihn erwärmen zu können. Mit leidlichem Erfolg. Sie freuten sich, ihre ehemaligen Nachbarn samt Familie wohlauf zu wissen. Damit endete das Interesse.

Ava begann zu weinen.

»Ich stille sie rasch.« Tamara stand auf. »Es dauert nicht lange. Esst weiter.«

Rodrigo saß mit den Schwiegereltern am Tisch und suchte nach Worten. Während er überlegte, ergriff Elias die Gelegenheit. »Würde Noa noch leben, hätten wir ihm die Firma übertragen und die Nachfolge geklärt. Trotzdem würde ich Tamaras Wahl nicht gutheißen. Du gehörst nicht zu uns.«

»Das sieht Tamara anders.« Rodrigo fiel kein vernünftiges Argument ein. »Ich habe in Mallorca ein Exportgeschäft aufgebaut. Euer Betrieb nimmt einige Produkte ab.«

»Das nenne ich erfolgreich. Der einzigen Firma etwas zu verkaufen, die man kennt.« Elias' Stimme klang abschätzig. Diese Arroganz stand im Kontrast zu seinem schwachen Körper. Früher musste er eine stattliche Erscheinung gewesen sein. Vor dem Infarkt.

Rodrigo trank einen Schluck Wasser. »Es sind mehrere amerikanische Firmen, nicht nur hier in New York, sondern auch in Chicago und San Francisco.« Den Stolz auf diese Leistung ließ er sich nicht nehmen. Innerhalb von zwei Jahren hatte er den Handel so weit gebracht, gut davon zu leben. Sehr gut sogar. Ohne die Einnahmen der Bodega zu benötigen. »Außerdem betreibe ich auf Kuba ein Weingut über einen Verwalter. Ich kann gut für eure Tochter sorgen.«

Miriam legte ihr Besteck beiseite. »Es geht nicht um Geld, sondern um Tradition. Ein Katholik und eine Jüdin. Wann ist das gut gegangen? Nicht in der jüngsten Geschichte.« Sie tupfte sich mit der Stoffserviette die Mundwinkel. »Wenn du meine einzige Tochter auch nur einen Tag unglücklich machst, bist du in diesem Haus nicht mehr willkommen.«

»Bin ich es denn jetzt?« Rodrigo wollte sich vertragen, trotz der Unterstellungen, er würde Tamara irgendwann bekümmern. »Oder bin ich eher geduldet?«

Elias Morgenstern hustete verhalten. »Dumm ist der Junge nicht. Wenigstens etwas.«

»Sonst hätte Tamara eine andere Wahl getroffen.« Miriam nahm sich noch eine Bratenscheibe und Bohnengemüse. »Wie stellst du dir die kommenden Monate vor?«

Darüber hatte Rodrigo ausführlich nachgedacht. »Ich werde mich in die Firma einarbeiten, damit Tamara sich um Ava kümmern kann.«

»Ich erlaube es nicht, dass ihr hier unter einem Dach lebt, ohne verheiratet zu sein.« Miriam sah zu ihrem Mann. »Ich weiß, du bist dagegen, aber die Leute reden schon wegen Ava. Tun wir einfach so, als gäbe es kein Problem, einen Katholiken in der Familie zu haben.«

Rodrigo bekam in Tamaras Abwesenheit tiefe Einblicke in das Familiengefüge. Er wurde als Ehemann akzeptiert, weil es das geringere Übel darstellte als eine alleinerziehende und unverheiratete Tochter. Das widersprach seinem Wunschbild und erschwerte das Zusammenleben.

Elias sah Rodrigo herausfordernd an. »Das war dein Vorschlag, richtig?«

Ahnungslos zuckte er die Schultern. »Was meinst du?«

»Die fixe Idee, New York zu verlassen und mit ihr nach Mallorca zu gehen, wenn wir einer Heirat widersprechen und dir keine leitende Funktion in der Firma geben.« Elias spuckte die Sätze wie verdorbenes Essen aus.

So hatte Tamara die Zustimmung zum Einzug erhalten. Mit Erpressung. Sie blieb nur, wenn er bleiben dürfte. Und da die Morgensterns das Unternehmen behalten wollten, sagten sie zu. »Davon höre ich zum ersten Mal.«

Überrascht schnellten Elias' Augenbrauen in die Höhe.

»Wer hätte das gedacht?« Miriam schob sich ein Stück Braten in den Mund und kaute nachdenklich. »Wo hat sie diesen Starrsinn nur her?« Ihr Blick schweifte zu ihrem Mann, der auf seinen Teller schaute.

Die Tür ging auf. Tamara setzte sich an den Tisch. »Habt ihr euch gut unterhalten?« Die Serviette legte sie sich auf den Schoß, bevor sie das Besteck aufnahm.

»Ausgezeichnet sogar.« Rodrigo unterdrückte seine wahren Gefühle. Tamara kämpfte dafür, alle zufriedenzustellen. Die Mutter mit einer Heirat, den Vater, indem sie die Firma weiterführte. Nur, um ihn in New York zu halten. »Wir haben gerade darüber gesprochen, dich zu einer ehrbaren Frau zu machen.« Er täte nichts lieber, als Tamara schnellstmöglich zu ehelichen. »Hast du einen Wunschtermin?«

Erst jetzt fiel ihm auf, dass Tamara den Verlobungsring wieder trug. »Es wird eine kleine Feier. Nur Standesamt und ein Essen. Alles andere würde Vater in der Gemeinde beschämen. Von mir aus können wir das Aufgebot bestellen.« Ihr Gesicht strahlte, was auch Miriam bemerkte.

Rodrigo fing den Blick seiner Schwiegermutter auf. Er würde alles in seiner Macht Stehende unternehmen, um Tamara glücklich zu machen. Er würde sich bemühen, sich schnell in New York einzuleben. »Dann lass uns das nächstmögliche Datum nehmen. Meine Unterlagen trage ich bei mir.«

Tamara schenkte ihm ein strahlendes Lächeln. »Du bist auf Freiersfüßen hergekommen?«

»Obwohl ich mir unsicher war, ob meine Liebste mich noch heiraten will.« Rodrigo überlegte. »Wenn es hier keine große Feier geben soll, feiern wir, sobald es geht, auf Mallorca mit meiner Familie.«

Miriam drückte den Rücken durch. »Elias kann auf gar keinen Fall fliegen.«

»Gerne spendiere ich euch eine Schiffspassage.« Vielleicht fühlten sie sich sogar nach all den Jahren in einer Großstadt auf der Insel wohler. Ein kleiner Hoffnungsschimmer leuchtete ihm in der Dunkelheit.

1958

17

Lilia brachte den Mantonegro, den sie auf Marcos' Feldern anbauten. Die Gruppe von zehn Personen saß an einem langen Holztisch mit Bänken, zwei große Käse- und Schinkenplatten vor sich, dazu Oliven und Brot. Das Essen und fünf Weine beinhaltete das Angebot, das die Hotelgäste vom Las Rosas gegen eine geringe Gebühr zwei Mal die Woche wahrnehmen konnten. Dadurch wurde ihr Wein bekannter, die Besucher bestellten die Weine, die Marco dann ins Hotel lieferte. »Hier haben wir einen Mantonegro.« Sie goss ein. »Dieser fruchtige Rotwein ist aromatisch und gehört zu den jungen Weinen, die unmittelbar nach der Lese getrunken werden.« Die Standardsätze flossen Lilia inzwischen schnell auf Deutsch und Englisch über die Lippen. Nur bei Nachfragen musste sie nach den passenden Antwortsätzen suchen. Durch die Übung nahm ihr Sprachschatz jedoch jeden Monat zu. »Ich bringe noch zwei Krüge Wasser, um der Hitze und dem Wein etwas entgegenzusetzen.« Lilia ging in die Bodega und gönnte sich selbst ein kühles Glas Wasser. Die ungewohnt hohen Temperaturen plagten die ganze Insel. Der Boden war trockener als die Kehle ihrer durstigen Besucher. Vor allem die Gemüsebauern litten diesen Sommer. Die ausgetrocknete Erde behinderte das Wachstum. Wann immer Marco Wasserlieferungen fahren konnte, half er in der Nachbarschaft. Der Brunnen seiner Eltern war nach wie vor ergiebig. Auch das Wasser für ihr eigenes Feld und die Bodega brachte er, denn auf das Brunnenwasser ihres Vaters verzichtete sie seit dem letzten Streit.

Lilia stellte die Wasserkrüge auf den Tisch. »Kann ich noch etwas für Sie tun?«

Eine junge Deutsche hob die Hand. »Dürfte ich den Cabernet Sauvignon nochmals kosten?«

»Gerne.« Lilia holte die Flasche und goss ihr von ihrem Reserva ein.

Die Frau schnupperte daran und trank, bevor sie sich an ihren Mann wandte. »Können wir drei Kartons mit ins Flugzeug nehmen?«

»Liefern Sie?« Der Mann sah Lilia fragend an.

Diese Frage tauchte immer häufiger auf. Natürlich war es lästig, die Kisten auf der Reise selbst zu transportieren. »Bisher nicht. Aber das wird bald kommen.« Sie musste mit Marco sprechen. Die meisten Besucher erstanden nur zwei Flaschen, obwohl sie bei einer Lieferung weit mehr bestellt hätten.

»Dann wird es nur ein Karton werden. Wir haben Gepäck.«

Die Frau sah enttäuscht aus. »Vermutlich schmeckt er auch viel besser, wenn man ihn hier trinkt.« Sie sah über die Weinfelder. »Es ist wunderschön hier. Sie haben Glück, hier leben zu dürfen.«

»Das weiß ich. Danke.« Lilia stimmte ihr zu, wenngleich ihr die Arbeit auf dem Feld zunehmend zusetzte. Ihre Schwangerschaft kam noch hinzu. Sie sah zur Bodega Delgado hinüber. An den Wein von Isabel und Christopher würden sie kaum heranreichen, was sie immer häufiger an ihrer Entscheidung, ein eigenes Weingut aufzubauen, zweifeln ließ. Sie schafften es nicht, über mittlere Qualität hinauszukommen. An ihren Vater wandte sie sich nach seinem letzten Auftritt beim Thanksgiving-Essen nicht mehr. Er benahm sich unmöglich. Seine Sichtweise war ihr fremd. Er tat alles, um voranzukommen. Seit dem Vorfall ging sie ihm aus dem Weg. Erst die vertauschten Weine, dann der peinliche Zwischenfall. Allmählich verstand sie ihre Mutter. Mit solch einem Mann konnte man nicht zusammenleben, wenn man im Leben etwas erreichen wollte. Ihre Mutter hatte viel erreicht. Sehr viel.

Lilia nahm die Aufträge der Gäste an. Das Geld für die Cata de Vinos erhielt sie monatlich auf ihr Firmenkonto überwiesen. Es kamen meist achthundert Peseten zusammen. Ein hübsches Zubrot. Den Verkauf kassierte sie vor Ort.

Einer der Arbeiter verlud die Bestellungen mit Namen versehen in den vorgefahrenen Kleinbus. Unter lauten Verabschiedungen stiegen die Kunden ein. Lilia winkte ihnen zum Abschied. Kaum befand sich der Bus außer Reichweite, flüchtete sie vor der Hitze ins Innere der Bodega.

Erschöpft saß sie in einem Stuhl und erfrischte sich mit einem Glas Wasser.

»Deine Catas kommen gut an.« Isabel stand am Eingang. »Das ist eine ausgezeichnete Idee von euch gewesen. Wir hatten auch schon darüber nachgedacht, den Gedanken aber verworfen. Woher sollten wir die Besucher nehmen? Mit dem Hotel deiner Mutter ist das eine ideale Kombination.«

»Stimmt. Ich genieße die Nachmittage.« Sie überlegte. Sollte sie Isabel die Wahrheit sagen? In den vergangenen Wochen waren sie sich wieder sehr nah gekommen. »Erfolgreicher wären wir, wenn unser Wein so gut wie eurer wäre.« Sie legte die Beine auf ein liegendes Weinfass. »Meine Beine sind so schwer.«

»Die Hitze.« Isabel setzte sich auf die Kante des Fasses. »Da sehnt man sich fast nach dem kräftigen Schneefall wie vorletzten Winter.«

Lilia erinnerte sich lebhaft an die außergewöhnlichen Tage. Der Schnee kniehoch, das Holz knapp. Gegen die Kälte hatten sie sich heiße Steine in die Taschen geschoben und sich abends ins Bett gelegt. Lilia hatte noch niemals zuvor so in ihrem Zuhause gefroren. »Da ziehe ich doch die gewohnte Hitze vor.«

»Ich wünsche mir den Winter, wenn Sommer ist, und andersherum.« Isabel zwinkerte ihr zu. »Soll ich Christopher bitten, euch beim Ausbau zu helfen?«

Lilia dankte ihr für den Vorschlag, lehnte jedoch ab. Sie spielte mit anderen Gedanken. Die musste sie zuerst mit Marco besprechen. »Wann wollen wir das Weinfest veranstalten?«

»Was hältst du von übernächsten Sonntag?« Isabel bediente sich am Wasser.

»Ein gutes Datum.« Sie strich sich über den Bauch. In vierzehn Tagen. Etwas kurzfristig, aber es würde klappen, zumal es nach der Geburt schwieriger würde.

»Dann legen wir das fest und gehen in die Planung.« Isabel zeigte hinaus. »Erst räume ich für dich den Tisch draußen ab und spüle die Gläser. Du ruhst dich aus.«

Lilia rappelte sich auf. »Zu zweit ist es schneller erledigt.«

»Du lässt dir ungern helfen.« Isabel ging voraus. »Manchmal erinnerst du mich an meinen Bruder. Der ist genauso stur.«

»Wie geht es ihm?« Sie hatte schon länger nichts von ihm gehört. »Ist er noch in New York?«

»Er hat Tamara geheiratet.« Isabel räumte die Weingläser zusammen. »Das muss dort einen kleinen Skandal verursacht haben.« Lächelnd balancierte sie das Tablett in einer Hand, als hätte sie nie etwas anderes getan. »Aber das hat Tamara mit ihrem unehelichen Kind zuvor heraufbeschworen.«

Lilia stapelte die Teller aufeinander und folgte ihr. »Und was ist mit dem Exportgeschäft? Liefert ihr die Weine trotzdem?«

»Er kommt übermorgen, dann erfahre ich mehr. Er will in New York bleiben.« Neben dem Spülbecken war ausreichend Platz für das Tablett. Sie stellte es ab und ließ Wasser ein. »Ich hatte mir schon Sorgen gemacht, als ich Tamara schwanger angetroffen hatte. Sie hat mir das Versprechen abgenommen, Rodrigo gegenüber zu schweigen.«

Irgendwie konnte Lilia sie verstehen. Wer wollte wegen einer ungewollten Schwangerschaft geheiratet werden? Selbstverständlich taten das viele, wenn keine andere Möglichkeit blieb. Tamara zählte nicht dazu. Sie gehörte wie Lilia zu den Frauen, die aus Liebe heiraten konnten. Selbst dann forderte sie eine Ehe immerwährend. »Du hast Wort gehalten?«

»Natürlich. Rodrigo ist in die Staaten geflogen, weil er um Tamara kämpfen wollte. Tamaras Hoffnung erfüllte sich.« Sie gab die Gläser ins Wasser und wusch ab.

Während der Arbeit plauderten sie über die drohende Dürre, sollte das Wetter so heiß und niederschlagslos bleiben. »Bald brauchen wir für die Weinfelder Wasserlieferungen. Das Grundwasser fällt ab. Bei den Gemüsebauern wird es schon eng.«

»Ich weiß.« Isabel spülte die letzte Platte und trocknete sich die Hände. »Christopher kennt diese Probleme aus Kalifornien. Er sieht es gelassen, was die Weinstöcke angeht. Die Früchte sind zwar kleiner, dafür wird der Wein gehaltvoller. Das nützt den Gemüsebauern allerdings reichlich wenig.«

Lilia machte sich sehr wohl Gedanken um ihre Stöcke. Christopher mochte sich in solchen Fällen auskennen, für Marco und Lilia stellte es eine gewaltige Herausforderung dar. Seit einigen Wochen fehlte ihr die Begeisterung für den Wein. Das Gespräch mit Marco stand an. Dringend. »Ich gehe mich ausruhen. Danke für deine Hilfe.«

»Sag Bescheid, wenn ich helfen kann. In einem Monat hast du es hinter dir.« Isabel legte den Arm um ihre Schulter. »Ich kümmere mich um die Organisation vom Weinfest, einverstanden?«

»Einverstanden«, gab sich Lilia geschlagen.

Gemeinsam verließen sie die Bodega. Im Wohnhaus bereitete sie ein leichtes Abendessen vor. Marco käme bald vom Weinfeld, brächte den Tankwagen mit, um ihr großes Wasserbassin zu füllen. Damit ging es ihnen besser als den Gemüsebauern in der Nachbarschaft. Sie arbeiteten mit nur kleinen gemauerten Becken, da das Regenwasser normalerweise ausreichte, um die Pflanzen mit dem Zugang zum Grundwasser bewirtschaften zu können. Dieses Jahr schien alles anders. Ein Wind der Veränderung wehte von der Tramuntana, zumindest was Lilias Leben anbelangte. Die Furcht vor Marcos Reaktion ließ Lilia zu den Siruells sehen. Die traditionellen Tonfiguren standen wohlbeachtet an den neuen Stammplätzen. Kein erneutes Unglück sollte sie heimsuchen. Auch nicht in Form eines Streits mit ihrem Mann.

Trotz der geschlossenen Fenster hörte sie den Wagen. Etwas nervös deckte sie den Küchentisch. Das Abendbrot bestand aus den Schinken- und Käseprodukten, die von der Weinverkostung übrig geblieben waren. Sie kaufte immer für fünfzehn Personen ein, um gut vorbereitet zu sein, der Rest floss in den eigenen Haushalt.

Marco betrat die Küche. »Wie lief die Cata?«

»Gut, die Gäste haben schon wieder wegen des Transports gefragt. Wir müssen das anbieten.« Lilia setzte sich an den Tisch und goss Wasser ein. »Rodrigo kommt übermorgen. Wir fragen ihn, ob er uns das abnehmen möchte. Wenn er nach Amerika liefert, sollte es innerhalb von Europa ein Kinderspiel für ihn sein.«

»Ob er so kleine Lieferungen übernehmen will?« Marcos Zweifel schienen ihr berechtigt.

»Er könnte dir seine Transportwege nennen, dann machen wir das selbst.« Lilia erinnerte sich an die Worte ihrer Mutter. Ihr Mann solle bei Veränderungen denken, es handle sich um seine Idee. »Ein dummer Vorschlag. Entschuldige. Du arbeitest bereits pausenlos.«

»Ich habe vor einigen Monaten mit Rodrigo gesprochen. Seine Tätigkeit ist vielseitig und interessant.« Er setzte sich an den Tisch. »Damals habe ich nachgedacht, ob der Handel nicht lukrativer ist als der Weinanbau.«

Mehr hätte er Lilia kaum überraschen können. »Wie meinst du das?« Sie wollte sichergehen, bevor sie ihre Überlegungen vortrug.

»Wir sind mittelmäßige Winzer.« Marco griff nach einer Scheibe Brot. »Da müssen wir uns nichts vormachen.«

»Christopher könnte uns helfen.« Ein lahmer Einwand, nachdem sie selbst Isabels Angebot, mit ihrem Mann zu sprechen, abgelehnt hatte.

»Warum sollte er das gratis tun?« Marco biss in ein Stück Ziegenkäse. »Er ist ein netter Kerl. Aber auch Geschäftsmann.«

Lilia gab ihm recht. »Was ist dein Vorschlag?«

Ihr Ehemann zögerte.

»Du willst den Wein aufgeben?« Der Vorstoß schien ihr vernünftig.

»So, wie du das sagst, hört es sich schlecht an.« Marco stand auf und holte sich ein Bier aus dem Kühlschrank.

»Du überlegst, wie Rodrigo ins Exportgeschäft einzusteigen?« Die Nachricht überraschte sie. Nie klagte Marco wegen des Weinanbaus. Fühlte er wie sie?

»Es ist nur ein Gedanke. Wenn ich mir die trockene Erde ansehe, fürchte ich um unsere Ernte. Ohne Lese keine Einnahmen, ohne Einnahmen kein Auskommen.« Er seufzte. »Nach all den Jahren bin ich es leid. Wir schaffen es zwar, uns von einer Katastrophe zu erholen, bis uns die nächste einholt, wie jetzt diese Dürre.«

Nun schien der Zeitpunkt gekommen. »Ich habe auch nachgedacht. Was hältst du davon, wenn wir unsere Felder mit der Delgado-Bodega vereinen. Sie bewirtschaften sie und zahlen uns etwas vom Gewinn aus. Ich könnte meiner Mutter helfen, Catas auf den Weinfeldern und im Hotel anbieten, und du steigst ins Exportgeschäft ein, wenn du das dem Weinanbau vorziehst.«

Marco hörte auf zu kauen, bis er aus seiner Starre erwachte und weiterkaute. Im Anschluss spülte er die Worte mit einem Schluck Bier hinunter. »Wie lange denkst du schon darüber nach?«

»Seit Beginn der Trockenheit.«

»Das sind zwei Monate.« Er sah sie nachdenklich an.

»Ich dachte, es liegt an der Schwangerschaft. Die Arbeit fällt mir schwerer, aber das allein ist es nicht. Das wurde mir heute bewusst, nachdem ich mit Isabel gesprochen habe.«

»Du hast Isabel unsere Felder bereits angeboten?« Die Zornesfalte zwischen den Augenbrauen vertiefte sich.

»Nein. Das ist etwas, was wir zuerst unter uns besprechen müssen.« Lilia wählte ihre Worte mit Bedacht, sie wollte die Weinfelder abgeben, ohne sie ganz aufzugeben. Ob Christopher und Isabel überhaupt zustimmten?

»Ich denke darüber nach.«

Mehr verlangte Lilia nicht von ihm. »Übermorgen kommt Rodrigo zu Besuch. Er will seine Geschäfte hier regeln. Wenn es deine Zeit zulässt, wäre es eine gute Gelegenheit, um dich mit ihm auszutauschen.«

»Dann fahre ich zu ihm, spreche mit ihm, und wir entscheiden im Anschluss.« Damit schien das Thema für ihren Mann erledigt. Er bediente sich am Brot sowie am Käse und beschäftigte sich ausschließlich mit dem Abendbrot.

Lilia war der Appetit vergangen. Die anstehenden Veränderungen schlugen ihr auf den Magen. Das Gespräch würde über ihre weitere Zukunft bestimmen. Die Furcht vor der eigenen Courage schnürte ihr den Hals zu. Wie würde ihr Vater reagieren? Einerseits fürchtete sie sich vor seiner Reaktion, andererseits konnten sie mit ihrem Besitz tun und lassen, was sie wollten. Zudem war noch nichts entschieden.

Am kommenden Morgen brachte Lilia Pablo zur Schule. Seit Paulinos Tod achtete sie sehr auf ihren Sohn. Marco akzeptierte ihre übergroße Angst um ihren Sohn. Sie wartete im Wagen, bis ihr Junge mit den anderen Kindern im Gebäude verschwand. Noch konnte sie ihm ausreden, die kurze Strecke ins Dorf mit dem Fahrrad zu fahren.

Einige Reste der Weinverkostung wollte sie ihren Schwiegereltern vorbeibringen. Auf dem Hof der Gamundis vernahm sie die Motorengeräusche des Traktors hinter dem Haus. Álvaro hörte sie hupen und stellte das Gefährt ab. »Hola, mi Niña! Warte, ich bin gleich bei dir.« Er stieg vom Trecker und kam auf sie zu. »Am liebsten würde ich das ganze Feld umackern und mich auf die faule Haut legen. Die Ernte wird miserabel, egal wie oft wir wässern. Verkaufen können wir nicht viel. Agata weckt das bisschen ein, damit wir versorgt sind.«

Lilia seufzte. So klagten alle Landwirte, die Gemüse und Obst anbauten.

Er klopfte sich den Staub von den Hosen.

»Ich bringe Schinken und Käse.« Sie wies auf ihren Weidenkorb. »Ist Agata im Haus?«

»Sie wollte hinüber zu den Fusters. Ein Schwätzchen halten.« Álvaro zwinkerte ihr zu. »Agata nennt es Mehl und Eier kaufen.«

»Legen eure Hühner nicht genug?« Seit Lilia denken konnte, brachte Marco Eier mit, wenn er von seinen Eltern kam.

»Sie werden alt wie wir, aber für uns reicht es. Agata kauft die Eier, damit sie Marco welche mitgeben kann.« Er zeigte zur Haustür. »Lass uns ein Wasser trinken.«

Die Hitze ließ sie zustimmen, obwohl sie in Eile war. Marco wollte eine Weinbestellung ausliefern und benötigte den Wagen.

Álvaro ging voraus, goss zwei Gläser ein, während Lilia die Lebensmittel in den Kühlschrank räumte. Rasch trank sie aus. »Danke für die Erfrischung. Ich muss los.« Allerdings wollte sie den kleinen Umweg über die Getreidemühle der Fusters fahren, um mit Agata zu sprechen. Sie sollte keine Eier kaufen, um sie anschließend Marco mitzugeben, weil ihre Hühner angeblich zu viele legten. Außerdem würde sie ihr das Mehl künftig besorgen.

Lilia fuhr über die schmalen Feldwege an den Bahngleisen entlang. Vielleicht erwischte sie Agata noch, bevor sie die Bahnschienen überquerte. Andernfalls müsste Lilia weiter außerhalb vom Dorf die Schienen beim Bahnübergang überqueren.

Schon aus der Ferne sah Lilia ihre Schwiegermutter. Sie ging auf den Schwellen, um dem vom Wind hochgewirbelten Staub auszuweichen.

Lilia hupte.

Agata blieb beharrlich auf ihrer Strecke. Jeden Monat verschlechterte sich ihr Hörvermögen. Ihre eigene Sprechstärke hatte sich mehr als verdoppelt, was ihrem Gehör freilich nicht half und ihrem Gegenüber das Gefühl gab, angeschrien zu werden. Lilia näherte sich und drückte erneut auf die Hupe.

Auf eine Reaktion wartete sie vergeblich. Der Fahrwind trug ein anderes Geräusch heran. Das Rattern des Zuges. Lilia sah in den Rückspiegel. Der aus Inca kommende Zug kam näher.

Agata ging unbeschwert in gemächlichem Tempo weiter. Nichts deutete darauf hin, die Gleise verlassen zu wollen. Lilia trat auf das Gaspedal. Hupte. Der Zug war fast schon auf gleicher Höhe wie sie. Er setzte ein Signal ab. Endlich reagierte Agata. Sie wandte sich um. Der Schreck ließ Agata versteinern.

»Was tust du?«, sprach Lilia ihre Frage laut aus.

Ihre Schwiegermutter riss die Arme hoch, als könnte sie den auf sie zufahrenden Zug aufhalten. Erfolglos. Agata wich aus ihrer Erstarrung, setzte zu einem Sprung an. Quietschende Bremsen. Die schwere Maschinerie war nicht mehr zu stoppen. Der Rammschutz der Lok fegte Agata wie ein loses Stück Holz von den Gleisen. Ihr Körper schleuderte durch die Luft. Lilia legte eine Vollbremsung hin. Der Wagen geriet ins Schleudern, drehte sich ein Mal um die eigene Achse. Ein scharfer Schmerz fuhr ihr in den Unterleib. Das Auto blieb auf einer Ackerkrume stehen. Auf dem Feldweg vier Meter von Lilia entfernt, lag die verdrehte Gestalt von Agata. Lilias Schrei vermischte sich mit dem grellen Bremsgeräusch des Zugs. Unter größten Krämpfen öffnete sie die Wagentür, schleppte sich zu Agata, deren zerschmetterter Leib im Staub lag. Blut sickerte aus ihrer Kleidung. Agata sah mit starrem Blick in den stahlblauen Himmel.

Agata lag tot vor ihr.

Erst jetzt bemerkte sie ihr nasses Kleid. Ihre Fruchtblase war geplatzt. Das Kind kam. Zu früh. Neben dem toten Körper der Großmutter.

Lilia krümmte sich zusammen. Der Zug kam zum Stillstand. Einige Passagiere verließen die Waggons, um zu sehen, warum sie anhielten. Der Lokführer eilte herüber. »Was ist mit Ihnen?«

»Ich bekomme mein Kind.« Lilia spürte die Wehen über sich hinwegrollen. Eine Sturzgeburt. »Es kommt.«

Der Mann rannte zurück zum Zug, ohne sich um Agata zu kümmern. Vermutlich hatte er erkannt, nichts mehr für sie tun zu können. »Ein Arzt! Wir brauchen einen Arzt!«

Ein dickbäuchiger Herr stieg aus. »Ich bin Tierarzt. Worum geht es denn?«

»Die Frau bekommt ein Baby.«

Die Männer hasteten zu ihr. »Ich habe Kälber zur Welt gebracht, Fohlen, Zicklein, aber noch nie ein Kind.«

Darauf konnte Lilia keine Rücksicht nehmen. Sie presste. Nach der sechsten Presswehe rutschte der Säugling heraus. Der Tierarzt zog sein Hemd aus. Schlang es um das verschmierte Würmchen. Eine Frau kam hinzu. Sie hielt in der rechten Hand einen Koffer, in der linken eine Wasserflasche. »Danke, Magda.« Sie schien die Arztfrau zu sein.

Der Tierarzt wickelte das Kind aus und wusch es. Lilia sorgte sich, weil es keinen Laut von sich gab.

Umsonst.

Das übergossene Wasser ließ es schreien.

Magda setzte sich hinter Lilia, damit sie sich an sie lehnen konnte. »Sie haben ein hübsches Mädchen geboren. Ein wenig klein ist sie, aber mit einer kräftigen Lunge gesegnet.«

Erschöpft blieb Lilia im Staub sitzen. Tränen flossen ihr über die Wangen. Freudentränen mischten sich mit denen der Trauer um ihre Schwiegermutter. In ihrem Inneren herrschte Chaos.

»Kannten Sie die Frau?« Der Tierarzt legte Lilia ihre Tochter in den Arm. Lilia zog sie an sich. Erst sah sie das Mädchen nur verschwommen, bis sich Tränenschleier lichtete. Dichtes, dunkles Haar, zerknautschtes und rotes Gesichtchen, zehn Fingerchen und zu leicht. Jedoch am Leben. »Ich bin Jaime Ferrer.«

»Danke, Jaime.« Sie sah zu Agata. »Sie ist meine Schwiegermutter.«

Der Lokführer tauchte erneut neben ihr auf. »Es kommt jeden Moment eine Ambulanz. Zwei der Fahrgäste sind ins Dorf gelaufen.« Er zog seine Dienstjacke aus und bedeckte Agatas Gesicht und Oberkörper. »Warum nur ist sie auf den Gleisen geblieben?«

»Agata ist schwerhörig. Sie hätte nicht auf den Bahnschwellen gehen sollen. Es ist nicht Ihre Schuld.« Lilia wollte den Mann trösten. Er wirkte nervös, verzweifelt und mit der fahlen Gesichtshaut sah er aus, als würde er augenblicklich umkippen.

»Es war unmöglich, so schnell zu bremsen.«

Inzwischen standen um die dreißig Menschen um sie herum. Lilia war es gleichgültig. Es zählte einzig ihr Baby. Lilia hätte es nicht ertragen, ihr Mädchen an diesem Tag auch noch zu verlieren.

Lilia verlor das Gespür für Zeit. Der Dorfpolizist Gustavo Mir kam an. Er verscheuchte die Schaulustigen zurück in die Waggons. Nachdem der Lokführer ausgesagt hatte, sollte er mit einem dazugerufenen Kollegen die Passagiere zu ihrem Ziel chauffieren.

Eine Ambulanz wollte Lilia in die Klinik bringen. »Ich muss meinem Mann und Álvaro informieren. Fahrt mich nach Hause.«

»Lass dich und dein Kind untersuchen.« Gustavo kannte Lilias Familie. Marco und er hatten so manches Bier zusammen getrunken. »Ich bleibe hier, bis der Bestatter Agata abholt. Anschließend fahre ich zu Marco.« Er seufzte. »Dann überbringe ich Álvaro die schlechten Nachrichten.«

Nur widerwillig ließ sich Lilia überzeugen. »Marco sollte bei seinem Vater sein, wenn er es erfährt. Er soll erst zu ihm gehen.« Sie zeigte auf den Wagen. »Kriegt ihr den aus dem Acker?«

»Natürlich, Lilia.« Er gab den Sanitätern das Zeichen zur Abfahrt. »Ich regle das.« Er schlug die Tür zu und klopfte an die Seite.

Lilia lag auf der Trage. Ihr Kind in den Armen. Trotz der schrecklichen Bilder, die sich in ihre Netzhaut gebrannt hatten, fühlte sie eine tiefe Dankbarkeit in sich, ein gesundes Baby zur Welt gebracht zu haben. Vieles lag so eng beisammen. Liebe und Hass. Glück und Verderben. Freude und Qual. An manchen Tagen dichter als an anderen, dennoch war das Schicksal immer präsent, um sein Werk zu verrichten.

Die Fahrt in die Klinik von Inca ermüdete sie. Sie gab ihrer Kleinen die Brust. »Wie willst du heißen?« Sie überlegte, ob Álvaro und Marco sich freuten, wenn sie das Mädchen auf den Namen Agata tauften, oder ob sie es als schlechtes Omen ansahen. Natürlich hatte sie ihre Schwierigkeiten mit ihrer Schwiegermutter gehabt, trotzdem war Agata eine Frau mit dem Herz am rechten Fleck gewesen.

Die Untersuchungen liefen zufriedenstellend. Ihr Baby lag schlafend neben ihr im Bett, und sobald der Arzt seine Zustimmung gab, würde sie noch an diesem Tag nach Hause können. Die Tür schwang auf. Ihr Doktor trat heran. »Wenn Sie sich wohlfühlen und mir versichern, nicht auf dem Weinfeld zu arbeiten, kann Ihr Mann Sie mitnehmen. Er steht draußen.«

»Ich verspreche es.« Sie wollte nur den kurzen Umweg über den Hof ihres Schwiegervaters nehmen, um ihm zur Seite zu stehen.

»Gut.« Er öffnete die Tür.

Marco eilte zu ihr. »Wie geht es euch?« Die Sorge stand ihm ins Gesicht geschrieben. Er wirkte, als hätte er mehrere Tage nicht geschlafen, dabei waren nur wenige Stunden vergangen. Tiefe Schatten lagen unter seinen Augen.

»Beide sind wohlauf, brauchen aber viel Ruhe und keine Aufregung.« Er sah mahnend von Marco zu ihr. »Sie fahren umgehend nach Hause.« Mit Blick auf Lilia sprach er weiter. »Sie legen sich hin, und Ihr Mann bringt Ihnen etwas zu essen. Wenn Sie sich morgen gut fühlen, dürfen Sie für kurze Zeiten aufstehen. Verstanden?«

Marco bejahte. »Ich habe frische Kleidung für dich.« Er legte sie ihr aufs Bett.

»Ich muss noch einen Namen in die Geburtsurkunde eintragen.«

»Geben Sie uns einen Moment?«

»Natürlich.« Der Arzt verließ den Raum.

»Kannst du das allein, oder soll ich dir helfen?«

»Es geht schon.« Lilia schwang die Beine auf die Seite. Den Schmerz zwischen ihren Beinen ignorierte sie. Lieber zu Hause als hier in diesem unpersönlichen Zimmer. »Ich habe mir überlegt, sie Agata zu nennen. Nach deiner Mutter.« Sie zog sich das Klinikhemd aus.

»Das wird Papá freuen.« Er sah sie aufmerksam an. »Es stört dich nicht?«

Lilia schlüpfte in ihre Bluse. »Nein. Es ist der Lauf der Zeit. Agata hat in dem Moment ihr Leben gelassen, als unser Mädchen seines geschenkt bekommen hat. Agata hat über sie gewacht.« Das empfand sie tatsächlich so. Der Gedanke tröstete sie und gab Agatas Tod einen Sinn. Sie zog den Rock über die Hüften und schloss ihn. Ihre Mutter würde es verstehen.

»Dann heißt sie Agata Gamundi Delgado.« Ihr Mann ging zur Tür. »Ich sage dem Arzt Bescheid und hole dich anschließend ab.«

Wenige Minuten später stand Marco in der Tür. Neben ihm lehnte die schmutzige Wäsche in einer Papiertüte an der Wand. »Nimmst du sie?«

Er bückte sich und nahm sie. Er hielt ihr den Arm hin, als sie mit Agata auf dem Arm auf ihn zuging. Die Geste rührte sie. »Mir geht es gut.« Sie hatte von Sturzgeburten gehört, doch nie geglaubt, wie schnell eine Frau ein Kind gebären konnte. Das Schleudern im Auto musste der Auslöser gewesen sein. Vielleicht auch der Anblick ihrer durch die Luft geschleuderten Schwiegermutter. Den Aufprall hatte sie glücklicherweise nicht gesehen.

Auf dem Parkplatz stand ihr Fahrzeug. »Ist er in Ordnung?«

»Ja. Das ist er.« Marco öffnete ihr die Tür, ließ sie einsteigen und schloss sie.

Er stieg ein, legte die Tüte hinter sich auf die Rückbank und startete den Wagen. »Marco. Es tut mir leid.«

Er tätschelte ihre Hand. »Ich bin froh, euch wohlauf hier neben mir zu haben. Meine Mutter hat einen folgenschweren Fehler begangen, der sie das Leben gekostet hat.«

»Erst jetzt wird mir klar, wie taub sie schon gewesen sein muss. Wie oft sie von unseren Lippen abgelesen hat.« Sonst hätte sie niemals die Hupe und das Warnsignal des Lokführers überhört.

»Ich bringe euch nun heim.« Er fuhr vom Parkplatz. »Isabel wird sich um euch kümmern, bis ich zurück bin.«

»Wir könnten mitkommen.«

»Du hast den Doktor gehört. Keine Aufregung.« Marco sah sie traurig an. »Ein Unglück reicht.«

Lilia sparte sich die Widerworte. Schweigend absolvierten sie die restliche Strecke. Marco half ihr beim Aussteigen. Lilia wollte sich ins Wohnzimmer legen. »Geh ruhig. Ich bleibe hier.«

»Du legst dich ins Bett, wie der Arzt verordnet hat.« Marco zeigte zur Schlafzimmertür. »Isabel wird gleich hier sein. Sie bringt dir etwas zu essen.«

Lilia schlurfte ins Schlafzimmer, legte Agata auf das Bett, zog sich um und legte sich zu ihr. Ihr Mann würde Isabel instruieren, und sie würde seinen Wunsch befolgen. Ihr fehlte an diesem Tag die Kraft, sich zu widersetzen. »Die Wiege hole ich heute Abend.«

»Ist gut.« Ihr war es auch lieber, ihr kleines Mädchen dicht bei sich zu haben.

Marco kam zu ihnen. Er küsste zuerst Agata auf das haarige Köpfchen, im Anschluss Lilia auf den Mund. »Pablo ist bei Isabel. Ich habe ihn aus der Schule geholt und zu ihr gebracht.«

»Weiß er es schon?«

»Nein.« Marco ging zur Tür. »Ich werde es ihm später sagen.«

»Ich kann das übernehmen.« Lilia schenkte ihm ein aufmunterndes Lächeln.

Wortlos schloss er die Tür.

»Mamá!« Sie hörte die rennenden Schritte ihres Sohnes. »¿Dónde estás?«

»Im Schlafzimmer.«

»Warum denn? Bist du krank?« Die Tür flog auf. Er rannte auf sie zu, bevor er abrupt stoppte. »Oh, mein Geschwisterchen.« Ehrfürchtig blieb er stehen.

»Du hast eine Schwester. Agata.« Sie klopfte auf die Matratze. »Komm her, aber sei leise. Sie schläft. Es war anstrengend für sie, wie damals auch für dich.«

»Herzlichen Glückwunsch.« Isabel stand im Türrahmen. Sie formte noch die stillen Worte. »Es tut mir leid.«

Lilia wusste, worauf sie sich bezog. Besser, sie brachte es hinter sich. »Pablito, setz dich zu mir.«

Ihr Sohn gehorchte. Neugierig begutachtete er seine Schwester. »Die ist ja zerknautscht.« Er fuhr sich mit den Fingern durch sein Gesicht. »Wird das noch glatt? Sie sieht so faltig wie Abuela aus.«

»Ja, das ist sie. Deshalb haben wir sie nach ihr benannt.« Ihr Junge kuschelte sich in ihren rechten Arm. Links von ihr lag Agata. »Deine Abuela ist im Himmel. Gott hat sie in dem Moment zu sich geholt, um auf Paulino aufzupassen, als er deine kleine Schwester zu uns geschickt hat, damit wir nicht so traurig sind.«

»Abuela ist bei Paulino? Warum hat sie sich nicht verabschiedet?« Tränen schimmerten in seinen Augen. »Sie hat versprochen, immer bei mir zu bleiben.«

»Ich weiß. Das hätte sie auch gerne getan. Gott hat neue Aufgaben für sie. So wie er nun eine neue Aufgabe für dich hat. Du sollst als großer Bruder auf Agata aufpassen.« Sie strich ihm über den Kopf. »Wirst du das tun?«

Erst schwieg Pablo. »Sie ist klein.«

»Genau. Deshalb braucht sie dich.« Lilia erleichterte, wie ruhig ihr Junge den Tod seiner Großmutter aufnahm. Vielleicht half ihm Agatas Anwesenheit, den Verlust leichter zu verkraften.

»Es tut mir leid.« Isabel kam an die linke Bettseite. »Was für ein Tag.« Sie schüttelte den Kopf. »Wie geht es dir?«

»Es geht schon.« Sie sah von einem Kind zum anderen. »Muss es. Für Álvaro wird es schwer, allein auf dem Hof.« Ob er sich eine Haushälterin einstellte, die sich ums Haus kümmerte? Lilia konnte sich die zusätzliche Belastung eines zweiten Haushalts keinesfalls zumuten.

»Jeder wird ihm helfen. Das ist das Wundervolle hier auf dem Land.« Isabel öffnete das Fenster und ließ die abendliche Brise, die von der Tramuntana zu dieser Uhrzeit über die Ebene fegte, ins Zimmer. »Hast du einen bestimmten Essenswunsch?«

»Patatas bravas con huevos!« Pablo riss freudig die Augen auf. »Das hätte ich gerne.«

Lilia wuschelte ihm das Haar. »Gut, dann Bratkartoffeln mit Spiegelei für alle.« Scharfe Röstkartoffeln mit Ei, sein Leibgericht, das er bei seinen Großeltern regelmäßig aß.

»Alles klar.« Isabel machte eine Verbeugung wie ein dienstbeflissener Kellner und ging.

Lilia hörte sie in der Küche arbeiten.

»Darf ich draußen spielen?« Pablito setzte sich auf. »Hier ist es langweilig.«

»Ja, sag aber deiner Tía Isabel Bescheid, damit sie dich findet, sobald sie mit Kochen fertig ist.« Eine leichte Mattigkeit bemächtigte sich ihr. »Ich muss heute im Bett essen.«

»Darf ich das auch?« Seine Augen leuchteten aufgeregt.

»Heute dürfen wir alle bei mir im Bett essen.« Wenn es ihm solche Freude bereitete, ließ sie die Ausnahme zu, um ihn nicht auszuschließen. Am nächsten Tag würde sie zu den Mahlzeiten aufstehen.

Das Abendessen fand unter Pablitos fröhlichem Geplapper statt. Isabel zog sich einen Stuhl heran, und mit dem gereichten Wein hatte es fast den Anschein, als würden sie im Schlafzimmer eine private Cata veranstalten. Marco platzte in die Runde.

»Hast du Hunger?« Isabel stand auf.

»Bleib sitzen.« Er zeigte hinter sich. »Ich baue die Wiege zusammen. Wir dachten ja, wir brauchen sie erst später.«

»Wie geht es deinem Vater?« Lilia konnte sich seine Trauer vorstellen. Nach über dreißig Jahren die Frau zu verlieren war ein harter Schlag.

»Wir haben drei Bier getrunken und über Mutter gesprochen. Ich habe ihm vorgeschlagen, die kommenden Abende bei uns zu verbringen.« Er sah Lilia an. »Ich hoffe, das ist in Ordnung.«

»Natürlich ist es das.« Lilia überlegte, wie sie das schaffen sollte, da mischte sich Isabel ein.

»Was haltet ihr davon, wenn wir zu euch zum Essen kommen, und ich für alle hier koche?«

»Das würdest du tun?« Lilia freute sich über das Angebot.

»Wir müssen zusammenhalten.« Isabel goss sich noch ein Glas Wein ein. »Ich gehe das Geschirr abwaschen. Ihr kommt hier zurecht?«

Pablo hängte sich an seinen Vater. »Ich helfe mit der Wiege.«

»Dann füttere ich unser Mädchen. Es ist Zeit.« Lilia schenkte Isabel ein dankbares Lächeln.

»Bis morgen. Wenn ihr etwas benötigt, findet ihr mich drüben.« Sie winkte ihnen und ging in die Küche.

Lilia gab Agata die Brust. Anschließend schlummerten beide ein. Mitten in der Nacht weinte ihre Kleine. Lilia brauchte einen Moment, um zu sich zu kommen. Marco lag neben ihr. Das einfallende Mondlicht erhellte den Raum. Sie erkannte die Umrisse der Wiege. Ihr Mann musste sie aufgestellt und Agata hineingelegt haben. Lilia schlüpfte aus dem Bett, tapste hinüber und hob ihr Baby hoch. Das Weinen ließ nach. »Du hast Hunger. Ich weiß.«

Lilia nahm sie mit ins Bett, gab ihr die Brust, bis Agata unter dem Stillen einschlief. Nach einem Kuss auf das Köpfchen legte Lilia sie zurück in die Wiege. »Buenas noches, mi ángel.«

Es dauerte einige Zeit, bis sie selbst in den Schlaf fand. Ihre Gedanken drehten sich um ihre Zukunft.

Die Frage beschäftigte Marco offensichtlich ebenso. Während des Frühstücks, das er bei Lilia im Schlafzimmer einnahm, teilte er ihr mit, nach Palma fahren zu wollen. »Ich möchte Rodrigo auf keinen Fall verpassen.«

Gerne würde sie am Gespräch teilnehmen, um sich selbst ein Bild über die Möglichkeiten zu machen. Doch das ging nicht.

»Soll ich ihn morgen Abend zum Essen einladen?« Marco trank seinen Kaffee. »Wir entscheiden gemeinsam.«

»Das wäre großartig. Ich hoffe, er sagt zu.«

Marco reichte ihr eine Scheibe Brot. »Wir dürfen meinen Vater dabei nicht vergessen. Er braucht Hilfe auf dem Hof.«

Das war Lilia bewusst. »Kann er eine Haushälterin bezahlen?«

»Nein. Er wird unsere Unterstützung brauchen.« Marco zeigte auf die Wiege. »Du kannst das nicht übernehmen. Es wird zu viel. Wir müssen die Ausgabe dafür in unsere Berechnungen einschließen.«

»Ob ein Exportgeschäft genug abwirft?« Lilia kamen Zweifel. Wenn sie die Felder zur Bestellung an Christopher übergaben, wären die Einnahmen von ihrem Wein zu gering. Sollte er sie überhaupt haben wollen. »Lass uns erst mit Rodrigo sprechen.«

»Einverstanden.« Er räumte das Geschirr zusammen. »Ruh dich aus, ich stelle es in die Spüle und kümmere mich später darum.«

»Danke.« Diesen Tag wollte Lilia zum Mittagessen aufstehen. Im Bett zu essen gab ihr das Gefühl, krank zu sein. Das war sie nicht. Sie fühlte sich gut. »Fahr schon. Damit Pablito pünktlich zur Schule kommt.«

Kurz darauf kehrte Ruhe im Haus ein. Sie holte Agata zu sich und genoss die Zweisamkeit mit ihrem Mädchen. Gegen Mittag hörte Lilia Geschirrgeklapper. Marco war zurück.

Erst als Essensgeruch zu ihr ins Zimmer drang, war Lilia klar, dass Isabel sich um den Abwasch und das Kochen gekümmert hatte. Lilias Magen knurrte. Sie stand auf, zog sich an und ging mit Agata auf dem Arm in die Küche. »Das riecht herrlich.«

»Du bist auf den Beinen?« Überraschung lag in Isabels Blick. »Ich wollte dir gerade einen Teller bringen. Arroz brut.«

»Danke. Genau, was ich brauche.« Der kräftige Reiseintopf mit verschiedenen Gemüse- und Fleischsorten gehörte zu den deftigsten Speisen der mallorquinischen Küche.

Isabel füllte einen Teller. »Du isst, und ich kümmere mich um diesen kleinen Schatz.« Sie strich Agata über den dunklen Haarschopf und nahm sie auf den Arm. »Du bist kein bisschen schüchtern. Das ist fein.« Sie wiegte sie hin und her.

Lilia aß mit Appetit. »Du kochst ausgezeichnet.« Sie schob sich einen gefüllten Löffel in den Mund. »Wir laden Rodrigo morgen Abend zum Essen ein. Ist das okay für dich?«

»Natürlich, wo acht satt werden, werden auch neun satt.« Isabel setzte sich zu ihr. »Ich nehme an, Marcos Vater kommt?«

»Das weiß ich nicht. Besser wäre es, aber wir wollen ihn nicht drängen.« Er sollte keinesfalls allein auf dem Hof herumsitzen, das würde ihm den Verlust noch deutlicher vor Augen führen. »Marco wird ihn heute abholen. Dann wissen wir mehr.« Sie löffelte den Teller leer.

»Möchtest du Nachschlag?« Isabel wies auf die Kasserolle. »Es ist genug da.«

»Nein danke.« Sie gähnte. Die Müdigkeit würde die kommenden Wochen so bleiben, bis Agata nicht mehrmals in der Nacht nach ihrer Brust verlangte. »Ich lege mich kurz hin.«

»Ich bringe Agata.« Isabel stand ebenfalls auf und folgte ihr. Lilia legte sich angezogen auf die Bettdecke und ließ sich ihr Baby geben. Der restliche Tag verlief in gleichmäßiger Eintönigkeit. Abends aß sie rasch, legte sich wieder hin, während der Rest der Familie zusammensaß und sich unterhielt. Nur von ihrem Schwiegervater hörte Lilia wenig. Er schien noch schweigsamer als gewöhnlich zu sein.

Plötzlich vernahm sie die Stimme ihres Vaters. »Warum muss ich aus der Dorfkneipe erfahren, was passiert ist?« Er klang betrunken.

»Es ist viel geschehen.« Marco versuchte ihn zu beruhigen. »Wir hatten anderes zu tun. Kannst du das nicht verstehen?«

Die Stimmen tanzten wie die Noten einer Partitur durcheinander. Lilia verstand vom Schlafzimmer aus kein Wort mehr. Polternde Schritte näherten sich. »Lilia.« Das angetrunkene Gebrüll ihres Vaters drang nun deutlich zu ihr. »Ich will mein Enkelkind sehen.« Er wankte auf die Wiege zu.

Agata schlief erst seit wenigen Minuten.

Lilia sprang aus dem Bett und stellte sich ihm in den Weg. Sein alkoholgeschwängerter Atem verursachte ihr Übelkeit. »Sei leise, und bleib von Agata weg.«

»Agata?« Seine Augen verwandelten sich in schmale Schlitze. »Musste das sein?« Die Lautstärke schwoll wie bei einem Musikstück weiter an.

»Papá. Bitte.« Lilia verlor die Geduld. »Du bist ein Trinker geworden. Was du anfasst, zerstörst du. Merkst du das nicht?«

Leo erstarrte. »Das ist also der Dank für alles, was ich für dich getan habe? Du beleidigst mich!«

»Wenn dich die Wahrheit beleidigt, solltest du anfangen, über deine Handlungen nachzudenken.« Sie stemmte die Hände in die Hüften. »Geh. Und lass dich nie wieder in diesem Zustand in meinem Haus sehen.«

Marco war seinem Schwiegervater gefolgt. »Du hast sie gehört.«

»Ihr werft mich hinaus?« Erbost fuhr er zu Marco herum.

Agata begann zu weinen.

»Sieh nur, was du angerichtet hast.« Lilia traten die Tränen in die Augen. Der Mann, der vor ihr stand, hatte keine Ähnlichkeit mehr mit dem Mann, den sie früher in ihm gesehen hatte. »Verschwinde!« Sie nahm Agata auf den Arm und schaukelte sie sanft hin und her.

Ihr Vater starrte sie an, bevor er sich wutentbrannt abwandte und hinausstürmte. Agata jammerte leise, bis sie wieder still in Lilias Arm lag. »Was ist nur aus deinem Großvater geworden?«

Marco kehrte zurück. »Leo sah traurig aus, als er ging.« Marco umarmte Lilia. »Vielleicht hat er heute etwas begriffen.«

»Vielleicht.« Lilia hoffte, ihre Worte würden nicht wie sein Rausch wirkungslos vergehen. »Ich lege mich hin.« Der Streit hatte sie erschöpft.

»Tu das, ich komme bald nach.« Marco ging ins Esszimmer.

Das Stimmengemurmel lullte Lilia ein. Ihr letzter Gedanke galt dem kommenden Abendessen, an dem Rodrigo teilnehmen wollte. Marco bat ihn um Unterstützung, um ins Exportgeschäft einzusteigen. Überraschenderweise hatte Rodrigo, ohne zu zögern, zugestimmt.

Bis dahin flossen die Stunden zähflüssig wie zu kalter Honig. Isabel weigerte sich, ihre Hilfe anzunehmen, obwohl sie sich inzwischen von der Geburt erholt hatte. Immerhin ließ Isabel sie den Tisch decken, so fühlte sie sich nicht völlig unnütz.

Marco fuhr den ganzen Tag Wasser zu den Gemüsebauern. Pablo begleitete ihn nach der Schule. Ihr Sohn fand es spannend, in dem Wasserwagen mitzufahren. Für ihn war das ein großer Spaß. Für die Bauern im Ort gefährdete die anhaltende Hitzewelle die Ernte. Je weiter der Sommer voranschritt, desto mehr sehnten und zugleich ängstigen sich alle nach den heftigen Sommergewittern, die zwar Regen brachten, aber auch Zerstörung.

Pablo stürmte ins Haus. »Mamá! Wir sind zurück!«

»Das sehe ich.« Sie herzte ihren Sohn. »Geh dich waschen und umziehen. Dein Onkel Rodrigo kommt uns heute besuchen. Erinnerst du dich an ihn?«

Pablo überlegte und zuckte die Schultern. Er hatte ihn vor drei Jahren zuletzt gesehen. »Ist das der, der humpelt?«

»Genau der.«

»Den mag ich. Er hat uns im Sommerlager gezeigt, wie man Lagerfeuer macht.« Pablo nahm das Essbesteck und legte es im Kreis auf. »Schau, das sind Steine, die muss man ums Holz legen, damit es eingeschlossen bleibt.«

Lilia lachte. »Das ist Besteck, und du legst es nun wieder neben die Teller. Verstanden?«

Brummelnd führte er ihre Anweisung aus. »Das mit dem Feuermachen ist eine spannende Sache.«

Lilia überlegte, was sie sagen sollte. »Feuer ist nur für Erwachsene, das weißt du, stimmt's?«

»Ja.« Er sagte es leichthin. »Ist sowieso zu heiß für ein Lagerfeuer.«

Marco kam herein. »Du siehst großartig aus.« Er trat zu ihr, umarmte und küsste sie. »Heute ist der große Tag.«

»Du bist nervös?« Lilia schmiegte sich an ihn. »Ich auch.« Sie löste sich und zeigte auf Pablo. »Geh dich waschen, die Gäste werden bald hier sein. Nimm den Jungen mit.«

Die beiden verließen lachend das Esszimmer. Lilia sah ihnen nach. Wie hatte sie nur an ihrer Ehe zweifeln können? Nun begann ein neuer Abschnitt. Das hoffte sie zumindest. Egal was geschah, auf keinen Fall wollte sie nochmals ihre Beziehung der Arbeit wegen aus den Augen verlieren.

Christopher betrat das Haus. Ihm folgten Barbara und Robert. »Kann ich etwas helfen?« Er wollte die Tür schließen.

»Du könntest mich noch hereinlassen.« Rodrigo stand in der halb geöffneten Eingangstür.

»Wo kommst du plötzlich her?« Christopher öffnete die Tür wieder. »Entschuldige, ich habe dich nicht gesehen.«

Rodrigo lachte und hob abwiegelnd die Hand. »Wie geht es euch? Gab es Probleme mit den Lieferungen?«

»Das erzähle ich dir später.«

Lilia begrüßte Rodrigo. »Marco kommt gleich. Setzt euch, bitte.«

»Herzlichen Glückwunsch zum Nachwuchs!« Rodrigo überreichte ihr ein Geschenk für Agata. »Sie ist dafür noch zu klein, aber sie wird ja auch größer.«

Lilia wickelte das Paket aus. Eine Puppe kam zum Vorschein. »Die ist wunderschön! Danke!«

»Seit wann kümmerst du dich um deine Nichten oder Neffen?« Isabel trat hinzu. »Wer bist du? Und was hast du mit meinem Bruder gemacht?«

Rodrigo grinste schief. »Mach dich ruhig lustig über mich. Kinder verändern alles.«

»Bist du tatsächlich endlich erwachsen geworden?« Isabel trocknete sich die Hände ab und warf das Tuch nach Rodrigo. »Tamara tut dir gut.«

Lilia kannte Rodrigo zu wenig, um eine Veränderung zu bemerken. Sie hatte ihn nur selten gesehen.

»Setzt euch. Ich serviere das Essen.« Isabel verließ das Esszimmer.

Lilia ging mit ihr in die Küche. »Dein Bruder sieht glücklich aus.«

»Allerdings.« Mit zwei Topfhandschuhen zog sie eine Auflaufform mit Kartoffeln aus dem Ofen. Der Form folgte ein knuspriges Spanferkel. »Trägst du das Gemüse rüber? Ich bringe den Rest.«

»Ab morgen kann ich das dann wieder übernehmen.« Lilia wollte Isabels Hilfsbereitschaft nicht über Gebühr strapazieren.

»Bist du sicher?« Isabel trug das glänzende Spanferkel auf einer Edelstahlplatte ins Esszimmer. Der Duft lockte alle an den gedeckten Tisch.

Lilia stellte die Schüssel ab. »Bin ich. Setz dich. Ich hole die Kartoffeln.«

Isabel nahm Platz. Christopher goss Wein ein, und Marco begann, das Ferkel zu zerlegen.

Während des Abendessens erzählte Rodrigo von seiner Familie in New York. »Wir wollen hier unsere Hochzeit nachfeiern.«

»Wenn du das tust, organisiere ich das Fest.« Isabel erwärmte sich für den Gedanken. »Mit Blumengirlanden, einem großen Festzelt am Weinfeld, tollem Essen, Musik.« Sie sah in die Ferne. »Mamá wird sich freuen.«

»Dann ist das abgemacht. Ich spreche den Zeitpunkt mit Tamara und ihren Eltern ab.« Rodrigo tupfte sich mit der Serviette die Mundwinkel ab. »Wo hast du das gelernt? Bei unserer Mutter jedenfalls nicht. Die hat selten etwas Mallorquinisches gekocht.«

»Das habe ich mir selbst beigebracht.«

Christopher lachte. »Wir sind Zeugen. Immerhin mussten wir auch die ersten Versuche essen.«

Barabara stimmte kichernd zu.

Lilia und Isabel räumten ab. »Möchte jemand einen Brandy?« Lilia stellte die Flasche auf den Tisch.

Die Männer lehnten ab.

Rodrigo wandte sich an Marco. »Wie kann ich euch helfen?«

»Ich will ins Exportgeschäft einsteigen.« Marcos Stimme klang fest. Seine Nervosität schien verschwunden.

»Das hast du gesagt.« Rodrigo strich sich über seinen Bart. »Ich habe nachgedacht.« Er sah zu Christopher. »Hattest du ebenfalls Probleme, seit ich fort bin?«

»Einige Lieferungen wurden nicht abgeholt. Wir mussten sie selbst an den Hafen fahren, um sie auf den Weg zu bringen.« Christopher stützte die Ellbogen auf. »Es ist nicht deine Schuld, das weiß ich. Aber wenn es so weiterläuft, muss ich mir einen anderen Zwischenhändler suchen.«

»Das dachte ich mir. Das haben mir mehrere Kunden berichtet.« Er wandte sich an Marco. »Kannst du dir vorstellen, bei mir einzusteigen? Ich zeige dir die kommenden zwei Wochen alles, was du wissen musst. Außerdem bin ich telefonisch immer erreichbar.«

Lilia glaubte, sich verhört zu haben. Marco sollte in Rodrigos Geschäft einsteigen?

»Wie wollt ihr das schaffen? Die Weinfelder und den Handel?« Christopher sah sie zweifelnd an.

Marco und Lilia wechselten einen raschen Blick. Marco verstand. Es war Zeit, sämtliche Pläne auszubreiten. »Unser Wein reicht an euren nicht heran.«

Isabel runzelte die Stirn. »Christopher kann euch Tipps geben. Das Angebot steht.«

»Danke.« Marco atmete tief ein und aus. »Was haltet ihr davon, beide Bodegas zusammenzulegen? Mit Christopher als Önologen. Vom Gewinn gebt ihr uns etwas ab. Wir verpachten euch die Grundstücke.«

Christopher überlegte. »Wir wollten neue Felder kaufen.«

»Ein Verkauf steht nicht zur Diskussion.« Lilia wollte ihre Bodega behalten. Zu viel Energie steckte in dieser Erde. »Ich möchte auch weiterhin die Weinverkostungen veranstalten. Die Weine würden unter dem Label eurer Bodega in den Handel kommen. Nennt es ein Gemeinschaftsgeschäft.«

»Mir gefällt die Idee.« Isabel konnte sich deutlich mehr für den Gedanken erwärmen als Christopher.

»Lasst uns ein Konzept erarbeiten. Mit genauen Zahlen.« Christopher suchte Isabels Blick. »Es muss klar geregelt sein. Sonst kommt es irgendwann zu Diskussionen.«

Streit wollte Lilia keinen. »Gut. Wir einigen uns bestimmt.«

Marco hielt Christopher die Hand hin. »Abgemacht?«

»Abgemacht.« Er schlug ein.

Marco sah zu Lilia. »Kommst du hier zurecht? Du wärst mit allem allein.«

»Natürlich.« Bis zu Rodrigos Abreise würde er in Palma arbeiten. Mit etwas Glück käme er an den Wochenenden nach Hause. Darauf verlassen konnte sie sich nicht. »Wer wird sich in der Zwischenzeit um die Weinfelder kümmern?«

»Da finden wir eine Lösung.« Christophers Worte untermauerten die Entscheidung. »Ich stelle einen meiner Männer für euch zur Verfügung.«

»Bevor ich zustimme, habe ich eine Bitte an dich.« Isabel sah zu ihrem Bruder. »Ehe du abreist, gehst du für einen Nachmittag bei unserer Mutter vorbei. Versprich es mir.«

18

»Grüße Tamara herzlich von mir.« Antonia umarmte ihren Sohn. »Eure Hochzeit! Wie ich mich freue. Vor allem auf mein Enkelkind.«

Carla stand an der Haustür. »Das war eine Überraschung.«

Rodrigo hatte ihnen die ganze Geschichte erzählt. »Ich bin glücklich mit Tamara. Langsam gewöhne ich mich an die Stadt und die Leute.«

»Es liegt immer an den einzelnen Personen. Das habe ich dir gesagt, aber du hattest kein offenes Ohr dafür.« Antonia küsste ihn auf die Wangen. »Du musst los, ich will dich gar nicht länger aufhalten.« Ob sie ihm von Adrian hätte erzählen sollen? Ihrer Meinung nach wäre es verfrüht. Sie trafen sich erst seit einigen Monaten, und das nur, wenn er in Palma vor Anker ging und seinen Landgang mit ihr verbrachte. Rodrigo würde ihn auf der Hochzeit kennenlernen, sollten sie bis dahin noch zusammen ausgehen.

»Kommt uns doch besuchen.« Rodrigos Einladung klang aufrichtig. »Tía Carla kennt nur Mallorca.«

»Von wegen. Ich war in Madrid.« Carla lachte.

»Dann eben ihre Insel und Madrid.« Er zwinkerte Carla zu. »Überlegt es euch. Tamaras Eltern werden von New York aus das Schiff nehmen. Das könntet ihr auch.«

Ein verwegener Gedanke. Antonia dachte automatisch an ihre Abreise vor über vierzig Jahren. Ob sie eine so lange Fahrt nochmals antreten sollte? »Wir denken darüber nach.«

Rodrigo stieg ins Auto und fuhr hupend vom Hof.

»Er ist komplett verändert.« Antonia konnte seine Wandlung kaum begreifen. Ihr seit dem Unfall in sich gekehrter und negativ denkender Sohn hatte sich zu dem Mann entwickelt, der er zeitlebens hätte sein können. »Was die Liebe alles bewirken kann.«

»Viel. Im Guten wie im Schlechten.« Carla ging zurück ins Wohnzimmer. »Trinken wir noch ein Glas Wein?«

»Du wolltest mir von Adrian erzählen.« Carlas Neugierde auf diesen Mann kannte keine Grenzen.

»Stimmt es, was man im Dorf über Leo sagt?« Magda hatte es Antonia auf dem Markt erzählt.

»Du meinst die Trinkerei?« Carla füllte zwei Weingläser mit ihrem prämierten La Reina. »Er hat schon immer über die Stränge geschlagen. Alba wird dir das bestätigen.«

»Mit über die Stränge hat das wenig zu tun. Er zieht über Lilia her, sie wäre undankbar.« Antonia verstand ihren Bruder nicht. Seine Tochter war die Einzige, die zu ihm hielt. Obwohl er ihr den Ärger mit dem vertauschten Wein eingebracht hatte. Selbst das hatte sie ihm verziehen. Jetzt, wo Marco und Lilia die Felder an Christopher verpachteten und am Gewinn beteiligt wurden sowie Marco in Rodrigos Großhandelsgeschäft einstieg, lungerte Leo vermehrt in der Dorfschenke herum, anstatt sich um sein Weinfeld zu kümmern. »So spricht man nicht von der eigenen Familie.«

»Nun weißt du, warum ich keinen Wert auf Kontakt lege. Er wird sich nie ändern.« Carla legte die Füße hoch. »Bald wird er enden wie dein erster Mann.«

Leo mit Mateo zu vergleichen schien Antonia gerecht. Beide lamentierten über ihr Schicksal, das sie sich selbst eingebrockt hatten, und suchten ihr Heil im Alkohol. Mateo hatte es das Leben gekostet, und Leo endete als versoffener Winzer. »Ich werde mit ihm sprechen. Er muss die Trinkerei aufgeben.«

»Viel Erfolg.« Carla sah auf die Uhr. »Er wird dir nicht zuhören.«

Einen Versuch wollte sie wagen. Wenn sie über Rodrigos Wandlung nachdachte, wäre es vielleicht auch bei Leo ein Weg, ihn wieder zu Verstand zu bringen. Er brauchte eine Frau, die ihm zeigte, wie schön das Leben sein konnte. Dazu musste er allerdings mit dem Trinken aufhören. Keine anständige Frau würde sich mit einem Säufer einlassen.

»Begleitet dich Adrian auf unser Weinfest?« Carla stand auf und sah in den Patio. Endlich lag er im Schatten. Sie öffnete die Tür und ließ die kühler werdende Luft ins Wohnzimmer.

»Ja, ihr werdet ihn dort kennenlernen.« Antonia hatte es bisher vermieden, ihn vorzustellen. Erst wollte sie sich sicher sein. Jetzt, wo er einen Umzug nach Palma plante, war sie es. Er wollte bei ihr sein, wann die Arbeit es zuließ. »Er ist ganz anders als Federico. Lebenslustiger. Weniger ernst. Vielleicht liegt es auch am Alter.«

»Das glaube ich nicht. Eher am Beruf.« Carla ging hinaus in den Innenhof und zupfte einige Halme aus dem knochentrockenen Boden. »Francisco hat sich im Alter nicht verändert. Er ist immer noch am liebsten in der Werkstatt.«

Dort verbrachte er die meisten Nachmittage. Er arbeitete an einer Büste. Ohne Eile. »Vermutlich hast du recht. Es ist sein Beruf. Als Kapitän trifft er so viele unterschiedliche Menschen, bereist fremde Länder, das prägt. Er will mich auf eine Kreuzfahrt mitnehmen.«

Carla sah vom Unkraut auf. »Wann?«

»Nach dem Weinfest.«

»Warum hast du das bisher nicht erwähnt?« Sie warf die ausgerissenen Pflanzen auf die Terrasse in eine Ecke. »Seit du ihn kennst, bist du verschwiegen.«

»Du übertreibst. Ich wäge ab, bevor ich etwas sage. Außerdem habe ich eben erst die Entscheidung getroffen, diese Fahrt zu unternehmen.« Antonia schlenderte zu ihrer Schwester in den Innenhof. »Es wäre eine gute Vorbereitung für eine Atlantiküberquerung. Findest du nicht?«

»Du denkst darüber nach, Rodrigo in New York zu besuchen?« Carla ging an ihr vorbei zum Wasserhahn, drehte auf und wusch sich die Hände. »Ich bin zu alt.«

»Du bist sechzig.« Antonia verdrehte die Augen. »Ich bin fünf Jahre älter als du.«

»Das mag schon sein.«

»Bist du kein bisschen neugierig, wie es woanders aussieht?« Sie konnte diese mangelnde Abenteuerlust nicht nachvollziehen. Viele Menschen träumten von so einer Reise, ohne sie sich jemals erlauben zu können. Carla hingegen hatte die Mittel, hielt sich jedoch trotzdem nur in ihren vier Wänden auf. »Du bist langweilig geworden. Kein Wunder, wenn dein Mann wieder in der Werkstatt arbeitet.«

Carla funkelte sie wütend an, bevor sich ihr Gesichtsausdruck entspannte. »Du willst mich herausfordern.«

»Ertappt.« Eventuell steckte Adrian hinter ihrer neuen Reiselust. Er zeichnete die von ihm bereisten Länder in den farbenfrohesten Bildern, so lebhaft, dass sie fast glaubte, die Orte mit eigenen Augen zu sehen. Warum sollte sie nicht reisen, jetzt, wo sie die Zeit und das Geld dazu hatte? »Allein möchte ich ungern fahren. Verstehst du das?«

»Wir auf einem Kreuzfahrtschiff?« Carla wiegte den Kopf hin und her. »Also, ich weiß nicht.«

»Ich werde es mit Adrian auf der Mittelmeerreise ausprobieren.« Adrians Schiff ankerte an diesem Abend in Palma. Antonia war neugierig, ob er den Standpunkt von Valencia nach Palma verlegt hatte, wie von ihm zugesagt. Davon würde es abhängen, ihn zum Weinfest einzuladen. Sie wollten sich zum Mittagessen in Palma treffen. »Kann ich morgen den Wagen haben?«

»Kein Problem. Francisco werkelt an der Büste, und ich nehme das Fahrrad, um die Einkäufe auf dem Markt zu erledigen.« Carla gähnte. Sie sah auf die Uhr. »Mein Mann legt offenbar eine Nachtschicht ein.«

»Ich gehe zu mir hoch und lese ein Buch.« Antonia stellte das leere Weinglas in die Spüle und verabschiedete sich.

Der Krimi von Agatha Christie hielt sie wach. Seit sie nicht mehr arbeitete, konnte sie ihrer Leidenschaft für Romane wieder vermehrt nachgehen. Manchmal las sie die halbe Nacht durch, bis sie über der Geschichte einschlief. So auch dieses Mal. Irgendwann wachte sie kurz auf und löschte das Licht.

Die Morgensonne weckte sie. Antonia drehte sich herum und zog sich das Laken über das Gesicht. An solchen Tagen verstand sie die Langschläfervorliebe ihrer Schwester. Da sie erst mittags in Palma sein musste, genehmigte sie sich noch eine Stunde Schlaf, bevor sie aufstand und zum Frühstück hinunterging. Die obere Küche blieb unbenutzt. Das hatte sich im Laufe der Jahre eingeschlichen. Wozu zwei Küchen benutzen, wenn man sowieso lieber zusammen die Mahlzeiten einnahm?

Carlas Geschirr stand in der Spüle. Das von Francisco ebenso. Beide schienen das Haus verlassen zu haben. Antonia kochte sich Kaffee, haute zwei Eier in die Pfanne und gönnte sich ein Rührei mit Brot. Das reichte bis zum üppigen Mittagessen in Albas Hotel.

Etwas nervös begab sich Antonia auf den Weg, wobei sie den Stopp bei ihrem Bruder auf dem Weinfeld einplante. Wahrscheinlich fand sie ihn dort. Sein Wohnhaus mied er nach dem letzten Streit. So gut kannte sie ihn inzwischen.

Mit ihrer Vermutung lag sie richtig. Leos Strohhut lugte zwischen den Weinreben hervor. Sie ging auf ihn zu. »Buenos días, Leo. Hast du einen Moment für mich?«

»Wenigstens eine aus der Familie spricht noch mit mir.« Leo sah sie gekränkt an.

»Woran könnte das nur liegen?« Antonia blieb neben ihm stehen. »Irgendeine Idee?« Sie wollte ihm nicht umgehend ihre Meinung sagen, sondern ihm Zeit zur Reflexion lassen.

»Kaffee?« Er zeigte auf die Steinhütte, in der Antonia nur das Werkzeug vermutet hatte.

»Gerne.« Antonia folgte ihm.

In dem Verschlag standen ein Bett, ein Gaskocher, und das altbekannte Plumpsklo hinter der Hütte schien ebenfalls in Benutzung zu sein. »Du wohnst jetzt hier?«

»Vorübergehend.« Leo kratzte sich am verwilderten Bart. »Bis sich die Wogen geglättet haben.«

Antonia sah ihm bei der Zubereitung des Kaffees zu.

Er schenkte ein. »Milch und Zucker sind aus.«

»Kein Problem.« Sie nahm ihm die Tasse ab und setzte sich auf die Holzbank vor dem Häuschen. Eine Aleppokiefer schützte sie vor der Sonne. »Du bist also mit allen zerstritten?«

Leo brummte zustimmend. »Meine Tochter stellt sich gegen mich.«

»Du hast sie vor dem ganzen Dorf bloßgestellt.« Antonia erinnerte sich nicht an eine Entschuldigung seinerseits. »Habt ihr darüber gesprochen?«

»Kurz. Sie hat mir verziehen.« Leo goss sich kaltes Wasser in den Kaffee, um gleich trinken zu können. »Dachte ich zumindest. Sie hat mich nicht zum Familienessen eingeladen.«

»Das haben Alba und ich organisiert, um unsere Kinder wieder zu versöhnen. Mit dir als Gast hätte es nicht funktioniert.« Antonia stellte den Blechbecher auf die Erde. »Betrunken dort herumzuschreien hat dir keine Pluspunkte bei Lilia eingebracht.«

Leo schwieg.

»Lilia und Marco überlassen Christopher und Isabel den Weinausbau.« Unsicher, ob er bereits davon wusste, hielt Antonia die Luft an.

»Ich sollte den Weinanbau aufgeben.« Leo klang frustriert. »Alles habe ich für Lilias Weingut getan. Geschuftet bis zum Umfallen.« Er sah seine Handflächen an. »Blasen an den Händen. Und wofür?«

»Für dich.« Antonia konnte ihm diesen Glauben unmöglich lassen, hinter dem er sich versteckte. »Du wolltest immer schon den Wein. Dem hast du deine Ehe geopfert. Willst du deine Tochter ebenfalls verlieren?«

Er starrte weiterhin auf die Schwielen seiner Finger. »Sie hat mich fortgejagt, als ich bei ihr war.«

»Warum?« Antonia ahnte die Antwort.

Leo schüttete den restlichen Kaffee in die Büsche. »Ich hatte ein paar Bier getrunken.«

Antonia schwieg.

»Sie hat mir verheimlicht, dass sie das Kind bekommen hat. Ihrem eigenen Vater. Ich habe es in der Dorfschenke erfahren.« Leo sah sie Bestätigung suchend an.

»Kennst du die genauen Umstände?« Antonia kannte die tragische Geschichte. Wie konnte Leo annehmen, Lilia würde zuerst zu ihm laufen? Durch den Unfalltod ihrer Schwiegermutter hatte sie eine Frühgeburt erlitten.

Er brummte erneut.

»Deine Tochter hatte andere Sorgen. Und du bereitest ihr zusätzliche, einen Tag nach dem Tod von Agata.« Sie beugte sich zu ihm und tippte ihm an die Schläfe. »Was geht in solchen Momenten dort oben vor?«

Er sprang auf und stapfte drei Schritte davon. »Wieso bist du hier? Um mir Vorwürfe zu machen?«

»Damit du nachdenkst.« Antonia lehnte sich an die Hauswand. »Wie willst du das regeln?«

Leo ging vor ihr auf und ab. »Ich weiß es nicht.«

»Du solltest nicht allein leben.« Ihr Bruder verrohte zusehends. »Eine Frau täte dir gut. Für sie würdest du dich etwas mehr pflegen.«

»Wer will mich? Einen alten Kerl, der in einem Schuppen lebt.« Leo kickte einen Stein, der beim Aufprall auf die Erde eine Staubwolke aufwirbelte. »Ich wollte Lilia all das hier schenken!«

»Was hindert dich daran?« Die Idee fand sie ausgezeichnet. »Dann könntest du in eine Stadtwohnung ziehen, zum Tanztee gehen und dir eine passende Frau suchen.«

»Und wovon soll ich leben?« Leo sah sie herausfordernd an und stemmte die Fäuste in die Hüften. »Ich bin nicht reich verwitwet.«

Die Spitze ignorierte sie. »Ihr findet eine Regelung. Die hat sie mit Christopher auch gefunden.« Antonia leerte ihre Tasse. »Denk darüber nach. Hier draußen gehst du vor die Hunde. Du trinkst aus Langweile, aus dem gleichen Grund fängst du Streit an. Deine Tochter verliert den Respekt vor dir. Willst du das? Sei deinen Enkelkindern ein Vorbild.«

Leo sah sie schweigend an.

»Ich muss los. Nach Palma.« Antonia überlegte kurz. »Obwohl ich älter bin als du, habe ich einen neuen Mann kennengelernt. Zu dem fahre ich jetzt.«

Mit offenem Mund starrte er sie an. »Du? Du bist fünfundsechzig!«

»Genau. Ich will keine Zeit verlieren.« Antonia wandte sich ab und ging zu ihrem Wagen. Sollte ihr Bruder nachdenken, ob er sein restliches Leben auf diesem Acker vergeuden wollte. Ihr lag es jedenfalls fern, nachdem ihr das Schicksal diese Bekanntschaft geschenkt hatte.

Im Hotel begrüßte Antonia ihre Schwägerin Alba. Sie wusste von ihrem Verhältnis zu Adrian. »Er ist nicht hier.«

»Wie meinst du das?« Antonia runzelte die Stirn. »Ist er ausgegangen?«

»Er hat weder eingecheckt noch eine Nachricht hinterlassen.« Alba schob Antonia zur Seite. »Wollen wir zusammen essen? Vielleicht kommt er bis dahin.«

Antonia stimmte zu. »Hast du Lilia besucht?«

»Natürlich. Die Umstände waren eine einzige Katastrophe.« Sie schlug sich die Hand vor den Mund. »Der Anblick muss entsetzlich gewesen sein. Die kleine Agata ist allerdings zauberhaft. Tod und Leben. Alles liegt so eng beisammen.«

Da gab sie Alba recht.

»Lilia möchte die Weinverköstigungen ausweiten und sich im Hotel einbringen.« Alba sah sie mit strahlenden Augen an. »Damit hätte ich nie gerechnet. So kann ich mich aus dem Tagesgeschäft herausziehen. Alejandro wird ihr helfen.«

»Was willst du mit der freien Zeit anfangen?« Antonia wollte sich ein paar Länder ansehen. Ohne Hast, mit Weile. Bis auf das Lesen und etwas Arbeit gab es für sie wenig zu tun.

»Möglicherweise reise ich nach Dänemark.« Alba zwinkerte Antonia vertraulich zu. »Mal sehen, wie es Joaquim geht.«

»Du vermisst ihn?« Ihr war es bisher nicht so vorgekommen, als trauerte sie um das Scheitern der Beziehung.

»Vielleicht bin ich nur einsam.« Der Kellner brachte das Essen.

»Wie Leo. Er trinkt und streitet häufig.« Antonia spießte ein Gemüsestück auf die Gabel. »Ich denke, Lilia hat dir von seinem jüngsten Besuch berichtet?«

»Allerdings.« Alba verdrehte die Augen. »Er war schon immer impulsiv und leidenschaftlich. Beides ist teuflisch, sobald er getrunken hat. Leo hat sich dann nicht mehr unter Kontrolle.«

»Hast du dich deshalb scheiden lassen?« Sie empfand Albas Entscheidung als mutig. Ob sie sich von Mateo getrennt hätte? Sie hatte damals darüber nachgedacht, ob sie es jedoch getan hätte? Antonia zweifelte daran.

»Nein. Es gab viele Faktoren. Der Hauptgrund war meine Liebe zu Matías.« Albas Gesicht strahlte, als sie seinen Namen nannte. »Er verkörpert all das, was ich irrtümlicherweise in Leo gesehen hatte. Wegen der Kinder habe ich gezögert.« Nachdenklich legte sie die Serviette neben den Teller. »Vielleicht war ich auch lange Zeit zu feige und habe sie als Vorwand benutzt.«

»Matías hat die Geduld verloren?« Antonia hörte das erste Mal von diesem Mann.

»So kann man es wohl nennen.« Alba sah auf die Uhr. »Eine alte Geschichte, ich will sie nicht aufwärmen. Außerdem werde ich im Steuerbüro erwartet.«

»Geh ruhig.« Besser, sie fuhr nach Hause. »Danke für deine Gesellschaft.«

»Fahr am Hafen vorbei.« Mit einem Quietschen schob Alba den Stuhl zurück. »Dann hast du Gewissheit. Liegt das Schiff vor Anker, liegt Adrian vermutlich in einem anderen Bett. Ist es nicht da, gab es auf der Überfahrt eine Verzögerung. Das würde erklären, weswegen es keine Meldung gibt.«

An einen Zwischenfall auf See hatte Antonia auch schon gedacht. Warum jedoch Alba eine Frau ins Spiel brachte? Der Gedanke erschreckte sie. »Ob es den Umweg lohnt?«

»Das weiß man nie. Das Essen geht auf mich.« Alba eilte davon.

Obwohl Antonia es sich verbot, Adrian zu kontrollieren, fuhr sie die Hafenstraße entlang. Es lag ein Kreuzer am Außendeck. Antonia kniff die Augen zusammen, weil die Sonne sie blendete. Erleichtert erkannte sie eine unterschiedliche Form. Befreit und dennoch besorgt kehrte sie nach Hause zurück. Hätte es eine Havarie gegeben, wäre es in den Nachrichten gekommen. Damit beruhigte sie ihre angespannten Nerven. Das Weinfest startete am kommenden Mittag. Lilia und Isabel planten eine Parilla. Der Gedanke an offenes Feuer auf dem Weinfeld beunruhigte Antonia bei dieser Trockenheit ebenfalls. Ein einziger Funke genügte, um ein Unglück anzurichten. Wie Christopher die Grillstelle absichern wollte, entzog sich ihrer Kenntnis.

Antonia beschloss, bis zum kommenden Mittag auf Adrian zu warten. Daheim. Eine Minute nach dreizehn Uhr ginge sie zum Fest.

Den restlichen Tag setzte sie sich mit dem Agatha-Christie-Roman in den Patio. Sie gab vor zu lesen, obwohl sie ihren Gedanken nachhing, bis die Sonne unterging und sie sich nicht hinter ihrem Buch verstecken konnte. Nach einem angestrengt um Fröhlichkeit bemühten Abendessen verabschiedete sie sich in ihre Räume. Irrationalerweise hatte sie mit einem Telegramm von Adrian gerechnet.

Die unruhige Nacht verstrich endlich. An diesem Tag stand sie mit den ersten Sonnenstrahlen auf. Der Festtag lag vor ihnen. Eventuell verkündete Christopher sogar die Zusammenlegung der beiden Bodegas unter dem Namen Delgado.

Carla und Francisco fuhren um elf Uhr, um zu helfen. Antonia schob Kopfschmerzen vor, um entschuldigt nachkommen zu können.

In den Radionachrichten brachten sie keine Meldung eines Schiffsunglücks. Hatte Adrian möglicherweise die Route getauscht, ohne es ihr zu sagen? Immer wieder sah sie auf die Wanduhr. Die Zeiger rückten unbarmherzig weiter, bis es dreizehn Uhr schlug. Antonia ging die Treppenstufen hinab, nahm ihr Fahrrad und radelte zum Weinfest. Vermutlich war es vermessen, in ihrem Alter nochmals auf ein spätes Glück zu hoffen. Sie war gesund, ihre Familie war bei ihr, weshalb grämte sie sich? Wegen eines Mannes, den sie vor wenigen Monaten noch nicht gekannt hatte? Antonia schob den Gedanken an Adrian beiseite. Ob er in seinem oder einem anderen Bett schlief, sollte ihr nach der kurzen gemeinsamen Zeit gleichgültig sein. Zumindest redete sie sich das ein, bevor sie sich unter die Besucher des Fests mischte und sich nach ihrer Schwester umsah.

Auf ihrem Weg kam sie am Grillplatz vorbei. Christopher hatte die riesige Grillstelle mit einem Bretterverschlag aus nassem Holz abgeschottet. Nur zur Frontseite und nach oben war der Verschlag offen. Dort hatte er ebenfalls einen durchnässten Holzboden installiert. So konnte es zu keinem Funkenflug kommen. »Wie bist du auf die Idee gekommen?« Christopher stand am Grill und überprüfte die Grillkohle, die grellorange glühte.

»Das hat mir mein Vater beigebracht. Wir haben in Kalifornien sehr oft mit trockenen Sommern zu kämpfen. Das macht erfinderisch.« Christopher legte die ersten Steaks und Würste auf den Rost. Dem folgten Kaninchen- und Geflügelstücke. »Die Beilagen stehen auf den Tischen. Es herrscht Selbstbedienung. Falls du hungrig bist, musst du dich noch etwa fünfzehn Minuten gedulden.«

»Danke, ich lasse anderen gerne den Vortritt.« Sie entdeckte den Getränkestand. »Soll ich dir etwas zu trinken bringen? Una Cervecita?«

»Ein Bier klingt herrlich.«

Antonia holte zwei Flaschen, brachte ihrem Schwiegersohn eine und suchte zwischen den herumsitzenden Dorfbewohnern nach Carla und ihrem Mann. Die saßen bei ihrer Nachbarin Sofía. »Habt ihr Platz für mich?«

Als Carla beiseiterutschte, sah sie Antonia fragend an.

Ihr war klar, was ihre Schwester wissen wollte. Zur Antwort zuckte sie mit den Schultern. Wo auch immer Adrian steckte, er lernte an diesem Tag keinesfalls ihre Familie kennen. »Wie findest du die Parilla?«

»Es wird Zeit für einen ordentlichen Horno de Leña.« Francisco lachte. »Ich schicke ihnen Ramón vorbei, der soll ihnen einen bauen. Im Steinofen werden die Spanferkel herrlich knusprig. Als ich Isabel davon erzählt habe, war sie begeistert. Sie will einen bis zu Rodrigos Hochzeit mit Tamara haben.«

»Das schafft Ramón.« Carla sah sich um. »Ist er hier?«

»Bisher keine Spur von ihm.« Francisco wies zum Grill. »Er würde sich das Spektakel nicht entgehen lassen.«

Der Duft von gebratenen Würsten und Grillfleisch zog zu ihnen herüber. »Die erste Runde ist fertig. Geht ihr ruhig, ich kann warten.«

Mit einem Blick, der großes Bedauern ausdrückte, stand Carla auf und ging zu Christopher hinüber. Francisco, Sofía und Luis folgten ihr. Carlas Mitleidsblick schmerzte sie mehr als Adrians Abwesenheit. Besser, sie vergaß ihn. Er hatte eben doch in jedem Hafen ein Mädchen. Um sich nicht weiter zu ärgern, holte sie sich ebenfalls Fleisch und Tumbet mit Tomatenbrot. Sofía erzählte einige Geschichten aus dem Dorf. Antonia hörte nur halb hin. Sie beobachtete den freundschaftlichen Umgang zwischen Lilia und Isabel. Ihr Einsatz hatte sich gelohnt. Isabel wirkte sehr viel glücklicher als die Monate zuvor. Lilia trug ihr Baby in einem Tuch auf dem Rücken und kümmerte sich um die Ausgabe der Beilagen, die Isabel in der Küche zubereitete.

Mit gut gefülltem Teller schlenderte sie zurück zu ihrem Tisch, grüßte hin und wieder ihr bekannte Dorfbewohner und erfreute sich daran, wie gut das Fest trotz der andauernden Hitzewelle angenommen wurde. Als sie den Blick hob, erstarrte sie. Beinahe rutschte ihr das Essen vom Teller. Adrian stand am Tisch neben dem sitzenden Francisco. Wie aus dem Nichts tauchte er auf. Carla winkte. »Da kommt sie!«

Der Ausruf weckte sie aus ihrer Starre. Adrian war hier. Spät. Nun kannte er ihre Familie. »Adrian, wie kommst du hierher?«

»Du hattest mich eingeladen.«

Nervös blieb sie bei ihm stehen, küsste ihn auf die Wange, mehr wie einen flüchtigen Freund. »Das habe ich nicht. Ich hab lediglich das Fest erwähnt.«

»Es tut mir leid. Das Schiff lag mit einem Motorschaden drei Tage vor Valencia. Die Passagiere mussten es verlassen. Da herrschte das pure Chaos.« Adrian schenkte ihr ein gewinnendes Lächeln. »Ich habe dich vermisst.«

Antonia ließ den leise an sie gewandten Satz unkommentiert. »Hol dir zu trinken und zu essen, und setz dich zu uns.« Sie wies auf den freien Platz. Ihre Nachbarn Sofía und Luis hatten sich zum Essen offenbar zu anderen Dorfbewohnern gesetzt.

»Kann ich jemandem etwas mitbringen?« Selbstbewusst meisterte Adrian den Überraschungsbesuch.

Im Gegensatz zu Antonia. Sie fühlte sich überfordert. »Für mich nicht.«

»Gerne einen Weißwein.« Francisco reichte ihm sein leeres Glas.

»Bin sofort zurück.« Adrian bahnte sich zielsicher seinen Weg. Diesen Wesenszug hatte Antonia früher bereits bemerkt.

Carla beugte sich zu ihr. »Der sieht unverschämt gut aus.«

»Er ist zu spät.« Antonia widmete sich ihrem Grillgut.

»Warum?« Carla Augenbrauen schnellten hoch. »Er kommt gerade rechtzeitig.«

Francisco enthielt sich eines Kommentars.

Die Kapelle begann zu spielen. Antonias Schwager gab vor, der Musik zuzuhören.

»Wir gehen nach dem Essen eine Runde tanzen, damit ihr Ruhe habt.« Carla schlang beinahe. »Verzeih ihm die Verspätung. Ich mag ihn.«

Antonia rang sich ein Lächeln ab. »Kein Grund, zu schlingen.«

Mit zwei Weingläsern in den Händen kehrte Adrian zurück. Nichts schien ihn zu bedrücken. »Noch ein Teller mit Leckereien, und ich bin wieder bei dir.«

Adrians Unbeschwertheit wischte wie mit einem Zaubertuch Antonias Bedenken davon. Sie fühlte sich wie ein dummes Huhn. Ein dummes und altes Huhn. Hörte das nie auf? In keinem Alter?

Adrian sah sie liebevoll an. »Kann ich dir etwas mitbringen?«

»Lieb von dir, danke.« Ihr ohnehin mangelnder Appetit hatte mit seiner überraschenden Ankunft abgenommen.

Adrian verließ ihren Bereich.

»Nun sei nicht so abweisend«, schalt Carla sie augenblicklich.

»Ich bin nur vorsichtig.« Antonia hatte für kurze Zeit mit ihm abgeschlossen, um sich selbst zu schützen. »Er hätte ein

Telegramm schicken können.« Damit war für sie das Thema erledigt.

Carla ließ sie in Frieden und beendete schweigend ihre Mahlzeit.

Francisco trank seinen Wein.

»Verträgst du eine Tanzrunde?«

Ihr Schwager sah Carla an, als hätte die übel gescherzt. Um ihre Worte zu bekräftigen, stellte Carla die Teller zusammen und stand auf. Erst da verstand Francisco. Mit einem Blick zu Antonia erhob er sich. »Mal sehen, ob meine Bandscheiben das mitmachen.«

Antonia blieb am Tisch zurück.

»Haben sie dich zum Essen allein gelassen?« Adrian setzte sich zu ihr. »Wie ungehörig. Sie hätten warten können, bis ich hier bin.«

»Du neigst zu Verspätungen.« Diese Spitze bereute sie augenblicklich. »Es tut mir leid. Ich habe mir Sorgen gemacht. Du hättest mir eine Nachricht schicken können.«

»Vergib mir meine Unaufmerksamkeit, bitte.« Die Entschuldigung klang aufrichtig. »Es ging drunter und drüber. Die Evakuierung des Schiffs. Die Beschwerden der Gäste. Der Umzug nach Palma.«

Die erlösenden Worte versöhnten Antonia. »Das hört sich schlimm an.«

»War es.« Er nahm das Besteck auf. »Du bist jeden Aufwand wert. Wenn ich auch vergessen habe, dir ein Telegramm zu schicken. Verzeihst du mir?«

Da sie die Vorstellung bei ihrer Familie vom Umzug abhängig gemacht hatte und er tatsächlich umzog, gab es keinen Grund, ihm zu grollen. »Längst verziehen.« Antonia lächelte. »Schon mit deiner Ankunft auf dem Weinfeld, obwohl du nicht wusstest, wo das Fest stattfindet.«

»Ich habe mich durchgefragt.« Er grinste sie frech an. »Hast du angenommen, ich würde dich auf der Insel nicht finden?«

»Wärst du pünktlich gewesen, hättest du dir die Suche erspart.« Diese kleinen Neckereien mochte sie. »Das war die gerechte Strafe.« Nun wollte sie doch weiteressen.

»Hast du von der geplanten Kreuzfahrt erzählt?« Adrian aß mit Appetit. »Passt es bei dir mit der Abfahrt kommenden Mittwoch?«

Das ging rascher als gedacht. Ob nächste Woche oder übernächste spielte jedoch keine Rolle. »Das geht.«

»Unsere erste gemeinsame Reise. Wir werden jeden Abend tanzen. Versprochen.« Adrian strahlte.

Bisher besuchten sie regelmäßig ein Tanzlokal in Palma. Die Bewegung hielt Antonia fit, und sie liebte es, sich von Adrian führen zu lassen. »Was wirst du gegen die Eifersucht der Damen an Bord unternehmen?«

»Sei unbesorgt.« Er zeigte auf die provisorische Tanzfläche. »Gibst du mir die Ehre?«

»Iss erst fertig.« Auf ihrem Teller lag nur noch ein kleines Tomatenstück. »Wir haben den ganzen Abend Zeit.«

»Nachdem du mich so kühl empfangen hast …« Adrian legte die Serviette ab. »… kann ich es kaum erwarten, dich in meinen Armen zu halten.«

Adrian flirtete mit ihr, und Antonia genoss es. Es war ihr gleichgültig, ob sich die Dorfbewohner den Mund zerrissen. Außer Atem bat sie um eine Pause.

Carla und Francisco saßen inzwischen wieder am Tisch. Adrian plauderte mit ihnen, als würden sie sich Ewigkeiten kennen. Er erzählte Geschichten von versnobten Gästen, streitenden Paaren und einem über Bord gegangenen Passagier. »Ich achte natürlich auf Antonia. Versprochen.«

»Dann fährst du?« Carla riss die Augen auf. »Wann?«

»Am Mittwoch geht es los.« Seit sie die Reiseroute festgelegt hatten, freute sie sich darauf. Tunis, Rom, Neapel, Capri, Malta. Exotische Ziele mit Menschen unterschiedlichster Sprache. »Ich sollte mir noch eine Kamera kaufen, damit ich euch meine Abenteuer zeigen kann.« Antonia hoffte so, Carla und Francisco zu einer Reise nach New York zu überreden. Um ihren Frieden zu finden, musste sie sehen, wie Rodrigo mit Tamara lebte. Das war immer ihr Wunsch gewesen. Am Leben ihrer Kinder teilzunehmen. David, Adriana und den Enkelkindern wollte sie ein Ticket für die Überfahrt schenken. Und ihren Sohn würde sie bitten, die Hochzeit im Herbst nach der Lese zu feiern, sodass alle teilnehmen konnten.

19

Fassungslos lauschte Alba, was ihr Rezeptionist Eduardo mit entrüsteter Stimme berichtete. Ein Diebstahl in ihrem Hotel? Absolut unmöglich. »Wer sagt das?«

»Die Müllers. Herr Müller hat seine Brieftasche im Zimmer eingesteckt. Als er nach dem Essen bezahlen wollte, war sie weg. Wie Frau Müllers Uhr.« Eduardo sprach leiser. »Ob sie lügen? So etwas ist hier noch nie vorgekommen.«

»Bist du den Weg zwischen Restaurant und Zimmer abgegangen?« Alba fürchtete mehr um den Ruf des Hotels als um einen möglichen Betrugsversuch der Müllers. Albas Abfahrt zum Weinfest verspätete sich zunehmend. Ein Blick auf die Uhr verriet ihr die traurige Wahrheit. Aufgrund dieser Anschuldigungen verpasste sie das Fest.

Adrian Martínez Cruz hatte nicht eingecheckt. Antonia hätte eine Freundin an ihrer Seite gebrauchen können. Sie so zu versetzen, hätte sie Adrian nie zugetraut. Er schien ehrenwert. Aufrichtig interessiert. In solchen Momenten misstraute sie ihrer Menschenkenntnis. Auch die Müllers benahmen sich, als könnten sie sich ein Essen im Restaurant leisten, ohne eine Geschichte aufzutischen, um sich ums Bezahlen zu drücken.

»Selbstverständlich.« Eduardo wirkte völlig aufgelöst. »Vergeblich. Ein Zimmermädchen hat Señora Müller geholfen, in ihren Räumlichkeiten nach der Uhr zu suchen. Sie ist verschwunden.«

»Haben wir neues Personal?« Alba suchte eine Erklärung.

Eduardo verneinte. »Señor Müller erinnert sich an eine gebrechliche Dame, der er aus dem Fahrstuhl half, damit sie nicht über die Schwelle stolpert. Die Tochter hat sie in der Lobby in Empfang genommen. Ihr Mann wollte seine Schwiegermutter in ihrem Zimmer abholen, nachdem sie sich ausgeruht hatte.«

Eine Seniorin wäre kaum in der Lage, in Windeseile eine Brieftasche und eine Uhr zu entwenden. »Wir müssen das im Auge behalten.«

»Da ist ja Señora Montana Cano.« Eduardo zeigte auf eine am Stock gehende Dame.

Die alte Lady mit dem gebeugten Rücken kam nur in gemächlichem Tempo voran. Niemals traute sie der Frau eine solche Tat zu. Ihre Kleidung war schlicht, aber von guter Qualität. Alba vermutete einen vermögenden Schwiegersohn, der den Aufenthalt bezahlte. »Sag dem Personal Bescheid. Jeder muss wachsam sein. Auch die kleinste Ungereimtheit soll mir umgehend gemeldet werden.«

»Sí, Doña Alba.« Eduardo eilte davon, um die Anweisung augenblicklich umzusetzen.

Um die Rezeption nicht unbesetzt zu hinterlassen, blieb Alba und gab persönlich Schlüssel aus, plauderte mit den Gästen, nahm Nachrichten entgegen und reservierte Tische im Restaurant oder einen Friseurbesuch.

»Du arbeitest selbst?« Leo stand unerwartet vor ihr. »Dann komme ich ungelegen.«

Das kam er immer. Alba riss sich zusammen. »Eduardo wird gleich zurück sein. Du kannst warten, wenn du möchtest.« Sie zeigte auf die verkleinerte Sitzecke neben dem Souvenirgeschäft.

Leo sah hinüber. »Ihr verkauft diesen Schnickschnack?«

»Du warst lange nicht hier. Das tun wir seit Jahren in allen Hotels und mit großem Erfolg.« Sofort ärgerte sich Alba. Irrationalerweise fühlte sie sich weiterhin bemüßigt, ihre Entscheidungen ihm gegenüber zu rechtfertigen. »Setz dich oder sieh dich im Laden um.«

Ihr Ex-Mann ging in den Shop, was sie noch mehr verwunderte als dessen Anwesenheit. Ein attraktives Paar betrat ebenfalls den Laden. Alba widmete sich abreisenden Besuchern. Eduardo hatte die Rechnung vorbereitet, was Alba das Prozedere erleichterte. Der Herr bezahlte und trug den Koffer vor das Gebäude zu den wartenden Taxis. Seit einigen Monaten warteten zwei Fahrer auf abfahrende Hotelgäste. Ein Abkommen, das sie mit dem städtischen Taxi-Unternehmen getroffen hatte, um ihren Gästen den bestmöglichen Service zu bieten.

Eduardo kehrte zurück. »Nun sind alle informiert.«

»Danke. Ich bin erst im Büro, dann oben in meinem Atelier.« Wenn schon das Weinfest für sie ausfiel, wollte sie sich wenigstens eine Auszeit fürs Malen gönnen. Sie ging zum Shop. Das Paar hatte den Laden bereits verlassen. »Ich bin so weit. Lass uns im Büro reden.«

Normalerweise hätte Leo sich beschwert und darauf gedrängt, in ihre Privaträume hochzugehen. Wider Erwarten folgte er ihr ohne Widerrede.

»Möchtest du etwas trinken?« Sie zeigte auf ihre reichhaltig bestückte Bar.

»Einen Kaffee.« Leo setzte sich auf das Sofa neben der Bar.

Alba öffnete die Bürotür und bat Eduardo um zwei Tassen Kaffee, bevor sie Leo gegenüber in einem Sessel Platz nahm. »Kaffee? Abends?«

»Amüsier dich ruhig auf meine Kosten.« Leo sah gekränkt aus. »Alba, sag mir die Wahrheit. Warum hast du dich von mir getrennt?«

Sollte Leo nach all den Jahren ein klärendes Gespräch wünschen? Irgendetwas musste geschehen sein. »Bist du krank?«

Leo verzog das Gesicht. »Ich möchte es wissen.«

»Es gibt viele Gründe dafür.« Alba brauchte nicht lange zu überlegen, was zur Trennung geführt hatte.

»Bin ich ein so schlechter Mensch?«

Nun tat er Alba leid. Wie ein alter Tattergreis saß er vor ihr. Die hängenden Schultern unterstrichen die gebrochene Erscheinung. »Du lügst, betrügst, biegst dir jeden Sachverhalt so zurecht, wie er dir gefällt, du trinkst und bist dann nicht mehr der Mann, der du sein könntest.« Alba überlegte. »Du stößt alle vor den Kopf, der eine andere Meinung hat als du. Selbst Lilia, die dich vergöttert, distanziert sich von dir.«

»Deshalb bin ich hier.«

Ein Kellner aus dem Restaurant servierte den Kaffee mit etwas Gebäck.

»Gracias, Pedro.« Alba wartete, bis er die Tür hinter sich schloss. »Was bedeutet das?«

»Antonia hat mir ordentlich eingeheizt.« Leo griff nach einem Keks. »Sie hat ihr neues Glück gefunden.«

Alba ersparte sich den Kommentar, wie schnell es vergehen konnte. Wenn es Leo zur Vernunft brachte, ließ sie ihn in dem Glauben. »Und was hat das mit dir zu tun?«

»Ich will meinen Enkeln ein guter Großvater sein. Ein Vorbild.« Er hob die Hände. »Nicht das, was ich jetzt bin. Ein versoffener Winzer, der sich mit jedem anlegt. Ich höre auf zu trinken.«

»Das freut mich.« Ohne den Alkohol kam man mit ihm aus. Ein Rausch zauberte wie böse Magie seine schlimmsten Seiten zum Vorschein. »Lilia wird das glücklich machen.«

»Dazu ziehe ich in die Stadt.« Leo sog Albas Worte wohlwollend auf. »Lilia soll die Weinfelder übernehmen.«

»Sie hat ihre eigenen Felder an die Delgado-Bodega gegeben.« Alba wartete auf Leos Widerworte. Leo musste einen Plan aushecken, um Lilia erneut zum Weinbau zu bewegen. Anders konnte es nicht sein.

»Ich weiß. Sie kann damit verfahren, wie sie will. Nur das, was mir mit Fernando gehört, möchte ich verkaufen, um mir in Palma eine Wohnung leisten und dort leben zu können. Ich habe anschließend kein Einkommen mehr.« Leo seufzte. »Ich muss haushalten, um nicht in der Armut zu enden.«

»Das willst du tun?« Alba zögerte. »Ohne Forderungen?«

»Lilia verachtet mich. Ich möchte einen Platz in ihrem Leben. Mehr wünsche ich mir nicht.«

»Wenn du das tust und mit dem Trinken aufhörst, überweise ich dir monatlich einen ausreichenden Betrag.«

Leo setzte zu einem Widerspruch an.

Alba hob die Hand und bedeutete ihm, sie anzuhören. »Ich habe zwei Hotels an Alejandro überschrieben. Er wird die Summe aus seinen Gewinnen zahlen. Ein Teil der Gewinne sollte Lilias Erbe sein. Das haben wir so vereinbart. Nun erbt sie noch die Weinfelder. Solange es dir gut geht, geht es auch unserer Tochter und unseren Enkeln gut.« Der Frieden in der

Familie sollte endlich wiederhergestellt werden. »Du wirst dich fair benehmen. Auch dir selbst gegenüber. Sei der Mann, den ich in dir gesehen habe.«

Leo trank schweigend aus. Er ließ die Worte auf sich wirken.

Dieses Verhalten kannte sie nicht von ihm. Normalerweise sprang er aufbrausend auf die Beine, wenn ihm ein Vorschlag gegen den Strich ging. Dieses Reflektieren zeigte ihr, wie aufrichtig er sich den Kontakt zu Lilia zurückwünschte. Alba hielt das Schweigen aus. Nippte an ihrem Kaffee, aß Kekse.

»Abgemacht.« Leo stellte die Tasse auf den Unterteller. »Kann dein Notar die notwendigen Papiere aufsetzen? Auch den Verkauf an Fernando? Er hat sich die Grundstückshälfte nach all den Jahren verdient.«

»Ich vereinbare umgehend einen Termin.«

Leo erhob sich.

»Wo finde ich dich?« Alba war sein Aufenthaltsort seit Langem unbekannt. »In Binissalem?«

»Ich komme morgen um elf Uhr hierher. Bis dahin habe ich alles mit Fernando geklärt.« Leo reichte ihr die Hand. »Danke, Alba. Du bist eine fantastische Frau.«

»Lilia wird um die Uhrzeit ebenfalls hier sein.« Ihre Tochter hatte um zehn Uhr ihren Besuch angekündigt. Ohne Kinder. Sie wollte etwas Dringliches mit ihr besprechen.

Mit einem festen Händedruck besiegelten sie ihr Abkommen. Unsicher, ob Leos neue Haltung von Bestand war, blieb sie vorsichtig und aufmerksam. »Bis morgen.«

Leo verließ das Büro. Sein Rücken wirkte aufrechter, sein Gang beschwingter. Der Gedanke, den Wein loszulassen und sich um sich selbst zu kümmern, gab Leo Kraft. Das sah man ihm an. Das und die Idee, wieder zur Familie zu finden.

Die Umstände erklärte sie Alejandro telefonisch. Wie sie es von ihm gewohnt war, gab er seine uneingeschränkte Zustimmung dazu. Zuvor hatte er sich bereit erklärt, Lilia bei der Einführung ins Hotelwesen zur Seite zu stehen. Es fiele ihrer Tochter leichter, von ihm Unterricht zu erhalten, als von Alba. So wäre es ihr zumindest gegangen. »Nun fehlt noch der Umbau im Obergeschoss, damit Lilia mit den Kindern ihren eigenen Bereich hat, wenn sie im Las Rosas die Verkostungen durchführen. Sowie ein Kindermädchen.«

»Darüber habe ich auch nachgedacht.« In der Leitung knarzte es fürchterlich. »Wir ziehen eine Wand ein und verkleinern deinen Wohnbereich. Du verlierst den Esstisch.«

So weit waren Albas Überlegungen nicht gediehen. Gerados Kinderzimmer hatte sich in ihr Atelier verwandelt. Lilias Zimmer gab es noch, doch das allein wäre zu klein, sollte sie mit den Kindern hier übernachten. »Ich empfange ohnehin kaum Gäste oben. Die bewirte ich künftig im Restaurant.« Damit gab Alba den Startschuss zu den Umbauarbeiten. Ob Marco und Lilia in ein Haus nach Palma zogen, wenn Marco in den Exporthandel von Rodrigo einstieg, vermochte Alba nicht einzuschätzen. Vorerst würden sie zwischen ihrem Haus und dem Las Rosas pendeln. Die Kunden verteilten sich quer über die Insel. Ob ein Umzug letztlich notwendig wäre, mussten die beiden entscheiden. Der Gedanke, ihre Tochter und die Enkelkinder regelmäßig zu sehen, erfüllte sie mit purem Glück. Da war ein geopfertes Esszimmer keine große Angelegenheit. Sie sollten sich im Hotel wohlfühlen. Vielleicht würde Lilia das Las Rosas irgendwann übernehmen. Darin lag ihre Hoffnung.

Alba ging zu Eduardo. »Sag mir bitte postwendend Bescheid, sollte es zu einem weiteren Vorkommnis kommen.«

»Selbstverständlich, Doña Alba.« Eduardo beugte sich über den Tresen. »Mir ist bisher nichts Verdächtiges aufgefallen.«

Alba bedankte sich und fuhr mit dem Fahrstuhl nach oben. Telefonisch informierte sie ihren Notar, weswegen sie mit ihrem Ex-Mann einen gemeinsamen Termin mit ihrer Tochter wünschte. »Ich nehme euch dazwischen. Es geht um ein Erstgespräch. Für die Beurkundung benötigen wir ein zweites Treffen.«

»Es ist sehr kurzfristig. Umso mehr danke ich dir für dein Entgegenkommen. Bis morgen.« Alba legte auf.

Sie zog sich rasch um, ging in ihr Atelier und betrachtete ihr abstraktes Werk. Irgendetwas fühlte sich unstimmig an. Sie mischte das helle Grün eines Laubfroschs an und überdeckte damit das Jägergrün. Augenblicklich wirkte es frischer. Leuchtender. Notwendig, um die dunklen Farben zur Geltung zu bringen. In ihre Arbeit vertieft, bemerkte sie nicht, wie die Zeit verrann. Selbst das Klopfen an ihrer Tür hörte sie eher zufällig. »Un momento, por favor!«

Alba eilte zur Tür und öffnete. Der Nachtportier. »Vincent. Sag nicht, es gab erneut einen Diebstahl.«

Er stand mit betroffenem Gesichtsausdruck vor ihr. »Die Polizei ist hier.« Er räusperte sich. »Man will Sie sprechen. Ich habe gesagt, ich muss nachsehen, ob Sie noch wach sind.« Er rang nach Worten. »Darf ich sie hochschicken?«

Vielleicht war die Brieftasche von Herrn Müller wiederaufgetaucht. »Natürlich. Danke, Vincent.«

Der Portier deutete einen Diener an, bevor er davoneilte. Alba ging ins Bad, wusch sich die Hände. Ihr Haar durchzogen verschiedene Farbspritzer, doch das ließ sich auf die Schnelle nicht beheben. Neugierig wartete sie an der geöffneten Tür. Die Fahrstuhltüren öffneten sich. Zwei uniformierte Polizisten traten heraus. »Buenas noches, Doña Colom. Entschuldigen Sie die späte Störung.«

»Treten Sie ein.« Sie zeigte auf das angrenzende Wohnzimmer. »Bitte.« Die Beamten gingen voraus, blieben jedoch mitten im Raum stehen.

»Es geht um Ihren Mann.«

Alba seufzte. »Was hat er ausgefressen?« Noch vor wenigen Stunden schien alles in Ordnung zu kommen. Erneut hatte Leo es geschafft, sie zu täuschen. Wie konnte sie sich so sehr irren?

»Nichts.«

Die Antwort des älteren Polizisten irritierte sie. »Nichts?«

»Es gab einen Unfall.« Der jüngere Mann sah sie betreten an.

Der Gesichtsausdruck verhieß Schlechtes. »Was ist geschehen?«

»Setzen Sie sich doch.« Der Ältere deutete auf das Sofa und zog seine Dienstmütze vom Kopf.

Alba blieb stehen. »Nun reden Sie schon!«

»Ihr Mann aß zu Abend in der Bar del Norte. Er hielt sich lange dort auf.« Er rieb sich den Nacken. »Als er zahlen sollte, hat er behauptet, jemand aus dem Lokal hätte ihn bestohlen.«

Die Pause ließ Albas Körper kribbeln.

Das war nicht alles.

»Der Wirt reagierte ungehalten. Er nannte Ihren Mann einen Zechpreller.«

Alba verzichtete auf die Richtigstellung ihrer Familienverhältnisse. »Das passt nicht zu ihm. War er betrunken?«

»Nein, Doña Colom. Er hatte keinen Alkohol getrunken.«

Dann wäre die Wahrscheinlichkeit gering, dass Leo seine Geldbörse verloren hatte.

»Ihr Mann hat vorgeschlagen, bei Ihnen das Geld zu holen. Der Betreiber wollte die Polizei rufen. Don Delgado wollte hierher gehen. Der Wirt hielt ihn fest.« Er sah zum Jüngeren und drehte die Dienstmütze in Händen. »Es gab ein Handgemenge. Ihr Mann ist unglücklich gestürzt.«

Alba erschrak. »Ist er schwer verletzt?« Die Antwort dauerte zu lange. »Er ist tot?« Ihr schwindelte. Sie wankte zum Sofa. Ließ sich fallen, als besäßen ihre Muskeln keine Kraft.

»Es tut uns leid. Er fiel mit dem Nacken unglücklich auf eine Tischkante. Ein anwesender Arzt wollte ihm helfen. Es gab nichts mehr für ihn zu tun. Er hat sich beim Sturz das Genick gebrochen.« Die Mütze rutschte ihm aus der Hand. Mit zwei Mal nachfassen fing er sie kurz vor dem Boden auf. »Soll ich jemanden verständigen? Ihren Hausarzt vielleicht?«

Alba verneinte. »Wo ist er jetzt?«

»Im Hospital General. Er wird untersucht«, antwortete der Jüngere. »Eine Formalität. Der Staatsanwalt wird Anklage erheben. Gegen den Wirt. Körperverletzung mit Todesfolge.«

Es dauerte, bis Alba die Worte verarbeitete.

Leo war tot.

Wie sollte sie das ihrer Tochter beibringen?

»Danke für Ihr Kommen.« Sie stand auf und verabschiedete die Männer an der Wohnungstür. »Mein Anwalt wird sich morgen um die Papierangelegenheiten kümmern. Buenas noches.«

Ohne ein Grußwort abzuwarten, schloss sie die Tür hinter ihnen. Eine einzelne Träne suchte sich ihren Weg die Wange hinab. Vielleicht spendeten Leos Pläne Isabel etwas Trost. Er hatte sich ändern wollen. Für sie und die Enkelkinder. Das hielt Alba ihm zugute und schenkte ihr Frieden. Ein Hauch von Nostalgie ließ sie an die schönen Zeiten mit ihm denken. Wie sehr hätte sie sich gewünscht, die guten Seiten nochmals zu erleben. Zu sehen, ob er der Vater und Großvater sein konnte, den Lilia und die Kinder benötigten? Leo hatte den ersten Schritt getan. Zu spät.

Die Nacht über grübelte Alba, wie sie Lilia die Nachricht vom Tod ihres Vaters überbringen sollte.

Zuerst von den Plänen berichten?

Oder wäre das ein Fehler?

Die Grübeleien hielten sie wach.

In den frühen Morgenstunden drängte sich eine Überlegung in den Vordergrund. Wo war Leos Geldbörse? War sie ihm bei seinem kurzen Aufenthalt in ihrem Haus gestohlen worden?

Während des Frühstücks ging Alba in Gedanken erneut Leos Besuch durch. Sie hatte an der Rezeption gearbeitet. Leo gebeten zu warten. Zuletzt hatte er den Souvenirshop besucht. Ein Paar betrat den Laden ebenfalls. Hatte er sich mit sonst jemandem unterhalten? Alba erinnerte sich nicht. Ihre Aufmerksamkeit hatte sie auf die abreisenden Gäste gelegt. Er konnte in der halben Stunde, die sie ihn vertröstet hatte, mit mehreren Leuten im Hotel oder Restaurant Kontakt gehabt haben.

»Buenos días, Mamá!« Lilia betrat gut gelaunt das Apartment. Ihre gelöste Stimmung versetzte Albas Herz einen Stich.

Ihre Tochter kam auf sie zu, küsste sie auf die Wangen und setzte sich zu ihr an den Tisch. »Ist noch Kaffee da? Agata hat mich die ganze Nacht wach gehalten.«

Alba goss ihr eine Tasse ein. »Du siehst trotzdem erholt aus.«

»Seitdem wir die Felder an Christopher und Isabel gegeben haben, ist mir wohler.« Sie pustete in ihre Tasse. »Papá wird zwar toben, aber der Sturm legt sich auch wieder. Du hast ein tolles Weinfest verpasst. Was war denn los?«

Nun gab es für Alba kein Zurück. »Dein Vater war gestern hier.«

»Bei dir?« Lilia sah sie verwundert an. »Wie kommt es?«

»Er ...« Alba wollte in der Vergangenheitsform sprechen, stoppte gerade noch rechtzeitig.

Lilia sah ihr das Ringen um die passenden Worte an. »War er gemein zu dir?«

»Ach, Lilia.« Alba schloss die Augen. Sie musste sich sammeln. »Es gibt keine schonende Art ... also sage ich es ohne Umschweife. Dein Vater ist tot. Er hatte nach seinem Besuch einen Unfall.« Vielleicht war diese Version doch milder. Alba hoffte es.

»Tot? Das ist unmöglich.«

Verdrängung.

Alba kannte das. So hatte sie sich nach Kenntnisnahme von Gerados Tod verhalten. »Abends kam er hierher. Er wollte dir die Weinfelder überschreiben. Das halbe Feld in Binissalem sollte Fernando kaufen. Mit dem Geld aus dem Verkauf plante er, in Palma neu anzufangen. Er wünschte sich, wieder Teil deiner Familie sein. Die einzige Möglichkeit, das zu ermöglichen, war der Rückzug aus dem Geschäft. Das hat er eingesehen.« Alba streichelte Lilias Hand. »Er beabsichtigte, für dich den Wein aufzugeben. Du weißt, was ihm die Bodega bedeutet hat.« Sie rang sich ein Lächeln ab.

Lilia quollen die Tränen aus den Augen.

»Er hat dich mehr geliebt als alles andere auf der Welt.«

»Mamá.« Ihr Schluchzen kam von ganz tief innen. »Warum jetzt?«

»Es war Zeit.« Alba bemerkte ihren Irrtum. »Das Leben spielt uns nur selten in die Karten.« Was sollte sie ihrer Tochter sagen? »Er hat seinen Frieden gefunden. Nur das ist wichtig. Als er von hier fortging, war er glücklich.«

»Wie ist es geschehen?« Lilia trocknete sich mit der Serviette die Tränen ab. Fast sah es für Alba aus, als wollte sie hineinschnäuzen, bis sie sich besann und die Nase hochzog.

Alba brachte ihr ein Taschentuch. »Hier. Du kannst es behalten.« Sie setzte sich wieder zu ihr und erzählte, was sie von den Polizisten erfahren hatte. »Ich habe Oscar Munar informiert. Er kümmert sich um alles. Was mich beschäftigt, ist die Frage, wo die Brieftasche deines Vaters abgeblieben ist.« In knappen Worten berichtete sie von dem vermeintlichen Hoteldieb. »Das wäre eine Möglichkeit. Aber wann sollte das gewesen sein?«

Lilia sah sie aus geröteten Augen an. »Hast du einen Verdacht?«

»Nein.« Sosehr sie sich auch den Kopf zerbrach. »Eduardo hat heute in der Früh einen weiteren Diebstahl gemeldet. Der Hotelgast weiß ebenso wenig, wann er bestohlen wurde.«

»Drei Taschendiebstähle an einem Tag.« Ihre Tochter zog eine Augenbraue nach oben. »Das stinkt. Wir sollten uns in die Lobby setzen und die Leute beobachten.«

»Das wird auffallen.« Außerdem konnte sie unmöglich tagelang über Stunden in der Eingangshalle herumsitzen und warten.

»Wir können uns abwechseln. Vormittags ich, nachmittags du. Irgendwann kriegen wir den Dieb.« Die Zuversicht Lilias rührte sie. Als ob sie glaubte, mit dem Taschendieb einen Schuldigen am Tod ihres Vaters zu finden. »Wenn er Papá bestohlen hat, dann ...« Lilia ließ den restlichen Satz in der Luft hängen.

Es bestätigte Albas Verdacht. »Lass uns jetzt zusammen dort Wache halten. Anschließend stelle ich jemanden ab. Einverstanden?« Keinesfalls sollte ihre Tochter nach der Todesnachricht über Stunden allein sein. »Du musst dich auch um deine Tochter kümmern.«

»Das schaffe ich schon. Wir fangen die Bande!« Der Plan lenkte Lilia von der Trauer ab. Alba hegte große Zweifel daran. Professionelle Hoteldiebe wären clever genug, sich nicht von zwei Frauen erwischen zu lassen.

Trotzdem setzte sie sich mit einer Zeitschrift in die Wartezone der Lobby. Lilia gab vor, ein Buch zu lesen. Nebeneinander, jede in eine andere Richtung sehend. Lilia saß so, dass sie den Souvenirshop bestens überblickte. Alba überwachte den Zugang zum Restaurant und den Hoteleingang. Lilia lugte über ihren Roman hinweg. Albas und ihr Blick verhakten sich, was beide konspirativ grinsen ließ. Diese Aktion schweißte sie dichter zusammen. Alba sah von der Rezeption zum Eingangsbereich. Die Silhouette, die sich im Gegenlicht des Eingangs abzeichnete, verursachte ihr eine Gänsehaut. Augenblicklich schalt sie sich kindisch.

Der Mann trat näher.

Wie ein geblendetes Wildtier starrte Alba gebannt hinüber. Der Gang verriet ihn.

Alba entglitt die Zeitung.

Raschelnd fiel sie zu Boden.

»Mamá«, zischte Lilia. »Wir wollten unbemerkt bleiben. Du ziehst zu viel Aufmerksamkeit auf dich.«

Matías steuerte auf sie zu. Er hatte sie entdeckt. »Alba.« Seine Stimme klang weich, fast zärtlich. »Ich hoffte, dich hier zu sehen.«

Wie versteinert saß Alba im Sessel. Die auseinandergefallene Tageszeitung breitete sich wie ein Teppich vor ihr aus.

»Den Mann kenne ich doch«, flüsterte Lilia.

Matías bückte sich, sammelte die Blätter auf und überreichte Alba die zusammengefaltete Zeitung. Er wandte sich an Lilia. »Matías Alberti Rotger.« Er reichte ihr die Hand. »Wir haben uns selten gesehen. Früher war ich Partner im Las Mariposas.«

Lilia gab ihm die Hand, blieb jedoch sitzen. »Ich erinnere mich.«

Noch immer schwieg Alba. Was führte Matías zu ihr? Sie konnte sich seine Anwesenheit nach all den Jahren nicht erklären. Kein Wort hatte sie von ihm seit seiner Flucht aufs Festland gehört. Die Anwälte hatten die Abwicklung vorgenommen.

»Gut siehst du aus.« Er lächelte sie unsicher an. »Komme ich ungelegen?«

»Nein.« Um Fassung ringend, sah sie auf die Zeitung. Es war ihr unmöglich, ihn anzusehen.

»Ich würde gerne mit dir sprechen.«

»Jetzt?«

»Mamá!« Lilia sah sie genervt an. »Wir fallen auf. Könntet ihr euch im Büro besprechen?«

Die Verwirrung über Lilias Aussage stand Matías ins Gesicht geschrieben.

»Du hast recht.« Alba erhob sich. »Wir gehen.« Auf wackeligen Beinen stakste sie zur Bürotür, schloss sie auf und gab Matías den Vortritt. Sie hörte das Blut in ihren Ohren rauschen. Es übertönte die Stille im Raum. Nur leises Telefonklingeln drang herein. »Was führt dich nach Palma?«

»Das weißt du.« Er verharrte mitten im Zimmer.

Mit gerunzelter Stirn suchte sie in ihrem Gedächtnis nach einer Antwort. »Nein. Tut mir leid.«

»Dein Brief.«

Alba schnappte nach Luft. Sie hatte vor einem halben Jahr einen Brief geschrieben, ihn aber nicht aufgegeben. Als sie ihn hatte vernichten wollen, blieb er unauffindbar. Bis heute. Ihre Vermutung, er wäre im Papierkorb gelandet, den sie an diesem Tag geleert vorgefunden hatte, erwies sich nun als Irrtum. Sie hatte den Umschlag nicht in die Ausgangspost gelegt, sondern separat. Eduardo musste ihn zur Post gegeben haben. »Der sollte nicht abgeschickt werden.«

»Beinhaltet er die Wahrheit?« Er trat zwei Schritte auf Alba zu.

Sie ging an ihm vorbei ans Fenster. Ihr Innerstes rebellierte gegen die aufsteigenden Gefühle, die seine Anwesenheit in ihr auslösten. Am liebsten wollte sie sich in seine Arme werfen.

»Alba.« Er stellte sich hinter sie. »Hast du mir vergeben?«

»Das habe ich.« Sie wagte keine Bewegung. »Ich habe auch meine Schuld erkannt.«

Er legte ihr die Hand auf die Schulter. Die Berührung ließ alle Dämme brechen. »Jedes einzelne Wort ist wahr.« Sie wandte sich um, sah ihm in die Augen. »Ich habe dich immer geliebt und liebe dich noch.«

»Um das zu hören, wäre ich zu Fuß einmal um die ganze Welt gereist.« Matías schloss sie in eine feste Umarmung.

Das innige Gefühl von früher breitete sich in Alba aus. Dieser Mann schenkte ihr alles, was sie im Leben brauchte. Halt, Liebe, Zuversicht und Hoffnung. Sie schmiegte sich an seine Brust. Diesen Moment wollte sie auskosten, solange er dauerte.

Behutsam löste sich Matías von ihr, um sie ansehen zu können. Seine Hände lagen an ihren Hüften. »Gibst du uns eine weitere Chance?«

Die Tür schwang so kraftvoll auf, dass sie an die Wand knallte. Lilia stand im Raum. Sie starrte sie erst fassungslos an. Die Irritation über die Umarmung wechselte zu geschäftiger Hektik. »Schnell, ich habe die Diebe!«

»Diebe?« Matías verstand kein Wort. Trotzdem eilte er mit Lilia nach draußen.

Alba folgte ihnen. »Beruhige dich.« Sie sah sich um. Konnte jedoch nichts Verdächtiges beobachten.

Lilia näherte sich, um ihr ins Ohr zu flüstern. »Siehst du das Paar?«

»Ja.« Alba hatte sie im Souvenirshop gesehen an dem Abend, als Leo zu ihr gekommen war. »Es sind Hotelgäste.«

»Das ist Eva Peréz Montana.« Lilia wirkte völlig aufgelöst.

Der Name kam ihr bekannt vor. »Wer ist das?«

»Das Zimmermädchen, das du entlassen hast.« Lilia kämpfte mit sich. Sie sah von Matías zu ihrer Mutter. »Sie könnte sich so ein Hotel niemals leisten.«

»Eine hübsche Frau, sie kann gut verheiratet sein.« Alba verstand den Vorwurf nicht. »Warum verdächtigst du sie?«

»Bitte glaube mir, sie ist hier, um zu stehlen.« Rote Flecken bedeckten den Hals und das Gesicht ihrer Tochter. »Ruf die Polizei. Wir müssen sie so lange festhalten.«

»Mit welcher Rechtfertigung? Wegen einer bloßen Vermutung?« Sie konnte unmöglich einen Skandal riskieren. »Ich verstehe deinen Schmerz. Er verleitet dich zu diesem irrationalen Denken. Das sind Gäste und keine Kriminellen.«

Lilia zitterte am ganzen Leib.

»Cariño, was ist mit dir?« Die Sorge um ihre Tochter vergrößerte sich zusehends. »Komm doch zu dir. Woher kennst du Eva?«

Lilia zog sie beiseite. »Sie hat mich erpresst.« Sie schloss die Augen.

»Womit denn?« Stück für Stück fügte sich das Puzzle in Albas Kopf zusammen. Eva Pérez Montana hatte im Hotel Las Brisas gearbeitet. Kurz nach Gerados Tod hatte Alba sie entlassen müssen. Über die genauen Zusammenhänge hatte sich der Mantel des Vergessens ausgebreitet. Allein der Umstand um die zeitliche Nähe ließ Alba die Wahrheit erkennen. »Gerado?«

»Ja.« Lilia formte das Wort mehr, als sie es aussprach. »Wir dürfen sie nicht mit den Diebstählen davonkommen lassen.«

Matías hörte keine Silbe, schritt aber dennoch zur Tat. Er ging zu Eduardo und gab ihm Instruktionen. »Besitzt du einen Schlüssel für die Tür vom Souvenirshop?«

»Natürlich.«

»Hol ihn. Schnell!« Er wandte sich an Lilia. »Da sie dich kennen, halte dich im Hintergrund. Ich spiele den Lockvogel, bis Alba zurück ist.« Schon war er auf dem Weg in den Shop.

Alba bewahrte die Schlüssel an der Innenseite einer Schranktür ordentlich aufgereiht auf. Rasch fand sie den für den Laden. Sie verließ das Büro. Matías sah sich im Geschäft um. Die Frau verwickelte ihn in ein Gespräch. Er ließ sich darauf ein. Alba überlegte, ob sie abwarten oder umgehend die Zugangstür absperren sollte. Sie entschied sich für Letzteres.

Die Glastür schloss geräuschlos. Ihre Angestellte Aurelia sortierte ein Regal um, während sich die Gäste unterhielten. Alba sperrte ab und fing einen verwunderten Blick von Aurelia auf. »Was geht hier vor?«

Matías gab sich unschuldig.

»Welch eine Frechheit!« Eva eilte auf die Tür zu. »Öffnen Sie! Ich will gehen.«

»Das kann ich mir vorstellen.« Lilia zeigte sich.

Blankes Entsetzen verzerrte Evas Miene. »Das wirst du bereuen!«

»Du täuschst dich.« Lilia streckte den Rücken durch. Flüsternd wandte sie sich an ihre Mutter. »Ihr wird niemand glauben. Es gibt keine Beweise.«

»Ach, Kind.« Alba hielt sich die Hände an die Wangen. »Was hast du getan.«

Die eintreffende Polizei unterband ein weiteres Gespräch. Der ältere der Polizeibeamten schien eine Doppelschicht zu fahren. Er war am Vorabend bei Alba gewesen, um ihr Leos Tod mitzuteilen. Routiniert übernahm er das Kommando. »Um was geht es?«

»Sie sagten, mein Mann habe keine Brieftasche bei sich getragen. Er war abends hier.« Alba wollte alle Möglichkeiten erörtern. »Wir haben zwei Taschendiebstähle im Hotel. Er könnte gestern auch hier bestohlen worden sein.«

»Wir sollen im Hotel nach einem Taschendieb fahnden?« Sein Interesse flaute zusehends ab. »Ein unmögliches Unterfangen. Wie stellen Sie sich das vor?«

»Meine Tochter und ich haben einen Verdacht.« Alba griff zu einer Teilwahrheit. »Wegen eines Diebstahlverdachts vor vielen Jahren musste ich ein Zimmermädchen aus einem meiner anderen Hotels entlassen.« Alba wies auf den Souvenirshop, wo Eva und ihr Mann miteinander stritten. »Nun ist sie hier aufgetaucht. Zeitgleich begannen die Diebstähle. Wir sollten ihr Zimmer durchsuchen.«

Die Beamten berieten sich. »Gut. Da Sie die beiden eingesperrt haben, untersuchen wir es gleich. Sonst müsste ich es mit meinem Vorgesetzten absprechen.« Er deutete auf den Shop. »Ich möchte den Leuten die Folgen Ihres eigenmächtigen Handelns nicht länger zumuten als nötig. Ich nehme an, Sie haben einen Schlüssel?«

Alba reckte Matías den Daumen nach oben. Er zwinkerte ihr zu.

Eduardo gab den Polizisten den Zimmerschlüssel.

Alba und Lilia zeigten ihnen die Etage und das Zimmer. »Sie bleiben hier stehen.«

»Bitte suchen Sie gründlich.«

Alba sah sie missbilligend an. »Musste das sein?«

»Sie sind es. Ich bin sicher.« Lilias rote Flecken zierten immer noch Hals und Gesicht. »Sie müssen es sein.«

Selbst Alba gestand sich ihre Hoffnung ein, die Diebe durch Lilia überführt zu haben. »Wenn sie unschuldig sind, machen wir uns lächerlich.«

Lilia schob die Unterlippe vor. »Matías hat damit kein Problem.«

Sein beherztes Eingreifen gefiel Alba.

»Er ist der Mann, mit dem ich dich damals am Hafen von Alcúdia beobachtet habe.« Lilia lehnte sich an die Wand des Flurs. »Daher kannte ich ihn.«

Alba schwieg. Ihre Tochter hatte sie gesehen? Sie rief sich den Tag ins Gedächtnis. Der Segelausflug, wie sie zurückgekommen waren, sich am Steg geküsst hatten und Händchen haltend ins Restaurant spaziert waren. »Deshalb hast du mich in der Zeit so schlecht behandelt.«

»Du hast Vater betrogen.« Sie verschränkte die Arme vor der Brust. »Heute verstehe ich dich. Damals habe ich dich dafür gehasst. Nachdem ich euch kein zweites Mal zusammen erwischt habe und du bei Papá geblieben bist, dachte ich, ich hätte mich geirrt.« Lilia suchte Albas Blick. »Das habe ich nicht.«

»Nein, wir waren lange Zeit ein Paar.«

»Jetzt, wo Papá tot ist, hattest du nichts Eiligeres zu tun, als ihn herzuholen?« Ihre Stimme klang anklagend.

»Moment mal. Du verdrehst die Tatsachen.« Alba musste diesen Vorwurf entkräften. »Er kam, weil ich ihm vor Monaten einen Brief geschrieben habe und Eduardo ihn versehentlich abgeschickt hat.«

»Ich sollte aufhören, dich zu verurteilen.« Lilia gab nach. »Es tut mir leid.«

»Lass uns später in Ruhe sprechen.« Alba ging zur Zimmertür, warf einen Blick in den Raum. »Haben Sie etwas gefunden?«

»Ja. Verhältnismäßig viel Schmuck und mehrere Portemonnaies.« Der Alba bekannte Polizist winkte sie heran. »Erkennen Sie die Geldbörse Ihres Mannes?«

Lilia stürmte ins Zimmer. Sie zeigte auf eine Brieftasche aus rissigem schwarzen Leder. »Die hier gehört Papá!«

Alba erkannte sie ebenfalls. Das abgewetzte Ding hatte sie ihm vor fast zwanzig Jahren zu einem Geburtstag geschenkt. Leo schien sie immer noch benutzt zu haben. »Ja, das ist sie.«

Der Polizist klappte sie auf, zog einen Ausweis heraus. »Leo Delgado Ramis.« Er sammelte das Diebesgut ein. »Es tut mir leid.« Er hielt die Börse in der Hand. »Ihr Mann hat die Wahrheit gesagt. Der Wirt wird seine Strafe bekommen.«

»Die beiden dort unten ebenfalls. Das versprechen wir Ihnen«, fügte sein Kollege hinzu. »Wir werden sie mit aufs Revier nehmen.«

Alba fiel die alte Dame ein. »Es gibt da ein Problem.« Sie erzählte von der gebrechlichen Señora, die mit dem Paar reiste. »Ob sie beteiligt ist, um die Personen abzulenken, weiß ich nicht. Doch hierbleiben kann sie keinesfalls.«

»Wir kümmern uns auch um sie.« Die Gegenstände packten sie in einen Kissenbezug.

Gemeinsam verließen sie das Zimmer.

Alba sperrte ab.

Die Fahrt nach unten verlief schweigend. »Seien Sie bitte möglichst diskret, um die Hotelgäste nicht zu verschrecken.«

»Was ich Ihnen noch sagen sollte. Eva Pérez Montana hat mich früher verleugnet. Es ist durchaus denkbar, dass sie versucht, Sie mit Lügen in die Irre zu führen.« Lilia schluckte hart.

Alba sah es und hoffte, die Männer würden Lilias Aussage auf die abenteuerliche Situation schieben.

»Xisca Nadal Delgado kann das bezeugen, falls sie meine Angaben überprüfen möchten.« Lilia sah die Polizisten unschuldig an.

An ihrer Tochter war eine Schauspielerin verloren gegangen. Alba entdeckte eine ganz neue Seite an ihr.

»Die arbeitet bei der Zeitung hier in Palma, richtig?« Der Kollege schien Xisca zu kennen. »Sie kommt bei uns in der Pressestelle öfter vorbei. Machen Sie sich keine Sorgen. Wir wissen schon, wem wir glauben können und wem nicht.«

Alba war weniger überzeugt. Wäre der Taschendiebstahl nicht gewesen, wäre Leo noch am Leben. Dieses Gaunerpärchen hatte Strafe verdient. »Dann schließe ich den Laden auf.«

Das Paar stritt sich lautstark.

Die Polizisten nahmen sie fest.

Sollte jemand fragen, würde Alba behaupten, um Handgreiflichkeiten zwischen den Eheleuten zu verhindern, hätte sie die Beamten gerufen.

Eva funkelte Lilia an. »Du Miststück! Das wirst du bereuen. Das schwöre ich dir!«

»Lassen Sie die Frau in Ruhe, sonst wird es Ihnen schlecht bekommen.« Der ältere Mann fasste sie grob am Arm und zerrte sie mit sich.

Ihr Ehemann ließ sich ohne Gegenwehr abführen. Der Kissenbezug mit den gestohlenen Sachen reichte für ihn für eine Anzeige aus. Es gab nichts zu leugnen.

»Was war denn hier los?« Aurelia kam aus dem Shop, gefolgt von Matías. »Die beiden sind wie Raubtiere übereinander hergefallen. So etwas habe ich noch nie erlebt.«

»Nun ist es vorbei.« Alba sprach mit ruhiger Stimme zu ihrer Angestellten. »Das Paar hat unsere Gäste bestohlen.«

»Dann waren sie es tatsächlich.« Matías strahlte Lilia an. »Du hast eine ausgezeichnete Spürnase.«

Woher die kam, behielten Alba und Lilia für sich. »Sie machten sich durch die vielen Aufenthalte im Souvenirladen verdächtig.«

»Nun ist die Sicherheit im Haus wiederhergestellt.« Alba seufzte erleichtert auf. »Leider zu spät.«

Matías sah sie fragend an. »Ging es so lange?«

»Das nicht.« Sie zögerte. »Leo war gestern hier, wurde von dem Pärchen bestohlen, und als er im Restaurant nicht zahlen konnte, gab es Streit mit dem Wirt. In der Rangelei stürzte er unglücklich. Er ist tot.«

»Du liebe Güte.« Matías ließ sich in einen der Sessel fallen. »Und ausgerechnet zu diesem Zeitpunkt komme ich und verursache weitere Unruhe.«

Forschend sah Lilia ihn an. »Sie wussten nichts von seinem Tod?«

»Ich höre zum ersten Mal davon.« Kopfschüttelnd saß er dort. »Besser, ich gehe jetzt. Wir sprechen ein andermal.«

Lilia hob die Hand. »Bitte, bleiben Sie. Ich fahre nach Hause. Meine Kinder warten, und mein Mann muss vom Tod seines Schwiegervaters erfahren.« Lilia umarmte Alba. »Wie ich es Pablito beibringen soll, überlege ich mir noch.«

»Es hat keine Eile. Verkrafte den Tod deines Vaters erst selbst.« Alba drückte sie an sich. »Wenn du etwas brauchst, melde dich bei mir. Ich kann jederzeit zu dir kommen.«

»Danke, Mamá.« Sie reichte Matías die Hand. »Ihnen danke ich für Ihre Hilfe.«

»Sag doch Matías zu mir.«

»Hasta luego, Matías.« Lilia verließ das Hotel.

Alba sah ihr nachdenklich hinterher. »Hoffentlich verkraftet sie das.«

»Das wird sie.« Matías klang zuversichtlich.

»Sie hat vor Kurzem ihre Schwiegermutter verloren. Agata wurde vom Zug erfasst und vor Lilias Augen getötet. Meine Tochter erlitt eine Frühgeburt.« Lilia besaß eine besondere Stärke, dennoch würde der erneute Verlust lange schmerzen.

»Ich habe davon in der Zeitung gelesen. Wie schrecklich.« Matías erhob sich. »Sehen wir uns morgen? Du wirst dich ausruhen wollen. Oder kann ich dir helfen?«

Alba überlegte, das Angebot anzunehmen. »Das ist lieb von dir. Komm heute Abend zum Essen. Vorher muss ich einige Dinge erledigen.«

»Um acht? Ist dir das recht?« In seinen Augen las sie Zweifel. »Ich warte auch ein paar Tage, wenn du Zeit für dich benötigst.«

Dieses Entgegenkommen wärmte ihr Herz. Seine Rücksichtnahme bewies ihr, wie sehr er sie liebte. Aus diesem Grund konnte sie ihn keinesfalls gehen lassen. »Acht Uhr ist perfekt.« Alba ließ sich dazu hinreißen, ihn auf die Wange zu küssen. »Danke für dein Kommen.«

Sein strahlendes Gesicht zeigte ihr, wie richtig sie mit ihrer Entscheidung lag. »Bis später.«

Mit gemischten Gefühlen sah sie ihm hinterher. Am Hotelausgang drehte er sich nochmals zu ihr um. Die Freude, Matías hier zu sehen, überdeckte ihre Trauer über Leos tragischen Tod. Fast fröhlich ging sie in ihr Büro, hängte die Schlüssel an ihren Platz und griff zum Telefon.

Marisol arbeitete an diesem Tag im Laden in Cala Mayor. Diese Neuigkeit musste sie mit ihr besprechen. Sie wollte ihre Freundschaft kein weiteres Mal gefährden. Marisol sollte es von ihr erfahren.

Es klingelte.

Alejandro nahm das Gespräch entgegen. Sie hatte ihn im Las Brisas vermutet. »Du bist in Cala Mayor?«

»Ja, ich war auf dem Weg nach Palma und habe einen Abstecher gemacht, um nach dem Rechten zu sehen.« In der Leitung knackte es. »Hörst du mich?«

»Laut und deutlich, bis auf die kleine Störung.« Alba platzte mit der Neuigkeit heraus. »Matías ist hier. Er hat uns geholfen, die Hoteldiebe zu fassen. Stell dir vor, es waren Eva Pérez Montana und ihr Mann.«

»Eva Pérez? Sie hat drei Jahre im Las Brisas gearbeitet, bevor sie wegen Diebstahls entlassen wurde. Wenn ich mich nicht täusche, hat Lilia sie auf frischer Tat erwischt.« Verwunderung klang in seiner Stimme mit. »Sie hat sich in eines unserer Häuser gewagt?«

»Hat sie. Lilia hat sie wiedererkannt. Als die Polizei das Zimmer durchsuchte, fand man das Diebesgut.« Nun fiel Alba noch eine wichtige Nachricht ein. »Leo ist tot.« Sie erzählte ihm, was in den letzten Stunden geschehen war.

»Das tut mir leid. Wie geht es dir?«

»Erstaunlich gut.« Alba kannte den Grund. »Ist Marisol abkömmlich?«

»Ich sehe nach. Moment.« Er legte den Hörer daneben.

Leise Gespräche. Das zarte Knacken. »Alba, was verschafft mir die Überraschung?«

Alejandro schien nichts gesagt zu haben. Alba wiederholte die Geschehnisse. »Ich werde uns eine weitere Chance geben. Deshalb rufe ich dich an. Ich will es dir persönlich sagen.«

»Ihr seid füreinander bestimmt. Das wart ihr von Beginn an. Ich wünsche euch viel Glück.«

Die Freude in ihrer Stimme übertrug sich auf Alba, die unsicher auf Marisols Reaktion gewartet hatte. »Danke.«

»Soll ich dir mit der Organisation von Leos Beerdigung helfen?«

»Da wäre ich dir sehr dankbar.« Es war die richtige Entscheidung gewesen, ihrer alten Freundin zu vergeben und sie erneut in ihrem Leben willkommen zu heißen. Marisol war so verrückt und herzlich wie früher. Sie trank zwar weiterhin Alkohol, aber moderat. »Triffst du dich noch mit Adolfo?«

»Das ist vorbei. Es hat nicht gepasst.«

»Wie schade.« Alba hätte Marisol eine neue Beziehung gegönnt.

»Der Nächste kommt bestimmt.« Marisol räusperte sich. »Alba, ich muss zurück in den Laden. Es sind Kunden da.«

»Natürlich. Lass uns bald treffen.« Marisol schien auch in diesem Bereich wieder ihre Leichtigkeit wiedergefunden zu haben. »Komm doch übermorgen zum Mittagessen ins Hotel.« Der Donnerstag war Marisols freier Tag.

»Abgemacht.«

Bis dahin wüsste Alba, wann die Untersuchungen abgeschlossen waren und Leo beerdigt werden konnte.

Das würde ein schwerer Tag werden.

Nun fiel ihr der Notartermin ein. Sie wählte die Nummer der Kanzlei und ließ sich mit dem Notar verbinden. In knappen Worten erklärte sie die Hintergründe und bat ihn, sich um die Abwicklung des Erbes zu kümmern und dabei Leos Wünsche zu berücksichtigen, was den Verkauf des Weinlands an Fernando betraf.

In Windeseile bestellte sie im Restaurant das Abendessen, ging nach oben und bereitete sich für den Abend vor. Kurz vor acht betrachtete sich Alba im Spiegel. Das Haar inzwischen ergraut, die Augen leuchtend wie bei einem jungen Mädchen, drehte sie sich um die eigene Achse. Das flaschengrüne Kleid schmeichelte ihrer Figur. Es bereitete ihr Freude, sich für Matías hübsch zu machen. Ob sie sich noch so gut verstanden wie früher?

An der Tür klopfte es.

»Ich bin gleich da.« Alba eilte zur Tür, atmete tief ein und aus und öffnete. »Pünktlich wie gewohnt. Komm rein.«

Matías trat mit einem Rosenstrauß in der Hand ein. »Für dich.« Er überreichte sie, verharrte, bis er sie ungestüm in seine Arme zog und küsste.

Die alte Leidenschaft entflammte wie ein Feuer, in das eine Windbö fuhr. Alba ließ den Blumenstrauß fallen und umarmte ihn, bis sie sich außer Atem voneinander lösten. Ihre Zweifel verschwanden mit diesem einen Kuss. »Die Rosen.«

»Welche?« Er zwinkerte ihr zu, bückte sich und hob sie auf. »Hast du eine Vase?«

»Natürlich.« Alba füllte sie und deponierte sie auf dem Esszimmertisch. »Dich hier stehen zu sehen …«

»Ich wäre früher gekommen.« Er stellte die Blumen hinein. »Leider war ich für einige Monate in Übersee. Dein Brief lag lange bei meinem Anwalt. Ich habe ihn erst vor zwei Wochen erhalten.« Er griff nach ihrer Hand. »Die Zeit brauchte ich, um für mich zu entscheiden, ob ich eine weitere Abfuhr von dir verkrafte oder nicht.«

Alba nagte auf ihrer Unterlippe. »War es so schlimm für dich?«

»Ich hatte deine Wut verdient.« Matías zog sie zu sich. »Dein Brief hat mir Hoffnung geschenkt, es trotzdem zu wagen.«

»Glücklicherweise hat ihn Eduardo versehentlich abgeschickt.« Alba küsste ihn. »Ich sollte ihm eine Gehaltserhöhung geben.«

»Alba?« Matías sah sie fest an. »Kannst du dir vorstellen, die Arbeit in den Hotels einzuschränken? Ich habe Freude am Entdecken anderer Länder gefunden. Das würde ich gerne mit dir leben.«

Sein Vorschlag traf sich perfekt mit ihren Plänen. Das wollte sie ihm nicht unmittelbar mitteilen. »Wohin möchtest du reisen?«

In seinen Augen tauchte das vergnügte Funkeln auf, das Alba so liebte. »Lass uns das in Ruhe beim Abendessen besprechen.«

20

Isabel gab letzte Anweisungen für das in einer Woche stattfindende Weinfest. Christopher betrachtete sie mit besorgtem Gesichtsausdruck.

»Du übernimmst dich.«

Den Satz hörte Isabel in den vergangenen Wochen häufiger. Die Verlegung des Sommerlagers für die Stadtkinder raubte Kraft und Energie. Die Trauer um seine Frau hielt Álvaro weiterhin fest in ihren Klauen und machte ein Zeltlager auf seinem Hof unmöglich. Lilia unterstützte sie zwar tatkräftig, und Alba stellte mehr Betreuer ab, trotzdem forderte die Organisation Isabel viel ab. Nun fand die Sommerfrische hinter ihrem Anwesen auf einem ungenutzten Acker des Nachbarn statt. Die Umplanung kostete wertvolle Zeit, dazu hatten die Zelte und alles Notwendige transportiert werden müssen. »Heute ist der letzte Tag, nach der Reinigung und dem Abbau der Zelte wird es ruhiger.« Die Mühe lohnte sich auch in diesem Jahr. Die Kinder verbrachten einen sorgenfreien Sommer, bevor in einer Woche die Schule wieder begann. »Der Prensal Blanc ist eingebracht.« Zeitgleich brauchten sie weitere Angestellte, um die beiden Weinfelder, die durch Leos Erbe an Lilia fielen, zu bewirtschaften. Die neue Herausforderung stellte die sorgsam festgelegten Arbeitsabläufe auf den Kopf.

»Du tust so, als wäre damit alles erledigt.« Christopher lehnte sich an ein Fass und verschränkte die Arme vor der Brust. »Die Lese der roten Trauben steht an. Das ist durch die zusätzlichen Felder der größere Teil.«

Isabel betrachtete lieber, was sie schon bewältigt hatten, und arbeitete schrittweise, um nicht vor dem Berg zu kapitulieren. »Ich weiß. Wir leisten beide mehr, als gut für uns ist.« Das Wachstum der Delgado-Bodega schritt schnell voran. Isabel unterstützte ihren Mann neben dem Sommerlager in der Bodega, wann immer es ging. Obwohl Christopher versuchte, alles ohne ihre Hilfe zu regeln, sah sie die Überforderung an seiner Gewichtsabnahme. »Noch zwei Wochen, dann ist es geschafft, und wir nehmen uns frei.«

»Ich will in zehn Tagen durch sein. Die Erntehelfer erhalten eine Prämie, wenn sie es schaffen.«

Isabel kannte dieses Belohnungssystem von ihrem Vater. Eine Sonderzahlung hatte bei der Ernte auf der Tabakplantage funktioniert. Der zusätzliche Lohn motivierte auch auf den Weinfeldern zu Höchstleistungen. In dem Fall wären sie einige Tage vor dem Weinfest fertig, was Isabel wegen der großen Erntefläche bezweifelt hatte. Marco und Lilia unterstützten sie, wann immer ihnen Zeit blieb, wobei Lilia mit ihrem Baby auf dem Rücken hauptsächlich Anweisungen gab, sobald die Arbeiter nicht weiterwussten. Dennoch half jede Hand. »Das wäre schön.«

»Allerdings. Vor dem Fest gehen wir segeln. Nur wir beide. Die Kinder lassen wir bei deiner Mutter.« Christopher stieß sich vom Weinfass ab und kam auf sie zu. »Versprich es.«

»Liebend gerne.« Isabel fühlte sich müde. Selbst wenn die Lese pünktlich eingefahren war, mussten sie die Maische noch ansetzen. »Ob wir uns zwei Tage erlauben können?« Außerdem hatte sie Rodrigo versichert, hier alles für seine Hochzeit im November vorzubereiten. Bisher hatte sie daran noch keinen Gedanken verschwendet. Dabei blieben ihr bis dahin nur sechs Wochen.

Christopher sah sie bittend an.

»Versprochen.«

»Du brauchst Erholung.« Sie hörte die Sorge in seiner Stimme.

»Mir geht es ausgezeichnet.« Trotzdem würde sie mit ihm einen Segeltörn machen. Ihr Mann brauchte eine Pause.

»Du bist schmal geworden.« Er umarmte sie mit dem rechten Arm. »Ich könnte dich mit einer Hand tragen.« Zum Beweis hob er sie hoch.

Isabel lachte. »Vorher solltest du besser ein Steak verdrücken, denn wer hier zu dünn ist, bist du.«

»Wir mästen uns auf der Kreuzfahrt von New York über die Karibik bis Barcelona.« Er setzte sie wieder ab. »Faulenzen und essen. Wie hört sich das an?«

»Hervorragend.« Auf die Reise freute sie sich. Noch war unsicher, wer mitreiste. Neun Tage mit der Familie auf diesem Schiff stellten eine Herausforderung dar, sosehr sie sich nach Erholung sehnte. Die Kinder würden es lieben. Sie hatte beschlossen, Robert für die paar Tage aus der Schule zu nehmen. Bei seinen guten Noten stimmte die Dorflehrerin ausnahmsweise zu. »Die Auszeit wird uns guttun.« Bei dem Zeitplan sollten in der Bodega die Abläufe klappen. Der kleinste Fehler im Vorfeld würde die Schiffsreise gefährden. Die vergangenen Jahre war ihnen keiner unterlaufen. Isabel vertraute auf Christophers Erfahrung. Sobald die Weine im Fass lagerten, konnte nichts mehr schiefgehen.

In der darauffolgenden Zeit lief bis auf Kleinigkeiten alles glatt. Der Prensal Blanc reifte bereits in den Eichenfässern. Die Maische der roten Trauben gärte in den Becken. Die Trockenheit bewirkte bei den Mantonegrotrauben verdorrte Stiele, was zusätzliche Arbeitsschritte während des Abbeerens bedeutete, um eine reine Maische zu erhalten. Unverholzte Stielreste ließen den Rotwein durch die adstringierenden Tannine bitter und hart schmecken. Isabel vermutete darin den Fehler, den Marco und Lilia früher begangen hatten. Nachlässigkeit beim Entrappen. Was dem Weißwein weniger Probleme bescherte, ruinierte den runden und weichen Rotweingeschmack. Die Maische benötigte nun zweiundsiebzig Stunden für die Fermentierung.

Christopher instruierte Marco genau zur Überwachung der Temperatur und vertraute ihm damit die komplette Ernte an. Isabel fühlte sich mit diesem Beschluss unwohl. »Du willst das riskieren?«

»Wie ich Marco einschätze, wird er in der Bodega schlafen und den Wärmegrad regelmäßig überprüfen, bis wir von unserem Segelausflug zurück sind.« Christopher packte eine kleine Reisetasche mit Wechselkleidung und täglichem Bedarf. »Entspann dich. Die Technik ist weit fortgeschritten. Er wird kein Problem haben.«

Trotz der beruhigenden Worte blieb ein ungutes Gefühl. »Es ist deine Entscheidung.« Mehr sagte sie nicht, sondern packte ihre Sachen. »Fahren wir erst morgen hinaus?«

»Ja. Heute ist es zu spät.« Christopher nahm ihr die Tasche ab. »Da wir beide zu dünn sind, lade ich dich in das neue

Restaurant auf der Landzunge beim Club Náutico der Cala Gamba ein.«

»Das El Peñon?« Isabel hatte darüber gelesen. Ein Speiselokal ins Meer gebaut. Xisca hatte in den schillerndsten Tönen von der Eröffnung berichtet. »Das will ich schon seit Monaten besuchen.«

»Ich weiß.« Er verstaute das Gepäck im Wagen. Das geöffnete Fenster trug die Stimme ihrer Mutter herein. »Ich soll die Maische kontrollieren?«

»Nur sicherheitshalber ein Auge darauf haben.« Eine Tür knallte. »Du wohnst wegen der Kinder im Haus, und es kostet dich keine Mühe.«

»Sollte es ein Problem geben, musst du mit meiner Entscheidung leben.« Ihre Mutter wirkte erheitert. »Erträgst du das?«

Christopher murmelte etwas, das Isabel nicht verstand. Sie lächelte zufrieden. Christopher sicherte sich ab. Nun konnte sie entspannt aufbrechen. Ihre Mutter würde jeden Fehler postwendend erkennen und beheben.

Barbara lief weinend ins Zimmer.

Isabel breitete die Arme aus. »Was ist denn?«

»Bauchschmerzen.« Die Sechsjährige hielt sich den Leib.

»Wo genau tut es weh?« Isabel vermutete einen von Barbaras Versuchen, sie nicht fortzulassen.

»Überall.«

Barbaras Weinen schnitt ihr ins Herz. »Hier?« Sie drückte leicht auf die rechte Seite.

»Da besonders.« Das Mädchen weinte lauter. Es zeigte auf die linke Seite. »Da auch.«

»Wie lange schon?«

»Seit eben.«

Isabels Verdacht erhärtete sich. »Dann vergeht es gaaaanz schnell wieder.« Sie wiegte Barbara hin und her. »Großes Ehrenwort.«

»Bleib hier, bitte.« Tränen quollen aus den Augen ihrer Tochter.

»Die Abuela ist da. Ihr werdet viel Spaß haben.« Isabel kämpfte mit sich. Die dicken Tränen ihrer Tochter ließen sie überlegen, den Segelausflug abzusagen. Da sie ihrem Mann den Ausflug versprochen hatte, wollte sie keinen Rückzieher machen. »Abuela ist draußen. Lauf zu ihr, sie wird dir einen Tee aufbrühen.«

Widerwillig ging Barbara.

Isabel folgte ihr. »Ich bin so weit.« Sie küsste ihre Mutter auf die Wangen. »Danke.« Sie zwinkerte ihr zu. »Für alles. Kochst du Barbara einen Tee? Sie hat Bauchschmerzen.«

Barbara klammerte sich an Isabels Bein.

Antonia löste das Mädchen von Isabels Schenkel und hob sie auf den Arm. »Viel Spaß! Und wir beide trinken jetzt einen schönen Tee.«

Christopher hielt Isabel die Beifahrertür auf, ließ sie einsteigen und schloss sie. »Wir sind übermorgen Mittag zurück.«

»Ich bin hier, keine Eile.«

Er startete den Wagen und fuhr hupend vom Hof. Isabel winkte ihrer Mutter. »Wir sind unterwegs. Ich kann es kaum glauben.«

»Glaub es ruhig.« Er legte seine Hand auf ihr Knie. »Endlich habe ich meine Frau mal wieder nur für mich.«

Isabel freute sich auf die gemeinsame Zeit.

Am Club de Mar parkten sie unweit ihres Segelboots. Sie verstauten ihr Gepäck und gingen zur Tramstation, die von Palma bis Can Pere Antoni verkehrte. Am heranfahrenden fuchsiaroten Straßenbahnwagen hingen Menschen wie Trauben an einem fruchtbaren Rebstock. Bunte Kleider wehten im Fahrtwind. »Da werden wir uns irgendwie dazudrücken müssen.«

Rund zwei Handvoll Fahrgäste ließen den Haltegriff los oder kämpften sich aus dem gestopft vollen Waggon. Isabel hüpfte hoch, erwischte eine angenehme Position auf den Fußrasten und hielt sich am oberen Rahmen des Fensterlaufs fest. Christopher drückte sich zu ihr, stellte seine Füße rechts und links von ihr und umarmte sie von hinten. Selbst wenn sie losgelassen hätte, wäre sie nicht gefallen. »Ich werde nie verstehen, warum sie nicht mehr Bahnen einsetzen. Das ist ja schlimmer als in San Francisco.« Isabel erinnerte sich gut an die stets zum Bersten gefüllten Straßenbahnen. Geübte Passagiere sprangen während der Fahrt auf oder ab, bevor die Bahn an der Haltestelle anhielt. Sie hatte das nie gewagt, dazu fuhr sie zu selten. In Can Pere Antoni wechselten sie in die Tram nach El Arenal. Die war weniger überfüllt, Platz im Innenraum gab es dennoch keinen. Isabel störte es nicht. Die Meeresbrise umwehte sie herrlich würzig und mild. In Coll d'en Rabassa stiegen sie aus.

Händchen haltend schlenderten sie die Querstraße zum Meer hinunter. Vorbei an den kleinen Fischerhäuschen. Netze lagen zum Trocknen aus, ein Hauch von Fischgeruch würzte die Luft. Die Wellen schaukelten gemütlich die vertäuten Fischerboote in der Bucht. Sie spazierten hoch in Richtung Norden, bis sie auf den Club Náutico de Cala Gamba stießen. »Wir hätten hersegeln können.« Christopher zeigte auf die freien Liegeplätze.

»Am Meer entlangzuspazieren ist herrlich. Morgen sehen wir es uns von der Meeresseite aus an.« Isabel fühlte sich an Land sicherer. Oft segelte sie nur Christopher zuliebe mit, um als Paar etwas zu unternehmen. An der Küste gefiel es ihr. Das offene Mittelmeer versetzte sie in einer solchen Nussschale in Panik. Niemals würde sie von der Insel bis nach Barcelona segeln. Dieses Geheimnis behielt sie für sich. Christopher hielt sie für eine echte Seemannsbraut. So nannte er sie an Bord zumindest.

»Wenn ich mich recht entsinne, kommt dahinter die Landzunge, auf der das Speiselokal liegen soll.« Sie gingen am Hafen entlang, bis sie das Restaurant entdeckten. Bunte Fahnen wehten im ersten Stock von der weitläufigen Terrasse. Mehr sah man aus dieser Entfernung nicht. Dafür breitete sich vor ihnen die komplette Bucht von Ciudad Jardín aus. Der breite Strand lag weiß leuchtend vor ihnen. Einige Strandhäuser unterbrachen den endlosen Naturstrand. Auf der oberen Etage thronte ein Aufbau mit dem Namen des Lokals. Eine Vielzahl von blau-weiß gestreiften Schirmen beschattete die Tische im Erdgeschoss. Eine Pepsi-Cola-Werbung schmückte das Flachdach des Balneario El Peñon. Die Wände zierten Natursteine.

Begeistert sah sich Isabel um. Christopher machte einen Kellner auf sich aufmerksam. Er führte sie zu einem freien Tisch. »Bitte sehr.«

»Danke. Bringen Sie uns zwei Martini als Aperitif, por favor.« Christopher setzte sich.

Die Sonne küsste die Wasseroberfläche, als sie feuerrot ins Meer eintauchte, den Himmel in ein orangerotes Flammenmeer verwandelte, bevor sie vom Horizont verschluckt wurde. Isabel entwich ein Seufzer. Die aufflackernden Lichter aus Palma spiegelten sich im nachtschwarzen Mittelmeer. Die hell erleuchtete Kathedrale schien zu schweben. »Der Ausblick ist außergewöhnlich. Zauberhaft.«

»Du bist zauberhaft.« Christopher griff nach ihrer Hand. »Kaum bist du von der Arbeit fort, kannst du wieder genießen. Es war richtig, zu fahren.«

»Da stimme ich dir zu.« Der Blick auf die nächtliche Stadt wirkte von dieser Position reizender als von der Hafenausfahrt in Palma.

»Ihre Martinis.« Der Mann reichte die Speisekarte. »Ich empfehle den gegrillten Gallo de San Pedro mit Gemüse und Kartoffeln. Dazu einen ausgezeichneten Prensal Blanc aus der Delgado-Bodega. Ist Ihnen das Weingut bekannt?«

»Ja.« Christopher zwinkerte ihr zu. »Welchen Wein können Sie uns sonst noch ans Herz legen?«

»Einen Albariño vom Festland. Leicht und spritzig.« Der Kellner legte den Kopf schief. »Mögen Sie keine Inselweine?«

»Doch. Den Fisch nehmen wir zwei Mal, bevorzugen jedoch den Albariño.« Christopher spielte seine Rolle großartig.

Isabel verkniff sich ein Kichern, bevor sie den Mann erlöste. »Wir danken für die Empfehlung des Flor de Verano. Er kommt aus unserer Bodega. Deshalb ziehen wir uns unbekannte Weine zum Essen vor.« Sie sah zu Christopher.

Die Begeisterung über das Kennenlernen merkte man dem Kellner an. »Sie sind die Delgados? Ihre Weine sind hervorragend. Die besten der Insel.«

»Mein Name ist Christopher Fitzgerald. Meine Frau ist Isabel Guerrera Delgado. Das Weingut stammt aus ihrer Familie.«

Isabel reichte ihm eine Visitenkarte. »Sie können den Wein ohne Zwischenhändler bei uns beziehen.«

»Großartig.« Er las die Karte, bevor er sie wegsteckte. »Nun kümmere ich mich um Ihre Bestellung.«

Christopher hob sein Glas und prostete Isabel zu. »Auf einen gemütlichen Abend.«

»Auf das Leben.« Isabel nippte an dem leichten Wermut. Der bittere Geschmack blieb auf der Zunge. »Du hast den armen Kerl irritiert.«

Christopher zog die Augenbraue hoch. »Ich wollte sehen, wie er reagiert.«

»Das habe ich gemerkt.« Sie sah hinüber nach Palma. »Im Vergleich zur Inselmitte ist das wie eine andere Welt.«

»Deshalb liebe ich es auf dieser Insel. Sie bietet alles, was man sich nur wünschen kann.« Er schlug die Beine übereinander. »Vier Jahreszeiten. Das kenne ich erst, seitdem wir hier sind.« Sein Blick veränderte sich. »Isabel. Die Frage wollte ich dir schon lange stellen. Bist du auf Mallorca glücklich?«

Nur kurz blieb sie ihm eine Antwort schuldig. »Inzwischen bin ich das. Zu Beginn habe ich gekämpft. Die Menschen sind verschlossener. Man muss sie wie die Mandeln knacken. Die Mühe lohnt sich allerdings.«

»Das erleichtert mich.« Er leerte den Aperitif. »An manchen Tagen war ich mir unsicher, ob du es nur meinetwegen hier aushältst.«

»Jetzt nicht mehr.« Sie fühlte sich angekommen. Heimisch sogar. »Warum fragst du? Überlegst du, nach Kalifornien zurückzugehen?« Der Gedanke erschreckte sie.

»Wie kommst du darauf?«

Der Kellner verschaffte ihr durch das Servieren des Albariños Zeit für eine Antwort. Christopher kostete, nickte zustimmend, was den Kellner dazu veranlasste, beide Gläser zu füllen.

»Bist du zufrieden? Manchmal wirkst du müde und abgespannt.« Isabel schob es auf die Arbeit. Aber vielleicht vermisste ihr Mann die alte Heimat.

»Wir haben uns innerhalb von fünf Jahren einen hervorragenden Ruf erarbeitet.« Er prostete ihr zu. »Deine Tante Carla hat durch ihren Reserva La Reina die Grundlage zu einem schnellen Erfolg geschaffen. Sieh, was uns gelungen ist.«

Isabel wusste, worauf er sich bezog. Sie bewirtschafteten durch die Zusammenlegung der Felder die größte Bodega der Insel. Ein kometenhafter Aufstieg. »Du hast viel erreicht.«

»Zusammen mit deiner Familie.« Er sah ihr fest in die Augen. »Ich habe hier alles, wovon ich jemals geträumt habe.« Er griff nach ihrer Hand. »Es ist Zeit für Erholung, um Raum für neue Träume zu erschaffen.«

Isabel verstand ihn. Seine Wünsche hatten sich erfüllt. Ein Kraftakt, der sie dieses Jahr viel Energie gekostet hatte. »Woran denkst du?«

»Das möchte ich mit dir herausfinden.«

Seit Monaten sprachen sie über andere Themen als das Weingut. Isabel genoss die intensiven Gespräche. Die Nähe, die sie dabei empfand. Ein Umstand, den sie vernachlässigt hatten. »Wir sollten uns öfter eine Auszeit genehmigen.«

»Kluge Frau.« Christopher gähnte verhalten.

»Lass uns aufs Boot gehen.« Obwohl es auf Mitternacht zuging, fühlte sie sich munter. »Morgen geht es früh los.« Sie wollte ihrem Mann ausreichend Schlaf gönnen, und ihr selbst würde etwas Ruhe ebenfalls guttun.

Zum Sonnenaufgang startete Christoph den Motor. Isabel verstaute die Einkäufe im Kühlschrank und ging hinauf an Deck. Der stahlblaue Himmel verhieß einen herrlichen Tag. Barfuß, in kurzer Hose und knappem T-Shirt setzte sie sich neben Christoph. »Südküste oder Westküste?«

»Südküste.« Isabel mochte die Westküste mit den kleinen Buchten sehr. Wenn sie auf dem Weg in Cala Mayor ankerten, schwammen sie oft an den Strand, um im Las Mariposas zu Mittag zu essen. Alejandro gab ihnen Bademäntel, um am Poolrestaurant bekleidet zu sein. An diesem Tag wollte sie allerdings das El Peñon vom Meer aus betrachten.

Kaum fuhren sie aus der Hafenausfahrt, frischte der Wind auf. »Segel setzen«, gab Christopher das Kommando.

Isabel hisste die vorderen Kleinsegel, Christopher das Hauptsegel. Das Ruder hatte er festgestellt. Der Wind spannte das Segel mit einem lauten Knall, und das Boot nahm Fahrt auf.

»Mit etwas Glück kommen wir bis in die Cala Pí.« Christophers Begeisterung steckte sie an. »Die haben wir bisher noch nie erreicht.«

»Mit Pech brauchen wir zwei Tage zurück in den Hafen.« Isabel hatte die Nacht zuvor wach gelegen und an Barbara gedacht. Was wäre, wenn sie weiterhin Bauchschmerzen hatte und die wie damals bei Alejandro auf den Blinddarm hindeuteten? Ihre Befürchtungen behielt sie für sich. Unruhig blieb sie trotzdem. So weit von zu Hause entfernt, ohne die Möglichkeit, informiert zu werden.

»Du nennst es Pech, so viele Stunden mit mir vor der Küste zu dümpeln?« Er zwinkerte ihr zu. »Bei deinem Einkauf verhungern wir jedenfalls nicht.«

Isabel zurrte ein Tau fest und lachte. Sie kaufte grundsätzlich mehr ein, als sie für die Zeit an Bord benötigten. Im Fall einer Panne wollte sie versorgt sein, bis Hilfe kam.

Zügig segelten sie an der Playa de Palma vorüber. Isabel liebte die milde Brise in ihrem Gesicht. Kreischende Möwen begleiteten ihre Fahrt. Je weiter sie aus der Bucht von Palma fuhren, desto weniger Bebauung zeigte sich am Küstenstreifen. Die schroffe Steilküste wirkte bedrohlich. Christopher hielt Abstand, damit der starke Wind sie nicht gegen die Felsen trieb. Außerdem genoss er es sichtlich, sich von der Küste zu entfernen. Noch blieb Isabel ruhig.

»Darling!« Christopher wies steuerbords hinaus aufs Meer. »Delfine!«

Isabel stand auf, beschattete ihre Augen und suchte die Meeresoberfläche ab. Eine Schule mit etwa einem Dutzend Tiere schwamm neben ihnen her. Einige sprangen hoch. Ihre grauen Körper glitzerten in der Sonne. Fasziniert beobachtete sie, wie sie untertauchten, wie Pfeile durchs Wasser schossen, um sich anschließend in die Höhe zu katapultieren und Schrauben in der Luft zu drehen, bevor sie wieder eintauchten. Eine halbe Stunde begleiteten die Tiere ihr Segelboot, dann drehten sie ab und verschwanden. »Was für ein Erlebnis!«

»Ich wusste nicht, dass es in diesen Gewässern Delfine gibt.« Christoph umrundete eine Felsbiegung und steuerte östlich die Südküste entlang. »Halte Ausschau nach dem Einlass in den Felsen.«

Isabel suchte die Küste ab, bis sie eine schmale Durchfahrt entdeckte. »Dort!«

»Segel einholen.«

Wie ein langer Finger führte eine Wasserstraße zwischen zwei Klippen hindurch. Weit hineinzusehen war unmöglich. Zügig holten sie die Segel ein. »Woher weißt du von dieser versteckten Bucht?«

»Adrian hat mir im Club davon erzählt.« Christopher startete den Motor und lenkte das Segelboot in die Spalte hinein. »Die Bucht soll herrlich sein.«

Isabel beobachtete, wie souverän ihr Mann an den Felswänden entlangsteuerte. Vor ihnen tat sich türkisfarbenes Wasser auf. Die Sonnenstrahlen ließen es unwirklich aufleuchten. Die Farben kannte Isabel nur vom Karibischen Meer. Kein Boot störte die Idylle. Christopher warf den Anker, kontrollierte, ob er festsaß, und stellte den Motor aus.

Die Schönheit dieser Lagune mit dem hell leuchtenden Sandstrand am Ende berührte ihr Herz. Sie fühlte sich wie in einer anderen Welt. Allein mit Christopher. Kein Geräusch. Kein Haus. Nur Natur. Isabel zog sich die Kleidung aus und sprang nackt ins Meer. »Es ist herrlich! Komm rein!«

»Einer sollte die Leiter herunterlassen.« Er lachte.

Die hatte Isabel in ihrem Übermut vergessen. Sie tauchte unter, sah bunte Fische, die sie neugierig umkreisten, als wäre sie einer von ihnen. Wieder an der Wasseroberfläche rief sie: »So muss das Paradies aussehen!«

Christopher hechtete hinein. »Adrian hat nicht übertrieben.«

»O nein.« Isabel kraulte auf ihn zu, küsste ihn und schlang ihre Hände um seinen Nacken. »Erzähl niemandem von diesem Platz. Er soll uns gehören.«

Sie schwammen um die Wette bis an den Sandstrand, legten sich in die Sonne. Isabel seufzte zufrieden. »Spätestens jetzt würde ich diese Insel lieben.«

Für eine Weile blieben sie am Strand. Der Hunger trieb sie zurück an Bord. Die Zeit bis zum kommenden Morgen verging rasend. Romantisches Essen bei Kerzenlicht, Gespräche bis in die Morgenstunden. All das genoss Isabel in vollen Zügen und sorgte dafür, sich neu in ihren Mann zu verlieben.

Nach dem Aufwachen überkam Isabel erneut das Gefühl, Barbara könnte krank sein. Sie hoffte auf guten Wind für eine schnelle Rückkehr.

Der Wind flaute ab, dennoch erreichten sie den Hafen von Palma am frühen Abend. »Bleiben wir die Nacht noch an Bord. Abschlussessen im El Patio?«

»Ich sorge mich wegen Barbaras Bauchschmerzen. Was, wenn ihr doch etwas fehlt?« Isabel sah ihn flehend an.

»Lass uns packen. Wir machen uns zu Hause einen gemütlichen Abend.« Christopher vertäute das Segelboot, zurrte die Segel fest, damit der Wind sie nicht losreißen konnte, während Isabel die restlichen Lebensmittel und ihre Kleidung zusammenpackte.

Gemeinsam trugen sie die paar Sachen zum Wagen. »Nun sieh nicht so besorgt drein. Deine Mutter hat vier Kinder großgezogen. Sie weiß, was zu tun ist, sollte Barbara krank sein.«

Ihr Mann hatte recht, trotzdem blieb das ungute Gefühl, dass Barbara bei ihrer Abreise echte Schmerzen gehabt hatte, was ihr nun ein schlechtes Gewissen bereitete.

Die Fahrt verlief in wohligem Schweigen. Isabel hing ihren Gedanken nach, nannte sich selbst überspannt in ihrer Sorge.

Christopher streichelte immer wieder ihre Hand, als spürte er ihre Nervosität, die sie versuchte, vor ihm zu verbergen.

Je näher sie ihrem Zuhause kamen, desto unruhiger rutschte Isabel auf ihrem Sitz umher.

»Wir sind ja gleich da.« Christopher warf ihr einen verständnisvollen Blick zu.

»Tut mir leid. Ich weiß auch nicht, was mit mir los ist.« Isabel konnte durchaus von ihren Kindern getrennt sein, solange es sich nur um eine kurze Zeit handelte. Normalerweise reagierte sie rational.

Kaum hielt der Wagen, stieg Isabel aus und eilte ins Haus. Ihre Mutter saß im Wohnzimmer und las Barbara eine Geschichte vor. Robert spielte mit einem Feuerwehrauto. Beide sprangen auf. »Mamá!«

Freude durchflutete Isabel. Ihre Kinder waren wohlauf.

Christopher tauchte hinter ihr auf. »Siehst du, alles bestens.« Er wandte sich an seine Schwiegermutter. »Sie hat sich wegen Barbaras Bauchschmerzen gesorgt.«

»Mit Recht.« Antonia stand auf. »Das war ernst. Und knapp, stimmt's, Robert?«

»Stimmt.«

Isabel hörte die Worte, ebenso die Tonlage. Sie amüsierten sich über etwas.

»Wir wären beinahe gestorben.« Robert warf sich auf den Boden und wälzte sich hin und her. »Barbara hat gefurzt, sodass Abuela die Kerzen gelöscht hat, damit das Haus nicht in die Luft fliegt.«

Isabel lachte. »Blähungen? Deshalb hast du Schmerzen gehabt?«

»Zu viele Trauben.« Ihre Mutter zeigte auf sie. »Das ist dir und deinem Bruder auch passiert.«

Auf die Idee wäre Isabel nie gekommen. »Wir haben unseren Ausflug wegen Barbaras Blähungen abgekürzt.« Sie sah zu ihrem Mann. »Nun hast du einen Wunsch frei.«

»Zwei.« Er grinste und hob Barbara hoch. »Du Pupskanone, das hätte ich gerne erlebt!«

Barbara kicherte.

Robert verzog das Gesicht. »Die haben schlimm gestunken.«

Die Erleichterung über diese harmlose Erklärung endete in einem gemütlichen Abend auf der Terrasse des Weinguts. Sie sprachen vom anstehenden Dorffest. Die Maische bereitete keine Probleme, und die Gärung schritt kontrolliert voran. Marco hatte tatsächlich mehrmals nachts die Maische überprüft. Antonia hatte ihn gehört und Licht gesehen. »Ich hatte Mühe, mich nicht bei meiner Nachkontrolle erwischen zu lassen. Er hat ausgezeichnete Arbeit geleistet.«

»Heute sehe ich selbst nach dem Gärzustand.« Christopher ging in die Bodega.

»In zwei Tagen kann sie ins Fass«, gab Antonia ihre Einschätzung ab. »Es sieht alles sehr vielversprechend aus.«

Isabel widerstand dem Impuls, ihn zu begleiten. »Morgen bereite ich mit Lilia unseren Stand auf dem Dorffest in Binissalem vor. Die Leute werden sich wundern, uns an einem Gemeinschaftsstand anzutreffen.«

»Die Gamundi-Bodega gibt es also schon dieses Jahr nicht mehr?«

»Nein.« Isabel konnte Christophers Entscheidung nachvollziehen, obwohl es Marco zu Beginn Überwindung gekostet hatte, diese Bedingung hinzunehmen. Doch der Ruf hatte gelitten. Carla hatte mit den Delgado-Weinen den Grundstein für den Namen der Bodega gelegt. Es wäre unklug gewesen, den Familiennamen nicht zu übernehmen.

»Kann ich dir bei der Vorbereitung zu Rodrigos Hochzeit helfen?« Antonia gähnte. »Wo soll sie stattfinden?«

»Bei uns. Wir haben ausreichend Platz.« Isabel fiel der Holzofen ein. »Ich möchte Lamm anbieten. Vor der Abreise muss ich noch bei Ramón den neuen Ofen in Auftrag geben.«

»Wenn ihr öfter Feste gebt, solltet ihr eine gesicherte Grillstelle einrichten.« Ihre Mutter lächelte schief. »Christophers Grillhütte besaß zwar Charme, für eine Hochzeitsfeier erscheint sie mir etwas zu rustikal.«

Die Idee, weitere Veranstaltungen auf dem Weingut ins Programm aufzunehmen, fand Isabel gut. Ein Gedanke, den sie mit Christopher besprechen wollte. »Dann können wir dort auch die Paellas zubereiten.« Mit der riesigen Pfanne in der Küche zu hantieren, stellte sie regelmäßig vor eine Herausforderung. »Ich sollte eine Liste schreiben, was vor der Abfahrt nach New York noch zu erledigen ist.« Sie stand auf, ging ins Büro und holte Stift und Papier.

Musikkapelle, Holzofen, Grillstelle, Tanzfläche, Zelte, Fleisch vorbestellen, Paellapfannen, Blumen, Fahrservice. Punkt für Punkt füllte sich das Blatt. »Was hat mich nur geritten, Rodrigos Hochzeitsfest planen zu wollen?«

»Lass mich dir helfen.« Ihre Mutter nahm die Notizen. »Um Essen, Blumen und Fahrservice kümmere ich mich.«

Isabels Herz erwärmte sich. Zusammen mit ihrer Familie würde sie alles schaffen. Egal was auf sie zukäme.

21

»Ich bin neugierig, wie es in deiner Heimat riecht. Jede Region besitzt einen eigenen Geruch.« Tamara hielt Rodrigos Hand und sah ihn freudestrahlend an. »Danke, dass du mich mitnimmst.«

»Raymundo, besser gesagt seine Frau Aida, wäre mir böse, wenn ich ohne dich auftauche.« Daran hatte das Telegramm keinen Zweifel gelassen. Außerdem wollte er Tamara sein Kuba zeigen. Das Land, für dessen Befreiung er gekämpft hatte und ins Gefängnis gegangen war, und das nun endlich frei war. Die Amerikaner wurden von der Insel verdrängt. Glücksspiel wurde mit harten Strafen verfolgt sowie die Steuern für ausländische Unternehmer exorbitant angehoben. Vieles befand sich im Umbruch. Raymundos Bitte, bald zu kommen, untermauerte die Dringlichkeit, sich persönlich ein Bild von der Lage zu verschaffen, bevor er mit seiner Familie die Reise nach Mallorca unternahm, um Hochzeit zu feiern.

Die Maschine setzte mit quietschenden Reifen am Flughafen in Havanna auf. Wenig später stiegen sie mithilfe einer herangefahrenen Treppe aus und gingen über das Rollfeld zum Flughafengebäude. Die feuchte Hitze ließ augenblicklich das Hemd am Körper kleben. Tamara fächelte sich mit der flachen Hand Luft zu. Die Spätsommerhitze verringerte sich erst minimal bei Einbruch der Dunkelheit. Zu dieser Zeit säßen sie im Zug nach Pinar del Río.

Amüsiert beobachtete Rodrigo die verzückte Miene seiner Frau auf dem Weg zum Bahnhof. Die Architektur von Havannas Innenstadt rief bei ihr wahre Begeisterung hervor und tröstete sie ein wenig darüber hinweg, ihre Tochter für die wenigen Tage bei Tamaras Eltern gelassen zu haben. Die Stadt besaß ein völlig anderes Stadtbild als New York. Vor der Rückreise wollte er ihr die Tabakfabrik seines Vaters zeigen und den Malecón.

Auf der Fahrt sah Tamara aus dem Abteilfenster. Sie bestaunte Bananenstauden, Kokospalmen und die hochgewachsenen Stämme der Papaya-Bäume, deren winziger Blätterkreis hoch oben an der Spitze an eine grüne Variante eines Staubwedels erinnerte. Eine Frucht, die Tamara noch nie gekostet hatte. Ebenso wenig kannte sie Tabakfelder, Ananasstauden und die gewaltigen Ochsenkarren, vollgepackt mit Zuckerrohr. Das Gesicht seiner Frau spiegelte die Schönheit der Landschaft und Natur wider. »Verstehst du mich nun?«

»Dieses Land ist atemberaubend und erhaltenswert, so viel erkenne ich sofort.« Sie blickte ihn nachdenklich an. Offenbar rief sie sich die geführten Gespräche über die Armut, die Probleme und die Ausbeutung durch die Amerikaner ins Gedächtnis. »Was wird sich nun ändern? Jetzt, wo dein Castro gesiegt hat?«

»Ich bin zu lange fort gewesen, um das genau beurteilen zu können. Raymundo wird uns alles erklären.« Rodrigo sorgte sich dennoch. Sein Freund musste Gründe haben, nach ihm zu schicken. »Die Reise ist unsere Hochzeitsreise, wenn auch ein wenig Geschäftliches dabei sein wird.«

»Das stört mich nicht.« Tamara sah wieder zum Fenster hinaus. Die hereinbrechende Dämmerung umriss die Gegend nur noch schemenhaft, bis sie gänzlich von der Dunkelheit verschluckt wurde. Ab und an leuchtete in der Ferne elektrisches Licht aus einem Haus herüber. Durch den fahrenden Zug schienen sie tanzend wie die leuchtenden Hintern eines durch die Nacht fliegenden Glühwürmchens.

Rodrigo hatte Raymundo im Vorfeld über die Uhrzeit ihrer Ankunft informiert. Er erwartete sie am Bahnsteig. Unter der mächtigen Uhr stand sein Freund und sah sich suchend um. Rodrigo half Tamara aus dem Zug, stellte den Koffer ab und winkte ihm.

Augenblicklich erhellte sich dessen Miene. Mit strahlenden Augen eilte er auf ihn zu und klopfte ihm herzlich auf die Schulter, bevor er ihn in seine Arme schloss. »Gut, dich zu sehen.« Er schob ihn von sich. »Du siehst großartig aus! Die Ehe bekommt dir.« Raymundo zog seinen Hut vom Kopf und deutete eine Verbeugung an. »Sie müssen Tamara sein.« Er reichte ihr die Hand.

»Sí, soy Tamara. Mein Spanisch ist etwas eingerostet.« Tamara drückte seine Hand. »Rodrigo hat viel von dir erzählt. Wollen wir das Sie weglassen?«

»Sehr gerne.« Er griff nach dem Koffer.

Rodrigo zog ihn an sich. »Den trage ich selbst.« Noch vor zwei Jahren hätte er das Hilfsangebot seines Angestellten angenommen, was ihm einen verwunderten Blick von Raymundo einbrachte.

»Du hast dich verändert.« Er setzte seinen Hut auf und tippte gegen die Krempe. »Kommt, Aida erwartet uns mit dem Essen. Ihr werdet hungrig sein.«

Tamara nickte. »Jetzt, wo du eine Mahlzeit erwähnst, bemerke ich es auch.«

Rodrigo öffnete die Beifahrertür. Er wollte Tamara neben Raymundo sitzen lassen.

»Bleib du vorn, ihr werdet viel zu besprechen haben.« Tamara drückte sich an ihm vorbei und nahm auf der Rückbank des Wagens Platz. »Ich werde mich ein wenig ausruhen.«

Ihr Nachsatz sollte es ihm erleichtern, ihr nicht zu widersprechen. Er beugte sich zu ihr und gab ihr einen Kuss. »Danke, Cariño.«

Lächelnd und mit geschlossenen Augen lehnte sie sich in die Polster.

Rodrigo verstaute den Koffer und setzte sich neben Raymundo. »Wie geht es deiner Familie?«

»Sehr gut. Die Ernte ist ausgezeichnet, der Wein auch. Es läuft alles.« Raymundo verließ den Ort und steuerte in Richtung der Mogotes, die man aufgrund des hellen Mondlichts schemenhaft erkannte.

»Was ist dann?« In Raymundos Telegramm hatte sein Anliegen dringlich geklungen.

»Lass uns später darüber sprechen.« Raymundo sah stur auf die Straße vor sich.

»Warum? Castros Änderungen betreffen mich nicht.« Er konnte sich Raymundos Nachricht nicht erklären. Castro beschloss neue Gesetze, so viel hatte er von Exilkubanern gehört. Die Amerikaner sollten enteignet, die Großbetriebe verstaatlicht und die Kleinbetriebe an Kubaner überschrieben werden. Doch was hatte das mit ihm zu tun? Er hatte an Castros Seite gekämpft.

»Vorerst ist das richtig. Es gibt aber Gerüchte.«

Gerüchte auf Kuba gab es mehr als Bananenstauden, das war immer so gewesen.

»Lass uns in Ruhe reden. Nach dem Essen. Einverstanden?«

Die Lichter des hell erleuchteten Hauses tauchten vor ihnen auf. Er gab seinem Freund recht. »Abgemacht. Lass uns später darüber sprechen.«

Raymundo nickte zustimmend und wirkte zufrieden. »Aida hat im Haupthaus gekocht und eingedeckt. Die Kinder werden nach dem Abendessen zu uns gehen.«

Tamara beugte sich vor und berührte Rodrigo an der Schulter. »Es gibt hier zwei Häuser?«

»Ja, meine Mutter hat zuerst in Raymundos Haus gewohnt.« Rodrigo wies über das nächtliche Weinfeld. »Am Ende erkennst du den Schornstein.«

Tamara folgte seinem Fingerzeig. »Ja, ich sehe ihn.«

»Es wurde ihr zu klein, nachdem wir alle an den Wochenenden und in den Ferien mit aufs Feld gefahren sind. Vater wollte ein komfortables Heim für uns. Das Ergebnis siehst du vor dir.«

Verglichen mit dem ursprünglichen Wohnhaus bot es reichlich Komfort, doch im Vergleich zu Tamaras Wohnung in New York wirkte es wie ein ungeschliffener Rohdiamant neben einem Diadem aus Brillanten. Tamara kannte trotzdem einfachere Wohnverhältnisse. Rodrigo wusste, dass sie einige Zeit neben Carla gewohnt hatte. Carlas Bleibe bot deutlich weniger Annehmlichkeiten als die, in der sie jetzt übernachten würden.

Aida stand auf der Veranda. »Da seid ihr ja!« Sie eilte die Treppenstufen hinab und flog in Rodrigos Arme. »Wie ich sehe, hast du deine Frau mitgebracht.« Sie drückte ihm rechts und links einen Kuss auf die Wange. »Ich war unsicher, ob du meinem Wunsch folgen würdest.«

Rodrigo lachte. »Etwas anderes hätte ich niemals gewagt.« Automatisch dachte er an die Schusswunde, die sie mit einer Angelschnur genäht hatte, bevor Raymundo ihn zu seiner Familie nach La Laguna geschickt hatte, wo er sich nach dem missglückten Sturm auf die Festung versteckt hatte.

Vergeblich.

Aida lächelte ihn dankbar an.

Rodrigo half Tamara aus dem Wagen. Die Rückkehr nach Kuba löste ein ungutes Gefühl in ihm aus. Um nichts in der Welt würde er zulassen, sein Glück mit Tamara zu gefährden. Das wollte er festhalten. Tamara blickte ihn verliebt an, als hätte sie seine Gedanken gelesen. »Das ist Tamara, meine Frau.« Er stellte sie vor. Aida küsste Tamara ebenfalls herzlich auf die Wangen. »Du scheinst ihm gutzutun. Er sah noch nie so großartig aus.«

»Danke. Dann sieht man uns das Glück an.« Tamara strahlte.

Aida zog sie mit sich. »Ich habe eine Flasche Rotwein geöffnet. Trinkst du Wein?«

»Sehr gerne sogar.«

»Du wirst den Dos Corazones lieben.«

Die beiden Frauen mochten sich auf Anhieb. Aida stellte die Kinder vor, die artig im Wohnzimmer standen. Rodrigo hätte sich nicht gewundert, wenn Aida sie der Größe nach hätte Aufstellung beziehen lassen. »Na, ihr Rabauken? Macht ihr euren Eltern Freude?«

Rodrigo hatte nicht versäumt, für jedes Kind eine Tafel Schokolade mitzubringen. Ein seltenes Gut auf Kuba. Er reichte sie ihnen. Die leuchtenden Augen waren ihm Dank genug.

»Aber erst nach dem Abendessen öffnen. Und maximal eine Reihe pro Tag essen, verstanden?« Aida wies auf den gedeckten Esszimmertisch. »Setzt euch. Raymundo bringt nur den Koffer in euer Schlafzimmer.«

Tamara platzierte sich neben Rodrigo, die Kinder verteilten sich am Tisch. Raymundo saß ihm gegenüber, während Aida die Platten mit Fisch, Fleisch und Gemüse mit Süßkartoffeln auftrug. Dazu unterschiedliche Soßen. Der herrliche Duft ließ Rodrigos Magen laut knurren.

»Das sieht verlockend aus.«

Rodrigo goss Wein ein, und sie prosteten sich auf einen gemütlichen Abend zu. Aida erzählte Geschichten von ihrem Nachwuchs, Tamara berichtete von New York, Rodrigo von Mallorca. Es schien, als wären sie nie getrennt voneinander gewesen. Sie knüpften nahtlos an ihr letztes Treffen an, bezogen Tamara mit ein, als wäre sie schon immer ein Teil dieses Mikrokosmos gewesen.

Raymundo räusperte sich. »In deinem Zimmer liegt ein Brief an Antonia.«

Über Rodrigos Miene huschte ein trauriger Schatten, der sich rasch wieder verzog.

»Von Magdalena.«

»Wie geht es deiner Tante?« Die Antwort ahnte Rodrigo.

»Sie ist vor drei Wochen gestorben. Die letzten beiden Jahre haben sie bei uns verbracht. Meykel ist nach ihrem Tod zurück ins Dorf gezogen.«

»Mein Beileid. War sie krank?« Tamara legte ihre Hand auf Raymundos.

»Eine schwere Grippe, von der sie sich nicht mehr erholt hat. Sie wurde zunehmend schwächer. Die großen Umbrüche im Land haben ihr zusätzlich zugesetzt.« Raymundo schenkte Tamara ein tapferes Lächeln. »Das ist der Lauf des Lebens.«

Es verging oft schneller, als einem lieb war. Die Erfahrung hatte Rodrigo als junger Mann gemacht. Es galt, keine Zeit zu vergeuden. Diesen Punkt hatte er einige Monate aus den Augen verloren. Das wollte er künftig vermeiden.

»Ihr geht nun nach drüben.« Aida stand auf, stellte die Teller zusammen. »Bis auf Albana, du hilfst mir mit dem Abwasch.«

Die älteste Tochter räumte klaglos mit ab und begab sich an die Arbeit, während sich die anderen verabschiedeten und rasch aus der Haustür schlüpften.

»Tolle Kinder. Ich hoffe, unsere Tochter gerät uns ebenso gut.«

Ihr wehmütiger Gesichtsausdruck veranlasste Rodrigo, ihre Hand zu tätscheln. »Du hast sie bald wieder. Wir sind nur wenige Tage fort.«

»Ich weiß. Dennoch vermisse ich Ava ganz schrecklich.«

Es erging ihm ähnlich. Selbst das Weinen fehlte ihm, obwohl es ihn in New York regelmäßig aus dem Haus an die Arbeit trieb. Meist folgte im Anschluss ein Lächeln, das ihm die Sonne ins Herz scheinen ließ, ungeachtet dessen, dass es draußen schneite.

»Der Wein ist hervorragend«, wechselte Tamara das Thema.

Rodrigo verstand die Aufforderung und goss nach. »Meine Mutter hat ihn ausgebaut und Raymundo alles beigebracht. Bis auf leichte Nuancen schmeckt er jedes Jahr gleich. Eine Kunst für sich.«

»Danke für das Kompliment.« Raymundo wirkte verlegen.

»Du leistest vortreffliche Arbeit, das weißt du.«

Raymundo stand auf, ging in die Küche und kehrte mit einer Flasche Rotwein zurück. »Ich habe drei Fässer anders hergestellt.«

»Dos Mundos?« Verwundert hob er die Augenbrauen. »Du hast einen neuen Wein geschaffen?«

»Es tut mir leid. Ich hätte dich fragen müssen.«

Die Unsicherheit in seiner Stimme ließ Rodrigo milde reagieren. »Ein Reserva?«

»Ja, er unterscheidet sich vom Dos Vidas deiner Mutter.« Er nahm den Korkenzieher vom Tisch und hielt Rodrigo die Hand hin, um ihm die Weinflasche abzunehmen.

»Dann lass uns auch den Dos Vidas öffnen für einen direkten Vergleich.«

Tamara klatschte in die Hände. »Eine Weinverkostung! Wie aufregend!«

Drei anders ausgebaute Fässer würden den Gewinn nicht schmälern. Raymundo leistete seit Jahren gute Arbeit als Winzer. Natürlich wollte er sich ausprobieren. Er hätte es ihm längst gestatten müssen. »Ich bin gespannt.« Neugierig reichte er ihm die Flasche.

Raymundo öffnete beide Weinflaschen. Seine Frau kam rechtzeitig vom Abwasch zurück. Das Mädchen verabschiedete sich und verließ das Haus. »Aida zieht den Dos Mundos dem Dos Vidas vor. Beide sind Reservas. Möchtest du zuerst den Dos Vidas verkosten?«

Für ihn wäre es unnötig, den Geschmack erkannte er überall. Jedoch kannte Tamara die Weine nicht. »Gute Idee.«

Raymundo goss ein.

Routiniert schwenkte Rodrigo den Rotwein im Glas, um ihn mit Sauerstoff anzureichern, hob ihn an die Nase und nahm einen herzhaften Schluck, den er im Mund kreisen ließ. Das volle Bukett erfüllte seinen Mundraum. »Vollmundig, wie immer.«

Tamara tat es ihm gleich. »Lecker. Ich verstehe wenig davon. Er schmeckt mir.«

»Das ist das Wichtigste.« Raymundo sah zu seiner Frau, bevor er trank. »Ich mag diesen Reserva sehr.« Er wies auf die andere Flasche. »Aida mag den fruchtigeren Geschmack lieber. Also habe ich mich an mehr Frucht versucht und drei Betontanks gebaut, damit die Fruchtaromen nicht vom Eichenfass überlagert werden.«

»Er ist fantastisch.« Aidas Augen leuchteten. »Ich bin neugierig, was ihr sagt.«

Deshalb war er hier. Raymundo wollte den Weinanbau verändern. Ob sich das bei der kleinen Anbaufläche lohnte? »Verkürzt das den Ausbau?«

»Ja, die Fasslagerung fällt weg, wobei auch der Wein ruhen muss.« Raymundo hob seine Kreation hoch. »Bereit?«

»Natürlich.« Gespannt verfolgte er, wie Raymundo eingoss. Seine Hand zitterte nur wenig, dennoch bemerkte es Rodrigo.

Sie verkosteten den Wein, wie zuvor den Dos Vidas. Es fehlte ihm die zarte Vanillenote aus dem Eichenfass. Dafür kam der Geschmack nach reifen Brombeeren viel klarer heraus. Er genehmigte sich einen zweiten Schluck.

»Den mag ich am liebsten.« Tamara trank begeistert ihr Glas leer. »Den müssen wir importieren. Unbedingt.«

In den Augen von Raymundo blitzte es auf. Die leichte Anspannung fiel zusehends von ihm ab.

»Ich ziehe Mutters Reserva vor.« Er nippte erneut. »Das ist jedoch ein ganz hervorragender Tropfen. Die Frauen mögen das Fruchtige.« Er nickte zufrieden. »Hast du mich deswegen hergeholt? Willst du das Weingut kaufen?«

»Nein. Das hätte ich nicht gewagt.« Er wies auf die Flasche des Dos Mundos. »Er verkauft sich ebenso gut wie der Wein deiner Mutter. Zum gleichen Preis.«

»Warum sollte ich dann so dringlich anreisen?« Er wollte den Grund erfahren. Ohne Ausflüchte. Ohne Verzögerungen.

Aida legte Raymundo die Hand auf den Arm. Ihm fiel es schwer, die Wahrheit auszusprechen. »Alle Ausländer sollen enteignet werden.«

»Castro will mich enteignen? Das soll er mir persönlich sagen!« Er sprang vom Stuhl auf. Der Schwung riss ihn um. Krachend kippte er zu Boden. »Das wagt er nicht. Unter den Kämpfern waren viele Spanier.« Er suchte in seiner Erinnerung nach den Namen von Kameraden. »Ich bin hier geboren!«

»Du bist trotzdem kein Kubaner.« Die Worte sprach er flüsternd.

Dennoch hallten sie in Rodrigos Kopf donnernd nach. »Das stimmt. Ich habe für ein freies Kuba gekämpft.«

»Du hast das Land verlassen.« Raymundo bat ihn, sich wieder zu setzen. »Er wird dich enteignen. Nicht heute, nicht morgen, aber irgendwann wird er es tun. Du solltest verkaufen.«

»An wen? An dich?« Rodrigo setzte sich, goss sich Wein nach und trank einen großen Schluck.

»An mich? Ich kann mir den Grund nicht leisten, so gerne ich ihn übernehmen würde.« Er drehte das Weinglas in Händen. »Ich verliere nach all den Jahren meine Stelle. Trotzdem darfst du nicht zögern.«

Betreten sah Tamara von Rodrigo zu Raymundo. »Wir finden eine Lösung.«

Aida seufzte. »Ihr habt keine Vorstellung, wie lange wir uns schon den Kopf zerbrechen.«

»Hier ausharren, bis es so weit ist, können wir nicht zulassen.« Raymundo schenkte allen nach. »Da erschaffe ich einen neuen Wein, und Castros Regierung nimmt mir die Anstellung. Es ist für dich so wenig fair wie für mich. Es trifft viele Arbeiter. Sie stehen ohne Job da. Oder sie müssen für kleineren Lohn für die Regierung die gleiche Tätigkeit ausüben.« Raymundo erhob sich. »Ich brauche jetzt eher einen Rum. Der hilft zwar nicht beim Denken, beruhigt aber die Nerven.« Im Esszimmerschrank stand noch eine angebrochene Flasche. Er nahm sie und vier Gläser.

Tamara lehnte ab.

»Castro hatte gute Ideen. Nur zweifle ich langsam an seinen Worten.« Nachdenklich goss er zwei Fingerbreit ein. »Dem Land geht es nicht besser. Verbesserung hatte er versprochen. Das Gegenteil wird geschehen. Die Amerikaner werden uns bestrafen. Castro hält sich nicht aus der Politik heraus. Er wollte nur den Umbruch, kein Amt. Nun reißt er die Macht an sich. Man kann ihm nicht trauen.«

Wie niemandem, der plötzlich an die Macht gelangte. Rodrigo kannte das bereits aus dem Motorsport. Geld und Einfluss beherrschten die Welt und die Menschen. Und Castro besaß nun beides. Er würde es sich nicht nehmen lassen. »Was machen die Bacardís? Ich muss sie besuchen.« Die Bacardís wüssten, was zu tun ist. Die Revolution hatten sie großzügig unterstützt. Die Familie ging lediglich ihren Geschäften nach. Mehr wollte Rodrigo auch nicht tun.

Unter den missbilligenden Blicken Tamaras kippte er den Rum hinunter. »Ich werde morgen nach Santiago reisen und mit ihnen sprechen.«

»Morgen schon? Willst du dich nicht ausruhen, und wir fahren zusammen?« Tamara sah ihn flehend an.

»Jeder Tag zählt.«

»Da gebe ich deinem Mann recht.« Aida tätschelte ihre Hand. »Auf Kuba kommt es im Moment auf jeden Tag an.«

»Danke. Ich stehe in deiner Schuld.« Ihm war klar, wie ein anderer Verwalter reagiert hätte. Ein weniger zugewandter Mitarbeiter hätte die Wochen, die ihm verblieben, abgesessen und gehofft, im Anschluss den Besitz für die Regierung weiterführen zu können. Raymundo tat das nicht. Er riskierte, im Falle eines Verkaufs seine Arbeit und sein Zuhause zu verlieren. »Ich setze mich auf die Veranda. Ich muss nachdenken.«

»Zeit für uns zu gehen.« Raymundo stand auf. »Wann willst du los? Ich bringe dich zum Bahnhof.«

»Zehn Uhr? Ich nehme an, die Züge fahren weiterhin stündlich?«

»Ich werde Viertel vor zehn hier sein. Buenas noches.«

»Buenas noches.« Tamara begleitete sie zur Tür und kehrte anschließend ins Innere zurück.

Rodrigo setzte sich in den Schaukelstuhl und grübelte, wie er für alle eine passende Lösung finden konnte. Eventuell hatten die Bacardís eine Idee.

Ein leises Gläserklingen drang zu ihm hinaus. Tamara wusch ab. Sie ließ ihn allein. So gut kannte sie ihn. Er hingegen wusste, sie würde ihn am kommenden Tag begleiten.

Nach einer weiteren Stunde hilflosen Gedankenkarussells legte er sich hin. Tamaras regelmäßige Atemzüge halfen ihm rasch in den Schlaf. Vielleicht lag es auch am großzügigen Rumgenuss.

Dennoch plagte ihn morgens kein Kopfschmerz, als er aufstand. Tamara saß im Esszimmer, trank eine Tasse Kaffee. »Werden wir über Nacht bleiben?«

»Davon gehe ich aus.« Er küsste sie. »Buenos días.«

»Guten Morgen. Dann richte ich ein paar Dinge zusammen, bevor Raymundo uns zum Bahnhof fährt.« Tamara erhob sich. »Hast du gestern eine Lösungsmöglichkeit gefunden?«

»Leider nicht.« Einen Gedanken hatte er jedoch weitergesponnen, den wollte er zum jetzigen Zeitpunkt noch für sich behalten. »Stell dich auf eine lange Zugreise ein. Unsere Ankunft wird am frühen Abend sein, sollten wir bis Santiago reisen.«

Seine Frau nickte und ging packen.

Niemals würde er sich von dieser Frau trennen. Da hielte er es eher in New York aus. Tamara unterstützte ihn bedingungslos und wich auch in schwierigen Zeiten nicht von seiner Seite. Keine Vorhaltungen. Keine Diskussionen. Tamara sagte erst ihre Meinung, wenn er sie darum bat. Das tat er immer. Sobald er sich selbst eine gebildet hatte, was bisher nicht gegeben war. Nach einem Gespräch mit Joaquín würde sich das ändern. Die Katalanen standen vor dem gleichen Problem wie er, wobei ihres ungleich größer war.

Die Reise nach Havanna verlief in nachdenklichem Schweigen. Tamaras Züge wirkten so ernst wie die Situation, in der sie sich wiederfanden. »Denkst du, dein Freund ist im Hauptsitz?«

»Früher war Joaquín häufig in Havanna. Er behält gerne den Überblick.« Rodrigo zog die Reisetasche aus dem Gepäckfach. »Das würde uns die Weiterreise ersparen.«

Tamara folgte ihm schweigend.

Vor dem Bahnhofsgelände stiegen sie in ein Taxi. Das prachtvolle Gebäude mit der auf dem Dach prangenden Fledermaus lag nur wenige Straßen vom Bahnhof entfernt. Rodrigo drückte dem Fahrer einen Dollar in die Hand und verzichtete auf das Wechselgeld, was den Taxifahrer freudig strahlen ließ. »Würden Sie hier fünf Minuten warten? Wenn wir nicht wiederkommen, können Sie abfahren.«

Die Aussicht auf eine weitere Fuhre schien ihm zu gefallen. Er stellte den Motor ab.

Tamara sah an dem eleganten Kolonialbau hoch. Das Weiß strahlte in der Sonne, die beigen Einlassungen unterstrichen die zeitlose Eleganz der Architektur des Bauwerks. In das Erdgeschoss führten zehn Meter hohe Holztüren. »Die Familie muss unglaublich reich sein.«

»Das ist sie.« Rodrigo schritt in die Eingangshalle. An der Rezeption fragte er nach Joaquín.

»Haben Sie einen Termin?«

»Nein. Don Joaquín wird mich auch ohne Voranmeldung empfangen. Melden Sie Rodrigo Guerrera.«

Der Rezeptionist nickte dienstbeflissen, griff nach dem Telefonhörer und wählte. Rodrigo wandte sich an Tamara. »Er ist hier. Wir haben Glück.«

Ein Lächeln huschte über Tamaras Gesicht. »Ich bin sehr auf den berühmten Joaquín Bacardí gespannt. Die Art, wie du über ihn sprichst, zeigt mir deine Verehrung für diesen Mann.«

»Du wirst ihn mögen.«

Der Angestellte legte auf. »Sie kennen den Weg?«

»Danke.« Rodrigo ging zu den Fahrstühlen, rief ihn und wartete. »Er wird sich wundern, mich in Havanna zu sehen.«

Sie stiegen ein und fuhren in den fünften Stock.

»Rodrigo! Was führt dich nach Havanna? Ist alles in Ordnung? Geht es deiner Mutter gut?« Joaquín schoss die Fragen ab, ohne auf eine Antwort zu warten. »Oh, du bist in Begleitung. In sehr hübscher obendrein.«

Joaquín hatte sich nicht verändert. Immer noch interessiert an seinen Mitmenschen und charmant, wie er ihn kannte. Rodrigos Vater hatte stets gesagt, wenn es ihn nicht gäbe, hätte Joaquín Antonia den Hof gemacht, und ihn sowie seine Geschwister würde es nicht geben. Joaquín war der beste Freund seiner Eltern auf Kuba. »Meine Mutter ist wohlauf. Sie kommt uns demnächst in New York besuchen. Bist du vielleicht zufällig im Herbst in Spanien?«

»Wäre ich gerne! Es gibt hier leider zu viel zu tun.« Joaquíns Gesicht verfinsterte sich kurz, bevor es sich erneut aufhellte. »Aber was rede ich hier. Was möchtet ihr trinken?« Er nahm ihm die Reisetasche ab und stellte sie in eine Ecke des Vorraums. »Catarina, bring bitte Kaffee und Wasser.« Er betrachtete Tamara. »Müsste ich Sie kennen?«

»Unbedingt.« Rodrigo grinste. »Tamara ist meine Frau. Im Herbst feiern wir auf Mallorca unsere große Hochzeit. Der New Yorker Familienzweig reist mit dem Schiff an.«

»Du bist verheiratet?« Er wies auf zwei lederne Sofas, die unter einem hohen Panoramafenster standen. »Bitte, nehmt Platz. Freut mich, dich kennenzulernen, Tamara.«

»Ich habe viel von Ihnen gehört.« Sie drückte ihm die Hand, bevor sie sich hinsetzte.

»Lassen wir die Förmlichkeiten. Ich bin Joaquín.« Er klopfte Rodrigo kräftig auf den Rücken, dann zog er ihn an sich. »Herzlichen Glückwunsch zu diesem bezaubernden Wesen. Ihr wolltet mich aber nicht persönlich zu eurer Feier einladen, oder?«

»Korrekt.« Rodrigo setzte sich neben seine Frau. »Raymundo, unser Vorarbeiter auf dem Weinfeld hat mich kontaktiert. Er fürchtet, Castro könnte auch mich enteignen, wie er es wohl mit allen Ausländern vorhat.«

»Kluger Mann.« Joaquín nahm ebenfalls Platz und legte seine Hände um das mit den Jahren zugenommene Bäuchchen. »Wir bringen alles, was nötig ist, außer Landes. Die geheimen Herstellungsrezepte, auch die Markenrechte verlegen wir ins Ausland. Wir bauen eine neue Fabrik auf den Bahamas. Mein Bruder ist mitsamt der Familie bereits dorthin ausgewandert. Hier kenne nur noch ich die Rezeptur.« Er sprang trotz seines hohen Alters wie ein Jungspund auf die Beine. »Ein Teil in mir möchte nicht glauben, dass Fidel das tut. Nicht, nachdem wir großzügig die Revolution unterstützt haben. Ohne unser Geld hätte er kaum Erfolg gehabt.«

»Ich saß für ihn und die Sache im Gefängnis.« Deswegen schwelte es in ihm. Wenn die Bacardís Fidels Verstaatlichung der Fabrik befürchteten, wie sollte er annehmen können, ungeschoren davonzukommen? »Ich habe ihn ganz anders kennengelernt.« Er dachte zurück an die Zeit im Knast und bemerkte, wie wenig er sein damaliges Vorbild einschätzen konnte. Zuletzt hatte er seinen Worten keinen Glauben mehr geschenkt. Einen Selbstdarsteller hatte er in ihm gesehen. Jemand, der noble Reden schwang, sich in der Begeisterung seiner Zuhörer sonnte und sie manipulierte. »Stimmt es, dass Fidel in die Politik strebt?«

»Ja, das war uns vorher schon bewusst.« Joaquín unterbrach sich, als seine Sekretärin die Getränke brachte. »Gracias, Catarina.« Er wartete, bis sie die Tür wieder hinter sich schloss. »Wir glaubten allerdings, er würde seinen Helfern treu bleiben. Dabei bleibt er das nicht mal sich selbst gegenüber. Er wird jeden Ausländer aus Kuba vertreiben. Was sollten wir auch hier ohne unsere Fabriken? Wovon sollen wir leben? Von Ackerbau und Viehzucht?«

Das konnte sich Rodrigo schwer vorstellen. »Ihr bringt also alles außer Landes?«

»Ja. Wenn wir dieses Haus abstoßen könnten, würden wir es tun. Doch wer sollte daran Interesse haben?« Joaquín goss ihnen Kaffee ein. »Die Einheimischen haben selten das Geld, und die Ausländer versuchen, zu verkaufen, was einen Käufer findet.«

»Ich danke dir für deine offenen Worte.« Rodrigo wusste nicht, wie er weitermachen sollte. Seine Weinfelder waren verloren. Die Einnahmequelle versiegt. »Wie viel Zeit bleibt uns?«

»Es kann jeden Tag so weit sein.«

Tamara neben ihm seufzte erschrocken auf. »Wie könnt ihr das zulassen?«

»Wir wollten eine Regierung, die das Wohl der Insel verfolgt. Nicht das der Amerikaner, wie es in den letzten Jahrzehnten gewesen ist.« Joaquín nahm die Kaffeetasse und nippte daran. »Die Geschäfte liefen gut, aber das Landvolk litt. Ich wollte mit der finanziellen Unterstützung der Revolution der Landbevölkerung helfen und habe dabei mein eigenes Grab geschaufelt.«

»So ergeht es uns beiden. Mir tut es um Mamás Weinstöcke leid.« Rodrigo überlegte, wie er vorgehen sollte. Ob er die alten Stöcke in die Staaten bringen könnte und von dort aus nach Mallorca? »Wie ist die Stimmung unter den Einwohnern der Dörfer?« Das hatte er vergessen, Raymundo zu fragen.

»Hoffnungsvoll. Fidel ist ihr Held. Leider übersehen sie ein Detail. Die freie Marktwirtschaft funktioniert, alles Weitere endet in Unterdrückung derjenigen, die sich mehr wünschten. Der Mensch ist selten genügsam. Auch in diesem Land nicht.«

Rodrigo hatte die Einheimischen anders kennengelernt. Wenn sie ausreichend zu essen besaßen, waren sie glücklich. Allerdings strebte selbst Raymundo danach, etwas Eigenes zu erschaffen. Um seiner Familie ein besseres Leben zu ermöglichen. Dasselbe tat er. Und so würde es jeder verantwortungsbewusste Mann tun, sobald er die Möglichkeit dazu bekam. Deshalb suchten viele in den Hotels in Havanna nach ihrem Auskommen, da sie auf dem Land hungerten. Ihre große Hoffnung lag auf den Entscheidungen, die Fidel Castro zum Wohl seiner Landsleute traf. Nur ob sie so uneigennützig blieben, wie er vollmundig versprach? Daran hegte Rodrigo erste Zweifel. »Kannst du uns ein Hotel empfehlen? Oder sind die inzwischen geschlossen?«

»Ihr seid natürlich meine Gäste.« Joaquín griff zum Telefon. »Ich lasse euch ein Zimmer vorbereiten. Wie lange bleibt ihr?«

»Zwei, vielleicht drei Nächte. Dann muss ich zurück und mich mit Raymundo besprechen.« Rodrigo sah zu Tamara. »Zwei Tage Bedenkzeit sollten wir uns gönnen.«

»Absolut«, stimmte Tamara zu und legte ihre Hand auf seinen Unterarm. »Es tut mir leid. Du hattest so große Hoffnungen. Dass es so endet, damit war nicht zu rechnen.«

Joaquín erwies sich als perfekter Gastgeber. Tamara und Rodrigo nächtigten in seinem Haus in Havanna, und er stellte ihnen seinen privaten Fahrer zur Verfügung, während er in der Firma alles für einen raschen Umzug vorbereitete. Teile der Produktionsanlage sollten ohne Aufsehen verschifft werden. Ein Balanceakt, den Joaquín mit seiner Familie meisterte, als hätten sie nie anderes getan.

»Was wirst du tun?« Tamara sah auf das offene Meer hinaus.

Sie saßen in einem Straßencafé am Malecón. Die Wellen klatschten geräuschvoll gegen die Befestigungsmauer. Die Musik einer Gruppe wehte der Wind zu ihnen. Die vertrauten Salsaklänge und die Gerüche weckten wehmütige Gefühle in ihm. Er hatte Kuba vermisst. »Im Grunde gibt es nur eine Möglichkeit.«

»Du hast dich entschieden?« Tamara leerte ihr Wasserglas. »Dann lass uns umgehend aufbrechen.«

»Gefällt es dir nicht in Havanna?« Rodrigo hatte Karten für das traditionsreiche Tropicana erstanden, obwohl er diesem aufgesetzten Bühnenprogramm wenig abgewinnen konnte. Das Tropicana genoss internationale Berühmtheit.

»Doch, sehr sogar.« Ihr besorgter Blick verriet ihre Motivation. »Wenn Joaquín sich so bemüht, solltest du möglichst rasch alles auf den Weg bringen.«

»Wir brechen morgen auf.« Die Überraschung, mit ihr die Tanzrevue zu besuchen, würde er sich nicht nehmen lassen. »Ich kontaktiere Joaquíns Anwalt. Er soll die Papiere vorbereiten.« Er legte ein paar Peso auf den Tisch und reichte Tamara die Hand. »Sei bitte um sieben Uhr abholbereit. Wir gehen aus.«

»Ist Abendkleidung empfohlen?« Tamaras dunkelblaues Kleid hing ungetragen in ihrem Wäschesack. Ebenso sein schwarzer Anzug.

»Das ist es.« Er zog sie in seine Arme. »Ich hatte dir Flitterwochen versprochen.«

»Da waren die Umstände anders. Du musst das nicht tun.« Tamara schmiegte sich an seine Brust.

»Ich möchte aber.« Er strich ihr sanft über den Rücken. »Nun muss ich dich allein lassen. Der Termin beim Anwalt würde dich ohnehin nur langweilen.« Sie schlenderten zum Fahrer, der eine Straße weiter an seinem Fahrzeug lehnte. »Bringen Sie mich bitte zu Álvaro Ribera.«

»Selbstverständlich.« Er öffnete den Wagenschlag und wartete, bis sie beide saßen, schloss die Tür und eilte um den Wagen.

Routiniert fuhr er durch die Stadt, bis er vor einem Gebäude hielt. »Ribera hat sein Büro im dritten Obergeschoss. Soll ich Sie anmelden?«

Rodrigo stieg aus. »Danke, nein. Fahren Sie bitte meine Frau nach Hause.« Er küsste Tamara zum Abschied. »Ich beeile mich.«

Bis Ribera alle Unterlagen vorbereitet hatte, war es sechs Uhr. Zeit für ein Abendessen bliebe nicht. Vielleicht ein Sandwich gegen den großen Hunger. Er pfiff nach einem Taxi und wies dem Chauffeur den Weg zu Joaquíns Anwesen.

Die Haushälterin empfing ihn. »Doña Tamara sagte, Sie gehen aus? Ich lasse Ihnen eine Kleinigkeit aufs Zimmer bringen. Sie müssen hungrig sein.«

»Danke, Consuela. Sie sind ein Engel.« Rodrigo eilte die Stufen hoch.

Um Tamara nicht zu erschrecken, klopfte er an, bevor er öffnete. »Ich bin spät.« Er warf die Unterlagen auf das Bett. »Wenigstens ist alles vorbereitet. Wir können morgen früh abreisen.«

Tamara küsste ihn zur Begrüßung. »Das ist schön. Machst du mir bitte den Reißverschluss zu?«

Das kobaltblaue Kleid umfloss seidig Tamaras grazile Figur. Die Farbe schmeichelte ihrer hellen Haut. Behutsam zog er den Verschluss hoch. »Du siehst fabelhaft aus.«

»Danke.« Sie zeigte auf den stummen Diener. »Ich habe deinen Anzug vorbereitet und ausbürsten lassen.«

»Consuela bringt einen Imbiss.«

Tamara grinste. »Nur für dich. Ich habe – zu ihrem Unmut – stehend in der Küche gegessen. Das geziemt sich wohl nicht.«

»Traditionen werden hier gelebt. Die Herrin des Hauses oder ihre Gäste essen nicht in der Küche.«

»Heute schon.« Tamara wies auf ihr Kleid. »Sonst hätte ich mich bekleckert. Du kennst mich.«

Tamara gehörte zu den schusseligen Menschen. Ihr Temperament stand ihr so regelmäßig im Weg wie volle Gläser auf dem Tisch. Tamara unterstrich ihre Reden mit den Händen, was selten gut ging. Rodrigo störte sich nicht dran, im Gegensatz zu Tamaras Mutter, die ihre Tochter rügte. Vergeblich. Tamara blieb, wie sie war. Lebhaft, fröhlich, immer in Gedanken. »Ich ziehe mich schnell um.«

Consuela brachte zwei mit Roastbeef belegte Sandwiches. Dazu Senf und eingelegte Gürkchen. »Soll ich ein spätes Abendessen bereithalten?«

»Das ist nicht nötig, Consuela«, lehnte Tamara ab. »Sollten wir hungrig sein, bereite ich rasch etwas zu.«

»Im Tropicana servieren sie Kleinigkeiten.« Rodrigo wollte der Haushälterin keine nächtliche Arbeit bescheren. »Wir kommen zurecht. Vielen Dank.«

Rodrigo zog sich um, aß nebenbei und schaffte es, pünktlich um sieben mit Tamara am Arm die Treppenstufen hinabzugehen. Am Treppenfuß stand Joaquín und pfiff zwischen den Zähnen hindurch. »Ihr seht fantastisch aus.«

Tamara strahlte. »Wir brechen morgen nach dem Frühstück auf. Sehen wir uns noch?«

»Leider nein. Die Verladung der Maschinen beginnt heute Nacht, ich werde nicht hier sein.« Er küsste Tamara rechts und links. »Besucht ihr mich, bevor ihr nach New York aufbrecht?«

»Versprochen. Ich bringe dir die Unterlagen für die notarielle Umschreibung.« Rodrigo bedankte sich für die Empfehlung des Anwalts und den Ratschlag, mit dem Weingut so zu verfahren wie Joaquín mit seiner Bierbrauerei. »Deine Hilfe und deine Gastfreundschaft werde ich nicht vergessen. Sollte ich etwas für dich tun können, lass es mich wissen, ja?«

Joaquín hob abwehrend die Hände. »Wir müssen in diesen schwierigen Zeiten zusammenhalten. Viel Vergnügen heute Abend.«

»Danke. Wir sehen uns in zwei Tagen.«

Rodrigo führte Tamara hinaus zum Wagen. Der Chauffeur brachte sie zum Casinohotel. Im hoch aufragenden, schmalen Teil des Hotels glitzerte die Abendsonne in den Fensterscheiben. Der Eingang zum Cabaret lag in dem weitläufigen rechteckigen Bau, auf dessen Westseite die Etagen des Hotelkomplexes in die Höhe ragten. Die kleine Kuppel beherbergte die Cocktailbar. Ähnlich wie beim Bacardí-Tower. Die roten Teppiche dämpften die Schritte der Besucher. Ein zweiflügliges Eingangstor ließ den Blick auf die Zuschauerplätze zu. Der Page brachte sie zu ihrem Tisch.

Die Innenarchitektur hatte sich seit Rodrigos letztem Aufenthalt komplett verändert. Parabolische Betonbögen stützten Glaswände, die den Eindruck vermittelten, als läge die Bühne unter einer riesigen Kristallkuppel.

»So etwas habe ich noch nie zuvor gesehen. Atemberaubend.« Tamara sah sich begeistert um. »Es wäre eine Schande gewesen, die Karten verfallen zu lassen, um zurückzureisen. Kein Wunder, dass Cubana Airline von Miami aus Flüge für diese Veranstaltung anbietet. Als ich davon gelesen hatte, hielt ich es für Verrücktheit, für eine Abendveranstaltung nach Havanna zu fliegen, um am nächsten Morgen wieder in Miami zu frühstücken.«

Rodrigo lächelte. »Das wird bald ein Ende haben.« Er konnte sich das schlecht unter dem Kommando von Fidel Castro vorstellen. Vielleicht irrte er sich, und Castro einigte sich irgendwie mit den US-Amerikanern.

Ein Kellner brachte Nüsse und Getränke. Wenig später verdunkelte sich der Raum. Ein Fanfarenstoß verkündete den Beginn des Cabarets. Salsamusik erklang, spärlich bekleidete Frauen mit prachtvollen Federkostümen und riesigem Kopfschmuck tanzten auf der Bühne. Rodrigo empfand die Darbietung als dekadent. Die strahlenden Augen von Tamara entschädigten ihn dafür. Sie genoss die Vorstellung, während er das Ende herbeisehnte. Die Tänzerinnen und Tänzer lieferten eine fantastische

Show. Schwingende Hüften, atemberaubende Drehungen zu mitreißenden Congaklängen. Für Tamara eine neue Welt, für Rodrigo eine Verzerrung der kubanischen Musikkultur.

Das Licht ging an. Tamara sprang auf die Beine und klatschte begeistert. »Danke für diesen Abend.« Glücklich warf sie sich in seine Arme. »Wie können Menschen sich nur so rhythmisch bewegen? Und ich glaubte, unser Rock n' Roll wäre temperamentvoll. Kannst du Salsa tanzen?«

Aufgrund seiner Beinverletzung hatte er sich nie an solche Tänze gewagt. Einen Foxtrott oder langsamen Walzer schaffte er, schnelle Drehungen erlaubten sein Bein nicht. »Ich habe es nie probiert.« Sie sollte nicht wissen, wie sehr er durch den Unfall geschädigt war. Er wollte kein Mitleid. Schon gar nicht von Tamara. »Möchtest du noch einen Drink?«

»Lass uns nach Hause gehen, wir müssen morgen früh los.« Sie hakte sich bei ihm ein, und gemeinsam begaben sie sich auf die Suche nach ihrem Fahrer.

Auf dem Nachhauseweg gähnte Tamara. Rodrigo fühlte sich ebenfalls schläfrig. Ohne Umweg über die Küche legten sie sich schlafen. Kaum berührte sein Kopf das Kissen, schlief Rodrigo ein.

Kaffeeduft weckte ihn. Tamara strich ihm eine Haarsträhne zurück. »Aufstehen, du Schlafmütze. Ich habe dir Kaffee gebracht und unsere Tasche gepackt. Consuela wartet unten auf uns.«

In Windeseile machte sich Rodrigo fertig für den Tag. Nach einem raschen Frühstück brachen sie auf.

»Dein Kuba ist wirklich atemberaubend schön.« Tamara sah aus dem Zugfenster. »Wir sollten wiederkommen.«

»Das werden wir.« Rodrigo würde ihr diesen Wunsch gerne erfüllen. »Sobald Ava groß genug ist, einverstanden?«

»Das wird sie bald sein.«

Die Fahrt verlief ruhig. Tagsüber gab es entlang der Bahnstrecke einiges zu sehen. Wehmut ergriff ihn. Mit dem Verkauf des Weinguts kappte er seine letzte Verbindung zu Kuba.

Am Bahnhof in Pinar del Río angekommen, ging Rodrigo zu Berto und bat ihn, Tamara und ihn aufs Weinfeld zu bringen. In diesen wenigen Minuten fragte Berto Tamara über New York aus, Rodrigo versuchte, sie vor seiner Neugierde zu schützen, und übernahm die Gesprächsführung. »Herzlichen Dank fürs Fahren.« Er drückte ihm drei Dollar in die Hand. Zu viel, aber Rodrigo wusste, wie dringend Berto Geld für seine Familie benötigte.

Raymundo arbeitete auf dem Feld. Als er ihre Ankunft bemerkte, kam er auf sie zu. »Ihr seid zurück?«

»Ja.« Rodrigo wollte es schnell hinter sich bringen. »Kommst du mit Aida zu uns herüber? Wir müssen reden.«

»Ich hole sie.« Raymundo ging durch die Weinreihe zu seinem Haus.

Tamara kochte Kaffee.

Eine Tasse würde allen guttun. Er stellte die angebrochene Rumflasche auf den Tisch.

Raymundo schien dieselbe Idee zu haben. Er stand mit einer vollen Flasche Bacardí im Türrahmen. Gefolgt von Aida. Ihr unsicherer Blick versetzte Rodrigo einen Stich. »Kommt herein und setzt euch.«

Beide nahmen schweigend Platz. Tamara brachte die Kaffeekanne und goss ein.

»Ich will nicht herumreden.« Rodrigo legte die Unterlagen auf den Tisch. »Der Verkaufsauftrag ist erarbeitet.«

»Ihr habt in Havanna einen Käufer gefunden?« Raymundo schluckte mehrfach.

Rodrigo schob die Verträge zu ihm. »Es kam nur einer infrage. Aber lies selbst.«

Raymundo zog die Papiere zu sich. »Wie soll das funktionieren?« Er sah zu Aida. »Er möchte es uns verkaufen.«

»Wir können das Weingut nicht bezahlen.«

»Deshalb verkaufe ich es euch für einen symbolischen Wert.« Rodrigo wies auf die Kaufsumme. »Vierhundert Pesos.«

Aida lachte verzweifelt auf. »Sogar die haben wir nicht. Rodrigo, du meinst es gut. Dafür bin ich dir sehr dankbar. Wir können uns das Land nicht leisten.«

»Ich gebe euch drei Jahre Zeit, die Summe aufzubringen. Bei drei Jahresernten bleibt euch mehr als ausreichend zum Leben und um den Verkaufsvertrag zu erfüllen.« Rodrigo hatte im Vertrag daran gedacht. Mit so vielen Kindern blieb zum Monatsende kaum etwas übrig, wenn man ihnen eine zukunftsträchtige Ausbildung in einer der Privatschulen ermöglichte, was Raymundo tat. Auch für die Mädchen. »Der Anwalt meint, eine Schenkung wäre zwar möglich. Sie birgt jedoch Gefahren. Ein Verkauf mit Zahlungsziel hingegen ist eine übliche Regelung.«

»Drei Jahre?« Raymundo lehnte sich zurück. »Du kennst die Erträge. Die Summe ist in einem Jahr erwirtschaftet.«

»Es könnte etwas schieflaufen. Die Preise fallen. Ich will sichergehen, dass ihr den Vertrag einhalten könnt.« Rodrigo goss drei Gläser Rum ein. »Was sagt ihr?«

In Aidas Augen standen Tränen. »Warum tust du das?«

»Ihr habt viel für mich getan. Raymundos Tante und meine Mutter waren Freundinnen. Sie hätte es so gewollt. Bei euch ist die Bodega in besten Händen.« Er hob sein Glas und hielt es in die Mitte. »Ihr müsst nur noch unterschreiben, und es gehört euch.«

Aida wischte sich mit dem Handrücken über die Wangen, nahm das Glas und stieß an. Mit einem Zug leerte sie es. »Wo ist der Füller?«

Raymundo lachte. »Was habe ich für eine praktisch veranlagte Frau.« Er prostete ihnen zu. »Das werde ich dir nie vergessen.«

Ebenso wenig wie Rodrigo die bedingungslose Hilfe von Raymundo und seiner Familie. Magdalena hatte ihn bei sich zu Hause versteckt und sich damit selbst in Gefahr gebracht. Dieses uneigennützige Wagnis konnte man mit Geld nicht aufwiegen.

22

Antonia saß an dem ausladenden Restauranttisch und betrachtete ihre Familie. Viele Jahre waren ins Land gezogen, bis sie alle an einem Tisch zusammen versammeln konnte. Carla und Francisco waren auf dieser Reise auf Antonias restliche Familienmitglieder getroffen. Die Kreuzfahrt war eine großartige Idee gewesen. Nicht nur wegen der Flugangst von Tamaras Mutter. Leider blieb es Antonia verwehrt, den Vater kennenzulernen. Er war kurz nach Rodrigos und Tamaras Rückkehr aus Kuba in New York verstorben.

David saß neben Adriana, Antonia gegenüber. Zwischen ihnen Victor. Mit seinen dreizehn Jahren wirkte er schon sehr erwachsen. Weizenblondes Haar und ein kalifornischer Sonnyboy wie er im Buche stand. Victor würde einige Frauenherzen brechen, davon war Antonia überzeugt. Robert und Barbara saßen artig rechts und links von Isabel und Christopher. Die Reise von New York nach Barcelona verging für Antonias Geschmack viel zu schnell. Nach Rodrigos und Tamaras Hochzeit würden David und Adriana mit Victor auf ihr Weingut zurückkehren. Dann wäre die Familie nicht mehr vollständig beisammen.

Am heutigen Tag fehlten ihr Federico und Valentina unbeschreiblich. Trotzdem dankte sie dem Schicksal für diese

Kreuzfahrt. Verluste gehörten zum Leben dazu. Die Gedanken an ihre Lieben hielt sie in Gesprächen lebendig. Immer wieder erwähnten sie die Schwester und den Vater.

»Papá wäre unglaublich stolz auf deine Wahl.« David hob sein Weinglas. »Auf das Brautpaar!«

»Auf das Brautpaar!«, klang es aus allen Kehlen, in die anschließend der kräftige Rotwein hinunterrann.

»Ich freue mich sehr auf unser Fest.« Tamara sah zu Isabel. »Danke, dass du dich um die Vorbereitung gekümmert hast.«

»Ich hatte es versprochen.« Isabel zeigte auf Rodrigo. »Meinen Bruder wollte ich einen so wichtigen Tag nicht planen lassen.«

Rodrigo widersprach. »Mal sehen, ob du es so perfekt organisiert hast, wie du vorgibst.«

Christopher lachte. »Sie hat sogar einen dieser Steinbacköfen bauen lassen, damit ich nicht mit meiner Grillstelle das Haus in Brand stecke. Dabei hat sich die hervorragend bewährt.«

»Der Ofen ist trotzdem sicherer.« Antonia erinnerte sich an den Verschlag, den er mit nassen Holzbrettern um den improvisierten Grill gebaut hatte. »Jeden Moment hatte ich mit einem Feuer gerechnet. Davon bleiben wir nun verschont.«

»Wenn der Ofenbauer pünktlich fertig geworden ist.« Isabel gab sich besorgt, dabei wusste Antonia, wie vorausschauend ihre Tochter alles organisierte.

»Auf Ramón kann man sich verlassen.« Francisco sprang für seinen Freund in die Bresche. »Er hat schließlich einen Ruf zu verlieren. Wir danken euch jedenfalls für diese Reise.«

Antonia fing den begeisterten Blick ihrer Schwester auf. »Bermuda King's Warf und die Azoren. Exotischeres hätte ich mir nicht im Traum einfallen lassen. Ich bin froh, dass du uns überredet hast.«

»Ein wenig Abenteuer konnte euch nicht schaden.« Antonia dachte an die ereignisreiche Kreuzfahrt mit Adrian. Auf einem so großen Schiff merkte man kaum, sich auf dem Meer zu befinden. Wenn sie an die Seekrankheit von Mateo zurückdachte, fiel ihr wieder auf, wie unmännlich ihr damaliger Mann gewesen war. Nie hatte er sich Problemen gestellt. Alles hatte er Antonia überlassen. Doch dieses Mal musste sie sich nicht um Weinstöcke kümmern, was die Überfahrt erschwert hatte. Keine Pflichten und Aufgaben. Antonia freute sich, die Rebstöcke in der kubanischen Erde zu wissen. In Raymundos Besitz. Magdalenas Brief hatte sie tief berührt. Nur zu gerne hätte sie ihre beste Freundin nochmals wiedergesehen. Ihre Freundschaft hatte viele Jahrzehnte und Kontinente überdauert. Selbst die offen gelebte Rassendiskriminierung auf Kuba hatte sie nicht trennen können. Dafür war Antonia dankbar. Für diese außergewöhnliche Verbindung. »Wenn ich bedenke, wo ich überall gewohnt habe.«

Carla verschluckte sich am Rotwein. »Und wohin zieht es dich? Nach Hause. Weil Mallorca der schönste Platz auf Erden ist.«

»Ich bin gespannt auf eure Insel.« David suchte den Blick seiner Frau. »Wir haben so viel davon gehört. Berge, Meer und auf eure Weine freuen wir uns sehr.«

Christopher reichte eine Kiste mit Zigarren, zündete sich eine an und paffte. »Du wirst sie mögen. Sie schmecken anders. Erdiger. Vollmundiger.«

Die kleine Ava begann zu weinen. »Ich verabschiede mich und bringe sie ins Bett.« Tamara stand auf.

Ihr letzter Abend an Bord neigte sich dem Ende zu. Ein Umstand, den Antonia bedauerte, wenn sie sich auch darauf freute, ihren Kindern Adrian vorzustellen. Isabel kannte ihn bereits. Sie vertrugen sich gut. Auf der Hochzeitsfeier würde er auf den amerikanischen Zweig ihrer Familie treffen.

Tamaras Mutter verabschiedete sich ebenfalls. Sie folgte Tamara aus dem Speisesaal. Ob sie auch auf der Hochzeit Schwarz tragen würde? Ihr Mann war vier Wochen vor der Abreise an einem weiteren Herzinfarkt gestorben. Da so viele Menschen anreisten, konnte die Feier nicht verschoben werden.

Antonia hätte es verstanden, doch Tamara bestand darauf.

Unter Gelächter endete der Abend.

In den frühen Morgenstunden liefen sie in Barcelona ein, um das Schiff zu wechseln. Obwohl Antonia sich an Bord ausschließlich ausruhte, aß und an der Reling spazieren ging, strengte sie das Zusammensein mit den zahlreichen Familienmitgliedern an. Die Stunden von Barcelona nach Palma verbrachte Antonia in ihrer Kabine. Ein leises Klopfen schreckte sie aus dem Schlaf. »Wer ist da?«

»Ich bin es, Carla.«

Antonia stand auf und öffnete. »Dir kann ich so derangiert öffnen.«

»Du hast die ganze Zeit geschlafen?« Carlas besorgter Gesichtsausdruck verdunkelte sich noch mehr. »Ist dir nicht wohl?«

»Doch. Mir geht es gut. Die vergangenen Tage waren nur etwas anstrengend.« Antonia ging ins Bad, kämmte sich das Haar und band es sich mit routinierten Handgriffen zusammen. »Ich komme gleich hoch.«

»Pack alles in den Koffer. In einer Stunde erreichen wir Palma. Wir sind oben auf dem Sonnendeck.« Carla schenkte ihr ein Lächeln. »Ausgeschlafen solltest du nun haben.«

Antonia lachte. Sie fühlte sich ausgeruht.

David und Adriana kamen bei Isabel unter. Xisca hatte in Carlas Nachbarschaft ein leer stehendes Haus für die Zeit angemietet, um dort mit ihrer Familie, Tamara und Rodrigo zu wohnen. Tamaras Mutter sollte bei Antonia im Obergeschoss unterkommen. So waren alle altersgerecht verteilt, wie sich Xisca ausgedrückt hatte. Sie wollte die Hochzeit fotografisch begleiten.

Antonia sah der Hochzeitsfeier auf Isabels Weingut mit Freude entgegen. Rodrigo hatte endlich sein Glück gefunden. Er war zur Ruhe gekommen. Antonia schloss den letzten Koffer, nahm ihre Jacke und verließ die Kabine. Als sie nach draußen trat, betrachtete sie die Westküste Mallorcas. Von dieser Position aus fiel es ihr schwer, zu erkennen, an welchem Ort sie vorbeifuhren. Alles wirkte von Meeresseite aus fremd. Kreischende Möwen begleiteten das Schiff. Auf dem Sonnendeck stand ihre Familie zusammen und lauschte Christopher. »Dort entsteht der Ort Palmanova.« Er zeigte auf ein Felsplateau. »Irgendwo da oben liegt eines von Albas Hotels. Alba ist Isabels Tante. Sie hat drei Hotels aufgebaut. Eine großartige Geschäftsfrau.«

Adriana sah ihn erstaunt an. »Sie hat das ohne Hilfe geschafft?«

Isabel nickte. »Ihre Tochter Lilia soll die Führung des Stadthotels übernehmen. Ihr werdet Lilia mögen. Marco und sie hatten zuvor ein Weingut, das nun in unseres eingegliedert ist.«

»Ob ich mir das merken kann?« Adriana sah Isabel zweifelnd an. Ich werde mir Notizen machen.

»Notizen?« Isabel zog die Augenbraue hoch.

David grinste breit. »Adriana schreibt sich immer alles auf, was sie anschließend nicht benötigt, weil sie doch alle Namen behält.«

Antonia lachte. So besaß jeder Mensch eine Marotte, die ihn einzigartig machte.

»Übermorgen ist die Feier.« Tamara lehnte sich an Rodrigos Brust. »Dann kehren wir zurück nach New York.« Sie wandte sich an Rodrigo. »Jetzt, wo Vater tot ist, muss ich die Firma übernehmen.«

»Du meinst, wir übernehmen sie.«

Antonia betrachtete die Szenerie mit Freude. Ihr Sohn schien erwachsen geworden zu sein. Er setzte die richtigen Prioritäten.

Die Küste Mallorcas zog malerisch an ihnen vorüber. Die Herbstsonne hieß sie willkommen. Die Kathedrale leuchtete aufgrund der Sandsteine fast golden. Der Paseo Marítimo wirkte vom Meer aus prächtig. Die Bauarbeiten der neuen Küstenstraße waren abgeschlossen. Das Meer war erfolgreich zurückgedrängt worden, um dem zunehmenden Straßenverkehr gerecht zu werden. An der Außenmole legten sie an. Schon von Weitem erkannte Antonia Alba am Kai. Wie versprochen wartete sie mit einem Bus auf sie, um sie in die Inselmitte zu bringen.

Antonias Herz tat einen Hüpfer, als sie den Mann zu Albas Linken entdeckte. Adrian stand dort. Damit hatte sie nicht gerechnet. Nun musste sie ihn vor dem Fest offiziell vorstellen, was sie nicht störte. Auf der Reise hatte sie allen von ihm erzählt. Adrian war der neue Mann an ihrer Seite, und jeder sollte das wissen. Sie winkte zur Begrüßung.

Alba riss die Arme in die Luft. Adrian schloss sich ihr an. »Das Abholkommando ist hier.«

Isabel winkte ebenfalls. »Wie schön. Ich bin froh, zu Hause zu sein. Obwohl nun die Arbeit wieder losgeht. Bis die Hochzeit vorbei ist, werde ich kein Auge mehr zubekommen.«

»Ich helfe dir.« Antonia freute sich auf die Vorbereitungen. »Wann soll ich zu dir kommen?«

»Gegen Mittag? Vorher gehe ich die Liste durch und erinnere die Lieferanten an die gemachten Zusagen.« Isabel hakte sich bei Christopher ein. »Mein Mann wird mir kaum eine Hilfe sein. Den zieht es in den Weinkeller.«

»Auch der Wein will ausgewählt werden.« Christopher lachte und pfiff die Kinder zu sich, da sie anlegten.

Das Gepäck wurde nach draußen gebracht. Albas Fahrer kümmerte sich darum, während um Alba herum aufgeregtes Geschnatter wie auf einem Geflügelhof herrschte, sobald ein Fuchs einbrach.

Antonia nutzte den Tumult, entfernte sich von der Gruppe und ging zu Adrian. Ein zarter Kuss zur Begrüßung ließ die Schmetterlinge in ihr nervös aufflattern. »Mit dir hatte ich nicht gerechnet.«

»Das solltest du besser.« Er legte die Arme um sie. »Du warst achtzehn Tage fort. So lange lasse ich dich nie wieder allein verreisen.«

Antonia lächelte. »Das werte ich als Kompliment.«

»Oder als Drohung.« Seine amüsierte Stimme verriet das Gegenteil. Adrian würde ihr nie ihre Freiheiten nehmen. Seine Aussage zeigte nur, wie sehr er sie vermisst hatte.

Adrian überließ sie ihrer Familie und verabschiedete sich. »Ich wollte dich kurz sehen. Genieße die Zeit mit deinen Kindern.«

Auch dafür liebte sie diesen Mann. Für sein Verständnis und seine unaufdringliche Liebe.

Spätestens zur Hochzeitsfeier würden sich alle wiedersehen. Alba hatte für die Besucher aus Amerika eine Inselrundfahrt organisiert. Abends sollten sie in einem Lokal bei Deià essen, und am kommenden Tag wäre der große Tag. Bis dahin half Antonia ihrer Tochter, wo immer sie konnte. Die beiden Steinöfen standen am gewünschten Ort, wie von Francisco vorhergesagt, die Blumenlieferung kam pünktlich, die Torte ebenfalls, und die Köche der Dorfschenke kümmerten sich um das leibliche Wohl. Ausreichend Holz lag neben dem gemauerten Ofen, in dem bald ein Lamm Platz fände und daneben eine Paella.

»Ich sehe nach Rodrigo.« Antonia klopfte an der Zimmertür ihres Sohnes.

»Herein.« Er stand vor dem Spiegel und zurrte an seiner Fliege.

Antonia trat zu ihm, band sie neu und brachte sie in Form. »So, nun sitzt sie richtig.« Sie betrachtete ihn. »Du siehst großartig aus.«

»Warst du bei Tamara?«

»Ihre Mutter ist bei ihr.« Die Rolle der Brautmutter lag fest, obwohl sie immer noch Schwarz trug. »Lilia passt auf Ava auf.«

Ihr Sohn fuhr sich durchs Haar.

»Ihr seid verheiratet, kein Grund nervös zu sein. Sie hat bereits Ja gesagt.« Die Nervosität ihres Sohnes rührte sie.

»Das war ohne weißes Kleid, ohne Feier. Nur ein rascher Besuch auf dem Standesamt.«

»Es ist eine freie Hochzeit.« Antonia freute sich über die Zusage von Pfarrer Eugenio, die Traurede zu halten, obschon nur Rodrigo dem katholischen Glauben angehörte. Laut Carlas Aussage war der Dorfpfarrer von Binissalem seit jeher unkonventionell gewesen. Er fuhr in hohem Alter immer noch Motorrad. Die Menschen aus der Umgebung hatten sich an den Anblick gewöhnt, wenn ihn die betagteren Dorfbewohner auch unschicklich fanden. Im Beiwagen saß meist der Hund von Padre Eugenio, manchmal transportierte er darin auch den Wocheneinkauf. »Aber natürlich ist es etwas anderes, seine Braut in einem weißen Kleid zu sehen.« Kein Wunder, dass ihr Sohn diesen Tag als seinen eigentlichen Hochzeitstag empfand.

»Hast du sie gesehen?« Rodrigo betrachtete sich im Spiegel. »Werde ich ihr gefallen?«

»Du siehst fabelhaft aus.« Den Bart ordentlich gestutzt, nur das Haar stand ihm etwas ab. Antonia ging zu ihm, glättete es. »Wenn du aufhörst, dir durch die Frisur zu fahren, hält sie auch.«

Rodrigo lachte. »Heute könnte ich es auf den Wind schieben.«

Ein frischer Luftstrom wehte von der Tramuntana über die Ebene. Nach dem lang anhaltenden Sommer ein Segen. Der wolkenlose Himmel versprach einen angenehmen Herbsttag. Warm, nicht zu heiß, genau richtig. »Bereit?«

Ihr Sohn ging zur Tür.

»Warte.« Sie trat zu ihm und umfasste seine Schultern. »Ich bin unglaublich stolz auf dich. Das wollte ich dir sagen.«

»Weil ich endlich heirate?« Seine Stirn legte sich in Falten.

Antonia lachte. »Deshalb auch, aber hauptsächlich, weil du nun der Mann bist, den ich immer in dir gesehen habe. Deine Entscheidung, Raymundo die Bodega zu überlassen, war sehr erwachsen. Außerdem hast du mich zur Großmutter gemacht, damit hatte ich von deiner Seite her kaum noch gerechnet.«

Die Falten glätteten sich. »Es tut mir leid, dir so viele Sorgen bereitet zu haben. Ich war ein Narr.«

»Du bleibst mein Junge.« Sie küsste ihn auf die Wange. »Lass uns gehen.«

Gemeinsam traten sie aus dem Wohnhaus. Am Rande des Weinfelds stand ein geflochtener Torbogen. Mit weißen Lilien geschmückt. Der Wind zerrte an den zarten Blüten.

Padre Eugenio unterhielt sich mit Christopher und Isabel. »Ah, da seid ihr ja. Ich dachte schon, ihr kommt nach der Braut.« Isabel boxte ihrem Bruder auf die Schulter.

Die Kapelle nahm Aufstellung.

Padre Eugenio drückte Rodrigo die Hand. »Wir sollten vorgehen.«

Die Hochzeitsgäste standen in mehreren Reihen Spalier. Für die kurze Zeremonie verzichteten sie auf Bestuhlung. Die Stühle blieben bei den Tischen, wo sie anschließend gebraucht wurden.

»Ich schiebe das Lamm in den Ofen.« Christopher zeigte hinter das Haus. »Der Ofen ist gut vorgeheizt, die Glut ideal. In zwei Stunden startet die Völlerei.«

Die Köche bereiteten in der Küche die Beilagen und die Paella vor. Die Reispfannen würden im Nachbarofen bald dem Lamm Gesellschaft leisten. Antonia fand die riesigen Hornos de Leña schon immer eine nützliche Erfindung. Direkt daneben lagerte mehr Holz, als sie den kommenden Winter benötigten. Die Öfen hatten sie klug geplant. Man bediente einen von außen und den zweiten in der Küche. So behielt man den Überblick und konnte den Küchenherd für andere Speisen nutzen. Nun brauchte sich Antonia bei diesem pfeifenden Wind nicht wegen eines offenen Feuers sorgen, wie bei Christophers früheren Grillstätten.

Antonia stellte sich neben Carla und Francisco. Alba und Matías standen ebenfalls dort.

Rodrigo wartete zusammen mit Padre Eugenio unter dem Traubogen. Vereinzelt löste der Wind einzelne Blütenblätter. »Dein Sohn sieht großartig aus.« Carla hängte sich bei ihr ein und drückte ihren Unterarm. »Das wird vorerst die letzte Hochzeit sein, außer, du trägst dich mit Hochzeitsplänen.«

»Was ich nicht tue.« Antonia sah sich um. »Wo steckt Adrian überhaupt?«

»Er ist mit Christopher hinter das Haus gegangen.« Carla grinste und zuckte die Schultern. »So ein Ofen scheint magische Anziehungskräfte zu haben. In der Küche findet man keinen Mann. Einen Horno de Leña lassen sie uns Frauen ungern bedienen.«

Da lag ihre Schwester goldrichtig. Antonia hatte Adrian noch nie in der Küche gesehen. Deshalb wunderte sie sich über sein plötzliches Interesse an dem Ofen. Mit glänzenden Augen kehrte Adrian zurück. »Ein tolles Teil! Diese Hitze ist unglaublich. Im Winter heizt er bestimmt auch ein wenig die Küche.« Adrian stellte sich neben sie. »Ich freue mich auf das Lamm.«

Antonia lachte. »So setzt jeder seine Prioritäten. Ich bin auf die Hochzeitszeremonie gespannt.«

»Auf die auch.« Adrian bot Antonia den Arm an. »Aber mehr noch auf das Lamm.«

Lachend hängte sie sich ein und suchte den Blick ihres Sohnes, der sich erneut durchs Haar fuhr. Einige Strähnen standen ihm vom Kopf ab. Antonia unterdrückte den Impuls, zu ihm zu gehen und es zu glätten.

Isabel verließ das Haus.

Sie gab der Kapelle ein Zeichen.

Die ersten Takte von Mendelssohns Sommernachtstraum erklangen. Noch bevor Tamara von ihrer Mutter herausgeführt wurde, traten Antonia Tränen der Rührung in die Augen. So war es ihr auch ergangen, als ihre Kinder Isabel und David heirateten. Valentinas Hochzeit hatte heimlich stattgefunden. Bedauerlicherweise. Antonia schniefte leise. Adrian reichte ihr ein Taschentuch. Sein liebevoller Blick rührte Antonia. Tamara sah in ihrem weißen Brautkleid wunderschön aus. Der herzförmige Ausschnitt zauberte ein hübsches Dekolleté. Das enge Oberteil schmeichelte ihrer schmalen Gestalt, und der weit ausgestellte Rock erinnerte an ein Prinzessinnenkleid. Antonia drehte sich zu ihrem Sohn.

Rodrigo starrte Tamara an. Für einen Moment glaubte Antonia, er würde umkippen. Er wirkte blass, auf der Stirn schimmerten vereinzelte Schweißperlen. Er presste die Lippen zusammen, blinzelte mehrere Male, bevor sein Lächeln die Freude auf seinem Gesicht widerspiegelte.

Erleichtert stieß Antonia einen Seufzer aus. Ein in Ohnmacht fallender Bräutigam würde für einige Wochen Gesprächsstoff im Ort geben. Tamara schwebte förmlich auf ihn zu. Der Rock bauschte sich um sie. Der harte Kontrast zum schwarzen Witwenkleid ihrer Mutter wirkte befremdlich. Erst als Tamaras Mutter sie an Rodrigo übergab und zurücktrat, veränderte sich die Stimmung ins Feierliche.

Die Musik endete, als sich die beiden an den Händen fassten, sich gegenüberstanden und sich ansahen.

Padre Eugenio hieß die Hochzeitsgesellschaft willkommen. Seine Traurede ähnelte der, die er in der Kirche hielt. Selbst von Gott sprach er. Der Padre unterschied sich von den Männern seines Berufs. Er kannte keine Dünkel, keine Anmaßung, was verschiedene Glaubensrichtungen anbelangte, solange sich die Eheleute aufrichtig liebten. Erneut legten sie sich gegenseitig die Ringe an. »Du darfst die Braut küssen.«

Rodrigo umarmte Tamara, zog sie in seine Arme und küsste sie innig. Applaus brandete auf. Lilia trat auf das Brautpaar zu, gratulierte und wollte Tamara die kleine Ava übergeben. Xisca knipste weiterhin Fotos.

Der Padre zog die Stirn kraus, fast wirkte er verärgert. Antonia folgte seinem Blick.

»Feuer!«, brüllte Carla. »O mein Gott!«

»Hinter dem Haus brennt es!«

Isabel schlug die Hand vor dem Mund. »Die Holzstapel. Das Haus brennt nieder!« Im selben Moment rannte sie los.

Bewegung kam in die gesamte Besucherschar. Alle schrien durcheinander. Lilia rief die Kinder zu sich und lief mit der kleinen Ava auf dem Arm ans Ende des Weinfelds. Die Kinder gehorchten ohne Widerworte, während die Erwachsenen zum Brandherd eilten.

Carla kreischte hysterisch, als Francisco, Adrian und Matías zu den Wasserbecken rannten. »Das darf sich nicht wiederholen!«

Antonia hielt Carla fest. »Beruhige dich. Was meinst du?«

»Es wird sich nicht wiederholen!« Alba sah Carla fest an, schüttelte sie leicht, damit sie zur Besinnung kam. »Lasst das Haus abbrennen, bevor jemand umkommt.«

Antonia verstand kein Wort. »Es wird niemand sterben.«

Die Köche verließen hustend das Haus. Dicke Qualmwolken zogen durch die offene Haustür.

Die Männer und Frauen bildeten eine Kette. Eimerweise schöpften sie Wasser aus den Kühlungsbecken. Christopher stand mit Adrian, Francisco und Matías sowie mit Rodrigo, David und Marco vorn beim geplatzten Ofen. Aus den breiten Rissen züngelten die vom Wind angefachten Flammen und fraßen sich durch das trockene Holz, das für den Winter aufgestapelt daneben lagerte.

Wie konnte das geschehen? Antonia hatte diese Öfen für sicher gehalten. Sie reihte sich ein, reichte Eimer um Eimer an den Vordermann. Carla stellte sich hinter Antonia, half mit, weinte. »Was ist mit dir?« Für Antonia blieb Carlas Ausbruch unerklärlich.

»Der Schuppenbrand. Vater. Er hat versucht, die Ernte zu retten, und ist dabei ums Leben gekommen.« Carla wischte sich über die nasse Wange und hinterließ eine rußige Spur. »Es kommt alles wieder hoch.«

Antonia war damals nicht dabei gewesen. Sie verstand jetzt allerdings Carlas Reaktion.

Die Flammen drohten, das Dach zu erreichen. Damit wäre das Wohnhaus verloren. Das Geräusch des brüllenden Feuers übertönte das Geschrei der Helfer. Tamara stand neben Rodrigo beim lodernden Feuer. Er schickte sie weg. Erste grau-schwarze Flecken zeichneten sich auf dem zuvor strahlend weißen Brautkleid ab. Antonia rannte nach vorn, versuchte Tamara mit sich zu ziehen. »Komm, dein Kleid. Es kann schnell Feuer fangen. Bring dich nicht in Gefahr. Es ist nur ein Haus.«

»Ich will zu Rodrigo!«

»Geh, ich flehe dich an!« Rodrigo schob sie in Antonias Arme, die Tamara mit sich zog.

»Hier hinten werden wir auch gebraucht.« Die Eimerkette arbeitete unermüdlich, bis die Flammenwand kleiner wurde und letztlich einen nassen Tod fand. Nur noch vereinzelt züngelten einzelne Brandherde, sobald der Herbstwind hineinfuhr, bis auch die erloschen.

Der Kampf gegen die Flammen war gewonnen.

Tamara rannte zu Rodrigo, fiel ihm in die Arme. »Geht es dir gut?«

Er strich ihr über die Wange, hinterließ einen schwarzen Streifen. »Das war knapp.« Er sah sie an. »Du siehst selbst im ruinierten Brautkleid besser als jede andere Frau aus.«

Tamara lachte befreit auf.

Antonia sank dankbar auf die Knie. Keinem war ein Leid geschehen. Christopher rieb sich eine Hand. Isabel begutachtete sie. »Nur ein paar Brandblasen. Beinahe wäre unser Zuhause abgebrannt. Ich hasse diesen blöden Holzofen.«

Francisco betrachtete die Bruchstellen. »Der Ofen kann nichts dafür. Er hätte mehr Zeit zum Austrocknen gebraucht. Die hohe Temperatur hat ihn Risse bekommen lassen, und der Wind hat die Restglut hindurchgetrieben.«

Adrian zuckte die Schultern. »Die Sachschäden halten sich in Grenzen.«

Christopher gab ihm recht. »Schade um das Lamm.«

»Allerdings«, fügte Adrian hinzu.

Die umstehenden Gäste lachten befreit auf.

»Zeit, mit einem Trinkspruch das Brautpaar hochleben zu lassen.« Christopher zwinkerte Tamara zu. »Ein außergewöhnliches Brautkleid. Das wird in Erinnerung bleiben.«

Xisca schoss einige Aufnahmen. »Dafür werde ich sorgen.«

Carla half Antonia auf die Beine. »Wenigstens ist es dieses Mal harmlos ausgegangen.«

Isabel lehnte sich an ihren Mann. »Danke für eure Hilfe, ohne euch hätten wir den Brand nicht löschen können.«

»Wozu sind Familie und Freunde da?« Marco klopfte Christopher auf die Schulter. »Ich hole meine Frau und die Kinder.«

Christopher ging zu den Tischen und Bänken. Eine zarte Ascheschicht überzog das Geschirr und die weißen Damasttischdecken. Er nahm ein Glas, blies hinein und goss sich Wein ein. »Bedient euch! Lasst uns auf das Leben trinken! Und auf gute Freunde!«

Wenig später hielt jeder ein Glas in der Hand. Die Fotos der etwas ramponierten Hochzeitsgesellschaft würden in den privaten Familienalben landen und immer an jenen außergewöhnlichen Tag erinnern. »Auf das Brautpaar!«, rief Isabel. »Auf euch alle! Ihr habt unser Zuhause gerettet!«

»Und dabei das Lamm verloren.« Christopher lachte. »Das Essen wird dennoch ausreichen.«

Antonia betrachtete ihre Familie.

Ihre Tochter Isabel bezeichnete die Insel als ihr Zuhause.

Auf diese Weise schloss sich ein Kreis, obwohl zwei ihrer Kinder in den Staaten lebten. Magdalenas Schwester Angelica hatte vorausgesagt, Antonia würde irgendwann ihre Familie zusammenführen, trotz Verlusten auf dem vorbestimmten Weg. Wie gewohnt ging Angelicas Vorhersage in Erfüllung, auch wenn Leo dies nicht mehr miterlebte.

Zusammen würden sie allen Widrigkeiten trotzen. Auf Antonias Heimatinsel, auf der sie nach all den Jahren über Umwege ihre ganze Familie versammelt hatte.

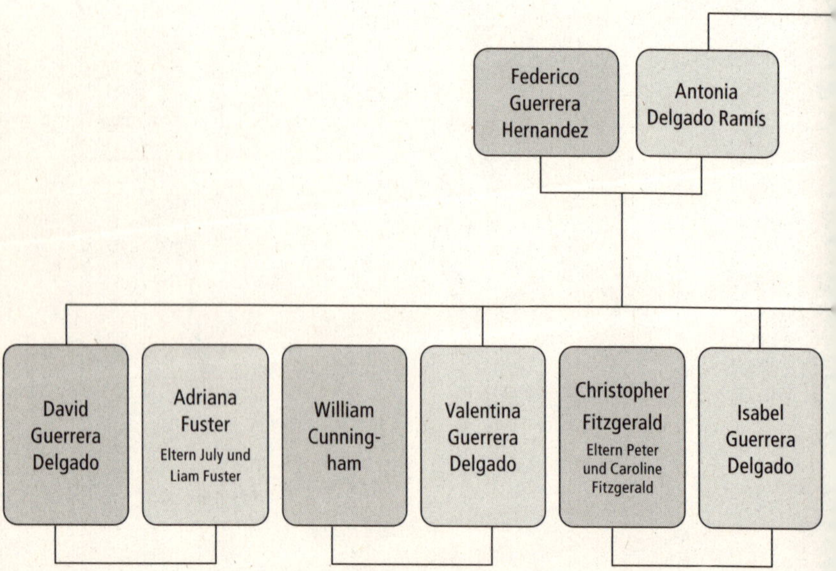
Federico Guerrera Hernandez
Antonia Delgado Ramís
David Guerrera Delgado
Adriana Fuster
Eltern July und Liam Fuster
William Cunning-ham
Valentina Guerrera Delgado
Christopher Fitzgerald
Eltern Peter und Caroline Fitzgerald
Isabel Guerrera Delgado

Stammbaum

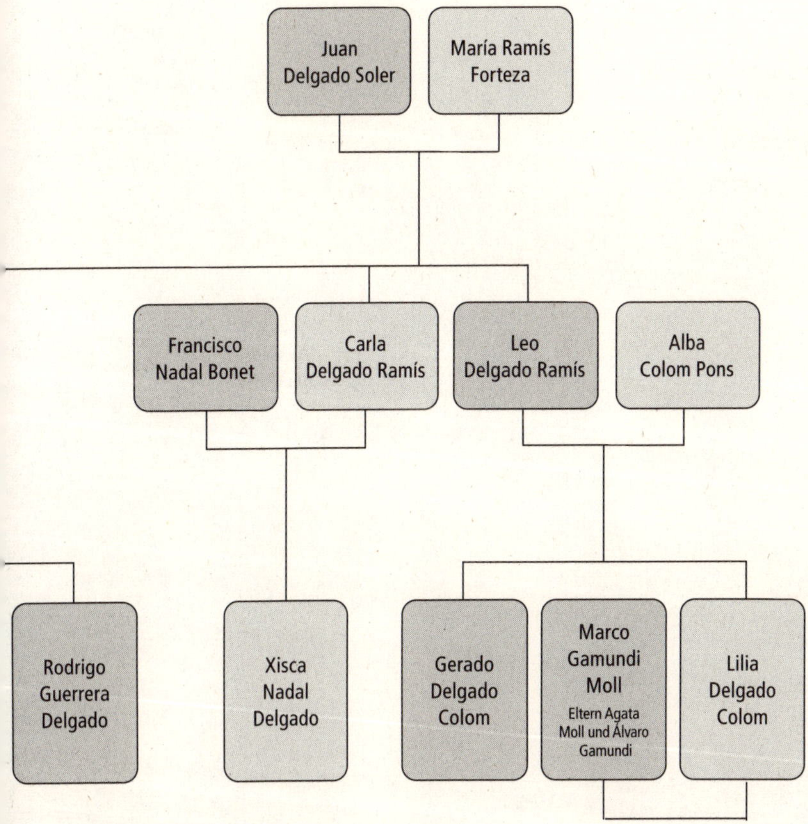
Juan Delgado Soler
María Ramís Forteza
Francisco Nadal Bonet
Carla Delgado Ramís
Leo Delgado Ramís
Alba Colom Pons
Rodrigo Guerrera Delgado
Xisca Nadal Delgado
Gerado Delgado Colom
Marco Gamundi Moll
Eltern Agata Moll und Álvaro Gamundi
Lilia Delgado Colom

Nachwort und Danksagung

Wie wir bereits bei den Vorgängerbänden geschrieben haben, leben historische Romane von der Authentizität der geschichtlichen Begebenheiten. Leider geht unsere spannende Reise nun mit Band 4 gemeinsam zu Ende. Wir selbst haben beim Schreiben sehr viel Neues über Mallorca und Kuba erfahren, was uns sehr viel Freude bereitet hat. Wir hoffen, Ihnen ging es ebenso.

Wer Mallorca und Kuba kennt, sieht die großen Unterschiede zwischen damals und heute. Auf beiden Inseln spielt der Massentourismus seit Jahren eine große Rolle. Ohne ihn kämen nach Kuba keine Devisen, und der Bevölkerung würde es noch schlechter gehen als zuvor. Die Restriktionen durch die USA setzen den Bewohnern sehr zu.

Auf Mallorca ist der Massentourismus ein zweischneidiges Schwert, wie uns die letzten Jahre deutlich gezeigt haben. Einerseits genießt man es sehr, wenn die Insel nicht zu voll ist, andererseits sind viele Menschen von den Einnahmen durch die Urlauber abhängig. Ein moderater Weg wäre da wünschenswert.

Was die Inselweine anbelangt, ist die Qualität inzwischen sehr hoch. Wir können Ihnen die Bodegas der Insel mit ihren preisgekrönten Weinen wärmstens ans Herz legen. Wir haben die meisten Weingüter besucht und wurden immer herzlich empfangen, haben leckere Weine gekostet und entsprechend unsere Bestände zu Hause gefüllt, wobei wir ja auf der Insel und damit an der passenden Quelle sitzen.

Auch Kuba ist immer eine Reise wert. Die herzlichen Menschen, die wundervollen Gebäude und Autos, die lebendige Musik und die Mischung der Religionen schenken uns eine völlig neue Welt. Die pure Lebensfreude der Menschen ist dort trotz der prekären finanziellen Situation mit Händen greifbar. Einfach bewundernswert.

Auch im Abschlussband haben wir uns die kleine Freiheit genommen, manche Ereignisse an die fiktionale Realität des Romans anzupassen. Beispielsweise die Zwangsenteignungen von Ausländern auf Kuba erfolgten erst ein Jahr später als im Roman. Auch mussten wir einige Details beim Holzofenunglück anpassen, um die Schlussszene mit einer Prise Humor anzureichern. Wir hoffen, Sie sehen uns auch weiterhin die Anpassungen nach.

Bei allen, die uns mit korrekten Informationen versorgt haben, entschuldigen wir uns für kleine Ungenauigkeiten, die handlungsbedingt manchmal für den Verlauf der Geschichte notwendig waren. Herzlichen Dank an die zahlreichen Winzer der Insel für die Fülle an Informationen und den einmaligen Ausflug in Mallorcas Vergangenheit und den gemächlichen Weg des Weins ins Heute.

Großartig unterstützt hat uns auch Martin Breuninger mit einer Sammlung von alten Postkarten, Büchern, Material und seinem Wissen. So wurde vieles noch lebendiger für uns.

Wir danken den Literaturbegeisterten der Literarischen Agentur Kossack für die unermüdliche Unterstützung während der langen Reise mit den Delgados. Wir freuen uns über die Begeisterung für unsere Wein-Saga im Heyne Verlag und bedanken uns für das stets offene Ohr, den Elan und den Einsatz. Allen voran: Nora Haller und Sarah Mainka.

Lilly Hess Antic, Andrea Becker, Silvia de Couët du Vivier und Martin Köhler, fühlt euch fest umarmt, weil ihr trotz unkorrigiertem Skript die Leser*innen und Kritiker*innen der ersten Stunde gewesen seid.

Besten Dank den Mitarbeiter*innen aus dem Stadtarchiv von Palma für das Schleppen der unglaublich schweren Zeitungsbücher aus dem Archiv, damit wir in den Nachrichten der damaligen Zeit stöbern konnten. Wir wissen den Kraftakt sehr zu schätzen.

Ein letztes Mal auf dieser Reise in die Vergangenheit erheben wir unser Glas auf das Wissen der Önologen Henri Fink und Carlos Feliu, die beide geduldig unzählige Fragen beantwortet haben.

Zuletzt, aber nicht weniger von Herzen, danken wir Ihnen, liebe Leser*innen. Sie haben bis hierher gelesen, was keine Selbstverständlichkeit ist. Wir hoffen, Sie hatten viel Freude beim Lesen der Geschichte um die Familie Delgado, die Ihnen hoffentlich so sehr in Erinnerung bleiben wird wie uns. Vielleicht sehen wir uns ja bei einer Lesung auf Mallorca. Wir würden uns freuen.

Ihre Carmen Bellmonte (Elke Becker und Ute Köhler)